라이프 리스트

라이프 리스트

로리 넬슨 스필먼 장편소설
임재희 옮김

나무옆의자

외부를 바라보는 자는 꿈을 꾸고, 내면을 바라보는 자는 깨어난다.

—카를 융

차례

1장

거실에 모여 있는 사람들의 목소리가 호두나무로 만든 계단을 타고 들려온다. 모호하고, 윙윙거리는 소음처럼 어지럽다. 나는 떨리는 손으로 등 뒤에 있는 문을 잠근다. 이제야 고요하다. 문에 머리를 기대고 심호흡을 한다. 방은 엄마가 즐겨 썼던 오다드리앵 향수와 염소젖으로 만든 비누 향으로 가득하다. 엄마의 철제 침대로 기어 올라간다. 삐거덕거리는 소리가 마치 엄마의 정원에 있는 풍경이 짤랑이는 소리처럼, 나를 사랑한다고 말하던 실크처럼, 부드러운 엄마의 목소리처럼 친근하게 다가오며 나를 안심시킨다. 엄마가 아버지와 이 침대를 쓸 때, 나는 가끔 배가 아프다거나 침대 밑에 무서운 귀신이 나올 것 같다는 핑계를 대며 침대로 파고들곤 했었다. 그럴 때마다 엄마는 나를 품속에 안고 머리를 쓰다듬어주면서 "곧 새날이 밝을 거야. 기다리렴, 아가야"라고 속삭이곤 했다. 다음 날 눈을 뜨면 정말 기적처럼 황색의 아침 햇살이 레이스 커튼을 물들이곤 했다.

새로 산 검정 구두를 벗어버리고 발을 문지른다. 몸을 돌려, 부드러운 페이즐리 천으로 만든 노란색 베개에 기대앉는다. 이 침대는 내가 가져야겠어. 다른 사람이 달라고 해도, 이건 내 거야. 나는 엄마의 우아한 적갈색 벽돌집을 늘 그리워할 것이다. 엄마는 자신의 집에 대해 "이 집은 네 할머니처럼 강건해"라고 말하곤 했다. 그러나 내게는 할머니의 딸이자 나의 엄마인 엘리자베스 볼링거가 그 어떤 집보다도, 그 누구보다도 흔들림 없이 강한 사람이었다.

불현듯 생각나는 게 있다. 나는 눈을 깜박이며 눈물을 거두고 침대에서 일어선다. 엄마가 분명 이곳에 숨겼을 텐데, 어디에 있지? 엄마의 옷장을 활짝 연다. 내 손길이 급하게 엄마의 명품 정장과 드레스 사이를 헤집는다. 마치 연극 무대의 커튼처럼 잔뜩 걸려 있는 실크 블라우스를 빠르게 젖힌다. 여기 있다! 유아용 침대에 아기가 놓여 있는 것처럼 엄마의 신발들이 가지런히 놓여 있는 신발장 안이다. 지난 넉 달 동안 엄마 옷장 깊숙이 숨겨져 있던, 크루거 샴페인.

약간 몸이 움찔하면서 죄의식이 밀려든다. 이 샴페인은 엄마 것이지 내 것이 아니다. 의사와의 첫 번째 면담을 끝내고 집으로 돌아오는 길에 엄마는 고가의 샴페인을 아무 망설임 없이 샀다. 그러고는 아래층에 있는 저렴한 샴페인과 구별하기 위해 몰래 숨겨두었다. 엄마에게 이 한 병의 와인은 단순히 술이 아니라 약속의 상징 같은 것이었다. 엄마는 그렇게 자신을 합리화했다. 마지막 치료가 끝나고 완치되었다는 말을 들었을 때 엄마와 나는 귀하고 값비싼 샴페인을 터뜨리며 삶과 기적을 축복하려고 했다.

은색 포일을 손가락으로 벗기고 입으로 마저 뜯어낸다. 나는 이것을 마실 수가 없다. 이것은 엄마의 완치를 축하하는 축복의 샴페인이 됐어야 했던 술이지 슬픔에 겨워 장례식 오찬도 견디지 못하는 나약한 딸을 위한 것이 아니다.

다른 물건 하나가 눈을 사로잡는다. 샴페인을 발견한 곳의 가장자리, 엄마의 스웨이드 신발들이 놓여 있는 곳이다. 얇고 빨간, 마치 일기장처럼 보이는 책인데 빛바랜 노란색 리본으로 꼭 묶여 있다. 가죽 표지는 낡고 오래되었다. 하트 모양으로 된 조그마한 카드를 펼쳐 본다. '브렛에게. 마음이 강해졌을 때 이 일기장을 읽어보렴. 오늘은 우리를 위해 잔을 들자. 우리는 정말 완벽한 듀엣이었지. 사랑하는 엄마가.'

나는 손가락으로 엄마의 필체를 쓰다듬는다. 아름다운 사람이 써 내려간 정갈한 글씨체. 목이 멘다. 엄마는 해피엔드를 확신했음에도 나 혼자 감당하기 힘든 날이 올 것을 알고 있었던 것만 같다. 엄마는 오늘을 위해 귀한 샴페인을, 삶의 흔적인 일기장, 다시 말해 자신의 생각과 회상을 나의 내일을 위해 남긴 것이다.

내일까지 기다릴 자신이 없다. 나는 일기장을 응시한다. 모든 것을 다 읽어보고 싶은 마음을 뒤로하고 한 줄만 읽어보기로 한다. 그런데 그런 생각도 잠깐, 노란색 리본을 풀기 무섭게 엄마의 얼굴이 겹쳐진다. 나의 인내심 부족을 탓하는 듯 고개를 젓는 모습. 엄마가 카드에 적어놓은, 마음이 단단해질 때까지 기다리라는 메모를 다시 힐끗 본다. 엄마의 당부와 나의 호기심 사이에서 갈등한다. "그래요. 기다릴게요." 나는 작게 읊조리며 표지를 덮는다. "엄마를 위해."

침묵을 깨고 가슴에서 신음 같은 울음이 터져 나온다. 손으로 입을 막아도 소용없다. 늑골을 꽉 움켜쥐며 몸을 웅크린다. 엄마가 더 이상 존재하지 않는다니 말 그대로 통증이 느껴진다. 엄마 없이 세상을 어떻게 혼자 비틀거리며 헤쳐나갈까? 내 안에는 엄마의 딸이라는 자아가 너무도 많이 남아 있다.

샴페인병을 움켜쥔다. 무릎 사이에 병을 끼고 코르크를 딴다. 마개가 팍 소리를 내며 방을 가로지르더니 침대 머릿장에 놓여 있는 카이트릴 약병을 쓰러뜨린다. 엄마의 구토 억제제! 나는 엄마에게 처음 그 약을 건네주던 때를 떠올리며 침대 주변에 쏟아진 삼각형 모형의 알약을 급히 손으로 쓸어 모은다. 처음 항암치료를 받았을 때, 엄마는 내 앞에서 애써 태연한 척했다. "괜찮아, 정말이야. 생리통이 오히려 더 심하게 느껴질 정도라고."

그러나 그날 밤 쓰나미 같은 구토가 엄마를 덮쳤다. 하얀색 알약을 삼킨 후 얼마 되지도 않아 또 약을 원했다. 엄마가 약 기운에 겨우 잠이 들었을 때, 나도 그 곁에 누웠다. 바로 이 침대 위에서 엄마의 머리를 쓰러넘으며 엄마를 아기처럼 끌어안았다. 내가 어렸을 때 엄마가 수없이 그랬던 것처럼. 나는 눈을 감고 엄마를 치유해달라고 간절히 신께 기도했다.

신은 끝내 내 기도를 들어주지 않았다.

알약이 손바닥을 타고 플라스틱 약병 안으로 흘러 들어간다. 약병 뚜껑을 약간 열어놓은 채, 엄마 손이 쉽게 닿을 수 있는 침대맡에 놓아두며 흠칫한다. 엄마는 없어. 다시는 이 약을 찾지 않을 거라고.

샴페인을 따른다. "엄마, 한잔 마셔요." 끝이 갈라지는 목소리로 나는 중얼거린다. "엄마의 딸이라는 것이 정말 자랑스러웠다는 거, 알죠?"

얼마 지나지 않아 방이 빙그르 도는 것처럼 어지럽게 느껴졌지만 고통이 조금 잦아드는 느낌이 싫지 않다. 나는 샴페인병을 바닥에 내려놓고 침대 커버를 젖힌다. 시원한 느낌의 시트가 아찔할 정도의 라벤더 향을 풍긴다. 아래층에 모여 있는 낯선 조문객들 무리에서 벗어나 이곳에 누워 있자니 불경스러운 느낌이 든다. 나는 침대 속으로 더 깊이 파고든다. 아래층으로 내려가기 전 침묵의 순간 속으로 깊이 잠기길 원하는 사람처럼. 1분만. 딱 1분만 이렇게…….

정신이 몽롱한 가운데 누군가 문을 두드리는 소리가 점점 크게 들려온다. 나는 깜짝 놀라 겨우 눈을 뜬다. 벌떡 일어나 앉는다. 내가 어디 있는지 깨닫는 데 채 1분도 걸리지 않는다. 나는 지금 어디에…… 아, 어쩌지? 장례식! 나는 침대에서 벌떡 일어서 문 쪽으로 다가가다 샴페인병에 걸려 휘청하며 넘어진다.

"아야! 아, 에잇!"

"왜 그래요, 아가씨? 괜찮아요?" 문이 반쯤 열린 틈으로 새언니 캐서린이 묻는다. 내가 뭐라고 대답도 하기 전에 그녀가 숨이 멎을 것처럼 급히 방으로 들어온다. 축축하게 젖은 양탄자 앞에 쭈그리고 앉자마자 샴페인병을 집어 든다. "이런, 세상에! 1995년산 클로뒤메닐을 쏟은 거예요?"

"몇 모금은 마셨어요." 나는 그녀 옆에 털썩 주저앉아 드레스 끝자락으로 젖은 양탄자를 훔치며 말한다.

"맙소사. 한 병에 700달러가 넘는 거잖아요."

"어, 그렇죠." 나는 다리 쪽으로 몸을 끌어당기며 시계를 힐끗 보지만 숫자가 희미하다. "지금 몇 시예요?"

새언니가 자신의 검정 리넨 드레스를 손으로 쓸어내린다. "두 시가 다 됐어요. 점심을 대접하고 있어요." 그녀가 내 귀 뒤에 헝클어진 곱슬머리를 손으로 쓸어주면서 말한다. 내가 그녀보다 족히 10센티는 큰데도 그녀는 여전히 내가 단정하지 못한 어린 아이인 것처럼 느끼게 한다. 손가락에 침을 묻혀 삐져나온 머리를 정돈해줄지도 모르겠다는 생각이 들 정도로. "얼굴이 완전 반쪽이네요, 아가씨." 그녀가 내 목에 걸린 진주 목걸이를 매만져주며 말한다. "어머니가 이 모습을 본다면, 분명히 슬픔을 거두고 자신 좀 먼저 챙기라고 말할 거예요."

그녀는 모른다. 엄마는 그렇게 말하지 않을 것이다. 엄마는 내가 눈물에 화장이 범벅이 되어도 예쁘다고 말할 사람이다. 내 머리가 젖은 걸 보더라도 가느다란 곱슬머리가 떡이 져 까치집처럼 보인다고 말하는 대신, 오히려 갈색의 긴 웨이브가 더욱 아름답게 보인다고 말할 것이며, 부어오른 눈두덩과 울어서 붉게 충혈된 눈동자를 보더라도 여전히 시인의 영혼이 깃든 것처럼 아름다운 갈색 눈동자라고 할 것이다.

갑자기 눈물이 솟구치는 것 같아 몸을 돌린다. 엄마가 없으니 이제 누가 자신감을 북돋아주지? 빈 샴페인병을 집어 들기 위해 몸을 구부리자 바닥이 흔들리는 것처럼 느껴지며 이내 몸이 한쪽으로 기울어진다. 어머나. 폭풍우가 휘몰아치는 바다 한가운데 떠 있는 배에 올라탄 기분이다. 나는 침대 모서리 한쪽을 마치 구명밧줄이라도 잡는 기분으로 움켜쥐며 폭풍우가 잠잠해지기를 기다린다.

새언니가 고개를 젖히고 깔끔하게 매니큐어를 칠한 손가락으로 아랫입술을 두드리며 나를 빤히 쳐다본다. "여기 그냥 앉아 있어요. 식사 챙겨 올게요."

조문객들이 아래층에 있는데 여기 이대로 앉아 있으라고! 아래층으로 내려가야 해. 그러나 생각과 달리 나는 신발도 찾을 수 없을 만큼 취했다. 나는 주위를 두리번거린다. 내가 지금 뭘 찾고 있지? 나는 비틀거리며 맨발로 문을 향해 걸어간다. 그리고 뭘 찾고 있었는지 기억해낸다. "맞아, 신발. 도대체 어디에 있는 거야?" 나는 쭈그리고 앉아 침대 밑을 살핀다.

새언니가 팔을 잡고 나를 일으킨다. "아가씨, 제발 그만해요. 지금 취했어요. 침대에 눕혀줄 테니 눈 좀 붙여요."

"아뇨." 나는 내 몸을 잡고 있는 그녀를 밀쳐낸다. "내가 지금 이러고 있을 때가 아니에요."

"어머니는 이해하실 거예요. 이런 모습은 어머니가 원하시는 게 아니—"

"아, 저기 있다." 나는 검은색의 새 구두를 그러쥐고 발을 밀어 넣는다. 맙소사. 두 사이즈나 커질 정도로 발이 부어 들어가지 않는다.

나는 신발을 반은 신고 반은 걸친 채 급히 복도를 지나 내려간다. 팔을 아래로 쭉 펴고 꼿꼿한 자세를 유지하려 애쓰지만 결국 휘청거리며 벽과 벽을 마치 탁구를 치듯 짚고 내려간다. 등 뒤에서 새언니의 목소리가 들린다. 마치 이를 꽉 물고 말하는 사람처럼 근엄하고 낮은 어조. "아가씨! 제발, 그만, 멈춰요!"

조문객을 위한 오찬 자리에 내가 얼굴을 비추지 않아도 된다고 생각한다면 아마 그녀는 제정신이 아닐 것이다. 엄마 체면이 있지. 사랑하는, 아름다운 우리 엄마를 보내는 날인데…….

나는 통통 부어오른 발을 바비 인형의 신발처럼 작은 검은 구두에 밀어 넣으려 용을 쓰며 계단을 꼭 붙들고 내려간다. 계단을 거의 내려갔을 때 발목을 삐끗하며 휘청한다.

"악……."

엄마를 애도하기 위해 모인 조문객들의 눈동자가 일순 비명 소리를 따라 내게 집중된다. 여자들은 몹시 놀라며 손으로 입을 막고 남자들은 계단에서 휘청거리는 나를 잡기 위해 급히 내 쪽으로 밀려온다.

나는 현관 앞 홀에 모여 있는 사람들 사이로 그대로 미끄러진다. 검정 드레스는 허벅지가 보일 정도로 말려 올라가고 신발 한 짝은 사라진 채.

접시들이 달그락거리는 소리가 나를 깨운다. 나는 입 한쪽에 흘러내린 침을 닦으며 일어나 앉는다. 머리가 지끈지끈, 무겁고 띵하다. 나는 몇 번이나 눈을 깜박이며 주위를 두리번거린다. 엄마 집이다. 좋아. 곧 내게 아스피린을 가져다주겠지. 거실에 그림자가 아른거린다. 일하는 사람들이 접시들을 쌓아 정리하고 유리컵들을 갈색 플라스틱 통에 넣는다. 지금 무슨 일들이 일어나고 있는 걸까? 마치 야구방망이로 한 대 얻어맞은 기분이다. 아무 말도 나오지 않고 나는 입을 틀어막는다. 모든 통증, 슬픔과 고통의 조각들까지 다시 시작되는 기분이다.

암 발병 후 투병 생활을 길게 하는 것이 금방 생을 마감하는 것보다 좋지 않다고 들었지만 암 생존자들도 그렇게 생각하는지는 확신하지 못하겠다. 엄마의 경우는 암 진단 후, 초현실적이라고 느낄 정도로 너무도 빠른 죽음을 맞이했다. 악몽에서 깨어난 후 다행스러운 기분을 느끼는 대신 나는 눈을 뜰 때마다 엄마의 죽음이 현실로 느껴지지 않아서, 마치 영화 〈사랑의 블랙홀〉에 나오는 빌 머레이처럼, 아침마다 억지로 슬픔을 떨쳐내기 위한 애도의 시간이 처음부터 다시 시작되는 듯한 고통을 느꼈다. 아무 조건 없이 나를 사랑했던 사람이 지상에 없는데, 나는 정말 괜찮은 걸까? 가슴의 통증 없이 엄마를 그리워하는 것이 가능해질 수 있을까?

지끈거리는 관자놀이를 문지르고 있자니 계단에서 넘어지며 겪었던 황당했던 순간들이 단편적으로 이어지며 내게 달려든다.

죽고 싶을 정도로 창피했던 순간들.

"잠자는 공주님, 괜찮아?" 올케 셸리가 3개월 된 조카 에마를 안고 내게 다가오며 묻는다.

"엉망이야. 정말 형편없는 바보라고, 내가." 나는 끙 소리를 내며 머리를 두 손으로 받친다.

"왜 그런 생각을 해? 술 취한 사람이 자기밖에 없을까 봐? 발목은 어때?"

나는 발목에 얹어두었던, 거의 녹은 얼음주머니를 들고 발목을 돌려본다. "괜찮은 것 같아. 내 자아보다는 더 빨리 회복될 거야. 어떻게 내가 엄마에게 이런 꼴을 보였지?" 나는 고개를 세차게 흔든다. 얼음주머니를 바닥에 아무렇게나 던져놓고 소파에서 일어선다. "셸리, 1점부터 10점 중 내가 어느 정도 엉망이었어?"

셸리가 내 손등을 살짝 치며 말한다. "며칠간 잠을 못 자 극심한 피로가 누적돼서 그렇다고 얘기했어. 다들 그렇게 생각해. 네 얼굴 보면 몇 주 동안 안 잔 사람 같아, 누구라도 그렇게 믿지." 그녀가 시계를 힐끗 본다. "일곱시가 넘었네, 우리는 이제 갈 준비 해야겠어."

제이 오빠가 세 살짜리 아들 트레버 앞에 쪼그리고 앉아 노란색 스티커를 팔에 붙여주고 있다. 스티커로 뒤덮인 팔 때문인지 트레버가 소생한 시기를 이고 있는 것 같다, 그 애의 투명한 파란색 눈동자가 나를 발견하자 반가움에 소리친다.

"브웻 고모!"

서툰 'R' 발음 때문에 귀엽게 들려 기분이 좋다. 나는 비밀스럽게 그 애가 크더라도 'R' 발음을 할 줄 모르길 바란다. "오, 트레버, 우리 큰 아기, 잘 있었어?"

나는 조카의 머리를 장난스레 헝클어본다. 제이 오빠가 트레버의 셔츠 단추를 채우고 아이를 일으켜 세우며 나를 본다. "이제야 나타나셨네?" 서른여섯 살인 오빠는 보조개가 들어갈 만큼 환하게 웃을 때 뚜렷이 보이는 눈가의 잔주름만 아니면 스물여섯의 청년으로 보인다. "잘 잔 거야?" 그가 내게 팔을 두르며 묻는다.

"정말 미안해." 내가 눈가에 번진 마스카라를 닦아내며 말한다.

오빠가 내 이마에 가볍게 키스를 한다. "그럴 필요 없어. 네가 가장 힘들다는 거, 우리 모두 알아."

그의 말뜻은, 볼링거 집안의 세 자녀 가운데 나 혼자만 미혼이고 가족이 없다는 것이다. 엄마에게 가장 의지하며 산 사람도 나니까 오빠는 내가 측은해 보이나 보다.

"우리 다 슬프지, 뭐." 내가 그의 팔을 어깨에서 내려놓으며 말한다.

"그래도 너는 딸이잖아." 큰오빠 조드가 거실의 한쪽을 돌아서 나오며 말한다. 강인한 인상을 풍기는 그의 얼굴선이 커다란 화환에 거의 덮여 있다. 가느다란 머리를 깔끔하게 빗어 뒤로 넘긴 제이 오빠와 달리, 조드 오빠는 부드러운 달걀처럼 보일 만큼 머리를 말끔히 밀었으며 투명한 안경테가 도회적인 예술가 분위기를 풍긴다. 조드 오빠가 옆으로 돌아서서 나의 뺨을 툭 건드리며 말한다. "너랑 엄마는 끈끈했지. 나나 제이는 너 없이 엄마를 돌볼 수 없었을 거야. 특히나 엄마 마지막에는 더욱 그랬지."

그 말은 사실이다. 엄마가 지난봄 난소암 판정을 받았을 때 나는 엄마에게 같이 이겨내자고 했다. 수술 후에 엄마의 식사를 도운 사람도 나였고, 항암치료 때마다 내가 침대 곁에 있었다. 다른 의사들의 소견도 들어봐야 한다고 고집을 피운 것도 나였다. 그리고 모든 의사들에게 예후가 좋지 않으리라는 의견을 들은 후, 엄마가 끔찍한 항암치료를 거부하기로 결정한 날 엄마와 함께 있었던 사람도 나다.

제이 오빠가 내 손을 꼭 잡는다. 오빠의 파란 눈동자가 글썽인다. "우리가 있잖아, 알지?"

나는 고개를 끄덕이며 주머니에서 화장지를 꺼낸다.

우리의 조용한 애도 분위기를 깨고 셸리가 에마의 카시트를 끌어당기며 거실을 가로질러 온다. 그녀가 제이 오빠를 보고 말한다. "여보, 우리 부모님이 보내신 화분 좀 가져올래?" 그녀가 조드 오빠를 한번 힐끗 본 뒤 나를 본다. "가져가실래요? 별로 좋아하시지 않을 것 같긴 한데."

조드 오빠가 안 보이느냐는 듯이 품에 안은 화환을 쳐다본다. "이거면 됐어요."

"가져가요." 내가 말한다. 엄마가 돌아가신 지 얼마나 되었다고 꽃 타령을 하다니 이해할 수 없다.

두 오빠와 올케들이 서둘러 엄마가 살던 오래된 저택을 빠져나가는 동안 나는 자단목으로 만든 현관문을 부여잡고 서 있다. 예전에 엄마가 그랬던 것처럼. 새언니가 에르메스 스카프를 스웨이드 재킷 안에 밀어 넣으면서 마지막으로 나간다.

"내일 봐요." 그녀가 내 볼에 진분홍색 키스를 남긴다.

끙 하는 신음이 절로 나온다. 마치 누가 어떤 화분을 가지고 집에 돌아갈지 논하던 게임에 싫증 난 사람들처럼, 우리는 내일 아침 열시 반에 모여 새로운 게임을 하듯 엄마의 유산을 '볼링거 자녀들에게 주는 상장'처럼 여기며 나눠 가질 것이다. 이제 몇 시간 후면, 나는 볼링거코스메틱의 사장인 동시에 새언니의 상사가 될 텐데, 잘해나갈 자신이 없다.

힘들었던 밤의 어둠이 사라진 자리에 구름 한 점 없는 파란 하늘이 고개를 내민다. 좋은 징조다. 나는 링컨 타운카 뒷좌석에 앉아 물안개가 이는 미시간 호수 주변을 바라보며 오늘 무슨 말을 할까 마음속으로 연습한다. '아, 나는 평범한 사람인데 이런 직책을 맡게 되어 정말 영광입니다. 엄마의 자리를 완벽히 대신하지는 못하겠지만 온몸을 바쳐 이 회사를 이끌 겁니다.'

머리가 욱신거린다. 빌어먹을 샴페인을 마신 내가 원망스럽다. 무슨 생각으로 그랬지? 속이 울렁거린다—꼭 술을 마셔서만은 아니다. 내가 정말 왜 그랬지? 이제 오빠들에게 진지한 사람으로 보이기는 영 글렀어. 나는 핸드백에서 콤팩트를 꺼내 볼에 가볍게 두드린다. 오늘은 자신감 있고 차분한 모습을 보여야 한다. CEO라면 그래야지. 내가 술은 좀 약하지만, 오빠들이 내가 회사를 잘 이끌어나갈 사람이라고 느낄 만큼 좋은 모습을 보여야지. 오빠들은 서른네 살의 여동생이 홍보실장에서 회사의 대표로 승진하는 걸 보고 대견하다고 느낄까? 어제 나의 난감한 행동에도 불구하고 오빠들은 나를 적임자로 여길 것이다. 그들은 다른 직업이 있고, 회사의 지분 말고는 가족 사업에 그리 관심이 없어 보인다. 셸리는 언어치료사에다 엄마로서도 바쁜 사람이니, 누가 시어머니의 회사를 운영할지 그녀에게는 관심 밖의 일이다.

정작 내가 두려워하는 사람은 새언니다.

펜실베이니아대학교의 유명한 와튼스쿨에서 경영학 석사를 땄고, 1992년 올림픽 때 수중발레 선수로 참가했을 만큼 머리 좋고 끈기 있고, 동시에 세 개의 회사를 경쟁력 있게 키워온 사람.

지난 12년간 그녀는 볼링거코스메틱에서 부사장직을 맡으며 엄마의 오른팔 역할을 해왔다. 그녀가 없었다면 볼링거코스메틱은 그저 그런 소규모 업체로 남아 있었을 것이다. 그녀는 엄마를 설득해 제품 라인을 확충했다. 2002년 초, 〈오프라윈프리쇼〉에서 '내가 좋아하는 것들'이라는 특집 쇼를 시작한다는 소문을 듣고 일을 벌였던 것이다. 그녀는 21주 동안 빠짐없이 볼링거 천연 비누, 로션들과 함께, 친환경 제품을 생산하는 회사 이미지가 담긴 카탈로그와 사진들을 오프라 윈프리의 하포스튜디오로 보냈다. 막 스물두 번째 상자를 포장하고 있을 때, 그녀는 오프라가 볼링거코스메틱의 유기농 홍차포도씨 마스크 팩을 좋아하는 것들 가운데 하나로 선정했다는 연락을 받았다.

쇼가 방송되자 제품의 인기가 치솟았다. 갑자기 모든 스파와 고급 백화점 매장에서 볼링거 화장품을 취급하길 원했다. 공장은 처음 6개월 동안 네 배의 속도로 가동됐다. 대형 화장품 회사 세 군데에서 엄청난 돈을 주며 회사를 인수하겠다는 의사를 밝혔지만 그녀는 엄마에게 회사를 파는 대신 뉴욕과 로스앤젤레스, 댈러스, 마이애미에 매장을 열자고 건의했고 2년 후 국외시장까지 진출하는 결과를 만들었다. 나의 홍보 실력이 뒷받침되었다는 자긍심도 없지 않지만, 회사의 매출을 수백만 달러로 끌어올린 것은 전적으로 캐서린 험프리스 볼링거 덕이라는 것에 토를 달 사람은 없다.

명백한 사실이다. 새언니는 여왕벌이고 나는 홍보실장으로 그녀의 충실한 일벌이다. 이제 얼마 있으면 우리의 역할이 바뀔 것이다. 내가 새언니의 상사가 될 것이다. 생각만으로도 맙소사 소리가 절로 튀어나온다.

지난 6월 엄마가 항암치료로 고통의 시간을 보내면서 볼링거 코스메틱에 모습을 자주 드러내지 않았을 때, 새언니는 나를 사무실로 불렀다.

"경영의 기본을 아는 게 매우 중요한 일이라는 걸 잊지 마요, 아가씨." 그녀가 두 손을 앞으로 모은 채 체리목 책상에 앉아서 말했다. "우리가 아무리 부정하고 싶어 해도 우리의 삶은 변할 거예요. 앞으로 맡을 일을 위해 아가씨도 미리 준비할 필요가 있어요."

그녀는 엄마가 곧 죽을 것처럼 말했다! 어떻게 그렇게 최악의 사태를 확신할 수 있었을까? 내 기분과 상관없이 새언니는 철저한 현실주의자다. 그녀는 결코 틀린 말은 하지 않는다. 그래서 섬

뜩했다.

"당연히 어머니 소유의 지분은 아가씨에게 갈 거예요, 어쨌든 외동딸이고, 사업에 관여하는 유일한 자식이니까요. 이 회사의 그 누구보다 어머니의 파트너로서 가장 오래 일한 사람이니까요."

목에 단단한 것이 걸리는 기분이었다. 엄마는 내가 기저귀를 차고 있을 때부터 회사 일을 했다고 자랑스러워하곤 했다. 나를 아기띠로 업은 채 엄마가 만든 로션과 비누를 홍보하러 근처의 상점과 시장을 돌아다닌 일을 두고 하는 말이었다.

"그리고 회사 지분도 가장 많이 소유하고 있고." 새언니가 계속 말했다. "모든 것이 완벽해, CEO로서."

그녀가 차분하게 가라앉은 목소리로 말하자 나는 그녀가 혹시 자신의 억울함을 피력하는 것은 아닌지 의아했다. 그렇다고 누가 그녀를 탓할 수 있을까? 훌륭한 업적을 이뤄낸 그녀를. 나? 나는 그냥 엘리자베스의 딸로 태어났을 뿐이다.

"CEO가 될 준비를 내가 도와줄게요―혹시 준비가 안 되었을지도 모르니." 그녀가 컴퓨터 화면을 보며 일정을 확인했다. "내일 어때요? 여덟 시 정각." 질문이 아니라 명령이었다.

매일 아침 나는 그녀의 책상 옆에 의자를 끌어다 놓고, 해외 판촉 관련 업무와 국제 세무에 관한 소양, 회사의 일상적인 운영 방식에 대한 설명을 들었다. 그녀는 나를 하버드 경영대에서 실시하는 일주일 코스의 세미나에도 보내고 직원들과의 관계 개선과 자금의 능률적인 사용법에 관한 온라인 워크숍에도 등록시

켰다. 여러 번 벅찰 정도의 일정이라고 느꼈지만 한 번도 그만둘 생각은 하지 않았다. 한때 엄마의 것이었던 왕관을 내가 이어받게 될 것이다. 왕관의 빛이 바랠 때마다 나는 새언니에게 도움을 요청할 것이고 그때마다 그녀가 억울해하지는 않기를 바랄 뿐이다.

엄마의 운전기사가 나를 이스트랜돌프가(街) 200번지에 내려놓자 나는 화강암과 강철로 외벽을 만든 시카고 아온센터 건물을 응시한다. 이런 건물에 사무실을 가지려면 엄청난 임대료를 지불해야 할 것이다. 두말할 것도 없이 엄마의 변호사가 무능한 사람은 아니라는 확신이 든다. 32층으로 올라간다. 정확히 열시반에 매력적인 붉은 머리의 클레어가 마이더 변호사의 사무실, 오빠들 내외가 직사각형의 마호가니 탁자 앞에 벌써 모여 앉아있는 곳으로 나를 안내한다.

"커피 좀 갖다 드릴까요, 볼링거 씨? 차나 생수도 있습니다." 클레어가 묻는다.

"아뇨, 감사합니다." 나는 셸리 옆에 앉으며 주위를 둘러본다. 현대적인 멋과 고풍스러움이 어우러진 마이더 변호사의 사무실은 눈길을 끌 정도로 매력적이다. 대리석과 유리 외벽이 자아내는 공간의 현대적인 감각과 동양적인 멋을 풍기는 양탄자와 군데군데 놓인 고풍스러운 가구와 소품들이 어울려 조화를 이룬다. 명쾌한 감각이다.

"사무실이 정말 멋지군요." 내가 감탄하며 말한다.

"정말 그렇죠?" 마주 앉은 새언니가 동감이라는 듯 말한다.

"스톤 건축이 정말 매력적이에요."

"나도 그렇게 생각해요. 채석장을 차려도 될 만큼 많은 돌이죠."

그녀는 마치 어린아이가 재미있는 말이라도 했다는 듯 키득거리더니 말한다. "아, 내 말은 건축가 이름이 에드워드 두렐 스톤이라는 말이에요."

"아, 맞아!" 나는 그제야 고개를 끄덕인다. 도대체 모르는 게 없는 여자야. 캐서린의 지성은 때로 나를 감동시키기보다는 무지한 사람으로 느끼게 하고, 그녀의 자신감은 내가 빅토리아 베컴의 보정속옷처럼 아무 쓸모도 없는 사람처럼 느껴지게 만든다. 나는 새언니를 무척 좋아하지만, 그 감정은 애정이라기보다는 어쩔 수 없이 나를 제압하는 그녀의 기운—그녀의 지나친 자신감에 대한 나의 무방비 상태의 감정이라고 불러도 좋은—이 빚어낸 결과인지도 모른다. 엄마는 내가 새언니만큼 지성적인 면을 갖췄음에도 자신감은 좀 부족하다고 늘 말하면서도 "그래서 감사할 일이지만"이라고 덧붙이곤 했다. 엄마가 유일하게 만능의 여신인 새언니에 대해 부정적인 표현을 하는 경우였지만 이런 은밀한 대화가 나를 편하게 한 건 사실이다.

"원래는 스탠더드오일 회사의 건물로 지어졌대." 새언니는 내가 관심 있다고 생각했는지 자세한 설명을 마다하지 않는다. "1973년. 정확한지는 모르지만."

제이 오빠는 새언니 뒤쪽으로 의자를 좀 빼더니 무언극을 하는 배우처럼 과장되게 크게 하품하는 시늉을 하는 반면 조드 오빠는 아내의 정확한 설명에 고무된 표정이다.

"당신 말이 정확해. 시카고에서 세 번째로 높은 건물이기도 하고. 맞지?" 조드 오빠가 새언니에게 애써 동조를 구하는 눈빛을 보낸다. 오빠는 명색이 이 도시에서 세 손가락 안에 드는 유망한 건축가임에도 기세등등한 아내에게 제압당한 얼굴이다. "트럼프 타워와 윌리스 타워 다음으로 높지."

새언니가 나를 보며 말한다. "윌리스 타워 알죠? 예전에 시어스 타워였던."

"시어스 타워? 아니 백화점이 뭐 그렇게 높은 건물이 필요해?" 나는 어리둥절한 표정을 과장되게 지으며 턱을 만지작거린다.

맞은편에 앉은 제이 오빠가 재미있다는 듯 씩 웃는다. 반면 새언니는 뭐라고 더 말하기 전에 내가 농담을 하는 것인지 확실히 파악하지 못했다는 표정으로 입을 연다. "그러니까, 이 건물은 83층인데—"

그때 큰 키에 머리가 헝클어진 남자가 다급하게 문을 열고 들어서자 우리의 건축물 상식에 관한 게임은 일순 막을 내리고 정적이 흐른다. 남자는 사십대로 보인다. 그가 손으로 검은 머리를 쓸어 올리고 넥타이를 빠르게 매만진다. "안녕하세요." 탁자로 다가서며 그가 모두에게 인사한다. "브래드 마이더입니다. 기다리시게 해서 죄송합니다." 그가 탁자를 돌며 일일이 우리와 악수를 나누고 우리도 짧게 각자 소개한다. 살짝 겹쳐진 앞니가 소년 같은 매력과 신뢰감을 자아내 강렬한 눈빛을 조금 부드러워 보이게 한다. 왜 엄마는 수년 동안 우리 가족의 법률 자문 변호사였던 골드블랫 씨를 놔두고 이 젊고 낯선 변호사를 고용한 거지? 나는 문득 오빠들도 나와 비슷한 생각을 하고 있는지 궁금하다.

"방금 다른 곳에서 회의를 끝내고 오느라고 늦었습니다." 마이더 변호사가 나와 대각선으로 마주 보이는 곳, 탁자 중앙에 의자를 끌어당기며 앉는다. "그렇게 오래 걸릴지 몰랐어요."

마이더 변호사가 들고 들어온 파일을 탁자 위에 펼친다. 새언니를 힐끗 보니 노트와 펜을 벌써 준비하고 자신은 이미 중요한 것을 듣고 메모할 준비가 되어 있다는 표정으로 앉아 있다. 왜 나는 메모할 생각조차 못 하고 온 거지? 노트북을 챙겨 올 생각조차 못 하는 내가 어떻게 회사를 운영할지 난감하다.

마이더 변호사가 먼저 목청을 가다듬는다. "먼저 어머니를 잃으신 유족분들의 마음이 어떠실지 짐작합니다. 깊은 애도를 표합니다. 여러분의 어머니를 정말 존경했지요. 어머니를 지난 5월에 처음 뵀어요. 바로 암 확진을 받고 나서죠. 그런데도 이상하게 오랫동안 어머니를 알아왔다는 느낌이 드네요. 어제 장례식에는 참석했지만 오찬에는 오래 머물지 못했어요. 그러나 변호사로서가 아니라 어머니의 친구로서 참석했습니다."

나는 바쁜데도 불구하고 기껏해야 16주도 안 되는 시간 동안 알고 지낸 사람의 장례식에 참석해준 변호사에게 금방 호감이 간다. 내가 아는 변호사, 남자친구 앤드루를 떠올리지 않을 수 없다. 우리 엄마를 만난 지 4년이나 되었는데, 스케줄 하나 정리 못 해 오찬에 참석하지 못했다. 나는 애써 마음에 쌓인 것들을 뒤로 밀어놓은 채 변호사의 말에 귀를 기울인다.

"우선 돌아가신 어머니의 유언을 제가 발표하게 되어 영광으로 생각합니다. 그럼 시작할까요?" 마이더 변호사가 말한다.

한 시간 후, 엄마의 소중한 유산들이 잘게 쪼개질 것이고, 제이 오빠와 조드 오빠는 평생 동안 놀고먹어도 될 유산을 상속받을 것이다. 엄마는 어떻게 그토록 많은 재산을 모을 수 있었을까?

"브렛 볼링거 씨에게는 다음에 유산 목록을 알려주겠습니다." 마이더 변호사가 돋보기를 벗으며 말하면서 나를 본다. "특별히 별표를 한 부분들을 제가 직접 자세히 설명해야 하니까요."

"네, 알겠습니다." 나는 속으로 약간 고개를 갸우뚱하며 말한다. 왜 엄마가 나의 유산을 오늘 주지 않는 것일까? 아마도 엄마가 남겨놓은 빨간 일기장에 자세히 적혀 있겠지. 가치로만 따져도 수백만 달러가 넘는 회사의 지분을 내가 받는다는 생각이 떠오른다. 내 리더십이 어떻게 평가될지는 오직 신만이 알 것이다. 둔탁한 통증이 관자놀이를 짓누른다.

"다음은 어머니의 집입니다." 마이더 변호사가 다시 돋보기를 쓰며 서류의 한 부분을 읽어 내려간다. "노스애스터가 113번지에 있는 주택은 열두 달 동안 본래 모습대로 보존하길 원한다. 이 기간 동안 집은 물론 그 안에 있는 어떤 것도 매매하거나 세를 놓지 못한다. 내 자식들은 30일 이상 계속 그곳에 거주하지 못한다. 집 안에 있는 모든 가구와 물품들은 사용 가능하다."

"정말입니까?" 조드 오빠가 궁금함을 참지 못하고 마이더 변호사를 쳐다보며 묻는다. "우리는 다 집이 있으니 굳이 어머니 집을 그대로 놔둘 이유가 없잖아요?"

조드 오빠의 말에 나는 얼굴이 화끈거린다. 손톱 끝을 만지작거린 것도 그 때문이다. 두말할 것도 없이 조드 오빠는 나와 앤드루가 사는 집이 둘의 명의로 되어 있다고 생각하고 그렇게 말한 것 같다. 앤드루가 3년 전에 구입하고 그와 함께 그곳에 살고 있지만, 앤드루보다 내가 더 많은 돈을 들여 꾸몄지만, 소유권은 앤드루의 이름으로 되어 있다. 법적으로 말하면 앤드루의 집이다.

"형, 엄마의 유언이야. 존중해드려야지." 제이 오빠가 평소와 똑같은 자연스러운 어조로 말한다.

조드 오빠가 고개를 젓는다. "말도 안 되는 거라고. 열두 달 동안 그 엄청난 세금. 오래된 집 관리는 말할 것도 없고."

조드 오빠는 아버지의 발끈하는 기질—타협할 줄 모르고, 독단적이고, 감상적인 생각은 단칼에 자르는—을 고스란히 물려받았다. 지난주에 엄마의 장례를 준비하며 거친 수많은 절차를 보더라도 그의 냉정한 성품은 도움이 되기도 하지만, 오늘은 그런 모습이 정말 실망스럽다. 그는 오늘이 가기 전에 '팝니다' 표지판을 집 마당 한가운데 꽂아놓고 쓰레기통을 도로변에 턱 내놓고 싶은 사람처럼 군다. 대신 우리는 엄마의 물건들 하나하나에 작별을 고할 시간을 갖게 될 것이다. 앤드루 취향에 그 집은 너무 고풍스럽지만, 오빠들 가운데 한 명은 엄마가 아끼던 집을 영원이 소유에 기고 결정할 수도 있을 것이다.

엄마는 내가 노스웨스턴대학으로 떠나던 해에 자입 매블므 너온 고풍스럽지만 황폐하기 이를 데 없는 이 집을 샀다. 아버지는 완강하게 반대한 일이었다. 터무니없이 큰 공사가 될 것이라고 했지만 이미 아버지는 엄마의 '전 남편'이었다. 엄마는 자유롭게 자신이 원하는 대로 결정했다. 아마도 엄마는 썩어가는 천장과 냄새 나는 카펫 사이에서 뭔가 신비로운 분위기를 찾아냈던 것 같다. 몇 해에 걸친 공사 기간과 자신의 결정에 회의를 느꼈던 순간들까지 모두 뒤로하고, 엄마의 노력과 통찰력은 결국 빛을 보았다. 19세기의 중후함을 갖추고, 시카고에 사는 모두가 선망하는 골드코스트 한복판에 위치한 집은 누가 봐도 욕심 낼 정도로 눈에 띈다. 철강 노동자의 딸로 태어난 엄마는 한때 고향인 인디애나 주 게리에서 '신분 상승에 성공한 사람'이라고 불렸다. 나는 아버지가 그토록 폄하했던 고택이―그리고 엄마가―화려하게 변신하는 것을 못 보고 돌아가셨다는 사실이 못내 아쉬웠다.

"어머니가 이런 유언을 남기셨을 때 의식은 명료하셨나요?" 조드 오빠가 묻는다.

나는 변호사의 웃는 얼굴에 뭔가 비밀스러운 게 숨겨져 있다는 생각이 든다. "완벽히 명료한 상태였죠. 장담하건대, 어머니는 자신이 어떤 결정을 내리는지 정확히 인지하고 계셨습니다. 사실 저는 이렇게 정교하게 작성된 유언장을 지금껏 보지 못했습니다."

"계속하죠. 집에 관해서는 우리가 따로 시간을 내서 상의하도록 하고." 새언니가 '영원한 관리인'처럼 말한다.

마이더 변호사가 다시 목청을 다듬는다. "그럼 이제 볼링거코스메틱에 관한 이야기로 옮겨볼까요?"

네 명의 눈동자가 내게 쏠리자 머리가 욱신욱신 쑤시는 것 같다. 어제의 황당한 일이 다시 떠오르자 나는 패닉에 빠진 사람처럼 몸이 굳어버린다. 모친상을 당했는데 술 취해 쓰러지는 CEO가 도대체 어디 있단 말인가? 이런 직함은 내게 과분해. 되돌리기에는 너무 늦어버렸지만. 나는 마치 아카데미 시상식에 초대받은 여배우처럼 억지로 자연스러운 표정을 연출하려 애쓴다. 새언니는 펜을 꼭 쥐고, 사업상 필요한 모든 세세한 사항들을 하나도 놓치지 않겠다는 자세로 앉아 있다. 이런 분위기에 익숙해져야 해. 내가 상사가 되겠지만 회사에서 그녀가 나의 일거수일투족을 늘 주시할 테니까.

"나의 모든 볼링거코스메틱 주식과 대표이사직을⋯⋯."

'자연스럽게 행동하자. 되도록 새언니와 눈을 마주치지 말고.'

"며느리⋯⋯." 내가 환청이라도 들은 걸까? "캐서린 험프리스 볼링거에게 일임한다."

2장

"대체 무슨 소리죠?" 내가 큰 소리로 묻는다. 곧바로, 내가 오스카상을 수상하지 못하고, 공포스럽게도 최소한의 품위마저 잃어버렸음을 깨닫는다. 솔직히, 나는 부끄러움도 잊은 채 화가 치솟는다.

마이더 변호사가 안경 너머로 나를 물끄러미 바라본다. "죄송합니다. 다시 읽어드릴까요?"

"아⋯⋯. 네." 나도 모르게 말을 더듬는다. 마치 도움이라도 바라는 사람처럼 내 눈은 오빠들과 올케들의 시선을 따라 움직인다. 제이 오빠는 약간 동정하는 눈빛이다. 조드 오빠는 나를 바로 보지도 못한다. 노트에 낙서를 하고 있는 그의 턱선이 약간 움찔거린다. 그리고 새언니. 그녀는 정말 배우 같다. 얼굴에 나타난 가득한 의구심은 한 치의 의심할 여지도 없이 진심으로 보인다.

마이더 변호사는 나를 더 가까이 쳐다보며, 마치 청력이 약한 노인에게 얘기하듯 신중한 어조로 말한다. "어머니의 모든 볼링거코스메틱 주식은 당신의 올케인 캐서린에게 상속합니다." 그는 그것도 모자라 들고 있는 서류를 보라며 내게 들이민다. "모두에게 복사본을 드릴 테지만, 제가 들고 있는 서류를 지금 확인해보셔도 무방합니다."

나는 손으로 서류를 밀어낸다. 최대한 호흡을 조절하며 얼굴을 찌푸린다. "아뇨. 다시 볼 필요는 없어요. 계속하시죠. 죄송합니다." 나는 최대한 감정을 억제한다. 의자 깊숙이 몸을 밀어넣고 떨리는 입술을 살짝 깨문다. 뭔가 불찰이 있었을 거야. 내가…… 내가 얼마나 열심히 일했는데. 내 모습을 엄마가 자랑스럽게 여길 정도로. 새언니가 꾸민 일인가? 아니야, 그녀가 그렇게 잔인하지는 않아.

"이제 거의 끝났어요." 변호사가 말한다. "브렛 볼링거 씨하고 둘이서 이야기하고 싶습니다. 지금 시간 있으신가요? 아니면 다른 날로 시간을 봐서 정할까요?" 변호사가 나를 빤히 쳐다보며 묻는다.

나는 지독한 안개에 갇힌 채 출구를 찾기 위해 안간힘을 쓰고 있는 기분이다. "오늘 괜찮아요." 내가 말하면서도 남이 말하는 것처럼 들릴 정도로 목소리가 낯설다.

"좋아요. 그럼." 그가 탁자에 모여 앉은 사람들의 얼굴을 한번 훑어본다. "혹시 다른 질문이라도 있으신가요?"

"다 알아들었으니 됐습니다." 조드 오빠가 말한다. 그는 의자에서 일어서더니 휴식 시간이 주어진 죄수처럼 서둘러 문을 찾는다.

새언니는 메시지 들어온 것이 있는지 휴대전화를 확인하고, 제이 오빠는 급히 일어서며 마이더 변호사에게 감사 인사를 한다. 그가 잠깐 나를 쳐다보는 듯하더니 황급히 눈길을 거둔다. 당황한 게 분명하다. 나는 속이 울렁거린다. 내게 다정하게 구는 사람은 셸리뿐이다. 그녀의 구불구불한 갈색 머리와 부드러운 회색빛 눈동자가 나를 위무한다. 그녀는 어떻게 말을 해야 할지 모르겠다는 듯이 팔을 벌려 나를 안아준다.

수업 시간에 말썽을 피워 방과 후에 남게 된 학생처럼 나는 의자에 말없이 앉아 있다. 오빠들은 마이더 변호사와 악수를 나눈다. 그들이 사무실을 나가자 마이더 변호사가 문을 닫는다. 문이 닫히자 너무 조용한 나머지 관자놀이로 피가 흐르는 소리마저 들리는 듯하다. 서로 마주 보기 편하게 그가 탁자 중앙에 앉는다. 그의 얼굴은 매끄럽고 햇볕에 그을었으며, 부드러운 갈색 눈동자는 각진 턱선과 약간 부조화스럽게 보인다.

"괜찮아요?" 그가 정말 대답을 알고 싶은 것처럼 묻는다. 변호사비를 시간당으로 지불해야 할 텐데.

"괜찮아요." 내가 대답한다. '엄마도 없이 불쌍하게 되었고요, 창피하고요, 그래도 어쩔 수 없이 괜찮다고 말해야겠죠? 그러니 괜찮다고요.'

"사실 어머니께서 오늘이 당신에게 가장 힘든 날이 될 거라며 걱정하셨죠."

"정말이에요?" 나는 쓸쓸함을 숨기지 않고 묻는다. "엄마가 그렇게 유언을 하신 것에 대해 내가 속상해할 거라고 말했다고요?"

그가 내 손등을 다독인다. "그게 진실의 전부는 아니에요."

"외동딸인 내가 엄마에게 아무것도 받지 못한다고요. 아무것도. 가구 하나도요. 딸인데 말이에요, 제길."

나는 황급히 손을 빼서 무릎 위에 놓는다. 고개를 떨구자 시선이 에메랄드 반지를 낀 손가락에 닿더니 자연스럽게 롤렉스 시계와 카르티에 트리니티 팔찌에 머문다. 나는 시선을 다시 위로 거두고 마이더 변호사의 친절한 얼굴을 대치할 만한 흉측한 물건은 없는지 두리번거린다.

"지금 나를 보면서 변호사님이 무슨 생각을 하는지 알아요. 내가 철없는 이기주의자라고 여기겠죠. 돈과 권력을 못 얻어 이러는 거라고 여기고 있죠?" 감정이 격했는지 목이 잠긴다. "사실, 어제…… 내가 갖고 싶었던 것은 엄마가 쓰시던 침대예요. 단지 그거 하나……. 엄마의 손때가 묻은 오래된 가구죠." 나는 목에 뭔가 걸린 것 같아 손으로 쓸어내린다. "침대라고요. 그 위에서 몸을 웅크리고…… 엄마를 느끼고 싶었어요."

공포감이 밀려와 나도 모르게 흐느낀다. 처음엔 작게, 그러다 점점 모양새가 사나워지더니 급기야 눈물을 왈칵 쏟고 만다. 마이더 변호사가 화장지를 가지러 급히 책상으로 간다. 내가 다시 평정을 되찾기 위해 애쓰는 동안 그가 화장지를 건네주고 등을 다독인다. "미안해요. 너무…… 힘드네요." 내가 울음 섞인 목소리로 말한다.

"이해해요." 그의 얼굴에 그늘이 드리워지는 것을 보자 나는 그가 진심으로 이해한다는 생각이 든다.

나는 화장지로 눈 주변을 가볍게 두드리며 닦아낸다. '숨 한 번 크게 쉬고, 다시 한 번 후.' "이제 괜찮아요." 내가 거의 평정을 되찾았다는 듯이 말한다. "저와 할 얘기가 있다고 그러셨죠?"

그가 가죽 가방에서 두 번째 파일을 꺼내 내 앞에 놓는다. "어머니께서 브렛 씨를 위해 뭔가 다른 것을 마음에 두셨어요."

그가 파일을 열더니 빛바랜 노트 한 장을 꺼내 내게 건네준다. 나는 그것을 물끄러미 바라본다. 심하게 구겨진 걸 보면 종이가 전에 공처럼 구겨졌었다는 걸 알 수 있다. "이게 뭐예요?"

"라이프 리스트요." 내가 무슨 영문인지 못 알아듣자 그가 다시 말한다. "브렛 씨가 직접 작성한 라이프 리스트예요."

내 글씨를 알아차리기까지 몇 초가 흐른다. 화려하게 꾸며 쓴 열네 살 때의 필체. 명백한 건 기억에 없지만 내가 라이프 리스트를 작성했다는 것이다. 내가 세운 정확한 목표 말고도, 나는 엄마가 옆에 달아놓은 의견들을 힐끗 본다.

나의 라이프 리스트

*1. 아기를 한 명, 또는 두 명 갖기

2. 닉 니콜과 키스하기

3. 치어리딩 팀에 들어가기 — 축하해. 그게 그렇게 중요한 일

이었니?

4. 전과목 A 받기 — 완벽은 과대평가되고 있어.

5. 알프스 산에서 스키 타기 — 정말 재미있었어!

*6. 강아지 키우기

7. 캐리와 얘기하고 있을 때 로즈 수녀님이 질문하면 정확히 대답하기

8. 파리에 가기 — 아, 우리의 추억이 깃든 곳!

*9. 캐리 뉴섬과 영원히 친구로 지내기!!

10. 노스웨스턴대학 가기 — 정말 자랑스러운 끈기 있는 내 딸!

11. 친절하고 상냥한 사람 되기 — 계속 그렇게 살아야겠지!

*12. 가난한 사람들 돕기

*13. 깜짝 놀랄 만한 멋진 집 갖기

*14. 말 사기

15. 소 떼와 함께 달리기 — 이건 생각도 하지 마.

16. 프랑스어 배우기 — 트레비엔(잘했어)!

*17. 사랑에 빠지기

*18. 여가 시간 활용해 스탠드업 코미디언 되기

*19. 아빠와 좋은 관계 유지하기

*20. 훌륭한 의사 되기!

"아." 리스트를 훑어보던 내 입에서 짧은 신음이 흘러나온다.
"닉 니콜과 키스하기. 치어리더 팀에 들어가기." 나는 웃으면서

리스트를 마이더 변호사에게 되돌려주며 묻는다. "귀엽네요. 이 리스트는 어디서 구한 거죠?"

"당신의 어머니에게서죠. 긴 세월 동안 이걸 버리지 않고 보관하고 계셨어요."

내가 고개를 갸우뚱하며 묻는다. "그러니까…… 엄마가 내게 물려주신 게 내가 오래전에 작성한 라이프 리스트란 말인가요?"

마이더 변호사가 웃음기 없는 표정으로 대답한다. "그런 셈이죠."

"도대체 무슨 말인지 모르겠어요."

변호사가 의자를 내 쪽으로 바짝 끌어당긴다. "어머니께서 오래전에 쓰레기통에서 이 리스트를 발견했어요. 그리고 오랫동안 당신을 지켜보면서 목표가 이뤄질 때마다 당신을 대신해 목록에서 하나씩 지워나가셨죠. 여기를 봐요, 맞죠?" 그가 '프랑스어 배우기'라고 쓴 부분을 가리킨다.

내가 적어놓은 목표 위에 줄 하나가 그어져 있고 옆에 엄마가 쓴 글씨가 보인다. '트레비엔!'

"아직 열 개의 목표를 이루지 못한 거죠."

"이건 말도 안 돼요. 지금 내 인생의 목표는 이게 아니에요."

그가 머리를 흔들며 말한다. "어머니께서는 이 리스트가 지금도, 여전히 유용하다고 여기셨어요."

나는 얼굴을 잔뜩 찌푸린다. 엄마가 도대체 나라는 사람을 제대로 알기나 할까? "엄마 생각이 옳다고 말할 수 없군요."

"어머니께서는 당신이 이 리스트에서 이루지 않은 것들을 모두 이루길 원하세요."

나는 그의 말을 믿을 수 없어 입이 벌어진다. "농담이죠? 20년 전에 작성한 리스트라고요! 엄마의 소원을 들어드리고 싶지만 이런 리스트를 실천하고 싶은 마음은 없어요."

그가 교통경찰처럼 손을 들어 올린다. "저는 어머니의 의견을 전달하는 역할만 할 뿐입니다."

나는 숨을 한 번 크게 몰아쉬고 고개를 끄덕인다. "죄송해요." 나는 의자에 가라앉듯 등을 기대앉으며 이마를 짚는다. "도대체 엄마는 무슨 생각을 하셨던 거죠?"

내 말에 마이더 변호사가 파일을 뒤적이더니 분홍색 봉투를 꺼내 든다. 나는 단박에 그 봉투를 알아본다. 엄마가 좋아하던 크레인 문구 제품이다. "어머니께서 이 편지를 건네시면서, 아주 큰 소리로 당신에게 읽어주라고 하셨어요. 이유는 묻지 마세요. 이걸 그냥 드릴 수는 없어요. 큰 소리로 읽어주라고 당부하셨으니까요." 그가 환하게 웃으면서 내게 묻는다. "읽을 줄은 아시죠, 당연히?"

나는 그의 말에 미소를 감추고 묻는다. "잠깐만요. 엄마가 도대체 무슨 생각을 하신 건지 전혀 모르겠어요. 그렇지만 엄마가 큰 소리로 읽어주라고 하셨다면 그럴 만한 이유가 있겠죠. 오늘 게임은 이것으로 끝이에요."

"아직 할 일이 더 남은 것 같아요. 어머니가 그러신 이유가 있어요."

봉투를 찢는 소리에 맞춰 내 심장이 빨리 뛰는 것이 느껴진다.

나는 편안히 앉으며 손을 무릎 위에 올려놓는다.

마이더 변호사가 다시 돋보기를 바짝 끌어당겨 쓰며 목청을 가다듬는다.

"사랑하는 내 딸, 브렛에게.

먼저 지난 넉 달 동안 나를 위해 고생한 너에게 미안함을 전한다. 투병 생활을 하는 동안 너는 중추적인 역할을 해줬고, 내 영혼 자체였어. 고맙구나. 나는 아직 네 곁을 떠나고 싶지 않은데. 앞으로 우리가 함께하고 싶은 순간이 너무도 많은데, 그렇지 않니? 엄마가 네 곁을 떠났다는 사실이 믿기지 않겠지만, 너는 강하고 참을성이 있으니 잘 헤쳐나갈 거라고 믿어. 오늘 네가 얼마나 마음이 상했을지 짐작하고도 남는단다. 잠시 네 슬픔을 뒤로하고 엄마 이야기를 들어줘.

네가 겪는 이 슬픔을 함께하지 못해 미안하구나. 네가 진정할 때까지 너를 꼭 안아주고 싶어. 네가 어렸을 때처럼 말이야. 분위기 좋은 식당으로 너를 데려가서 식사라도 하면 얼마나 좋을까. 드레이크에서 조용한 테이블에 앉아 너의 두려움과 슬픔을 다 들어주고 네 팔을 쓰다듬으며 고통을 함께 느끼고 있다고 말해주고 싶어. 그렇게 한가한 오후 시간을 함께 보낼 수만 있다면.'"

마이더 변호사의 목소리가 조금씩 갈라진다. 그리고 나를 보더니 묻는다. "괜찮아요?"

나는 그의 말에 대답을 할 수 없어 고개만 끄덕여 보인다. 그가 내 어깨를 지그시 감싸주더니 계속해서 편지를 읽어 내려간다.

"'오늘 네 오빠들이 유산을 상속받을 때 너에게는 아무것도 주어지지 않아 놀랍고 혼란스러웠을 거야. 그리고 캐서린에게 가장 막중한 회사의 임무를 일임한다고 말했을 때 네가 느꼈을 분노를 충분히 이해해. 하지만 나를 믿어다오. 나는 지금 널 위해 가장 중요한 결정을 내렸다고 믿고 또 그 결정이 내 인생에서 가장 가치 있는 것이라고 믿는단다.'"

마이더 변호사가 얼굴에 미소를 띤다. "어머니는 당신을 사랑했어요."

"알아요." 내가 떨리는 턱을 손으로 감싸며 대답한다.

"약 20년 전 어느 날, 〈비벌리힐스의 아이들〉 사진이 인쇄된 네 방 쓰레기통을 비우다 구겨진 종이 뭉치를 발견했어. 그냥 지나치기엔 나는 너무 호기심이 많은 사람일까. 그것을 펼쳐 보았을 때, 그 구겨진 종이에서 네가 직접 쓴 라이프 리스트를 발견했을 때의 기쁨을 상상이나 할 수 있겠니? 얼마나 사랑스러운 흔적인데 왜 그렇게 버렸는지 모르겠어. 내가 그날 밤에 이유를 물었는데, 기억하니?'"

"기억 안 나요." 내가 큰 소리로 대답한다.

"꿈은 어리석은 사람이나 꾸는 거라고 말했지. 너는 꿈을 믿지 않는다고 했어. 나는 너의 그 말이 네 아버지와 관계가 있다고 믿었어. 어느 날 아버지가 너를 어딘가에 데려가기로 약속하고는 얼굴도 비키지 않았지.'"

그날의 기억이 떠오르자 분노와 부끄러움으로 가슴이 쥐어뜯기는 통증이 시작된다. 나는 아랫입술을 깨물고 눈을 질끈 감는다. 아버지가 나와의 약속을 저버린 게 몇 번이던가. 셀 수도 없을 정도다. 열두 번이나 약속이 깨졌다면 더 이상 희망을 갖지 말았어야 했다. 하지만 나는 너무도 쉽게 사람을 믿는다. 나는 아버지 찰스 볼링거를 믿었다. 마치 산타를 믿듯, 내 믿음이 변하지 않는다면 아버지가 나타나리라고 믿었다.

"네가 적어놓은 라이프 리스트를 보며 감동했어. 어떤 것들은 웃음이 나왔고, 7번 말이야. 다른 것들은 열정적이고 진지해 보였어. 12번인 '가난한 사람들 돕기' 같은 거. 너는 늘 베푸는 사람이었지. 내 딸 브렛은 감수성이 예민하고, 생각이 깊어. 아직 이루지 못한 목표가 남아 있다는 사실이 나를 아프게 하는구나.'"

"이 목표들은 이제 관심 없다고요, 엄마. 난 변했어요."

"물론 지금은 삶을 바라보는 시각이 변했을 거야.'" 마이더 변호사가 엄마의 편지를 계속 읽어 내려간다.

내가 그의 손에서 편지를 빠르게 빼앗는다. "정말 엄마가 그렇게 썼어요?"

그가 그 부분을 손가락으로 가리킨다. "그럼요. 여기요, 이 부분."

팔뚝에 솜털이 파르르 일어서는 기분이다. "정말 믿을 수 없어요. 계속 읽어보세요."

"물론 네가 변한 것은 사실이야. 하지만 너의 가장 순수했던 바람들을 무시하는 건 아닌지 모르겠구나. 요즘 네게 인생의 목표라도 있는 거니?'"

"물론 있죠." 나는 쥐어짜듯 머릿속에 급히 한 가지를 떠올리며 말한다. "오늘 아침까지, 볼링거코스메틱을 운영하는 거였죠."

"사업은 네게 어울리지 않아.'"

내가 편지를 보려고 몸을 숙이기도 전에 마이더 변호사가 방금 읽은 문장을 손가락으로 가리킨다.

"믿을 수 없군요. 마치 엄마가 지금 내 옆에서 얘기를 다 듣고 있는 것 같아요."

"아마도 그런 이유로 내게 큰 소리로 읽어주라고 한 것 같아요. 마치 둘이 대화를 나누고 있는 것처럼 느끼게."

나는 화장지를 뽑아 눈물을 닦는다. "엄마는 언제나 육감이 발달한 사람 같았어요. 내게 뭔가 나쁜 일이 생기면, 얘기도 꺼내기 전에 알아차리고 먼저 말했으니까요. 내가 엄마를 안심시키려고 말을 돌리려고 하면, '브렛, 너 뭔가 잊은 게 있구나. 내가 널 낳았어. 다른 사람은 몰라도 나를 속일 순 없어'라고 말했어요."

"감동적이네요. 그런 소통은 값으로 따질 수 없는 소중한 거니까요."

나는 그의 눈에서 약간의 물기를 발견한다. "혹시…… 부모님이 돌아가셨나요?"

"두 분 모두 살아 계세요. 일리노이 주 샴페인 시에요."

그러나 그는 두 분 모두 건강하다는 말은 하지 않는다. 나는 질 본을 미리다 그만두다

"'실은 지난 수년간 볼링거코스메틱에서 너를 일하게 한 것을 정말 후회한단다.'"

"아니, 어떻게 그런 생각을. 고맙네요, 엄마!"

"사업을 하기에 너는 너무 감성적인 사람이야. 오히려 너는 타고난 교사지.'"

"교사요? 아, 나는 누굴 가르치는 건 질색이에요.'"

"너는 그 꿈을 위해 자신에게 충분히 기회를 주지 않았어. 그해 네가 메도데일고등학교에서 아주 힘든 경험을 했던 일, 기억나?'"

나는 고개를 세차게 흔든다. "아, 기억나요. 내 인생에 가장 긴한 해였죠.'"

"네가 나를 찾아왔을 때, 심각한 고민에 빠진 얼굴로 울더구나. 너의 예쁜 얼굴에서 고민을 지우는 일이라면 나는 뭐든 하고 싶었지. 그래서 너를 회사에 받아들이고 홍보실에 자리를 마련해준 거지. 수년 동안 내가 한 일이라곤 힘들게 얻은 교사자격증을 버리지 말라는 말뿐이었고, 결과적으로 네가 정말 원하던 꿈을 버리게 방관한 거야. 안락하고 연봉이 높지만 긴장감도 없고 성취감도 없는, 게다가 네가 그렇게 흥미로워하지도 않는 직장에 너를 묶어두고 말았어.'"

"엄마, 나 나름대로 즐겁게 일했어요." 내가 중얼거린다.

"'변화에 대한 두려움이 우리를 정체하게 만들지. 그 사실이 나로 하여금 네가 적은 라이프 리스트를 다시 보게 했단다. 마이더 변호사가 읽어주는 네 인생의 목표들을 다시 한 번 확인하렴.'"

마이더 변호사가 리스트를 내 앞에 갖다 놓고 조심스럽게 하나하나 다시 살펴보며 엄마의 편지를 읽어 내려간다.

"너의 스무 개 목표 가운데 실현되지 않은 열 가지 옆에 별표를 해놓았단다. 그 열 가지를 꼭 이루기 바란다. 1번부터 시작할까? 아기를 한 명, 또는 두 명 낳기."

"이건 정말 미친 짓이에요." 내 입에서 거의 신음 같은 말이 흘러나온다.

"나는 네가 혹시 자식들—한 명이라도 괜찮아—없이 영원히 살게 될까 봐 두렵단다. 내가 아는 여자들 가운데 자식 없이도 행복하게 살아가는 이들이 많지만, 너도 그럴 수 있을 것 같지는 않구나. 인형놀이를 그렇게 좋아하고 열두 살이 되면 베이비시터를 할 수 있다며 손꼽아 생일을 기다렸잖니. 새끼 고양이를 담요에 둘둘 말아 흔들의자에 올려놓고 놀다가 고양이가 몸부림치며 빠져나가자 속상해했던 일 기억하지?"

내 웃음소리가 일순 울음소리로 바뀐다. 마이더 변호사가 화장지를 내게 건넨다.

"물론 아이들을 예뻐하죠. 그렇지만……." 나는 생각한 말을 끝맺지 못한다. 앤드루 탓을 해야 할 텐데, 그건 그에게 불공평하다. 참 알 수 없는 것은 눈물이 그치지 않는다는 것이다. 불가능할 정도로. 마이더 변호사는 내가 겨우 울음을 참고 다시 편지를 읽어달라고 고개를 끄덕일 때까지 기다린다.

"괜찮지요?" 그가 내 등을 다독이며 묻는다.

나는 고개를 끄덕이며 코를 푼다.

마이더 변호사가 약간 회의적인 시선으로 나를 보더니 편지를 다시 읽기 시작한다.

46

"2번은 건너뛰자. 닉 니콜에게 키스하기. 했겠지? 달콤한 키스였길.'"

"그랬어요." 내가 웃으며 답한다.

마이더 변호사가 나를 보더니 재미있다는 듯이 살짝 윙크를 하고 다시 리스트를 본다.

"6번으로 가보자. 강아지 키우기. 아주 좋은 생각이야. 대환영이다. 브렛, 당장 네 마음에 드는 강아지를 찾아보렴!'"

"개요? 엄마는 무슨 이유로 내가 개를 원한다고 믿는 거죠? 물고기에게 밥 줄 시간도 없는데, 개는 관둬요." 나는 그렇게 말하고 마이더 변호사를 본다. "만약 제가 여기 적힌 걸 다 이루지 못하면 어떻게 되는 거죠?"

마이더 변호사가 분홍색 봉투들을 파일에서 꺼내 한데 모아 고무줄로 단단히 묶는다. "어머니께서 당신이 라이프 리스트에 적힌 것들을 하나씩 이룰 때마다 이 분홍색 봉투를 하나씩 받아 가게 하라고 명확히 규칙을 정해놓았지요. 모두 열 개의 목표를 완수하는 날에는 이걸 주라고 하시더군요." 그가 봉투 하나를 집어 든다. 겉봉에 '목표 완수'라고 적혀 있다.

"그 봉투에는 뭐가 들어 있죠?"

"유산 목록이죠."

"물론 그렇겠죠." 나는 관자놀이를 지그시 누른다. "이게 무슨 뜻인지 알기나 하세요?" 내가 그를 똑바로 쳐다보며 묻는다.

그가 내 말에 어깨를 으쓱한다. "인생 대수정 계획 아닐까 싶네요."

"수정이라고요? 내가 알던 삶은 방금 산산조각이 났어요. 그리고 이제 그 조각들을 열네 살짜리 '아이'가 원하는 대로 다시 맞추라고요?"

"지금 다 받아들이기 쉽지 않다면, 내일 다시 만나 의논해도 됩니다."

기운이 쑥 빠지는 기분이다. "이건 정말 이해하기 어려워요. 오늘 아침 이 자리에 들어섰을 때, 나는 앞으로 볼링거코스메틱의 CEO로 일하게 될 거라는 기대가 있었어요. 엄마가 자랑스러워할 수 있도록 회사를 새롭게 성장시킬 각오도 돼 있었고요." 나는 목이 메어 잠시 침을 모아 삼킨다. "그런데 말을 사라고요? 믿을 수가 없어요!" 나는 눈물을 흘리지 않으려고 눈을 깜박이며 손을 젓는다. "미안해요, 변호사님 잘못이 아니라는 건 알아요. 지금은 아무 결정도 내릴 수가 없군요. 다시 연락드릴게요."

내가 거의 문에 다다랐을 때 마이더 변호사가 라이프 리스트를 흔들며 황급히 내게 다가온다. "가져가세요. 혹시 마음이 변할 수도 있으니." 그가 내 손에 리스트를 쥐여준다. "시간이 가고 있어요."

내가 고개를 약간 들고 묻는다. "무슨 시간이요?"

그가 무안한 듯 고개를 숙이고 그의 콜한 시계를 들여다본다. "당신은 적어도 이달 말까지 라이프 리스트 중 하나를 이뤄야 해요. 오늘부터 정확히 1년 뒤—내년 9월 13일—에 라이프 리스트를 완수해야 합니다."

3장

가벼운 마음으로 아온센터로 걸어 들어간 지 세 시간이 흐른 후, 나는 비틀거리는 심경으로 건물을 나온다. 마치 별똥별이 빛을 뿜으며 떨어지다 사라진 것처럼 내 기분도 한 번 반짝거렸다가 서서히 가라앉는다. 놀라움. 절망. 격분. 슬픔. 나는 타운카의 문을 열고 앉는다. "노스애스터가(街) 113번지로 가주세요." 운전기사에게 말하고 눈을 감는다.

그 빨간 표지 책. 그 작은 빨간색 일기장이 필요해! 오늘 내 마음은 강해졌어—훨씬 더 강해졌어—그러니 엄마 일기장을 읽을 준비가 되었다고. 아마도 그 일기장에 엄마가 왜 지금 내게 이런 행동을 해야 하는지 이유가 적혀 있을 거야. 결국 그 빨간 표지 책은 일기장이 아닌 셈이야. 그건 아마 엄마가 사업 구상을 적어 놓은 문서 같은 것일 수도 있어. 아마 회사가 심각한 자금난을 겪고 있다고 적혀 있을지도 몰라. 그래서 엄마가 내게 회사를 물려주지 않았을 거야. 읽어보면 납득할 만한 설명이 있을 거야.

운전기사가 집 앞에 차를 멈춰 세우자마자 나는 한걸음에 달려가 철문을 왈칵 열고 테라스로 오르는 붉은 벽돌 계단을 뛰어올라간다. 나는 신발을 벗는 것도 잊은 채 계단을 뛰어올라 곧바로 엄마 방으로 향한다.

햇살이 가득 들어찬 방 안을 빠르게 눈으로 훑는다. 스탠드와 보석함은 볼 필요 없고, 화장대는 비어 있다. 옷장 서랍을 열어본다. 그곳에도 없다. 서랍을 하나하나 열어보고 침대 머리맡에 있는 머릿장을 향해 몸을 돌린다. 어딨지? 나는 빠른 속도로 작은 서랍들을 열어본다. 돋을무늬가 예쁜 카드와 여러 종류의 펜과 우표들만 눈에 띈다. 나는 허둥대기 시작한다. 내가 그 일기장을 어디에 두었더라? 옷장을 열고…… 그리고 어디에 두었지? 침대 위에 두었나? 그랬나? 심장이 빠른 속도로 뛴다. 어쩌면 난 이토록 부주의하지? 나는 두 손을 머리 깊숙이 찔러 넣고 방을 빙그르 돈다. 어떤 신의 이름을 부르며 도움을 청하지? 모든 기억은 안개 속을 걷는 것처럼 희미하다. 바로 얼마 전의 일도 잊을 만큼 그렇게 취했었나? 잠깐! 내가 계단에서 비틀거리다 굴러 떨어질 때 가지고 있었나? 나는 황급히 방을 나와 계단을 쿵쿵거리며 내려간다.

쿠션까지 일일이 다 들춰 보고 가구 아래와 서랍 하나하나, 그것도 모자라 쓰레기까지 두 시간 가까이 샅샅이 뒤져본 결과 나는 어디에서도 일기장을 찾을 수 없으리라는 무서운 결론에 이른다. 흥분한 채 오빠들에게 전화를 해서 물어봤지만 둘은 내가 무슨 얘기를 하는지조차 알아차리지 못한다. 나는 쓰러지듯 소파에 누워 두 손으로 얼굴을 묻는다. 오, 하느님, 도와주세요. CEO 자리도 잃고, 유산도 잃고, 게다가 엄마가 내게 주는 마지막 선물까지 잃어버렸어요. 더 이상 가라앉을 곳이 없을 정도로 바닥이에요.

알람 시계가 울리며 수요일 아침이 밝아왔을 때, 나는 어제의 악몽 같은 기억은 깨끗이 잊은 채 눈을 뜬다. 나는 몸을 쭉 펴고 스트레칭을 한다. 팔을 길게 뻗어 삐 소리가 나는 침대 머릿장을 손으로 더듬는다. 알람을 끄고, 하루가 시작되기 전에 마지막 휴식 시간을 주는 사람처럼 나는 등을 둥글게 말고 눈을 감는다. 갑자기 모든 기억이 범람하듯 밀려온다. 무서운 함정의 그물에 걸린 사람처럼 눈을 번쩍 뜬다.

엄마가 죽었다.

새언니 캐서린이 볼링거코스메틱의 수장이다.

라이프 리스트가 내 삶을 해체했다.

육중한 코끼리 한 마리가 가슴에 앉아 있는 것처럼 묵직한 것이 나를 짓누르고 호흡이 가빠진다. 직장 동료들이나 새 상사는 내가 엄마에게 신임도 얻지 못했다고 여길 텐데, 앞으로 그들을 어떻게 대하지?

심장이 빠르게 뛰기 시작하자 팔꿈치로 몸을 지탱한다. 바람이 잘 통하는 로프트(복층 구조의 주거 공간—옮긴이)는 가을의 신선한 기분을 느끼게 해준다. 방 안 어둠에 익숙해지기 위해 나는 눈을 몇 번이나 깜박거린다. 이런 상태로 회사를 간다니? 자신 없어. 나는 쓰러지듯 머리를 다시 베개에 누이며 천장에 걸린 도관을 물끄러미 바라본다.

어제 마이더 변호사와의 미팅을 끝내고 회사로 돌아가지 않았다. 새 상사는 내게 전화로 오늘 아침 회의가 있으니 꼭 참석해달라고 당부했다. 엄마가 그토록 신뢰해 마지않는 새언니에게 지옥에나 가라고 말해주고 싶은 것 못지않게, 유산도 물려받지 못했으니 나는 일이 필요하다. 선택의 여지가 없다.

발을 침대 한쪽으로 내려놓는다. 앤드루가 깨지 않도록 침대 기둥에 걸려 있는 나이트가운을 집어 걸친다. 그제야 앤드루가 이미 일어나 방을 나갔다는 것을 깨닫는다. 새벽 다섯시도 안 되었지만, 규칙적인 생활을 고집하는 남자친구는 이미 깨어나 조깅을 하고 있을 것이다. 나는 나이트가운을 단단히 여민다. 맨발로 참나무 재질의 마룻바닥을 지나자 냉기가 흐르는 금속 재질의 계단이 이어진다.

커피 잔을 들고 거실로 가서 『트리뷴』지를 펼쳐 들고 소파에 앉는다. 시청에서 또 스캔들이 터졌군. 부패한 공무원들. 그렇다고 이 불쾌한 기사들이 나의 하루를 망치지는 않는다. 직장 동료들이 내 기막힌 상황을 동정하며 엄마의 결정은 정말 불공평하다고 얘기해줄까? 나는 신문을 펼쳐 십자말풀이 코너를 찾는다. 손을 뻗어 펜을 찾아 집어 든다. 새언니가 수장이 되었다는 소식을 듣고 회사 사람들이 손을 높이 쳐들고 환호하고 박수라도 친다면? 나도 모르게 신음이 흘러나온다. 나는 어깨를 쭉 펴고 고개를 꼿꼿이 세우고 걸어야지. 그러면 사람들이 새언니가 수장이 된 것은 전적으로 내 생각이었다고 믿게 될지도 모르잖아.

아, 엄마, 왜 나를 이런 상황 속으로 밀어 넣었어요?

목에 뜨거운 것이 차올라 커피 한 모금과 함께 꿀꺽 삼킨다. 지금 이런 상념에 젖을 정도로 한가하지 않아. 고마운 캐서린! 이런 상황에 아침 회의까지 소집하다니. 그녀는 조심스럽게 일을 진행하려 하지만 나는 무슨 속셈인지 알 것 같다. 그녀가 내게 위로의 선물을 줄 것이다. 그녀의 예전 직위인 부사장. 그녀는 회사에서 두 번째로 높은 자리를 승계하며 내게 특사를 내린 기쁨을 누리는 동시에 복종을 요구할 것이다. 만약에 내가 아무런 요구 없이 부사장직을 덜컥 수락하리라고 생각한다면 그녀는 크게 착각한 것이다. 유산도 물려받지 못했으니, 나는 그에 상응하는 연봉을 요구할 것이다.

앤드루가 문을 활짝 열고 들어서자 신선한 공기가 흘러 들어온다. 땀을 뚝뚝 흘리며 아침 운동을 마치고 들어서는 그의 모습을 보자 토라졌던 내 입술이 금세 부드러워진다. 그는 시카고컵스 티셔츠와 남색 반바지를 입고 있다. 그가 검은색 조깅용 손목시계를 들여다보더니 이내 눈살을 찌푸린다.

"자기야, 좋은 아침. 조깅 어땠어?" 내가 소파에서 일어서며 묻는다.

"자기 요즘 너무 게을러." 그가 짧은 금발을 손으로 쓱쓱 털며 말한다. "또 아침 운동 건너뛰는 거야?"

게으른 여자라는 죄책감이 살짝 나를 건드린다. "음…… 아직 그럴 힘이 없어."

그가 신발 끈을 풀기 위해 몸을 숙인다. "벌써 닷새째잖아. 더 이상 길어지는 건 좋지 않아."

내가 커피를 준비하는 동안 그는 세탁실로 간다. 손에 커피를 들고 돌아가니 그는 다리를 쩍 벌린 채 소파에 앉아 있다. 그는 편안한 새 바지와 깨끗한 티셔츠로 갈아입고, 내가 막 시작한 십자말풀이를 하고 있다.

"내가 도와줄까?" 내가 그의 어깨에 몸을 기대며 묻는다.

그는 퍼즐 게임에서 눈을 떼지 않은 채 머그잔을 그러쥔다. 그러고는 12번의 빈칸에 '비르'라고 적어 넣는다. 나는 퍼즐 하단에 적힌 힌트를 눈으로 읽는다. 에티오피아 화폐단위. 어머나, 이 어려운 문제를. 놀라워.

"아, 14번 가로……." 나도 뒤지지 않게 지적임을 드러내기 위해 들뜬 목소리로 말한다. "트레저 주(몬태나 주의 별칭—옮긴이)의 주도는…… 헬레나, 아마 그럴걸."

"나도 알아." 그는 이마를 연필로 톡톡 건드리며 골똘히 생각에 빠진 모습이다.

언제, 정확히 언제부터, 우리가 더 이상 십자말풀이를 함께하기 않게 된 거지? 베개를 같이 베고 십자말풀이를 하며 커피를 마셨지. 가끔 내가 어려운 문제의 답을 맞힐 때면 그는 내 이마 꼭대기에 키스하며 똑똑한 내 두뇌를 사랑한다고 말하곤 했는데.

몸을 돌려 계단을 올라가다 말고 나는 "앤드루" 하고 그를 불러본다.

"응?"

"나에게 당신이 필요할 때 곁에 있어줄 거지?"

그가 드디어 고개를 들고 나를 본다. "이리 내려와봐." 그가 소파 한쪽을 손으로 두드리며 말한다. 내가 그의 곁으로 다가가자 그가 팔을 벌려 내 어깨를 감싼다.

"장례식 오찬에 내가 참석하지 않아서 아직 화난 거야?"

"아니, 이해해. 중요한 재판이었잖아."

그가 쥐고 있던 연필을 탁자에 툭 던지며 웃는다. 왼쪽 뺨에 사랑스러운 보조개가 움푹 들어간다. "인정할 수밖에 없군. 당신이 그렇게 말하니, 참……. 뭐랄까, 심지어 나도 설득이 안 되는 이유였네." 그가 내 눈을 빤히 쳐다보며 제법 심각한 투로 말한다. "먼저 질문에 답하자면, 물론 당신이 나를 필요로 할 때는 옆에 있지. 그런 걱정은 마." 그가 엄지손가락으로 내 뺨을 가볍게 꼬집는다. "당신이 가는 모든 길을 함께 걸어갈 거야. 그렇지만 그 힘든 CEO 자리는 내가 도와주든 그러지 않든 당신이 잘 만들어갈 거야."

내 심장이 빠르게 뛴다. 어젯밤에 앤드루가 집에 왔을 때 페리에주에 샴페인으로 건배를 하며 내게 축하를 건넸다. 나는 볼링거코스메틱의 CEO가 되지 않았고, 앞으로 되리라는 희망 따위도 없다는 말을 할 필요도 못 느꼈고 하고 싶지도 않았다. 그는 결코 쉽게 남을 칭찬하는 사람이 아닌데 나를 인정해주는 말을 늘어놓다니. 그의 칭찬 속에서 하루를 더 보내고 싶다는 바람은 지나친 것일까? 오늘 밤 내가 새로운 부사장으로 임명되었다고 자연스럽게 말하면, 굳이 내가 일부러 속인 걸로 보이지는 않겠지.

그가 부드럽게 내 머리를 쓰다듬는다. "보스, 내게 내리실 명령이라도? 혹시 가까운 장래에 변호사가 필요하지는 않으신지요?"

아, 이건 뭐지? 혹시 내가 엄마의 유언에 반대해서 소송이라도 준비하고 있다고 여기는 건 아니겠지. 농담으로 말한 건데. 낄낄거리는 소리도 바싹 마른 목에서 억지로 짜낸 건데. "그럴 일은 없을걸. 실은 오늘 아침 새언니와 회의가 있어." 나는 마치 내가 회의를 소집한 것처럼 말한다. "서로 의논할 일들이 있어."

그가 내 말에 고개를 끄덕인다. "잘 진행되고 있네. 그녀가 당신 밑에서 일하는 사람이라는 걸 명심해. 명령은 당신이 내린다는 걸 확실히 해줘."

피가 두 뺨으로 치솟는 것 같아 나는 소파에서 몸을 일으킨다. "샤워나 해야겠어."

"오, 자랑스러운 나의 사장님!"

칭송받을 사람은 내가 아니라 새언니라고 말해야 한다는 걸 안다. '사장님'은 그녀에게 어울릴 호칭이다. 실토해야 한다. 반드시.

오늘 밤.

하이힐이 대리석 바닥에 닿을 때마다 또각또각 소리가 나는데도 알아차리지 못한 채 나는 체이스 타워 로비를 빠른 걸음으로 지나간다. 49층에서 엘리베이터가 정지하자 화려한 볼링거코스메틱의 본사 사무실을 향해 걸어 들어간다. 육중한 이중 유리문을 밀치고, 약간 눈을 내리깐 채 새언니의 사무실로 직행한다.

구석에 있는, 예전에 엄마가 앉아 있던 사무실로 머리를 쑥 들이민다. 너무도 완벽한 자세로, 새언니가 책상 너머에 앉아 있다. 통화 중이던 새언니는 나를 보자 손을 약간 흔들더니 검지를 들며 조금 기다리라는 신호를 한다. 그녀가 통화를 마칠 동안 나는 눈에 익숙한 사무실을 둘러본다. 엄마가 아끼던, 벽에 걸려 있던 그림과 조각품들이 보이지 않는다. 그것들이 사라진 곳에 상패들로 가득한 새언니의 책장이 놓여 있다. 숨 막힐 듯 펼쳐진 도시의 풍광이 보이는 창이 있고 엄마의 이름이 새겨진 명패가 여전히 놓여 있는 이곳은 엄마만의 신성한 장소다. 명패에 가까이 다가가 보니 이미 엄마의 이름은 사라지고 새언니의 이름이 떡하니 새겨져 있다! 엄마 것과 같은 대리석 명패에 같은 서체로 새겨진 이름은 '사장 캐서린 험프리스 볼링거'.

이럴 수가! 도대체 언제부터 자신이 엄마의 상속인이 된다는 걸 알고 있었던 거야?

"좋아요. 알게 되는 대로 저에게 알려주세요. 네. 스파시보, 요시. 아디오스." 통화를 마친 새언니가 내 쪽으로 고개를 돌린다. "도쿄였어요." 그녀가 머리를 좌우로 흔들며 말한다. "열네 시간의 시차! 징그러워요. 해 뜨기 전에 전화해야 겨우 연결되니. 그 사람들이 늦게까지 근무하는 게 그나마 다행이죠." 그녀가 책상 맞은편에 있는 로코코풍의 의자를 가리킨다. "앉아요."

나는 의자에 깊숙이 몸을 기대며 손으로 코발트블루색의 실크 재질을 훑으며 예전에 새언니의 사무실에 놓여 있던 의자인지 기억을 더듬어본다. "사무실 짐은 다 옮겼나 봐요." 내가 언짢은 기분을 숨기지 못하고 더 묻는다. "벌써 명패도 다 준비하고……. 스무 시간이나 지났나요? 이렇게 속성으로 만드는 곳도 있나 봐요?"

그녀가 일어서서 내 쪽으로 다가오더니, 의자 하나를 끌어당기며 내 얼굴을 정면으로 보고 앉는다. "아가씨, 지금은 우리 모두에게 힘든 시간이에요. 모두에게요."

"우리 모두에게 힘든 시간이라고요?" 나는 눈물이 왈칵 쏟아지려는 걸 억지로 참는다. "진심이에요? 난 엄마도 잃고 회사도 잃었어요. 언니는 엄청난 재산과 가족 사업을 물려받았잖아요. 마치 언니가 다 알고 꾸민 것처럼. 내가 CEO가 될 거라고 말했잖아요. 내가 업무를 익히려고 얼마나 열정을 바쳐 일했는데!"

마치 내가 그녀의 드레스가 아름답다고 말하기라도 한 듯 그녀는 침착하게 기다린다. 나는 더 쏟아내고 싶은 말을 억지로 참느라 코까지 벌름거린다. 하지만 어찌 되었든 내 올케고 직속 상사인데, 참아야겠지.

그녀가 몸을 숙이며 창백한 두 손을 꼬고 앉은 다리 위에 가지런히 모은다. "미안해요. 이건 진심이에요. 나도 어제 아가씨만큼 놀랐어요. 아가씨가 CEO가 될 거라는 예상을 한 건 지난여름이에요. 두말할 것도 없이 엄청난 실수를 저지른 셈이지만요. 어머니가 돌아가시면 아가씨가 어머니 주식을 물려받을 거라 생각했고, 그래서 먼저 업무에 익숙해지게 트레이닝을 시키는 게 도리라고 생각했어요. 어머니에게는 물어보지도 않고." 그녀가 내 손을 잡으며 말을 잇는다. "믿어줘요. 내 남은 임무는 아가씨를 위해 일하는 거였어. 그리고 그거 알아요? 그렇게 마음먹은 내가 자랑스럽다고까지 느꼈어요. 진심으로." 그녀가 내 손을 꼭 쥔다. "아가씨의 모든 생각을 존중해요. 아가씨는 CEO로서 잘 해낼 수 있었을 거예요. 진심이에요."

잘해낼 수 있었을 거라고? 위로야, 모욕이야? 나도 모르게 얼굴을 찌푸린다. 그리고 묻는다. "그런데 명패, 언니가 CEO가 될 줄 몰랐다면 미리 준비할 수 없는 거잖아요?"

그녀가 웃는다. "실은 어머니가 돌아가시기 전에 미리 준비해두셨더라고요. 내가 어제 사무실로 들어오니 벌써 명패가 배달돼서 놓여 있었어요."

나는 그녀의 말에 갑자기 부끄러움을 느낀다. "엄마답네요."

"어머님의 섬세함은 따라갈 수가 없지요. 어머님의 빈자리를 내가 채울 수 있을지 걱정이에요. 유지만 해도 성공하는 거라고 봐요, 나는." 그렇게 말하는 그녀의 눈가가 조금 젖는다.

마음이 조금 풀어진다. 분명 그녀는 적어도 우리 엄마, 엘리자베스 볼링거의 죽음을 애도하고 있다. 그녀와 엄마는 완벽한 파트너였다. 엄마가 온화한 모습으로 회사를 이끌었다면, 새언니는 보이지 않는 곳에서 정력적으로 그 이미지를 뒷받침한 인물이다. 모직 원피스에 페라가모 펌프스, 상앗빛 피부에 윤기 나는 머리칼이 목덜미쯤에 흘러내린 새언니를 다시 보니 엄마의 결정을 이해할 수도 있을 것 같다. 일거수일투족 완벽한 CEO의 풍모를 갖춘 새언니가 엄마의 사업을 물려받기에 한 치의 모자람도 없다는 생각이 든다. 그래도 여전히 엄마에게 서운한 건 사실이다. 엄마는 내가 새언니만 한 인물이 아니라고 여겼던 것일까?

"미안해요. 사과할게요. 사실 언니가 무슨 잘못이 있겠어요. 내가 엄마 눈에 볼링거코스메틱을 이끌 자질이 없어 보인 거지. 언니는 잘해낼 거예요. 나는 그렇게 믿어요."

"고마워요." 그녀가 속삭이듯 대답하더니 의자에서 몸을 일으킨다. 내 어깨를 살짝 짚으며 다른 한 손으로 내 뒤에 열려 있는 문을 닫는다. 다시 의자에 앉은 그녀가 약간 격앙된 눈빛으로 나를 뚫어지게 쳐다본다. 무슨 심각한 말을 할 눈빛이다.

"내가 지금부터 하는 말은, 먼저, 내 입으로 말하기 무척 힘들다는 걸 알아줘요." 그녀가 아랫입술을 질끈 깨물고 얼굴이 약간 붉어진다. "아가씨, 마음 단단히 먹고 들어요. 놀랄 만한 소식이니까요."

나는 그녀의 말에 긴장하며 웃는다. "무슨 일인데 손까지 떨고 그래요, 언니? 이렇게 긴장하는 모습은 처음 봐요. 무슨 말인데요?"

"어머니가 내게 임무를 하나 주셨어요. 내 책상 서랍에 분홍색 봉투를 넣어두셨더라고요. 그 안에 편지가 들어 있었어요. 만약 직접 보고 싶다면 보여줄게요." 그녀가 일어서려고 하자 나는 그녀의 팔을 잡는다.

"아니, 엄마의 편지라면 더는 필요 없어요. 그러니 그냥 얘기해줘요." 내 심장이 호흡보다 빨리 뛴다.

"어머니가…… 나에게 지시하기를……."

"뭔데요?" 내가 거의 소리라도 지를 듯이 묻는다.

"아가씨를 해고하래요."

4장

어떻게 운전을 하고 집까지 왔는지 기억나지 않는다. 혼비백산한 사람처럼 집으로 뛰어 들어와 비틀거리며 계단을 올랐고, 그대로 침대 위에 쓰러졌다. 이틀 동안, 자고 깨고 울기를 반복했다. 금요일 아침 무렵, 앤드루는 동정 어린 말투로 침대 귀퉁이에 앉아서 슬슬 잔소리를 늘어놓기 시작한다. 주름 하나 없는 흰 와이셔츠에 진회색 양복을 입은 모습은 황홀할 정도로 나무랄 데가 없다. 그는 헝클어진 내 머리를 부드럽게 쓸어내린다.

"이제 좀 벗어나야지, 자기야? 이번 승진에 압도돼서 자연스럽게 그깃을 피히려 드는 거라고." 내가 뭐라고 반론을 제기하려 하자 그가 집게손가락으로 내 입을 막는다. "당신이 능력 없다고 말하는 게 아니야. 당신은 지금 겁을 먹고 있어. 이렇게 한 번에 여러 날씩 비울 수 있는 자리가 아니잖아. 예전에 홍보실에서 그때그때 대처하며 일하던 것과는 차원이 달라."

"그때그때 대처했다고?" 나는 다시 화가 솟구친다. 그럼 홍보실 업무가 그리 중요하지 않다고 여기고 있었던 거야? 더 참을 수 없는 것은 그 일조차 내게서 떨어져 나갔다는 사실이다. "당신은 지금 내가 어떤 심정인지 상상도 못 해. 적어도 며칠간은 속상해하며 지낼 자격이 내게 충분히 있다고."

"나는 당신 편이야. 그저 당신이 다시 추스르고 게임에 복귀하게 하려는 거야."

나는 관자놀이를 문지르며 그의 말을 듣는다. "알아. 미안해, 내가 요즘 내가 아니야." 나는 일어서려는 그의 양복 소매를 잡는다. 앤드루에게만은 솔직하게 고백하고 싶다! 엄마가 나를 해고한 화요일에 모든 것이 좌절됐다고. 그동안 설명할 용기를 그러모으고 있었다고.

"오늘 하루라도 내 곁에 있어줘. 우리—"

"미안해, 자기. 사건이 몰렸어." 그가 양복 소매를 잡은 내 손을 슬며시 뺀다. "일찍 퇴근하도록 해볼게."

'지금 얘기해야 해.'

"잠깐!"

문 쪽으로 다가가던 그가 어깨 너머로 나를 돌아본다.

가슴에서 심장 뛰는 게 느껴질 정도다. "당신에게 꼭 하고 싶은 말이 있어."

그가 몸을 돌리더니 눈을 살짝 찡그린 채 나를 본다. 마치 평소에는 안중에도 없던 여자친구의 모습이 이제야 흐릿하게나마 보이는 것처럼. 결국 그는 내 침대맡으로 걸어와 유약하기 이를 데 없는 다섯 살짜리 꼬마에게 키스를 하듯 내 이마에 입술을 댄다. "쓸데없는 말 하지 마. 지금 당신에게 필요한 건 아름다운 몸을 당장 침대에서 일으켜 정신을 차리는 거라고. 지금 당신이 해야 할 일은 회사로 복귀해서 업무에 차질이 없게 하는 거야." 그가 내 뺨을 가볍게 어루만진다. 내가 뭐라고 말하기도 전에 그는 방을 나간다.

문이 딸각하며 닫히는 소리가 들리고 나는 베개에 얼굴을 묻는다. 이제 어떻게 하지? 난 볼링거코스메틱의 CEO가 아니라고. 치다꺼리만 하던 홍보실장도 아니고. 난 실패한 실업자라고. 앤드루가 이 사실을 알면 나라는 사람을 어떻게 생각할까?

앤드루가 보스턴 근교의 부유한 지역인 덕스버리 출신이라고 말했을 때 나는 그리 놀라지 않았다. 부모에게 물려받았다고 여겨지는 돈으로—이탈리아 신발, 스위스 시계, 독일 차로—온몸을 칭칭 감고 있었으니까. 그럼에도 내가 그의 어린 시절에 대해 물으면 그는 늘 회피로 일관했다. 누나가 있다는 것, 아버지가 작은 사업체를 운영한다는 것. 그게 내가 아는 전부여서 답답했다.

만난 지 석 달이 지날 즈음, 와인 두 병을 비우고 앤드루가 진실을 고백했다. 마치 내가 목이라도 조른 것처럼 얼굴이 붉으락푸르락한 채 화를 내버 토해냈다. 그의 아버지는 지극히 평범한, 캐비닛을 만드는 기술자이고 능력보다 포부가 더 큰 사람이며, 어머니는 덕스버리에 있는 세이프웨이 마트에서 샌드위치를 만들어 판다고 했다.

앤드루는 부잣집 아들이 아니었다. 그는 다만 그런 사람이 되고 싶다는 간절한 열망의 소유자였다.

나는 그에게 전에 느끼지 못했던 따뜻함과 존경심으로 감정이 북받쳤다. 그는 어떤 행운도 갖고 태어나지 않았지만 어려움을 극복하고 성실함 하나로 스스로를 지금의 위치로 끌어올린 사람이라는 생각이 들었기 때문이다. 나는 그의 볼에 키스를 하며 그가 자랑스럽고, 평범한 서민층 아들이라는 사실이 나로 하여금 그를 더 사랑하게 만들었다고 말했다. 그는 나에게 웃음으로 답하기보다 조금 경멸하는 듯한 눈빛으로 나를 쏘아보았다. 그때 알았다. 그는 자신의 소박한 출발에 대해 어떤 긍지도 없다는 것과 부유하게 살았던 주위 사람들에게 받은 상처가 많은 사람이라는 것을.

당혹감이 나를 다시 휘감는다.

가난한 소년이었지만 지금은 성공한 어른인 앤드루는 성공을 향해 달려가며 가난했던 어린 시절의 삶을 보상받기 원한다. 혹시 그가 나도 성공의 표지 가운데 하나로 여기고 있는 것은 아닌지 모르겠다.

진입로에 들어서며 케이프코드에서나 봄 직한 사진같이 아름다운 제이 오빠와 셸리의 집을 올려다본다. 현관에 이르는 길에 붉은 벽돌이 깔려 있고 잘 다듬어진 관목들이 옆에 늘어져 있다. 하얀색 화분에 주황색과 노란색의 국화가 조화를 이루고 있는 모습도 보인다. 딱히 뭐라고 설명할 수 없는 질투심이 내 안에서 슬슬 올라온다. 그들이 고른 침대는 안락하고 호화스러운 반면 내 침대는 딱딱하고 빈대가 득실거리는 것만 같다.

붉은 벽돌 길 너머 식물이 무성한 뒤뜰을 힐끗 보니 조카가 공을 가지고 뛰어노는 모습이 눈에 들어온다. 차 문 닫는 소리를 들었는지 조카가 나를 쳐다보며 화들짝 놀란다.

"브웻 고모." 조카가 큰 소리로 나를 부른다.

나는 한걸음에 뒤뜰로 달려가 트레버를 번쩍 안아 올린다. 우리는 앞이 보이지 않을 때까지 빙빙 돈다. 환한 미소를 지으며 마음껏 웃고 얼굴이 환해지는 느낌은 사흘 만에 처음이다.

"고모를 행복하게 해주는 이 아이는 누구지?" 내가 트레버의 배를 간지럽히며 묻는다.

조카가 대답하기도 전에 셸리가 붉은 벽돌을 깐 테라스에서 걸어온다. 머리를 아무렇게나 위로 틀어 올린 모습이다. 그녀가 입은, 발목까지 둘둘 말아 올린 청바지는 오빠의 것처럼 보인다.

"안녕, 자매." 그녀가 나를 보며 인사한다. 셸리는 제이 오빠와 결혼하기 전에 나와 대학 친구이자 룸메이트였다. 우리는 여전히 가끔 농담 삼아 서로를 '자매'라고 부르며 친근감을 과시한다.

"안녕, 이 시간에 집에 있네?"

"회사 그만뒀어." 그녀가 헐렁한 모직 슬리퍼를 신고 내게 걸어오며 말한다.

내가 그녀를 쳐다보며 묻는다. "농담이지?"

그녀가 몸을 구부려 잡초를 뽑는다. "그이랑 얘기했는데, 아이를 위해 둘 중 하나가 집에 있는 게 좋을 것 같다고 의견을 모았어. 어머님이 물려주신 재산이 있으니 더 이상 돈도 필요 없고."

트레버가 내 품에서 빠져나가려고 발버둥을 치는 바람에 나는 그 애를 땅에 내려놓는다. "그래도 네 일에 만족했잖아? 제이 오빠는? 왜 오빠가 그만두지 않고?"

말라 죽은 민들레를 손에 쥔 채 셸리가 일어선다. "내가 애 엄마니까. 집에 더 어울리지."

"그럼 이제 일에서 손 떼는 거야? 이렇게 간단히?"

"그런 셈이지. 운이 좋았어. 출산휴가 때 일하던 여자가 다시 나올 수 있대. 내 자리에 올 사람을 구한 셈이지." 셸리가 마른 민들레 꽃잎을 떼서 발등에 아무렇게나 던지며 말한다. "어제 면접 끝내고 오늘부터 시작한대. 내가 업무를 넘겨줄 필요도 없고. 모든 게 완벽하게 들어맞았어."

나는 그녀의 목소리에서 그렇게 생각해주길 바라는 그녀의 마음과 달리 그리 완벽하지 않다는 것을 알아차린다. 셸리는 세인트프랜시스병원 재활센터에서 언어치료사로 일했다. 외상성 뇌 손상을 입은 성인들을 대상으로 다시 말을 하는 것은 물론 논리적으로 사고하고 협상하고 사회 활동을 할 수 있도록 가르쳤다. 그녀는 단순한 직업이 아니라 특별한 소명 의식을 갖고 하는 일이라고 말하곤 했다.

"미안하지만 네가 전업주부라는 게 상상이 잘 안 돼."

"좋아질 거야. 이 동네 대부분의 여자들이 나처럼 전업주부야. 다들 공원에서 아침이면 만나. 아이들과 요가도 같이하고 얘기도 하며 하루를 보내지. 우리 애들이 어린이집에 있을 때는 한 번도 경험해보지 못한 것들이지."

셸리가 두 손을 활짝 펴고 비행기놀이를 하는 트레버를 눈으로 좇으며 말한다. "언어치료사가 이제 드디어 자기 아들과 어떻게 대화하는지 알게 되었다고나 할까?" 그녀가 키득거리며 말하지만, 뭔가 불편한 감정을 감지한 듯 목소리가 작아진다. "트레버는 아직도 발음이 완벽하지……." 그녀가 잠시 생각에 잠긴 눈치더니 시계를 본다. "잠깐, 브렛! 회사에 있을 시간인데, 너야말로 왜 여기 있는 거야?"

"새언니에게 해고당했어."

"이런, 세상에! 베이비시터에게 올 수 있느냐고 먼저 전화 좀 하고."

우리에게 메건 웨더비 같은 친구가 있다는 것은 행운이다. 우리의 우정 삼각형에서 빗변 역할을 하는 그녀는 집을 팔겠다는 열의 없이 취미 삼아 부동산 중개업을 하는 친구다. 시카고베어스 미식축구 팀의 공격수 지미 노스럽과 거의 약혼한 것이나 다름없으니 부동산 수수료를 받아도 용돈벌이 수준으로 취급한다. 셸리와 내가 부르주아피그 카페로 가는 길에 메건에게 전화를 걸었을 때, 그녀는 마치 나에게 위기가 닥쳤다는 걸 예상이라도 한 것처럼 벌써 그 카페에 있었다.

링컨파크에 있는 부르주아피그 카페는 우리가 가장 좋아하는 무알코올 카페라고 선언하고 싶을 정도로 즐겨 가는 곳이다. 그곳은 아늑하고도 색다른 멋을 동시에 갖춘 곳이며 적당하게 사람이 많아 마음껏 쑥덕거리기에 더할 나위 없이 좋다. 우리를 유혹하는 따뜻한 9월의 햇살을 받으며, 메건이 투박해 보이는 철제 테이블 자리에 앉아 있다. 메건은 검정 레깅스 위에 목이 깊게 파인 스웨터를 받쳐 입었는데, 그녀가 늘 주장하는 '수술하지 않은 진짜 가슴' 위에 스웨터가 아슬아슬하게 걸쳐져 있다. 회색 톤의 스모키 화장 때문에 그녀의 연한 푸른빛 눈동자가 흐릿해 보이고, 무겁게 느껴지는 눈썹은 마스카라를 적어도 세 번은 덧칠한 것이 분명하다. 그녀의 금발은 은색 머리핀으로 단정하게 고정되어 있고, 상앗빛 뺨에 살짝 분홍색 블러셔를 칠해 아슬아슬하게 반은 콜걸 반은 순진한 여대생처럼 보인다. 남자들이 스스로를 억제할 수 없는 성적 매력을 물씬 발산하는 여자가 그녀다.

테이블 근처에 다가가도 메건은 아이패드에 몰두하느라 우리가 온 걸 알아채지 못한다. 나는 셸리를 멈춰 세우려고 팔꿈치를 잡아끈다.

"방해하면 안 되겠다. 봐, 정말 일하고 있잖아."

셸리가 고개를 젓는다. "그런 척하는 거야." 그녀가 나를 가까이 끌더니 턱을 들어 아이패드 화면을 가리킨다. "봐, 페리스힐튼닷컴이잖아."

"안녕, 얘들아?" 메건이 셸리가 앉으려는 의자에서 선글라스를 냉큼 집어 들며 말한다. "이것 좀 봐." 우리가 머핀과 라테를 들고 막 메건 옆에 앉는데 그녀가 최근에 터진 앤절리나 졸리와 브래드 피트의 말다툼과 톰 크루즈의 딸 수리의 거창하고 이국적인 생일 파티 기사를 우리에게 보여준다. 그러고는 느닷없이 자신의 남자친구 지미 얘기로 옮겨간다. "레드 로브스터. 정말이야. 그 끝내주는 식당에 데려간대. 그날 엉덩이만 덮는 에르베 레제 밴디지 드레스를 입을 거야."

나는 모든 사람에게 자제력과 열정을 동시에 갖춘, 과감할 정도로 솔직한 친구 한 명 정도는 꼭 필요하다고 생각하는 사람이다. 그런데 그들의 지나치게 노골적인 표현들은 듣는 이로 하여금 자신도 모르게 슬그머니 뒤를 돌아보고 아무도 엿듣지 않는다는 것을 확인해야 안심이 되는 히스테릭한 증상까지 유발시킨다. 메건이 바로 그런 친구다.

우리는 셸리의 여동생 패티를 통해 2년 전에 메건을 만났다. 메건과 패티는 댈러스에 있는 아메리칸항공 승무원 교육 기간 동안 룸메이트로 지냈다. 메건은 교육 마지막 주에 짐칸에 있는 가방이 손에 닿지 않아 탈락했다. 그녀의 팔은 그 직업을 갖기에 너무 짧았다. 그녀는 그 후로 팔이 짧다는 사실에 병적으로 집착한다. 당황한 그녀는 시카고로 와서 부동산 중개업자가 되었고, 첫 거래에서 지미를 만났다.

"거짓말할 수 없어. 정말 레드 로브스터의 비스킷은 끝내줘. 죽여준다고."

결국 셸리가 그녀의 말을 중단시킨다. "메건, 얘기했잖아. 브렛에게 우리 도움이 필요하다고."

메건이 순순히 아이패드를 끄고 두 손을 공손히 모아 테이블 위에 놓는다. "알았어. 집중할게. 도대체 무슨 일이야, 아가씨?"

자신에 관한 일이 아닐 때는 메건도 잘 들어주는 사람이다. 그녀는 두 손을 접고 시선을 고정한 채 내 이야기를 기다린다. 이런 순간은 쉽게 오지 않는다는 것을 아는 나로서는 숨김없이 그동안 엄마의 유산을 둘러싸고 벌어진 모든 일, 내 인생을 혼돈 속에 몰아넣은 엄마의 계략까지 세세히 털어놓는다.

"그러니까 간단히 얘기하면, 일도 없고, 수입도 없고, 실천하지 않은 열 개의 라이프 리스트를 1년 안에 완성해야 한다는 거지."

"개 같은 경우네." 메건이 명쾌하게 결론짓는다. "가서 그 변호사보고 직접 실천해보라고 해." 그녀가 리스트를 내 손에서 채간다. "아이 갖기, 개 키우기, 말도 키우기." 그녀가 샤넬 선글라스를 손에 들고 나를 응시하며 말한다. "도대체 어머니가 무슨 생각으로 이러시는 거야? 농장 주인이랑 결혼이라도 하라는 거야?"

나는 아무 말도 못하고 그저 웃는다. 메건은 지극히 자기중심적인 사람이지만 웃음이 필요할 때는 테레사 수녀 열 명이 와도 바꿀 수 없는 친구다.

"앤드루는 사실 농장 주인하고는 거리가 한참 먼 사람이지." 셸리가 커피에 설탕 한 스푼을 더 넣으며 말한다. "앤드루는 이 일에 대해 뭐래? 한 단계 나아갈 준비가 돼 있대? 아기를 갖겠대?"

"말 사는 건 어쩌고?" 메건이 한마디 더하더니 큰 소리로 낄낄대고 웃는다.

"그럴 거야." 내가 스푼을 보는 척하며 말한다. "분명히 그러자고 할 거야."

메건이 눈동자를 굴리며 말한다. "미안해. 그런데 시카고 시내 한복판에서 말을 어떻게 키울지 걱정이다. 너네 건물에서 애완동물을 키워도 되던가?"

"너 정말 웃긴다, 메건." 나는 관자놀이를 문지른다. "엄마가 정신이 나갔었나 봐. 그런 생각이 들기 시작하네. 말 싫어하는 열네 살짜리가 어디 있어? 어릴 때 누가 교사가 되고 싶어 하지 않으며, 아이 낳고 개 키우며 아름다운 집에서 살고 싶지 않은 사람이 어디 있겠느냐고?"

셸리가 손가락을 쭉 펴며 웃는다. "리스트 좀 다시 보자." 그녀에게 리스트를 건네주자 중얼거리며 읽는다. "캐리 뉴섬과 친구로 지내기. 사랑에 빠지기. 아빠와 좋은 관계 유지하기." 그녀가 나를 보더니 말한다. "이거 식은 죽 먹기잖아."

나는 눈을 가늘게 뜬다. "셸리, 아버지는 이미 돌아가셨어."

"그러니까 어머님이 원하는 건 아버님과 화해하는 거잖아. 아버님 무덤에 가서 꽃 좀 심고. 그리고 여기 봐봐. 17번은 벌써 이룬 거지, 사랑에 빠지기. 앤드루와 사랑하고 있잖아, 맞지?"

나는 그녀의 말에 고개를 끄덕였지만, 내 안의 어떤 감정이 차갑게 굳는다. 언제 마지막으로 앤드루에게 '사랑해'라고 말했는지 기억나지 않는다. 그렇지만 그것은 지극히 자연스러운 일이다. 4년이 흘렀으니 말하지 않아도 서로 아는 것이다.

"마이더 변호사 사무실로 가서 얘기하면 되겠네. 그리고 오늘밤 페이스북에서 캐리 뉴섬이라는 애도 찾아보고. 메시지 몇 번 보내면 다시 연락하고 지내는 거지. 빙고! 이것도 해결됐네."

숨이 찬다. 캐리가 상처 입고 모욕당한 채 우리 집에서 나간 이후로 연락한 적이 없다. 벌써 19년 전의 일이다. "12번, 가난한 사람들 돕기는 어떨까? 어려운 일 아니잖아. 유니세프 같은 곳에 기부하면 되니까." 나는 친구들을 바라보며 응원을 청한다. "그렇게 생각하지 않아?"

"당연하지." 메건이 말한다. "조루증인 남자보다 더 빨리 끝낼 거야."

"그런데 아기는 어떡하지?" 내가 콧등을 잡으며 말한다. "여가 시간 활용해 스탠드업 코미디언 되기하고 아이들 가르치는 일은? 다시는 교실에 발도 들여놓지 않겠다고 맹세했어."

메건이 자신의 팔목을 잡아당긴다. 그녀는 그렇게 하면 팔을 좀 늘리는 데 도움이 될 거라고 믿는다. "정식 교사가 되는 건 그만두고, 며칠 임시 교사로 일해. 한 주나 두 주. 그러고 나면 짜잔! 그것도 끝나는 거지."

나는 리스트를 꼼꼼하게 다시 본다. "임시 교사? 엄마가 꼭 담임 교사가 되라고 한 건 아니야. 맞아!" 얼굴에 천천히 미소가 번진다. 나는 라테를 집어 든다. "자, 들어봐, 얘들아. 월요일 오후에 내가 마티니 쏜다. 그때쯤이면 마이더 씨 사무실에 가서 봉투하나나 두 개쯤은 받을 거니까."

5장

월요일 아침. 나는 마이더 변호사의 사무실로 가기 전에 꽃집에 들러 야생화 한 묶음을 산다. 라이프 리스트에 적힌 '그 소녀'의 목표를 하나씩 이룰 때마다 나를 위해 꽃을 사기로 한다. 즉흥적으로 마이더 변호사를 위해서도 한 묶음을 집어 든다.

엘리베이터가 32층으로 올라가는 동안, 기대감과 흥분이 비눗방울처럼 내 안에서 피어오른다. 내가 어떤 걸 이뤘는지 말할 때 그의 얼굴이 어떻게 변할지 궁금하다. 엘리베이터가 더디 올라가는 것만 같다. 내가 고급스럽게 장식된 변호사 사무실 문을 밀고 다급하게 들어서자, 클레어가 책상에서 일어서며 나를 어리둥절한 눈으로 쳐다본다.

"지금 만나시겠다고요? 그건 불가능해요. 변호사님은 지금 큰 사건을 맡아 정신이 없어요."

막 사무실을 등지고 돌아서려는데, 마이더 변호사가 그의 사무실에서 마치 구멍 속에서 토끼가 빠져나오듯 툭 튀어나온다. 그가 대기실을 두리번거리더니 나를 보자마자 아주 완벽한 미소를 짓는다. "브렛 볼링거 씨 목소리라고 생각했어요! 들어오세요."

마이더 씨가 사무실로 들어오라며 내게 손짓을 하자 클레어가 어이없다는 듯이 어색하게 웃는다. 나는 그의 사무실로 들어서며 꽃을 내민다.

"나 주는 거예요?"

"후해지고 싶은 기분이 들어서요."

그가 키득거리며 웃는다. "고마워요. 그런데 꽃병은 안 사온 거예요?"

나도 웃음으로 화답한다. "그건 직접 사세요. 나는 실업자고 돈이 없잖아요, 아시는 바와 같이."

그가 사무실을 둘러보더니 조화가 꽂혀 있는 꽃병을 발견한다. "그 일은 안타깝게 됐어요. 어머니께서 강경하시니. 나도 어쩔 수가 없네요." 그가 조화를 꺼내 휴지통에 버리고 내가 사다 준 꽃을 꽂는다. "물 좀 떠 와야겠네요. 잠깐 기다리세요."

그가 꽃병을 들고 나가고 나는 혼자 남아 그의 사무실을 여유롭게 둘러본다. 바닥에서 천장까지 이어진 유리를 통해 밀레니엄파크에서 애들러 천문관까지 감탄하며 바라본다. 호두나무로 만든 육중한 책상에 시선이 이르러 천천히 살펴본다. 세 개의 두꺼운 파일이 쓰러질 듯 쌓여 있고 컴퓨터와 커피 자국이 그대로 묻어 있는 머그잔이 눈에 들어온다. 나는 아름다운 부인과 사랑스러운 아이, 그리고 그런 장면에 빠질 수 없는 골든레트리버까지 담긴 예쁜 액자를 찾는다. 그 대신 중년의 여자와 아들처럼 보이는 십대 소년이 배 위에 앉아 찍은 사진이 보인다. 마이더 변호사의 누나와 조카가 아닐까. 다른 사진이라곤 부모님인 듯한 밝은 얼굴의 어른들 사이에서 가운을 입고 학사모를 쓴 마이더 변호사의 사진뿐이다.

"다 준비되었어요." 마이더 변호사가 말한다.

내가 몸을 돌리자 그가 꽃병을 들고 들어서며 사무실 문을 닫는다. 꽃병을 대리석 탁자에 놓으며 감탄한다. "정말 예쁘네요."

"좋은 소식이 있어요, 마이더 씨."

"앉으세요." 그가 가죽 소파가 있는 곳으로 나를 이끈다. 적당히 오래되고 보기 좋게 낡은 소파다. "내년까지 같이 일할 건데, 그냥 브래드라고 불러줘요."

"좋아요, 나도 브렛이라고 불러주세요."

그가 내 쪽으로 의자를 끌어당기며 앉는다. "브렛, 이름이 참좋아요. 누가 지은 이름이에요?"

"물론 엄마가 지었죠. 엄마는 미국문학에 심취하셨어요. 헤밍웨이의 『태양은 다시 떠오른다』에 나오는 래디 브렛 애슐리요."

"참 잘 골랐네요. 그러면 조드는요? 존 스타인벡의 『분노의 포도』에 나오는 가족 중 한 명 아닌가요?"

"맞아요. 제이 오빠는 피츠제럴드의 『위대한 개츠비』에 나오는 제이 개츠비의 이름을 땄죠."

"참 멋진 분이세요. 좀 더 오래 사셨으면 좋았을걸."

"그러게요."

그가 내 무릎을 살짝 두드린다. "괜찮아요?"

나는 고개를 끄덕이며 북받치는 감정을 애써 누른다. "생각하지 않으면 조금 나아요."

"무슨 말인지 알 것 같아요."

그의 얼굴이 어두워진다. 지난주에도 그랬는데. 이유를 묻고 싶지만 왠지 주제넘은 것 같아 그만둔다.

"알려드릴 게 있어요." 내가 상체를 바로 세우며 말한다. "벌써 목표 한 가지를 이뤘어요."

그가 내 말에 아무 대꾸도 없이 눈썹을 꿈틀댄다.

"17번이요. 사랑에 빠졌거든요."

그가 소리가 들리게 숨을 들이마신다. "정말 빠르네요."

"그렇지 않아요. 내 남자친구 앤드루요……. 우리는 만난 지 거의 4년이나 됐어요."

"그를 사랑해요?"

"사랑해요." 내가 구두에 묻은 작은 나뭇잎 하나를 떼어내며 말한다. 물론 앤드루를 사랑하지. 그는 똑똑하고 야망 있는 남자야. 운동도 잘하고 정말 멋있는 남자지. 그런데 왜 내가 뭔가 속이고 있는 느낌이 들지?

"축하해요. 그럼 봉투 하나를 드리죠."

그가 일어서서 책상 뒤에 있는 캐비닛으로 몸을 돌린다. "17번." 그가 봉투를 찾으며 중얼거린다. "아, 여기 있네."

내가 봉투를 잡기 위해 의자에서 몸을 일으키자 그가 안 뺏기겠다는 듯 봉투를 몸 쪽으로 가져간다. "어머니께서 부탁하시—"

"이번엔 또 뭐죠?"

"미안해요, 브렛. 어머니께서 봉투를 하나씩 열 때마다 직접 주지 말고 내게 큰 소리로 읽어주라고 하셔서요."

나는 의자에 털썩 주저앉아 화가 난 십대처럼 팔짱을 낀다. "알았어요. 그럼 열어보세요."

그가 봉투를 열고 편지를 꺼내는 시간이 마치 평생처럼 느껴진다. 나는 호기심에 그의 왼손에서 반지를 찾아보지만 볕에 그은 피부와 털만 보일 뿐이다. 그는 셔츠 주머니에서 돋보기를 꺼내 쓰며 깊게 심호흡을 한다.

그가 큰 소리로 편지를 읽는다.

"브렛, 잘 있었니? 네가 앤드루와 사랑에 빠졌다는 소식을 전하기 위해 번거롭게 사무실로 오게 해서 미안하다. 실은 내가 기대한 사랑은 네 심장이 멈출 듯한 사랑이었어. "당신을 위해서라면 목숨도 바칠 수 있어"라고 말할 수 있는 사랑.'"

"뭐라고요?" 나는 두 손을 툭 늘어뜨린다. "엄마는 정말 제정신이 아닌 것 같아요. 그런 미친 사랑은 로맨스 소설이나 드라마에나 있는 거죠. 그건 비밀도 아는 일인데."

"우리는 과거를 비추는 관계에 자주 빠지지. 앤드루의 경우, 네가 동의하지 않겠지만, 네 아버지와 너무도 닮았어.'"

숨이 콱 막힌다. 두 남자는 그 이상 다를 수 없을 정도로 다르다. 성공한 여자를 볼 때마다 감탄하는 앤드루와 달리, 아버지는 엄마의 성공을 위협하는 존재였으니까. 오랜 세월 엄마의 능력을 과소평가하고 엄마의 일을 단순히 '취미'라고 일갈했다. 하지만 결국 엄마가 혼자 꾸려나갈 수 없을 정도로 주문이 밀려들었다. 엄마는 드디어 사무실을 얻고 직원을 구했다. 그리고 빠른 속도로 엄마의 꿈을 실현했다. 그때 두 분의 결혼 생활은 종지부를 찍었다.

"아버지와 마찬가지로 앤드루는 야망이 있고 격정적이지만 그의 사랑은 야박할 정도지. 너도 동의하지? 그리고 아, 네가 애쓰는 모습을 지켜볼 때면 얼마나 가슴이 아픈지. 네가 아버지 때문에 그랬던 것처럼 말이야. 그의 애정을 얻기 위해 애쓰는 네가 진정한 자아를 내팽개친 것은 아닌지 두렵구나. 왜 너의 꿈은 가치가 없다고 여기는 거니?"

눈물이 고이자 나는 눈을 깜박이며 털어낸다. 문득 한 장면이 마음속에 떠오른다. 새벽이었다. 나는 그날도 변함없이 수영 연습을 가기 위해 일어났다. 차갑고 죽음 같은 시커먼 물을 떠올리며 몸서리를 치면서도 단지 아버지가 나를 자랑스럽게 여기기 바라는 마음에 연습을 했다. 몇 년이 흐르고 나서 나는 내가 제일 싫어하는 과목인 과학을 부전공으로 택했다. 단지 아버지와 공통점을 갖고 싶었기 때문이었는데 결국 아무런 흥미도 느끼지 못했다.

"나는 네가 행복하면 좋겠어. 네가 정말 앤드루를 사랑한다면, 라이프 리스트를 그와 함께 보며 의논하렴. 그가 정말 너와 함께 그 목표들을 이루며 살 수 있다면, 네가 그럴 자신이 있다면, 내가 너의 사랑을, 너에 대한 그의 사랑을 과소평가한 거겠지. 그렇지만 결과가 어떻든 한 가지만은 명심해. 사랑에 대해서는 절대 타협해서는 안 된다는 걸. 정말 진실한 사랑을 찾았을 때다시 오렴. 충분히 가치 있는 일이니까.'"

나는 목에 걸린 울음 덩어리를 조심스럽게 문지르며 밝은 표정을 지으려 애쓴다. "좋아요. 곧 다시 돌아올게요."

브래드가 나를 본다. "앤드루가 같이 목표를 이루자고 할까요? 아기 말이에요. 개 키우는 거랑?"

"물론이죠." 나는 엄지손톱을 물어뜯으며 말한다.

"'사랑한다, 브렛.'" 브래드가 말한다.

나는 브래드의 말에 깜짝 놀라다가 이내 그가 엄마의 편지를 읽고 있다는 사실을 깨닫는다. "추신: 이건 내 생각인데, 18번을 먼저 이루는 게 어때? 큰 무대에 서기.'"

"좋아요, 엄마. 조프리발레단에 등록하죠. 그런데 엄마 제정신인가요?"

"'네가 뭘 하고 싶어 할지 궁금하구나. 발레가 아닐까? 하지만 극적인 역할이어야겠지. 어릴 때 발레단도 좋아했지만 연극단도 좋아했잖아. 그런데 치어리더 한다고 둘 다 관뒀지. 네가 하는 일을 응원했지만, 실은 네가 학교 연극이 밴드가 합창단과 오디션을 보길 원했지. 넌 내 말을 듣지 않았어. 새 친구들이 좋아하지 않는다는 이유로. 공연을 좋아하고, 두려움 없고, 자신감 넘치던 그 소녀는 어디로 갔을까?'"

20년 전의 기억이 수면 위로 떠오른다. 현대무용 발표회가 있던 날 아침이었다. 처음으로 캐리 없이 무대에 서는 날이었다. 캐리는 두 달 전에 이사 가고, 엄마와 아빠가 별거를 시작한 지 일주일이 지났을 때였다. 갑자기 외로움이 나를 엄습했다. 나는 캐리에게 전화를 걸기 위해 수화기를 집어 들었다. 그녀의 번호를 막 누르려고 하는데 수화기에서 엄마의 목소리가 들려왔다.

"찰스, 제발. 브렛은 당신을 믿고 있는데."

"노력해보겠다고 했잖아. 다음 주까지 허가를 받아야 해서 정신없어."

"그래도 약속했잖아." 엄마가 애원하는 목소리가 들려왔다.

"이번 기회에 브렛도 세상이 자신을 중심으로 돌아가지 않는다는 걸 알아야 해." 강압적이고 의기양양한 아버지의 목소리를 잊을 수가 없다. "솔직히 말해서, 리즈. 아무리 노력해도 브로드웨이감은 아니야. 인정할 건 인정하라고."

나는 30분 정도 기다렸다가 아빠에게 전화를 했다. 자동응답기 소리가 들리자 다행이다 싶었다. "아빠, 브렛인데요, 공연장 전기시설 고장으로 발표회가 취소됐어요."

그게 내 인생에서 마지막으로 무대에 오른 날이었다.

목에 뜨거운 것이 치민다. "그 소녀는 어디로 갔느냐고요? 큰 꿈을 가졌던 모든 소녀와 같은 곳으로 갔죠. 나는 어른이 됐고, 이제 꿈은 꿈일 뿐이에요."

내 말에 브래드가 더 듣고 싶다는 듯 약간 놀란 표정을 짓더니 그냥 편지를 계속 읽는다. "네가 짧고 멋진 공연을 한번 해보면 좋겠어. 쉽지는 않겠지만 안락한 생활에서 탈출해 새로운 너를 만날 수 있는 기회지. 지난 6월 서드코스트 코미디클럽에서 제이의 생일파티 했던 날 기억해? 사회자가 아마추어 코미디언의 밤이라는 이벤트를 소개했을 때, 네가 내 어깨에 몸을 기대며 차라리 크리스찬 루부탱 구두를 신고 에베레스트를 등반하는 게 낫겠다고 했잖아. 나는 그때 네가 왜 그렇게 소심한 아이가 되었는지 조금 의아했지. 그때 스탠드업 코미디를 라이프 리스트에서 지우지 않기로 결심했어. 그게 순종적인 네 성격에 강력한 항생제가 되어줄 거라 믿는다. 너와 내 바람을 위해 무대에 설 수 있겠지?'"

"아뇨! 그런 일은 결코 일어나지 않을 거예요!" 나는 브래드를 보며 내 처지도 좀 이해해달라는 눈빛을 건넨다. "난 못해요. 안 할 거예요. 이제 조금도 남을 웃기지 못한다고요."

"그건 그동안 웃길 생각을 안 해서 그렇겠죠?"

"내가 웃기는 사람인지는 상관없어요. 무슨 일이 있어도 스탠드업 코미디는 안 할 거니까. 이제 B안으로 가죠."

"브렛, B안 같은 건 없어요. 만약 어머니의 소원을 들어주고 싶으면—그리고 유산을 상속받고 싶으면—이 종이에 있는 라이프 리스트를 실천해야 해요."

"내가 무슨 말을 하는지 정말 모르시겠어요? 난 이따위 것들을 실천할 수 없어요."

그가 일어서더니 창가로 간다. 주머니에 손을 넣고 고층 빌딩을 감상하는 그의 실루엣이 유리창에 어린다. 알 수 없는 생에 대해 깊이 고뇌하는 고대 그리스의 철학자 같은 모습이다. "어머니께서 당신을 위해 이런 일을 한다는 생각이 들었어요. 당신이 쉽게 받아들이지 않을 거라고 말씀하셨지만 나는 몰랐어요." 그가 손으로 머리를 쓸어내리며 나를 향해 몸을 돌린다. "정말 유감이에요."

그가 한결 수그러진 자세와 진솔한 어조로 나를 대하자 조금 마음이 풀리기 시작한다.

"왜 엄마가 이 모든 걸 나를 위해 한다고 생각하게 됐죠? 내 인생 항로를 바꾸기 위해 엄마가 벌이는 최후의 시도라고 생각하게 된 이유요."

"어머니께서 당신이 행복하지 않다고 생각하신 건 아닐까요?"

나는 눈을 조금 내리뜬다. "그런 것 같네요, 말도 안 되는 생각이지만. 난 엄마 앞에서 늘 웃었어요. 엄마는 배 속에서부터 웃고 나온 아이라고 자랑스러워했는걸요."

"하지만 웃음 뒤의 얼굴은요?"

그의 부드러운 목소리가 던진 날카로운 질문이 방심하고 있던 내 귀에 꽂힌다. 이유를 알 수 없지만 목이 멘다. 갑자기 어린 조카 트레버가 떠오른다. 그의 통통한 볼에 붉게 번지는 터질 것 같은 웃음. 언젠가 엄마가, 내가 어렸을 때 트레버처럼 웃었다고 말한 적이 있다. 그런 웃음이 어디로 사라진 거지? 나도 모르게 갑자기 궁금증이 피어오른다. 자신감 넘치고 발랄했던 어린 시절의 열정이 사라진 곳으로 같이 가버린 것 같다.

"난 완벽하게 행복해요. 아니, 내가 그렇지 않을 이유가 뭐 있겠어요?"

브래드가 나를 보며 약간 슬픈 미소를 던진다. "공자가 말씀하셨죠. 행복의 길은 스탠드업 코미디로부터 찾을 수 있다."

나는 브래드의 중국식 억양에 참지 못하고 웃는다. "그래요. 공자가 또 말씀하셨죠. 유머를 모르는 여자는 코미디클럽 근처도 가지 말고 살아야 한다."

그가 내 말에 키득거리며 내가 앉아 있는 곳으로 다가온다. 그가 자기 의자 끝에 걸터앉자 모은 두 손이 내 다리와 너무 가까워 거의 닿을 것 같다. 그가 입을 연다. "내가 곁에 있어줄게요, 그러길 바란다면."

"그래주겠다고요?" 나는 그가 마치 동반자살이라도 마다하지 않겠다고 선언한 사람이라도 되는 듯 눈을 크게 뜨고 본다. "왜요?"

그가 다시 의자 깊숙이 앉더니 두 손으로 목을 감싸 쥔다. "재밌는 경험이 될 테니까요."

"그럼 우리가…… 코미디 듀오가 된다는 말인가요?"

그가 내 말에 웃는다. "아니요, 그게 아니에요. 곁에 있어준다는 말은, 관중석에 앉아서 지켜봐준다는 말이에요. 나는 무대 근처에도 가지 않을 겁니다."

나는 눈을 가늘게 뜬다. "겁쟁이시군요."

"바로 봤어요."

나는 그를 찬찬히 쳐다본다. "왜 이렇게 내게 친절하신 거죠?

이것도 다 엄마의 계획인가요? 친절한 행동에 대한 답례로 변호사비라도 왕창 지불하신 건가요?"

나는 그가 내 말에 웃을 거라 예상했는데 그는 웃지 않는다. "그렇게 생각할 수도 있겠죠. 맞아요. 지난 3월, 알츠하이머 기금 모금 때 당신 어머니께서 오셨는데, 내가 공동으로 주최한 행사였죠. 그때 그분을 처음 만났어요. 우리 아버지가 3년 전에 알츠하이머 확진을 받았거든요."

아. 나는 그제야 그의 얼굴에 드리워졌던 그늘이 이해되었다. "아, 그랬군요. 아버지가 그러시다니, 유감이에요."

"나도 그래요. 그건 그렇고, 경제 상황이 안 좋아서 예상 모금액에 도달하지 못할 상황이었어요. 그때 당신 어머니가 기꺼이 많은 금액을 기부해 우리가 정한 목표에 도달할 수 있도록 도와주셨죠."

"그래서 뭐, 제게 의무감이라도 있다는 말씀인가요? 그건 말도 안 돼요. 엄마는 그런 일을 자주 하셨어요."

"일주일 후, 제 사무실로 소포가 하나 도착했어요. 비누, 샴푸, 로션 등 볼링거코스메틱 제품들이 가득 든 소포요. 놀랍게도 수취인이 저희 어머니로 되어 있더군요."

"어머니요? 알츠하이머는 아버님께서―"

"맞아요."

조각들이 맞춰지며 이해되기까지 몇 초가 걸린다. "알츠하이머 때문에 고통받는 건 어머니도 마찬가지셨군요."

"네, 맞아요. 당신 어머니께서 주신 꾸러미를 어머니에게 드렸더니 우시더군요. 아버지를 돌보느라 어머니에게 필요한 건 대부분 무시하고 지내신 거죠. 당신 어머니는 우리 어머니에게 위로가 필요하다는 걸 누구보다 잘 아신 거예요."

"우리 엄마는 그런 사람이죠. 내가 만난 사람들 가운데 가장 섬세한 사람이에요."

"천사 같은 분이셨죠. 나를 유산 상속 대리인으로 고용하시면서 당신을 위한 계획을 설명하셨을 때, 나는 약속했죠. 끝까지 지켜보겠다고." 단단히 결심한 듯 그의 얼굴이 단호해진다. "믿으세요. 정말 그렇게 할 겁니다."

6장

 실직에도 좋은 점이 있다. 특히 며칠 안에 코미디를 준비해야 하는 나 같은 사람에게는. 코미디 채널에서 들은 욕심나는 대사를 훔치고 싶지만, 그런 식으로 해서는 또 엄마의 기준을 통과하지 못할 게 분명하다. 아이디어를 얻기 위해 나는 일주일 동안 시내 구석구석을 돌아다니고 있다. 조금이라도 웃긴 얘기를 듣거나 재밌는 광경을 목격하면 내 코미디 연기에 거름이 될 것이다. 사람들 앞에서 웃음거리가 될 가능성을 없애겠다는, 아니면 적어도 최소화하겠다는 희망으로 나는 몇 시간이고 거울 앞에 서서 연습한다. 이 모든 과정을 준비하는 동안 눈 밑에는 겹겹의 다크서클이 생기고 긴장감으로 장이 단단한 돌멩이같이 뭉친다.
 아무래도 이 모든 게 엄마의 의도인 것 같다는 생각이 든다. 엄마는 내가 스탠드업 코미디에 가장 먼저 도전해 걱정하고 연습에 몰두하느라 엄마를 생각할 겨를이 없을 것이라 여긴 것 같다. 그런데 실은 정반대 효과가 나타났다. 우리 엄마 엘리자베스 볼링거는 그 무엇보다 웃음을 사랑했다. 누군가 우스운 행동을 하는 걸 보거나 우스갯소리에 미소가 떠오를 때면 나는 엄마에게 그 이야기를 해주고 싶어진다. 만약 엄마가 아직 살아 있다면, 당장 전화해서 "엄마에게 들려주고 싶은 얘기가 있어요"라고 소리쳤을 것이다.

엄마에게는 그 말이면 충분했다. 그러면 엄마는 호기심을 누르지 못하고 당장 얘기해보라고 하거나, 대개는 저녁을 먹으러 오라고 했다. 그리고 와인을 따르기 무섭게 내 쪽으로 몸을 기울이고 팔을 툭툭 쳤다. "애야, 얘기해봐, 어서. 오늘 하루 종일 기다렸어."

나는 이야기에 살을 붙이고 억양과 사투리까지 곁들여 신나게 말하곤 했다. 지금도 엄마의 기분 좋은 웃음소리가 들리고 눈가에서 눈물을 찍어내는 모습이 눈에 선하다.

내 얼굴에 웃음이 번진다. 엄마가 돌아가시고 나서 엄마에 관한 추억을 떠올리며 눈물 대신 웃음이 나오는 건 처음이다.

웃는 걸 좋아하는 여자. 엄마가 내게 원했던 것이 바로 그런 모습일 것이다.

공연 전날 밤, 나는 눈을 뜬 채, 불안하고 초조해하며 누워 있다. 나무 블라인드의 좁은 틈으로 거리의 불빛이 희미하게 새어들어와 앤드루의 가슴 위에 흩어진다. 나는 한쪽 팔꿈치로 상체를 지탱한 채 그의 잠든 얼굴을 바라본다. 날숨이 그의 입술을 빠져나올 때마다 작은 소리가 들리고 그와 동시에 그의 가슴이 들썩인다. 나비의 날개처럼 매끈한 그의 피부를 쓰다듬지 않기 위해 내 안에 있는 모든 인내심을 동원한다. 그의 두 손은 납작한 배 위에 가지런히 놓여 있고 얼굴은 평온하다. 장의사 직원이 꾸며놓은 엄마의 마지막 모습과 다르지 않다.

"앤드루." 속삭이듯 그를 부른다. "나 정말 떨려."

여전히 깊은 잠에 빠져 있는 그의 모습이 마치 내게 계속 얘기하라고 말하는 것 같다. "나 내일 밤 코미디클럽 무대에 서. 당신에게 정말 말하고 싶어. 그러면 당신이 거기 와서 날 지켜봐주거나 행운을 빌어줄 수 있을 텐데. 당신 곁에 있으면 쉽게 안정을 찾곤 했는데. 예전에 내가 밀라노에서 프레젠테이션 하기 전날 밤 기억해? 내가 자다가 깼을 때 그곳에, 내 베개 옆에 누워 있는 것처럼 밤새도록 전화를 끊지 않았잖아. 하지만 스탠드업 코미디에 대해 말하려면 엄마가 완수하길 바라는 이 터무니없는 라이프 리스트에 대해서도 말해야 하는데, 그 말은 못 하겠어." 나는 천장을 향해 고개를 돌리고 눈물이 나지 않게 눈을 꼭 감는다. "당신의 라이프 리스트는 내 것하고는 정말 다를 것 같아." 나는 '사랑해'라고 말하려 하지만 그 말이 목구멍에 딱 걸린다. 대신 입 모양으로만 말한다.

그가 몸을 뒤척이자 나는 숨이 멎는다. 오, 맙소사, 그가 나를 봤으면 어쩌지? 만약에 그랬다면? 나랑 같이 사는, 같은 침대를 쓰는 남자가 내가 그를 사랑한다는 것을 아는 게 그렇게 나쁜 일인가? 눈을 질끈 감자 대답이 돌진해온다. 그래, 나쁜 일이야. 그도 나에게 같은 말을 해줄지 확신할 수 없으니까.

나는 베개에 머리를 기댄 채 천장을 바라본다. 앤드루가 사랑한 내 사회적 지위와 성공한 여성의 모습은 이제 모두 사라졌다. 그가 사랑하는 게 정말 '나'일까? 그가 나를, 진정한 나를 알기나 할까?

나는 한쪽 팔을 이마에 얹는다. 그의 잘못이 아니다. 어쩌면 엄마 말이 맞는다. 나는 솔직한 나의 모습을 많이 숨겼다. 내 꿈을 버리고 앤드루가 원하는 여자—관습에 얽매이지 않고, 무엇을 요구하지도 않고, 짐이 되지도 않는 여자—의 모습에 나를 맞추었다.

잠들어 있는 남자친구의 모습을 힐끗 본다. 내가 예전에 원했던 삶을 왜 포기한 거지? 엄마가 옳은 걸까? 아버지에게 인정받지 못했기 때문에 앤드루에게 인정받으려고 하는 걸까? 아니야, 그건 말도 안 돼. 아버지에게 인정받는 건 쓸데없는 일이라고 오래전에 결론지었어. 그런데 이상하게도 그런 사실을 인정하지 않으려 할수록, 내 안의 어딘가에서 당당하지 않은 생각이 스멀스멀 피어오른다.

앤드루를 잃을지도 모른다는 생각으로 불안하다. 너무도 심약하고 자존심도 없는 사람 같아 보여도, 홀로 남겨진다는 사실을 생각만 해도 끔찍하다. 내 삶의 지금 시점에 앤드루를 떠나는 것은 엄청난 도박이다. 물론 누군가를 다시 만날 것이다. 내 나이 서른네 살. 새로운 사람을 만나 다시 시작하는 것은 위험한 도박

판에 뛰어드는 것과 다를 게 없다. 마치 착실하게 평생 모은 돈을 위험성 높은 펀드에 덜컥 쏟아붓는 것처럼. 아마도 운이 좋아 엄청난 돈을 벌지도 모른다. 그렇지만 손해를 본다면, 내 인생이 송두리째 날아가버릴 수도 있다. 평생 일한 것을 한순간에 잃고 내 손에 아무것도 남지 않는 비참한 결과까지 예상해야 한다.

두시 반이 지났다. 나는 결국 몸을 일으켜 소리 나지 않게 아래층으로 내려가 소파로 다가간다. 커피 탁자에 놓아두었던 휴대전화에서 붉은빛이 반짝인다. 문자메시지가 들어와 있다. 열한시 오십분에 발신된 메시지. '긴장하지 마요. 잘할 거예요. 편히 자요.'

브래드에게 온 메시지다.

얼굴에 천천히 미소가 번진다. 털실로 짠 담요 속으로 파고 들어 소파 쿠션에 몸을 묻는다. 마치 누군가 내게 따뜻한 우유를 한 잔 주고 이마에 키스를 해준 것처럼 마음이 편해지며 안정감이 다시 밀려온다.

내가 앤드루에게 원한 것이 이런 것들이다.

서드코스트 코미디클럽 사회자의 목이 쉬었다. 스탠드업 코미디를 하는 무대 주변으로 관객들이 모여든다. 60센티미터 높이의 나무 바닥으로 된 무대를 앞에 두고 둥근 테이블들이 놓여 있다. 그 뒤 벽 쪽에는 바를 중심으로 사람들이 세 겹으로 앉아 무대에 올라올 사람을 보려고 두루미처럼 목을 빼고 있다. 도대체 월요일 밤에 웬 사람들이 이렇게 모인 거지? 저 사람들도 백수

아닌가? 내가 테이블 맞은편으로 팔을 뻗어 브래드의 팔을 잡고 묻는다. 그가 알아들을 수 있게 시끄럽게 떠드는 관객들 사이에서 큰 소리로 말한다.

"정말 믿을 수 없어요, 나보고 이런 곳에서 무대에 올라 얘기하라뇨? 벽에 구멍이라도 있으면 숨고 싶어요."

"딱 7분만 버텨봐요. 그러면 18번 목표가 목록에서 사라질 테니." 그가 큰 소리로 답한다. "그리고 나서 나머지 아홉 개의 목표를 향해 전진하자고요."

"와, 그런 혜택을 주시다니! 감격했어요. 반드시 18번 목표를 지워야 해요. 그래야 내가 말도 키우고 증오하는 내 아버지와도 화해하죠."

"뭐라고요?" 그가 귀를 가리킨다. "너무 시끄러워서 안 들려요."

나는 마티니 잔을 들고 친구들을 향해 몸을 돌린다. "오늘 귀여운데." 쉘리가 소음을 뚫고 내게 소리 지른다.

"고마워." 나는 입고 있는 티셔츠를 내려다본다. 앞부분에 '발기되는 성직자는 믿지 마세요'라고 적혀 있다.

막 연기를 마친 남자를 향해 한바탕 웃음이 쏟아진다. 이제 내가 무대에 오를 차례다. 관객들이 열광하는, 삐쩍 마르고 붉은 머리에 가슴만 시이히게 큰 여기이 뒤를 따라 무대로 다가간다. 무대 바로 앞에 있는 테이블에 맥주와 미리 주문한 듯이 보이는, 세 개의 작은 잔을 놓고 앉은 뚱뚱한 남자를 본다. 그는 휘파람을 불어대다 그것도 성이 안 차는지 주먹을 쥐고 허공에 종주먹을 날리며 열광하고 있다.

사회자가 무대로 뛰어오르더니 마이크를 잡는다. "스티브 핑크니 씨에게 박수를 보냅시다!" 관객들이 그의 말에 열광하며 박수를 친다.

이제 곧 내 차례. 심장이 멎을 듯이 빠르게 뛰고 나는 집채만한 숨을 삼킨다.

"행운을 빌어, 자매!" 셸리가 소리친다.

"나 좀 웃겨줘, 아가씨!" 메건도 한마디 한다.

브래드가 내 팔을 꼭 잡는다. "어머니가 자랑스러워할 거예요." 그의 말에 가슴 한쪽이 쓰리다. 구석에 있는 클럽 매니저 빌이 눈에 들어온다. 그가 나를 향해 손을 흔든다.

시간은 스스로 흘러 결국 목적지에 닿는다. 나는 마치 죄수가 전기의자를 향해 다가가듯 겨우 기어가는 심정으로 무대를 향해 간다.

"다음은…… 브렛입니다." 사회자가 관객들의 분위기가 수그러질 때까지 뜸을 들인다. "이번에 처음 출연하는 브렛 볼링거에게 큰 박수 부탁합니다."

무대 위로 오른다. 발목에 버클이라도 채운 것처럼 다리가 심하게 질질 끌린다. 나는 어찌어찌 마이크를 잡는다. 진정하기 위해 마이크를 고정한 금속봉을 꽉 움켜쥔다. 환한 흰색 조명등에 금방 눈이 먼다. 나는 눈을 가늘게 뜨고 관객들을 보려고 신경을 집중한다. 수많은 시선이 잔뜩 기대를 안고 내게 총집중되어 있다. 농담을 해야지. 우스갯소리 하려고 왔잖아? 아니야? 오, 하느님, 도와주세요! 엄마, 어쨌든 엄마가 이 무대로 나를 떠밀었잖아. 도와주세요. 눈을 감는다. 엄마와 단둘이 저녁 식탁에 앉아 있다는 상상을 한다. 엄마의 목소리를 상상한다. '애야, 얘기해봐. 어서, 오늘 하루 종일 기다렸어.' 나는 깊게 심호흡을 하고 상어 떼가 우글거리는 서드코스트 코미디클럽으로 깊게 다이빙한다.

"여러분, 안녕하세요?" 마이크의 삐 소리가 떨리는 내 목소리를 덮는다. 앞에 앉은 술 취한 남자가 귀를 막고 소리 지른다. 얼떨결에 나는 마이크를 꽉 움켜쥔다. "죄송합니다." 나는 움찔한다. "무대에 오른 게 처음이라 마이크가 날 미워할지 몰랐어요." 나는 긴장감에 겨우 키득거리며 멀리 친구들의 모습을 찾는다. 메건은 과장된 웃음을 환하게 짓고 있고, 셸리는 아이폰을 들이대며 사진을 찍어대고, 브래드는 중풍 환자처럼 무릎을 떨어댄다.

"음, 아, 아마도 브렛이라는 이름을 들었을 때 남자가 등장하리라고 생각했겠죠. 그런 말 많이 들었어요. 그게, 남자 이름으로 산다는 게 쉽지는 않아요. 아이들이 얼마나 짓궂게 놀렸는지 상상도 못 할 겁니다. 나는 오빠 티파니에게 울며 달려가 그들을 때려달라고 부탁했어요."

나는 웃음을 기대하고 관객들을 멍한 시선으로 잠시 지켜본다. 메건이 깔깔거리며 큰 소리로 반응하는 것이 전부다. "정말 그랬어요. 우리 오빠에게, 여자처럼 예쁜 이름을 붙여 '티파니' 오빠라고 불렀어요." 내가 말한다.

"하나도 안 웃기네." 술 취한 남자가 단조로운 목소리로 소리친다.

한숨이 절로 나온다. 마치 배를 한 대 얻어맞은 것 같다. "아, 어, 가톨릭 학교에서 이름 때문에 놀림당하고 고통받았다는 게 상상이나 되세요? 여, 여기 계신 분들도 가톨릭 학교를 많이들 다녀봐서 아시죠?"

몇몇 사람이 박수를 친다. 겨우 용기를 얻는다. "그, 그 내가 다닌 학교의 수녀님들이 굉장히 엄격하셨는데, 세인트메리 학교의 쉬는 시간은 점심 식사 후에 화장실 다녀오는 게 다였어요."

브래드, 메건, 셸리가 이번엔 큰 소리로 웃는다. 그런데 나머지 관객들은 자리에 앉아 나를 바라볼 뿐이다. 누군가는 아주 예의 바르게 잠깐 웃고, 또 다른 누군가는 시계를 보거나 휴대전화를 만지작거린다.

"한 방이 없다." 누군가 소리친다.

토할 것 같은 기분이다. 아니 그것보다 더하게 무대 위에서 눈물이 터질 것 같다. 무대에서 한 걸음 정도 떨어진 곳에 있는 디지털시계를 본다. 겨우 2분 4초가 흘렀다. 하느님, 맙소사, 앞으로 5분 더 무대에 서 있어야 해! 다음에는 뭐라고 말해야 하지? 농담이 하나도 기억나지 않아. 백지 상태. 이런, 세상에! 공포감이 밀려온다. 땀이 밴 손바닥을 청바지에 문지르며 메모해둔 종이를 찾아 뒷주머니를 뒤적인다.

"적어 온 걸 본다고? 맙소사!" 뒷자리에서 누군가 소리친다. "무대까지 올라가서 지금 우리 놀리는 거야?"

입술이 바르르 떨린다. "예전에 세인트메리 학교에서……."

관객들이 웅성거린다. 누군가 소리친다. "가톨릭 얘기는 귀에 딱지가 앉을 정도니, 그만!"

메모지를 들고 있을 수 없을 정도로 손이 떨린다. "가톨릭 학교뿐만 아니라, 실은 모든 여학교에 해당되는 얘기예요. 두 가지를 하나로 묶은 공포의 학교 시리즈랄까요."

내 말에 우우 하는 야유가 터져 나온다. 눈물이 솟구치더니 들고 있는 메모지에 뚝 떨어진다. 오, 하느님, 도와주세요! 사람들이 더 큰 소리로 떠들기 시작하더니 더 이상 지루함을 숨기지 않고 웅성거린다. 어떤 이들은 일어서서 바로 나가거나 화장실로 몸을 돌린다. 앞에 앉아 있는 술 취한 남자가 의자 깊숙이 몸을 기댄다. 두툼한 그의 손이 기다란 맥주병을 끊어놓을 듯 움켜쥐고 있다.

"다음." 그가 팔을 들어 무대를 향해 손가락질을 하며 소리친다. 다음 순서로 대기하고 있는 사람에게 올라오라고 손짓한다.

완전히 망했어. 내려가자. 생각할 겨를도 없이 도망가기 위해 몸을 돌리는데 브래드가 눈에 들어온다.

"진정해요, 비비(브렛 볼링거의 이니셜—옮긴이)." 소음을 뚫고 그의 목소리가 내 귀를 파고든다. "계속하라고요."

나는 이 순간 그를 너무도 사랑해 무대에서 뛰어 내려가 그를 왈칵 안고 싶다. 동시에 그의 목을 조르고 싶다. 그와 우리 엄마, 두 사람이 나를 이런 상황에 몰아넣었으니.

"할 수 있어요, 거의 끝나가요."

도망가고 싶은 충동과 싸우며 나는 다시 관중—지금이 막간 휴식 시간이라도 되는 줄 아는 포악한 미개인들을 향해 몸을 돌린다.

"수, 수녀님들은 모든 힘을 모아 여학생들이 순결한 생각을 하며 지내기를 원했죠." 아무도, 심지어 내 친구들도 내 말을 듣지 않는다. 메건은 옆 테이블에 앉은 남자와 애기 중이고 셸리는 문자를 보내느라 바쁘다. 단 한 명, 브래드가 지켜보고 있다. 내가 그를 흘끗 보자 그가 나를 향해 고개를 끄덕인다.

"우리, 우리 교실에 커다란 십자가가 있었어요. 로즈 수녀님은—" 나는 목을 가다듬는다. "로즈 수녀님은 예수님에게 진짜 바지를 입혀놓았지요."

"20초 남았어요. 비비." 브래드가 소리친다.

"내 친구 케이시는 남동생의 기저귀를 갈 때도 눈을 뜨지 못하는 애였고요."

"그만하고 앉아." 누군가 소리친다. "우릴 고문하는군."

브래드가 시간을 잰다. "7, 6, 5……."

"0"이라는 소리를 듣는 순간 나는 마이크 봉에 끼워져 있는 마이크를 손으로 딱 때린다. 브래드가 흠칫 놀란다. 무대에서 뛰어내려가는 순간 그가 나를 안아준다. 기어코 눈물이 터지고 나는 출구를 향해 뛰쳐나간다.

심호흡을 하자 서늘한 밤공기가 폐부를 찌른다. 나는 눈물을 흘리며 주차장에 있는 내 차를 발견할 때까지 비틀거리며 걷는다. 차 지붕에 손을 얹고 고개를 묻는다.

얼마나 지났을까. 누군가 내 어깨에 손을 얹는다.

"울지 마요, 비비. 해냈어요. 끝냈다고요." 브래드가 축 늘어진 내 등을 원을 그리며 어루만진다.

"완전히 우스운 꼴이 됐어요." 나는 차 지붕을 손으로 쾅쾅 치며 말한다. 고개를 들어 그를 본다. "말했잖아요, 나 재미있는 사람 아니라고."

그가 나를 끌어 품에 안는다. 나는 그를 밀어내지 않는다.

"정말 지독한 엄마야." 내가 그의 모직 코트에 얼굴을 파묻은 채 말한다.

아주 가볍게, 그가 나를 흔든다.

"왜 엄마가 내게 이런 일을 시킨 거죠? 완전히 웃음거리였어요. 아니, 웃음거리도 못 되네요. 웃음거리가 되려면 누군가를 정말 웃겨야 하니까."

그가 한 발자국 뒤로 물러서며 주머니에서 분홍색 봉투를 꺼내 든다. "어머니의 변명을 들어볼까요?"

나는 손등으로 코를 문질러 닦는다. "내가 편지를 받을 자격이 있나요?"

그가 웃으며 내 볼에 흐르는 눈물을 닦아준다. "그럴 자격이 있다고 생각해요."

우리는 내 차로 가서 히터를 켠다. 조수석에 앉은 브래드가 18번 봉투에 손가락을 넣어 조심스럽게 열고 읽기 시작한다.

"사랑하는 내 딸, 브켓.

실패했다고 속상해하고 있구나? 말도 안 돼.'"

"네? 엄마는 이미 내가 실패할 줄 아셨─"

브래드는 내 말을 끊고 계속 읽어나갔다. "'언제부터 네가 완

98

벽한 사람이 되어야 한다는 강박을 갖게 된 거지? 아무리 생각해도 이유를 모르겠구나. 어느 순간부터 넌 자신감을 잃어버렸어. 이야기하기 좋아하고 노래하기 좋아했던 그 행복한 소녀가 언제부턴가 불안해하고 마음 졸이며 사는 사람이 되어버렸어.'"

눈가가 뜨거워진다. 내가 변한 건 엄마 탓이 아니에요.

"'하지만 적어도 오늘 밤, 너는 살아 있었어. 예전에 내게 보여주던 어린 배우의 모습으로 말이야. 그 이유 하나만으로도 나는 기쁘다. 나는 그런 정열을 믿는다. 공포와 두려움으로 입이 타들어가는 듯했겠지만 적어도 진부한 인생보다는 낫지.

오늘 밤을 계기로 너의 용기, 인내, 의지가 되살아나면 좋겠구나. 두려운 일이 닥치면, 이런 순간을 기억하고 네 인생을 밀고 나가봐. 이 모든 용기 있는 행동은 네 안에 있는 온전한 너로부터 나온 거니까. 내가 오래전부터 알고 지낸 너의 모습.

엘리너 루스벨트 여사가 이런 말을 했단다. "매일 스스로를 두렵게 만드는 무언가를 해라." 계속 네가 두려워하는 것들을 향해 밀고 나가봐. 그런 위험을 감수함으로써 어디에 발을 디디게 되는지 묵묵히 지켜봐. 그것들이 결국 네 삶을 가치 있는 곳으로 이끌 테니까.'" 브래드가 잠시 침묵하다 다시 편지의 마지막 부분을 읽는다. "'사랑과 자랑스러움을 담아서, 엄마가.'"

나는 편지를 받아 들고 다시 읽는다. 손가락으로 엄마의 글씨를 만져본다. 엄마가 나로 하여금 이 일을 할 수밖에 없게 만든 이유가 뭘까? 앤드루를 생각해보고, 학생들을 가르치는 일도 떠올려본다. 그리고 캐리. 몸이 떨려온다. 그것들도 두렵지만 나를 더욱 겁에 질리게 하는 것이 한 가지 있다. 나는 그것을 억지로 밀어낸다. 엄마 말이 옳다. 나는 오늘 실패했지만 해냈다. 그렇다고 다시 무대에 오를 준비가 된 것은 아니다.

7장

　나는 내가 좋아하는 마크 제이컵스 정장을 입고 있다. 늦은 오전 무렵 메건이 부르주아피그 카페에 도착했을 때 나는 라테를 마시고 있었다. "또 십자말풀이 하고 있어?" 그녀가 보라색 돌체앤가바나 토트백을 테이블에 던져놓자마자 내 신문을 빼앗는다. "이제야 네 어머니가 왜 마감 시한을 정해놨는지 알겠다. 너 지난주에 스탠드업 코미디 한 이후로 아무것도 안 했지? 너네 어머니가 꿈을 좇으라고 한 건 공원에서 낮잠이나 자라고 한 게 아니야." 그녀가 내 정장을 가리키며 묻는다. "앤드루에게 얘기 안 했구나!"

　그녀가 옆에 놓인 의자에 신문을 아무렇게나 던져놓고 내 노트북 가방을 열어 컴퓨터를 꺼낸다. "오늘은 네 옛 친구를 찾자."

　"그냥 무턱대고 어떻게 연락을 해? 먼저 계획을 세워야겠어."

나는 컴퓨터를 한쪽에 밀어놓고 관자놀이를 문지른다. "다시 말하지만, 라이프 리스트가 내 인생을 망치고 있어."

메건이 이마를 찡그리고 나를 빤히 쳐다본다. "넌 정말 이상한 애야, 브렛. 난 솔직히 라이프 리스트가 널 행복하게 해준다고 생각해. 실은 너의 인생이 아니라 앤드루의 인생을 망치게 될까 봐 두려워하는 거지?"

내 속을 찌르는 솔직한 말이다. "아마 그럴지도 모르지. 하지만 어찌 되었든 난 완전히 망하는 거야. 남자친구도 잃게 되고, 내년 9월까지 모든 걸 이루기에는 시간이 너무 촉박해."

내 푸념 어린 말에 그녀는 아무 대꾸 없이 의자에서 몸을 일으킨다. "카페인이 필요해. 커피 가져올 동안 넌 페이스북에 로그인이나 하고 있어."

메건이 줄을 서서 기다리는 동안 나는 페이스북에 로그인한다. 캐리를 찾는 대신, '브래드 마이더'라는 이름을 검색창에 친다. 3센티 정도의 작은 증명사진이지만, 그를 찾아내는 건 식은 죽 먹기다. 그의 사진을 보며 나도 모르게 웃음을 짓는다. 그에게 친구 신청을 하고 싶지만, 아마 그는 변호사와 고객의 선을 넘는 프로답지 않은 행동이라고 여길지 모를 일이다. 문자메시지와 포옹도 선을 넘는 것이긴 하지만. 그와 나 사이에 존재하는 어떤 경계선을 새삼 깨닫는다. 만약 앤드루가 내가 변호사에게 특별한 호의를 갖고 비밀스러운 우정을 공유하고 있다는 걸 알게 된다면?

나는 두 손으로 머리를 꽉 움켜쥔다. 도대체 내가 왜 이러지?

"찾았어?" 메건이 마키아토와 스콘을 손에 들고 등 뒤로 와서 묻는다. 나는 노트북을 냉큼 덮는다. "아직."

메건이 테이블 맞은편으로 돌아가 앉을 때까지 기다렸다가 노트북을 다시 열고 이번에는 검색창에 '캐리 뉴섬'이라고 친다.

메건이 내 곁으로 급히 의자를 끌어당기며 앉는다. 우리는 몇 페이지를 눈으로 빠르게 훑는다. 드디어 내 눈에 캐리의 사진이 들어온다. '위스콘신'이라고 쓰인 스웨트셔츠를 입은 그녀는 금방 알아볼 수 있을 만큼 예전과 변함없는 모습이다. 여전히 운동선수 같은 복장, 안경 쓴 모습, 그리고 똑같은 미소. 죄책감이 확 밀려온다. 왜 나는 그녀에게 그토록 잔인하게 굴었을까?

"얘야?" 메건이 묻는다. "네가 왜 그만 만났는지 알 것 같다. 위스콘신에는 족집게도 안 파나, 이 눈썹 좀 봐."

"그만해, 메건." 나는 캐리의 사진을 보자 눈물이 솟는다. "내가 얼마나 얘를 좋아했는데."

캐리와 그녀의 부모님은 내가 살던 아더가(街)에서 두 블록 떨어진 곳에 살았다. 우리는 정반대의 성향을 가졌다. 그녀는 씩씩한 말괄량이였고, 나는 깡마르고 수줍음 많은 아이였다. 다섯 살이었던 어느 날 오후, 캐리가 축구공을 들고 우리 집 앞을 한가롭게 지나가고 있었다. 그녀가 자신과 또래인 나를 보더니 함께 축구를 하고 싶으냐고 대뜸 물었다. 나는 축구보다 소꿉장난이나 하자고 했다. 그녀는 내 말을 듣지 않았다. 결국 우리는 공원으로 걸어갔고 그날 오후 내내 철봉을 하고 그네도 타며 신나게 놀았다. 그날 이후로 우리는 떼어놓을 수 없는 사이가 됐다. 내가 수

년이 지나 그 애와 관계를 끊을 때까지.

"내게는 캐리에게 우정을 기대할 권리가 없어. 그리고 더 참을 수 없는 건 내가 라이프 리스트 때문에 어쩔 수 없이 다시 연락하려 한다는 거야."

"정말?" 메건이 팔짱을 끼며 묻는다. "나는 이 친구에게 그럴 권리가 없다고 생각했는데?"

나는 고개를 젓는다. 메건은 캐리 같은 사람이 우리와 다른 부류의 사람인 것을 절대 이해하지 못할 것이다.

"아, 머리 아프다. 도대체 뭐가 그리 복잡해?" 그렇게 말하기 무섭게 메건은 터치패드를 장악하더니 '친구 신청'을 재빨리 클릭한다.

한숨이 절로 나온다. "도대체 무슨 짓이야?"

"진행해야지, 짜잔!" 그녀가 머그잔을 높이 쳐들고 나를 본다. 나는 머그잔을 만지지도 않는다. 캐리는 한때 친한 친구였다가 냉정하게 뒤돌아서서 배반한 나를 다시 기억해낼 것이다. 속이 불편하다. 메건은 벌써 다음으로 넘어간다. 그녀가 두 손을 비빈다.

"좋아. 이 정도면 하나는 거의 끝난 셈이네. 이제 애견숍에 가서 개 한 마리 사자."

"싫어. 개는 냄새가 너무 심해. 집도 엉망으로 만들고." 나는 커피를 홀싹인다. "앤드루가 어떻게 나올지도 모르겠고."

"앤드루가 무슨 상관이야?" 그녀가 스콘을 한입 베어 먹으며 묻는다. "브렛, 나 솔직히 묻고 싶은 게 있는데, 너 정말 앤드루와 라이프 리스트를 같이 이뤄갈 수 있을 것 같아? 내 말은, 어머니가 앤드루는 안 된다고 했잖아. 어머니의 마지막 당부를 무시할 생각은 아니지?"

메건이 드디어 내 아킬레스건을 건드린다. 나는 팔꿈치를 테이블에 올리고 콧등을 만지작거린다. "앤드루에게 라이프 리스트에 관해 다 말할 거야. 아마 그가 크게 화를 내겠지. 비행기를 살 계획은 있어도 말을 살 계획은 전혀 없는 사람이니까. 아이 또한 마찬가지야. 자기 인생 계획에 아이들은 없다고 처음부터 못을 박았거든."

"너도 그래도 괜찮은 거야?"

나는 창밖으로 시선을 던진다. 예전의 시간들을 더듬어본다. 용감하고 무서울 게 없었던 그때, 내 모든 꿈이 실현되리라는 것을 믿어 의심치 않았던 그 시간들. 그런데 이렇게 되었다. 마치 자업자득처럼. 그리고 알게 되었다. 세상은 나를 중심으로 돌지 않는다는 것을.

"괜찮다고 나를 설득했어. 그때는 좀 달랐거든. 둘이 여행도 많이 다녔고⋯⋯ 내가 출장 갈 때도 같이 가줬고. 우리는 우리만으로도 너무 바쁘고 벅차서 아이를 갖는 건 꿈에도 생각하지 않았어."

"그런데 지금은?"

그녀가 최근의 내 인생은 어떤지 묻는다. 나는 요즘에는 거의 매일 혼자 텔레비전 앞에서 밥을 먹고, 앤드루와 함께한 마지막 여행은 2년 전, 보스턴에 사는 그의 여동생 결혼식에 참석한 것이었다. "엄마도 돌아가셨고 일자리도 잃었어. 이제 더 이상 뭘

가를 잃는 걸 이겨낼 자신이 없어. 아직은."

메건이 약간 긴장한 표정을 짓더니 냅킨으로 입을 닦는다. 나는 그녀의 눈썹에 물기가 반짝이는 걸 놓치지 않는다. 그녀의 손을 잡는다. "미안해. 네게 이렇게 쏟아내는 게 아닌데……"

그녀의 얼굴이 구겨진다. "이렇게는 못 살 것 같아."

아! 그녀는 나 때문에 우는 것이 아니었다. 지금 메건은 자신 때문에 우는 것이다. 내 인생이 온통 뒤죽박죽이기는 해도 메건의 이야기를 들어줄 준비는 되어 있다. 내 한탄만 하느라 메건을 생활 지도 교사처럼 만들다니. 나는 그녀의 손을 그러쥔다.

"요즘도 여자들이 지미에게 계속 문자 보내니?"

"그건 문제도 아니야. 어제 내가 집에 갔는데 글쎄, 우리가 함께 쓰는 침대에서 섹스를 하고 있는 거야. 우리가 함께 사랑을 나눈 그곳에서! 아, 정말 다행인 건, 두 사람이 나를 보기 전에 그 집을 뛰쳐나왔다는 사실이야."

"정말 나쁜 자식이네! 다른 데 다 놔두고 왜 여자를 집으로 끌어들여? 네가 집에 가는 시간이 일정치 않다는 거 그도 알잖아."

"내 눈에 띄길 기다린 것 같아. 내게 직접 헤어지자는 말은 차마 못 하고. 그래서 내가 결단 내리길 바라는 것 같아." 그녀가 왼쪽 손목을 세게 당기더니 한숨을 쉰다. "이 빌어먹을 팔. 난 기형이야."

"말도 안 돼. 네가 얼마나 예쁜데. 그런 놈은 뻥 차버려."

"못 하겠어. 뭘 해서 먹고살라고?"

"부동산 중개업을 본격적으로 하면 되잖아."

그녀가 내게 손사래를 친다. "네가 몰라서 그래. 그동안 지미랑 왕족처럼 살았는데, 어떻게 다시 먹고살기 위해 그런 일을 해?"

"그래도 그렇게 앉아서 당할 수만은 없잖아. 지미에게 따져보는 건—"

"말도 안 돼!" 그녀가 거의 소리치듯 말한다. "내게 다른 선택지가 생기기 전에는 따질 자신이 없어."

처음엔 그녀의 말을 알아듣지 못했는데 금세 알아차린다. 메건은 누군가를 포기하기 전에 새로운 누군가를 먼저 찾고 싶어 하는 것이다. 고아가 되기도 전에 새로운 가족이 자신을 데려가 주기를 바라는 아이처럼.

"너를 돌볼 사람이 왜 필요해? 너처럼 똑똑한 애가 어디 있어? 넌 혼자서 당당하게 길을 찾을 수 있어." 나는 내 입을 통해 나온 말이 그녀에게 하는 말인지 나에게 하는 말인지 의문이 든다. 나는 목소리를 낮추며 말한다. "알아. 힘들다는 거. 그렇지만 넌 할 수 있어."

"그런 일은 일어나지 않을 거야."

한숨이 나온다. "그럼 다시 남자를 찾아봐. 온라인 데이트 사이트라도 들어가보든지."

그녀가 내 말에 눈을 흘기며 보라색 가방을 열고 립글로스를 꺼내 든다. "매력적인 백만장자 찾음. 짧은 팔을 좋아해야 함. 이렇게 쓰라고?"

"진심으로 하는 말이야, 메건. 서둘러 새로운 사람을 만나야

해. 좀 더 나은 사람." 그러자 한 사람이 떠오른다. "그래, 브래드
는 어때?"

"네 어머니 변호사?"

"정말 괜찮은 사람이야. 귀엽고, 그렇게 생각 안 해?"

그녀가 불안한 표정으로 립글로스를 바른다. "귀엽지. 한 가지
작은 문제가 있지."

내 콧구멍이 벌름거린다. "뭐? 돈이 충분히 많지 않다는 거?"

"아니." 그녀가 입술을 붙이며 립글로스가 고루 묻게 한다. "그
는 벌써 너를 사랑해. 느낌으로 알 수 있어."

내 머리가 누군가에게 세게 얻어맞은 것처럼 뒤로 넘어간다.
이런, 세상에! 그게 말이 돼? 그가 나를? 나에게는 앤드루가 있
는데, 그 이유만으로도 말이 안 되잖아.

"왜 그렇게 생각해?" 내가 목소리를 차분하게 가다듬고 묻는다.

그녀가 내 말에 어깨를 으쓱한다. "그가 왜 그렇게 네 일을 필
사적으로 돕겠니?"

동요할 필요가 없다. 내가 브래드에게 원하는 것은 호의일 뿐
로맨스가 아니니까. 그런데 이상하게 맥이 빠진다. "아니야, 그
는 우리 엄마와 같은 팀일 뿐이야. 나를 돕는 건 엄마하고 굳게
약속했기 때문이고. 믿어도 돼. 그에게 나는 보호해줘야 할 대상
에 불과해."

나는 그녀와 더 따져보고 싶었는데 그녀가 고개를 끄덕인다.
"아, 알았어."

나는 고개를 떨군다. 현재 남자친구와 헤어지기 전에 대체할

남자를 먼저 찾는 메건과 내가 다를 게 있나?

편지를 펼치는 내 손이 떨린다. 나는 엄마의 편지를 한 번 더 읽어본다. '계속 네가 두려워하는 것들을 향해 밀고 나가봐.' 왜요, 엄마? 왜 내가 이런 걸 해야 하냐고요? 나는 편지를 주머니에 넣고 입구로 걸어 들어간다.

세인트보니페이스 공동묘지에는 7년 만에 온다. 마지막으로 온 것은 엄마와 함께였다. 우리는 어딘가를 가려고 길을 나섰다. 크리스마스 쇼핑을 가는 길이었던 것 같다. 그런데 갑자기 엄마가 들를 곳이 있다고 고집을 피우며 차를 돌렸다. 추위가 매서운 오후였다. 차창 밖으로 바람이 휘몰아치는 게 보였다. 작은 눈송이들이 성난 것처럼 어지럽게 흩어지더니 얼음 소용돌이로 변했다. 엄마와 나는 매서운 강풍을 뚫고 아버지 묘비가 있는 곳으로 겨우 다가가 상록수로 만든 리스를 올려놓았다. 나는 엄마를 놔두고 차에 먼저 탔다. 시동을 켜고 히터 버튼을 눌렀다. 따뜻한 공기가 차 안을 데우며 구름같이 퍼졌다. 나는 두 손을 펴서 따뜻한 바람을 맞으며 창밖을 바라보았다. 엄마가 고개를 숙인 채 조용히 묵념을 하고 있었다. 엄마는 장갑 낀 손으로 눈물을 훔치더니 가슴에 성호를 그었다. 엄마가 차 안으로 돌아왔을 때 나는 아무것도 보지 않은 사람처럼 라디오를 만지작거리는 척하며 엄마가 충분히 품위를 지킬 수 있게 기다렸다. 자신을 버린 남편을 여전히 사모하다니. 나는 그런 엄마가 솔직히 부끄러웠다.

7년 전 그날과 달리, 오늘은 눈부신 가을이 펼쳐져 있다. 하늘은 시리도록 파랗고 그 겨울의 매서운 날씨가 믿을 수 없을 만큼 비현실적으로 느껴진다. 부드러운 바람의 꼬리가 얼굴을 간질인다. 호두나무 밑에서 부산하게 먹이를 찾는 다람쥐가 없었다면 언덕에 자리한 아름다운 공동묘지가 너무도 적막하게 느껴졌을 것이다.

"아버지, 그 많은 세월이 흐른 뒤에 내가 왜 여기 왔는지 궁금하시겠죠." 나는 묘비를 보며 중얼거린다. "내가 엄마랑 똑같다고 생각하세요? 아버지를 절대 미워할 수 없다고?"

나는 묘비 아래쪽에 떨어진 마른 잎을 쓸어내고 대리석 판에 걸터앉는다. 가방을 열어 지갑을 꺼내 들고 그 안에 넣어둔, 도서관 카드와 헬스클럽 회원증 사이에 끼워둔 아버지 사진을 꺼낸다. 모서리가 구겨지고 낡았지만 유일하게 둘이 찍은 사진. 내가 여섯 살 때 엄마가 크리스마스 아침에 찍어준 사진이다. 나는 빨간색 플란넬 잠옷을 입고 아버지 무릎에 위태롭게 걸터앉아 마치 불안한 자세를 빨리 끝내게 해달라고 기도하는 아이처럼 두 손을 모으고 있다. 아버지는 하얀 손을 내 어깨에 두르고, 다른 한 손은 어설프게 내려놓고 있다. 그의 눈빛은 고요하고 텅 비어 있으며 입술엔 알 듯 말 듯한 미소가 스며 있다.

"나의 어떤 점이 아버지로 하여금 환한 미소조차 못 짓게 했을까요? 뭐가 그렇게 힘들어 나를 두 손으로 안아주지도 못했느냐고요?"

나는 눈이 따가워 고개를 들어 하늘을 올려다본다. 엄마가 라이프 리스트에 이 목표를 남겨두며 상상했을 마음의 평화가 몰려오기를 바라며. 하지만 느껴지는 것이라곤 얼굴에 내리쬐는 따가운 햇살과 가슴에 남은 상처의 여운뿐이다. 나는 다시 사진을 바라본다. 눈물이 어린 내 얼굴에 떨어진다. 얼굴이 눈물에 어려 확대되어 보인다. 나는 황급히 소매로 눈물을 닦는다.

"아버지, 내가 가장 마음 아팠던 게 뭔지 알아요? 한 번도 아버지 마음에 들지 못한 딸이라는 느낌이에요. 난 그냥 철없는 어린 아이였다고요! 왜 빈말이라도, 단 한 번도 내게 착하다, 예쁘다, 똑똑하다는 말을 안 하셨죠?" 나는 비릿한 피 맛이 날 때까지 입술을 깨문다. "아버지 사랑을 받기 위해 정말 노력했어요, 정말 노력했다고요."

눈물이 볼을 적실 만큼 흘러내린다. 나는 대리석 판에서 몸을 일으켜 묘비를 아버지 얼굴처럼 여기며 바라본다. "이건 엄마의 계획이에요, 아시죠? 엄마가 내게 아버지와의 관계를 회복하라고 하더군요. 그 바람은 이미 오래전에 접었는데." 나는 묘비에 새겨진 '찰스 제이컵 볼링거'라는 이름을 손끝으로 어루만진다. "아버지, 그곳에서 평화롭길 바라요."

나는 몸을 돌려 천천히 걷다가 이내 빨리 달린다.

아가일 역에 이르렀을 때 시계가 다섯시를 향하고 있다. 나는 여전히 몸이 떨린다. 하지만 이제 다시는 아버지 때문에 괴로워하지 않을 것이다. 고가 열차는 만원이다. 나는 사람들 틈에서 샌드위치처럼 끼어 있다. 한쪽에서는 십대 소녀의 아이팟에서 흘러나오는 욕설로 가득한 노래 가사가 귀를 찢고 다른 한쪽에는

'GODHEARSU.COM'이라고 쓰인 모자를 쓴 남자가 서 있다. 나는 그 남자에게 신이 매킨토시를 사용하는지 피시를 사용하는지 묻고 싶다. 그런데 그가 그 말을 재미있어할 것 같지는 않다. 나는 키가 크고 머리가 검은, 카키색의 버버리 트렌치코트를 입은 남자에게 시선을 고정시킨다. 그의 눈이 웃고 있는데 어딘가 낯설지 않은 느낌이 든다. 그가 내 쪽으로 몸을 약간 기울였고 우리 둘 사이에 십대 소녀 둘이 끼어 있다. "고해성사도 온라인으로? 과학기술이 정말 놀랍죠?" 그가 말한다.

내가 웃는다. "정말 말도 안 돼요. 고해성사실은 이제 과거의 산물로 전락할 날도 멀지 않은 것 같아요."

그가 환하게 웃는다. 나는 그의 갈색 눈동자에서 금빛으로 빛나는 작은 점에 눈길을 둬야 할지 부드럽고 감각적인 입을 바라봐야 할지 몰라 눈을 한곳에 두지 못한다. 카키색 코트 위에 묻어 있는 검은색 실밥을 힐끗 쳐다보니 문득 한 가지 생각이 스쳐 지나간다. 내가 로프트 창문에서 보던, 매일 일곱시면 건물로 들어오던 그 버버리맨인가? 그 남자가 늘 이 남자가 입고 있는 것과 같은 버버리 트렌치코트를 입고 있어서 버버리맨이라는 별명을 붙였는데. 그를 직접 만난 적은 없지만 몰래 그의 매력에 빠져 두어 달 동안 가슴이 뛰었다. 그가 나타날 때 그랬듯 어느 날 갑자기 사라지기 전까지.

막 내 소개를 하려고 하는데 휴대전화가 울린다. 브래드의 사무실에서 걸려온 전화라 받는다.

"안녕하세요, 브렛 볼링거 씨? 클레어 콜입니다. 메시지 받았어요. 마이더 변호사님이 10월 28일 만나실 수 있다는데—"

"28일이요? 3주나 있다가요? 그를 만나야……." 목소리가 슬며시 잦아든다. '그를 만나야 해요'라고 말하는 건 너무 간절하고 다급하게 들릴 것이다. 오늘 묘지에 다녀와서 기분이 많이 가라앉는다. 브래드라면 나를 잘 다독여줄 텐데. "더 일찍 볼 수 있을까요? 내일은요?"

"죄송합니다. 다음 주는 예약이 꽉 찼어요. 그러고 나서 휴가 기간이라. 28일에 만나실 수 있습니다. 여덟시에 스케줄이 비어 있어요."

한숨이 나왔다. "그게 제일 빠른 시간이면 그렇게 해야죠. 만약 다른 사람이 약속을 취소하면 전화 주세요. 부탁드려요."

내가 내려야 할 곳을 알리는 방송이 흘러나온다. 나는 전화를 코트 주머니에 넣고 문 쪽으로 나간다.

사람들 틈을 비집으며 지나가는데 버버리맨이 인사를 건넨다. "좋은 하루 보내세요."

"좋은 하루 보내세요."

나는 열차에서 급히 내렸고 우울한 감정이 나를 휘감았다. 브래드 마이더가 휴가를 떠난다니, 싫다. 그가 어디를 갈지 궁금해진다. 혼자 갈까? 여자친구와 함께일까? 지금까지 그에게 여자친구가 있느냐고 묻기에 적당한 기회가 없었고 그가 먼저 말을 해주지도 않았다. 내게 그런 말을 할 필요도 없지. 나는 고객일 뿐인데. 그렇지만 그가 나와 엄마를 연결해주는 유일한 사람인 것도 사실이잖아. 그에게 엄마의 전달자로서, 자연스럽지 않은 강한 유대감을 가지게 됐다는 생각에 두려운 기분이 든다. 마치 엄마 잃은 새끼 오리처럼 처음으로 만난 친절한 얼굴이 각인된 것이다.

8장

엄마가 건강하게 살아 있었을 때, 매주 목요일 저녁은 볼링거 가족의 날이었다. 우리는 소비뇽블랑 와인처럼 대화가 자연스럽게 흘러넘치는 엄마의 식탁으로 모여들었다. 가장 상석에 엄마가 앉고, 대화는 현재 주변에서 일어나는 일부터 지극히 개인적인 관심사를 비롯해 정치 문제까지 끊이지 않고 이어졌다. 오늘 밤, 엄마가 돌아가신 후 처음으로 조드 오빠와 새언니 캐서린이 가족들을 불렀고, 대담하게도 그 마법을 재현하려 애쓴다.

내가 도착하자 조드 오빠가 내 뺨에 가볍게 키스한다. "와줘서 고마워." 그가 말한다. 검은색과 흰색 줄무늬 앞치마가 그가 입고 있는 스웨이드 재킷을 안전하게 감싸고 있다.

나는 신발을 벗고 사치스러움이 느껴지는 순백색 카펫에 발을 디딘다. 조드 오빠가 고전적인 멋을 내는 장식을 선호한다면, 새언니는 현대적인 감각에 열광한다. 어쨌든 결과는 완벽하다. 멋진 원본 그림들과 현대적인 느낌을 주는 조각품들이 흰색과 베이지색이 기본인 실내를 배경으로 간간이 놓여 있다.

"뭔가 맛있는 냄새가 나네." 내가 말한다.

"양고기구이. 거의 다 됐어. 어서 와. 제이와 셸리는 벌써 피노 와인을 두 잔째 마시고 있다고."

식사가 시작되자 우리는 누가 먼저라 할 것 없이 남부 사람들의 억양만큼이나 확연한 엄마의 빈자리를 느낀다. 시카고 강 경치가 보이는 새언니의 식탁에 모여 앉은 우리 다섯 명은 어떤 기운의 부재, 다시 말해 엄마의 빈자리를 알아채지 못한 척한다. 우리는 억지스러운 대화로 어색한 침묵을 은폐한다. 새언니가 볼링거코스메틱의 3분기 실적과 미래의 회사 방향에 대해 20분 동안의 이야기를 마치자 화제가 나로 집중된다. 새언니가 나에게 왜 앤드루와 같이 오지 않았는지 묻는다. 제이 오빠는 내가 교사 자리를 찾았는지 궁금해한다. 모든 질문이 마치 지진 뒤에 일어나는 여진처럼 나를 흔든다. 조드 오빠가 그의 특기인 크렘 브륄레를 완성하러 주방으로 향하자 나도 숨을 돌리기 위해 자리에서 일어선다.

거실을 가로질러 복도 끝 화장실로 향하는 길에 오빠의 서재를 지나친다. 오빠는 미미미 세리무으로 꾸며진 아담한 방은 오빠가 사무실로도 사용하는 성지이고, 나는 오빠가 들어오라고 하지 않는 한 들어가본 적이 없는 곳이다. 자물쇠로 잠긴 캐비닛 안에는 오빠가 아끼는 싱글몰트 스카치 컬렉션이 있고 새언니가 집 안에서 흡연하는 걸 몹시 싫어하는데도 쿠바산 시가가 가득 들어 있는 담배 상자도 있다. 마침 그 방 앞을 지나가는데 책상 위에 놓여 있는 물건이 내 시선을 확 끌어당긴다. 나는 다시 방 앞으로 간다.

방 안의 어둠에 익숙해지느라 잠시 눈을 찡그린다. 눈을 몇 번 깜박인다. 마호가니 책상 위, 파일 밑에 깔려 보일 듯 말 듯하게 빨간색 가죽 표지 일기장이 놓여 있다.

아니, 도대체 어찌 된 노릇이지? 나는 방 안에 발을 한 발짝 들여놓는다. 내가 그토록 애타게 찾던, 모든 사람, 더군다나 조드 오빠까지 어디 있는지 모른다고 딱 잡아뗐던 그 일기장이다. 일기장을 집어 든다. 엄마가 표지에 붙여둔 메모는 온데간데없이 사라졌고, '1978년 여름'—내가 태어나기 전해의 여름—이라는 엄마의 글씨가 내게 인사라도 하듯 펼쳐져 있다. 가슴 한쪽이 뻐근하다. 이 일기는 가격을 따질 수 없을 만큼 가치 있는 것이다. 그래도 내가 이 일기장의 내용을 모두 공유할 것임을 오빠도 모르지 않았을 텐데 숨겨놓고 혼자 간직하려 했다니.

일기장을 자세히 읽어보려고 자리를 잡으려는 순간, 복도를 걸어오는 발소리가 들린다. 오빠다. 갑자기 몸이 굳는다. 그에게 내가 찾던 일기장을 찾았으니 가져간다고 말하고 싶은데, 내면에서 조용히 있으라는 소리가 들려온다. 두말할 것도 없이 오빠는 내가 이 일기장을 갖는 걸 원하지 않는다. 그는 서재 쪽에는 눈길도 두지 않은 채 지나간다. 나는 안도의 한숨을 내쉰다. 스웨터 밑에 일기장을 숨겨 넣는다. 나는 아무 소리도 없이 들어왔듯 조용히 서재를 빠져나간다.

식당에 들어서면서 나는 코트의 단추를 채운다.

"언니, 미안해요. 디저트는 다음으로 미뤄야겠어요. 몸이 좋지 않아요."

"기다려. 내가 차로 데려다줄게." 셸리가 말한다.

나는 고개를 젓는다. "아니, 됐어. 택시 탈래. 조드 오빠에게 대신 인사나 전해줘."

나는 조드 오빠가 내가 떠났다는 것을 깨닫기 전에 집에서 나온다.

엘리베이터 문이 닫히자마자 나는 안도의 한숨을 길게 내뱉는다. 오, 하느님, 이제 내가 도둑질까지! 하지만 이건 정의로운 도둑질이라는 걸 잊지 마세요. 나는 스웨터 밑에 넣어둔 보물을 꺼내 들고 마치 엄마의 품에 매달리듯 가슴 깊이 일기장을 껴안는다. 엄마가 몹시도 보고 싶다. 어떻게 엄마는 내가 엄마를 필요로 할 시점까지 아는 걸까.

엘리베이터가 빠른 속도로 내려간다. 침대맡에 있는 램프 아래에서 안전하게 읽는 게 좋을 것이라는 생각과 달리 나는 급히 일기장을 펼쳐 눈으로 읽어 내려간다.

엘리베이터 문이 다시 열렸을 때 나는 여전히 그 안에 못 박힌 듯 서 있다. 로비 구석에 있는 의자를 향해 비틀거리며 다가간다. 당혹감과 혼란, 내 인생 내내 나를 장악하며 풀리지 않던 미스터리가 명백하게 얼굴을 드러내는 순간이다.

몇 분이 흘렀다. 아니, 몇 시간일 수도 있다. 조드 오빠가 나를 부를 때까지 얼마나 오래 의자에 앉아 있었는지 모르겠다.

"브렛." 오빠가 최대한 낮은 목소리로 나를 부르며 빠른 걸음으로 다가온다. "그 일기장 열어 보지 마!"

나는 대답하지 않는다. 몸을 움직일 수 없다. 온몸이 감각을 잃은 채 굳어 있다.

"맙소사." 그가 쓰러지듯 내 옆에 앉으며 무릎 위에 펼쳐진 일기장을 빼앗는다. "읽기 전에 빼앗고 싶었는데."

"왜?" 나는 희미한 안개에 휩싸여 있는 사람처럼 멍한 시선으로 묻는다. "왜 이걸 못 보게 하려는 건데?"

"이럴까 봐 그랬지." 그가 눈물에 젖은 내 머리칼을 손으로 넘겨주며 말한다. "네 모습 좀 봐. 엄마를 잃은 지 얼마 되지도 않았는데, 지금 또 다른 충격은 필요치 않아."

"나도 알 권리가 있어, 제기랄!"

대리석 바닥이 내 목소리를 증폭시킨다. 오빠가 주위를 두리번거린다. 현관 입구에 있는 관리인 책상을 힐끗 보더니 작은 목소리로 말한다. "다시 집으로 올라가자."

"아니." 나는 의자에 앉은 채 이를 악물고 대답한다. "내게 얘기해줬어야지. 엄마가 내게 얘기해줬어야지. 평생을 아버지와의 관계 때문에 힘들어했는데. 그리고 이거, 이 일기장으로 통보하는 게 말이나 돼?"

"확실한 것도 아니잖아, 브렛. 이 일기는 아무것도 아냐. 모든 가능성을 따져볼 때 너는 아버지 딸이야."

119

나는 손가락으로 그를 푹 찌른다. "난 그 괴팍한 인간의 딸이 아니었어. 단 한 번도 그런 적 없다고. 그도 알았고. 그래서 나를 단 한 번도 따뜻하게 사랑해주지 않았던 거야. 그리고 엄마는 내게 그런 이야기를 해줄 용기가 없었고."

"알았어. 알았다고. 그런데 조니 맨스라는 남자도 괜찮은 사람은 아니었나 봐. 아마 엄마도 그래서 그를 찾으려 하지 않은 거고."

"아니, 이제 모든 게 완벽하게 정리가 돼. 엄마가 내게 일기장을 남겼어. 19번 목표를 이루라는 유언도. 엄마는, 그러니까, 내게 친아버지를 찾으라고 한 거야. 그와 다시 관계를 맺으라는 말이었다고. 엄마는 아마 살아생전엔 용기가 없었지만, 적어도 죽을 때 내게 엄마의 이야기—내 이야기—를 남길 정도의 품위는 있었던 거야." 나는 오빠를 뚫어져라 쳐다본다. "그리고, 오빠! 어떻게 이런 이야기를 숨길 생각을 했어? 언제부터 알고 있었던 거야?"

그가 멀리 시선을 두고 머리칼이 없는 머리를 손으로 쓰다듬는다. 그러더니 결국 내 의자 옆에 일기장을 던져놓고 무심히 내려다본다. "이 일기장은, 실은 오래전에 발견했어. 엄마가 애스터가로 이사 가는 걸 도와줄 때. 정말 역겨웠지. 엄마는 내가 일기장을 읽었다는 사실을 전혀 몰라. 장례식 날 일기장이 다시 나타나서 너무 놀랐어."

"역겨웠다고? 이 일기장에 적힌 엄마의 행복한 모습을 보고도?" 나는 일기장을 열고 읽기 시작한다.

"5월 3일. 27년 동안 잠들어 있던 내게 사랑이 찾아와 내 긴 잠을 깨웠다. 옛날의 내가 지금의 나를 보면 옳지 않다고 말할 것이다. 그러나 사랑으로 긴 잠에서 깨어난 지금의 나는 그것을 막을 힘이 없다. 처음으로, 내 심장이 제 리듬을 찾아 펄펄 뛰고 있다.'"

조드 오빠가 더 이상 참고 들어줄 수 없다는 듯이 한쪽 손을 내민다. 내 마음이 조금 누그러진다. 엄마에게 연인이 있었다는 사실을 알게 되는 건 결코 쉽게 받아들일 수 있는 일은 아닐 것이다.

"또 누가 이 사실을 알고 있어?"

"캐서린만 알고 있어. 아마 지금쯤 제이 부부에게 말하고 있을 거야."

나는 긴 한숨을 토해낸다. 오빠는 자신이 최선이라고 생각한 대로 하고 있는 것이다. 그가 나를 보호해주고 싶어 하는 건 안다. "나 혼자 해결할 수 있어." 나는 셔츠 소매로 눈물을 닦으며 말한다. "엄마가 오래전에 내게 말해주지 않았다는 건 정말 화가 나. 그래도 늦게라도 알려줬으니 다행이야. 꼭 아버지를 찾을 거야."

오빠가 고개를 젓는다. "너라면 그럴 거라고 생각했어. 내가 말린다 해도 소용없을 테고."

"당연하지." 나는 오빠에게 웃음을 지어 보인다. "정말 이 일기장을 내게 돌려줄 생각이었던 거지?"

그가 내 머리를 쓰다듬는다. "물론이지. 우리가 어떻게 대처할지 구체적으로 계획을 세운 다음에 주려고 했어."

"대처라니?"

"너도 알잖아. 이런 이야기를 그냥 공개할 수는 없잖아. 엄마 자체가 브랜드니까. 회사에 필요로 하는 건 엄마의 순수한 이미지야. 티끌 하나 없이 깨끗한 엄마의 이미지를 혼외 딸로 인해 흐릴 필요는 없다는 말이야."

숨이 멎을 것 같다. 결국 오빠의 의도는 조금도 우아하지 않다. 오빠에게 나라는 사람은 겨우 볼링거라는 브랜드에 먹칠을 할 수 있는 혼외 딸인 것이다.

그날 밤 앤드루가 잠들어 있는 동안 나는 침대에서 살금살금 기어 나와 노트북과 가운을 챙겨 들고 소파로 간다. 구글에서 조니 맨스를 찾아보기 전에 옛 친구, 캐리 뉴섬으로부터 온 페이스북 메시지를 발견한다. 나는 스웨트셔츠를 입고 있는, 그야말로 촌티가 물씬 풍기는 나랑 가장 친했던 그녀의 사진을 자세히 들여다본다.

브렛 볼링거? 오랫동안 연락이 끊긴 로저스파크의 내 친구 맞아? 네가 나를 기억한다는 게, 페이스북에서 나를 찾았다는 게 정말 믿기지 않아! 너와 정말 좋은 기억이 많아. 네가 믿든 안 믿든, 다음 달에 나 시카고에 가. 11월 14일 매코믹플레이스에서 사회복지사 컨퍼런스가 있어. 같이 점심 먹을 시간 있니? 저녁이면 더 좋고. 아, 브레텔. 네가 나를 찾았다는 게 나는 믿을 수 없을 만큼 기뻐! 보고 싶었어!

브레텔. 우리가 어렸을 때 그녀가 나에게 지어준 예명. 일주일 내내 내 이름이 남자 이름 같다며 투덜댔더니 그녀가 내게 어울릴 것 같은 예명들을 골라 긴 목록을 만들었다. "브레첸은 어때? 브레타는? 브레타니는?" 그녀가 물었다. 결국 우리는 사탕으로 지은 집과 두뇌가 명석한 아이라는 이미지를 가진 브레텔이라는 이름을 골랐다. 그리고 그 이름으로 불렸다. 다른 모든 사람들에게 나는 여전히 브렛이라고 불렸지만, 가장 소중한 친구 캐리에게 나는 브레텔이었다.

캐리의 어머니가 위스콘신대학에 일자리를 얻었다고 말한 날은 황금빛 태양이 부서질 듯 쏟아지던 가을날 아침이었다. 체크무늬 주름치마와 하얀색 블라우스를 입은 우리는 얼마 전에 입학한 고등학교인 로욜라아카데미 건물을 향해 인도를 천천히 걷고 있었다. 지금도 발을 디딜 때마다 수북하게 쌓인 낙엽이 바삭거리며 부서지던 소리가 들리는 듯하고, 머리 위에 드리워졌던 붉고 노란 잎들이 눈에 선하다. 하지만 그때 캐리와 헤어진다는 걸 알고 느낀 고통은 그저 상상으로만 그치지 않는다. 오랜 세월이 흐른 지금까지도 그때의 상처가 남아 있는 것처럼, 나는 가슴이 정말로 아프다.

"아빠랑 오늘 저녁 먹으러 가기로 했어." 내가 캐리에게 말했다.

"잘됐네." 늘 나의 가장 든든한 동지였던 그녀가 환하게 웃으며 말했다. "분명히 너를 그리워하셨을 거야."

나는 나뭇잎이 두껍게 쌓인 곳을 발로 툭툭 쳤다. "그랬을 수도 있겠지."

반 블록 정도를 말없이 걸어가다가 그녀가 나를 향해 고개를 돌리며 말했다.

"브렛, 우리 이사 가."

그때 그녀는 나의 예명을 부르지 않았다. 나는 너무 놀라 홍수처럼 눈물이 고인 그녀의 눈을 그저 바라보았다. 나는 여전히 이해하기를 거부한 채 물었다. "우리 둘?" 나는 진심으로 물었다.

"아니!" 그녀가 울면서 웃었다. 진한 콧물과 눈물이 범벅이 되어 흘러내렸다.

"더러워!" 내가 소리쳤다. 우리는 잠시 슬픔도 잊고 더 큰 소리로 웃어젖혔다. 수북이 쌓인 낙엽 위로 서로를 밀치며, 그런 장난이 끝나지 않기를 바라며 뒹굴었다. 그 순간이 끝나면 서로의 텅 빈 얼굴을 바라볼 일만 남았다는 사실을 잊고 싶었다. "제발, 이사 가지 않는다고 말해줘."

"미안해, 브레텔. 우리 이사 가."

그날 내 세상은 끝났다. 적어도 나는 그렇게 생각했다. 나의 내면을 읽을 줄 알고 조곤조곤 필요한 충고도 아끼지 않던, 게다가 내 아둔한 농담까지 완전히 이해하는 친구가 나를 떠난다는 것이었다. 매디슨은 우즈베키스탄만큼이나 멀게 느껴졌다. 5주 후에, 나는 그녀의 집 현관 입구에 서서 이삿짐 트럭이 멀리 사라질 때까지 손을 흔들었다. 처음 1년 동안 우리는 서로에게 깊은 신뢰를 가진 연인처럼 편지를 썼다. 그 편지는 그녀가 어느 주말에 나를 찾아올 때까지 이어졌고, 그 이후로 우리는 연락하지 않고 지냈다. 그동안 수없이 속죄했지만 나는 결코 스스로를 용서할

수 없었다. 그 이후로 나는 많은 친구를 새로 만났지만 캐리 뉴섬
만큼 좋아한 친구는 없었다.

그녀의 메시지가 마치 식탁 옆에 앉은 배고픈 개처럼 나를 바
라본다. 그녀를 마지막으로 만났을 때 내가 자신을 어떻게 대했
는지 벌써 잊었단 말인가? 나는 두 손으로 얼굴을 감싼다. 마침
내 다시 고개를 들었을 때 나는 할 수 있는 한 빠르게 자판을 두
드린다.

나도 정말 보고 싶어, 케어베어(〈케어베어 사랑마을 친구들〉 캐릭
터―옮긴이). 그리고 정말 미안해. 14일에 꼭 만나고 싶어. 네가 묵
는 호텔에서 볼까?

나는 '엔터'를 누른다.
그리고 검색창에 '조니 맨스'라고 친다.

9장

브래드와 내가 세트로 디자인된 가죽 의자에 앉아 있다. 그가 생수병을 들고 물을 마시면서 여행 이야기를 할 동안 나는 차를 홀짝인다. 그가 사용한 향수 냄새를 맡을 수 있다. 가까이서 보니 귀에 작은 구멍이 있는 것으로 보아 예전에 귀고리를 하고 다닌 것 같다.

"샌프란시스코는 정말 멋지더군요." 그가 말한다. "가본 적 있어요?"

"두 번이요. 제가 좋아하는 도시 가운데 하나죠." 얼굴이 가릴 정도로 찻잔을 들고 묻는다 "일 때문에 가신 건가요? 아니면 여행?"

"여행 간 거예요. 여자친구 제나가 지난여름에 그곳으로 이사를 갔어요. '샌프란시스코 크로니클'에 취직했거든요."

완벽하군. 우리 둘 모두 연인이 있는 거네. 서로 성적으로 끌려서 일에 방해가 될 일은 없겠어. 그런데 왜 내 심장박동이 갑자기 느려지는 걸까?

"멋지네요!" 내가 최대한 흥미로운 척하며 말한다.

"그렇죠. 그녀를 위해 멋진 일이죠. 제나는 그 일을 좋아해요. 우리의 관계가 좀 긴장되는 건 있지만."

"상상이 가요. 두 시간 시차는 말할 것도 없고 3,200킬로미터나 떨어져 있다는 게 쉬운 일은 아니죠."

그가 머리를 세차게 흔든다. "열한 살 차이도 만만치 않죠."

재빠르게 나이를 계산해보니 제나는 삼십대로 여겨진다. "11년 차이가 그리 심각한 건 아니죠."

"나도 그렇게 말했어요. 그래도 그녀는 가끔 짜증을 내요." 그가 책상으로 가더니 여자와 그의 아들로 보이는 소년의 사진을 가리킨다. 내가 그의 누나와 조카로 오해했던 사진이다. "이 사람이 제나예요." 그가 말한다. "그리고 그녀의 아들 네이트. 뉴욕대학 신입생이죠."

나는 수줍은 미소와 파란 눈을 가진 여자의 사진을 물끄러미 바라본다. "정말 예쁜 분이네요."

"예, 아름다운 여자죠." 그가 사진을 바라보며 웃는다. 나도 모르게 갑자기 질투심이 솟구친다. 저토록 좋아하다니.

나는 최대한 사무적인 분위기를 만들기 위해 의자에 앉은 채 꼿꼿하게 자세를 바로잡는다. "알려드릴 소식이 있어요."

그가 나를 향해 고개를 돌린다. "앤드루와 아기를 갖기로 했나요? 말을 사는 건가요?"

"아뇨, 찰스 볼링거의 묘지에 가서 마지막 인사를 하고 왔어
요."

그가 알아들을 수 없다는 듯이 눈썹을 찡긋한다. "벌써 화해하
셨다고요?"

내가 고개를 젓는다. "찰스 볼링거는 내 아버지가 아니에요.
친아버지가 아니라는 말이죠. 친아버지를 찾아야겠어요, 도와주
세요." 나는 그에게 엄마의 일기장에 대해 이야기했다. 내가 태
어나기 전 여름에 엄마와 사랑에 빠졌던 남자에 관해서도. "일기
는 8월 29일에 멈춰 있어요. 아버지가 엄마의 불륜을 알아차리
고 조니라는 분이 그 도시를 떠난 날이죠. 엄마는 완전히 망가졌
어요. 엄마는 아버지와의 결혼 생활을 정리하고 떠나고 싶어 했
는데 그분이 엄마를 막았죠. 엄마를 사랑했지만, 음악을 포기할
수 없었던 게 이유였어요. 한곳에 정착할 자신이 없었던 거죠. 엄
마가 임신했다는 사실을 알았는지 몰랐는지는 나도 몰라요. 임
신 2개월 정도에 접어들었을 때니까요. 그분의 아기죠." 온통 긴
장감으로 찡그려진 브래드의 눈썹이 눈에 들어온다. "내 말을 믿
어줘요, 브래드. 나와 아버지는 정말 전혀 닮지 않았어요. 두말할
것도 없이 우리 둘을 연결해주는 건 아무것도 없어요. 조니 맨스
기 내 아버지라는 사실에 의심의 여지가 없어요."

브래드가 길게 한숨을 내뱉는다. "사람 찾는 거 쉬운 일 아니
에요. 기분은 어때요?"

나도 한숨을 내쉰다. "아프고 속은 것 같고 화가 나죠. 엄마가

내게 말하지 않았다는 사실, 특히나 아버지가 돌아가셨을 때조차도 그러셨다는 걸 믿을 수가 없어요. 엄마는 내가 얼마나 아버지의 사랑을 갈구했는지 아셨어요. 그러나 무엇보다 지금 내 마음은 편해요. 이런 사실이 내게 많은 걸 설명해주니까요. 이제야 왜 아버지가 나를 사랑하지 않았는지 알 것 같아요. 내가 자신의 딸이 아니니까요." 나는 울음을 삼키려 손으로 입을 막는다. "나는 정말 아버지를 많이 원망했어요. 이제야 사실을 알게 되니 분노가 좀 사라져요."

"친아버지를 찾는 건 쉬운 일이 아니에요. 어딘가 존재하고 있다는 것 말고는 아는 게 없잖아요."

"네, 그게 두려워요. 어떻게 찾아야 할지 모르겠어요." 나는 입술을 깨문다. "내가 찾는다고 해도 그분이 어떻게 반응할지도 모르겠고요."

브래드가 내 손을 꼭 잡으며 내 눈을 똑바로 응시한다. "꼭 당신을 사랑할 거라고 믿어요."

그의 말에 바보같이 심장이 뛴다. 나는 그의 손에서 손을 빼 무릎 위에 놓는다. "그분을 찾을 방법이 없을지 생각해줄 수 있어요?"

"당연하죠." 그가 벌떡 일어서더니 그의 컴퓨터로 다가간다. "먼저 구글에서 검색부터 해보자고요."

"우아!" 나는 감탄한 것처럼 과장된 목소리로 말한다. "구글에서 검색해보자고요? 그거면 다 되겠네요. 수고하셨으니 월급 좀 올려드려야겠어요."

그가 웃음기 사라진 얼굴로 나를 본다. 눈가에 주름이 인다. 그가 내 말뜻을 알아차린 듯싶다. "똑똑한 아가씨군요!"

웃음이 나온다. "그럼 내가 검색도 해보지 않았다고 여긴 거예요? 오, 마이더 변호사님."

그가 의자에 다시 앉아 다리를 꼰다. "좋아요, 그럼 뭘 찾았나요?"

"솔직히 바로 찾았다고 생각했었어요. 조니 맨이라는 남자가 밴드 리더로 있더군요. 그런데 불행하게도 그는 1918년생이었어요."

"그러면 나이가 너무 많죠. 완전히 할아버지네요, 1978년에 만났어도 할아버지였을 테고. 그리고 찾는 분의 성이 맨이 아니라 맨스가 맞죠?"

"엄마 일기장에 그렇게 쓰여 있었어요. 사실 맨 말고도 존, 조니, 조녀선으로도 검색해봤어요. 문제는 너무 흔한 이름이라 결과가 수백만 건도 넘게 나온다는 거죠. 검색어를 더 넣어야 할 텐데, 그에 대해 아는 게 없어요."

"어머니가 다른 말은 안 하셨나요? 시카고 출신이라든지?"

"노스다코타 출신이에요. 그리고 엄마가 그에 대해 묘사한 걸보면 나이는 엄마랑 비슷한 것 같아요. 확실하지는 않지만요. 엄마가 로저스파크 보스워스가(街)에 있는 아파트에 살 때 위층에 세를 얻어 살던 사람이었어요. 음악가였죠. 그 거리를 조금 벗어난 곳에 있던 저스틴이란 바에서 음악을 연주했어요."

브래드가 내 말에 손가락을 튕기더니 나를 가리킨다. "빙고.

지금 거기 가봅시다, 저스틴으로요. 거기 가서 사람들에게 물어보죠. 누가 그를 기억하고 있을지도 모르죠."

나는 그를 바라보며 눈을 살짝 흘긴다. "혹시 온라인 대학에서 공부해 변호사가 된 건 아니죠?"

"네?"

"지금 30년여 전의 장소에 대해 말하고 있는 거예요, 브래드. 저스틴은 이미 사라지고 없다고요. 지금은 넵튠이라는 간판을 건 게이 바예요."

그가 눈을 가늘게 뜨며 나를 본다. "벌써 다 살펴본 거군요?"

나는 웃음을 날려버린다. "좋아요, 인정해요. 나도 당신처럼 우둔한 데가 있어요." 나는 두 손을 든다. "솔직히 우리 힘으로는 안 돼요. 전문가가 필요해요, 브래드. 혹시 이 방면에 아는 전문가 있으면 알려줄래요?"

그가 책상으로 가더니 블랙베리 휴대전화를 찾아 들고 온다. "이혼 사건에 가끔 부르는 사람이 있긴 하죠. 스티브 포홀론스키. 흥신소 일에 뛰어난 사람이죠. 조니 맨스를 찾을 수 있다는 보장은 없지만."

"찾아야 해요." 나는 갑자기 아버지를 찾고 싶은 마음이 강해져 소리친다. "만약에 그가 못 한다면, 다른 누군가가 할 수 있을 거예요. 아버지를 찾을 때까지 나는 이 일을 멈추지 않을 거예요."

브래드가 나를 찬찬히 보더니 고개를 끄덕인다. "좋아요, 그런 모습. 열정적으로 목표를 정하고 적극적인 자세로 나오는 건 처음 보네요. 진취적인 자세, 자랑스러울 정도예요."

그의 말이 옳다. 19번은 엄마의 강요 없이도 혼자서 충분히 자극받아 이루고 싶은 목표다. 이제 더 이상 그 소녀의 목표가 아니다. 나는 누구보다 아버지와의 돈독한 관계를 열망했다. 생각해보니 평생에 걸친 바람이다.

나는 브래드를 기쁘게 해주고 싶다는 이상한 감정에 휩싸이는 이유를 궁금해하며 사무실을 나선다. 엄마처럼, 그도 내가 19번 목표를 이룰 수 있을 거라고 확신하는 것 같다. 브래드와 함께라면 엄마가 자랑스러워할 정도로 잘할 수 있을 것만 같다. 더 심사숙고할 시간이 필요한데, 휴대전화가 울린다. 랜돌프가(街) 방향으로 나가는 두 개짜리 여닫이 문을 열면서 나는 전화를 찾아 핸드백을 더듬거린다.

"브렛 볼링거 씨? 저는 시카고 공립학교 사무실에서 근무하는 수전 크리스천입니다. 신청서와 예방접종 기록 잘 받았고, 경력 조사도 다 마쳤어요. 모든 결과가 만족스럽게 나왔네요. 이제 임시 교사로 일하실 수 있습니다. 축하합니다."

10월의 청아한 바람이 상쾌하게 내 얼굴에 닿는다. "아, 네. 고맙습니다."

"내일 우드론에 있는 더글러스제이키스초등학교 5학년에 임시 교사가 필요한데, 시간 괜찮으세요?"

문이 열리는 소리를 들었을 때 나는 침대에 누워 읽고 있던 소설의 같은 문장을 세 번째 읽고 있었다. 예전에는 하루 일과를 마치고 돌아오는 앤드루의 귀가를 기다렸는데 어찌 된 영문인지 가슴이 묵직하게 느껴지며 숨쉬기가 곤란할 정도다. 그에게 진실을 말해야 한다. 벌써 시간은 밤 열시를 향해 가고, 그는 피곤에 전 몸을 이끌고 들어와 쉬고 싶을 때다. 진실을 털어놓기에 적당한 시간이 아니다. 적어도 나는 그렇게 스스로를 정당화한다.

나는 책을 다급하게 접고 그가 찬장과 냉장고 문을 여닫는 소리를 듣는다. 이윽고 그가 마치 20킬로그램짜리 군화를 신고 걷는 듯한 육중한 걸음걸이로 방으로 걸어온다. 그가 한 걸음씩 뗄 때마다 나는 그의 기분을 가늠할 수 있다. 오늘 밤, 그는 지치고 기운이 없다.

"안녕!" 나는 책을 한쪽으로 밀어놓는다. "오늘 하루 어땠어?"

그가 하이네켄 한 병을 손에 들고 침대 모서리에 걸터앉는다. 피곤에 전 낯빛은 잿빛이고 눈 밑에는 반달 모양의 다크서클이 드리워져 있다. "자기에는 이른 시간이잖아?"

나는 침대맡에 놓인 탁상시계를 힐끔 본다. "거의 열시야. 자기가 평소보다 늦은 거라고. 저녁 좀 챙겨줄까?"

"괜찮아." 그가 넥타이를 풀어 가슴까지 늘어뜨린 후 놀랍도록 빳빳하게 다려진 파란색 와이셔츠의 첫 번째 단추를 푼다. "자기는 오늘 어땠어?"

"좋았어." 내일 임시 교사 일을 하러 갈 생각을 하니 혈압이 오르는 것 같다. "그런데 내일은 긴장해야 할 것 같아. 새로운 고객과 중요한 회의가 있거든."

"잘 헤쳐나갈 거야. 어머니도 그렇게 헤쳐나가셨으니 자기도 당연히 잘할 거야." 그가 맥주를 한 모금 꿀꺽 마신다. "캐서린은 잘 도와줘?"

나는 조금 거만한 태도로 고개를 젓는다. "새언니야 늘 하던 대로 잘 이끌어나가지." 오, 하느님! 마치 가느다란 철사 위를 걷는 기분이다. 떨어지기 전에 내려가야 해! 나는 두 무릎을 가슴께로 당기며 꼭 끌어안는다. "오늘 하루 어땠는지 얘기해줘."

그가 손으로 머리를 쓸어올린다. "힘들었어. 자기 차에 돌을 던진 열아홉 살짜리 소년을 죽인 죄로 기소된 사람의 사건을 맡았거든." 그가 맥주를 코스터 위에 올려놓더니 옷장으로 걸어간다. "화장품 회사를 운영하는 건 디즈니랜드에 가서 하루 종일 노는 것처럼 보일 정도야."

나는 지금 치다꺼리나 하던 홍보실장도 아니고 회사도 운영하지 않지만, 그의 말에 얼굴이 화끈거릴 정도로 무안해진다. 적어도 그는 내가 회사의 사장이라고 알고 있으니까. 솔직히 나를 조금이라도 배려한다면, 내 일에 대한 최소한의 존중은 해줘야 하지 않을까. 나는 자신을 변호하려고 입을 열어 첫 마디를 뱉으려다 다문다. 적어도 이번 일은 참아야 할 것 같다. 진실을 숨긴 건 나고, 독선적인 거짓말쟁이까지 될 수는 없으니까.

그가 내 기분을 알아차렸는지 내 곁으로 다가와 팔을 잡는다. "다른 뜻이 있어 그렇게 말한 게 아니야. 당신은 일에 만족하고 있잖아?"

심장이 뛴다. 진실을 토해놓을 시간이다. 나는 숨을 깊게 들이마신다. "만족하지 않아. 다만 그런 척하는—"

"기분 나쁜 추측은 그만둘래? 무슨 말인지 알아들었어. 사장 자리가 부담스럽겠지. 우리 모두 가끔 그런 부담을 느낄 때가 있어. 그런데 자기는 이뤄냈잖아. 능력을 펼쳐보라고. 자신을 바보처럼 여기는 행동은 그만둬. 당신의 엄마와 나, 그리고 당신이 원하던 자리야. 우리 모두 당신이 잘할 수 있다고 생각했어."

아, 맙소사! 진실을 털어놓지 못하게 하네. "음, 글쎄. 내가 정말 잘할 수 있을지 모르겠어."

"난 믿어. 자긴 정말 잘할 수 있을 거야." 그가 향나무로 만든 옷걸이를 옷장에서 꺼내 코트를 걸어 넣는다. 그리고 바지를 벗더니 주름을 곱게 맞춰 바지 윗부분이 아래로 가도록 걸어놓는다. 나는 그의 물결치는 복근과 부드럽게 그은 갈색 피부를 경외감을 갖고 바라본다. 그의 외모와 옷차림까지, 앤드루는 완벽을 추구한다. 여자친구까지도. 배 속에 구멍이 생기는 것 같다.

"나는 요즘 점점 더 볼링거코스메틱에 대해 생각하고 있어. 자기가 나를 고용해주면 좋겠어."

한숨이 절로 나온다. "그, 글쎄. 그게 좋은 생각일지……."

그가 예상치 않은 답변을 들은 사람처럼 나를 본다. "정말? 생각이 바뀐 거야? 자기가 그러고 싶다고 종종 말했잖아."

3년 전이었다. 나는 엄마에게 앤드루를 위해 자리를 하나 달라고 했지만 엄마는 단박에 거절했다. "브렛, 둘이 결혼할 때까지는 그럴 생각 추호도 없다. 심지어 결혼을 하더라도 나를 설득하기는 쉽지 않을 거야."

"왜요? 앤드루는 똑똑하고 내가 아는 그 누구보다도 성실한 사람이에요."

내 말에 엄마가 고개를 젓는다. "앤드루는 다른 회사에서 탐낼 정도로 능력 있는 사람이지만 볼링거코스메틱에 맞는 사람인지는 모르겠다." 엄마가 뭔가 어려운 말을 꺼낼 때면 늘 그러듯 내게 시선을 똑바로 고정한 채 말했다. "내가 보기에 앤드루는 우리 회사에서 필요한 것 이상으로 호전적인 사람이야."

나는 침을 꿀꺽 삼키며 앤드루를 똑바로 보고 말하라고 스스로를 타이른다. "그런데 엄마가 반대했잖아, 기억하지? 그리고 자기도 엄마의 결정이 옳다고 여러 번 말했고. 죽어도 화장품 회사에서는 일 못 할 것 같다고 인정했잖아."

그가 침대로 다가와 내게 몸을 기대며 아무것도 걸치지 않은 상체를 내 어깨에 댄다. "그건 내 여자친구가 사장이 되기 전이었지."

"바로 그 말이 자기가 거기서 일하면 안 된다는 거야."

그가 몸을 낮추고 내 이마와 코, 입술에 키스를 한다. "부가 혜택을 상상해봐." 그가 약간 허스키한 목소리로 속삭인다. "사장실 바로 옆에 내 사무실을 만드는 거야. 나는 회사 변호사인 동시에 자기만의 섹스 노예가 되는 거지."

나는 그의 말에 키득거린다. "자긴 이미 내 섹스 노예야."

그가 내 턱에 입술을 부비더니 내 가슴을 들추고 손을 넣는다. "세상에 능력 있는 여자보다 섹시한 건 없어. 이리 와, 나의 사장님!"

'만약 내가 힘도 없는 임시 교사라 해도 당신이 여전히 나를 섹시하게 느낄까?' 나는 램프 스위치를 찾느라 더듬거린다. 방이 어두워지니 기분이 편해진다. 그가 내 몸을 애무하는 동안 나는 가만히 누워 있다.

내 안의 천사가 그에게 진실을 털어놓으라고 속삭인다. 내 안의 악마는 아무 생각 하지 말고 그의 벗은 등을 다리로 감싸라고 유혹한다.

나는 검은색 바지와 검은색 스웨터를 입고, 핼러윈 시즌임을 감안해 밝은 오렌지색 신발을 신고 더글러스키스초등학교에 도착한다. 아이들은 핼러윈 분위기가 나는 옷을 입은 교사들을 좋아한다. 핼러윈이 다가오면 교사들은 대부분 호박 무늬가 들어간 스웨트셔츠를 입지만 나는 최소한 쉰이 될 때까지는 그런 복장을 거부할 것이다.

베일리 교장 선생님은 매력적인 흑인이다. 그녀는 반질반질한 시멘트 바닥 복도를 지나 포터 선생님의 반으로 나를 안내한다.

"우드론은 저소득층 공공주택단지가 몇 군데 있고 불량배들도 많이 사는 동네입니다. 가르치기 쉬운 아이들은 아니죠. 그래도 해볼 만한 일입니다. 나는 우리 더글러스키스초등학교가 자라나는 학생들을 위한 천국이라고 생각해요."

"좋은 일이네요."

"포터 선생님이 오늘 이른 아침에 산기가 있어서 병원에 갔어요. 예정보다 3주나 빨랐죠. 가진통이 아니라면 아마 6주간 쉴거예요. 그동안 임시 교사로 일할 수 있을지 알려주시겠어요?"

나는 숨을 약간 돌린 후 말한다. "어, 생각을 좀……."

6주라고? 그럼 수업일수만 30일이잖아? 관자놀이가 지끈거린다. 복도 끝에 두 개짜리 문이 보이고 그 위에 붉은색으로 빛나는 '비상구'라는 글씨가 눈에 들어온다. 순간적으로 나는 그 비상구로 돌진해 뛰쳐나가 다시는 돌아오고 싶지 않은 충동을 느낀다. 다시 마음을 고쳐 어릴 적 작성한 리스트를 떠올린다. 앞으로 6주간 임시 교사로 일한다면, 10번 목표를 이루는 것이다. 브래드도 내가 정당하게 그 목표를 이뤘다고 여길 것이다. 나는 엄마의 말, 아니, 엘리너 루스벨트의 말을 떠올린다. '매일 스스로를 두렵게 만드는 무언가를 해라.'

"하겠습니다." 나는 비상구를 쳐다보던 시선을 거두고 말한다. "시간 됩니다."

"좋아요." 그녀가 말한다. "이 학교에 임시 교사로 오겠다는 분이 많지는 않아서요."

아찔함과 후회가 내 신경섬유에 동시에 감지된다. 내가 지금 뭘 하겠다고 선언한 건가? 베일리 교장이 문을 열더니 전등 스위치를 찾는다.

"포터 선생님 책상에 수업 계획표가 있을 겁니다. 만약 다른 것이 필요하면 저한테 말씀하세요." 그녀가 두 엄지손가락을 세우며 몸을 놀리고 나는 교실에 한가 나느다

곰팡내와 책 먼지 냄새가 느껴진다. 나는 나무 책상이 늘어서 있는 곳을 응시한다. 오래되었지만 분명히 내게 있었던 환상이 스쳐 지나간다. 태어나 처음 20년 동안, 내 꿈은 지금 서 있는 곳

같은 교실에서 아이들을 가르치는 것이었다.

수업 시작을 알리는 종소리가 날카롭게 들린다. 나는 화들짝 놀라며 정신을 가다듬는다. 칠판 위에 있는 시계를 본다. 아, 맙소사! 곧 수업 시작이네.

나는 서둘러 포터 선생님의 책상으로 가서 수업 계획표를 찾는다. 출석부를 들고 연습 문제지가 산더미처럼 쌓인 곳을 뒤적인다. 수업 계획표는 보이지 않는다. 서랍을 다급하게 확 잡아 연다. 여기도 없다. 나무 캐비닛을 열어본다. 여기도 없다! 수업 계획표가 어디에 있다는 말이야?

복도 끝에서 교실을 향해 걸어오는 학생들의 목소리가 마치 군인들이 행진하는 것처럼 느껴진다. 심장이 빠르게 뛴다. 나는 철제 바구니에서 파일을 하나 잡아챈다. 파일 안에 있던 종이들이 바닥에 흩어진다. 제기랄! 떨어지는 종이들 사이에서 '수업' 뭐라고 쓰인 것을 힐끗 본 것 같다. 나는 급히 손을 뻗지만 그 종이는 바닥에 곤두박질쳐 뒤집힌 채 책상 아래로 떨어진다. 내 수업 계획표. 감사합니다, 하느님!

군대 같은 학생들의 무리가 바로 문 앞까지 다가왔다. 떨어진 종이를 주워 모으는 손길이 파르르 떨린다. 대부분 손에 거머쥐었지만 가장 중요한 수업 계획표는 책상 아래 구석에 끼어 있다. 나는 무릎을 굽히고 두 손을 바닥에 짚은 채 책상 밑으로 기어 들어가 안간힘을 쓴다. 너무 멀어서 손이 닿지 않는다. 학생들이 우르르 몰려 들어온다. 그들에게 내 엉덩이가 임시 교사로서의 첫인상이 되고 만다.

"와, 엉덩이 죽인다." 누군가 그렇게 말하자 여러 명이 교실이 떠나갈 듯 소리치며 따라 웃는다.

나는 책상 아래에서 몸을 빼고 일어서며 바지를 턴다. "안녕하세요, 여러분." 분주한 아침 분위기를 깨기 위해 나는 한층 목소리를 높인다. "내 이름은 볼링거입니다. 포터 선생님은 오늘 못 오세요."

"좋았어!" 빨간 머리에 주근깨가 있는 아이가 말한다. "야, 오늘 임시 교사가 가르친대. 아무 데나 앉고 싶은 자리에 앉아." 마치 의자 놀이라도 하는 것처럼 학생들이 새 자리를 차지하기 위해 한바탕 난리를 피운다.

"원래 자리로 돌아가세요! 당장!" 있는 힘껏 소리쳤지만 내 목소리는 들리지도 않는다. 겨우 아침 여덟시 이십분인데, 나는 이미 아이들을 통제하지 못하고 있다. 나는 메두사처럼 머리를 땋아 내린 여학생이 스무 살은 돼 보이는 갈색 피부의 남학생에게 소리치는 교실 뒤편을 본다.

"타이슨, 그만해!"

타이슨이 그녀의 진분홍색 스카프를 잡고는 빙빙 돌아 스카프가 허리에 점점 세게 감긴다.

"젠장, 내 스카프 내놔!" 메두사가 소리친다.

나는 그들에게 걸어간다. "스카프 돌려주세요!" 내가 스카프를 잡으려 하자 타이슨이 몸을 흔들며 빠져나가더니 계속 돌아 스카프가 팽팽히 당겨진다. "분홍색은 네게 어울리지도 않아. 어서 돌려줘!"

"야!" 주근깨 소년이 건너편에서 소리친다. "무슨 분홍 스카프냐, 타이? 너 혹시 게이 아니야?"

타이슨이 참지 못하고 용수철처럼 튀어 오른다. 키가 거의 나와 비슷하고 몸무게는 나보다 10킬로그램은 더 나가 보인다. 그가 책상을 마구 뛰어넘으며 주근깨 소년을 향해 죽일 듯이 뛰어간다.

"그만!" 나는 전력을 다해 책상 사이를 비집고 뛰었지만, 타이슨의 민첩함에 반도 못 미친다. 그가 벌써 주근깨 소년의 목을 틀어쥐고 마티니 잔을 흔들듯이 빙빙 돌린다. 어머나, 애 죽이겠어! 일이 잘못되면 모두 내 탓이야! 과실치사로 기소되는 거 아니야? 내가 메두사를 보며 소리친다. "교장 선생님 모셔와!"

내가 겨우 드잡이하는 손을 그러쥐었을 때, 주근깨 소년의 얼굴은 온통 붉은빛이었고 눈에는 흰자위가 번득였다. 그가 타이슨의 손가락을 목에서 떼어내기 위해 안간힘을 쓴다. 내가 타이슨의 손을 잡아끌자 그가 세차게 뿌리친다. "그만해!" 내가 있는 힘껏 소리치지만 내 목소리는 그의 귀 근처에도 가 닿지 못한다.

아이들이 싸움이 벌어진 곳으로 모여든다. 탄성을 지르고 고함을 치며 격분의 도가니로 몰아넣는다.

"모두 제자리로!" 내가 소리치지만 아이들은 겁먹지 않는다. "제발 그만하라고!" 나는 포기하지 않고 타이슨의 손가락을 주근깨 소년의 목에서 떼어내려고 안간힘을 쓰지만 그의 손가락은 쇠파이프같이 강력하다. 내가 소리를 지르기 위해 막 입을 벌리려는데 문가에서 근엄한 목소리가 들려온다.

"타이슨 딕스, 이리 와. 지금 당장!"

타이슨이 즉시 주근깨 소년의 목을 쥐어틀었던 손을 푼다. 나는 안도감에 거의 주저앉으며 몸을 돌려 문가에 서 있는 교장 선생님을 쳐다본다. 놀라울 정도로 불평 한마디 없이 학생들이 일사분란하게 제자리를 찾아 앉는다.

"어서 오라니까." 교장 선생님이 다시 말한다. "아, 플린 군도 함께 나오도록!"

두 소년이 겁먹은 표정으로 슬금슬금 교장에게 다가간다. 교장 선생님이 두 아이의 어깨에 손을 하나씩 얹더니 나를 보며 고개를 끄덕인다. "계속 수업하세요, 볼링거 선생님. 이 두 학생은 나와 함께 오전 시간을 보낼 겁니다."

고맙다고 말하고 싶다. 아니, 바닥에 코가 닿을 정도로 절을 하고 그녀의 발에 키스라도 퍼붓고 싶은 심정이다. 하지만 목소리가 제대로 나올지 의심스러워 내 얼굴에 가득한 감사의 마음을 그녀가 읽어주기 바라며 살짝 고개만 끄덕인다. 교장 선생님이 문을 닫고 사라진다. 나는 길게 한숨을 내쉬며 학생들을 향해 다시 몸을 돌린다.

"여러분, 안녕하세요?" 나는 몸을 지탱하기 위해 한 손으로 어느 학생의 책상을 힘주어 짚으며 말한다. 희미한 미소라도 지으려 애쓴다. "나는 오늘 여러분의 임시 교사입니다."

"헐." 열일곱 살쯤 되어 보이는 여자아이가 말한다. "그건 다 알아요."

"포터 선생님은 언제 오시나요?" 다른 여학생이 묻는다. 스팽

142

글로 장식된 티셔츠를 입은 걸 보니 '공주과'다.

"나도 정확히 언제인지는 몰라요." 나는 교실을 둘러본다. "수업 시작 전에 다른 질문은 없나요?" 시작하긴 뭘 시작해? 수업 계획표는 책상 아래 끼어 꺼낼 수도 없는데.

공주가 손을 든다. 나는 몸을 숙여 그 학생의 이름을 확인한다. "그래요, 머리사, 질문 있어요?"

머리사가 고개를 들고 연필로 내가 신고 있는 주황색 프라다 신발을 가리킨다. "그거 돈 주고 산 거예요?"

학생들이 목이 터져라 웃어젖히자 메도데일고등학교에서 가르치던 때로 돌아간 듯한 기분이 든다. 나는 손뼉을 친다. "이제 그만!" 내 목소리는 학생들의 웃음소리에 묻혀 들리지도 않을 것이다. 어쨌든 사춘기 직전의 괴물 같은 녀석들의 기를 먼저 눌러놓자. 나는 앞줄에 앉은 여학생을 지목한다. 아마도 이름이 티에라일 것이다. "너." 내가 말한다. "나 좀 도와줄래?"

아이들이 떠드는 소리가 더 커진다. 잠시도 여유를 가질 틈이 없다. "수업 계획표가 필요해, 티에라." 나는 책상 밑에 조금 삐져나온 하얀색 종이를 가리킨다. "네가 책상 밑으로 들어가서 빼올 수 있겠니?"

티에라는 이 반에서 아마도 유일하게 내 말을 듣는 아이일 것이다. 그 애가 내가 좀 전에 한 것처럼 무릎을 꿇고 엎드려 책상 밑으로 기어 들어간다. 그 애는 나보다 몸집이 작아 쉽게 종이를 손에 넣는다. 그 애가 종이를 빼서 주자마자 나는 종이 위에 쓰인 큰 제목을 먼저 급히 소리 내어 읽는다. 제9과 묶음 'e'. 어, 수업 계획표가 아니잖아! 받아쓰기 목록이네.

"빌어먹을!" 나는 아무 생각 없이 한마디를 내뱉는다.

티에라가 깜짝 놀라 일어서다가 머리를 심하게 책상 밑에 부딪힌다. 쿵 소리가 마치 천둥처럼 교실이 떠나갈 듯 울린다.

"양호 선생님 좀 불러줘!" 나는 누구라고 할 것 없이 내 목소리를 들을 수 있는 사람을 향해 소리친다.

지루한 여섯 시간 사십삼 분간의 수업을 마치고, 나는 아이들을 교실에서 내보냈다. 나는 당장이라도 학교 운동장을 가로질러 뛰어나가서 진한 마티니를 입에다 털어 넣고 싶은 심정인데, 교장 선생님이 교장실에서 나를 보자고 한다. 그녀의 보라색 안경테가 균형을 잡으며 코끝에 걸쳐져 있다. 그녀가 내게 종이와 펜을 내민다.

"오늘 사고 경위에 대한 보고서예요, 서명해주세요." 그녀가 책상 앞에 있는 의자를 가리키며 말한다. "거기 앉으세요. 시간이 좀 걸릴 겁니다."

나는 의자에 미끄러지듯 털썩 주저앉으며 첫 장을 눈으로 훑는다. "오늘 종일 이 일을 처리하느라 정신이 없으셨겠네요."

그녀가 안경 너머로 나를 본다. "오늘 하루, 볼링거 씨는 다른 선생님들이 1년 동안 내게 보내는 것보다 더 많은 아이들을 내게 보냈어요."

나는 약간 움찔한다. "정말 죄송합니다."

그녀가 머리를 좌우로 흔든다. "제 생각에 당신은 아주 마음씨가 고운 것 같아요. 그런데 학급을 관리하는 능력은……."

"앞으로 좀 쉬워지겠죠." '픽도 그러겠다.' "포터 선생님 소식은 들으셨나요? 아기를 낳았대요?"

"아기를 낳았답니다. 아주 건강한 여자아이래요."

나는 가슴이 쿵 하고 내려앉는 걸 억지로 감추며 희미하게 웃는다. "그럼 월요일 아침에 출근하겠습니다. 일찍, 밝은 모습으로."

"월요일이요?" 그녀가 코에 걸쳤던 안경을 벗는다. "내가 볼링거 씨에게 다시 수업을 맡길 거라고 생각하세요?"

처음에는 다행이라는 생각이 든다. 그 거친 아이들을 다시는 가르치지 않아도 된다! 하지만 곧 내가 거절당했다는 생각으로 바뀐다. 교장 선생님은 내가 이 학교에 다시 나오길 원하지 않는다. 나는 교장 선생님에게, 엄마에게, 그리고 교사가 되고 싶어 한 어린 나에게 내가 할 수 있다는 것을 보여주고 싶다.

"네. 저는 기회가 한 번 더 필요해요. 잘할 수 있어요. 할 수 있어요."

교장 선생님이 고개를 젓는다. "미안해요. 안 되겠어요."

브래드가 시간이 있었던 건지, 아니면 클레어가 나의 참혹한 심정을 헤아려 그의 일정을 급히 조정한 것인지는 알 수 없다. 어떤 이유든 상관없이, 브래드의 사무실에 도착했을 때 고맙게도 그가 나를 기다리고 있다. 머리는 오후에 갑자기 쏟아진 소나기에 젖은 채 두개골이 드러날 만큼 딱 붙어버렸고 울 재킷에서는 김이 모락모락 피어난다. 그가 팔을 벌려 내 어깨를 감싸며 이제 친근하게 느껴지는 가죽 의자로 데려간다. 그의 몸에서 싱그러운 냄새가 난다. 나는 눈을 감고 울기 시작한다.

"완전히 실패했어요. 패배자가 된 기분이에요." 내가 흐느끼며 말한다. "못 가르치겠어요. 교사가 되겠다는 목표는 이룰 수 없다고요. 브래드, 못 할 것 같아요."

"그만." 그가 부드러운 목소리로 나의 말을 자른다. "이제 됐어요."

"혹시 포흘론스키에게 아무 소식 없었나요?"

"아직요. 말했잖아요, 시간이 좀 걸리는 일이라고."

"이제 더 이상은 못 할 것 같아요. 정말이에요."

그가 나를 팔로 감싸준다. "우리가 같이 해낼 수 있을 거예요, 약속해요."

그의 차분한 목소리가 마치 나를 회유하는 것처럼 느껴져 화가 치민다. "아니요!" 그의 팔을 뿌리치며 내가 말한다. "내가 무슨 심정으로 이렇게 말하는지 모를 거예요. 나는 지금 진지하게 말한 거라고요. 만약 내가 리스트를 완수하지 못하면 어떻게 되는 거죠?"

그가 내 말에 턱을 문지르며 생각에 잠긴 표정을 짓더니 이내 나를 똑바로 쳐다본다. "솔직하게요? 아마 당신은 수백만의 보통 사람과 조금도 다를 바 없이 일자리를 찾아 생활을 꾸려나가겠죠. 그렇지만 대부분의 사람과 달리 당신은 빚도 없고…… 퇴직 연금을 걱정할 필요도 없을 테죠……."

그의 말이 나를 부끄럽게 한다. 자신의 상처에 급급하느라 나는 내가 얼마나 운이 좋은 사람인 줄 종종 잊곤 한다. 지금 이 순간에도 나는 운이 좋은 편에 속한다. 그건 사실이다. 나는 눈을 아래로 내리뜬다.

"고마워요. 당신 말이 맞아요." 나는 의자에 가라앉듯이 깊이 앉는다. "두말할 것도 없이 당신 말이 옳아요. 광고 일이라도 알아볼게요. 이제 내 삶을 꾸려가야겠어요."

"예전의 삶 말이군요? 앤드루와 함께하는?"

다시 슬픈 감정이 밀려온다. 열정도 없는 일에 평생을 매달리며 내 소유도 아닌 집에서 밤새 홀로 외롭게 지내고 있을 내 모습이 떠올랐기 때문이다.

"물론이죠. 내게 유일하게 남은 게 앤드루니까요."

"과연 그럴까요? 다른 선택지가 있음을 잊지 마세요. 어머니가 브렛에게 보여주려고 했던 것이 바로 그거예요."

나는 다시 심정이 복잡해지자 고개를 흔든다. "정말 못 알아듣는군요! 다시 시작하기에는 너무 늦었어요. 평생의 사랑을 만나고 그 사람이 아이와 개는 물론, 빌어먹을 말까지 원할 가능성이 얼마나 될지 상상이 가요? 나에게는 시간이 얼마 없어요, 브래드. 그 잔인한, 여자들만 미워하는 생물학적 시계가 자꾸 가고 있다고요."

브래드가 의자에 걸터앉은 채 나를 바라본다. "어머니가 당신에게 라이프 리스트를 완수하라고 한 이유는 더 나은 삶을 살아갈 거라는 확신 때문이에요."

나는 어깨를 으쓱한다. "그럴지도 모르죠."

"어머니가 당신을 실망시킨 적이 한 번이라도 있나요?"

한숨이 절로 나온다. "아니요."

"그럼 해봐요, 비비."

"하지만 어떻게요?" 나는 거의 소리라도 지를 것 같다.

"어린 시절 자신의 모습과 생각에 주파수를 다시 맞춰봐요. 어머니가 비겁하다고 비난했죠? 당신도 다를 게 없어요. 리스트에 적힌 것들을 이루고 싶잖아요? 난 알아요. 시도해보는 것조차 두려워 벌벌 떨고 있는 거죠. 가서 꿈을 이뤄봐요, 비비. 지금, 당장요!"

10장

집에 왔을 때 앤드루는 소파에서 잠들어 있다. 텔레비전에서 흘러나오는 불빛이 그의 얼굴 위에서 물결을 그리며 모였다 흩어지기를 반복한다. 그가 오늘은 일을 일찍 끝내고 돌아온 것 같다. 발꿈치를 살짝 들고 소리 나지 않게 그의 앞을 지나쳐 옷을 갈아입고 마치 사무실에서 바쁜 업무를 마치고 지금 막 도착한 것처럼 꾸며대면 좋으련만, 내 마음은 다른 걸 원하고 있다. 심장이 뛰는 게 느껴질 정도로 긴장된다. 이제 진실을 털어놓을 시간이다.

내가 실내등을 켜자 그가 눈이 부신 듯 몸을 뒤척인다.

"언제 왔어?" 피곤함이 묻은 목소리로 그가 묻는다.

"응, 방금 전에."

그가 시계를 힐끗 본다. "일찍 들어오면 게이지(The Gage, 시카고의 유명 레스토랑—옮긴이)에 가서 사람들이랑 어울리고 싶었는데."

"그랬으면 좋았을걸." 내 목소리에서 가느다란 떨림이 느껴진다. "먼저 할 얘기가 있어." 나는 숨을 크게 한번 들이마신다. "앤드루, 나 그동안 자기에게 거짓말해왔어. 이제 당신이 진실을 알 때가 온 것 같아."

나는 그가 앉아 있는 소파 옆에 걸터앉으며 내가 소녀였을 때 작성한 라이프 리스트에 대해 그에게 말한다.

내 이야기가 거의 끝날 즈음 목이 아파왔다. "내가 들려주고 싶었던 이야기는 이게 전부야. 일찍 얘기하지 않아서 미안해. 그냥 두려웠어……. 무서웠다고……." 나는 고개를 세차게 젓는다. "솔직히 두려웠어, 당신을 잃을까 봐 무서웠다고."

앤드루는 소파 팔걸이에 팔꿈치를 기댄 채 관자놀이를 천천히 문지르고 있다.

"참 지독한 엄마네."

"엄마는 내게 좋은 일을 하는 거라고 여기신 거야." 엄마를 변호하고 있다니, 이것은 미친 짓인 동시에 옳은 일처럼 여겨진다.

앤드루가 나를 향해 고개를 돌린다. "나랑 내기를 해도 좋아. 자기 어머니가 자기에게 유산을 물려주고 싶지 않아서 그런 것 같지는 않아. 결국 그 리스트를 완수하든 못 하든, 유산을 물려받게 될 거야. 내 말 믿어도 돼."

내가 그럴 리가 없다며 고개를 젓는다. "아닐 거야. 브래드도 그렇게 생각하지는 않아."

"내가 좀 알아볼게. 지금까지는 한 푼도 못 받은 거지?"

"못 받았어. 그리고 알아볼 시간도 없어. 리스트는 내년 9월까지 완수해야 해."

그가 입을 떡 벌린다. "내년 9월?"

"응." 내가 한숨을 길게 내쉬며 말한다. "그래서 알고 싶어, 자기가 어떻게 생각하는지."

"내가 어떻게 생각하는지 알고 싶다고? 완전히 지랄 같은 생각이지!" 그가 자세를 고쳐 앉으며 나를 빤히 쳐다본다. "자신이 뭘 원하는지 먼저 알아야 해. 어머니가 당신이 무얼 하길 원하시는지는 중요하지 않아. 교사가 되고 아기를 갖고 싶어 하는 열네 살 적 자기를 내가 모른다는 건 인정해." 그가 눈썹을 치켜세우며 미소를 짓는다. "내가 아는 여자는 바로 지금 내 눈앞에 앉아 있는, 성공한 여자, 꿈꾸던 자리로 승진한 바로 당신이라고."

그가 손가락으로 내 뺨을 툭 건드린다. "자, 봐. 나도 알아. 완전하지는 않지만 조건이 그리 나쁘지도 않아. 직업마다 스트레스는 있지. 그런데 아이 키우는 친구들이 받는 스트레스에는 비할 바가 아니야. 게다가 개에 말, 사회적 의무까지?" 그가 생각하기조차도 싫다는 듯이 고개를 흔든다. "상상도 하기 싫다. 난 솔직히 자기가 지금 우리의 모습에 만족한다고 믿었어, 나처럼." 그가 내 머리카락을 귀 뒤로 넘기며 묻는다. "내 말이 맞지?"

얼굴이 붉게 타오르는데도 나는 그의 시선을 피하지 못한다. 만약 내가 솔직하게 대답한다면, 앤드루를 잃게 될 것이다. 마치 천국에서 들려오는 것 같은 엄마의 목소리가 들린다. '두려우면

용기를 꽉 움켜잡고 마음 내키는 대로 하렴. 용기는 네 편이야. 그게 내 평생에 걸쳐 배운 진리야.'

"아니, 엄마 말이 맞아." 내가 가만히 속삭인다.

"맙소사."

눈썹 끝에 고인 물기를 얼른 털어낸다. "이번 주에 이사 나갈 수 있게 준비할게."

말을 마치고 일어서려는 나를 그가 잡는다.

"유산을 상속받으려면 이 방법밖에 없다는 말이야? 다른 방법 은 없어?"

"응, 바로 그 말이야."

"유산이 얼만데? 500, 600만 달러?"

그가 지금 내 유산 액수에 대해 말하는 거야? 처음에는 당황스 럽다가 지금 그에게 같이 노력해보자고 말하고 있다는 데 생각 이 미친다. 그도 알 권리가 있는 거잖아? "음, 뭐, 그 정도지. 봉투 를 받기 전에는 정확한 걸 알 수 없지만." 어떤 이유 때문인지는 모르지만, 오빠들이 엄청난 신탁재산을 받았다는 말은 하지 않 는다.

그가 코가 납작해질 정도로 숨을 크게 내쉰다. "이건 말도 안 돼. 무슨 말인지 알지?"

나는 고개를 끄덕이며 손등을 코에 갖다 댄다.

"제길!" 그가 주먹을 꽉 쥐며 말한다. 그리고 나를 본다. "알았 어. 무슨 말인지 알아들었다고. 젠장! 만약 그게 유일한 방법이 라면, 우리가 해야겠지."

그가 여전히 나를 원한다는 말이잖아. 그게 뭘 의미하는지 그가 정확히 알고 있는 걸까? 나는 그의 말에 너무도 놀라 입이 벌어진다. "당신, 당신이 내 목표들을 이루도록 도와주겠다고? 전부?"

그가 내 말에 어깨를 으쓱한다. "내게 선택권이 있어? 없잖아."

이 모든 상황에서 그가 유일하게 선택권이 '있는' 사람이라고 여겼는데, 그의 대답이 너무도 뜻밖이라 나는 잠시 어안이 벙벙하다. 어쨌든 나를 돕겠다고! 아이도 낳고, 가족이 되는 거잖아! 앤드루가 자신보다 나를 우선시한 것은 이번이 처음이야. 혹시 그가? 내 직감이 틀리길 바라면서도 뭔가 복잡한 심정이 나를 덮치려 한다. 그의 의도에 의심 따위를 품을 권리가 내게 있을까?

축복처럼 여겨지는 평온한 마음으로 나는 일요일 오후에 혼자 집에 있다. 금요일 밤에 우리가 내린 결정 때문인지 앤드루는 미시간 호수의 강풍보다 더 차가워 보인다. 일요일인데도 불구하고 사무실에서 호출이 왔다며 그가 투덜거릴 때, 나는 오히려 다행으로 여겼다. 그가 무료하게 집에 머물다 금요일에 내린 결정을 번복할까 두려워 코트를 내주며 등을 떠밀었다. 그가 짜증을 내며 나를 날카롭게 대하는 것이 이해된다. 그도 내가 그랬던 것처럼 라이프 리스트에게 기습 공격이라도 당한 기분일 것이다. 내가 그랬던 것처럼 다른 삶의 방식도 있다는 걸 이해하는 데 시간이 좀 걸릴 것이다.

나는 노트북을 식탁에 가지고 와서 페이스북에 로그인을 한다.

메시지가 하나 들어와 있다. 캐리 뉴섬이 보낸 답장을 읽는다.

우아! 14일에 만날 걸 생각하니 시간이 더디 가는 것 같아! 호텔에서 저녁 먹자는 제의 고마워. 저녁 먹을 곳을 찾아 시내 여기저기를 돌아다니는 것보다 훨씬 좋지. 여섯시에 만나면 딱 좋겠어. 내가 얼마나 널 그리워하고 있었는지 나도 몰랐어, 브레텔.

나의 배신에 대해서는 한마디도 없다. 이토록 너그러운 사람이 또 있을까?

내가 그녀를 마지막으로 만난 건 로욜라아카데미 2학년에 다닐 때였다. 그녀가 매디슨으로 이사 간 지 1년이 되어가고 있었고, 생일 선물로 그녀의 부모님이 나를 만나러 가라며 버스표를 끊어주었다. 우리가 다시 만났을 때 그녀는 열두 달 새 얼마나 많은 일이 일어났는지 나를 보고 놀라는 눈치였다. 나는 그해 치어리더 팀에 선발되었고, 관람객의 눈에 금세 띌 정도로 활약하고 있었다. 치아교정기를 뺐고 화장을 하기 시작했다. 〈프렌즈〉 레이첼의 새 헤어스타일을 따라하기 위해 아침마다 머리를 펴느라 공을 많이 들였다. 그런데 놀랍게도 캐리는 헤어질 때와 완벽하게 똑같았다. 밋밋하고, 땅딸막하고, 멋이라고는 몰랐다.

우리는 내 방에 앉아 보이즈투맨 시디를 들으며 졸업 앨범을 들춰 보고 있었다. 내가 조니 니콜의 사진을 가리키며 물었다. "조니 오빠, 닉 기억하지? 솔직히 나 걔네 오빠한테 완전 반했었어. 매디슨은 어때? 귀엽게 생긴 남자애들 많지?"

그녀가 내 질문이 너무도 놀랍다는 표정을 지었다.

"잘 모르겠는데, 관심이 없어서."

캐리가 한 번도 남자친구를 사귄 적이 없다니 마음이 아팠다.
나는 앨범에 시선을 고정한 채, 어쩔 줄을 몰랐다. "언젠가 멋진
남자친구를 만날 거야, 케어베어."

"나 레즈비언이야, 브레텔." 그녀가 부끄러움이나 망설임 없이
마치 그녀의 키나 혈액형을 알려주는 것처럼 말했다.

나는 그녀가 웃음을 팡 터뜨리며 데굴데굴 구르길 바라면서
그녀를 바라보았다. "농담이지?"

"아니. 부모님에게도 몇 달 전에 말씀드렸어. 나는 앞으로 펼
쳐질 내 인생에 대해 아주 잘 알고 있어."

머리가 빙글빙글 돌았다. "그러니까 우리가 함께했던 그 시간
들도, 우리가 함께 밤을 지새웠던 나날도……."

그녀가 웃음을 터뜨렸다. "뭐, 내가 너한테 반하기라도 했었단
말이야? 걱정 마, 브레텔. 그런 감정은 아니었어!" 내가 놀란 것
처럼 보였는지, 그녀는 웃음을 멈추고 손을 내밀어 내 소매를 잡
았다. "야, 너 놀래키려고 한 얘기 아니야. 여전히 난 캐리야. 알
지?"

"으응." 나는 중얼거렸다. 그럼에도 열다섯 살의 편협한 마음은
결코 캐리의 이야기를 순수하게 받아들이지 못했다. 가장 친한
친구가 정상이 아니었다니. 나는 그녀의 짧은 머리와 바짝 깎은
손톱, 여성미라고는 전혀 없는 얼굴과 헐렁한 스웨터를 눈으로

훑었다. 갑자기 그녀가 근육질의 기묘한 이방인처럼 느껴졌다.

나는 그날 밤, 캐리를 에린 브라운이 연 파티에 데려가지 않았다. 새로운 친구들이 캐리의 비밀을 알까 두려웠다. 만약 그렇게 된다면, 그들이 나도 레즈비언이라고 생각할 게 분명했다. 우리는 결국 집에 있기로 하고 거실에서 비디오를 봤다. 얼마 후에 엄마가 집에 돌아와 소파에서 자고 있는 캐리를 보았을 때 나는 손가락을 입술에 대며 조용히 하라고 했다. "깨우지 마. 편히 잠들어 있잖아." 엄마는 내 말에 캐리에게 담요를 덮어주더니 조용히 나갔다. 나는 발뒤꿈치를 들고 내 방으로 건너가 누워서 꼬박 뜬 눈으로 밤을 새웠다.

다음 날 아침 내가 샤워하는 동안 캐리는 버스 터미널에 전화를 걸었다. 그리고 예정일보다 하루 일찍, 정오에 떠났다. 버스가 터미널 모퉁이를 돌며 시야에서 멀어져 북쪽으로 사라졌을 때 느꼈던 안도감이 지금도 생생하다.

일주일 후, 캐리에게 편지가 도착했다. 갑자기 내게 자신이 레즈비언임을 밝혀 미안하다는 말과 그래도 우리의 우정이 변하지 않았으면 좋겠다는 내용이었다. '브레텔, 꼭 답장해줘! 네 생각이 어떤지 궁금해.'

나는 그녀에게 어떻게 답장을 쓸까 생각하면서 편지를 『세븐틴』 잡지 아래 숨겨놓았다. 그러나 몇 주가 몇 달로, 그리고 몇 년으로 바뀌었다. 그리고 결국 그녀의 성적 지향에 대해 말할 마음이 생겼을 때는 용기가 없었다. 그 주말에 겪었던 일, 더 정확히 말하면 우정을 깼던 일을 떠올리기에 나는 겁쟁이였다. 지금 생각해보니 너무도 부끄러운 일이다.

월요일이다. 시카고 공립학교에서 전화를 받은 지 채 5분도 되지 않아 브래드의 문자메시지가 들어온다. 노스사이드에서 있었던 회의 약속이 취소되었으니 피제이클라크스에서 같이 점심이나 하자는 내용이다. 엄마에게 약속한 것처럼 그는 가까운 거리에서 날 지켜보며 내가 목표들에 조금이라도 가까워졌는지 확인하고 싶어 한다.

립글로스를 덧칠하고 방금 내린 신선한 커피를 텀블러에 담아 계단을 내려간다. 왈츠를 추는 기분으로 건물을 벗어날 때 나는 키가 큰 검은 머리의 남자와 거의 부딪힐 뻔했다. 커피가 내 코트 위로 쏟아졌다.

"젠장!" 나는 주위도 아랑곳 않고 입에서 나오는 대로 말한다.

"아, 이런. 정말 죄송해요." 미안함이 잔뜩 묻은 남자의 목소리가 갑자기 힘 있게 변한다. "이봐요, 우리 전에 만났던 적 있죠?"

나는 코트를 쓸어내리던 손길을 멈추고 고개를 들어 황홀할 정도로 멋진 눈빛을 가진 버버리맨을 바라본다.

"아, 네. 안녕하세요?" 나는 유명한 미식축구 선수가 말을 걸었다고 좋아하는 십대처럼 환하게 웃으며 말한다.

"안녕하세요?" 그가 내 등 뒤의 건물을 가리킨다. "여기 사세요?"

"네. 그쪽도 여기 사세요?" '거짓말쟁이! 여기 사는 거 다 알고 있잖아.'

"아뇨, 더 이상은 여기 안 살아요. 아파트가 인테리어 공사 중이라 이 건물에 몇 달간 세를 얻어 살았죠. 보증금을 돌려받으려고 들르는 길입니다." 그의 눈길이 내 코트에 남겨진 커피 자국에 머문다. "어쩌죠? 제가 코트를 망쳤네요. 아, 제가 커피라도 살 수 있게 해주세요. 모퉁이에 스타벅스가 있어요, 적어도 그렇게라도 하게 해줘요."

그가 자신을 소개하지만, 그 어떤 말도 귀에 들어오지 않는다. 커피를 사준다는 청을 거절할지 말지 고민하느라 마음이 바쁘다. 그래, 까짓것 좋아! 아, 잠깐만……. 브래드를 만나야지. 내가 그렇지, 뭐.

"감사하지만, 다음에요. 점심 약속이 있어요."

그의 얼굴에 번졌던 미소가 희미해진다. "그래요, 그럼. 점심 맛있게 드세요. 커피 얼룩은 정말 미안해요."

나는 돌아서는 그를 불러 세워, 점심 약속은 애인이 아니라 친구와 한 거니 이따 만나자고 말하고 싶다. 그런데 좀 비열하고 전혀 우아하지 않은 방법 같다. 브래드는 그냥 친구지만…… 앤드루는 아니니까.

"어떻게 지냈어요?" BLT(베이컨, 상추, 토마토를 넣은 샌드위치—옮긴이)를 우물거리고 브래드에게 묻는다 "샌프란시스코로 여행 갈 계획이라도?"

"추수감사절 연휴 때 가고 싶은데." 그가 말한다. "네이트는 그 애 아빠하고 지낼 거라는데 제나는 아직 어쩔지 결정을 못 내렸다네요."

나는 고개를 끄덕였지만 브래드가 제나에게 환영받지 못하는 건 아닌지 은근히 걱정된다.

"어떻게 지냈어요?" 그가 묻는다. "리스트에서 뭐 진행 중인 건 없나요?"

나는 테이블로 바짝 몸을 당기며 고개를 들고 말한다. "솔직히 진행 중인 게 있어요. 베일리 교장 선생님 기억하죠? 전에 얘기했던 더글러스키스초등학교의. 그분이 방문 교사 일을 소개해줬어요. 몸이 불편해 학교에 못 오는 학생들을 위해 병원이나 집으로 직접 찾아가서 하는 일이죠."

"멋지네요. 일대일 교육 같은 거군요."

"맞아요. 내일 아침 면접이 잡혀 있어요."

브래드가 하이파이브를 하려고 손을 높이 쳐든다. "멋져요!"

내가 손사래를 친다. "그렇게 좋아할 것 없어요. 그 일을 하게 될지 어떨지 몰라요. 하지만 베일리 선생님은 제가 적격자 같다고 하시더라고요."

"든든한 응원자가 될게요."

"고마워요. 그리고 그게 전부가 아니에요." 주문한 샌드위치가 나왔다. 나는 14일에 캐리와 저녁 약속을 했다고 말한다. "매디슨에 살고 있거든요. 지금 사회복지사로 일하고 있대요. 그리고 애인도 있고. 애가 셋이라네요. 믿기지가 않아요."

"옛 친구를 만나다니 좋겠어요."

얼굴이 조금 화끈하다. "반갑죠. 그런데 난 결코 좋은 친구가 아니었어요. 많은 걸 만회해야 하죠."

"브렛." 그가 내 손등에 손을 얹으며 나를 본다. "정말 많은 진척이 있었군요, 대단해요."

"고마워요. 또 무슨 일이 있었는지 알아요? 앤드루에게 그동안 있었던 모든 일을 다 말했어요. 그도 동참하겠대요."

브래드가 기뻐하는 대신 시선을 피하며 묻는다. "정말요?"

내가 냅킨으로 입을 닦으며 말한다. "네, 정말이에요. 그런데 왜 놀라죠?"

그가 고개를 세차게 젓는다. 마치 자신의 생각을 떨쳐버리기라도 하려는 것처럼. "아, 미안해요. 좋은 일이죠."

"그 흥신소 남자, 스티브 뭐였죠? 아무 연락 없었나요?"

"포홀론스키요." 그가 샌드위치를 내려놓고 다이어트콜라를 마시며 말한다. "아직 연락 없어요. 어떤 소식이라도 알게 되면 바로 알려줄게요."

"벌써 2주나 지났어요. 혹시 다른 사람을 고용해야 하는 건 아닌지 모르겠어요."

그가 입을 닦는다. "조급한 마음은 이해해요, 브렛. 그가 일을 진행 중이니까 기다려보죠. 전에 말한 것처럼, 1940년에서 1955년 사이에 노스다코타 지방에서 태어난 맨스라는 성을 가신 남자를 벌써 아흔여섯 명이나 찾았대요. 가능성이 있는 사람을 추려서 여섯 명으로 줄였고요. 다음 주에 한 명씩 전화를 걸어 조사할 거예요."

"그 이야기는 3일 전에 했어요! 전화 거는 데 얼마나 걸린다고요? 나한테 명단을 주세요. 오늘 오후에 직접 전화해볼래요."

"아뇨, 포흘론스키의 말로는 첫 연락은 제삼자가 하는 게 좋대요."

한숨이 나온다. "금요일까지 좋은 소식 없으면, 그는 이번 일에서 손 떼게 하는 게 좋겠어요."

브래드가 웃는다. "손 떼게 한다고요? 혹시 〈CSI〉를 너무 자주 보는 거 아니에요?"

나는 그의 말에 입을 삐죽거리려고 해보지만 속으로는 내가 그를 참 좋아한다는 생각을 하게 된다. "마이더 씨, 정말 짜증 나게 하시는군요."

하늘빛이 새로 태어난 아기의 눈처럼 푸르고 회색 구름 위에서 하얀 거품처럼 부서지는 구름이 얼굴을 내민다. 메건, 셸리, 그리고 나, 우리 셋은 미시간 호수 주변에서 파워워킹을 하고 있다. 순서를 바꿔가며 에마가 타고 있는 유모차를 민다.

"일을 그만두고 나서 아이큐가 20은 내려갔어." 셸리가 약간 숨을 몰아쉬며 말한다. "신문을 본 지는 일주일이 되었고. 동네 엄마들끼리 패거리를 만드는데, 그게 중학생들보다 심해!"

"전업주부가 너랑 맞지 않나 보지." 내가 그녀 곁을 걸으며 말한다.

"내 말은, 그렇게 경쟁적인 여자들을 본 적이 없다는 거야. 어제 공원에서 트레버가 30까지 셀 수 있다고 말했거든. 세 살에 그 정도면 괜찮잖아? 그런데 아니야. 멀린다가 금방 끼어들어 '새미는 50까지 세'라고 하니까 로런, 그 금발의 극성 엄마가 입을 쭉 내밀더니, 어린 케이틀린을 가리키면서 '케이틀린은 100까지 세'라고 하지 않겠어? 그것도 '중국어로'."

메건과 내가 자지러지게 웃는다. "경쟁 얘기가 나와서 하는 말인데." 메건이 앞으로 주먹을 쑥 휘두르며 끼어든다. "교사 생활에서 뭐 좋은 소식이라도 없어? 교실엔 발도 안 디디는 수업이라며?" 그녀가 낄낄거리며 묻는다.

"솔직히 말하면 있어."

셸리와 메건이 나를 본다.

"오늘 아침에 일하러 오라고 연락이 왔어."

"잘됐네." 셸리가 말한다. "거봐, 경쟁력 있다니까, 왜 내 말을 믿지 않지?"

나는 입술을 살짝 깨문다. "지원한 사람이 나뿐이래."

"요즘 같은 때에?" 메건이 팔을 위아래로 크게 흔들며 걸으면서 묻는다.

"어, 299존이 시카고 공립학교 구역에서 교사들이 꺼리는 지역인가 봐. 인사부에 있는 사람이 그러더라고. 날 보고 위험을 감수해야 할 거라던데." 나는 그들에게 방문 교사가 집이나 병원에서 아픈 학생들을 일대일로 가르치는 형식이라고 설명한다.

"잠깐." 메건이 내 팔을 잡아끈다. "걔네들 집으로 간다고? 사우스사이드 지역으로?"

그녀가 무슨 말을 하는지 알 것 같다. 긴장감 때문인지 배가 살살 꼬인다. "응, 집으로."

옆에서 큰 동작으로 걷던 메건이 눈을 크게 뜬다. "말도 안 돼! 그 지역이 얼마나 위험한데. 저소득층…… 공공주택단지잖아. 집에 바퀴벌레가 우글거리는."

"메건 말이 맞아." 셸리가 맞장구친다. "안전하긴 한 거야?"

"물론이지." 나는 확실한 내 목소리만큼 안전하길 고대한다.

"내 말 좀 들어봐." 메건이 말한다. "정말 그 일을 해야 한다면 해. 그렇지만 브래드의 기준을 통과했다 싶으면 당장에 그만둬."

"아, 이 일만 하면 내가 20번 목표를 이루는 거야." 내가 몸을 빙그르 돌려 둘을 향한 채 뒤로 걸으며 말한다. "셸리, 그리고 이거 알아? 앤드루가 메건을 부동산 중개업자로 고용했어. 우리 집 사기로 했어."

"이렇게 해봐." 메건이 셸리의 팔을 뒤로 젖혀 손뼉을 마주치게 하며 설명한다. "호숫가 주변에 있는 집으로 산대. 돈이 짤랑거리는 소리 들리지?"

"안 돼." 내가 말한다. "맥맨션(교외에 특색 없이 비슷한 모양으로 지어진 대저택—옮긴이) 같은 건 보여주지 마. 그런 집들은 아주 불쾌하다고"

"그렇게 말하면 할 수 없지. 물론 그런 집을 팔면 내게 수수료가 많이 떨어지겠지만." 그녀가 장난스럽게 아랫입술을 깨문다. 머릿속으로 6퍼센트의 수수료를 깎는 상상을 하는 것처럼.

"아무튼, 그 정도의 돈은 없어."

"앤드루가 그러는데, 네게 곧 돈복이 굴러올 거라던데. 이윤 배당금도 많을 거고. 융자 얻는 건 전혀 문제될 게 없어."

나는 고개를 젓는다. "이윤 배당금은 내 연금 계좌로 바로 들어가. 그 돈을 쓰면 세금을 왕창 맞는다고. 그걸 그가 잊었겠지. 나는 좀 아담하고 뒤뜰도 있고 근처에 공원도 있는 집으로 사면 좋겠어."

그녀가 나를 이해할 수 없다는 듯이 쳐다보더니 결국 고개를 끄덕인다. "물론이지. 찾아볼게."

"앤드루가 이 정도로 적극적이라니 놀랍지?" 내가 말을 잇는다. "모든 게 잘되고 있어. 얼마 전에 『임신한 당신이 알아야 할 모든 것』이라는 책을 샀어. 곧 아기를 가질 수 있다는 생각에 흥분돼. 그리고—"

"결혼은 언제 하고?" 셸리가 끼어든다.

나는 인도 쪽을 바라보며 더 빨리 걷는다. 셸리는 내가 꿈꾸는 완벽한 세상에서는 아기를 가지면 곧 결혼도 하고 싶어 한다는 걸 아는 유일한 친구다. "라이프 리스트에 결혼은 없어."

"리스트 얘기를 하는 게 아니야."

마침내 난 걸음을 멈추고 얼굴에 흐르는 땀을 닦아내며 말한다. "솔직히, 셸리, 나도 몰라."

"앤드루에게 말해봐, 그가—"

내가 고개를 젓는다. "인생이 그렇게 완벽하지는 않아. 우리는 최선을 다해 삶을 통과할 뿐이야. 인정해, 메건. 솔직히 너도 구차하게 살기 싫어서 지미와 함께하는 거잖아?"

메건이 얼굴을 잔뜩 찡그리더니 이윽고 어깨를 으쓱한다. "네 말이 맞아. 난 창녀야. 나도 어쩔 수가 없어. 일하기가 싫은걸."

"그리고 셸리, 넌 일을 그만둔 후로 엉망이 됐어." 내가 그녀의 어깨에 팔을 두르며 말한다. "솔직히 앤드루가 나랑 결혼할지 자신이 없어. 모르겠다고. 그래도 그가 나를 위해 다른 것을 해주잖아. 아기 갖는 것처럼 중요한 것들 말이야. 지금은 그거면 됐어."

셸리가 콧방귀를 뀌며 묻는다. "내가 그렇게 엉망으로 보여?"

그녀의 말에 내가 웃음 짓는다. "기억나? 내가 엄마 장례식 때 계단에서 넘어진 거? 술에 취한 건 사실이지만, 실은 발에 맞지 않는 신발을 억지로 신으려고 해서 그런 거였어. 문득 너를 보면, 어울리지도 않는데 전업주부의 모습에 억지로 너를 끼워 맞추고 사는 것처럼 보여."

셸리가 나를 쳐다본다. "정말? 나는 네가 앤드루라는 사이즈에 너를 억지로 밀어 넣는 것처럼 보이는데. 그가 너에게 안 맞는 게 분명한데 말이야."

그만. 솔직한 내 심정을 털어놓을 배짱이라도 있다면, 나도 그런 걱정을 하고 있다고 실토하고 싶다. 앤드루가 내게 거리를 둘 때 외롭다고, 내년 9월이 오기 전까지 사랑하는 사람을 만나고 아기를 갖게 될 수 있을지 걱정이라고 털어놓고 싶다. 물론 시간이 충분치 않다. 만약 이 모든 계획이 결국 내가 앤드루에게 더욱 집착하는 결과를 초래했다는 걸 엄마가 알게 된다면 뭐라고 할지 궁금하다.

11장

출근 첫날은 희미한 안개 속에 서 있는 것처럼 지나간다. 수요일부터 나는 이브 세이볼드 옆에 붙어서 업무를 익혔는데, 그녀는 육십대로, 내가 이 일의 적임자라는 생각이 들면 퇴직을 할 요량이다. 그렇다고 특정한 날을 정해둔 건 아닌 것 같다. 금요일 오후, 우리는 방문 프로그램 사무국 3층에 마주 앉았는데 볼링거코스메틱에 있었던 내 사무실에 비하면 시멘트 블록으로 지은 이곳은 경비실같이 느껴진다. 하지만 이스트 35가가 내려다보이는 전망 좋은 창이 있고, 창문 선반에 엄마가 키우던 제라늄이 있다고 상상하니 답답했던 공간이 일순 환해진다.

그녀가 책상을 정리할 동안 나는 컴퓨터 책상에 앉아 학생들의 파일을 점검한다. "애슐리 데이비스는 간단해 보이네요." 내가 말한다. "출산을 했고 2주 더 쉬다가 학교로 돌아가면 되는군요."

그녀가 내 말에 깔깔거린다. "이 바닥에 간단한 건 없어요. 내 말을 믿어도 좋아요."

나는 애슐리의 파일을 옆으로 밀어놓고 다른 파일을 열어 본다. 6학년 학생의 것이다. "열한 살에 정신병이라고요?"

"아, 피터 매디슨." 그녀는 책상에서 공책 두 권을 꺼내 종이 상자에 넣는다. "빈대처럼 징글징글하게 미쳤어. 걔 담당 의사인 개릿 테일러가 선생님하고 얘기하고 싶다던데요. 그 의사가 피터 엄마에게 위임장을 받았어요." 그녀가 폴더 위에 휘갈겨 쓴 전화번호를 가리킨다. "이게 그 의사 양반 번호고."

파일을 훑어보다 피터의 정신상담 의사가 작성한 상담 기록에 눈길이 멈춘다. 수업 시간에 교실에서 공격적인 행동을 일삼아 남은 학기 동안 퇴교를 권함. 이 부분을 읽자 나는 혹시나 피터의 집이 위험하면 어쩌나 걱정이다. "이 학생은 왜 그렇죠?"

"어린놈신드롬이라고 해둘까?" 그녀가 서랍 깊숙이 있던 뭉개진 크림케이크를 꺼내 잠시 고민하더니 스테인리스 휴지통에 던져버린다. "의사는 행동장애라고 하지만 나는 그의 말을 믿지 않아요. 그 애는 이 지역 수백 명의 학생과 다를 게 없으니까. 아빠 없고, 가족에게 약물중독 경력이 있고, 관심이 부족하고 등등등."

"그래도 아직 어린데 학교에 다녀야죠. 그렇다고 교육의 기회까지 뺏을 수는 없죠."

"선생님이 할 일이 바로 그거죠. 일주일에 두 번, 집에서 누릴 수 있는 교육의 혜택을 주는 것. 일리노이 주 공공 관계 법령 90조인가? 아무튼 오늘 밤 가기 전에 테일러 박사에게 전화하는 것 잊지 마세요. 그가 자세한 얘기를 해줄 테니."

학생 일곱 명의 파일 검토를 끝마치니 여섯시가 다 되어 있다. 이브는 한 시간 전에 캔디 상자와 손주들 사진이 담긴 액자까지 커다란 상자 두 개에 넣고 떠났다. 나는 메모한 노트와 가방을 챙겨 든다. 주말을 시작할 생각으로 갑자기 조금 흥분된다. 사무실의 불을 끄기 직전, 피터를 담당하는 정신과 의사에게 전화하는 일을 떠올린다. 너무 늦지 않았을까? 금요일 이 시간이면 사무실에 없을 텐데. 조금 무거운 마음으로 다시 책상으로 발걸음을 돌린다. 적어도 음성 메시지라도 남겨놓자고 생각한다. 전화번호를 누르면서 해야 할 말을 머릿속으로 연습한다.

"개릿 테일러입니다." 듣기 좋은 바리톤 목소리의 남자가 전화를 받는다.

"어…… 여보세요. 저, 어, 이렇게 전화를 직접 받을 거라고는 예상 못 했어요. 그냥 메시지를 남겨놓으려고 했는데요."

"10분 정도는 시간 있어요. 무슨 일이시죠?"

"제 이름은 브렛 볼링거입니다. 새로 피터 매디슨 학생을 담당하게 된 방문 교사예요."

"아, 네 브렛 씨. 전화 주셔서 감사합니다." 그가 기분 좋게 웃는다. "자동응답기(voice mail)로 넘어갈 거라 예상했나요? 나는 남자분 목소리(male voice)를 예상했는데."

웃음이 나온다. "그런 얘기 많이 들어요. 남자 이름을 가진 사람의 함정이죠."

"좋은 이름이에요. 헤밍웨이 작품에 브렛이라는 등장인물이 나오죠?"

나는 느긋한 마음이 들어 의자에 몸을 깊숙이 기대며 통화를 한다. 그와 뭔가 통했다는 느낌이다. "네,『태양은 다시 떠오른다』에 등장하는 브렛 애슐리. 저희 어머니가—" 나는 말을 멈춘다. 쓸데없는 얘기까지 늘어놓는 것 같다. 정신과 의사랑 통화하면 다 이렇게 되는 걸까? "아, 죄송합니다. 곧 퇴근하실 텐데. 결론만 말씀드리죠."

"천천히 하세요. 급할 것 없습니다."

목소리가 친근하고 낯설지 않다. 의사라기보다 오랜 친구와 통화하고 있는 느낌이다. 나는 종이와 펜을 찾아 든다. "피터 매디슨 때문에 전화했어요. 제가 알아야 할 점이라도 있나 싶어서요."

수화기 너머로 테일러 박사가 의자 깊숙이 앉는 소리가 들린다. "피터는 대단히 독특한 아이죠. 놀라울 정도로 똑똑하고 교묘하게 주위 사람들을 속이고 있어요. 듣기로는 교실에서의 폭력도 심각한 수준이고요. 관할 교육 당국에서 그 아이에 대한 철저한 검사를 원해요. 그 이유로 제가 개입된 거고요. 지난 9월부터 담당하게 되었어요. 그러니 당신과 제가 피터에 관해 같이 연구해야죠."

그가 피터가 교실에서 저지른 일들에 대해 들려준다. 뇌성마비 증세가 있는 아이를 괴롭힌 일부터 반에서 키우는 햄스터를 고문하고, 학생들의 머리까지 자른 일까지 모든 것을.

"그 애는 다른 학생들의 반응을 보며 즐거워해요. 가학적인 행동을 즐기는 거죠. 솔직히 말하면 그런 행동으로 큰 흥분을 느껴요."

창가에서 바람이 불어와 나는 스웨터를 여민다. "왜 이런 증세를 보이는 거죠? 학대받은 경험이 있나요?"

"피터의 어머니는 어느 정도나마 피터를 염려해요. 아버지는 피터에게 신경을 쓰지 않고, 그런 것들이 정서적인 트라우마가 될 수도 있겠죠. 아니면 정신적 장애가 불행한 유전자를 물려받았기 때문일 수도 있고요."

"그러면 그렇게 태어났다는 말인가요?"

"그럴 수도 있죠."

내가 읽은 『임신한 당신이 알아야 할 모든 것』에는 그런 것들에 대한 언급이 전혀 없었는데. 나는 그의 말을 들으면서 「불행한 유전자의 유전」이라는 장(章)을 상상해본다.

"하지만 피터도 마음이 내키면 꽤 괜찮은 아이가 될 수 있다는 걸 알게 되실 거예요."

"정말요? 제 머리를 자르려고 가위를 들이댈 때 말이죠?"

그가 내 말이 재미있다는 듯이 웃는다. "혹시 제가 너무 겁을 준 건 아닌지 모르겠네요. 너무 거정하지 마세요. 얘기를 들어보니 유능한 분 같아요. 아주 잘 대응하실 것 같아 안심입니다."

음, 유능한 분이라. 엄마에게 해고된 딸인데.

"그 집에서 어떤 일이 일어나는지 보고 들은 걸 알려주세요.

큰 도움이 될 겁니다. 방문을 마칠 때마다 저한테 전화 주세요. 가능하시겠죠?"

"그럴게요. 이브 선생님하고 같이 월요일에 방문하기로 했어요." '제게 다른 핑곗거리가 안 생기면요.'

"월요일 진료는 다섯 시에 끝납니다. 그 시간 이후에 전화 주시겠어요?"

"물론이죠." 그렇게 대답은 했지만 내 뇌의 모든 신경다발이 바짝 긴장한 채 3일 후에 있을 미래의 한니발 렉터와의 수업을 상상하느라 그가 뭐라고 대꾸하는지 전혀 귀에 들어오지 않는다.

월요일 아침에 입을 옷을 신중하게 고른다. 결국 나는 남색의 모직 바지와 엄마가 지난 크리스마스 때 선물한 부드러운 회색 캐시미어 스웨터를 받쳐 입는다. 새로 만나는 학생들에게 좋은 첫인상을 심어주고 싶을 뿐 아니라 오랜만에 만나는 캐리에게도 잘 보이고 싶다. 사무실로 향하면서 나는 캐리에 대해 줄곧 생각한다. 나는 하루 일과가 무사히 끝나고 이브 선생님의 잔소리가 길게 늘어지지 않기를 바란다. 캐리가 도착하기 전에 매코믹 플레이스로 가서 하얏트 호텔 식당에 여유 있게 도착하고 싶다.

사무실에 도착했을 때, 이브 선생님의 긴 잔소리를 걱정한 것은 너무도 쓸데없는 일이었다는 것을 깨닫는다. 내 직속 상사인 잭슨 선생님이 내가 컴퓨터를 켜고 앉기도 전에 나를 보고 다가온다.

"오늘 아침에 이브 선생님에게 전화가 왔는데……." 그의 거대한 몸이 사무실의 문을 다 가리고 서서 말한다. "집에 급한 일이 생겨서 이제 못 나온답니다. 당신이 혼자서도 잘할 거라고 장담하던데요. 행운을 빈다는 말도 잊지 말고 전하라고 하더군요." 그가 간결하게 고개를 까닥이며 말한다. "행운을 빌어요."

나는 책상 모서리에 낀 스웨터를 힘껏 잡아 뺀다. 좋은 인상을 심어주기가 쉽지가 않네. "그래도 그렇지. 오늘 학생들에게 저를 소개해주기로 하셔놓고. 제발 저 혼자서도 잘 헤쳐나갈 수 있게 기도해주세요."

"잘하실 거예요. 버스 타고 오셨어요? 아니면 직접 운전?"

"차, 차 갖고 왔어요."

"그럼 출발할 준비는 됐네요." 그가 돌아서며 사무실을 나갈 기세다. "주행거리를 잘 기록하고 다니세요. 기름값 정산해주는 거 알죠?"

기름값을 정산해준다고? 내 목숨이 위태로울 수도 있는 지경인데 주행거리, 기름값이 다 무슨 소용이람. 나는 그가 사무실을 나서자 뒤따라 나간다.

"잠깐만요, 잭슨 선생님. 피터 매디슨 학생 있잖아요. 얘기 들어보니 문제가 많은 것 같은데. 혼자 가서 만난다는 게……."

그가 느리게 몸을 돌려 나를 본다. 양미간의 주름이 나뭇가지처럼 갈라진다. "블링거 선생님, 선생님을 위해 개인 경호원이라도 붙여주고 싶은 마음이 굴뚝같지만, 불행하게도 예산이 부족하네요."

내가 입을 열고 뭐라고 대꾸라도 하려는데, 그는 벌써 자신의 사무실로 사라졌고 나는 혼자 남아 엄지손톱을 물어뜯는다.

　오늘 내가 맡은 첫 학생은 아미나 아다웨, 사우스모건 지역에 사는 3학년 학생이다. 현관에 번호판이 떨어진 채 매달려 있고, 사람이 살고 있다는 게 믿기지 않을 정도로 지저분한 건물을 힐끗 보고 너무도 놀란다. 나는 천천히 걸음을 멈춘다. 이런 곳에서 정말 사람이 살까? 부서질 것 같은 문을 살짝 밀어보자 열린다. 휴대전화를 들고 수다를 떨고 있는 여자 뒤를 따라 겨우 걸음마를 배운 듯한 아기가 징징거리며 따르고 있다. 여자는 클럽에 갈 준비를 막 마친 것처럼 화려한 옷을 입고 있다. 보아하니 정말 그런 것 같다.

　쩍쩍 금이 간 시멘트 바닥의 좁은 복도를 지나며 나는 볼링거 코스메틱에 있던 내 사무실을 억지로 상상한다. 푸르게 잎을 틔우는 화분들과 작은 냉장고에 가득 채워진 과일과 생수병들을 떠올린다. 익숙한 분노가 솟구친다. 왜 엄마는 이런 곤경에 나를 몰아넣은 거지?

　나는 숨을 한번 크게 들이마시고 코트의 소매로 손잡이를 감싼 다음에 비틀어 연다. 문 안쪽으로 발을 디디기 전에 마치 마지막으로 일별하는 사람처럼 주변을 한번 더 둘러본다.

　좁은 복도는 음산하고 어둡고 더러운 기저귀와 쓰레기 냄새가 코를 찌른다. 나는 벌레처럼 몸을 웅크린 채 음식 포장지와 담배 꽁초가 널려 있는 복도를 지난다. 어느 방 앞에서 랩이 흘러나와 귀를 찌른다. 복도가 파르르 떨린다. 아, 제발 이 방이 아미나의 집은 아니길.

현관 앞에 걸려 있는 호수는 모두 두 자리 숫자다. 아미나는 4호에 산다. 지하일 것이다. 심장이 심하게 요동을 친다. 계단에 발을 디디기 위해 3센티미터 정도 발을 들어 올린다. 이 지옥 같은 곳에서 사라진다면, 누가 날 찾아낼까? 라이프 리스트에 있는 목표 하나를 지우기 위해 얼마 동안 이 일을 해야 하는 걸까? 한 주만 더, 두 주 이상은 안 하기로 결정한다. 추수감사절 전까지 끝내자.

마지막 계단을 밟고 내려간다. 머리 위에서 전구 불빛이 계속 깜박거리면서 조명 쇼를 연출한다. 닫힌 2호실 안쪽에서 더럽고 역겨운 외설적인 말이 들려와 몸이 얼어붙듯 경직된다. 다시 위로 올라가려고 막 몸을 돌리려는데 복도 끝에 있는 문이 활짝 열린다. 피부가 캐러멜색인 마른 체형의 여자가 실크 히잡을 머리에 두르고 있다.

"저, 4호실을 찾는데요." 나는 목에 건 교사 신분증을 보이며 천천히 또박또박 말한다. "아미나 아다웨 학생을 위해 온 교사입니다."

그녀가 웃으며 안으로 들어오라고 손짓한다. 그녀가 내 등 뒤로 문을 닫았을 때 악취와 소음이 같이 사라지고 작은 아파트에서는 방금 구운 닭고기 냄새와 이국적인 향신료 냄새가 난다. 내가 신발을 벗자 그녀가 가볍게 고개를 끄덕이며 나를 거실로 안내한다. 실밥이 다 뜯어져 나온 소파 위에 깁스를 한 다리를 베개 위에 올려놓은 채 작은 몸집의 여자아이가 앉아 있다.

"안녕, 아미나. 난 브렛이야. 네 다리가 나을 동안 수업을 맡을 선생님이야."

그녀의 작고 검은 눈동자가 천천히 내 눈으로 들어온다. "정말 예쁜 선생님이 오셨네." 소녀의 목소리에 아랍 억양이 묻어 있다.

"너도 예쁜데." 내가 웃으며 말한다.

소녀가 서툰 영어로 자신의 얘기를 들려준다. 지난겨울에 소말리아에서 이사 왔는데 다리 한쪽이 짧아서 의사가 수술을 해줬고, 그런 탓에 학교를 가지 못해 서운하단다.

나는 소녀의 손등을 가만히 쓰다듬는다. "우리 함께 해보자. 다시 학교로 갈 때 반 친구들을 잘 따라갈 수 있도록. 그럼 읽기부터 시작해볼까?"

가죽 가방에서 아미나의 교재를 막 꺼내려는데 어린 소년이 거실로 들어온다. 그 소년이 엄마가 입은 부드러운 질밥(이슬람권 문화에서 여자들이 걸쳐 입는 옷—옮긴이) 한끝을 손으로 꼭 그러쥐고 선다.

"안녕, 이름이 뭐니?" 내가 묻는다.

그 애가 엄마의 등 뒤로 몸을 숨기며 아주 작은 목소리로 "압둘카디르요"라고 속삭인다.

내가 여러 번 음절을 따라 하자 소년이 보조개를 만들며 환하게 웃는다. 아미나와 그 애의 엄마가 큭큭거리며 따라 웃는다. 그들의 얼굴에 자랑스러움이 번진다. 내가 울지 못하는 공주에 대한 동화를 읽어주자 아미나는 침대에 기대고 소년은 엄마 무릎에 앉은 채 세 명의 눈동자가 내가 들려주는 이야기에 흠뻑 빠진다. 그들은 동화 속 그림들을 찬찬히 훑어보더니 질문도 하고 손뼉을 치며 키득거린다.

나만의 수업 공간, 교실이 하나뿐인 학교에 내가 있다! 그리고 이번에는 학생들이 배우고 싶은 열정에 눈을 반짝인다. 이것은 교사라면 누구나 바라는 꿈이다. 이것이 '나의' 꿈이다.

20분 후, 나는 차를 타고 엥글우드를 지나고 있다. 내가 좋아하는, 이 지역에서 태어나고 자란 가수 제니퍼 허드슨을 떠올린다. 그녀의 가족이 이곳에서 살해당한 이야기는 억지로 밀어낸다. 그럼에도 두려움이 엄습한다. 나는 캐럴가에 있는 녹색으로 칠한 안전해 보이는 집에 발을 들여놓으며 겨우 안심한다. 그런데 정원에 있는 간판에 뭐라고 쓰인 거지?

산퀴타 벨은 겨우 고등학교 3학년인데 임신 3개월의 몸으로 신장병까지 앓고 있다니 믿기지 않는다. 혼혈아인 것 같고 체구가 작아 열두 살 남짓으로 보인다. 화장기 없고 병약해 보이는 얼굴이지만 피부가 부드럽고 빛나 보인다. 그녀의 헤이즐넛색 눈이 나를 울컥하게 한다. 나이를 짐작하기 어려운, 피곤에 지친 눈동자는 보지 말아야 할 것까지 이미 다 본, 나이 든 여자의 눈빛이다.

"미안해, 좀 늦었어." 나는 코트와 장갑을 벗으며 말한다. "집 앞에 '여호수아의 집'이라는 간판이 있어서 주소를 잘못 찾아온 줄 알았어. 개인 주택은 아닌 것 같아서."

"집 없는 여자들을 위한 쉼터예요." 그녀가 사무적인 냉랭한 어조로 대답한다.

나는 깜짝 놀라며 그녀를 바라본다. "오, 산퀴타, 몰랐어. 미안해. 너희 가족은 여기 머문 지 오래됐니?"

"우리 가족은 여기 없어요." 그녀가 아직 부르지 않은 배에 손을 얹으며 말한다. "우리 엄마는 작년에 디트로이트로 이사 갔는데, 난 거기서 살지 않을 거예요. 내 아이에게는 그런 삶을 살게 하지 않을 거예요."

그녀는 '그런 삶'이 어떤 삶을 말하는지 구체적으로 언급하지 않았고, 나도 구태여 묻고 싶지 않았다. 나는 입술을 살짝 깨물며 그저 고개를 끄덕인다.

그녀가 방어적인 태도로 팔짱을 끼며 말한다. "내 처지를 동정할 필요는 없어요. 나와 아기는 평범하게 살 거니까."

"물론 그래야지." 나는 두 팔을 벌려 집이 없는 이 소녀를 품에 안아주고 싶지만 엄두가 나지 않는다. 적어도 이런 종류의 친절에 호의를 가질 아이는 아니라는 확신이 든다. "나도 부모가 없어. 힘든 게 많지?"

그녀는 내 말을 무시하는 듯 어깨를 으쓱한다. "아기가 아빠를 알고 지내면 좋겠는데, 그런 일은 일어나지 않을 것 같아요."

내가 뭔가 대답하려고 할 때, 머리와 피부가 검고 키가 작은 여자가 들어온다. 등에 업은 아이가 엉덩이께까지 흘러 내려와 있다.

"아, 산퀴타, 이분이 네가 말한 선생님이구나?" 여자가 내 팔꿈치를 살짝 친다. "내 이름은 머세이디즈예요. 산퀴타와 함께 건물 내부를 구경시켜드릴게요."

머세이디즈가 나를 데리고 간소한 살림도구를 갖춘 주방과 티끌 한 점 없이 깔끔한 식당을 구경시켜주는 동안 산퀴타는 뒤에서 느리게 따라온다. 두 명의 여자가 식탁에 앉아 빨래를 개고 있다. 거실에는 두 명의 여자가 오래된 텔레비전 앞에 앉아 〈가격을 맞혀보세요〉 프로그램을 보고 있다.

"정말 깔끔하네." 내가 산퀴타를 돌아보며 말한다. 그녀는 먼 곳을 바라보고 있다.

"방이 모두 아홉 개예요." 자랑스러움이 가득 담긴 찰랑거리는 목소리로 머세이디즈가 말한다.

우리는 어느 흑인 여자가 조금 위압적인 자세로 책상 앞에 앉아 계산기를 놓고 일하고 있는 사무실 문 밖에서 멈춘다.

"이곳 소장이신 진 앤더슨 씨예요." 머세이디즈가 열린 문을 살짝 두드리며 말한다. "진 소장님, 산퀴타의 선생님이 오셨어요."

그녀가 턱을 약간 치켜든다. 나를 한번 빠르게 훑어보더니 다시 눈을 계산기 쪽으로 돌리며 계속 손을 바삐 움직인다. "안녕하세요." 그녀가 중얼거린다.

"안녕하세요." 나는 몸을 숙이며 손을 내민다. "브렛 볼링거예요. 산퀴타가 학교에 가지 못하는 동안 수업을 책임질 교사입니다."

"산퀴타." 그녀가 고개도 들지 않은 채 산퀴타를 부른다. "오늘 약 처방받는 거 잊지 마."

내가 내밀었던 손을 다시 내리자 산퀴타가 약간 어색한 눈빛으로 나를 본다. "아, 좋아요. 다음에 뵐게요, 소장님."

산퀴타는 나와 머세이디즈를 앞질러 계단을 오른다. "소장님은 정말 멋진 분이에요." 머세이디즈가 내게 말한다. "그분은 백인을 별로 안 믿어요."

"에이, 짐작도 못 했는데요."

내 말에 머세이디즈가 웃음을 터트린다. "멋진 분이시네요. 산퀴타하고 잘 통하겠는데요. 안 그래, 산퀴타?"

산퀴타가 아무 대꾸도 하지 않는다.

계단을 다 오를 때까지 머세이디즈와 나는 계속 이야기를 나눈다. 산퀴타는 이미 계단을 다 올라 방문 앞에 서서 팔짱을 낀 채 지루하다는 듯이 손가락을 꼼지락거리며 우리를 내려다보고 있다.

"아, 구경시켜줘서 고마워요." 나는 머세이디즈에게 말하고 급히 방으로 들어간다.

낡은 침대 머릿장이 빛바랜 파란색 이불이 덮여 있는 두 개의 침대 사이에 놓여 있다. 길이 내다보이는 창문 양옆에 서랍장 두 개가 놓여 있는데 세트라고 하기에는 무늬와 디자인이 너무 다르다. 산퀴타가 침대에 걸터앉는다. "여기서 해요. 방을 같이 쓰는 샤도네는 일하러 나갔으니까요."

의자가 없어 나도 할 수 없이 산퀴타 옆에 걸터앉으며 그녀의 통통 부은 손등과 두툼한 눈두덩에 눈길을 주지 않으려고 애쓴다.

"여기에서 지내기는 어때?" 나는 작은 가방에서 폴더를 찾으며 묻는다.

"정돈된 곳이에요. 극적인 일도 일어나지 않고요. 예전에 머물렀던 곳은 규칙이라고는 없었거든요. 거기서 지갑을 도둑맞았어요. 그리고 어느 미친 여자가 자꾸 내 신경을 건드리더라고요. 싸움을 걸면서."

"세상에. 그래서 다쳤어?"

"나는 상관없지만, 그저 아이가 걱정되더라고요. 그때 이곳으로 왔어요."

"이제 안정적인 곳으로 왔으니 다행이다. 몸은 어때?"

그녀가 어깨를 으쓱하며 말한다. "괜찮아요. 단지 피곤할 뿐이에요."

"몸 잘 챙기고, 내가 도울 일 있으면 말해줘."

"졸업상을 딸 수 있게 도와주세요. 내 아기가 엄마가 똑똑한 사람이었다는 걸 알게 해주고 싶어요."

그녀가 마치 아기가 태어나면 자신은 이 세상에 없을 것처럼 얘기한다. 나는 문득 이 소녀의 병세가 얼마나 심각한지 가늠해 본다. "걱정하지 마." 나는 가방에서 화학책을 꺼낸다.

한 시간 후, 나는 어쩔 수 없이 산퀴타에게 그만하자고 말한다. 이런 학생이라면 하루 종일이라도 가르칠 수 있을 것 같다. 화학은 산퀴타에게 특히 어려운 과목이지만 그녀는 내가 설명하는 걸 집중해서 듣고 이해할 때까지 질문을 멈추지 않는다.

"늘 과학이 발목을 잡아요. 그런데 오늘은 알아듣겠는데요."

그녀는 내 덕이라는 말을 하지 않았고, 그럴 필요도 없는 일이다. 그럼에도 나는 가슴이 뿌듯하다. "정말 열심히 하는구나." 내가 파일을 가방에 넣으며 말한다. "그리고 정말 똑똑해."

그녀가 내 말에 손톱을 뚫어져라 쳐다보더니 묻는다. "언제 다시 오시나요?"

나는 수업 계획표를 들춰 본다. "글쎄, 언제 다시 올까?"

"내일?" 그녀가 어깨를 으쓱하며 묻는다.

"내일까지 숙제를 다 할 수 있다고?"

그녀의 눈동자가 금방 활기를 잃더니 그녀가 화학책을 탁 덮는다. "됐어요. 일주일에 딱 두 번 오는 프로그램이라는 거 알고 있으니까."

"어디 보자." 내가 일정을 다시 훑어보며 말한다. 비어 있는 시간은 점심을 먹으며 서류 정리를 해야 하는 열두시뿐이다. "열두시에 올게, 괜찮겠어?"

"네, 열두시 괜찮아요."

그녀는 웃지도 않고 고맙다는 말도 하지 않았지만, 나는 따뜻함을 느끼며 그곳을 나선다.

웬트워스가를 향해 가는 길에 브래드에게 전화를 걸어 메시지를 남긴다. "방문 교사직은 날 위해 준비된 직업 같아요, 브래드. 지금 피터네 집을 향해 가는 길이에요. 행운을 빌어줘요."

피터네 집에 도착했을 때, 귀에는 전화를 대고 손가락 사이에는 담배를 든 육중한 체구의 여자가 문을 열어준다. 피터의 엄마 어텀일 것이다. 그녀는 스펀지밥이 인쇄된 헐렁한 티셔츠를 입고 있다. 내가 우스꽝스러운 캐릭터 티셔츠를 보고 멀뚱하게 웃고 서 있자 그녀가 마치 안으로 들어오라는 듯이 고갯짓을 한다.

지독한 담배 냄새와 고양이 오줌 냄새가 숨통을 조인다. 창틀에 걸린 검정 모직 담요가 실내에 자연광이 스며드는 걸 차단해 방이 더욱 답답하게 느껴진다. 벽에는 예수의 초상화 액자가 걸려 있다. 눈빛은 간절히 무언가를 애원하는 듯해 보이고 양팔을 벌린 채 십자가에 못 박힌 모습이다.

어텀이 전화를 끊으며 나를 힐끗 쳐다본다. "피터 가르치러 온 선생인가?"

"네. 안녕하세요, 브렛 볼링거입니다." 내가 신분증을 꺼내 보이는데 그녀는 쳐다보지도 않는다.

"피터, 당장 나오지 못해!"

나는 긴장한 표정으로 웃음 지으며 가방을 어깨에 멘 채 서 있다. 어텀이 주먹을 단단히 쥐며 화가 난 듯 소리친다. "빌어먹을 놈, 피터. 당장 나오라고 했지!" 그녀가 끝내 분을 참지 못하고 복도 끝으로 사라지더니 이내 문이 부서져라 주먹으로 쾅쾅 두드리는 소리가 들려온다. "선생 왔다니까. 문짝 부숴버리기 전에 얼른 엉덩이 쳐들고 나오지 못해!"

피터는 나를 만나고 싶지 않은 게 분명하다. 내가 어둑어둑한 복도 끝에 있는 문 쪽으로 다가갈 때까지 어텀은 분을 참지 못하고 소리를 지르고 있다. "있잖아요, 제가 다음에 방문하는 게 좋겠……."

갑자기 닫혀 있던 문이 활짝 열리더니 사람의 형체가 드러난다. 진한 갈색 머리가 덥수룩하고 턱에 수염을 기른 거대한 몸집의, 튼튼한 통나무 같은 사람이 나를 보고 턱 버티고 서 있다. 나는 본능적으로 한 걸음 뒤로 물러난다.

"안녕, 피터! 브렛 선생님이야." 내가 떨리는 목소리로 말한다.

그가 내 앞을 스쳐 지나가며 한마디 뱉는다. "재수 없어."

피터와의 한 시간 수업이 세 시간보다 길게 느껴진다. 피터는 나와 눈길 한번 마주치려 하지 않는다. 바로 옆에서 어텀이 브리트니라는 여자와 통화하고 있다. 그녀의 굵고 쉰 목소리 때문에 수업을 하는 내 목소리가 경쟁이라도 하듯 점점 커진다. 무척 짜증 나지만 어쩔 수 없이 참아야 한다는 듯 피터는 앓는 소리를 낸다. 그가 단답형 대답이라도 할 때면 내가 행운아로 여겨질 정도다. 수업이 끝날 무렵, 나는 피터보다 브리트니에 대해 더 많은 걸 알게 되었다.

바람의 도시가 눈에 덮여 하얀색의 설탕 가루를 뿌려놓은 것 같다. 눈이 쌓여 온 도시의 차들이 천천히 기어다닌다. 무거운 발걸음으로 계단을 올라 사무실 문을 열었을 때 거의 다섯시가 되었다. 사무실 불을 켜자 야생 난이 가득 담긴 꽃병이 눈에 들어오고 입에서 탄성이 절로 흘러나온다. 아, 앤드루가 이토록 사려 깊은 사람이었다니. 나는 꽃병에 꽂힌 작은 카드를 펴 본다.

새로운 일에 행운을 빌어, 브렛.

정말 축하해.

> 성공을 기원하며,
> 캐서린과 조드로부터

내가 지금 무슨 상상을 한 거지? 앤드루는 꽃을 선물할 남자가 아니잖아. 나는 실망을 감추지 못하고 카드를 다시 꽂는다. 조드 오빠 부부를 추수감사절 저녁에 초대하는 걸 잊지 말자고 머릿속으로 메모한다.

사무실 전화기의 붉은 점이 깜박이고 나는 수화기를 집어 들고 메시지를 확인한다.

"브렛 씨, 안녕하세요? 개릿 테일러입니다. 피터와의 수업이 어찌 진행되었는지 무척 궁금하네요. 네시 진료 예약이 취소되었어요. 들어오시면 언제든 전화 부탁드려요."

그의 전화번호를 누르고 첫 번째 신호음이 떨어지기 무섭게 그가 전화를 받는다.

"테일러 박사님, 브렛 볼링거입니다."

그의 한숨 소리가 약하게 들려온다. 귀찮다기보다 안심이라고 여겨지는 듯한.

"아, 브렛, 그냥 개릿이라고 불러도 돼요. 박사라는 호칭은 쓸 필요 없어요."

격식을 차리지 않는 그의 목소리가 동료같이 여겨져 좋다.

"오늘 다 잘되었나요?"

"아직 머리가 붙어 있는 걸 보니, 그리 나쁘진 않았던 것 같아요."

"좋은 소식이네요. 피터가 그리 힘들게 하지는 않았다는 말이 겠죠?"

"아뇨, 완전 또라이 같은 애예요." 나는 손으로 입을 막는다. 얼굴이 달아오른다. "아, 정말 미안해요. 표현이 교사답지 않고 너무 경망스럽네요. 제 말은 그게 아니라—"

테일러 박사가 웃는다. "괜찮아요. 또라이 같을 수도 있겠죠, 이해해요. 그런데, 아마 우리가 서로 힘을 합치면 이 어린 또라이에게 어느 정도의 사회 적응 능력이라도 키워줄 수 있겠죠."

나는 오늘 피터가 마지못해 자기 방에서 나오게 된 일을 들려준다.

"그런데 당신이 간다고 하자 피터가 문을 열고 나왔다는 점은 긍정적으로 봐야 해요. 당신을 만나고 싶어 했다는 의미로 해석해야죠."

피터네 집을 떠나며 줄곧 나를 따라다니던 먹장구름이 걷히는 기분이다. 우리는 피터에 관한 이야기를 10분 더 나눴고, 이야기가 자연스럽게 개인적인 주제로 흘러갔다.

"방문 교사를 하기 전에는 학교에서 아이들을 가르치셨나요?"

"아뇨, 학교에서는 완전히 엉망이었죠."

"아닐 것 같은데요."

"사실이에요." 나는 의자에 등을 깊숙이 기대고 발을 책상 위에 얹는다. 그럴 의도는 아니었지만 나는 어느새 더글러스키스초등학교에서의 하루를 재미있게 윤색해가며 열심히 이야기하고 있다. 그가 내 이야기를 들으며 웃으니 마치 납으로 만든 풍선이 기적적으로 떠올라 하늘로 날아가는 것처럼 마음이 가벼워진다. 내가 만약 그의 진료실에 앉아 있는 환자였다면 꽤 많은 돈을 지불해야 했을 것 같다.

"아, 죄송해요." 나는 갑자기 미안한 생각이 든다. "제가 시간을 너무 빼앗았군요."

"아니에요. 그런 걱정은 마세요. 마지막 진료도 마쳤고, 아주 즐거운 기분으로 듣고 있었어요. 그러니까 비록 그날은 힘들었어도 당신은 학생들을 가르치는 데 열정이 있었던 거군요."

"솔직히 말씀드리면, 어머니 때문이에요. 교사가 제게 가장 잘 어울린다고 고집하셨죠. 9월에 돌아가시면서 다시 교사에 도전해보라고 당부하셨어요."

"아, 어머니께서 당신의 적성을 파악하고 계셨군요."

"그런 것 같아요." 내 얼굴에 미소가 번진다.

"실은 저도 교사들을 존경합니다. 누님 두 분도 평생 교사 생활을 하시다 정년 퇴임 하셨어요. 우리 어머니도, 비록 짧은 기간이지만 선생님이셨고요. 믿을 수 없겠지만 교실이 달랑 하나뿐인 학교에서 가르치셨대요."

"그래요? 그게 언제였나요?"

"1940년대죠. 그런데 어머니가 누나를 갖게 되었을 때 퇴직을 강요당했어요. 그 시대에는 그랬대요."

나는 부끄러움도 모르고 빠르게 숫자를 계산해본다. 그의 큰

누나가 40년대에 태어났다면…… 그는 최소한 예순은 됐다는 말인데. "부당한 일이네요." 내가 말한다.

"두말할 것도 없이 그렇죠. 그래도 어머니가 후회하는 모습을 본 기억은 없어요. 그 후로는 그 시대 대부분의 여자들과 마찬가지로 전업주부로 사셨죠."

"어떻게 의사가 되기로 결심했나요?"

"제 이야기는 당신 이야기와 약간 달라요. 아버지가 의사셨어요, 심장외과 의사. 제가 외아들이다 보니, 의대를 졸업하면 아버지의 병원에 들어가 나중에는 병원을 이어받길 바라셨어요. 하지만 의대를 다니고 인턴을 하는 동안 환자들과 직접 호흡하고 대화하는 의사가 되고 싶다는 생각이 들더군요. 선배 의사들은 그런 저를 타이르곤 했죠. '환자와 이야기만 나눠서는 돈 못 벌어. 그런 소리 집어치우고 현실을 직시하라고.'"

그의 이야기를 듣고 있자니 웃음이 나온다. "그런 말을 하셨다니. 더 많은 의사가 환자에게 관심을 가지면 좋을 텐데요."

"의사들이 환자에게 관심이 없다는 것이 아니라, 약이 그런 일을 대신하고 있는 거죠. 의사는 20분 안에 진단을 내리고 문을 열고 다음 환자에게 가야 하죠. 다음 환자 또 그다음 환자. 내게 맞지 않는 방식이죠."

"제가 느끼기에, 당신은 전공을 잘 선택하신 것 같아요."

긴 통화를 마쳤을 때는 시계가 여섯시 삼십분을 향하고 있고, 나는 나른한 햇살에 몸을 맡긴 고양이처럼 편안하다. 피터가 날 힘들게 할 것은 분명하지만 개릿이 나의 지원군이 되어줄 것이다.

조명이 침침한 주차장에 내 차만 덩그마니 세워져 있다. 성에 긁는 도구도 없이 앞유리에 쌓인 눈을 장갑 낀 손으로 털어낸다. 유리 표면이 살짝 얼어 있어 손으로 완전히 제거하기가 쉽지 않다.

차에 들어가 앉은 채 얼어붙은 눈이 녹기를 기다린다. 휴대전화에 작고 붉은빛이 깜박인다. 네 개의 문자가 들어와 있다. 하나는 메건, 또 하나는 셸리, 다른 두 개는 브래드에게 온 것이다. 문자 내용은 다 비슷하다. '오늘 어땠어? 아이들 이상하지 않았어?' 나는 모두에게 빠르게 답을 보낸다. 침을 넘기기가 힘들 정도로 뜨거운 것이 치밀고 올라온다. 목을 살살 문지르고 겨우 숨을 내뱉는다.

앤드루에게는 아무 소식이 없다. '괜찮아?'같이 간단한 문자도 없다.

집으로 가는 길이 장애물 경기를 하는 것처럼 아찔하다. 운전자들은 겨울에 익숙하지 않은 듯 보이고, 블록마다 가벼운 추돌 사고를 피하거나 작동이 멈춘 신호등을 피해 두 배나 넘는 거리를 돌아간다. 여덟시 이십분쯤 주차 건물로 무사히 들어간다. 막 시동을 껐을 때 대시보드 위의 날짜가 눈에 들어온다. 다시 키를 돌려 시동을 켜고 대시보드를 본다. 11월 14일.

"맙소사!" 나는 운전대를 힘껏 내리친다. "바보, 바보, 얼간이, 푼수, 바보, 멍청이!"

11월 14일, 캐리 뉴섬과 저녁 약속을 한 날이다.

12장

캐리가 묵고 있는 호텔방에 전화를 걸어 내가 당장이라도 운전을 해서 매코믹플레이스로 간다고 하자 그녀가 너그럽게 거절하며 말한다. "이런 날씨에 운전이라니, 말도 안 돼. 뉴스를 보니 온 도시가 엉망이던데. 너에게 무슨 사고라도 난 건 아닌가 걱정했어."

나는 고개를 세차게 젓는다. "사고라도 났으면 이 정도로 미안하지는 않았을 거야."

내 말에 그녀가 웃는다. 여전히 친밀한, 어린 날의 웃음소리가 떠오른다. "그렇게 미안해하지 마. 식당에서 멋지게 와인도 마셨이. 징밀 천국이었다고."

"평소 약속 하나는 잘 지켰는데. 새로 일을 시작하느라 정신이……." 나는 그녀가 혼자 와인을 마실 동안 학생들에 대해 의사와 수다를 늘어놓고 있었다니. "정말 미안해." 나는 숨을 한번 크게 들이마신다. "모든 게 미안해, 캐리."

"그만해. 새로 시작한 일에 관해서나 얘기해봐."

이번 기회를 놓치면 사과할 기회가 없을 것만 같다. 마음이 급해진다. "캐리, 예전에 네가 나를 만나러 왔을 때, 내가 얼마나 못되게 굴었는지 지금도 나를 용서할 수가 없어. 넌 나를 믿었는데, 난 너를 실망시켰어. 게다가 편지에 답장도 안 하고."

그녀가 웃는다. "뭐? 그게 언제 적 얘긴데, 브렛. 우리 둘 다 어렸잖아."

"정말 부끄러워, 그때만 생각하면. 혼란스러웠어. 네 곁에서 힘이 됐어야 했는데."

"브렛, 솔직히 말해서, 너를 이해해. 물론 마음은 아팠지만 극복했어. 이렇게 오랜 세월 동안 미안한 마음을 가지고 있었다니, 몰랐어."

"네게 전화를 하거나 편지라도 했어야 했어. 네게 용서를 빌어야 했다고."

"그만. 벌써 오래전에 널 용서했어." 그녀가 웃는다. "그러니 제발 이제는 너도 자신를 용서해."

"응, 그런데 한 가지 네가 더 알아야 할 게 있어."

나는 오랜 세월이 지나 그녀에게 연락해 만나자고 한 이유를 밝혔다. "그러니까 내 말은, 너와 연락을 다시 하게 된 이유도 순전히 엄마의 간곡한 부탁 때문이야. 그런데 막상 연락이 닿으니, 내가 그동안 너를 얼마나 그리워하고 있었는지 깨닫게 됐어."

그녀가 아무 반응이 없다. 곧 전화를 그만 끊자고 말할 것만 같다. "너희 어머니, 정말 현명하신 분이야." 그리고 그녀가 한마디 덧붙인다. "어머니한테 감사하다고 말할 수 있으면 좋겠다."

캐리의 진심 어린 말을 들으니, 그동안 짓누르던 것들이 사라지며 마음이 가벼워진다. 그동안 부끄러움과 미안함이 이렇게 강하게 자리 잡고 있는 줄은 나도 몰랐다. 나는 젖어드는 눈 주위를 닦으며 웃는다. "그럼 이제 지난 18년간 어떻게 지냈는지 얘기해줘."

그녀가 자신이 사랑하는 사람들에 대해 이야기한다. 8년 동안 같이 지내온 그녀의 동반자 스텔라 마이어스와 입양한 세 아이. 무언가가 나를 강타하는 느낌이다. 어떻게 그렇게 오랜 세월 동안 그녀의 삶의 방식은 기이하고 이해하지 못할 것이라고 여기고 있었는지, 부끄러워진다. 솔직히, 그녀의 방식은 나의 방식보다 훨씬 전통적이라고 할 수 있다.

"캐리, 정말 잘됐다." 나는 진심으로 말한다. "그리고 부모님은 어떠셔?"

"언제나 그랬듯 별종이고 사랑스러워. 기억해? 우리 부모님이 크리스마스 때면 준비하시던 브런치?"

"물론이지. 생애 최고의 브런치였어."

"지금도 여전히 브런치를 준비하셔. 그래서 말인데, 시간 되면 남자친구랑 같이 올래? 올해는 11일, 일요일이야. 매디슨은 차로 겨우 두 시간 거리야."

많은 기억이 스쳐간다. 캐리의 아버지는 버켄스탁 샌들을 신고 한 손엔 스카치, 다른 한 손엔 캠코더를 들고 있다. 캐리의 어머니는 서툰 솜씨로 기타를 치며 크리스마스캐럴과 흘러간 포크송을 흥얼거리고 있다.

"스텔라에게 네 이야기 했어. 만나보면 너도 정말 좋아할 거야. 학교 선생님이거든. 우리 부모님도 널 만나면 정말 좋아할 거야. 아버지에게 예전의 우리 모습이 담긴 비디오도 있고. 아버지가 늘 너를 예뻐했잖아, 너희 엄마도 좋아하셨고. 제발 온다고 말해줘."

갑자기 어린 시절의 기억이 물밀듯이 밀려와 나는 대륙을 가로질러서라도 만나러 가겠다고 생각한다. 나는 수화기를 어깨에 댄 채 다이어리를 집어 든다. "갈게." 내가 환하게 웃으며 말한다. "내 일정표에 진하게 표시했어. 이번에는 정말, 케어베어, 널 만나러 갈게. 약속해."

나는 식탁 위에서 추수감사절 메뉴를 적다가 잠이 들었다. 앤드루가 집에 돌아와 그곳에서 잠들어 있는 나를 발견한다.

"이봐." 그가 나의 옆구리를 살짝 찌른다. "침대에서 자야지, 잠꾸러기."

나는 입가에 묻은 침을 닦는다. "몇 시야?"

"겨우 열시 십오 분이야. 피곤했나 보다. 침대로 데려다줄까?"

나는 탁자에서 몸을 일으키며 아직 다 적지 못한 메뉴 노트를 힐끗 본다. "올해 추수감사절 음식은 내가 준비할 거야, 엄마 집에서. 엄마가 즐겨 하시던 요리도 할 거고. 어때, 내 생각이?"

"좋을 대로 해. 내가 자기 큰오빠 부부는 여기 없을 거라는 얘기 했지?"

나는 눈살을 찌푸린다. "아니, 그건 몰랐는데."

그가 냉장고 문을 연다. "어제 자기 오빠가 메시지를 남겼어. 런던에 간다고. 사업차 가는 거래."

"추수감사절에? 제정신이야? 새언니에게 전화해서 취소하라고 해야겠어."

그가 치즈와 하이네켄 한 병을 식탁 위에 놓는다. "추수감사절 음식을 먹기 위해 그 사람들이 런던행을 포기할 거라고 기대하는 거야?"

갑자기 외로움이 파도처럼 밀려오는 느낌이다. 엄마가 돌아가시고 처음으로 맞이하는 추수감사절에 온 가족이 모여 서로를 격려하는 자리가 될 거라고 생각했는데 정작 격려가 필요한 사람은 가족 중에 오직 나뿐이라는 현실이 실감난다. 짧은 탄식이 흘러나온다.

"당신 말이 맞아. 그러면 우리랑 제이 오빠, 셸리, 아이들만 모이면 되지, 뭐." 나는 갑자기 환하게 표정을 바꾸며 앤드루를 향해 돌아선다. "그래, 내가 왜 진작 그런 생각을 못 했지? 당신 부모님도 초대하자. 오시겠지?"

"그건 어려워. 거리가 너무 멀어."

"보스턴이 뭐가 멀어?"

"그래도 나이 드신 분들에겐 부담스러워." 그가 쾅 소리가 나게 엉덩이로 냉장고 문을 닫으며 서랍을 열고 나이프를 꺼낸다.

내가 그를 물끄러미 바라본다. "우리의 앞날도 그럴까? 아이들이 커서 추수감사절에 초대를 하면, 우리도 부담스럽고 귀찮게 여길까?"

그가 아시아고 치즈를 조금 잘라 입안에 넣는다. "아이들?" 그가 한쪽 눈썹을 치켜세우며 묻는다. "아이라고 말했던 것 같은데, 한 명."

"몇 명이든. 무슨 말인지 알잖아."

그가 치즈를 삼키더니 맥주를 한 모금 마신다. "만약 아이가 생기면, 당신은 명절이 되면 그 아이랑 지내고 싶어 하겠지. 좋아, 그렇게 하라고."

입맛이 쓰다. 다음 질문의 대답은 듣고 싶지 않지만, 나는 기어코 묻는다. "그럼 당신은? 가족이랑 함께 보내지 않을 거야?"

"맙소사!" 그가 맥주병을 화강암으로 된 조리대 상판에 탁 내려놓는다. 그의 분노가 치솟듯 맥주병에서 거품이 인다. "진짜 더 이상은 못 참겠어. 아이 갖자는 거 찬성하는 것만으로는 모자란다는 거야? 그럼 나보고 클리프 헉스터블(미국 시트콤 〈코스비 가족〉의 아버지 캐릭터—옮긴이) 같은 아빠라도 되라는 거야?" 그가 손가락으로 나를 가리키며 묻는다. "이건 모두 당신 생각이야, 브렛. 당신과 당신의 이상한 엄마. 지금 그 빌어먹을 동화를 실현시키기 위해 내 삶을 전부 바꾸고 있잖아, 브렛. 그런데 아직도 부족한 거군."

"당신이 날 위해 해주는 것들에 대해 고맙게 생각해, 정말이야." 턱이 떨리는 걸 보이고 싶지 않아 나는 손으로 얼른 턱을 감싼다. "원해서 하는 일이 아니라는 건 알아."

불편한 침묵이 흐르며 목을 죈다. 그가 손에 든 맥주병을 뚫어지게 쳐다보더니 손으로 얼굴을 쓸어내린다. "다음에 얘기하자. 오늘 하루 밖에서 너무 힘들었어."

나는 고개를 끄덕인다. 하지만 '다음'이 조만간이어야 한다는 건 분명하다. 그가 나의 꿈을 함께 이뤄주기 바라는 것은, 내가 그의 꿈을 함께 이뤄주길 바라는 게 이기적이었던 것과 똑같이 이기적인 일이므로.

금요일 오후고, 더군다나 피터가 내 감정을 마구 휘둘러댈 것을 뻔히 아는데도 불구하고 그 아이와의 수업을 마지막 일정으로 잡지 못했다. 피터의 엄마가 나를 피터가 앉아 있는 식탁으로 안내한다. 방에서 주방까지 오기 위해 전쟁을 치르지는 않았지만, 피터는 그의 엄마와 달리 불친절하고 음울해 보인다. 그의 엄마는 오늘 거실에 앉아 텔레비전 토크쇼 소리와 지독한 담배 냄새로 수업을 방해한다.

나는 가방을 뒤적여 대수학책을 찾는다. "오늘은 수학을 공부할 거야, 피터. 대부분의 6학년 학생은 대수학을 안 하는데, 넌 벌써 높은 단계에 접어들었으니 자랑스러워해야 해."

나는 다항식에 관한 장을 찾아 펼친다. "키퍼 선생님이 오늘은 다항식 문제를 공부하라고 하던데. 먼저 1번 문제를 살펴보자. 한번 해볼래?"

펼쳐진 페이지를 물끄러미 쳐다보던 피터가 눈살을 찌푸리며 머리를 긁적인다. "너무 어려워요." 그가 내게 책을 슬쩍 들이민다. "선생님이 해봐요."

나를 바보 취급 한다는 걸 알고 있다. 키퍼 선생님 말에 의하면 피터는 이런 문제쯤은 쉽게 풀 수 있는 아이란다. 그럼에도 나는 연필과 종이를 찾아 든다. "내가 다항식 문제를 풀어본 지는 오래됐지만." 나는 문제를 종이에 옮겨 적으며 미리 수업 준비를 못 한 자신을 꾸짖는다.

나는 결국 계산기를 찾아 가방을 뒤적인다. 숫자를 입력하고 종이에 적고 지우기를 반복하며 더 많은 숫자를 계산기에 눌러대고 또 지우기를 반복한다. 내가 끙끙대는 동안 피터의 얼굴에는 거드름을 피우는 듯한 미소가 떠오른다.

5분 정도가 흘렀을까. 결국 답을 찾았다. 성취감에 휩싸여 나도 모르게 안도의 한숨을 내쉰다. 나는 이마를 탁 치며 그를 향해 고개를 돌린다.

"풀었어. 정답은 $8x^{-4}$분의 $3y$." 나는 그가 볼 수 있게 종이를 바짝 들이민다. "어떻게 답을 얻었는지 설명할게."

그가 마치 거만한 교수처럼 종이에 코를 바짝 들이대며 보더니 "마이너스를 플러스로 바꿨어요?"

얼굴이 화끈거리고 나는 정답을 다시 본다. "바꿨느냐고…….
그러니까……. ~~무 ㄴ 싯ㅣ아, 네가~~……."

피터가 한숨을 내쉬며 말한다. "다항식에서 몫을 구할 때는 음수를 양수로 바꿔야 하잖아요. 그러니까 마이너스 분자가 플러스 분모가 되는 거죠. 그건 아시죠? 그러니까 정답은 $8x^8$분의 $3y$

죠."

나는 팔꿈치를 탁자에 기댄 채 관자놀이를 지그시 누른다.
"응, 물론 그렇지. 네 말은 하나도 틀리지 않아. 잘했어, 피터."

내가 쳐다볼 때까지 피터는 자신의 팔꿈치를 쓱쓱 소리가 날
정도로 긁는다.

"더럽게 가렵네." 그가 눈동자도 흔들리지 않고 나를 뚫어져라
바라보며 말한다.

분명 내 귀에는 '더럽게 못하네'로 들린다.

흰색 외벽이 허름해 보이는 집을 벗어나자 하늘 한쪽이 잿빛
으로 변하며 어두워진다. 나는 몇 블록을 지나 사람의 그림자도
보이지 않는 삭막한 놀이터 근처에 차를 세우고 가방에서 휴대
전화를 꺼낸다.

"안녕하세요, 박사…… 개릿. 저 브렛이에요."

"아, 지금 막 당신을 생각하고 있었는데, 오늘 수업은 어땠나
요?"

나는 머리를 머리받이에 기댄다. "〈당신은 7학년 학생보다 똑
똑한가요?〉 프로그램에 나가서 진 기분이에요."

그가 웃는다. "6학년 학생을 맡고 있다는 거 잊지 마세요. 자만
하다가 큰코다칠 수 있어요."

수업 시간의 황당했던 기억을 뒤로하고 웃음이 터진다. 나는
솔직하게 수학 시간에 피터와 있었던 일을 소상하게 들려준다.
내가 배우긴 했지만.

"피터가 마이너스를 플러스로 바꿨느냐고 묻는데 당최 무슨 소린지 못 알아듣겠더라고요. '헐! 뭘 바꿔?'라는 눈빛으로 쳐다보기만 했죠."

그가 깔깔대며 웃는다. "그런 적 있어요, 나도 경험했다니까요. 아주 똑똑한 아이에게 창피를 당했어요."

"아마 피터는 학교에서 예산 부족 때문에 교사 대신 학교 식당 종업원을 보냈다고 생각했을 거예요."

"학교에서 보낼 수 있는 최고의 교사를 보낸 거죠. 그건 장담해요."

움츠러들었던 마음이 조금 풀어진다. "내 생각엔 피터가 당신 같은 의사를 만난 게 행운 같은데요. 그럼 두 번째 황당한 얘기 해줄까요?"

"물론이죠, 영광입니다."

나는 그에게 피터가 팔꿈치를 긁으며 중얼거린 일에 대해 들려줬다. "분명 그 애가 날 보고 '더럽게 못하네'라고 한 거라니까요."

"분명 그 애의 말은 사실과 전혀 다를 거예요."

내가 웃으며 말한다. "그래요, 당신은 날 만난 적이 없으니 그렇게 생각할 수도 있겠죠."

그가 내 말이 끝나기 무섭게 키득거린다. "하지만 언젠가는 만나고 싶네요. 그날이 되면 내 등에 혹이 있다는 사실도 당신이 알게 되겠죠."

엉망으로 망가졌던 기분이 백배는 나아진 것 같다. "고마워요.

당신은 정말 좋은 의사인 것 같아요."

"그래요, 당신은 날 만난 적이 없으니 그렇게 생각할 수도 있
겠죠."

우리는 누가 먼저랄 것 없이 웃음을 터뜨린다. "그래요, 이만
끊어야겠네요. 주말인데 시간을 너무 뺏을 수는 없죠." 그가 말
한다.

슬픈 감정이 내 안에서 휘몰아치는 느낌이다. 나는 그에게 빈
집에 들어가느니 차가운 차 안에서 당신과 계속 통화하고 싶다
고 말하고 싶은데, 내 입에서는 "네, 그럼 끊을게요"라는 말이 나
온다.

작은 눈송이가 11월의 회색빛 하늘을 가르며 휘날린다. 포레
스트가를 지나며 잎을 떨군 채 일렬로 서 있는 오크나무들을 본
다. 마른 가지들이 서로 찌르며 엉킨 채 겨울을 나고 있는 모습이
마치 서로를 몹시도 원하는 연인들처럼 느껴진다. 여름 내내 곱
게 단장한 정원은 눈 속에 고요히 묻혀 있고 인도와 차도는 깔끔
하게 정리되어 있다. 몇 주 전에 나는 장중한 품위를 갖춘 튜더양
식의 저택을 지나며 황홀한 시선으로 그 집을 바라보았다. 목가
적인 분위기를 풍기는 에번스턴 지역과 나를 불안하게 하는 학
생들이 사는 사우스사이드 지역 길거리가 오늘은 현저한 대조
를 이루고 있다.

셸리와 내가 주방에 있는 식탁에 앉아 가볍게 카베르네 와인
과 브리 치즈를 즐기는 동안 제이 오빠와 트레버는 뒤뜰에서 눈

사람을 만든다. "이 치즈 정말 맛있다." 내가 한 조각을 더 자르며 말한다.

"유기농이야." 셸리가 말한다.

"그래? 치즈는 다 유기농 아닌가?"

"아니. 이 치즈는 풀을 먹여 키운 소의 젖으로 만든 거야. 이것도 다 동네 아줌마 부대에게 배운 거야."

"거봐, 집에서 애 키우는 일이 지적으로 아무런 자극도 안 된다더니."

셸리가 어쩔 수 없다는 듯이 눈을 찡긋하더니 그녀의 잔에 카베르네를 더 따른다. "이 동네 엄마들하고 잘 안 맞아. 입만 벌리면 아이들 얘기, 그것도 나쁘지는 않지. 그런 걸 나쁘다고 말할 사람이 누가 있어? 그런데 내 말 들어봐. 내가 어떤 엄마에게 무슨 책을 읽고 싶으냐고 물었더니, 두 번 생각하지도 않고 닥터 수스의 동화책이라고 하더라고."

"『초록 달걀과 햄』이 술술 넘어가는 책이기는 하지." 내가 웃음을 터뜨리며 말한다.

셸리도 법석을 떨며 말한다. "『호튼』의 반전도 정말 죽여주잖아!"

우리는 바닥에 뒹굴 것처럼 깔깔거린다. 그런데 셸리의 웃음이 눈물로 바뀐다. "난, 정말 우리 아이들을 사랑해." 셸리가 턱까지 흘러내린 눈물을 닦으며 말한다. "그렇지만—"

뒷문이 열리며 트레버가 주방으로 뛰어 들어온다. "눈사람 다 만들었어요, 브윗 고모."

셸리가 몸을 획 돌린다. "브웻이 뭐야? 브렛!" 그녀가 날카롭게 말한다. "R. 발음이 안 돼?"

트레버의 얼굴이 하얗게 질리더니 울먹이며 뒤뜰로 나간다. 내가 그녀를 보며 소리친다.

"셸리, 트레버는 겨우 세 살이야. R 발음이 완전하지 않을 때라고. 언어치료사가 그것도 몰라?"

"전직 언어치료사지." 그녀가 의자에 길게 몸을 기대며 앉는다. "이젠 아무것도 아니야."

"아니, 넌 엄마잖아. 그게 가장 중요해—"

"엄마 노릇도 제대로 못 해. 내가 트레버에게 소리 지르는 거 봤지?" 셸리가 고개를 숙인다. "돌아버릴 것 같아. 아이를 키우며 집에 있다는 데 대해 감사해야 하는데, 아이들 데리고 가는 모임에 한 번만 더 가면 아마 난 정말 돌아버릴 거야."

"다시 직장으로 돌아가." 내가 작은 소리로 말한다.

그녀가 이마를 짚는다. "남편도 내게 관심이 없고."

"뭐, 그게 무슨 말이야?"

셸리가 치즈 한 조각을 잘라 뚫어져라 바라보더니 다시 접시에 놓는다. "이제 남편과도 할 얘기가 없어. 지루하고 지쳤어. 이러다 엄마 자리도 해고당할 것 같아."

"다시 직장으로 돌아가."

"이제 겨우 몇 달 지났어. 견딜 만큼 견뎌봐야지."

"그럼 둘이 여행이라도 갔다 와, 아이는 놔두고. 열대의 뜨거운 태양이 내리쬐는 섬으로. 작은 우산이 얹어진 칵테일 마시면서 햇살을 온몸으로 받는 거야."

셸리가 팔을 들어 올리며 옆구리를 바라본다. "이런 몸에 수영복을 입고 기분 내라고?"

내가 시선을 돌린다. 불쌍한 셸리. 옆구리 살이 늘어지는 만큼 아이큐가 줄어든다고 느껴지는 것보다 안 좋은 상황이 뭐가 있을까? "그러면 카리브해는 건너뛰고, 뉴욕이나 토론토는 어때? 눈도 보고 쇼핑도 하고, 방해받지 않고 섹스도 하고."

그녀가 드디어 웃는다. 주방으로 가서 달력을 들고 온다. "내 생일이 2월이니까 그때 여행 가면 좋겠다. 재미있는 곳도 좋겠다, 뉴올리언스 같은 데 말이야."

"좋아. 달력에 적어놓고 실천해. 아, 달력 보니까 생각나는데, 이번 추수감사절 때 엄마네서 다 모이면 어때? 그러면 엄마도 우리와 함께 있는 것 같을 테니까."

셸리가 눈썹을 치켜세운다. "그럼 어머님 용서한 거야?"

내가 고개를 흔든다. "아니. 내 출생 비밀에 대해 돌아가시기 전에 말하지 않은 게 생각날 때마다 화가 나, 엄청. 그래도 엄마인걸. 이번 명절 때 엄마와 함께하고 싶은 마음이 들어."

셸리가 입술을 깨문다. "말하려고 했는데, 실은 패티가 댈러스로 우리를 초대했어."

너무도 실망스러워 가슴이 수직으로 하강하는 느낌이지만 아무 말도 하지 않는다.

"브렛, 3년 동안 우리 가족이랑 추수감사절을 보내본 적이 없잖아. 죄책감 느끼게 하지 말아줘."

내가 고개를 젓는다. "미안해. 당연히 가야지. 네가 없으면 허전할 거야. 그것뿐이야."

셸리가 내 손등을 가볍게 다독인다. "앤드루가 함께하잖아. 형님네도. 재미있을 거야, 그렇지?"

"실은 조드 오빠는……." 나는 말을 꿀꺽 삼킨다. 셸리가 더 죄책감을 느끼게 할 생각은 없다. "그럼, 재미있을 거야."

13장

추수감사절 전날, 나와 앤드루는 신선한 칠면조와 디브이디 세 개, 와인 두 병, 그리고 앤드루의 노트북을 차에 싣는다. 필요한 다른 것들은 이미 엄마 집 주방에 가져다 놓았다. 주차장에서 나가자마자 빙판에 차가 반대편 인도 경계석을 살짝 비켜 가며 스키를 타듯 미끄러진다.

"제길!" 앤드루가 운전대를 바짝 잡고 차를 안쪽으로 움직이려고 애쓰며 소리친다. "이런 날씨에 왜 굳이 당신 어머니 집까지 가느라 이 짓인지 모르겠어. 여기서 하면 좋잖아?"

여기? 앤드루는 우리가 같이 사는 로프트를 '우리' 집이라고 부른 적이 없다. 엄밀히 말하면 그러는 게 맞는다. 그의 명의로 되어 있으니까. 그 이유 하나만으로도 내가 엄마 집으로 가자고 하는 이유는 정당하다. 요즘에는 엄마의 붉은 벽돌집만이 내게

204

집이라는 느낌을 주니까.

5킬로미터를 가는 데 거의 30분이 소요됐다. 1분이 지날 때마다 앤드루의 감정이 격해진다. "날씨가 점점 험악해져. 우박 내리는 것 좀 봐. 다시 돌아가자고."

"오늘 미리 준비해야 해. 음식 재료는 다 엄마 집에 있어."

그의 숨소리에 악담이 배어 있는 것만 같다.

"거의 다 왔잖아. 엄마 집에 도착하면 후회하지 않을 거야. 벽난로에다 마시멜로를 굽고, 카드놀이도 하고. 낱말 만들기 게임도 하고……."

그의 시선은 도로에 고정되어 있다. "잊지 마, 우리 중 한 사람은 일을 해야 한다는 걸." 그가 나를 바라보지도 않고 내 다리를 꽉 잡으며 말한다. "당신 올케한테 얘기 좀 해봤어?"

그가 볼링거코스메틱에서 일하고 싶다는 이야기를 꺼낼 때마다 속이 탄다. "런던에 있잖아, 알고 있지?"

"어제 떠났잖아. 월요일에 전화 안 했어?'

"여행 갈 준비로 바빴잖아."

그가 내 말에 고개를 끄덕인다. "그럼 다음 주에 얘기하는 거지?"

바로 앞에 엄마의 집이 폭풍 속에 반짝이는 등대처럼 다가온다. 앤드루가 길가에 차를 세운다. 나는 한숨을 내쉬며 차 문을 연다. "아, 드디어 도착했다."

나는 마트에서 사온 것들을 손으로 꽉 움켜쥐고 현관으로 오른다. 차 안에서 대답하지 못한 질문들이 집 안까지 따라오지 않길 바라며.

크랜베리소스를 다 만들고 피칸파이를 오븐에 밀어 넣는다. 엄마가 이 집에 살았을 때처럼 친숙한 냄새가 집 안을 가득 채운다. 앞치마를 벗어 의자 위에 아무렇게나 던져놓고 거실로 천천히 걸어간다. 마일스 데이비스의 노래가 스피커에서 흘러나오고 벽난로의 따뜻한 황색 불빛과 엄마가 아끼는 베네치아 램프에서 잔잔한 불빛이 흩어져 실내를 적시고 있다. 나는 앤드루가 노트북을 두드리고 있는 소파로 다가가 앉는다.

"무슨 일 하는 거야?"

"새로 나온 매물이 있나 보는 거야."

가슴이 조여온다. 다시 집 이야기다. 매물로 올라온 사진 속의 집들을 보니 숨이 막힌다. 나는 모니터를 보면서 머리를 그의 어깨에 살짝 기댄다. "집값이 대출액보다 떨어지다니 유감이야."

"메건은 자기가 무슨 얘길 하는지도 모르는 것 같아."

"좀 작은 집이 좋지 않을까? 모은 돈이 적으니, 우리 예산에 맞는."

"그렇게 통이 작은 줄 몰랐네. 행운을 거머쥘 때가 곧 오잖아?"

위장이 꼬이는 듯 날카로운 통증이 나를 강타한다. 피하고 싶은 마음이 간절하지만, 몇 주 동안 내 안에서 나를 애타게 했던 질문이 솟구쳐 나를 아프게 한다.

"앤드루, 만약에 내가 유산을 못 받으면? 그래도 여전히 내가 그 목표들을 이루도록 도와줄 거야?"

그가 고개를 들더니 얼굴을 험하게 구긴다. "지금 나 시험하는 거야?"

"아무것도 못 받을 가능성이 있어, 알잖아. 난 아버지가 어디 있는지도 몰라. 엄마가 꽁꽁 숨긴 얘기들이니 당연히 모르지. 내가 임신하지 못할 수도 있고."

그가 고개를 돌리며 다시 컴퓨터 화면을 뚫어져라 본다. "그러면 법정으로 가서 싸워야지. 우리가 이길 거야."

'그만. 이거면 충분해. 네가 자꾸 그렇게 부담을 주면 그의 화를 돋우는 결과밖에 더 있어?'

"그러니까 나를 도와주겠다는 의미지?" 심장이 갈비뼈 부근에서 꼭 조여드는 기분이다. "재산상속과 상관없이."

그의 눈동자가 분노로 번뜩인다. "내가 지금 당신 돈을 보고 이런다고 생각해? 내가 회사에 자리 좀 알아봐달라고 해도 도와주겠다는 말 한마디 없어, 당신은. 적어도 나는 당신이 원하는 건 들어주려고 해. 개 키우는 것, 선생님 되는 것, 그 이상한 라이프 리스트 말이야. 나는 그 대가로 단 한 가지만 요구하는 거잖아. 당신 가족 회사에 들어가 정당하게 월급 받고 일하겠다는 거."

두 가지 생각이 스친다. 앤드루의 말이 옳다. 마지못해 하든 적극적으로 하든 상관없이, 내가 요구하는 걸 앤드루는 다 들어주었다. 그런데 왜 나는 만족하지 못하는 걸까?

"그 일이 생각만큼 쉽지 않아." 나는 앤드루의 손을 잡으며 말한다. "엄마가 그 의견에 반대했잖아. 엄마는 신중한 사람이야. 회사에 관해서는 잘못된 결정을 내린 적이 거의 없고."

그가 내 손을 날카롭게 뿌리친다. "어머니가 앞으로도 우리 삶을 평생 지배한다는 거야?"

나는 손가락으로 목걸이를 만지작거린다. "아니…… 아니야. 결국에는 새언니가 결정하겠지."

"말이라고 해? 지금 당신이 그런 힘도 없다고 말하는 거야?" 그가 나를 노려보며 말한다. "난 당신이 목표들을 이룰 수 있도록 최선을 다해 돕고 있어. 당신도 나를 도울 건지 알고 싶어."

나는 시선을 피한다. 그의 부탁이 억지라는 생각은 들지 않는다. 그에게 돕겠다고 말하는 것도 어렵지 않다. 새언니에게 월요일에 전화하면 한두 주 안에 회사에 자리를 만들어줄 것이다. 어찌 되었든 앤드루는 변호사고, 회사 법률자문팀이나 회계나 인사 부서에서 일하면 문제는 해결된다. '좋아, 당신을 도울게.' 간단히 말하고 엉망이 된 기분을 바꿀 힘이 내게는 있다.

"아니." 내가 작은 목소리로 대답한다. "당신을 도와줄 수 없어. 엄마의 의견을 무시하면서까지 당신을 도울 수는 없어."

그가 소파에서 몸을 일으킨다. 그를 잡으려고 뻗은 내 손을 그가 마치 살갗을 덴 것처럼 빠르게 뿌리친다. "당신은 예전에 뭐든 내 의견에 동의하고 쉽게 따라오는 사람이었어. 내가 사랑한 사람은 지금의 당신이 아닌 것 같아."

그의 말이 옳다. 지금 나는 예전의 내가 아니다. 나는 턱까지 흐르는 눈물을 닦는다. "미안해, 오늘 밤 분위기를 엉망으로 만들 마음은 없었어."

그가 거실을 가로질러 왔다 갔다 하며 머리카락을 신경질적으로 움켜쥔다. 뭔가 결정을 내릴 때의 버릇이다. 그는 내가 자기 삶의 일부인지 아닌지를 결정할 것이다. 나는 순간적으로 무기력해지며 그를 바라보고 서 있다. 말도 안 나오고 숨쉬기도 힘들다. 작은 창가 앞에서 걸음을 멈춘 그의 등이 보인다. 짓누르고 있던 분노마저 다 사라진 어깨가 축 처져 있다. 그가 나를 향해 돌아선다.

"오늘 밤 분위기를 망쳤다고? 아니, 당신은 지금 당신의 인생을 망쳤어."

엄마 침대에서 자는 것이 반역 행위처럼 여겨진다. 결과적으로 엄마는 내게 적이 되어버렸으니까. 엄마 때문에 나는 일과 집과 모든 희망을 잃었다. 앤드루가 나를 힘들게 한 것은 사실이다. 때로는 얼간이처럼 굴기도 했다. 그래도 그는 나의 얼간이였다. 그 없이 임신이 가당키나 한가?

이불을 아래층으로 끌고 내려와 소파 위에 내던진다. 어두침침한 실내에 희미하게 흘러 들어온 가로등 불빛에 익숙해지길 기다린다. 한쪽 벽에 엄마의 사진이 눈에 들어온다. 2년 전, 엄마가 시카고 지역 여성 사업가에게 주는 상을 받을 때 찍은 사진이다. 반백의 머리를 남자처럼 짧게 자른 모습이 표지 모델처럼 멋지다. 나는 그런 엄마의 모습을 보고 이 세상에 핼리 베리와 엄마 빼고 그런 머리가 어울릴 사람은 없을 거라고 말했다. 엄마는 정말 멋졌다. 약간 튀어나온 광대뼈에 적당히 그은 티끌 없는 피부. 사진을 볼 때마다, 사진사가 엄마의 얼굴만 담은 게 아니라 그 뒤에 숨겨진 현명함과 침착함까지 포착했다고 생각했다. 나는 벌떡 일어선다. 거실을 가로질러 가 사진을 떼어 소파 앞에 있는 커피 탁자 위에 쾅 소리가 나도록 내동댕이친다. 조금 진정한 후에 이불 위에 주저앉아 엄마의 사진을 노려본다.

"내 인생 망칠 계획을 세운 거예요, 엄마? 엄마가 진정으로 원한 게 이거였어요?"

엄마의 초록색 눈동자가 내 가슴을 찌르며 파고든다.

나는 사진을 내 쪽으로 바짝 끌어와 엄마의 얼굴을 뚫어지게 바라본다. "엄만 도대체 누구예요? 내게 거짓말한 것도 모자라 이제 앤드루까지 잃게 했어요. 내 꿈들을 이룰 수 있게 도와줄 유일한 사람이었는데."

눈물이 흘러 귓속까지 젖어드는 느낌이다. "이제 나는 완벽하게 혼자예요. 나이도 많고요." 나이가 많다는 말에 목이 멘다. "엄마가 맞았어요. 솔직히 정말 아이를 원했어요. 그리고 이제…… 이제 잔인한 농담처럼 그 꿈도 사라졌지만요."

나는 액자를 똑바로 들고 엄마의 미소 띤 얼굴을 쿡 찌른다. "이제 행복하세요? 솔직히 앤드루 싫어했죠? 엄마가 원하는 대로 됐네요. 이제 그는 자기가 원하는 길로 갔어요. 떠났다고요. 이제 내 옆엔 아무도 없어요." 나는 엄마의 얼굴이 바닥을 향하도록 액자를 뒤집어 커피 탁자에 있는 힘껏 내리친다. 유리가 깨지고도 남았을 테지만 확인하고 싶지 않다. 나는 몸을 웅크리고 잠들 때까지 울음을 멈출 수 없다.

감사하게도, 창을 통해 흘러 들어온 새벽 햇살이 밤새 자다 깨다를 반복한 몸을 일으키게 해준다. 나는 먼저 구겨진 이불 아래로 손을 뻗어 더듬는다. 휴대전화를 찾아 메시지가 들어온 것이 없나 확인한다. 이해할 수 없는 노릇이지만, 앤드루에게 메시지가 왔을지도 모른다는 희망을 버리지 않는다. 액정을 확인하니 메시지가 달랑 하나, 브래드에게 온 것뿐이다. 태평양표준시로 자정에 보내온 메시지. '추수감사절 즐겁게 보내요!'

나는 곧 '당신도요'라고 쓴다. 그는 제나와 함께 샌프란시스코에 있다. 그가 몹시도 보고 싶다. 만약 그가 이 도시에 있다면 그를 저녁 식사에 초대했을 것이다. 그에게 마음을 털어놓고 나도 그의 고민을 들어주고 싶다. 앤드루와 나처럼 그도 제나와 힘든 시간을 보내고 있다. 그는 "한순간에 사랑에 빠져 자석같이 달라붙어 있던 커플도 어느새 서로에게서 멀어지죠"라고 말한다. 우리는 칠면조 속에 넣을 세이지 잎을 준비하면서 와인을 마실 것이다. 큰 소리로 웃어젖히고, 배 부르게 먹고, 디브이디도 보고……. 내가 앤드루와 함께하려고 계획했던 모든 것을 브래드와 함께하는 상상을 하는 동안 나는 어떤 압박감이나 어색함 없이 편안하고 자연스러운 감정에 젖는다.

브래드에게 문자를 보내기 위해 전송 버튼을 막 누르려고 하는데 사진이 아래를 향한 채 커피 탁자에 놓인 액자가 눈에 들어온다. 나는 액자를 들어 올린다. 엄마의 눈동자가 내가 악을 쓰고 소리 지른 것까지 다 용서하겠다는 듯이 나를 본다. 눈에 뜨거운 것이 차오른다. 나는 키스한 손가락을 엄마의 볼에 갖다 댄다. 액자 위에 내 손자국이 남는다. 오늘은 엄마의 얼굴이 내게 용기를 북돋아준다. 내 팔을 슬쩍 찌르며 앞으로 나아가라고 독려하는 듯한 표정이다.

나는 브래드에게 보낼 문자를 가만히 응시한다. 집게손가락이 전송 버튼 위에 놓여 있다. 마치 스스로의 힘으로 움직이는 것처럼 손가락이 다시 휴대전화 자판으로 옮겨지더니 한 문장을 더 쓴다.

'보고 싶어요.'

나는 전송 버튼을 꾹 누른다.

이제 겨우 아침 여섯시다. 시베리아의 황무지처럼 삭막한 하루가 내 앞에 놓여 있다. 메시지가 왔는지 확인하기 위해 전화를 집어 들자 스스로에게 화가 치민다. 무거운 걸음으로 거실을 가로지른다. 둔탁한 쿵쿵 소리가 페르시아산 카펫 위에 내려앉는다. 의자에 털썩 앉으며 관자놀이를 문지른다. 만약 이런 기분으로 30초마다 전화나 만지작거리고 있으면 바로 미칠 것이다. 나는 재킷과 스카프를 챙겨 들고 엄마가 신던 부츠에 발을 밀어 넣고는 현관문을 밀치고 나간다.

동쪽 하늘에 분홍색과 주황색이 슬며시 고개를 들며 암회색 구름을 밀어내고 있다. 찬 공기가 어찌나 매서운지 숨이 멎을 것만 같다. 스카프로 코를 감싸고 모자를 뒤집어쓴다. 레이크쇼어 드라이브 건너편, 미시간 호수에서 윙윙거리는, 신음 같은 세찬 파도 소리가 내게 인사를 건넨다. 성난 파도가 기슭에 닿았다 흩어지는 소리가 커졌다 작아졌다 한다. 나는 손을 코트 깊숙이 집어넣고 정처없이 레이크프런트 트레일을 따라 걷는다. 여름내 운동광들과 관광객들을 끌어모으던 길이 오늘 아침에는 모든 고객을 잃었다. 그런 생각을 하니 이 도시의 모든 사람들이 가족, 친구들과 함께 추수감사절을 보내고 있다는 사실이 떠올라 우울해진다. 다들 커피와 베이글을 먹으며 이야기를 나누고 셀러리와 양파를 다지며 칠면조구이를 준비하고 있겠지.

나는 드레이크 호텔 모퉁이를 돌아 남쪽으로 향한다. 텅 빈 대관람차가 눈에 들어오는데, 기다란 부둣가에 반지를 끼운 것 같은 모습이다. 버려진 대관람차가 내 기분처럼 쓸쓸해 보인다. 이제 나는 영원히 혼자일까? 내 또래의 남자들은 이미 결혼했거나 이십대 여자들과 연애 중일 것이다. 연애라는 메뉴 앞에 나는 버려진 음식 같다.

조깅하는 사람이 나를 향해 뛰어온다. 그의 손에 래브라도의 목줄이 팽팽하게 쥐여 있다. 나는 그들이 편히 지나갈 수 있게 한쪽으로 비켜서고 개가 다정한 눈으로 나를 쳐다본다. 조깅하는 사람이 내 앞을 지나가자 나는 몸을 돌려 그를 본다. 검은색 언더아머 운동복 차림임에도, 어딘가 낯설지가 않다. 그도 뒤를 돌아본다. 순간 둘의 눈길이 멈춘다. 그가 다시 뜀까 내게 말을 걸까 고민하는 듯 약간 망설이더니 뛰는 게 더 낫다고 여겼는지 웃으며 팔을 약간 들어 내게 인사를 건넨 다음 몸을 돌려 뛰어간다. 나는 그가 멀어지는 모습을 지켜본다. 그러자 불쑥 기억 하나가 튀어나온다. 버버리맨이다, 열차에서 이야기를 나누고…… 아파트에서 나오다 만났던! 아니, 맞나?

"잠깐만요!" 내가 소리치지만 목소리가 파도 소리에 쓸려 사라진다. 그를 따라 달려간다. 지난번에 마주쳤을 때 나는 점심 약속이 있다며 커피 마시자는 제안을 거절했다. 이제 나는 싱글이다. 그를 잡아야 한다! 헐렁한 부츠가 내 뜀박질을 방해한다. 그가 50미터쯤 앞서 달리고 있다. 더 빨리 뛰자! 부츠 속 발가락 사이에 갑자기 뭔가가 끼어 나는 뒤뚱거리다가 엉덩방아를 세게 찧으며 넘어진다. 나는 차가운 시멘트 바닥에 주저앉아 버버리맨이 둥글게 원을 그리며 사라지는 모습을 바라본다.

맙소사, 나는 아까보다 더 비참해진다. 앤드루와 바로 어젯밤에 헤어졌는데 바로 다음 날 아침에 누군가를 쫓아가다니! 맞아, 쫓아갔지, 이름도 모르는 남자의 뒤를. 이보다 더 비참해질 수 있을까? 생물학적 시계가 주는 스트레스로는 모자랐는지 엄마가 내년 9월이면 터질 시한폭탄을 등 뒤에 묶어놓은 거야.

시카고의 전형적인 11월의 아침이 열린다. 눈부신 태양을 인질로 잡고 짙은 회색 구름들이 온통 하늘을 뒤덮을 기세다. 나는 산책을 끝내고 엄마의 집으로 어슬렁어슬렁 걸어 들어온 그때 하루가 정식으로 시작되었다고 여기기로 한다. 싸락눈이 모직 코트에 닿기 무섭게 녹아 사라진다. 엄마 집의 현관으로 이어진 붉은 벽돌 계단을 오르면서 오늘 추수감사절을 혼자 보낼 수밖에 없으리라는 불길한 예감이 나를 덮는다. 혼자 있고 싶지 않아. 영화에 나오는, 혼자 먹을 추수감사절 음식을 준비하는 불쌍한 배우는 되고 싶지 않다고.

나는 어젯밤에 준비한 것들이 어지럽게 펼쳐진 식탁을 정리한다. 엄마가 아끼던 냅킨과 식탁보도 정성스럽게 접어 다시 넣는다. 3년 전 우리가 아일랜드에 갔을 때 손으로 수놓은 것들을 엄마가 샀고, 우리는 중요한 가족 모임이 있을 때만 그것들을 사용했다. 자꾸 눈물이 난다. 명절 때 북적거리며 모이던 가족 모임이 이렇게 빨리 사라질 줄이야.

자신을 학대라도 하려는 걸까, 나는 앤드루와의 관계에서 뭐가 잘못됐는지 생각해본다. 나는 정말 사랑스럽지 않은 여자일까? 다시 눈물이 솟구친다. 나는 그가 나 없이 살아갈 나날을 떠올린다. 그를 행복하게 해줄, 티끌 하나 없이 완벽한, 그가 정말 결혼하기 원하는 여자와 만나는 모습을.

나는 눈물을 흘리며 칠면조를 손질해서 오븐에 밀어 넣는다. 엄마가 즐겨 만들던 고구마 캐서롤을 만들기 위해 기계적으로 고구마 껍질을 벗기고 안에 넣을 재료들을 다듬는다. 파이에 넣을 과일까지 다 깎아 준비를 마칠 때쯤, 나는 더 이상 울지 않는다.

세 시간이 흐른 후, 나는 세상에서 가장 맛있게 구워진 칠면조를 오븐에서 꺼낸다. 겉은 기름기가 반들반들하고 노릇노릇하게 잘 익었고 바닥에는 즙이 흘러내려 작은 거품이 일고 있다. 그다음 나는 고구마 캐서롤을 꺼내 거기에 잘 어울리는 견과류와 계피 가루로 장식한다. 냉장고 문을 열고 준비한 크랜베리소스와 과일 샐러드를 꺼낸다. 토마토를 마저 썰어 샐러드에 넣고 파이 옆에 놓는다. 나는 그것들을 모두 두 번씩 꼼꼼하게 포장한 다음

지하에서 찾아낸 상자와 피크닉 바구니에 옮겨 넣는다.

가면서 여호수아의 집에 머물고 있는 산퀴타에게 전화를 건다. 내가 도착했을 때 그녀가 입구에서 나를 기다리고 있다.

"안녕, 산퀴타. 이것 좀 들어줘, 들 수 있지?" 나는 산퀴타에게 바구니를 건네고 다시 차로 간다. "금방 올게."

산퀴타가 바구니 안을 힐끗 보면서 묻는다. "우리에게 추수감사절 음식을 가져온 거예요?"

"응."

"브렛 선생님이 이걸 가져왔어." 그녀가 같이 사는 사람들을 향해 소리친다. 그녀가 호기심을 떨치지 못하고 바구니를 활짝 열고 안을 살핀다. "우리가 아까 먹은 것과는 다른, 속에 이것저것 채워 넣은 진짜 칠면조라니까!"

차에 싣고 온 것들을 다 안으로 옮기느라 나는 세 번이나 차까지 왔다 갔다 한다. 산퀴타가 나를 도와 음식들을 주방으로 옮긴다. 그곳에 있던 모든 여자들이 설탕을 보고 모여드는 개미 떼처럼 다가온다. 대부분의 얼굴이 낯익고 몇 명의 이름은 기억난다. 사람들이 음식 주변으로 모여들자 타냐와 머세이디즈, 줄로니아가 음식들을 꺼내 펼쳐놓는다.

"와, 칠면조에 속을 꽉 채웠네. 정말 군침 돈다."

"아, 캐서롤 냄새 좀 맡아봐. 정말 맛있겠다."

"어머, 피칸파이도 있어!"

"맛있게 드세요, 숙녀 여러분!" 내가 빈 바구니들을 챙기면서 말한다. "산퀴타, 월요일에 보자."

"가지 마세요." 산퀴타가 고개를 약간 떨구며 말한다. "내 말은, 괜찮으시다면, 저희랑 같이 드시고 가셔도 된다고요."

그녀의 말에 나는 감동한다. 사람을 더 이상 믿지 않는다던 소녀가 조금이나마 내게 문을 열어주다니. 들어가고 싶은 마음은 굴뚝같지만 오늘은 자신이 없다. "고마워, 그런데 오늘 종일 힘들어서 집에 가야겠어." 집? 어느 집? 내게 집이 있나? 이곳에 빈방이 있느냐고 물어볼까?

그녀가 어깨를 쭉 펴자 무표정한 얼굴이 돌아온다. "당연히 그러시겠죠."

나는 손가락으로 눈 밑에 번진 마스카라를 닦아낸다. "내가 좀 피곤해." 나는 푸석하게 부어오른 그녀의 얼굴을 바라본다. 이마에 긁어서 생긴 상처가 보이는데, 몸에 독소가 쌓여서 나타나는 고통스러운 부작용이다. "너는 어떠니? 몸은 어때?"

"좋아요." 산퀴타가 내 눈길을 애써 피하며 말한다. "기분도 괜찮고요."

그때 현관문이 열리더니 진 앤더슨 소장이 부루퉁해 보이는 얼굴로 들어선다. 주머니가 터진 모직 코트에 큼직한 가방을 둘러맨 모습이다.

"소장님, 오늘 출근하시는 날 아니잖아요?" 산퀴타가 어리둥절한 표정으로 묻는다.

"리사가 아프다고 전화했네, 못 온다고." 그녀가 코트를 벗으며 몸을 움츠린다. "명절 때면 꼭 전화해서 결근이야, 우습지 않아?"

"미시시피에서 따님이 왔다면서요, 손주들하고." 머세이디즈가 걱정스러운 투로 말한다.

"내일까지 있을 텐데, 뭐." 그녀가 옷장에서 옷걸이를 꺼내 들며 뒤를 돌아보더니 나를 보고 화들짝 놀란다. "여긴 무슨 일이세요?" 그녀가 돌덩이처럼 굳은 얼굴로 내게 묻는다.

내가 대답하기 전에 산퀴타가 손뼉을 치며 말한다. "브렛 선생님이 속이 꽉 찬 칠면조하고 디저트를 가져왔어요. 와서 보세요."

산퀴타의 말에 그녀가 움직이지도 않고 나를 똑바로 쳐다본다. "그럼 볼일 다 끝내신 건가요, 볼링거 선생님?"

"아, 네. 끝내고 가는 길입니다." 나는 산퀴타의 어깨를 두드린다. "월요일에 보자, 산퀴타."

세 블록쯤 갔을 때 나는 끼익 소리를 내며 차를 유턴한다. 차를 길가에 세우고 현관을 향해 뚜벅뚜벅 걸어가 여호수아의 집으로 들어간다. 진이 주방에서 칠면조를 썰고 있다.

"음, 칠면조가 정말 잘 구워졌네. 머세이디즈, 식사 시작하게 식탁에 차려줄래?" 그녀의 미소가 내 얼굴을 보자 금방 사라진다.

"뭐 잊으신 거라도 있나요?"

"집으로 가세요." 나는 숨도 쉬지 않고 말한다. "오늘 밤 제가 대신 있을게요."

그녀가 나를 한 번 더 보더니 다시 시선을 돌려 칠면조를 본다.

나는 헝클어진 머리를 쓸어올린다. "이번에 취직하기 전에 모든 배경 조사를 통과했어요. 전 안전한 사람이에요. 약속해요."

그녀가 나이프를 도마 위에 내려놓으며 매서운 눈초리로 나를 쏘아본다. "왜 당신 같은 사람이 오늘 같은 명절 때 집 없는 사람들 쉼터에서 지내려고 하죠? 집에 가족이 없어요?"

"여기가 좋아요." 내가 말한다. 솔직한 심정이다. "산퀴타와 있는 것도 정말 좋고요. 우리 가족은 다들 여행 중이고, 나는 혼자예요. 그리고 소장님은, 솔직히 집에 손님들이 와 계시잖아요. 소장님이야말로 가족과 있어야죠."

"소장님, 집으로 가세요." 머세이디즈도 거든다. "우리 걱정은 말고요."

그녀가 아랫입술을 지그시 깨문다. 드디어 결심이 섰다는 듯 사무실 쪽으로 고개를 돌린다. "따라오세요, 볼링거 선생님."

그녀를 따라 사무실로 향하는 복도에서 나는 어깨 너머를 힐끗 돌아본다. 산퀴타가 팔짱을 낀 채 서서 나를 바로 보고 있다. 내가 경계를 침범한 건가? 오늘 밤 같이 있겠다고 한 게 사생활 침해일까? 그런 생각을 하며 복도를 따라가는데 산퀴타와 눈이 마주친다. 팔짱을 낀 손 하나가 풀린다. 그녀가 주먹을 꽉 쥐더니 엄지손가락을 높이 쳐든다. 응원의 메시지다. 눈물이 날 것만 같다.

오늘 밤 여호수아의 집에 수용 인원이 꽉 찼지만, 극적인 일은 일어나지 않을 거라고 한다. 소장님이 아는 한 위협적인 전 남자친구들도 없고, 중독자도 없단다. "손님들은, 우리는 여기 묵는 사람들을 이렇게 불러요, 바깥 출입을 오후 일곱시까지 할 수 있어요. 일곱시 이후 주방 사용은 금지고, 아이들은 아홉시 전에 잠자리에 들어야 해요. 텔레비전은 열한시 반에 꺼지니, 그 안에 모두 개인 침실로 들어가야 하고요." 그녀가 벽에 붙어 있는 침대를 가리킨다. "저기서 주무세요. 시트를 매일 가니까, 아침에 시트 벗기는 거 잊지 마시고요. 에이미 올레가 아침 여덟시에 오면 가실 수 있어요." 그녀가 숨을 길게 뱉어낸다. "다 말한 것 같네요. 질문 있어요?"

나는 머릿속을 오가는 사소한 질문들을 꺼내 그녀를 힘들게 할 마음이 없다. 혹시 이 가운데 좀 위험한 사람은 없나요? 이 시설 안에 경보장치는요?

"잘할 수 있어요." 나는 내가 느끼는 것보다 더 확신에 찬 말투로 대답한다. "그러니 걱정 말고 가세요."

그녀가 허리에 두 손을 얹은 채 내게 궁금한 것이 있다는 표정을 짓는다.

"동기가 뭔지는 모르겠지만, 만약 여기 있는 사람들을 조금이라도 이용하려는 의도가 있다면, 그 즉시 쫓아낼 테니까 그리 알아요. 내 말 무슨 뜻인지 알아들었죠?"

"이용이요? 아니요, 못 알아듣겠어요."

그녀가 가슴께에 바짝 팔짱을 끼며 말한다. "지난봄에 당신같이 아주 아름다운 백인 여성이 봉사자로 왔어요. 물론 받아들였죠, 받을 수 있는 도움은 더 받아야 하니까요. 그런데 일주일 있다가 촬영 기사들이 들이닥쳤어요. 그 아름다운 아가씨가 연방 항소법원 판사에 출마한다면서 홍보용 제작물 촬영차 왔더라고요. 사우스사이드의 가난한 흑인을 위해 봉사하는 이미지를 만들고 싶어 왔던 거죠. 자신이 얼마나 인정 많고 눈물도 많은지 사람들에게 알리기 위해서요."

"그런 일은 없을 거예요. 장담합니다. 약속해요."

그녀가 눈길을 거두고 책상으로 시선을 돌릴 때까지 우리는 서로를 빤히 쳐다봤다.

"집 전화번호 여기 있어요." 그녀가 포스트잇을 가리키며 말했다. "궁금한 거 있으면 전화해요."

그녀는 가방을 들더니 잘 자라거나 행운을 빈다는 말도 없이 활기찬 발걸음으로 방에서 걸어나간다. 나는 오늘 감사해야 할 이유를 생각해내려 애쓰며 의자에 털썩 주저앉는다.

14장

월요일 아침에 브래드의 전화를 받는다. 오늘 귀갓길에 그의 사무실로 올 수 있느냐고 묻는다. 오후 내내 그가 무슨 일 때문에 연락한 건지 생각한다. 그의 사무실이 있는 32층으로 올라가는 엘리베이터 안에서 아버지를 찾았다는 소식일지도 모른다는 예감이 든다. 아버지에 대한 소식이 있는 것이 확실하다는 강렬한 예감.

그가 고개를 들어 나를 보더니 얼굴에 환한 미소를 짓는다. "안녕하세요, 비비." 그가 내게 다가와 가볍게 포옹한다. "와줘서 고마워요." 그가 한 걸음 띠고 물러서며 얼굴을 약간 찌푸린 채 묻는다. "별일 없죠? 얼굴이 무척 피곤해 보여요."

"고단해서 그래요. 요즘 잠을 통 못 잤어요." 나는 창백한 입술을 손등으로 문지르며 혈색이 돌기를 기대한다. "무슨 일로 보자고 했어요?"

그가 나를 의자가 있는 곳으로 이끌더니 한숨을 내쉰다. "앉아
요." 그의 목소리가 절망스럽게 들린다. 걱정과 두려움이 차오르
는 것을 나는 억지로 밀어낸다.

"포흘론스키가 아버지를 찾았다고 하던가요?"

그가 의자를 내 곁으로 끌어당겨 앉더니 손으로 얼굴을 감싼
다. "삼진 아웃이에요."

"삼진 아웃이라뇨? 그게 무슨 뜻이에요? 가능성이 있다는 여
섯 명은 어떻게 됐어요?"

"일일이 다 전화해봤고, 그 가운데 한 명이 브렛 아버지일 가
능성이 있었대요. 1978년 여름에 시카고에 있었고. 그런데 당신
어머니를 전혀 모른다네요."

"잊었겠죠. 그런데 그분은 기타를 치나요? 저스틴이라는 바를
아느냐고 물어봤대요?"

"그 당시 드폴대학교 대학원을 다니고 있었다더군요. 저스틴
바도 들어본 적 없고, 아무 악기도 다룰 줄 모른답니다."

"빌어먹을!" 나는 의자 손잡이 부근을 내리치며 말한다. "왜 엄
마는 살아 계실 때 아버지에 대한 얘기를 숨겼을까요? 아버지에
대해 자세히 아는 사람은 엄마뿐인데. 엄마는 정말 이기주의자
예요. 나를 걱정하기보다는 자신을 보호하고 싶었겠죠." 화를 진
정시키기 위해 브래드를 향해 고개를 돌린다. "그럼 이제 포흘론
스키가 어떻게 할 계획이래요?"

"이렇게 말하면 실망스럽겠지만, 그가 할 수 있는 건 다 했어

요. 저스틴 바 주인도 찾아보려고 했는데 이미 돌아가셨다더군요. 혹시 월급 받은 기록이 있나 싶어서 세금 기록도 조사했는데, 정식 직원이 아니었는지 그런 기록조차 없다네요. 보스워스에 있는 아파트 주인도 찾아냈고요."

"아버지가 살았다던 집 주인이요? 잘됐네요. 조니 맨스라는 사람하고 임대 계약했던 자료라도 있을 거예요."

"아뇨. 없대요. 아무것도 없답니다. 그 노인은 지금 네이퍼빌에 있는 요양원에 계시는데, 조니 맨스나 브렛의 부모님에 대해 전혀 기억이 없다고 해요."

"그래도 계속 조사해야죠. 수고비는 지불할게요."

브래드가 침묵하자 긴장감이 밀려온다. 나는 다시 말을 잇는다. "어쩌면 아버지가 노스다코타에서 출생한 게 아닐지도 모르죠. 조사를 좀 더 광범위하게 할 필요가 있어요. 이름 철자도 다르게 해서 찾아보고."

"브렛, 그 사람이 할 수 있는 만큼 다 했어요. 정보가 너무 없어서 더 이상의 조사는 불가능하대요."

나는 팔짱을 가슴께로 바짝 낀다. "포흘론스키, 이 사람에게 신뢰가 안 가요. 뭘 어떻게 해야 하는지 모르는 것 같아요."

"원한다면 다른 사람을 찾아봐요. 그 전에 이 기록들 좀 봐요." 그가 내게 서류 뭉치를 건넨다. 존, 조너선, 조너슨, 그리고 주니까지 가능한 모든 이름을 조사한 내용이다. 어떤 이름 위에는 동그라미가 어떤 이름 위에는 사선이 그어져 있다. 여기저기에 갈겨쓴 메모, 전화 걸 때마다 표시한 날짜와 시간. 한 가지 분명한 건 포흘론스키가 아버지를 찾기 위해 최선을 다했다는 것이다.

"알았어요. 계속하라고 하세요. 조니라는 이름을 가진 내 아버지가 어딘가에는 있을 테니까."

"이 목표는 면제하기로 결정했어요."

"면제한다고요? 그럼 나보고 이 목표를 포기하라는 거예요?"

그가 서류 뭉치를 내 무릎 위에 놓는다. "포기하지는 않아도 돼요. 당신 결정에 맡기죠. 이 일에 얽매이게 하지는 않겠다는 거예요. 이미 노력할 만큼 했지만 더 이상 조사해봐야 소용없어요."

"나는 포기하지 않을 거예요. 포흘론스키도 더 노력해야 해요. 나이 폭도 좀 늘려 조사하고요. 아버지는 그보다 나이가 많거나…… 아니면 적을 수도 있잖아요." 나는 고개를 한쪽으로 기울이며 말한다.

"비비. 몇 년이 걸릴지 모를 일이에요. 비용도 만만치 않을 테고. 이제 다른 목표들에 집중하는 게 좋을 것 같아요."

"아뇨. 난 포기 못 해요."

그가 눈살을 찌푸린다. "내 말 좀 들어봐요, 브렛. 이제 가진 돈도 떨어져갈 테고—"

"비용 걱정은 마세요." 내가 그의 말을 자르며 말한다.

그의 시선이 아무것도 차지 않은 내 팔목에서 멈춘다. "어, 롤렉스 시계는 어디 있어요?"

나는 무심결에 시계를 차고 있던 팔목을 쓰다듬는다. "필요 없어요. 휴대전화가 시계보다 더 정확한걸요."

"전당포 같은 데 맡긴 거예요?" 그가 어처구니없다는 표정을 짓는다.

"이베이에서 팔았어요. 보석도 좀 팔고. 다음엔 정장과 가방을 팔 거예요."

그가 한숨을 내쉬며 손으로 얼굴을 쓸어내린다. "오, 비비. 정말 유감이에요."

그는 내가 아버지도 못 찾고 결국 돈이나 낭비하고 말 거라고 걱정하는 것 같다. 내가 그의 팔을 그러쥔다.

"유감스러워할 필요 없어요. 그렇게 심각한 정도는 아니니까. 돈 있어요. 계속 아버지를 찾을 수 있어요. 아버지나 옛 친구를 찾는 일은 값을 따질 수 없는 일이에요."

그가 내 말에 약간 슬픈 미소를 짓는다. "알았어요. 포흘론스키에게 계속 조사하라고 할게요."

나는 고개를 끄덕이며 뜨거운 침을 한 모금 삼킨다. "샌프란시스코는 어땠어요?"

그가 숨을 크게 들이마시더니 이내 한숨을 토해낸다. "쉬운 여행은 아니었어요. 제나는 지금 준비 중인 기사로 머리가 꽉 차 있어요."

그가 하프문베이로 놀러 갔던 얘기를 들려주는데 집중이 되지 않아 나는 자꾸 이야기를 놓친다. 계속 아버지 생각에 골몰하고 있다. 나는 아버지를 닮았을까? 아버지는 어떤 사람일까? 아버지가 나를 좋아할까, 혼외 딸이 있다는 사실을 부끄러워할까? 만약 이미 돌아가셨다면? 가슴이 철렁 내려앉는다.

"포흘론스키가 사망 기록도 조사할 수 있나요?"

"네?"

"돌아가셨더라도 찾아야 해요. 출생 기록과 사망 기록까지 다 찾아보라고 부탁해주세요."

그가 피곤해 보이는 눈으로 나를 쳐다본다. 잠시 후 그가 노트에 메모를 하지만 나를 달래기 위한 행동임을 알 수 있다.

"추수감사절은 어땠어요?" 그가 묻는다.

나는 결국 앤드루와 헤어진 얘기를 털어놓는다. 내 말에 그가 중립적인 표정을 지으려 노력하지만 내 결정에 찬성한다는 게 얼굴에 나타난다.

"당신은 목표를 함께 이뤄줄 사람을 만날 자격이 충분해요. 그리고 어머니는 처음부터 앤드루를 탐탁지 않게 여겼다는 걸 잊지 마요."

"알아요. 하지만 이제 난 혼자예요. 내 목표들을 이루는 건 전보다 더 불가능해졌죠."

그가 내 눈을 똑바로 응시한다. "누군가 나타날 거예요. 날 믿어도 좋아요."

마음이 두 걸음 그를 향해 가고 나는 스스로에게 악담을 퍼붓는다. 브래드에게는 여자친구가 있잖아. 그에게는 접근 금지야. "그럴까요." 나는 창문 너머로 시선을 옮기며 말한다. "앤드루가 떠난 후, 추수감사절을 여호수아의 집에서 보냈어요."

"여호수아의 집이요?"

"여성들을 위한 쉼터예요. 학생 한 명이 그곳에 살아요. 나를

227

싫어하는 소장님만 빼면 참 좋은 여자들이 모여 사는 곳이죠. 당신이 믿을 수 없을 만큼 멋진 여자들이에요. 몇 명은 정신 질환이 있지만, 대부분 평범하게 살다 어려움에 처한 여자들이죠."

"그래요?" 그가 흥미롭다는 듯이 묻는다.

"네, 머세이디즈 같은 여자만 봐도 그래요. 아이들을 혼자 키우는데, 집 살 때 변동금리로 주택 담보대출을 받아 무척 고생했어요. 이자율이 치솟자 대출금을 감당 못 해 그냥 집을 팔지도 못하고 걸어 나왔대요. 다행히 누가 여호수아의 집을 소개해줬대요. 아이들과 함께 지낼 곳이 생긴 거죠."

브래드가 얼굴에 잔잔한 미소를 지으며 나를 본다.

"왜요?"

"진짜 존경스러워요."

그의 말에 내가 손사래를 친다. "말도 안 돼요. 아, 월요일 밤마다 봉사하겠다고 신청했는데, 다음 주 월요일에 한번 와서 사람들을 만나보세요. 특히 산퀴타는 아직 방어적이지만, 나를 추수감사절 만찬에 초대했다니까요."

그가 집게손가락을 들어 보이더니 일어선다. 캐비닛에서 엄마가 준 봉투 하나를 집어 들고 내가 앉아 있는 곳으로 다가온다.

"축하해요." 그가 '12번. 가난한 사람들 돕기'라고 쓰인 봉투를 내민다.

나는 그 봉투를 받지 않는다. "그게 아니라, 나는 단지……."

"순수한 동기로 행동에 옮긴 선행이죠. 그게 바로 어머니께서 원하신 겁니다."

나는 지난주에 그 정도면 이 봉투를 받을 자격이 생길지도 모른다고 여기며 5분의 시간을 들여 헤퍼 인터내셔널 재단에 기부금 낸 일을 생각한다. 하지만 그때조차도 나는 엄마가 내게 더 많은 것을 원한다는 걸 알았지만, 어디에서 뭘 해야 할지는 몰랐다. 여호수아의 집은 내게 뜻하지 않게 다가온 것이다.

"열어볼까요?" 그가 묻는다.

내가 좋다고 고개를 끄덕인다.

"사랑하는 내 딸, 브렛.

내가 예전에 들려주었던 새둥지 이야기 기억하니? 어떤 노인이 행복한 삶의 비결을 찾아 헤매던 이야기. 그는 세상을 두루 돌아다니며 만나는 모든 사람에게 행복의 비결을 물었어. 그런데 아무도 명료하게 말해주지 못했지. 결국 그 노인은 행복의 비결을 알려주겠다는 부처를 만났단다. 부처가 몸을 숙여 노인의 손을 잡고 지칠 대로 지친 노인의 눈동자를 바라보며 말했지. "나쁜 일은 하지 마세요. 언제나 좋은 일만 하세요."

노인은 부처를 바라보며 혼란에 빠졌어. "그건 너무 간단하잖아요. 그건 내가 이미 세 살 때부터 알았던 거예요."

그러자 부처가 말했지, "맞아요. 우리 모두 이것을 세 살 때 알게 되지요. 그런데 팔십이 되면 다 잊지요."

좋은 일 한 걸 축하해, 내 딸. 좋은 일을 하며 사는 게 인생을 행복하게 사는 진짜 비결인 건 틀림없는 사실이란다.'"

나는 결국 눈물을 쏟고 말았고, 브래드가 다가와 팔로 감싸준다. "엄마가 정말 보고 싶어요." 내가 흐느끼며 말한다.

"알아요." 그가 내 등을 어루만진다. "어떤 기분인지 나도 알아요."

그의 젖은 목소리를 듣자 문득 그도 아버지를 그리워하고 있다는 사실을 떠올린다. "당신도 아버지가 그립군요?"

그가 감정을 다독이듯 목을 쓸어내리더니 고개를 끄덕인다. "맞아요, 예전의 아버지가 그리워요."

이번엔 내가 그의 등을 감싸고 위로한다.

게으름을 피우고 싶을 정도로 무척 피곤하다. 눈물도 찔끔 난다. 아무래도 가슴이 좀 딱딱해지고 만지면 아픈 것도 같다. 지난번 생리 이후, 앤드루와 단 두 번 섹스를 했지만 자꾸 내가······ 아니야! 더 이상 생각하지 말자. 그러다 부정 탈 수도 있어. 그럼에도 이따금 순수하고 강렬한 기쁨이 거품같이 보글보글 차올라 발이 붕 떠오르는 느낌까지 든다.

수요일 오후가 되자 그런 환희는 흔적도 없이 사라진다. 앤드루의 로프트에 도착했을 때 시계가 오후 네시를 가리킨다. 나는 빈 상자들을 안으로 들여다 놓으며 손으로 벽을 더듬어 스위치를 켠다. 생기라곤 없는 공간이 차갑게 살아나며 눈에 들어오자 몸이 부르르 떨린다. 나는 코트와 장갑을 벗어 소파 위에 놓고 2층에 있는 방으로 올라간다. 앤드루가 퇴근해 돌아오기 전까지 정리하고 떠나고 싶다.

나는 아무렇게나 내 옷들을 빈 상자에 넣는다. 옷장에 걸린 옷들을 먼저 꺼내고 서랍장을 연다. 언제 이런 것들을 다 사 모았지? 나는 자연스럽게 여호수아의 집에 있는 여자들을 떠올린다. 서랍 세 칸과 공동으로 사용하는 옷장이 전부인 사람들. 넘치는 나의 옷들은 비난받아도 할 말이 없다. 나는 상자 네 개를 차에 싣고 트렁크를 줄로 단단히 고정시킨 다음 엄마네 집으로 가져다 현관 앞에 부려놓고 다음 상자들을 싣기 위해 앤드루의 로프트로 다시 간다.

여덟시가 되자 나는 거의 녹초가 되었다. 옷, 화장품, 로션, 헤어 용품 들을 모두 상자에 담는다. 나는 손에 자동차 열쇠를 들고 마지막이라는 심정으로 내부를 둘러본다. 가만히 생각해보니, 로프트 안에 있는 것들은 거의 다 내가 산 것들이다. 나의 분신 같은 것들로 이곳을 다 채워서 내 집이라는 느낌을 갖고 싶었던 것일까? 대출금과 공과금까지 반을 내면서, 식탁 세트를 사들이고, 소파와 대형 텔레비전까지. 계단을 오르며 생각해보니 이사 온 첫 주에는 침실 가구 세트도 샀다. 단풍나무 재질의 높이가 낮은 침대, 서랍장, 두 개의 침대 머릿장, 그것 없이는 살 수 없다며 사들인 앤티크 옷장. 화려한 랄프로렌 타월들과 니먼마커스 백화점에서 산 고급 욕실 매트까지. 나는 고개를 세차게 저으며 불을 끄고 아래층으로 내려간다. 주방으로 들어가 찬장을 열어 이탈리아산 접시들을 힐끗 본다. 스테인리스 냄비와 프라이팬, 에스프레소 메이커. 나는 손으로 입을 가린다.

실내에 있는 모든 것이 내 것이라는 생각이 든다. 돈으로 따지면 수만 달러는 될 것이다. 그래도 다 가져갈 수가 없다. 앤드루가 계속 살 공간이니까. 그리고 집을 가득 채울 정도의 이 모든 가구를 지금 어떻게 할 수 있을까? 살 곳을 찾을 때까지 창고라도 빌려야 할 것이다. 그리고 만약에 진짜로 내가 그 지경이 된다면? 다시 이곳으로 돌아와 살 가능성이 있지 않을까?

나는 찬장 문을 닫는다. 그가 다 가져도 돼. 모든 걸 다 가져도 돼. 내가 주는 관대한 이별 선물이야.

코트 단추를 채우는데 현관문 여는 소리가 들린다. 이런, 젠장! 급히 주방 불을 끄고 복도 끝으로 막 몸을 숨기는데 문이 활짝 열리며 여자 목소리가 들려온다.

나는 다시 주방으로 돌아가 냉장고 옆 벽 쪽에 몸을 납작하게 숨긴다. 심장이 방망이질을 해대고 그들이 나를 발견할까 봐 정신이 혼미할 지경이다.

"코트 이리 줘." 앤드루의 목소리가 들린다.

여자가 뭐라고 말하지만 정확히 들리지 않는다. 여자의 목소리라는 것은 확실하다. 100퍼센트 확실하다. 나는 얼어붙은 듯 서 있다. 진작에 앤드루에게 내가 여기 있다고 말할 걸 그랬나? 지금 나가면 몰래 숨어서 엿보기 위해 온 것 같잖아. 숨어 있는 모습을 들킨다면 아마 영락없이 스토킹하는 전 여자친구로 전락할 것이다.

"당신이 여기 있으니까 참 좋다." 앤드루의 목소리다. "당신 때문에 집 안이 더 환하네."

여자가 고음의 웃음을 쏟아내자 심장이 얼어붙는다. 나는 소리라도 지를 것 같아 입을 틀어막는다.

앤드루가 빠른 손길로 술병을 꺼내는 소리가 들린다. "이리 와봐. 2층 구경시켜줄게." 앤드루의 들뜬 목소리가 들려온다.

여자가 다시 경쾌한 웃음을 쏟아낸다.

어두운 주방에서, 나는 앤드루가 한 손에는 위스키병을, 다른 손에는 두 개의 잔을 들고 메건의 뒤를 따라 2층으로 올라가는 걸 본다.

나는 다음 날 오후, 앤드루의 집 앞에서 이사업체 직원들을 만난다. 세 명의 건장한 남자들이 작업복을 입고 가죽 장갑을 낀 손을 내게 흔든다.

"오늘 뭘 옮겨야 하죠?" 그중 가장 나이가 들어 보이는 남자가 묻는다.

"4호에 있는 거 전부 다요."

"전부 다요?"

"네, 거실에 있는 갈색 의자만 빼고요." 내가 건물 현관문을 열며 말한다. "아, 2층에 있는 침대 매트리스도 빼고요."

나는 상자에 타월과 침대 시트, 접시들과 온갖 주방용품을 다 주워 담는다. 인부들은 큰 물건들과 씨름한다. 네 명이서 세 시간이 걸렸지만 앤드루가 집으로 돌아오기 전에는 끝마쳤다. 나는 집 안을 다시 둘러본다. 내 물건이 완전히 사라진 실내는 집이라는 생각이 전혀 들지 않는다.

"어디로 가져갈 건가요?" 턱수염을 기른 남자가 묻는다.

"캐럴가에 있는 여호수아의 집으로요."

233

12월 11일 아침, 나는 차에 기름을 가득 채우고 선물을 가득 실은 채 뉴섬 가족이 준비한 크리스마스 브런치를 먹으러 출발한다. 두 시간 후, 피곤이 밀려오면서 속이 느글거린다. 나는 열 대 남짓한 차가 세워진 길가에 차를 대며 노란색이 칠해진 목장을 바라본다. 입구에 푯말이 세워져 있는데, 쌓인 눈 사이로 '평화를 원하는 또 하나의 가정'이라는 문구가 간신히 보인다. 나는 환하게 미소를 짓는다. 변함없이 보존되는 것도 있음을 알게 되어 기쁘다.

눈 위에 남아 있는 크기가 다른 발자국들이 사람들이 다녀갔음을 알려준다. 내가 트렁크를 열었을 때 누군가 현관문을 여는 소리가 들린다. 청바지에 플리스 조끼를 입은 여자가 집 밖으로 뛰쳐나와 달려온다. 그녀가 바로 내 앞에서 뒤뚱하더니 미끄러져 쓰러지려는 것을 내가 빠르게 손을 뻗어 잡아내자 둘은 웃음을 터뜨린다.

"브레텔." 그녀가 거의 울 것처럼 소리친다. "네가 오다니, 믿을 수가 없어!"

그녀가 나를 껴안고는 힘주어 안는다. 눈에 눈물이 차오를 것 같다.

"만나니 이렇게 좋은걸. 고생하고 온 보람이 있네." 내가 속삭인다.

그녀가 다시 두 팔을 벌려 나를 안는다. "와, 페이스북 사진보다 더 예쁘네."

나는 고개를 젓고 그녀를 앞세우고 현관으로 간다. 그녀의 갈색 머리는 남자처럼 짧고 예전보다 살이 7킬로그램 정도는 더 붙은 것 같다. 투명한 피부는 밝은 분홍색으로 빛나고, 안경 너머 파란 눈동자는 기쁨에 들뜬 채 밝게 빛나고 있다. 나는 그녀의 소매에 묻은 눈을 턴다. "너도 아름다워." 내가 말한다.

"어서 들어가자." 그녀가 말한다.

"잠깐, 안으로 들어가기 전에 할 일이 있어." 나는 두 팔을 활짝 벌려 그녀를 안으며 내 시선을 그녀의 시선에 고정한다. "너를 그렇게 대했던 데 대해 용서를 빌고 싶어, 캐리. 제발 나를 용서해줘."

캐리의 낯빛이 분홍색으로 물들고 그녀가 손사래를 친다. "너 정말 계속 이럴래? 용서할 게 뭐가 있어?" 그녀가 나의 팔을 잡는다. "안으로 들어가자. 모든 사람들이 너를 만나기 위해 기다리고 있어."

막 내린 커피 향과 경쾌한 웃음소리와 농담이 아서가에 있던 뉴섬 가족의 예전 집으로 데려간다. 캐리가 입양한 세 아이들은 오크나무 탁자에 둘러앉아 바늘로 팝콘과 크랜베리를 실에 꿰고 있다. 나는 아홉 살 테일로 옆으로 몸을 구부린 채 다가간다.

"언젠가 너희 엄마와 할머니, 할아버지와 실에 팝콘 꿰던 게 생각나. 북쪽에 있는 에그하버에 갔었지." 내가 캐리를 돌아보며 말한다. "너희 할머니네 오래된 통나무집. 기억해?"

그녀가 고개를 끄덕인다. "이제 우리 부모님이 주인이야. 아버지는 이번 주 내내 예전에 찍은 비디오를 꺼내 보셨어. 네가 온다니까 좋으셔서. 아마 우리가 에그하버에서 보낸 시간도 담겨 있을 거야."

"너희 아버지는 정말 영화 촬영 하셨으면 잘하셨을 거야. 언제나 카메라를 손에서 놓지 않으셨지. 기억나? 마당에 눈이 쌓였는데, 둘이 햇볕을 쬐느라 쪼그리고 앉아 있던 모습을 찍으셨던 거?"

스텔라가 주방으로 걸어 들어올 때 우리는 유쾌하게 웃고 있었다. 스텔라는 작고 마른 체구에 머리는 금발이고 아주 짧은데, 짙은 색깔의 안경테가 인상적이다. 똑똑하고 진지하며 헬스 트레이너 같은 인상을 풍겼는데, 딱딱한 인상이 얼굴에 미소를 짓자 부드러워지며 영 다른 사람처럼 보인다.

"브렛, 도착했군요."

그녀가 커피 잔을 주방에 내려놓으며 내게 반갑게 다가와 악수를 청한다. 그녀가 내 눈을 지그시 바라보며 말한다. "아, 내 이름은 스텔라예요."

나는 환하게 웃으며 캐리가 좋은 사람을 만났다는 생각을 한다. 나는 그녀의 손을 잡는 대신 팔을 벌려 포옹한다.

"만나서 반가워요, 스텔라."

"나도 그래요. 캐리가 아침부터 창문만 바라보고 있었어요. 아이들을 입양할 때 이후로 캐리가 이렇게 마음 졸이는 모습은 처음 봐요." 그녀가 테일로를 보더니 눈을 찡긋하며 웃는다. "커피한잔 할래요?"

캐리가 눈썹을 찡긋한다. "아니면 블러드메리 칵테일? 미모사허브티도 있고, 우리 엄마의 유명한 브랜디 에그노그도 있고."

236

나는 아이들의 잔에 담긴 핫초콜릿을 바라본다. "코코아 더 있어?"

"코코아?"

나는 배를 약간 움켜쥔다. "운전하느라 너무 긴장했나 봐."

캐리의 눈이 내 배 쪽으로 움직인다. "너 혹시…… 그런 거야?"

내가 웃는다. "어쩌면. 아직 확실한 건 몰라. 예정일보다 일주일이 지났어. 계속 피곤하고…… 속도 불편하고……."

캐리가 나를 두 팔로 감싸안는다. "아, 잘됐다!" 그녀가 팔을 풀더니 나를 본다. "멋진 일이야, 그렇지 않아?"

"상상도 못 했던 일이야."

나는 코코아가 든 머그잔을 들고 캐리를 따라 고풍스러움과 현대적인 멋을 함께 갖춘 거실을 향해 간다. 거실 한구석에 엉성하게 만든 크리스마스트리가 놓여 있고, 자연석으로 장식한 거대한 벽난로에 진짜 장작불이 활활 타오르고 있다.

"세상에 맙소사!" 캐리의 아버지가 나를 보자마자 소리친다. "레드 카펫을 깔아. 할리우드 스타처럼 눈부신 아가씨가 오셨구먼."

그가 나를 안고 거의 기절할 때까지 빙빙 돈다. 나는 눈물이 그렁그렁한 채 그를 바라본다. 듬성듬성 흰 수염이 가득한 얼굴과, 한때 숱이 많은 머리를 질끈 묶었던 모습은 간데없고 은발의 억새 같은 짧은 머리지만 그의 웃음은 하나도 변하지 않고 그대로다.

"만나 봬서 정말 반가워요." 내가 말한다.

그의 뒤에 굵게 웨이브 진 머리를 한 아름다운 여인이 서 있다. "내 차례야." 그녀가 말하며 발걸음을 앞으로 떼더니 나를 품에 가득 안는다. 그녀의 품은 아늑하고 편안하다. 몇 달 만에 느껴보는 엄마의 품처럼.

"아, 아줌마." 파촐리유 향이 나는 그녀를 보며 내가 말한다. "정말 보고 싶었어요."

"나도 네가 정말 보고 싶었단다." 그녀가 속삭인다. "잘 지낸다니 감사할 일이야. 벌써 너를 안 지가 30년이 되었네. 자, 이제 슬슬 식사를 시작할까. 아저씨가 정말 맛있는 버섯파이를 만들었단다. 내가 만든 호박빵푸딩도 잊지 말고 먹어봐. 캐러멜소스가 죄 받을 만큼 달콤해."

집에 돌아온 느낌이다. 허름한 모직 스웨터를 걸치고 버켄스탁 샌들을 신은 이 특별한 부부에게 변함없는 사랑과 관심을 온전히 받고 있다. 엄마가 돌아가시고 앤드루와 이별을 겪은 텅 빈 마음이 따뜻하게 채워진다.

이른 오후에 접어들면서 나는 이야기하고 웃느라 목이 다 쉴 지경이다. 식사를 마친 한가한 주방에 나와 캐리, 스텔라, 그리고 아줌마만 남았다. 우리는 계속 얘기를 주고받으며 남은 음식들을 정리해 냉장고에 넣는다. 아저씨가 우리를 부르며 서재로 오라고 소리친다.

"너희에게 보여줄 게 있어."

아늑하고 소나무의 결이 그대로 살아 있는 서재로 들어가보니, 캐리네 아이들이 마치 디즈니 영화 상영을 기대하는 얼굴로 텔레비전 앞에 모여 앉았는데, 그들의 기대와 상관없이 주근깨가 가득한 소녀와 눈동자가 갈색인 소녀의 생기 있는 표정이 화면을 가득 채운다. 캐리와 나는 디브이디 두 편을 감상하며 완전히 빠져들어 웃고 장난스럽게 서로를 콕콕 찌른다.

아저씨가 캐비닛을 열고 디브이디가 꽂혀 있는 선반을 쭉 훑더니 말한다. "오래된 VHS 필름을 디브이디로 바꾸는 데 6개월이나 걸렸어." 그가 선반에서 찾고 있던 디브이디를 꺼낸다. "아마 이건 기억하지 못할 거다." 그가 디브이디를 넣더니 재생 버튼을 누른다.

젊고 예쁜 여자가 손을 흔드는 모습이 화면을 채운다. 짙은 남색의 긴 코트를 입고 배 부근은 단추를 채우지 않은 채 소년 두 명이 탄 썰매를 밀고 있다. 나는 소파에서 벌떡 몸을 일으켜 텔레비전 앞에 바짝 다가앉으며 너무 놀라 손으로 입을 가린다.

"엄마." 내 목소리가 낮게 흘러나온다. "우리 엄마야! 나를…… 임신했을 때."

캐리가 내게 화장지 상자를 건네주고 나는 눈가를 닦는다.

"엄마 정말 예쁘셨네." 내가 속삭이듯 말한다. 가까이 다가가 보니, 엄마의 아름다운 얼굴에 슬픔이 배어 있다. "이건 어디에서 찍으신 거예요?"

"우리가 보스워스가에 살 때 찍었지."

"보스워스요? 아서가 말씀하시는 거예요?"

"아니. 우리는 그보다 훨씬 전부터 친하게 지냈어. 네 엄마의 첫 번째 고객이었으니까."

머리끝이 쭈뼛해진다. 나는 그를 향해 고개를 돌린다. "언제요, 정확히 언제 우리 엄마를 만나셨어요?"

"우리가 부활절 주말에 이사를 했으니…… 그해 봄인가……." 아저씨가 아줌마를 쳐다본다.

"1978년이었어." 그녀가 말한다.

두려움과 다급함이 뒤섞인 뜨거운 것이 목에 차오른다. "조니 맨스, 혹시 조니 맨스라는 사람을 아세요?" 내가 묻는다.

"조니? 오, 물론이지. 저스틴에서 기타를 쳤지."

"진짜 재능이 많은 사람이었어." 아줌마가 말을 받는다. "정말 멋진 사람이었고. 주변에 있던 여자들은 누구라고 할 것 없이 전부 그를 사랑했지."

여기, 바로 이 방에 아버지를 아는 사람들이 있다.

15장

"그분에 대해 좀 더 말해주세요." 나는 거의 숨이 막힐 것처럼 기어드는 목소리로 말했다. "제발이요. 모든 걸 다 말해주세요."

"아마 이걸 보면 네가 더 잘 알 수 있을 거다." 아저씨가 그렇게 말하면서 디브이디를 보관해놓은 곳을 뒤적거린다. 그는 캐비닛에서 플라스틱 케이스를 하나 꺼내 들고 내용물을 훑어보며 텔레비전이 있는 곳까지 걸어온다. "내가 저스틴에서 잠시 일했을 때 찍은 거야. 우리는 모두 언젠가 조니가 꽤 유명한 가수가 될 거라고 확신했으니까."

그가 재생 버튼을 누름과 동시에 내 가슴은 망치로 내려치는 것처럼 요동을 친다. 젊은 관중의 얼굴이 바의 흐릿한 조명 아래 작게 찍혀 있다. 카메라가 한 남자의 얼굴을 바짝 따라가기 시작하자 나는 참지 못하고 의자를 텔레비전 앞으로 끌고 간다. 검은 머리가 덥수룩하고 수염으로 뒤덮인 얼굴이 드러난다. 카메라가 그의 눈을 가까이에서 비추자 갈색 눈동자와 나의 눈이 마주친다. 저 눈동자를 알고 있다. 거울을 볼 때마다 늘 마주치는 내 눈동자와 닮았다. 가슴으로부터 비명이 터져 나오자 나는 손으로 입을 틀어막는다.

"다음 곡은《화이트 앨범》이라고 알려진 비틀스의 더블 앨범에 수록된 곡입니다." 조니가 말한다. "레넌과 매카트니의 곡이라고 쓰여 있지만, 실은 매카트니가 1968년 봄 스코틀랜드에 있을 때 쓴 곡입니다. 미국에서 백인과 흑인의 갈등이 고조된 상황에서 영감을 얻어 지은 곡이라고 하죠." 그가 기타 코드를 한 번 친다. "영국에서는 '새'라는 단어가 속어로 '여자'를 뜻한다고 하는군요."

그가 도입부 리프를 연주하기 시작한다. 그의 목소리가 천사가 날개를 펼치는 소리처럼 입에서 흘러나온다. 내 눈에서 걷잡을 수 없이 눈물이 터진다. 그는 날기를 기다리는, 자유를 갈망하는, 날개를 다친 검은새를 노래한다. 새는 그런 순간이 다가오기를 평생에 걸쳐 기다려온 것 같다.

엄마를 떠올린다. 자신을 사랑하지 않는 남편과 어린 두 자식을 어깨에 짊어졌던 엄마를. 엄마도 아마 오랫동안 훨훨 날아갈 수 있는 새를 꿈꿨을 것이다.

나도 평생에 걸쳐서 이런 순간이 다가오기를 열망했다. 내게 생명을 준 남자의 얼굴을 바라볼 수 있는 이 순간을.

눈물이 턱까지 적시며 흘러내린다. 노래가 끝난다. 화면에는 어느새 여자 가수가 등장하면서 저스틴 바의 다른 장면이 나오고 있다. 나는 물어보지도 않고 내 집 물건을 다루듯 되감기 버튼을 계속 눌러 조니가 노래하는 장면을 연거푸 본다. 나는 지금 아버지의 얼굴을 보며 목소리를 듣고 있다. 그리고 손을 뻗어 화면에 등장한 그의 아름다운 얼굴과 섬세한 손가락들을 쓰다듬는다.

네 번을 연거푸 본 후, 나는 조용히 자리에 앉는다. 내가 동영상을 보는 도중에 아줌마가 내 옆으로 오더니 바닥에 앉았다.

아저씨가 내 무릎 위에 디브이디를 내려놓는다.

"이제 이건 네 거로구나, 맞지?"

나는 손으로 디브이디를 쓰다듬으며 고개를 끄덕인다. "저분이 제 아버지였군요."

"얘들아, 이리 와서 우노 게임하자." 스텔라가 아이들을 보며 소리친다. "제일 먼저 탁자로 오는 사람에겐 특별 보너스가 있어."

캐리와 그녀의 가족들이 목소리가 들리지 않을 만큼 멀어지자 아줌마가 내 손을 끌어다 잡으며 말한다. "이 사실을 안 지는 얼마나 됐어?"

"최근에 알았어요. 엄마가 제게 일기장을 남기셨더라고요." 내 눈동자가 아줌마를 지나 아저씨에게 가 닿는다. "알고 계셨어요?"

"물론 몰랐지." 데이비드 아저씨가 말한다. "네 엄마가 조용한 성격이라 미주알고주알 말할 사람이 아니었어. 하지만 주변 사람들은 조니가 네 엄마에게 푹 빠졌다는 걸 다 알았어."

다시 울음이 터진다. 안도감과 비탄의 눈물이다. 아줌마는 내가 진정할 때까지 등을 어루만져준다. "좋은 분이셨나요?"

"최고로 좋은 사람이었지." 그녀가 말한다.

아저씨도 고개를 끄덕인다. "조니는 정말 좋은 사람이었어."

나는 숨결을 고르며 묻는다. "지금 어디에 계시죠, 혹시 아세요?"

"서부에 살고 있다는 소식을 들은 게 마지막이었어. 벌써 15년 전이었지." 아줌마가 대답한다.

"어디요?" 갑자기 환해지는 느낌이다. "로스앤젤레스요?"

"잠시 샌프란시스코에 살았다던데. 그러곤 행적을 놓쳤지. 어딘가로 이사 갔겠지."

"도움이 많이 될 것 같아요. 몇 달째 흥신소에 의뢰해 아버지를 찾고 있거든요. 이 나라에 조니 맨스라는 이름을 가진 사람이 얼마나 많은지 아마 상상도 못 하실 거예요."

아저씨가 딱 소리가 나도록 손가락을 튕기며 눈을 반짝인다. "아, 네 아버지 이름은 조니 맨스가 아니야. 맨스가 아니고 맨슨이야. 무대에서 예명으로 맨스를 썼지. 아주 끔찍한 살인 사건이 있었는데, 공교롭게도 범인의 성이 맨슨이었어. 그러니 그 끔찍한 이름으로 불릴 수가 없었지. 공포 분위기를 자아내니까. 70년대에는 맨슨이라는 이름이 끔찍한 살인이 되었지."

아저씨의 이야기가 내 안에서 조금씩 이어지더니 폭발한다. "조니 맨슨? 어머나, 세상에, 이럴 수가! 감사합니다!" 나는 아저씨를 포옹하고, 아줌마를 포옹한다. "이름 때문이었다는 걸 모르고 크게 실망하고 있었어요."

"네 엄마는 아마 그의 실명을 몰랐을 거다. 나는 그해 여름 저스틴에서 바텐더로 일하며 월급명세서를 작성하는 일도 했으니 정확히 알고 있었지."

"오늘 두 분을 못 만났다면 아마 계속 헛수고만 하면서 헤매고 있었을 거예요."

전율이 등을 타고 올라온다. 9번 목표가 나를 캐리에게 인도했고, 캐리는 나를 자신의 부모님과 만나도록 이끌었다. 엄마는 일이 이렇게 진행되리라는 것을 미리 알았을까? 오랜 친구와 아버지에 대한 힌트. 하나로 둘을 얻었다.

캐리가 남은 음식을 내 차에 싣는 동안 나는 브래드에게 급히 전화를 건다. "잠깐만 통화할게, 괜찮지?" 내가 캐리에게 묻는다.

"걱정 말고 통화해." 캐리가 집에서 만든 블랙베리 잼이 담긴 봉투를 들고 말한다.

"스피커폰으로 연결할게, 인사해. 정말 좋은 사람이야."

"그래?" 캐리가 눈썹을 찡긋하며 묻는다.

내가 캐리를 향해 손을 내젓는데 브래드의 목소리가 스피커를 타고 흘러나온다.

"아버지의 이름은 조니 맨슨이에요, 맨스가 아니라요." 내가 말한다. "그리고 서부 어딘가에 살고 있대요. 포홀론스키에게 전해줘요. 방금 아버지 비디오를 봤어요. 정말 멋진 분이에요."

"비비, 지금 어디에요? 위스콘신에 있다고 생각했는데."

"네, 지금 캐리하고 같이 있어요. 스피커폰으로 연결됐어요. 캐리한테 인사해요."

"아, 캐리, 안녕하세요?"

캐리가 웃는다. "안녕하세요, 브래드?"

"들어봐요. 캐리네 부모님이 보스워스가에서 살았어요. 조니 맨스를 알고 있었다고요!" 나는 브래드에게 아침에 있었던 일을 요약해 들려준다. "믿겨요? 캐리와 다시 연락하지 않았으면 전혀 몰랐을 사실이에요." 나는 캐리를 본다. "캐리는 정말 내 인생에 많은 축복을 주었어요."

"정말 대단한 정보네요. 포흘론스키에게 당장 전화할게요."

"찾으려면 얼마나 더 기다려야 할까요?"

"알 수 없죠. 하지만 하루아침에 찾을 수 있다는 생각은 하지 않는 게 좋겠어요. 새로운 정보를 알았다 해도 몇 달이 걸릴지도 모르는 일이에요."

나는 입술을 잘근 깨문다. "서두르라고 전해주세요, 아셨죠?"

"그럴게요. 도착하면 같이 영화나 볼까요? 아니면 저녁? 아무튼 돌아와요. 저녁 안 먹고 기다릴게요."

그의 기분을 충분히 알 것 같다. 혼자 있을 때 일요일은 정말로 지루하고 외로운 시간이다.

"세 번째 제안이 마음에 드네요. 아, 그리고 동물보호소에서 연락이 왔어요. 내 신청서가 승인되었다고. 다음 주에 강아지 고르러 가는데 도와주실래요?"

"좋죠. 조심히 운전해요, 비비."

내가 전화를 끊자 캐리가 곁눈질을 한다. "둘이 사귀는 거야?"

"아냐." 내가 조수석에 쿠키가 든 플라스틱 통을 놓으면 말한다. "그냥 좋은 친구야. 정말 좋은."

"조심해, 브레텔. 이 남자가 너 좋아하는 것 같다."

나는 고개를 저으며 그녀가 들고 있는 봉투를 받아 든다. "브래드에겐 여자친구가 있어."

그녀가 나에게 미소를 던진다. "우정 잘 간직해. 브래드와 얘기할 때 네 얼굴이 정말 행복해 보였으니까."

"그럴게." 내가 말한다. "행복한 게 사실이니까."

노스오클리에 있는 브래드의 안락한 이층집이 오랜 운전 끝에 도착한 나를 환영해준다. 오디오에서 에바 캐시디의 노래가 흘러나오고 나는 브래드가 주방에서 치즈를 강판에 갈아 시저 샐러드에 뿌리는 걸 의자에 앉아 지켜본다. 그의 시선은 계속 아래를 향해 있고, 내가 캐리네 집에서 있었던 재미있는 얘기를 들려줄 때조차 억지로 웃고 있다는 기분이 든다. 나는 결국 의자에서 몸을 일으켜 그가 단단히 쥐고 있는 강판을 뺏어 든다.

"얘기해봐요, 무슨 일이에요? 어딘가 우울해 보여요. 날 속일 생각은 마세요."

그가 뒷목을 만지작거리더니 휴 하고 한숨을 터뜨린다. "제나가 잠시 거리를 두자고 하네요."

인정하기는 부끄럽지만, 마음 한구석에서 쾌재를 부른다. 이제 우리 둘 다 싱글이네. 앞으로 우리 사이가 어떻게 될지 누가 알아. 그러나 그의 얼굴을 보자 고통으로 일그러진 표정이 눈에 들어온다. 그는 분명히 사랑에 빠져 있다. 대상은 내가 아니다.

"정말 안됐군요." 내가 팔을 벌려 포옹하자 그가 나에게 몸을 기댄다. "그거 알아요?" 내가 조용히 그에게 말을 건넨다. "뭔가 더 적극적으로 해봐요. 진지하고 정말 결심을 굳혔다는 표시 같은 거요."

그가 포옹을 풀며 묻는다. "프러포즈 같은 거요?"

"그렇죠! 마이더, 정말 제나를 원하면 내게 하라고 한 대로 해봐요. 둘이 얼마나 멀리 떨어져 있는지, 얼마나 오래 알았는지 상관하지 말고, 결혼하자고 말하라고요!"

그가 내 말에 등을 돌리더니 조리대를 손으로 짚는다. "했어요. 싫다고 하더군요."

"어머, 정말 안됐—"

그가 손을 들어 내 말을 막는다. "넋두리는 이걸로 됐어요." 그가 마른 행주에 손을 닦더니 행주를 조리대에 아무렇게나 던진다. "여기 축하하러 왔잖아요."

그가 주방을 가로질러 바로 옆에 붙은 거실로 들어가 커피 탁자에 놓여 있는 분홍색 봉투를 집어 든다. "오후에 사무실에 들렀어요." 그가 봉투를 내 앞에서 흔들며 말한다. "당신이 편지 내용을 궁금해할지도 모른다는 생각이 들어서요."

'9번 목표. 캐리 뉴섬과 영원히 친구로 지내기.' 나는 그에게 급히 다가가서 엄마의 손글씨가 쓰인 봉투를 응시한다. 엄마가 뭐라고 썼는지 보고 싶은 마음이 굴뚝같다. 하지만 브래드 기분이 나아질 때 읽는 게 좋을 것 같다.

"오늘은 아니에요. 당신 기분이 조금 나아질 때 읽기로 해요."

"말도 안 돼요. 지금 열어봐요."

나는 소파로 팔짝 뛰어올라 그의 팔을 잡고 그가 읽는 것을 듣는다.

"'내 딸 브렛.

캐리와 다시 우정을 쌓아보라는 내 청을(네 바람이기도 했지) 들어주다니 고맙다. 뉴섬 가족이 매디슨으로 이사했을 때 네가 얼마나 힘든 나날을 겪었는지 잊을 수가 없구나. 나는 몹시 무기력한 심정으로 네 가슴에 재가 쌓이는 걸 그냥 지켜만 봤다. 아마도 이제 진정한 우정은 그리 쉽게 오는 게 아니라는 걸 깨달았을 거야. 캐리가 너를 찾아왔을 때, 네가 이유는 말하지 않았지만 어찌 된 일인지 둘이 완전히 멀어졌더구나.

슬프게도, 너는 그 이후로 캐리만큼 속을 터놓고 지내는 친구를 다시는 사귀지 못하더구나. 나는 투병 생활을 하면서야 네게 막역한 친구가 없다는 사실을 깨닫게 되었어. 네 옆에 나와 셸리를 빼면 진실한 친구가 없다는 사실 말이야.'"

"어, 메건에 대해서는 언급하지 않으시네요." 내가 놀라워하며 말한다. "앤드루 얘기도. 엄마는 이미 그때, 두 사람이 내게 진실하지 않다고 여겼나 봐요?"

브래드가 내 말에 고개를 끄덕인다. "그랬던 것 같아요."

엄마의 편지가 이어진다. "'캐리가 그 빈자리를 채워주었으면 한다. 사랑하는 내 딸, 이 우정을 만끽하고 가꿔나가거라. 그리고 캐리의 부모님께 내 인사를 전해줘. 데이비드와 메리는 우리가 보스워스가에 살 때 찾아온 첫 번째 고객이었어. 네 아버지의 열렬한 팬이었고.'"

나는 너무도 놀라 엉겁결에 손으로 입을 막는다. "엄마가 말한 아버지는 조니 맨스예요, 찰리 볼링거가 아니라. 내가 놓칠까 봐 단서를 주신 거라고요." 나는 고개를 돌려 브래드를 본다. "왜 엄마는 그냥 솔직히 말하지 않은 걸까요? 왜 이렇게 하나씩 단서를 찾아내게 한 걸까요?"

"좀 이상하다는 것에 나도 동감해요."

"엄마는 늘 솔직담백한 사람이었어요. 적어도 나는 그렇게 믿고 있었어요. 이렇게 알 듯 말 듯한 말들을 하는 건 왜일까요? 정말 돌겠어요." 나는 숨을 뱉으며 손에 힘을 쭉 뺀다. "좋은 쪽으로 생각하면, 아버지를 꼭 찾고 말겠다는 오기가 생긴다는 거예요."

"너무 흥분하지 마요. 아직 갈 길이 멀어요. 몇 달이 걸릴 수도 있고…… 그보다 더 걸릴 수도 있어요."

"아버지를 꼭 찾을 거예요, 브래드." 나는 엄마의 편지를 꽉 움켜쥐고 그의 얼굴 앞에 흔들어 보인다. "아마 엄마가 나랑 게임을 벌이고 있는지도 모르죠. 그렇지만 이번 같은 실망은 다시는 안겨주지 않을 거예요."

"당신 말이 맞기를 바라자고요." 그가 내 무릎을 탁 친다. "자, 저녁 준비 다 됐어요."

16장

금요일 오후, 막 사무실을 나가려고 불을 끄려는 참에 메건에게 전화가 왔다. 앤드루의 아파트에서 메건을 몰래 지켜본 후, 나는 그녀에게 걸려오는 모든 전화와 문자메시지를 무시했다. 계속 울려대는 전화기를 가방 속에 넣으려다 마지막 순간에, '못 받을 건 또 뭐람' 하는 생각이 든다.

"안녕, 아가씨." 나이 든 치어리더 목소리가 들린다. 전에는 그녀의 목소리가 귀엽다고 느꼈다는 사실을 믿을 수 없다. "너 오늘 강아지 데리러 간다고 셸리가 그러던데."

나는 열쇠를 자물쇠에 밀어 넣고 딸깍 소리가 날 때까지 돌린다. "그럴 계획이야."

"시간 딱 맞았네. 내 고객 중에 레이크쇼어 도로 쪽에 아파트를 사는 사람이 있는데, 그 건물에서는 개를 키우면 안 된대. 정말 힘들지만 다른 사람에게 챔프를 보내겠다고 그러네. 챔프는 그러니까, 애견 대회에 나가는 개야. 순종 그레이하운드라고. 진짜 우아해. 아무튼 너한테 주겠대. 믿을 수 있겠어? 대회에 나가는 개를 주겠대!"

나는 쌍여닫이문을 힘껏 밀어 연다. "고마워. 그런데 관심 없어."

"뭐? 왜? 진짜 귀한 개야."

나는 계단을 미끄러지듯 내려가 숨을 한껏 들이마신다. 눈부신 햇살과 12월의 찬바람이 얼굴을 때린다. "나는 대회에 나가는 개를 원하지 않아, 메건. 물론 그런 개는 정말 멋지지. 그런데 손이 너무 많이 가. 털 깎아야지, 훈련시켜야지, 이런저런 대회에 나가야지. 개 시중들 것만 생각해도 피곤해." 내 고함 소리가 점점 빨라지는데, 나는 속도를 줄일 수가 없다. "그러고 나서 조금씩 개를 원망하겠지. 까다로운 음식에, 특별한 비누에, 고급 샴푸까지. 일일이 열거하지도 못하겠다. 그것 말고도 정말 참을 수 없는 건, 그런 개는 내가 필요로 할 때 조금도 충성심을 보여주지 않는다는 거야! 뭐든 자신만 생각하지! 이기적이고—"

"맙소사, 브렛, 진정해. 우리 지금 빌어먹을 개 이야기 하고 있는 거잖아."

"그래, 개 이야기 하고 있지." 나는 차에 기대 가쁜 숨을 몰아쉰다. "어떻게 네가 그럴 수 있어, 메건?"

그녀의 숨소리가 수화기를 타고 들려오자, 립스틱 자국이 묻은 담배를 입에 갖다 대는 모습이 그려진다. "뭐? 앤드루 얘기하는 거야? 정신 좀 차려. 둘은 이미 헤어졌잖아. 네가 앤드루랑 사귀고 있을 때는, 하느님에게 맹세코 그를 넘겨다본 적 없어."

"와, 정말 끝내주는 친구네!"

"네가 가구를 다 가져가다니, 정말 믿을 수가 없어. 앤드루가 약이 올라 완전히 돌던데. 그 사람 전화도 안 받는다며? 주택 침입죄로 체포할 수도 있다고 엄포를 놓더라."

"메시지 들었어. 내 것만 갖고 나왔으니까 성질부리지 말라고 해. 앤드루도 알고 있는 사실이고."

"너 운 좋은 줄 알아. 내가 앤드루 화를 진정시키느라 얼마나 힘들었는데. 가구쯤이야 새로 살 수 있지 않느냐고 했어. 명색이 변호사면서 말이야." 메건이 잠시 말을 멈추더니 다시 잇는다. "그 사람 돈 좀 있는 거지, 브렛? 무슨 말이냐면…… 어젯밤에 식사가 끝나고 웨이터가 계산서를 테이블에 놓고 갔는데, 앤드루가 내가 계산하기를 바라면서 그냥 의자에 앉아 있더라고." 메건이 다시 낄낄거린다. "물론 나를 시카고에서 제일 잘나가는 부동산 중개업자로 여기고 있으니 돈 좀 있다고 생각하겠지."

하! 메건은 이제 자신에게 어떤 일들이 닥칠지 알게 되겠군. 그리고 앤드루도 마찬가지고. 둘 다 얄팍하고 자기중심적이고 물질만능주의에다—

여기까지 생각하다가 나는 생각을 멈춘다. 나에게 그들을 재단할 권리가 있나? 성인이 된 후 대부분의 시간을 떠올려보니, 나도 물질을 중시하는 여자였다. 어디 그뿐인가. 캐리가, 버스가 내 시야에서 멀어졌을 때도 나는 나밖에 모르는 이기주의자, 생각도 없는 아이였다. 그래도 캐리는 나를 용서했다. 아마도 이제 내가 용서할 시간이 된 것 같다.

"메기, 뭔가 좀 더 높은 목표를 세워봐. 너는 예쁘고 잠재력도 큰 사람이잖아. 너를 사랑해주는 사람을 찾아봐. 누군가 너를 잘—"

메건이 가소롭다는 듯이 웃는다. "아, 브렛, 걱정해주는 척하지 마. 질투가 나는 건 알겠지만 정신 차려. 앤드루는, 너를, 사랑하지, 않아!"

찬바람이 내 뺨을 때린다. 내가 용서할 시간이라고? 아니, 아니. 오늘은 아니야.

"네 말이 맞아. 너희 둘, 정말 잘 어울린다." 나는 차에 올라탄다. "아, 메건, 너 팔 짧다고 징징대지 마. 그건 네가 갖고 있는 문제 가운데 가장 작은 것에 불과하니까."

통화를 끝내고 나는 사랑스럽고 충성스러운 개를 찾으러 간다.

새로 구입한 중고차를 아온센터 앞에 주차하려고 하는데 브래드가 보도에서 나를 기다리는 모습이 눈에 들어온다.

"웬 차예요? BMW는 수리 중이에요?" 브래드가 차를 재빨리 훑어보더니 차에 올라타고 안전벨트를 맨다.

"아뇨. 그 차 팔고 중고차로 바꿨어요."

"농담이죠? 이 차로 바꿨다고요?"

"물론 현금도 필요했고. 고급 차 몰고 다니는 게 좀 걸려서요. 내가 가르치는 학생들 집은 대부분 차가 아예 없으니까요."

그가 휘파람 소리를 내며 웃는다. "정말 이 일에 뛰어들 작정을 했군요."

"네. 그래도 이제 2주 동안 쉰다고 생각하니 꽤 흥분되기는 해요. 크리스마스 휴가가 시작됐거든요."

그가 신음 소리를 낸다. "부러워라."

그의 반응에 웃음이 나온다. "운이 정말 좋았어요. 아이들이 놀라울 정도예요. 산퀴타만 걱정이에요. 요즘 건강이 좋지 않아 보여요. 임신 4개월에 접어드는데, 임신한 티가 전혀 안 나요. 쿡 카운티 보건소에 근무하는 의사들 중에는 신장 전문의는 없고 일반내과 의사만 있는데도 아무 의사나 본다고 하길래, 내가 시카고대학병원에 근무하는, 신장 전문의로는 미국에서 최고라는 챈 박사님한테 예약을 했어요."

"그 이상하다는 학생은요?"

"피터요?" 나는 한숨을 먼저 내쉰다. "오늘 아침에 봤어요. 뭐든 빠르게 받아들이는 똑똑한 아이인데, 날 받아들인 것 같지는 않아요."

"그 아이의 정신과 의사와는 여전히 대화를 나누고요?"

내가 그의 말에 웃는다. "네, 큰 도움 받고 있어요. 개릿은 정말 친절한 사람이에요. 참 현명하고 능력도 뛰어난 것 같아요. 게다가 전화하면 늘 바로 연결되고요. 피터에 대해 얘기를 나누다가, 끝에 가서는 서로의 가족과 꿈에 대한 얘기까지 나누게 되죠. 심지어 엄마의 소원도 얘기했어요."

"그 남자를 좋아하는군요."

내가 그를 지금처럼 잘 알지 못했다면 아마 브래드가 질투한다고 여겼을 것이다. 하지만 그건 말도 안 된다. "테일러 선생님을 존경해요. 3년 전에 부인을 췌장암으로 잃고 혼자라고 하더군요."

나는 하품이 터져 나와 입을 가린다.

"피곤해요?"

"무척 피곤해요. 요즘 왜 이렇게 쉽게 피곤해지는지 이유를 모르겠어요." '아마도 임신이 아니라면 말이에요!' 내가 그를 보며 묻는다. "제나에게 무슨 소식 없었어요?"

그가 내 말에 차창 밖을 내다본다. "없답니다."

나는 그의 말에 그의 팔을 살짝 그러쥔다. 제나는 정말 어리석은 여자다.

시카고동물보호소(CARS) 입구를 들어서자 대팻밥 냄새와 동물들이 사납게 으르렁거리는 소리가 우리를 맞이한다. 청바지에 면 티셔츠를 받쳐 입은 은발의 여자가 큰 걸음으로 두 팔을 벌리며 다가온다. "CARS에 오신 걸 환영합니다. 자원봉사자로 일하고 있는 길리언이라고 해요. 오늘 어떤 일로 방문하셨나요?"

"입양 신청서를 제출했는데 승인됐다는 연락을 받았어요." 개 짖는 소리를 뒤로하고 그녀에게 말한다. "그래서 입양할 개를 찾으러 왔어요."

길리언이 짧고 억센 손가락으로 철문이 닫혀 있는 건물 한쪽을 가리킨다. "등록된 개들은 저곳에 있어요. 저 개들은 혈통이 좋고 증명서도 구비된 개들이죠. 그래서 인기가 있죠. 멋진 포르투갈 워터 도그가 바로 어젯밤에 들어왔고요. 순식간에 입양될 아주 드문 개죠. 오바마 가족이 선택한 훌륭한 종이라고 알려져 몸값이 뛰었어요."

"저는 그냥 평범한 잡종개를 찾고 있어요." 내가 말한다.

그녀가 놀랍다는 듯이 한쪽 눈썹을 치켜세운다. "아, 잡종개라고요?" 그녀가 몸을 돌리며 갑자기 팔을 벌리더니 의외라는 표정을 짓는다. "잡종개도 좋죠. 한 가지 문제가 있다면 혈통을 모른다는 거죠. 개의 기질이나 질병에 걸릴 확률도 다 유전적 혈통에 좌우되거든요."

나와 비슷한 점이 있네. "그런 위험은 감수하겠어요."

원하는 개를 찾는 데는 10분도 채 걸리지 않는다. 철망으로 된 우리 안에 복슬복슬한 털을 가진 개가 커피콩 같은 친근한 눈동자로 나를 쳐다보는데 나와 함께 살고 싶다고 애원하는 눈빛이다.

"오, 귀여워라. 안녕!" 내가 브래드의 코트 자락을 잡아당기며 말한다. "내 강아지와 인사해요."

길리언이 철망 문을 연다. "루디, 이리 오렴."

루디가 방울뱀처럼 꼬리를 흔들며 시멘트 바닥을 힘차게 달려와 쿵쿵 냄새를 맡는다. 브래드와 나를 보는 눈길이 마치 예비 부모를 확인하는 듯하다.

강아지를 번쩍 들어 올려 안아본다. 강아지가 품속에서 꿈틀거리더니 이내 내 뺨을 핥는 바람에 웃음이 절로 난다.

"당신이 마음에 드는 모양인데요." 브래드가 강아지 귀를 긁으며 말한다. "정말 귀엽네요."

"귀엽죠?" 길리언도 고개를 끄덕인다. "루디는 한 살 반이에요. 다 자라서 더 크지 않을 거예요. 비숑 프리제와 코커스패니얼, 그리고 푸들도 조금 섞인 잡종개죠."

조상이 누구든, 루디는 사랑스러운 결과물이다. 나는 루디의 부드러운 털에 코를 비빈다. "이렇게 예쁜 개를 왜 버렸을까요?"

"이유는 다 달라요. 보통 이사를 가거나 아기가 태어나거나 그것도 아니면 서로 안 맞아 그렇죠. 제가 기억하는 게 맞는다면, 루디의 주인은 결혼할 사람이 개를 싫어한다고 해서 이곳으로 보냈던 것 같아요."

루디와 내가 환상의 짝꿍이라는 느낌이 든다. 사랑하던 사람, 혹은 사랑한다고 생각하던 사람을 잃은 집 없는 잡종 둘.

내가 새로 입양할 개와 필요한 물품을 구입하느라 수표를 쓰는 동안 브래드는 벽에 붙어 있는 벽보를 읽고 있다. "들어봐요." 그가 말한다. "CARS는 동물 학대를 근절하고 시카고처럼 동물들을 죽이지 않는 커뮤니티가 서로 합심하여 버려지고 학대당하는 동물들을 반드시 도와줄 거라고 믿는대요."

"멋진 일이네요." 내가 수표에 날짜를 적으며 말한다.

그때 든지 버부의 시지을 손으로 툭툭 치며 묻는다. "길리언, 혹시 말도 입양해주나요?"

나는 펜을 들고, 뭐라고 말하려다 그에게 눈을 흘긴다.

"물론 그것도 하죠." 길리언이 말한다. "무슨 종류를 찾는데요?"

그가 어깨를 으쓱해 보인다. "사실 말에 대해 아는 게 없어요. 어떤 종류가 있는지 말해주세요."

"본인이 키울 건가요? 아니면 아이들이?" 길리언이 구멍이 세 개 뚫린 바인더를 뒤적이며 묻는다.

"괜찮아요, 길리언." 내가 말한다. "말은 입양하지 않을 겁니다."

"그냥 우리가 키우려고요." 브래드가 그녀에게 말한다. "어쨌든 지금은요."

나는 아주 짧은 순간에 아이, 그러니까 내 아이가 말을 타는 달콤한 상상에 빠져본다. 그러나 몇 년 지나야 가능할 일이다. "이 이야기는 좀 더 해보자고요." 내가 그에게 말한다. "지금은 두말할 것도 없이 말은 못 키우죠."

"이것 좀 보세요." 길리언이 바인더를 우리 앞에 놓더니 손톱으로 사진을 톡 친다. "레이디 루루 좀 보세요. 거세된 순종이고, 열다섯 살이에요. 전에는 경주마였어요. 관절염인가 뭔가로 문제가 생겨 주인이 버린 거죠." 그녀가 계속 브래드의 눈을 보며 말한다. 브래드 외에는 관심 있는 사람이 없다는 것을 아는 사람처럼. "루루는 가볍게 시골길에서 타고 다녀도 좋고, 그냥 키우며 바라보기에도 좋아요. 정말 고분고분해요, 아기처럼. 와서 보세요."

내가 수표를 써서 그녀에게 건넨다. "길리언, 고마워요. 루루는 한번 생각해볼게요."

"루루는 머렝고에 있는 방목 농장에 있어요. 한번 보세요. 정말 특별한 말이에요."

우리는 스테이트가에서 북쪽으로 가고 있다. 루디는 뒷좌석에 마련한 상자 안에 있다. 루디는 코가 큰 아이 같은 모습으로 경적을 울리는 차를 보거나 사람들이 가게를 들락날락하는 모습, 나뭇가지에 장식한 크리스마스 전구의 반짝거리는 불빛들을 바라보며 밖을 응시하고 있다. 나는 뒤를 돌아보며 루디에게 손을 뻗는다.

"괜찮니, 아가야?" 내가 묻는다. "엄마 여기 있어."

브래드도 손을 흔들어 보인다. "조금만 참아, 루디. 집으로 금방 갈게."

우리는 마치 병원에서 갓 태어난 신생아를 집으로 데려가는 뿌듯한 부모가 된 것처럼 말한다. 나는 어둠 속에서 웃음 짓는다.

"말 있잖아요?" 브래드가 꺼낸 말 이야기가 바로 현실로 돌아오게 한다.

"네, 말이요. 내 생각엔 말 키우는 목표는 제외했으면 좋겠어요."

"왜요? 말 싫어요?" 그가 묻는다.

"난 도시에 사는 여자라고요, 마이더. 난 시카고를 몹시 좋아해요. 그걸 알면서도 엄마가 그런 걸 요구하다니. 왜 엄마는 그런 불합리한 조항을 고집한 걸까요?"

"좋아요. 레이디 루루를 고무 공장에 데리고 가서 인형으로 만들어달라고 할까요?"

"그만하세요, 나는 지금 진지해요. 솔직히 말을 데려다 놓을 곳을 알아보기도 했어요. 비용이 어마어마해요. 먹이는 물론 그밖에 필요한 것들도 많고, 털도 다듬어줘야 하고요. 매달 드는 비용을 다 계산해보면 보통 사람들의 주택 대출 상환금보다 더 비싸다고요. 그런 돈을 여호수아의 집에 주면 뭘 할 수 있을지 생각해봤어요?"

"포인트를 짚었네요. 사치스러운 낭비죠. 하지만 그런다고 파산하는 건 아니잖아요, 비비. 차도 팔았고 돈이 있잖아요."

"그럴 돈은 없어요. 그 돈은 포홀론스키의 조사 비용으로 쓸 거예요. 저금한 돈이 내 눈앞에서 사라지고 있다고요."

"그래도 그건 당분간이죠. 유산만 상속받으면―"

"만약에 유산을 상속받으면! 그게 언제가 될지 누가 알겠어요? 1년 안에 모든 목표를 이루지는 못할 거예요."

"좋아요. 한 가지에만 집중해봐요. 말을 입양하는 게 가능한 건 맞죠?"

"그런데 시간이 없어요. 가장 가까운 마구간도 한 시간이 떨어진 곳이고요."

브래드가 앞유리를 바라보며 말한다. "어머니가 말을 키우라고 한 걸 무시하면 안 된다고 생각해요. 지금까지 어머니의 요구가 우리를 실망시킨 적은 없잖아요."

"그 목표는 나를 위한 게 아니에요. 말을 위한 거죠. 말까지 키울 시간은 없다고요. 안 할 거예요. 개 한 마리는 몰라도 말은 안 돼요. 둘은 완전히 다른 동물이이라고요."

그가 고개를 끄덕인다. "알았어요. 이 목표는 일단 방목하기로 하죠. 두려움의 고삐를 쥘 시간을 줄게요. 난 '말 고집'은 아니니까요."

나는 그에게 눈을 흘겼지만 그의 웃음소리를 들으니 기분이 좋아진다.

"말장난하지 마세요." 그의 유치한 농담에 저항하지 못한 채 내가 말한다.

"아, 좋아요!" 그가 손을 높이 쳐들며 하이파이브를 날릴 기세다. "말발이 아주 대단해요."

"어휴, 말썽쟁이." 나는 고개도 돌리지 않고 말한다.

"이랴, 어서 달려!" 그가 상반신을 약간 일으켜 세우며 말한다.

내가 고개를 절레절레 젓는다. "정말 바보 같아요."

브래드가 루디를 안고 마치 신부를 데리고 들어오는 사람처럼 엄마 집 현관으로 들어선다. 그가 한 손에 개를, 다른 손에는 개 용품들을 질질 끌고 현관 안으로 들여놓을 동안 나는 불을 켜고 크리스마스트리 장식의 전원을 연결한다. 소나무 향기가 나는 거실에 천상의 불빛 같은 색색의 꼬마전구가 켜진다.

"아, 정말 아름다운 집이군요." 그가 루디를 내려놓으며 말한다. 루디가 두리번거리는 것도 잊은 채 곧장 크리스마스트리 곁으로 달려가 밑에 있는 빨간색 포일로 싼 상자에 코를 비비며 냄새를 맡는다.

"루디, 이리 와. 밥 먼저 먹어야지."

브래드가 물그릇을 챙기고 나는 사료를 그릇에 쏟는다. 우리는 임무를 수행하는 사람들처럼 주방에서 각자 알아서 움직인다. 그가 손을 씻더니 수건으로 물기를 닦고 나도 싱크대에서 손을 닦는다. 내가 수도꼭지를 잠그자 그가 수건을 건넨다.

"와인 마실래요?" 내가 묻는다.

"좋죠."

나는 손을 뻗어 피노누아르 한 병을 꺼낸다. 브래드가 마치 집을 사러 온 사람처럼 눈을 옮기며 주방 구석구석을 훑어본다. "이 집을 살 생각은 안 해봤어요?"

"이 집이요? 여긴 참 좋긴 하지만, 엄마 집이에요."

"그러니까 더욱 사야죠." 그가 조리대에 몸을 기대며 말한다. "내겐, 이 집이 당신 같아요. 이게 말이 된다면."

내가 코르크스크루를 돌리며 말한다. "정말요?"

"정말요. 우아하고 멋지고, 그래도 여전히 따스하고 감미로워요."

혈관에 꿀이 도는 것 같다. "고마워요."

"잘 생각해봐요."

나는 찬장에서 와인잔을 꺼낸다. "살 돈이나 있나요? 사려면 이제, 오빠들한테 사야 해요. 아시죠?"

"물론 살 수 있을 겁니다. 유산 상속 후에."

"뭔가 잊고 있는 게 있군요. 사랑에 빠지고 아기를 낳아야 하잖아요. 사랑하는 사람을 만난다 해도 그가 엄마 집에서 살고 싶은지도 잘 모르고요."

"그 사람도 이 집을 좋아할 겁니다. 가까이에 공원도 있고. 아이들에게 최고의 환경이죠."

확신에 찬 그의 말을 나는 거의 기정사실처럼 받아들인다. 그에게 와인을 건넨다. "혹시 우리 엄마가 왜 나와 오빠들에게 이집을 처음 1년 동안 보존하라고 했는지 아세요?"

"아뇨. 어쩌면 당신이 머물 곳이 필요해지리라는 걸 아신 게 아닐까요?"

"네, 나도 같은 생각이에요."

"그리고 당신이 이 집을 좋아해서 떠나고 싶어 하지 않으리라는 것도 염두에 두신 것 같아요." 그가 와인잔을 돌리며 말한다. "어머니가 30일 조항을 넣은 건 당신이 너무 편해지는 걸 원치 않아서 그런 것 같아요."

"잠깐만요…… 뭐라고요?"

"유언에 그 조항이 있잖아요. 누구도 30일 이상 연속으로 머물지 못한다. 기억하죠?"

"아뇨." 나는 솔직히 말한다. "그러니까 당신 말은, 내가 여기 머물 수 없다는 거잖아요? 다른 곳을 찾아봐야 하나요?"

"네. 유언에 다 있어요. 복사본 줬잖아요, 받았죠?"

나는 머리를 움켜쥔다. "이제 막 애를 데려왔잖아요. 동물 키울 수 있는 집 찾기가 얼마나 어려운지 잘 아시잖아요? 그리고 내 가구들! 모두 여호수아의 집에 줘버렸는데. 돈도 없다고요."

"자, 진정해요." 그가 잔을 옆에 놓더니 내 양 손목을 그러쥔다.

"괜찮을 거예요. 지난주에 여호수아의 집에서 하루 잤잖아요. 그러니까 엄밀히 말해서 시간이 얼마 안 지났다는 거예요. 다른 곳을 찾을 시간은 충분해요."

나는 슬며시 손목을 뺀다. "잠깐만요. 그러니까 당신 말은 연속으로 머무르지 않았으니까 내가 여기 머문 것은 엄밀히 말해 6일뿐이라는 말이죠?"

"맞아요."

"다시 말해서, 여호수아의 집에서 잤을 때처럼 한 달에 하루나 이틀만 다른 데서 지내면 30일을 절대 넘지 않겠네요?"

"어, 내 생각에 그건—"

나는 승리의 미소를 짓는다. "그럼 내가 여기 무한정 있어도 괜찮은 거네요. 문제 해결!"

그가 뭔가 반대 의견을 말하기 전에 나는 물 잔을 높이 쳐든다. "건배!"

"건배." 그가 잔을 부딪치며 말한다. "와인 안 마셔요?"

"요즘 술 안 마셔요."

그가 잔을 입에 대려다 다시 내린다. "아까 요즘 계속 피곤하다고 말했죠?"

"네? 네."

"술도 안 마신다?"

"방금 그렇게 말했어요, 아인슈타인 씨."

"와, 맙소사! 그럼 아기?"

내가 웃는다. "내 생각엔 그런 것 같아요. 임신 테스트기를 샀는데, 겁나서 아직 못 했어요. 연말연시나 지나고 하려고요."

"임신일까 봐요?"

"아뇨! 혹시 임신이 아닐까 봐서요. 그럼 무척 실망할 거예요."
내가 그를 본다. "일이 내가 상상했던 대로 흘러가지는 않았어
요. 싱글이 된 걸 비롯해서요. 아빠 노릇을 할지 말지는 앤드루의
결정에 맡길 거예요. 양육비를 요구하지는 않을 거예요. 결국 이
건 내 꿈이니까요. 내 아이는 내가—"

"워워. 숨 좀 돌리자고요, 비비. 확실한 것처럼 말하는군요. 본
말을 전도하지 않도록 조심해요."

"그 웃긴 말 이야기 좀 그만해요."

그가 두 팔 가득 나를 안아준다. "진심이에요, 브렛. 난 당신을
알아요. 잘 흥분하는 사람이라는 걸. 확실해질 때까지는 브레이
크를 걸어둬요."

"그러기엔 너무 늦었어요. 이미 흥분을 넘어섰으니까요. 엄마
가 암을 선고받은 이후 처음으로 기쁨이 느껴져요."

우리는 잔을 들고 루디가 벽난로 앞에 누워 있는 거실로 간
다. 브래드가 소파에 앉기 전에 가방에서 봉투를 꺼내 든다. 6번
목표.

"어머니가 루디에 대해 뭐라고 하실지 들어볼까요?"

"기다려지네요." 나는 맞은편 의자에 다리를 포개고 앉는다.

그가 셔츠 주머니를 더듬는다. "이런, 돋보기를 안 가져왔어
요."

나는 벌떡 일어서서 엄마 책상에 있는 돋보기를 가져온다. "여기 있어요." 나는 자홍색과 보라색이 섞인 안경을 건넨다.

그가 화려한 안경테에 약간 눈을 찡그리더니 선택의 여지가 없다는 듯 돋보기를 쓴다.

요란한 여자 안경을 쓴 그의 모습을 보자 웃음이 터져 나온다. "세상에나." 나는 손가락으로 그를 가리키며 웃는다. "정말 웃겨요!"

그가 내 손을 잡고 소파에 앉히더니 헤드록을 한다. "이게 웃겨요, 정말?" 그가 내 머리를 살짝 쥐어박으며 말한다.

"그만해요!" 내가 깔깔거리며 말한다.

결국 우리는 웃음을 거두었지만 티격태격하느라 그가 내 옆에 앉게 되고 그의 팔이 여전히 뒤에서 내 목을 감싸고 있다. 정숙한 여자 같았으면 바로 자세를 고쳐 앉을 것이다. 어쨌든 그는 여자친구와 헤어진 것이 아니라 잠시 휴지기를 갖고 있을 뿐이니까. 그럼 나는? 앉아 있던 곳에 그대로 앉아 있다.

"자." 그가 말한다. "이제 그만 놀려요." 그가 편지를 펼치려고 오른손을 뻗는다.

나는 그의 곁에 바짝 다가가 앉으며 고개를 끄덕인다. "준비됐어요, 할머니. 읽어주세요."

그가 으르렁거리는 시늉을 하더니 편지를 읽기 시작한다.

"개를 데려왔다니 축하한다, 내 딸! 정말 기분이 좋구나. 너는 어릴 때 동물을 무척 좋아했는데, 어른이 되고 언제부턴가 그 사랑을 어디에다 감춰버린 것 같더구나. 의심스러운 건 있지만, 확실한 이유는 모르겠구나.'"

"앤드루가 깔끔 떠는 사람이란 건 엄마도 알았어요."

"기억하니? 우리가 로저스파크에 살 때 우리와 친구가 되었던 길 잃은 개 콜리 말이야. 네가 이름을 리로이라고 지었다며 집에서 키우게 해달라고 떼를 썼잖아. 너는 모르겠지만, 난 찰스에게 허락받기 위해 무척 애썼단다. 그런데 찰스가 생각보다 예민하게 반응했지. 집에서 개 키우는 건 절대 반대한다더구나. 냄새가 너무 난다면서.'"

나는 브래드의 손에서 편지를 낚아채 마지막 두 문장을 다시 읽는다. "어쩌면 내가 정말 아버지랑 똑같은 남자를 만난 거네요, 날 사랑해주길 바라면서."

브래드가 그 말에 내 어깨를 살며시 그러쥔다. "이제 깨달았으니 됐죠. 당신이 얼마나 사랑스러운 존재인지 증명하기 위해 찰스 볼링거를, 혹은 다른 어떤 남자든 기쁘게 해줄 필요는 없어요."

나는 그의 말을 가슴 깊이 받아들인다. "네, 엄마의 비밀이 나를 자유롭게 해줬어요. 더 일찍 말해주셨으면 좋았을걸."

"'개 잘 키우길 바란다. 잡종개지, 맞지? 2층에 데려다 재울 거니? 만약 그럴 거면, 오리털 이불은 치워놓기 바란다. 드라이클리닝 하려면 돈깨나 들거든.

내 딸, 새로운 식구와 좋은 추억 많이 만들어가길.

엄마가.'"

나는 브래드가 들고 있던 편지를 낚아채 빨리 다시 읽는다. "엄마 집에서 살고 있을 거라는 걸 이미 아셨던 것 같아요. 어떻게 알았을까요?"

"나도 잘 모르겠지만, 여러 가지 사실을 바탕으로 미루어 짐작하신 거겠죠."

"여러 가지 사실이요?"

"앤드루는 개를 싫어하고, 당신에겐 개가 있고, 앤드루와 함께 살지 않으니 어머니로서는 당연히 당신이 이곳에 오리라고 예상한 거겠죠."

나는 브래드를 쳐다본다. "그것 봐요. 엄마는 내가 여기 머물렀으면 하는 거잖아요. 30일 조항은 실수가 분명해요."

확신에 찬 어조로 말했지만 속으로는 내가 스스로를 속이고 있는 건 아닌지 모르겠다.

나와 브래드는 소파에 편하게 등을 기대고 산타 양말을 신은 발을 커피 탁자에 올려놓은 채 텔레비전에서 방영되는 영화 〈화이트 크리스마스〉를 보고 있다. 그가 마지막 와인을 비우면서 시계를 힐끗 쳐다본다. "어이쿠, 빨리 가야겠다." 그가 벌떡 일어서며 몸을 편다. "어머니한테 내일 일찍 출발할 거라고 했어요. 크리스마스가 겨우 이틀 남았잖아요. 크리스마스트리 장식하는 거도와드리기로 해서 기다리고 계시거든요."

샴페인에 있는 붉은 벽돌집에서 그와 그의 어머니가 크리스마스를 보내는 상상을 해본다. 가족 중에 한 사람, 아버지가 집에 없다는 사실을 애서 모르는 척하며. 내가 보낼 크리스마스와 다를 게 없다.

"가시기 전에 크리스마스 선물 뜯어보세요."

"아, 그런 거 준비하지 않아도 되는데." 그가 손을 내젓는다. "하지만 준비를 하셨다니 풀어볼까요. 어서 가져와요."

나는 트리 밑에서 네모난 상자를 찾는다. 그가 상자를 열고 무심히 안을 들여다보더니 배 모양의 나무 조각을 조심스럽게 꺼내 든다.

"정말 아름답군요."

"당신에게 어울릴 선물이라는 생각이 들었어요. 내 구명정의 키를 잡아주셨잖아요."

"많이 생각하고 고른 선물이군요." 그가 내 이마에 키스를 한다. "그 배의 선장은 바로 당신이라는 걸 잊지 마요." 그가 부드럽게 말한다. "나는 그 배의 선원 가운데 한 명이에요." 그가 소파에서 일어서더니 말한다. "잠깐만요."

그가 코트를 걸어놓은 곳으로 잠시 사라지더니, 작은 은색 상자를 손에 쥔 채 소파로 걸어온다.

"당신 거예요."

상자 안에 빨간색의 벨벳이 깔려 있고, 그 위에 작은 낙하산 모양의 금 펜던트가 놓여 있다.

"이제 당신 배가 안전하게 뭍에 닿게 될 거예요."

나는 손가락으로 펜던트를 집어 든다. "아, 정말 마음에 들어요, 브래드. 그리고 지난 석 달 동안 곁에서 지켜줘서 고마워요. 진심이에요. 당신 없이는 아무것도 못 했을 거예요."

그가 내 머리를 장난스럽게 헝클어뜨린다. "마음에 든다니 다행이에요. 어려운 시기에 동행하게 해줘서 고마워요."

그가 갑자기 내게 몸을 숙이더니 키스를 한다. 우리가 보통 인사로 가볍게 입을 맞추던 것보다 느리고 길게. 그리고 나는 숨차다. 다리가 휘청거린다. 그는 술을 많이 마신 상태고, 우리 둘 다 마음에 상처를 입고 취약한 상태이니, 오늘 밤 위험해질 수도 있다. 우리는 현관으로 걸어간다. 나는 그의 코트를 꺼낸다.

"행복한 크리스마스 보내요." 나는 평소처럼 말하려고 애쓴다. "아버지 소식을 들으면 꼭 연락 주세요."

"약속할게요." 그는 내게서 코트를 받는 대신 나를 뚫어져라 쳐다본다. 전에 없이 부드럽게 손을 뻗어 내 뺨을 손가락으로 어루만진다. 그의 눈동자는 무척이나 부드럽고, 나는 충동적으로 그의 볼에 입을 맞춘다.

"당신이 행복하면 좋겠어요."

"나도 그래요." 그가 속삭인다. 그가 한 발자국 내게 다가온다. 배에서 작은 떨림이 느껴지지만 나는 애써 무시한다. 그는 제나를 사랑하는 사람이다. 그가 내 머리를 부드럽게 쓸어내리며 마치 나를 처음 보는 것처럼 내 얼굴을 찬찬히 훑는다. "이리 와봐요." 허스키한 그의 목소리가 나를 부른다.

심장이 요동친다. '우정을 망치지 마. 그는 지금 외로운 거야. 상처받은 거야. 제나가 그리운 거라고.'

모든 내면의 소리를 뒤로하고, 나는 그의 품으로 다가간다.

그의 두 팔이 나를 안는다. 그의 숨소리가 들린다. 내 감각 하나하나에 그의 숨소리가 다가온다. 그가 몸을 바짝 붙인다. 그의 체온이, 그가 겪고 있는 어려움이, 그의 강인함이 온몸에 전해진다. 나는 눈을 감고 그의 가슴에 얼굴을 기댄다. 그에게 더 바싹 다가간다. 내 안에 타오르는 열정을 무시할 수 없다. 그의 손가락이 내 머리칼 속으로 파고든다. 그의 입술이 내 귀에 닿는다. 아, 이토록 달콤한 키스를 받은 게 언제였는지 모르겠다. 나는 천천히 고개를 들고 그를 본다. 정열로 가득 찬 그의 눈동자가 내게 더 가까이 다가온다. 그가 고개를 숙이자 서로의 입술이 닿는다. 그의 입은 따뜻하고 촉촉하고 맛있다.

나는 내 안의 모든 힘을 동원해 그를 가볍게 밀어낸다.

"안 돼요, 브래드." 나는 반은 후회하면서 속삭인다. 그를 원하지만 지금은 아니다. 그는 지금 제나와 잠깐 휴지기를 가지는 것뿐이다. 다른 사람과 만나기 전에 제나와의 관계를 완전히 정리할 필요가 있다.

결국 그가 내 머리를 만지던 손을 거둔다. 그가 한 발짝 뒤로 물러서며 손으로 얼굴을 쓸어내린다. 천장을 바라보는 그의 뺨이 상기되어 있다. 부끄러움 때문인지 안에서 솟구치는 열정 때문인지는 확실하지 않다.

"우리 이러면 안 돼요. 너무 일러요." 내가 말한다.

그의 눈두덩이 약간 붉다. 그가 슬픈 미소를 던진다. 그가 한 손으로 내 머리를 틀어나 내 이마에 가볍게 입술을 댄다 "왜 그렇게 현실적인 사람일 수밖에 없는 거예요?" 그의 목소리에 실린 날것의 감정이 가슴 아프게 전해진다.

나는 마음은 아프지만 웃는다. "잘 가요, 브래드."

나는 산타 양말을 신은 채 벽돌 계단에 서서 그의 실루엣이 모퉁이를 돌아 사라질 때까지 지켜본다. 그를 보내기가 쉽지는 않았지만, 나는 옳은 결정을 했다. 브래드는 아직 새로운 사람을 만날 준비가 되어 있지 않다.

나는 집으로 들어가 현관문을 걸어 잠근다. 앤드루의 집에 혼자 있을 때 느꼈던 우울한 기분 대신, 오늘 밤에는 희미한 희망을 느낀다. 브래드는 아직 새로운 사랑을 시작할 준비가 되지 않았지만, 오늘 밤 내 안을 휘젓던 열정이 나는 준비가 된 것 같다고 말해준다. 나는 카펫 위에 잠들어 있는 루디를 본다. 이제 개가 생겼네. 그리고 내년 이맘때면 아기도 생길 테고! 나는 아직 부풀어 오를 기미도 없는 납작한 배를 내려다보며 임부복을 입고 배에 살갗이 튼 모습을 상상해본다. 가슴이 터질 듯 벅찬 행복이 차오른다.

크리스마스 아침이다. 나는 루디의 뾰족한 코가 내 가슴팍을 간질이는 느낌에 눈을 뜬다. 루디의 머리를 쓰다듬는다. "메리 크리스마스, 루디!" 가족을 위해 저녁 식사를 준비해야 한다는 생각이 떠오르자 갑자기 정신이 번쩍 든다. 아랫배가 작고 단단한 공처럼 뭉치는 것 같다.

"루디, 이제 일어나 준비해야겠다. 오늘 밤 파티 준비." 나는 다시 배에 통증이 느껴지자 움찔하며 일어선다. 통증이 사라지자 가운을 걸친다. 구겨진 시트가 눈에 들어오고, 그것이 보인다.

붉고 선명한 핏자국.

17장

나는 잠깐 동안 눈앞에 있는 사실을 믿을 수 없다. 믿기를 거부한다. 나는 멍한 시선으로 핏자국을 바라본다. 갑자기 갈비뼈 부근이 옥죄어오며 호흡이 가빠진다. 무릎이 꺾이고 두 손에 머리를 묻는다. 옆에 있던 루디가 내게 코를 들이밀며 팔 안으로 파고든다. 하지만 지금은 그에게 줄 것이 아무것도 없다. 내 안엔 아무것도 없다.

날카로운 상실감이 몸을 관통하고 난 뒤, 나는 벌떡 일어서서 흐트러져 있는 침대 시트를 신경질적으로 잡아당긴다. 걷잡을 수 없이 눈물이 흘러내린다. 터져 나오는 울음을 넘을 수가 없다. 이마 주변 머리카락이 땀에 젖는다. 나는 시트를 끌어모아 빨래통에 집어넣는다. 빨래통을 들고 방 커튼을 확 열어젖힌다. 노먼 록웰의 그림 같은 완벽한 풍경의 크리스마스 아침이 내게 인사를 건넨다. 하지만 나는 크리스마스의 아름다움을 느낄 수가 없다. 내 영혼은 텅 빈 내 자궁처럼 공허하고 삭막하다.

마취제를 맞은 사람처럼 멍한 상태로 크리스마스를 지낸다. 에마와 트레버는 루디를 보더니 마음을 온통 사로잡혔고, 셋이 가족을 위해 재롱을 떤다. 나는 멍한 시선으로 그들을 바라본다. 기쁨과 웃음, 맛있는 음식에도 나는 무감각하다. 다른 사람들이 게걸스럽게 먹는 반면 새언니는 한두 숟갈 정도의 분량을 접시에 담는다. 나도 그녀와 별반 다르지 않다.

상상의 아기를 잃은 후 엄마의 죽음이 기억 속에 되살아나 나는 새로운 상실감에 빠져 있다. 오늘 벌써 세 번이나 문을 잠근 채 내 방에 혼자 들어앉아 있다. 세면대에 찬물을 세게 틀어놓고, 끊임없이 괜찮다고 스스로를 타일렀다.

나는 정말 아기를 원했다. 임신했다고 확신했다. 그리고 엄마……. 이럴 때 내 옆에 있어줬으면. 너무해요. 엄마는 언제나 명절을 즐기곤 했으니 생애 한 번쯤 더 크리스마스를 보내고 갔으면 좋았을걸.

작년에 우리는 새해에 우리를 기다리고 있을 비극은 알지 못한 채 늘 그렇듯 기쁘게 한 해를 맞이했다. 엄마에게 마지막 크리스마스라는 것을 알았다면 뭔가 감동적이고 특별한 선물을 했을 텐데. 나는 겨우 윌리엄소노마 파니니그릴을 하나 사드렸다. 그럼에도 엄마는 환하게 웃으며 마치 그게 바로 엄마가 바라던 선물이라는 표정을 지었다. "아아, 내 딸이 나를 즐겁게 하는구나."

가슴이 터질 것 같은 슬픔이 북받치며 갑자기 눈물이 터진다. 나는 그대로 욕실 바닥으로 미끄러진다. 걷잡을 수 없이 눈물이 솟구친다. 오늘따라 엄마가 참을 수 없이 보고 싶다. 엄마에게 손주를 안겨주고 싶었다고 말하고 싶다. 그러면 엄마는 내 등을 부드럽게 쓸어주며 다시 푸른 하늘이 내 위에 펼쳐질 거라고 말해줄 텐데.

"브렛." 조드 오빠가 부른다. 그리고 문을 두드린다. "이봐, 브렛. 안에 있니?"

나는 고개를 들고 호흡을 가다듬는다. "음, 음."

"전화 왔어."

나는 차가운 타일 바닥에서 몸을 일으키며 코를 푼다. 누구에게 걸려온 전화일까. 어제 캐리와 20분간 통화했다. 내 안부를 궁금해할 다른 사람은 브래드뿐이다. 어제 조금 음탕한 행동을 한 데 대해 사과라도 하고 싶은 걸까? 나는 방문을 열고 무거운 발걸음으로 복도를 걸어간다. 복도 중간쯤에서 트레버가 나를 보며 전화기를 건넨다.

"여보세요." 나는 전화기를 건네는 조카의 머리를 손으로 쓰다듬는다.

"브렛?" 낯선 목소리가 나를 찾는다.

"네."

침묵이 흐른다. 잠시 전화가 끊긴 걸까 궁금해진다.

마침내 그가 감정이 잔뜩 담긴 목소리로 말한다. "존 맨슨이라는 사람입니다."

18장

나는 전화기를 들고 계단을 뛰어올라 엄마 방으로 들어간다. 등 뒤로 방문을 닫고 그대로 바닥에 가라앉듯 문에 기대고 앉는다.

"안녕하세요, 존?" 나는 겨우 목소리를 가다듬고 말한다. "메리 크리스마스."

그가 뜬금없는 내 인사에 조금 웃더니, 낮고 포근한 목소리로 말한다. "브렛도 메리 크리스마스."

"정말 이상한 일이라 믿기지 않으시죠?" 내가 말한다. "저도 이제 조금 익숙해졌지만 여전히 놀라울 뿐이에요. 엄마의 일기장을 찾은 지 겨우 두 달밖에 안 됐어요."

"놀랍고 정말 멋진 일이지. 엘리자베스가 직접 알려줬으면 더 좋았을걸. 왜 그러지 않았는지 이해는 되지만."

이해가 된다고? 이유를 묻고 싶다. 정말 알고 싶으니까. 그러나 다음에 들으면 된다. 둘이 직접 얼굴을 보고 만나는 날, 두 손을 마주 잡거나 소파 위에 기분 좋게 앉아 아버지가 내 어깨에 부드럽게 팔을 두른 채.

"어디 사세요?"

"시애틀. '맨슨 뮤직'이라는 작은 악기점을 하고 있어. 한 달에 몇 번씩 기타 연주회도 하고."

나는 음악가인 멋진 아버지의 모습을 상상하느라 웃음을 멈출 수 없다. "더 얘기해주세요. 모든 것을 알고 싶어요."

그가 껄껄거린다. "그럴게, 약속하마. 그런데 지금은 조금 바빠서—"

"아, 죄송해요." 내가 말한다. "크리스마스인데 긴 통화는 불편하시겠죠. 꼭 뵙고 싶어요. 혹시 시카고로 오실 수는 없나요? 새해 지날 때까지 쉬는데."

그가 한숨을 내쉬는 소리가 들린다. "정말 보고 싶구나. 그런데 타이밍이 최악이구나. 열두 살짜리 딸이 있어. 걔 엄마가 얼마 전에 애스펀으로 이사를 갔고 내가 돌보고 있지."

"내게 동생이 있다고요?" 이상하게도, 내가 품었던 '아버지와 딸'에 대한 환상 속에는 없던 이야기다. "정말 멋진 일이네요. 이름이 뭐예요?"

"조이. 생일 맛 런 팬데미. 오늘 좀일 기침을 하는구나. 감기에 걸린 건 아닌지. 지금 상황에서 여행은 꿈도 못 꾼다."

"정말 안됐어요." 그때 한 가지 생각이 떠오르고 내가 불쑥 말한다. "아, 제가 시애틀로 가면 어떨까요? 그러면 조이가 움직이지 않아도 되고—"

"그렇게 말해주다니 정말 고맙구나. 그래도 때가 좋지 않아. 조이가 코감기가 심해. 사람 많은 곳에 가는 것도 걱정이고. 주의를 해야지. 그러지 않으면 병원에 입원해야 할 사태가 벌어질 수도 있을 것 같아."

코감기 때문에? 가슴이 무너져 내린다. 아버지는 핑계를 대는 거다. 만나고 싶지 않다는 말이다. "그래요. 다른 시간을 만들어봐요. 조이에게 가보셔야죠."

"그래, 그러는 게 좋겠다. 그런데 브렛, 널 알게 돼서 행복하다. 지금은 아니지만 곧 만날 수 있길 고대하마. 내 말 알겠지?"

"물론이죠." 내가 말한다. "조이에게 얼른 일어나라고 전해주세요."

나는 수화기를 스르르 내려놓는다. 결국 아버지를 찾았다. 그리고 이복동생도 있다니. 그런데 왜 철저하게 거절당한 느낌이지?

내가 거실을 뚜벅뚜벅 걸어 들어가자, 모든 사람의 눈이 내게 쏠린다. "방금 통화한 사람이, 우리 아버지래." 내가 활기찬 목소리로 말한다. "존 맨슨."

셸리가 꾸벅꾸벅 졸다 눈을 번쩍 뜨며 묻는다. "어떤 분이셔?"

"멋진 분. 정말 좋은 분 같아. 친절한 분이라는 걸 알 수 있어."

"어디에 사신대?" 조드 오빠가 묻는다.

나는 벽난로 앞에 털썩 주저앉아 무릎을 모으고 앉는다. "시애틀. 여전히 음악을 하시고. 멋지지 않아?"

"만날 약속 정했어?" 셸리가 묻는다.

나는 루디의 귀여운 표정을 보며 턱을 간질인다. "아직 못 했어. 곧 뵐 거야."

"시카고로 오시라고 해." 제이 오빠가 말한다. "우리도 다 만나고 싶다고 전해줘."

"그럴게. 이복동생 몸이 좀 나아지면. 날씨를 타는지 감기가 심하대. 믿겨져? 동생이 있대, 여동생!"

조드 오빠가 마시던 블러드메리를 조금 쳐들더니 눈썹을 치켜올린다. "그럼 진짜 가족이 있는 셈이네?"

숨이 막힌다. "'진짜' 가족이라니 도대체 무슨 말이야?"

"아니, 그냥 하는 말이지……."

"조드 말은." 새언니가 말한다. "그분에게 같이 살고 있는 가족이 있다는 뜻이에요, 그가 알고 있는 가족."

제이 오빠가 바닥에 앉아 있는 내게 다가오더니 내 어깨에 손을 얹는다. "너도 그분의 진짜 가족이야. 너 스스로 중심을 잡아야 해. 34년 후에 가족이 된다는 게, 그분과 너는 공유한 게 없잖아. 너를 재워준 적도 없고, 악몽을 꾸었을 때 침대 옆에 누워 다독거려본 적도 없고……."

'내가 코를 훌쩍일 때 걱정해준 적도 없고.'

조드 오빠가 고개를 끄덕인다. "우리 사무실에 있는 여자한테 아들이 한 명 있었는데, 입양을 보냈대. 아들이 열아홉 살 때 나타났는데, 정말 골치 아팠다고 하더라고. 그분한테는 어린아이가 둘 있었는데, 갑자기 낯선 사람이 나타나 인생에 끼어들고 싶어 한 거야. 그분은 아들과 완전이 단절된 기분을 느꼈대." 그가 마치 악몽 같은 이미지를 떨쳐버리기라도 하려는 듯 고개를 절레절레 흔든다. 그리고 나를 본다. "하지만 네가 그럴 거라는 건 아니야."

가슴에 짙은 안개가 가득 찬 것 같다. 고생 끝에 찾은 아버지는 나를 보고 싶어 하지도 않는다. 딸도 있다. 정말 사랑하는, 진짜 딸. 그는 두 사람에게 혹시 내가 나쁜 균이라도 전염시킬까 염려한다. 엄마는 상황이 이렇게 되리라는 것을 아셨을까? 그래서 내게 말을 하지 않은 걸까?

아홉시, 나는 손에 신발을 들고 현관 앞에 서서 비탄에 잠긴 채 녹초가 되어 있다. 오빠들을 배웅하느라 질질 끌려 나온 셈이다. 조드 오빠 부부가 가장 마지막으로 떠난다고 일어섰는데 오빠가 할 말이 있는 사람처럼 현관에서 머뭇거린다. 오빠가 새언니에게 차 열쇠를 내민다. "가서 시동 좀 걸어놔. 금방 갈게."

그녀가 떠나자 조드 오빠가 내게 몸을 돌린다. "할 말이 있는데, 엄마 집에서 얼마나 머물 작정이니?"

그의 말투가 내 신경을 건드린다. "그, 글쎄. 지금 당장은 달리 갈 데가 없어서."

그가 손으로 턱을 쓸어내린다. "엄마가 30일 이상 머물지 말라고 명시했잖아. 추수감사절 때부터 여기 있었던 거 맞지?"

나는 믿기지 않는다는 눈초리로 그를 본다. 순간, 엄마의 DNA

에서 좋은 유전자는 모두 사라지고 찰스 볼링거만 보인다. "응, 하지만 정확히 30일 연속으로 머물지 말라고 하셨잖아. 나는 매주 월요일에 여호수아의 집에서 머물고 있어."

그의 입은 움직임을 멈추고 눈만 웃는다. 조롱하는 듯한 눈빛, 내가 바보가 된 기분을 느끼기에 충분한 눈빛. "그래서 뭐? 네 말은 일주일마다 날짜를 다시 센다는 거야?"

그게 바로 내 생각이다. 그의 능글맞은 미소를 보니 내 의견에 동의하지 않는다는 것을 알 수 있다. "그럼 내가 어떻게 해야 할까, 오빠? 난 지금 교사의 박봉으로 살고 있어. 유산 받은 것도 없고. 가구도 이미 다 줘버렸고."

그가 두 손을 턱 내려놓는다. "알았어, 알았다고. 없던 걸로 해. 난 단지 다른 사람은 몰라도 너만큼은 엄마의 규칙을 따르고 싶어 할 줄 알았어. 네가 원하는 만큼 머물도록 해. 난 괜찮으니까." 그가 내 뺨을 가볍게 꼬집는다. "오늘 하루 대접하느라 애썼다. 사랑해."

나는 그의 등 뒤로 세차게 문을 닫지만 육중한 자단목 현관문은 딸깍 소리도 나지 않고 닫힌다. 나는 거실을 향해 걸어가다 몸을 획 돌려 신발을 현관문을 향해 냅다 던진다. "조드, 이 나쁜 놈!"

바닥에 앉아 있던 루디가 벌떡 일어나더니 나를 향해 달려온다. 나는 그 앞에 털썩 주저앉는다. "그리고 너." 나는 루디의 털에 코를 묻고 비빈다. "네가 있으니 우린 지저분한 잡종개를 키워도 좋다는 아파트를 찾아야겠구나. 우린 앞으로 어쩌면 좋니?"

감정이 모두 씻겨 내려간 느낌이다. 엄마의 침대로 가서 화려한 시트에 몸을 깊숙이 파묻고 꿈나라로 가고 싶을 뿐이다. 그럼에도 나는 뜬눈으로 밤을 지새우며 새벽 세시까지 누워 있다. 아버지 생각과 태아가 없는 자궁과 오빠에게 들었던 말들이 뒤죽박죽 섞인다. 이복 여동생에게 느꼈던 순간적인 애정이 사라진 자리를 불온한 질투의 파도와 자신에 대한 혐오감이 대신한다.

나는 몸을 둥글게 웅크린다. 가슴속에서 조드 오빠가 남긴 말들이 요동친다. 나는 그가 한 말, 비난 어린 말을 수없이 반복해 생각하다가 마침내 침대 커버를 내던지고 계단 아래로 뛰어 내려갔다. 주방에 있는 노트북이 눈에 들어온다.

10분도 지나지 않아 나는 적은 수입과 개 때문에 새로운 집을 구하기가 너무도 힘들다는 사실에 굴복한다. 세련되고 깨끗한 집이 소개된 사이트를 몇 군데 살펴본다. 한 달 수입을 다 바쳐야 하는 가격이다. 나는 숨을 크게 들이마시며 검색 조건을 바꿔본다. 침실이 꼭 두 개일 필요는 없다. 하지만 방 하나 빌리는 가격도 너무 높다. 해결책은 단 하나. 남쪽으로 이사 가는 것이다. 내가 평생 살아왔던, 호감 가는 북부에서 집을 빌리는 것은 꿈도 못 꾼다. 내가 아는 사람들이 모두 북쪽에 사는 게 무슨 상관이람?

나는 엔터를 누른다. 내 짐작이 맞는다. 남쪽 지역의 집세가 훨씬, 훨씬 저렴하지만…… 경력이 1년도 안 된 교사 월급으로는 '여전히' 어렵다. 연금을 깨거나 낯선 사람과 룸메이트로 지내지 않으면 내 선택은 오직 하나, 아이젠하워 고속도로 남쪽 지역, 그곳에 살게 되리라고는 단 한 번도 생각지 못했던 곳으로 이사하는 것밖에 없다.

이건 못 하겠어! 내가 외국인처럼 느껴질 동네에서, 범죄와 총기 사고가 난무하는 그 끔찍한 곳에서 살 자신이 없다. 다시 나는 좌절한다. 도대체 엄마는 무슨 생각으로 이 모든 일을 저지른 것일까?

19장

태양이 지평선 위로 왕관처럼 불쑥 솟아오른 이른 아침이다. 눈은 여전히 잠이 완전히 깨지 않아 붉고 머리는 헝클어진 상태로 운전한다. 여호수아의 집에서 산퀴타를 데리고 챈 박사에게 진료받으러 병원으로 가는 길이다. 맹렬한 추위가 기승을 부리는 날, 부츠 아래 눈이 밟히고 미시간 호수에서 얼음이 갈라지고 보일러가 끊임없이 돌아가는 등 눈보다는 귀로 기억될 만한 아침이다. 산퀴타는 벨루어 재질의 트레이닝복과 인조털 모자가 달린 가죽 재킷을 입고 조수석에 앉아 장갑 끼지 않은 손을 히터 앞에서 비비고 있다.

"『US 뉴스』와 『월드리포트』에 따르면 시카고대학병원이 신장내과에서는 미국 최고 가운데 하나래." 내가 그녀에게 말한다.

산퀴타가 아침 햇살을 가리기 위해 차양판을 내리더니 몸을 뒤로 젖히며 손을 엉덩이 밑으로 넣는다. "왜 이러시는지 지금도 모르겠어요. 이 일 말고도 바쁘시잖아요?"

"걱정돼서 그래." 내 말에 그녀가 이해하지 못하겠다는 듯 눈알을 굴리지만 나는 말을 계속한다. "이런 말 듣고 싶지 않겠지만, 그리고 나를 신뢰하지도 않겠지만, 아주 단순한 진심이야. 너도 누가 걱정되면 돕고 싶을 거야. 그것뿐이야."

"실은요, 선생님의 도움은 필요치 않아요. 아기만 낳으면 괜찮아질 거예요."

"나도 알아." 나는 스스로가 하는 말을 믿고 싶은 심정으로 말한다. 그러나 믿지 않는다. 곧바로 내리쬐는 아침 햇살에 그녀의 얼굴이 창백해 보이고 배를 힐끗 쳐다보니 임부라고 느끼기에는 너무 작다.

"아기 이름은 정했니?" 나는 좀 가벼운 분위기로 전환시키고 싶은 마음에 묻는다.

"네, 실은 동생 이름을 따서 지으려고요."

"네게 특별한 아이인가 보구나."

"똑똑한 아이기도 했고요."

"했다고?" 나는 조심스럽게 묻는다.

"죽었어요."

"아, 미안해." 더 이상 캐묻지 말아야 한다는 걸 안다. 개인적인 이야기만 나왔다 하면 산퀴타는 침묵한다. 우리는 아무 말 없이 몇 분 동안 앞만 보고 있었는데, 놀랍게도 산퀴타가 이야기를 이어간다.

"제가 6학년 때였어요. 동생들 중에 디온테와 오스틴만 집에 있었죠. 나머지 애들은 학교에 있었어요. 배가 고팠던 디온테가 조리대 위로 올라갔어요. 시리얼을 꺼내려고요."

머리카락이 쭈뼛 치솟는 느낌이다. 그만 말하라 하고 싶다. 다음에 일어난 일에 대해 듣고 싶지 않다.

그녀가 눈을 가늘게 뜨고 조수석 쪽 창밖을 응시한다. "가스레인지에 불이 켜진 걸 몰랐나 봐요. 그 애의 잠옷에 불이 붙었죠. 오스틴이 어떻게든 끄려고 했지만 소용없었어요."

그녀가 고개를 세차게 젓고는 지평선을 바라본다.

"아마 나는 그때부터 줄곧 엄마에게 화가 났던 것 같아요. 경찰들이 엄마의 잘못이 아니라고 했지만 동생들이 소리치는데도 엄마가 잠에서 깨어나지 않은 이유를 나는 알았어요. 내가 학교에서 돌아오자마자 화장실 변기에 그것들을 다 버렸으니까요. 위탁 가정으로 가기는 싫었거든요. 가끔은 그때 내가 왜 그런 행동을 했을까 의아하기도 해요."

믿을 수 없을 만큼 가슴 아픈 이야기다. 마리화나? 코카인? 필로폰? 나는 묻지 않는다. 단지 손을 뻗어 그녀의 어깨를 가볍게 어루만질 뿐이다. "정말 힘들었겠구나, 산퀴타. 네 아기 이름을 디온테라고 짓겠다는 말이구나. 너의 깊은 생각이 전해져 뭉클해."

산퀴타가 나를 본다. "아뇨, 디온테 말고요. 오스틴이라고 지을 거예요. 그날 이후로 오스틴은 완전히 다른 아이가 되었어요. 엄마가 모든 걸 오스틴 탓으로 돌렸거든요. 오스틴은 말을 거의 하지 않게 되었어요. 모든 문제를 안고 컸죠. 열네 살 때는 학교를 관뒀어요. 그리고 2년 전에 삼촌 총으로 결국 자살했어요. 디온테의 죽음을 목격한 후로 살기가 너무 힘들었던 것 같아요."

대기실 유리창 너머로 간호사와 발랄해 보이는 접수원이 보인다. 우리가 챈 박사의 진료실에 가장 먼저 도착했다. 산퀴타는 소독약 냄새가 진동하는 대기실 한쪽에 앉아서 환자 기록을 작성하고 있다.

"산퀴타 벨." 간호사가 문을 열고 호명한다.

산퀴타가 자리에서 일어선다. "같이 들어가실 거예요?"

나는 잡지를 보고 있던 눈을 들어 말한다. "괜찮아, 여기 있을게."

그녀가 입술 한쪽을 지그시 깨물며 움직이지 않는다.

"네가 원한다면 같이 가도 되고."

"그래주세요."

믿기지 않는다. 내가 진료실에 함께 들어가주길 바라는 것이다. 나는 보고 있던 잡지를 덮고 그녀의 어깨를 감싸며 간호사를 따라 검사실로 간다.

산퀴타는 녹색 가운을 걸치고 가느다란 맨다리를 시트로 덮은 채 진료실 침대에 누워 있다. 고부슬로 머리를 묶고 얼굴에 화장기가 없는 산퀴타는 소아과 의사를 기다리는 어린아이 같다. 가볍게 문을 두드리는 소리가 나더니 챈 박사가 들어온다. 그녀가 산퀴타에게 자신을 소개하더니 내게 몸을 돌리며 묻는다. "어떤 관계시죠?"

"저는 브렛 볼링거입니다. 산퀴타의 선생님이자 친구예요. 산퀴타의 어머니는 디트로이트에 살고 있어요."

그녀가 애매한 대답으로도 충분하다는 듯이 고개를 끄덕인다. 몇 번의 채혈과 지칠 만큼 많은 질문 끝에 모든 검사가 끝나자 그녀가 손에 끼고 있던 라텍스 장갑을 벗으며 산퀴타에게 옷을 입어도 좋다고 말한다. "검사실 맞은편에 있는 진료실에서 얘기하도록 하죠."

우리는 책상을 마주하고 있고, 의사는 검진 결과를 잠시도 뜸들이지 않고 설명한다. "산퀴타는 정말 심각한 상태입니다. 임신이 더 심각한 상황으로 몰아가고 있고요. 기능을 거의 상실한 신장이 임신으로 인해 더욱 제 기능을 못한다는 말이죠. 신장이 제대로 기능하지 못하면 칼륨 수치가 오르는데, 의심했던 대로 칼륨 수치가 높습니다. 이대로 두면 심장마비가 올 수도 있어요." 의사가 책상에 있는 서류 몇 장을 신경질적으로 뒤적인다. 인내심이 없는 건지 뭔가 불편해서 그러는 건지 나는 감을 잡지 못한다. "검사 결과가 나오면 다시 한 번 진찰했으면 해요. 그렇지만 시간이 촉박하다는 걸 염두에 두세요. 되도록 빨리 임신중절수술을 해야 합니다."

"뭐라고요? 말도 안 돼요!" 산퀴타는 마치 내가 그녀를 배신했다는 듯 나를 쳐다본다. "말도 안 된다고요!"

나는 그녀의 어깨를 손으로 감싸며 다시 의사를 본다. "챈 선생님, 산퀴타는 임신 중기에 접어든 지 꽤 됐어요."

"산모의 생명이 위험한 경우에는 중기 이후에도 중절수술을 합니다. 이 환자는 위험한 경우입니다."

산퀴타가 벌떡 일어선다. 대화를 중단하겠다는 선언이다. 하지만 나는 따라 일어서지 않는다. "만약 중절수술을 거부한다면 상태가 어떻게 될까요?"

의사가 나를 빤히 쳐다본다. "확률은 반반이에요. 아기의 경우에는 30퍼센트 정도고요."

그녀는 '생존 확률'이라는 말은 하지 않는다. 굳이 말하지 않아도 알 수 있다.

산퀴타는 내 차에서 앞유리에 시선을 고정한 채 앉아 있다. 표정은 대리석처럼 단단히 굳어 있다. "다시는 그 병원에 안 갈래요. 그 여자가 내 아기를 죽이길 바라잖아요. 그런 일은 일어나지 않을 거예요."

"산퀴타, 그녀가 그걸 바라는 게 아니야. 그게 널 위한 최선의 방법이라고 생각하는 것뿐이지. 네 목숨이 위험한 상황이니까. 이해하지?"

"선생님은 이해가 되세요?" 그녀가 나를 쳐다본다. "선생님은 아이가 없잖아요. 내게 이때니시세에 민힌 끼깊 없어요."

심장이 조각나는 느낌이다. 시트에 묻었던 붉은 핏자국이 선명하게 되살아난다. 나는 호흡을 가다듬는다. "네 말이 맞아. 미안해."

산퀴타는 계속 조수석 창밖만 보고, 우리는 말없이 몇 킬로미터 지난다. 캐럴가에 가까워졌 때 그녀가 마침내 입을 연다. 잘 들리지도 않을 정도로 부드러운 목소리다. "아이 갖기를 원하셨죠?"

그녀가 마치 내가 엄마가 되기에는 이미 너무 늦었다는 듯이 말한다. 그녀의 나이 때는 서른네 살이라면 너무 늙은 것처럼 들릴 것이다. "그래, 아이를 가지고 싶었지. 지금도 그래."

그녀가 마침내 나를 쳐다본다. "선생님은 아마 좋은 엄마가 되었을 거예요."

그녀가 내게 할 수 있는 말 가운데 가장 달콤한 동시에 가장 잔인한 말이다. 나는 손을 뻗어 그녀의 손을 꼭 잡는다. 그녀가 그 손을 뿌리치지 않는다. "너도 좋은 엄마가 될 거야. 신장만 잘 치료하면 언젠가는. 그런데 지금은…… 난 그저 너를 잃고 싶지 않아."

"브렛 선생님, 정말 모르시겠어요? 아이가 없으면 내 목숨은 아무 의미가 없어요. 아기를 죽이느니 차라리 내가 죽는 게 나아요."

이게 바로 '목숨까지 바칠 수 있는 사랑'이다. 산퀴타는 이미 그런 사랑을 찾았다. 그러나 그 진실한 사랑이 그녀를 죽일 수도 있을 것이다.

산퀴타를 여호수아의 집에 내려놓았을 때는 겨우 아침 열시밖에 되지 않았다. 나는 그녀와 오전 시간을 같이 보낼 계획이었다. 함께 아침을 먹고, 아기용품들을 사면서. 그런데 축하할 분위기가 아니라 말도 꺼내지 못한다.

진입로를 벗어날 때쯤 뒷좌석에 아무렇게나 흩어져 있는 인쇄물을 본다. 방을 구하기 위해 인쇄해 온 종이들이다. 차를 길가에 세우고 잠깐 그것들을 훑어보며 필슨에 있는 예쁜 벽돌집을 찾는다. 차를 타고 지나치며 한번 쓱 볼 계획이다. 그러면 조드 오빠와 브래드에게 전화해서 집을 찾고 있다고 말할 수 있을 것이다.

나는 급히 종이들을 훑는다. 리틀이탈리 지역의 집 여섯 개, 유니버시티빌리지의 집 네 개. 필슨 지역의 그 예쁜 집은 없다. 분명히 인쇄했는데, 어디에 있지? 무릎에 놓인 종이들이 버려진 아이들처럼 관심을 가져달라고 애원하는 것 같다. 도대체 어떻게 된 거야……. 여기 없잖아.

나는 사무실이나 여호수아의 집과 가까워지니 좋을 거라는 생각을 하며 기분을 바꿔보려 하지만 좀체 기분이 나아지지 않는다. 동네가 쓸쓸하고 우울해 보이기까지 하고…… 심지어 위험 지역의 경계에 위치해 있다. 나는 리틀이탈리의 이탈리아계 미국인 동네를 지나며 첫 장에 있는 주소와 대조한다. 창문 한짝이 널빤지로 막혀 있어 애꾸눈처럼 보이는 시멘트 건물과 주소가 일치한다. 임대 매물로 나온 사진의 모습과 너무도 달라 한숨만 나온다. 루미스가를 지날 때는 버려진 타이어와 녹슨 다리미대, 온갖 쓰레기에 가려 임대 팻말소지 보이기 않니 째줄이 있다 결국 엄마가 내게 보여주려고 하는 것들은 이런 것일까? 가슴이 아픈 건지, 엄마에게 따지고 싶은 건지, 화가 치미는 건지 알 수가 없다. 아니면 이 모든 것들이 내 안에서 소용돌이치는 건지.

새해를 하루 앞둔 오후 다섯시, 나는 엄마의 집 창가에 놓인 소파에 앉아 M&M 초콜릿을 우적거리고 있다. 밖을 보니 태양은 빛을 잃고 기울어가고, 도시는 새해를 맞을 준비로 떠들썩하다. 루디가 내 발을 간질이고 있고, 나는 캐리에게 전화해 최근에 있었던 일들을 들려준다. 산퀴타 의사를 만난 일, 조드 오빠가 내게 엄마 집에 머무는 것에 대해 했던 말.

"아버지가 어젯밤에 전화했어. 조이 얘기만 하더라고. 감기가 더 심해져 걱정이라고. 난 이렇게 말하고 싶어. '알았어요. 걱정하지 않으셔도 돼요. 아버지 집에 불쑥 찾아가지 않을게요.'"

"그렇게 속단하지 마. 조이가 다 나으면 너에게 집중하실 수 있을 거야. 내 말 믿어도 돼. 아픈 아이를 돌보는 게 어떤 건지 난 알거든. 아이들은 세상의 전부가 돼버려."

나는 단지 감기에 걸린 것뿐이라고 불평하다가 말을 멈춘다. 산퀴타의 말이 맞았다. 나는 이해하지 못한다. 내게는 아이가 없으니까.

"그래, 네 아이들은 어때?" 내가 묻는다.

"잘들 있어. 테일로의 무용 발표회가 목요일 밤에 있었어. 동영상 보내줄게. 맨 뒷줄 스텝을 자주 틀리는 키 큰 애야. 꼭 나 같더라."

우리는 웃음을 참지 못하고 낄낄거린다.

"오늘 뭐 하니?" 그녀가 묻는다.

"특별한 거 없어. 제이 오빠하고 셸리가 멋진 파티에 간대. 내가 애들을 봐준다고 했더니 벌써 애 볼 사람을 찾았대. 그래서 멕라이언 나오는 영화를 눈에 띄는 대로 죄다 빌려왔어." 나는 커피 탁자 위에 디브이디가 잔뜩 놓여 있는 곳을 눈으로 훑으며 말한다. "〈시애틀의 잠 못 이루는 밤〉, 〈유브 갓 메일〉……. 보러 올래?" 내가 농담으로 묻는다.

"만약 〈해리가 샐리를 만났을 때〉 있으면 가지."

"그걸 제일 먼저 골랐어."

누가 먼저랄 것 없이 웃음이 터져 나온다. "아, 브레텔, 보고 싶다. 스텔라의 동료 집에서 파티 열기로 했어. 솔직히 말해서 별로야. 내 밤을 너의 밤이랑 바꾸고 싶다. 정말 부러워, 그 좋은 영화 다 보고."

"그런 말 하지 마." 내가 창가 옆 소파로 돌아가며 말한다. "내 인생에 네가 부러워할 건 아무것도 없어." 갑자기 울컥한다. "혼자 있다는 게 얼마나 쓸쓸한데, 캐리. 길을 걸으면 아이 유모차 끌고 가는 사람들만 눈에 띄어. 내가 완전히 늙은 사람 같은 기분도 들고. 앞으로 아무도 못 만나면 어쩌지? 아이를 못 가지면 어쩌지? 동네 아이들이 내 집 앞에서 뛰어놀다가 미친 할머니가 혼자 사는 집이라고 무서워하면 어쩌지?" 나는 화장지를 뽑아 코에 갖다 댄다. "아, 어쩌면 좋아. 나 혼자 엄마 집에서 늙어 죽으면 어떻게 해!"

"아니지. 거기서 살 수 없다며, 기억해? 아마 초라한 임대 아파트에서 살다 죽겠지."

"오, 정말 친절도 하셔라."

캐리가 내 말에 웃는다. "괜찮을 거야, 브레텔. 겨우 서른네 살이야. 아흔네 살이 아니고. 그리고 멋진 사람도 만날 거야." 그녀가 잠깐 말을 멈춘다. "사실 너 벌써 누군가 만나는 것 같은데."

"정말?" 나는 화장지를 주머니에 찔러 넣는다. "그게 누굴까?"

"네 엄마의 변호사."

가슴이 요동친다. "브래드? 말도 안 돼."

"그런 생각 안 해봤어? 거짓말하지 마."

나는 한숨을 내쉬며 M&M을 한 주먹 그러쥔다. "그래, 그럴지도 모르지." 나는 캐리에게 지난번에 브래드와 있었던 일을 들려준다. 그가 나를 유혹하려 했던 것도. "브래드하고 제나하고 요즘 휴지기야. 그날 브래드가 약간 취한 데다 외롭기도 했거든. 만약 그날 둘 사이에 무슨 일이 있었으면 아마 모든 게 엉망이 됐을 거야."

"그 둘은 몇 달째 헤어졌다 만났다 하잖아. 네가 그렇게 얘기했잖아. 잘 들어봐, 내가 곰곰이 생각해봤어. 어머니가 오랫동안 함께 일하던 나이 많은 변호사 놔두고 왜 브래드를 선임했는지 모르겠다고 말했었잖아."

"그런데?"

"너랑 연결시켜주려고 그러신 게 아닐까?"

나는 자세를 바로 한다. "엄마가 나랑 브래드가 맺어지길 바랐다는 거야?"

"물론이지."

구름이 잔뜩 낀 하늘에 선명한 햇살이 한 줄기 내리쬐는 것처럼 나는 갑자기 깨닫는다. 이런 생각을 진작 못 했다는 게 믿기지 않는다. 엄마는 유능한 골드블랫 변호사에게 의뢰하지 않고 브래드 마이더를 유산 상속 대리인으로 선임했다. 우리가 서로에게 호감을 가지리라는 걸 안 것이다. 엄마가 내게 어울릴 만한, 존경할 만한 남자를 나와 연결해주기 위해 총지휘를 한 것이다. 결국 엄마의 빨간 일기장이 마지막 선물이 아닌 셈이네!

나는 전화기를 보며 속으로 마흔일곱 번이나 할 말을 되새기며 중얼거린다. 손이 떨리지만 이상하게 마음은 차분해진다. 혼자가 아니다. 엄마가 내 곁에 있다. 느낄 수 있다. 나는 부드럽게 착륙할 수 있도록 브래드가 준 펜던트, 나의 낙하산을 손으로 만지작거린다. 숨을 크게 들이마신 후 전화번호를 누른다. 세 번째 신호음이 울리고 그가 전화를 받는다.

"나예요." 내가 말한다.

"오, 잘 있었어요?" 목소리가 가라앉아 있다. 아마도 시간을 확인하려고 팔을 뻗어 시계를 찾고 있을 것이다. 나는 새해 전날에 혼자 있는 우리가 우습지 않으냐고 농담하려던 것을 꾹 참는다. 침을 한 번 꿀꺽 삼킨다.

"오늘 밤 친구가 필요하세요?"

연습한 대로 했고 실수는 없었다. 그런데 그가 처음에는 아무 말도 하지 않았고, 내 가슴이 쿵 내려앉는다. 막 웃음을 터뜨리며 농담이었다고 말하려는데, 눈 오는 밤에 마시는 셰리주처럼 부드럽고 따뜻한 그의 목소리가 들린다. "그러면 좋겠네요."

희미한 눈송이가 밀가루를 뿌리는 것처럼 휘날린다. 나는 오 클레이가에서 우회전을 해서 가로등 불빛이 부드럽게 흐르는 조용한 골목길로 들어간다. 브래드의 집 바로 건너편에서 주차 할 곳을 기적적으로 발견한다. 좋은 징조라고 여긴다. 차에서 내 려 그의 집을 향해 빠른 걸음을 옮긴다. 이렇게 결말지어질 일이 었어. 우리는 함께 마지막 목표까지 이룰 거야, 고민거리였던 말 키우기를 포함해서. 이제 상상임신조차 나를 더 이상 짓누르지 않는다. 브래드는 좋은 아버지가 될 사람이다. 앤드루와 비교할 수 없을 만큼. 나의 새로운 한 해를, 새로운 삶을 시작한다는 생 각에 신이 나서 아찔할 지경이다.

나는 현관 앞에서 걸음을 멈춘다. 만약에 캐리와 나의 예감이 틀렸다면? 지금 실수하는 건 아닐까? 내가 다시 생각해보기 전 에 갑자기 현관문이 활짝 열린다. 그가 청바지에 헐렁한 면티를 받쳐 입고 서 있다. 얼마나 멋져 보이는지 당장에 달려가 그의 목 에 팔을 두르고 싶다. 그럴 틈을 주지 않고 그가 내 손목을 잡아 끈다.

그가 우리 뒤에 있는 현관문을 발로 세게 닫더니 나를 벽에 기 대 세운다. 숨이 가빠지고 머리가 빙빙 돈다. 나는 코트를 겨우 벗어내고 두 팔로 그의 목을 끌어안는다. 그가 내 얼굴을 손으로 쓰다듬으며 목과 입술에 키스를 퍼붓는다. 그의 혀와 내 혀가 섞 인다.

희미하게 버번위스키 맛이 느껴지고 나는 그를 다 마셔버리고 싶다. 손가락을 그의 머리칼 깊숙이 파묻는다. 그의 머리칼은 굵고 부드럽다. 내가 상상한 그대로다. 그의 손이 거칠게 나를 더듬는다. 그가 내 스웨터를 걷어 올리고 그의 손가락이 나의 맨살에 닿는다. 온몸에 잔잔한 소름이 돋는다.

그가 내 스웨터를 벗기더니 브래지어 밑으로 손을 밀어 넣고 가슴을 꼭 움켜쥔다. "아, 브렛." 그가 내 목에 입술을 대며 속삭인다. "당신은 정말 아름다워."

몸이 화끈할 정도로 불길이 치솟는 것 같다. 나는 손을 아래로 뻗어 그의 벨트 버클을 찾아 더듬는다. 가죽 벨트가 손에 닿기 무섭게 벨트를 푼다.

방에서 전화벨이 울린다.

그의 몸이 경직되더니 내 유두에 머물러 있던 손도 같이 멈춘다.

다시 전화가 울린다.

내가 가진 모든 직관으로, 제나가 틀림없다고 확신한다. 브래드도 그걸 안다는 것도 안다.

"신경쓰지 마요." 그가 내 가슴을 움켜쥐며 속삭인다. 움직임이 다르게 느껴진다. 리듬, 혹은 흥미가 사라진 것처럼 서툴다.

내가 그의 가슴에 얼굴을 묻었을 때 또 전화가 울린다. 결국 그가 내 몸에서 손을 뗀다.

수치심이 나를 점령한다. 바보가 된 느낌이다. 내가 무슨 생각으로 이런 짓을 했지? 나는 가슴을 가리며 몸을 움츠린다. "가서 전화 받아요." 내가 말한다.

하지만 벨 소리는 더 이상 들리지 않는다. 오직 브래드의 실망한, 한숨 같은 무거운 숨소리가 들려올 뿐이다. 그는 바지 단추가 풀어지고 셔츠는 말려 올라간 채로 내 앞에 서서 뒷목을 문지르고 있다. 그가 내게 손을 뻗는다. 눈빛은 어둡지만 부드럽고 진심이 담겨 있다. 내게 상처 주고 싶지 않다고 말하는 눈빛이다. 여전히 다른 누군가를 사랑한다고 고백하는 눈빛이다.

나는 억지로 입술에 미소를 띠어보지만 입술 끝은 마음을 숨기지 못하고 처진다. "전화해봐요." 내가 몸을 숙이며 스웨터를 집어 들고 작은 목소리로 말한다.

나는 그가 내 이름을 부르는 소리를 뒤로한 채 현관 계단을 내려선다. 1초라도 걸음을 멈추면 내 앞에 감당하지 못할 세계와 맞닥뜨릴 것 같아 그의 집을 벗어나자마자 있는 힘껏 달린다.

20장

다행스럽게도 크리스마스 연휴가 끝나고 다시 바쁜 일상이 시
작되었다. 쉬는 것보다 일하는 게 더 낫다고 말할 정도로 내 인
생이 한심해질 줄 누가 알았을까. 한쪽 어깨에 가죽 핸드백을 걸
치고 다른 한쪽에 큰 가방을 멘다. "셸리네 집에서 잘 지내, 루디.
내일 만나자."

시계가 아침 여섯시를 가리키기 전에 집을 나섰지만 도로에는
이미 새벽 정체가 시작되었다. 오늘 펼쳐질 일들을 머릿속으로
그려본다. 다시 일을 시작하는 월요일인데, 첫날부터 여호수아
의 집에서 1박을 예약해야 한다. 솔직히 말해서, 쉼터에서 자는 게
혼자 집에서 있지도 않았던 아이와, 있지도 않았던 새 애인과, 없
을 수도 있었던 아버지에 대해 한탄하는 것보다 낫다.

사무실에 들어서며 불을 켜자 작은 공간이 긴 잠에서 깨어난

다. 창문 선반에 놓여 있는 제라늄을 힐끗 본다. 꽃이 진 자리에 씨가 여물고 잎은 마르고 갈색으로 변해 있지만 어쨌든 나처럼 2주를 잘 견뎌낸 셈이다. 컴퓨터를 켠다. 아직 일곱시가 채 되지 않았으니 바쁜 하루가 시작되기 전에 편안하게 정리 정돈할 두 시간이 주어졌다. 1학기 기말고사가 내일부터 시작이고 산퀴타 는 주중에 다섯 개의 시험을 치를 것이다.

전화기의 작고 붉은 버튼이 깜박이며 메시지가 있음을 알린 다. 나는 종이와 펜을 집어 들고 메시지 재생 버튼을 누른다. 처 음 두 메시지는 새로운 학생을 소개하는 것이다. 세 번째 메시지 는 테일러 박사가 12월 23일에 남긴 것이다. 나는 연필에 달린 지우개 끝을 조금씩 뜯으며 의자에 앉아 그의 목소리를 듣는다.

"안녕하세요? 개릿이에요. 혹시라도 연휴 중에 이 메시지 를 들으신다면 제 휴대전화 번호를 알려드리고 싶어서요. 312-555-4928. 전화 받을 수 있으니 아무 때나 전화 줘요. 어머니 없 이 첫 번째 크리스마스를 보내려면 힘들지도 몰라요." 그가 잠시 말을 멈춘다. "어쨌든 필요한 일이 있으면 연락하시라고 전화번 호 남깁니다. 만약 새해에 이 메시지를 듣게 된다면, 연말연시를 잘 보내고 오셔서 다행이라고 말하고 싶군요. 축하하고요, 새해 복 많이 받으세요. 또 통화하기로 하죠."

나는 연필을 내려놓고 멍하니 전화기를 바라본다. 그는 진심 으로 나를 염려하는 것 같다. 단지 자기 환자의 선생으로 대하는 것이 아님이 분명하다. 그의 목소리를 듣고 싶어 메시지를 두 번 듣는다. 며칠 만에 입가에 미소가 번진다. 그의 전화번호를 누르며 그도 나처럼 아침형 인간이길 바란다.

그도 이미 깨어 있다.

"새해 복 많이 받으세요, 캐럿. 저 브렛이에요. 방금 메시지 확인했어요."

"안녕하세요! 저기, 난 그냥…… 그러니까……."

당황한 목소리다. 내 입가에 웃음이 번진다. "감사합니다. 정말 고마워요. 연말연시는 잘 보내셨나요?"

그는 크리스마스 연휴를 그의 누나들의 가족과 보냈다고 한다. "펜실베이니아 주에 있는 조카 집에서 저녁을 먹었어요."

"조카 집이라고요?" 나는 잠시 말을 멈춘다. 내 조카 에마처럼 아기가 아닌 다 자란 성인, 내 나이 정도 된 조카? "즐거웠겠어요."

"멀리사는 큰누나의 딸이에요. 벌써 고등학교에 다니는 아이 둘이 있다는 게 믿기지 않을 정도죠." 그가 잠시 말을 멈춘다. "당신은 어떻게 보냈나요?"

"이제야 내가 선생님 메시지를 들은 게 다행인 줄 아세요. 미리 알았다면 아마 단축 번호로 저장해놓고 귀찮을 정도로 전화했을 거예요."

"힘든 일이라도 있었나 보군요?"

"네, 힘들었어요."

"첫 환자가 아홉시에 오니 시간은 충분해요. 얘기해봐요."

나는 크리스마스 날 생리가 시작된 일과 브래드와 있었던 민망한 순간들에 대해서는 말하지 않고, 엄마가 몹시 그리웠다는 것과, 새집을 찾아다녔지만 소용없었던 일, 산퀴타를 병원에 데리고 간 일을 들려준다. 말할 것도 없이 그는 내 말을 잘 들어준다. 어쨌든 그는 정신과 의사니까. 하지만 그는 내가 정신병의 경계에 있는 정신 나간 괴짜가 아니라 정상인 것처럼 느끼게 해준다. 심지어 그는 나를 웃게 만든다……, 적어도 아버지에 대한 소식은 없었느냐고 묻기 전까지는.

"사실 크리스마스 전날 아버지에게 전화가 왔어요. 딸이 하나 있대요." 나는 불쑥 말을 꺼낸다. "예뻐하고 귀하게 여기는 딸이요. 아버지는 내가 만나고 싶어 하는 것처럼 나를 만나고 싶어 하지는 않는 것 같았어요." 입 밖으로 말을 내뱉자마자 후회스럽다. 동생을 질투해서는 안 되는 거였는데. 그 애가 아픈데, 내가 더 이해했어야 했는데.

"아직 만날 계획은 세우지 못했나요?"

"네." 나는 콧등을 잡는다. "조이가 감기에 걸렸어요. 아버지 말이 그런 상태로 여행할 수 없고, 균을 옮길 수도 있으니 내가 방문하는 것도 원치 않는대요."

"그 말을 듣고 거절당하는 느낌이 들었군요?" 그가 친절하고 부드러운 목소리로 묻는다.

"네." 내가 작은 목소리로 대답한다. "나는 아버지가 시카고로 오는 첫 번째 비행기를 탈 거라고 생각했어요. 어쩌면 조이에게 내 존재를 알리고 싶어 하지 않는 건지도 몰라요. 너무 내 기분만 생각했어요. 하도 오랫동안 기다렸던 일이라. 그저 아버지를 만나고 싶어요. 조이도 마찬가지고요. 내 동생이니까요."

"물론 그러고 싶겠죠."

"나는…… 그러니까 아버지에게 나라는 선물을 드렸는데, 아버지에게는 그 선물이 필요하지 않은 것처럼 느껴져요. 마치 내가 복제품을 드린 것 같아요. 아버지는 원본에만 푹 빠져 있는데." 나는 눈을 질끈 감는다. "진심을 말하자면, 조이에게 질투가 나요. 이러면 안 되는 줄 알지만 질투가 나요."

"인간의 감정에 한해서는 그래야 하는 건 없어요. 감정은 그저 있는 그대로일 뿐이에요." 그의 목소리가 펄펄 끓는 내 이마에 얹어놓은 찬 물수건 같다. "아버지가 동생만 보호하고 당신의 기분은 상관하지 않는다고 느껴질 거예요."

얼굴이 화끈거리고 숨이 꽉 막혀온다. 나는 손으로 부채질을 한다. "맞아요." 나는 시계를 힐끗 본다. "어머나, 어쩌죠? 여덟시 반이에요. 이제 놔드려야겠어요."

"브렛, 당신이 느끼는 감정은 정상적인 거예요. 모든 건강한 사람들과 마찬가지로 당신은 보호받고, 인정받고, 애정을 받고 싶은 거예요. 그리고 아버지가 그런 욕구들을 채워주리라는 큰 기대를 했던 거죠. 그리고 아버지가 그렇게 해줄 수도 있어요. 하지만 그런 욕구는 다른 방식으로도 충족되어야 해요."

"자낙스나 바리움(신경 안정제―옮긴이) 같은 걸 처방해주실 건가요?"

그가 내 말에 키득거린다. "아뇨, 약은 필요 없어요. 더 많은 사랑이 필요할 뿐이죠. 아버지나, 애인이나, 다른 사람들, 그리고 어쩌면 자신으로부터요. 지금 느끼는 결핍은 인간의 기본적인 욕구예요. 믿기지 않겠지만 사실 당신은 행운아예요. 필요하다는 사실을 인정하고 있으니까. 세상엔 그것조차도 인정하지 않고 사는 사람들이 많아요. 사랑을 갈구하다 보면 상처받기 쉬워져요. 정신적으로 건강한 사람만이 스스로가 취약한 상태가 되는 걸 용납할 수 있어요."

"지금은 나 자신이 그리 건강하다는 느낌이 들지 않지만, 전문가께서 그렇다고 말씀하시니 믿고 싶어요." 나는 일정표를 눈으로 훑어본다. 아홉시 십오분에 아미나와 약속이 잡혀 있다. "저도 그만 일해야 해요. 들어주고 좋은 말씀 해주셔서 감사해요. 혹시 엄청난 상담료를 청구하시는 건 아니겠죠?"

그가 웃는다. "아마 그럴걸요. 그냥 점심이나 사세요."

나는 방심하고 있다가 허를 찔린다. 테일러 박사가 나를 좋아하는 걸까? 음. 나이 많은 남자와 데이트해본 적은 없지만 또래와만 데이트해야 한다는 규칙을 정하지는 않았으니까. 그는 마이클 더글러스, 나는 캐서린 제타존스가 되는 건가? 아니면 테일러 박사가 스펜서 트레이시, 내가 캐서린 헵번? 뭔가 적당한 대답을 찾기 위해 마음이 분주하다. 뭔가 가볍지만 조그만 틈이라도 좋으니 그에게 문이 열려 있다는 확신 같은 걸 찾고 있다.

내가 너무 뜸을 들였나?

"가서 일 보세요." 그가 말한다. 평소보다 사무적인 목소리다. "다음에 피터와 수업하고 나서 전화 주실 거죠?"

"네. 네, 물론이죠."

다시 점심 같이하자는 얘기로 돌아가고 싶은데, 그가 벌써 작별 인사를 하고 전화가 끊긴다.

우리의 교감도 끊어진다.

하루 종일 옅은 안개가 성수처럼 온 도시를 적시더니 기온이 급강하하기 시작한다. 정체가 시작되고 도로가 엉망이다. 나는 평소처럼 피터와의 수업을 가장 마지막 시간에 넣었다. 가장 다루기 힘든 학생이니 오전부터 내 하루를 망치고 싶지 않아서다.

오늘도 여느 때와 별반 다르지 않은 수업이다. 늘 그렇듯이 피터는 눈 맞추기를 거부하며 질문에 이를 악 다물고 투덜대듯 대답한다. 똑똑한 아이가 이렇게 담배 연기 자욱한 집에서 하루 종일 보낸다고 생각하면 속이 상한다. 수업이 끝날 때쯤 나는 가방에서 가져온 책들을 꺼낸다.

"어제 서점에 갔다가 너 주려고 샀어, 피터. 책 읽는 것 좋아할 거란 생각이 들어서. 잡념 없애기에 최고지." 나는 피터의 얼굴이 흥미로 빛나길 기다리며 표정을 살핀다. 하지만 그는 무심한 표정으로 바로 코앞의 탁자만 노려보고 있다.

내가 가장 좋아하는 책 하나를 골라 집어 든다. "너 역사 좋아하는 거 알아. 이 책은 모래 폭풍이 중서부를 휩쓸던 1930년대 아이들에 관한 이야기야." 다른 하나를 더 골라 든다. "이건 루이스와 클라크의 모험 이야기고."

내가 막 다른 한 권을 더 고르려는데 그가 내가 골라놓은 책을 집어 든다.

나는 얼굴에 미소를 띠며 그를 본다. "그래, 그거 가져. 다 너

306

주려고 산 거야."

피터가 쌓여 있는 책을 한 손에 다 움켜쥐더니 껴안을 것처럼 그것들을 가슴으로 바짝 끌어당긴다.

나는 흐뭇한 심정으로 그를 지켜본다. 처음으로 수업이 좋게 끝나는 것 같다.

계단 옆 난간을 부여잡고 살짝 언 시멘트 계단을 조심스럽게 내딛는다. 계단이 미끄러워 기다시피 걸어 내려온다. 겨우 계단을 무사히 벗어날 때쯤 등 뒤로 문이 활짝 열리는 소리가 들린다.

뒤돌아본다. 피터가 비를 맞으며 내가 준 책들을 잔뜩 껴안고 현관 앞에 서 있다. 그가 나를 뚫어져라 바라본다. 고맙다는 인사라도 하고 싶은 걸까. 나는 잠시 걸음을 멈춘다. 그는 아무 말이 없다. 부끄러움을 타는 것 같다. 그를 향해 손을 흔든다. "책 재밌게 읽어, 피터." 나는 차를 향해 몸을 돌린다.

책이 바닥에 내동댕이쳐지는 소리에 뒤를 돌아본다. 피터가 나를 잡아먹을 듯이 눈을 부릅뜨고 으르렁거리는 표정으로 서 있다. 새로 산 책들이 현관 주변의 질퍽한 웅덩이에 빠진 채 버려져 있다.

나는 사무실 문을 열고 바닥에 가방을 집어 던진 채 서둘러 전화기를 집어 든다. 네 번의 신호음 끝에 그가 전화를 받는다.

"개릿, 브렛이에요. 통화 가능한가요?"

피터와의 일을 얘기하는 내내 내 목소리가 떨린다.

그가 한숨을 내쉬는 소리가 들린다. "이런 일을 겪다니 힘들었겠어요. 내일 제가 전화를 좀 걸어볼게요. 피터가 집에서 하는 행동들이 과격해진 것 같군요. 다른 방도를 찾아봐야 할 것 같아요."

"다른 방도요?"

"가정학습은 이런 학생들에게 도움이 안 돼요. 쿡카운티 교육 당국에 정신적 결함이 있는 학생들을 위한 최상의 프로그램이 있어요. 뉴패스웨이라는 거죠. 학생 두 명당 담당자가 한 명이에요. 매일 두 번씩 집중 상담을 받죠. 피터는 아직 좀 어리지만 예외라는 것도 있으니 알아볼게요."

나는 안심하는 동시에 실망감을 느낀다. 피터는 이제 곧 내 학생 명단에서 지워질 것이다. 마치 의무를 다하지 못한 기분이 든다. 혹시 알아, 참고 견디면 결국 보람을 느끼게 될지.

"아마 피터는 그 책이 시시하게 보였거나 무시당한다는 생각이 들었을 거예요." 내가 말한다. "자신을 동정해서 선물을 준 거라고 느낄 수도 있고요."

"당신과는 아무 상관도 없는 행동이에요, 브렛. 당신이 다루기 쉽지 않은 학생이에요. 노력해도 당신이 극복할 수 있는 문제가 아니니 그렇게는 생각하지 마세요. 그 애는 당신 마음을 아프게 하고 싶었을 뿐이에요. 지금은 정신적인 고통을 주는 정도로 머물지만 심하면 어떻게 행동될지 서기에에요."

피터의 미소가 떠오른다. 냉소적이고 인정이라고는 찾아볼 수 없이 싸늘한 표정. 잔잔한 소름이 돋는다.

"내 말이 무섭게 들렸나요?"

"아뇨, 괜찮아요." 나는 창밖의 황량한 거리를 내다본다. 여호수아의 집에 가기 전 아홉시까지 사무실에 있을 계획이다. 아담한 사무실이 갑자기 고립되고 음산한 곳처럼 느껴진다.

"아까 점심 먹자고 하셨잖아요?"

개릿이 약간 멈칫하는 게 느껴진다. "그랬죠."

나는 숨을 깊게 들이마시고 눈을 한번 질끈 감는다. "지금 커피 한잔 하실래요? 아니면 가볍게 술이라도?"

그가 대답할 때까지 숨을 멈추고 기다린다. 그가 대답한다. "술이 좋겠네요." 그의 목소리에 웃음이 배어 있다는 느낌이 든다.

교통 체증이 예상보다 더 끔찍하다. 앤드루와 가곤 했던, 젊은 사람들이 선호하는 바를 가는 대신 개릿이 편안함을 느낄 수 있도록 루프 지역 근처 사십대가 좋아할 만한 식당 겸 바인 페터리노를 약속 장소로 정했다. 다섯시 사십오분을 넘어서는데, 나는 여전히 약속 장소에서 수 킬로미터 떨어진 사우스사이드에 갇혀 있다. 여섯시까지 약속 장소에 도착한다는 것은 불가능하다. 아침에 전화번호를 끼적인 다음 바로 메시지를 지운 것을 후회해도 이미 늦었다.

휴대전화가 울리자 개릿에게 걸려온 전화라고 생각한다. 잠깐, 그럴 리 없다. 내 전화번호를 알려준 적이 없으니까.

"여호수아의 집, 진 앤더슨이에요. 아홉시에 오기로 한 건 알지만 일찍 와주셨으면 해서요."

갑자기 화가 난다. 어찌 된 게 이 여자는 나를 늘 부하 직원 다루듯이 한다. "선약이 있어서 어쩌죠? 여덟시 정도에는 갈 수 있어요. 장담은 못 하겠지만요."

"산퀴타 때문이에요. 하혈을 하네요."

나는 전화기를 그대로 조수석에 던지고 유턴을 한다. 차 두 대가 나를 향해 신경질적으로 경적을 울려도 무시한다. 헤이즐넛색 눈동자를 가진 소녀와 그 소녀가 죽어서도 지키고 싶어 하는 태아만 떠올릴 뿐이다.

"제발 아기를 살려주세요." 나는 쉼터에 닿을 때까지 계속 큰소리로 기도한다.

내가 차를 길가에 세우자 진이 자신의 하얀색 쉐보레에서 뛰어 나온다. 내가 진입로로 뛰어가자 그녀도 나를 향해 빠르게 걸어온다.

"쿡카운티메모리얼병원으로 데려갈 거예요." 그녀가 말한다. "책상에 오늘 밤에 할 일을 대강 적어놨어요."

나는 차로 다가가 뒷문을 연다. 산퀴타가 뒷좌석에 누워 배를 어루만지고 있다. 부은 얼굴이 땀으로 번들번들한데 그녀가 나를 보자 힘들게 미소를 지어준다. 나는 그녀의 손을 꽉 쥔다.

"잘 이겨내, 산퀴타."

"내일 오실 거죠? 시험 봐야 해요."

이런 상황에도 고등학교를 꼭 졸업하겠다는 생각을 하다니. 나는 뜨거운 덩어리를 삼킨다. "언제든지 네가 준비되면. 걱정마. 다른 선생님들도 이해할 거야."

산퀴타가 애원하는 눈동자로 나를 본다. "브렛 선생님, 아기를 위해 기도해주세요."

나는 고개를 끄덕이며 차 문을 닫는다. 차가 내 눈앞에서 사라지는 동안 나는 한 번 더 기도한다.

진의 메모를 본다. 쉼터에 머무는 두 여성 사이에서 벌어진 일들이 자세히 적혀 있고, 시간이 괜찮다면 내가 중재해서 서로의 오해를 풀어주기 바란다는 내용이다. 하지만 무언가를 하기 전에 먼저 할 일이 있다. 개릿과 만나기로 했던 페터리노에 전화를 거는 일이다. 전화번호부를 뒤적이는데 텔레비전이 있는 거실에서 고함 소리가 들려온다. 나는 의자를 박차고 일어나 사무실 문을 열고 나가 전쟁터로 발을 내딛는다.

"내 물건에 코 박지 말라고, 씨팔!" 줄로니아가 분노로 얼굴이 시뻘게진 채 소리친다. 그녀가 타냐의 얼굴에서 불과 1센티미터 떨어져 있는데도 불구하고 타냐는 뒤로 물러서지 않는다.

"얘기했지, 네 서랍은 열지도 않았다고. 살고 싶으면 입 다물어."

"그만들 해요." 힘주어 말했지만 목소리가 떨리는 건 숨길 수 없다. "당장 그만들 하라고요."

더글러스키스초등학교 때처럼 이들은 내 말에서 어떤 위엄도 느끼지 않는다. 다른 방에 모여 있던 여자들이 구경거리라도 생긴 것처럼 모여든다.

"그래 죽여라!" 줄로니아가 허리에 양손을 걸치고 지지 않고 말한다. "난 죽어도 다른 사람 돈은 훔치지 않는다고! 난 일을 해. 일도 안 하고 하루 종일 엉덩이만 깔고 있는 너 같은 인간하곤 다르다고."

싸움을 지켜보는 사람들이 "우" 소리를 내며 흥분을 돋운다. 텔레비전에 판사가 누군가에게 판결하는 장면이 배경처럼 펼쳐진다. 나도 그녀의 권위 있는 행동을 따라 하고 싶다.

"제발 그만해요!"

타냐가 뒤로 물러서는 듯하더니 한 걸음 다가선다. 민첩하게 곡예사처럼 날아들더니 몸을 돌려 줄로니아의 턱에 주먹을 날린다. 잠깐 정적이 흐르고 줄로니아가 가볍게 자신의 입가를 문지른다. 그녀가 손을 내려 손가락에 묻은 피를 본다.

"젠장!" 그녀가 타냐의 머리채를 그대로 한 손으로 낚아챈다. 타냐의 머리카락 한 움큼이 카펫에 툭 떨어진다.

타냐가 욕설을 쏟아내며 줄로니아에게 돌진한다. 다행히도 머세이디즈가 타냐를 뒤에서 잡고 뜯어 말린다. 놀라울 정도로 힘이 센 줄로니아의 팔을 끌고 간신히 그녀를 사무실로 데리고 들어간다. 나는 얼른 사무실 문을 닫고 덜덜 떨리는 손으로 문을 걸어 잠근다. 줄로니아가 이마에 핏발이 서도록 타냐에게 악담을 퍼붓더니 조금씩 차분해진다. 문 뒤에서 타냐가 미친 듯이 악을 써대더니 그녀의 목소리도 조금씩 잦아든다. 나는 책상 위에 걸터앉고 줄로니아에게 침대를 가리킨다.

"앉아요." 내가 긴장된 목소리로 말한다.

줄로니아가 침대 끝에 걸터앉는다. 그녀는 아랫입술을 자근자

근 깨물며 주먹을 꽉 쥐고 있다. "그년이 내 돈을 훔쳤다고요, 브렛 선생님. 그년이 그랬다고요."

"얼마를 가져갔다는 거죠?"

"7달러요."

"7달러요?" 나는 두 사람이 죽일 듯이 달려들어 싸우는 걸 보고 훔친 돈이 몇백 달러는 될 거라고 상상했다. 다시 나의 오만함을 비웃게 된다. 아무것도 가진 게 없는 사람들에게 7달러는 분명 행운이라고 불러도 될 만큼 큰돈이다. "왜 타냐가 가져갔다고 생각하는 거예요?"

"내가 치즈를 어디에 숨기는지는 그년만 알거든요."

치즈라는 엉뚱한 말에 영문을 몰라 그녀를 본다.

"돈이요, 내 지폐."

"어쩌면 쓰고 잊어버린 걸 수도 있잖아요? 나도 종종 그러거든요. 돈을 쓴 걸 잊어버리고 없어졌다고 생각하는 거죠. 그러다 곰곰이 생각해보면 내가 썼다는 게 기억나요."

그녀가 고개를 갸우뚱하더니 인상을 찌푸린다. "아뇨. 나는 그렇지 않아요." 그녀가 고개를 쳐들고 천장을 한 번 바라보더니 눈을 깜박거린다. "미아나에게 새 책가방을 사주려고 했어요. 가방이 다 찢어져서. 월마트에 14달러짜리가 있거든요. 겨우 반 모았는데, 그 게으른 미친년이 훔쳤어요."

듣고 보니 딱하다. 지갑을 열어 7달러를 건네주고 싶은 마음이 굴뚝같지만 규칙에 어긋나는 일이다. "그럼 내가 작은 저금통을 구해다 줄게요. 내일 가져오죠. 그러면 아무도 줄로니아의 치

313

즈를 훔치지 못할 거예요."

그녀가 빙그레 웃는다. "그 말이 고맙긴 하지만 그런다고 잃어버린 7달러가 되돌아오는 건 아니잖아요. 7달러를 모으려면 얼마나 오래 걸리는지 아세요?"

아니, 몰라요. 설명할 수 없는 이유로 나는 운이 좋은 사람이고, 돈과 양질의 교육, 그리고 사랑까지 받아 줬었으니까. 죄책감과 감사, 겸손과 슬픔이 물밀듯이 밀려온다.

"사려고 한 책가방이 무슨 색이에요?"

"그 애가 보라색을 좋아해서 그걸로 하려고요."

"월마트 어린이용품 코너에서 판다고 했죠?"

"네, 그래요."

"줄로니아, 내가 조카 주려고 산 것과 정말 똑같은 가방인 것 같은데, 조카는 벌써 가방이 있더라고요. 한 번도 안 쓴 건데, 드릴까요?"

그녀가 내 말이 진심인지 가늠하기 위해 내 얼굴을 찬찬히 훑어본다. "보라색이라고요?"

"네, 보라색이에요."

그녀의 얼굴이 환해진다. "그러면 정말 고맙죠. 미아나는 가방이 없어서 비닐봉지에 책을 넣고 다녀요. 책가방이 필요해요."

"그럼 내일 가져올게요.

"저금통도요?"

"네, 저금통도요."

나는 의자에 앉아서 관자놀이를 살살 문지른다. 겨우 기운을 차리고 사고 경위를 적는 일지를 찾아 적기 시작한다. 날짜: 1월 5일. 시간. 나는 시계를 보고 일곱시 십오분이라고 적는다. 그러고는 펜을 툭 떨어뜨린다. "아, 말도 안 돼!" 나는 책상 위를 빠르게 훑고는 서랍을 열어 전화번호부를 찾아 페터리노의 전화번호를 찾기 위해 빠르게 페이지를 넘긴다.

"여보세요." 나는 매니저를 찾는다. "오늘 거기서 친구를 만나기로 했는데 혹시 아직 그곳에 있나 싶어서요. 개릿 테일러 박사님이요. 신사분인데……." 더 이상 그를 설명할 수 없다는 걸 그제야 깨닫는다. "혼자 계셨을 거예요."

"혹시 볼링거 씨 아니세요?"

겨우 안심이다. 그가 아직 있다는 생각에 고마움이 앞서며 미소가 번진다. "네. 네, 맞아요. 전화 좀 바꿔주시겠어요?"

"죄송합니다, 볼링거 씨, 테일러 박사님은 5분 전에 가셨어요."

21장

한 시간마다 병원에 전화를 한다. 새벽 세시쯤에 진 소장이 산 퀴타가 괜찮을 거라는 소식을 전해준다. 식기세척기에 아침 먹 은 그릇들을 넣으려는데 진 소장의 차가 진입로로 들어서는 소 리가 들린다. 나는 주방에 있다가 서둘러 나간다. 그녀가 차의 시 동을 끄기 전에 차 문을 연다. 산퀴타가 몸을 구부린 채 머리를 차 문에 기대고 뒷좌석에 누워 있다.

"안녕, 산퀴타. 오늘 아침에는 기분이 어떠니?"

다크서클이 그녀의 흐릿한 두 눈 주위에 둥글게 자리 잡고 있 다. "자궁 수축을 멈추는 데 읔 주기고고 ∩"

그녀가 팔로 나와 진 소장의 어깨를 짚는다. 우리는 그녀를 부 축해 현관 입구 계단을 올라 집으로 들어간다. 계단을 오를 때 나 는 산퀴타를 내 몸 쪽으로 바짝 끌어당긴다. 그녀의 몸이 루디보다 가볍다. 나는 그녀를 방으로 데리고 들어가 침대에 눕힌다.

"시험 볼 수 있어요. 봐야 해요." 그녀가 중얼거린다.

"그건 다음에 걱정하자. 지금은 잠 좀 자도록 해." 나는 그녀의 이마에 가볍게 키스하고 스탠드를 끈다. "이따 와서 살펴볼 테니 좀 자."

계단 아래에 이르렀을 때 진 소장이 머리에 두른 스카프를 풀더니 웨이브 진 검은색 머리를 풀어헤친다.

"산퀴타 엄마에게 밤새도록 연락해봤는데, 전화 연결이 안 되더라고요." 그녀가 말한다. "불쌍한 아이 같으니. 이제 영영 혼자예요."

"제가 옆에 있어줄게요."

진 소장이 부츠를 벗고 간편한 신발로 갈아 신는다. "다른 학생들은 어쩌고요?"

"일정 다시 짜면 돼요."

그녀가 괜찮다고 손을 흔든다. "말도 안 돼요. 오늘은 내가 있을 거예요. 만약 시간이 되면 이따 들러요."

그녀가 사무실 쪽으로 몸을 돌리더니, 나를 등진 채 갑자기 멈춘다. "산퀴타가 어제 브렛 선생님에 대해 얘기하더군요. 전문의에게 데려갔다고."

아차 싶은 마음에 고개를 젓는다. "아, 죄송해요. 챈 선생님이 그렇게 말할 줄 모르—"

"방문 학습도 매일 온다던데, 원래는 일주일에 두 번 오기로 돼 있다면서요?"

변명할 것이 더 생긴다. 무슨 뜻으로 자꾸 저런 말을 하는 걸까? "점심시간에 오는 건 제게 그다지 문제가 되지 않아요. 소장님, 만약에 제 행동에 문제가 있다면……."

"산퀴타가 그러더군요. 자신을 그렇게 대해준 사람은 한 명도 없었다고. 내 생각엔 브렛 선생님이 알고 있어야 할 것 같아서요."

예상치 못한 대답에 목이 멘다. "내 생각에 산퀴타는 특별한 아이 같아요." 내가 작은 목소리로 말하지만, 진 소장은 이미 복도를 반쯤 걸어가고 있다.

아미나를 만나러 가는 길에 나는 테일러 박사 사무실에 전화를 건다. 예전처럼 자동응답기로 연결된다. 아무 메시지도 남기지 않고 끊는다. 제기랄!

기계적으로 하루 일과를 통과하고 있지만 내 마음은 온통 산퀴타와 아기에게 가 있다. 업무가 끝나자마자 나는 서둘러 가방을 챙겨 들고 여호수아의 집으로 출발한다. 산퀴타의 쇠약해진 모습을 떠올리며 계단을 올라갔는데, 뜻밖에도 그녀는 불이 환하게 켜진 방에서 베개에 기대 주스를 마시고 있다. 타냐와 머세이디즈가 그녀의 침대맡에서 자신들의 출산 경험을 한가롭게 들려주고 있다. 문 앞에 선 내 모습을 본 산퀴타의 눈동자가 커지며 표정이 일순 환해진다.

"아, 브렛 선생님. 들어오세요."

"여기 다들 모이셨네요." 나는 고개를 숙여 산퀴타를 가볍게 안는다. 뻣뻣하고 어색한 반응은 사라지고 그녀도 나를 안는다.

"보기 훨씬 좋구나, 산퀴타, 우리 큰애기."

"많이 좋아졌어요. 의사가 그러는데 일어서서 움직이는 건 좀 피해야 한대요. 4월, 36주가 될 때까지 아기가 좀 기다렸다 나올 수만 있다면 모두 안전할 거래요."

"잘됐다." 나는 그 말을 믿으려 애쓰며 말한다.

"시험지 가져오셨어요?"

내가 웃는다. "시험 걱정은 하지 마. 다른 선생님들께도 말씀 드렸어. 다들 아직은 네가 몸을 회복하는 데 집중해야 한다는 쪽 으로 의견을 모았어."

"졸업할 때가 거의 다 됐는데 포기하라는 건 아니겠죠? 꼭 졸 업장을 딸 거예요. 도와준다고 약속했죠, 브렛 선생님?"

"알았어, 알았다고." 내가 웃으며 말한다. "네가 정말 할 수 있 다면 내일부터 시험 볼 수 있게 준비할게."

그녀가 환하게 웃는다. "물론 할 수 있죠. 두고 보세요."

내가 그녀의 어깨를 감싸며 말한다. "넌 정말 특별한 아이야, 너도 알고 있지?"

그녀가 내 말에 아무 대답도 하지 않는다. 그녀의 대답을 기대 하지도 않았다. 내가 그녀를 안을 수 있도록 마음을 열어준 것만 도 감사할 일이다.

여호수아의 집을 떠나기 전, 나는 줄로니아의 방문을 노크한다.

"줄로니아?" 나는 그녀의 방문을 열면서 이름을 부른다. 먼지 하나 없이 깔끔한 방이 나를 맞이한다. 나는 두 개의 침대가 있는 곳으로 걸어가 녹색 퀼트 이불 위에는 작은 저금통을 놓고, 백설 공주 그림이 그려진 이불 위에는 미아나의 보라색 새 책가방을 놓는다.

스테이트가에 있는 아늑한 프랑스 식당 비스트로 징크에서 브래드와 저녁 약속이 있다. 새해 전날 저녁의 참사 이후에도 통화를 하긴 했지만 그가 제나와 다시 만나기로 했다고 말한 걸 제외하고 우리는 라이프 리스트에 대해서만 이야기를 나누었다. 오늘 오랜만에 얼굴을 마주하려니 신경이 곤두선다. 아, 하느님! 외로움과 무모함에 사로잡혀 잔뜩 기대를 걸고 브래드를 찾아갔던 밤을 생각하니 지금도 얼굴이 화끈거린다.

레스토랑으로 가는 길에 개릿의 사무실로 전화를 건다. '제발, 전화 좀 받아요, 개릿.'

"개릿 테일러입니다." 그가 받는다.

"개릿, 브렛이에요. 전화 끊지 마세요."

수화기 너머로 그가 키득거리는 소리가 들린다. "걱정 마세요. 당신 전화 안 끊어요. 아침에 메시지 받았어요. 오늘도 일곱 번이나 전화하셨더군요."

좋아. 그가 방금 내게 강박 신경증이 있다고 말한 셈이다. "아, 죄송해요. 무슨 일이 있었는지 말씀드리고 싶었을 뿐이에요."

"네, 충분히 설명되었어요. 그리고 완전히 이해하고요. 어린 숙녀, 산퀴타는 어떤가요?"

나는 안도의 한숨을 내쉰다. "많이 좋아졌어요, 감사합니다.

지금 보고 나오는 길이에요. 피터를 위한 새로운 프로그램에 대해 들은 건 없으세요?"

"네, 오늘 오후에 특수교육 담당자와 얘기를 나눴어요. 뉴패스웨이 프로그램에 나이 제한이 있다는 게 아직 문제예요. 조금 오래 걸릴 것 같아서 걱정이에요."

"괜찮아요. 피터와 함께할 시간이 조금 더 필요해요."

나는 차를 길가에 세운 다음 5분간 더 대화를 이어간다. 그가 묻는다. "지금 차에 있죠?"

"네, 맞아요."

"그리고 오늘 일과는 끝났고요?"

"아, 네."

"그럼 한잔할래요?"

웃음이 번지며 떠오르는 생각, 나는 개릿 테일러에게 반했다. 내 생각에 그도 내게 호감이 있는 것 같다.

"아, 죄송해서 어쩌죠?" 웃음기 있는 목소리로 내가 말한다. "오늘 친구 만나서 저녁 먹기로 했어요."

"알았어요, 그럼. 다음 수업 끝내고 또 보고해주세요."

어색하게 대화를 끝내고 전화를 끊는다. 내게 호감이 있는 게 아닐지도 모른다. 가슴이 뻐근하다. 앞으로 내가 누구와 사랑에 빠질 수 있단 말인가?

우리가 나눈 대화를 다시 곱씹어본다. 친구 만나서 저녁……. 앗, 실수다! 개릿은 데이트 약속이 있다는 말로 들은 게 틀림없다. 웃음기 가득 담긴 내 목소리는 충분히 오해를 살 만했다. 아,

오해를 풀어야 해!

급히 전화기를 다시 집어 든다. 다음 통화 때까지 기다리기에 인내심에 한계를 느낀다. 내일 저녁에 만나자고 할까? 옷은 뭐로 입지? 전화번호를 누르면서 백미러에 비친 내 모습을 바라본다. 눈은 흥분한 듯 보이고, 얼굴에는 절박함이 서려 있다.

나는 전화기를 그대로 팽개치고 이마를 짚는다. 하느님, 맙소사. 예순이 넘은 남자에게 안달할 만큼 내가 이렇게 바닥인가? 만나는 남자마다 이러저리 재보는 꼴이 영화에서 완벽한 남편이자 아버지 역할을 맡을 배우를 찾는 영화감독과 다를 게 없네. 엄마가 이런 걸 바란 게 아닌 건 분명해.

나는 전화를 집어 그대로 가방에 던져 넣는다.

브래드는 바에 앉아서 마티니를 마시고 있다. 검은색 캐시미어 재킷에 연하늘색 셔츠를 입은 모습이 오늘따라 유난히 잘생겨 보인다. 하지만 늘 그렇듯 머리는 조금 헝클어져 있고, 오늘은 넥타이에 겨자색 얼룩이 묻어 있다. 가슴 한쪽이 조여드는 느낌이다. 하느님, 그가 그리웠어요. 그가 나를 보더니 일어서서 두 팔을 활짝 벌린다. 나는 망설이지 않고 다가가 그와 포옹한다.

사랑과 우정을 재확인하려는 사람들처럼 우리의 포옹은 오늘 조금 특별하다. "미안해요." 그가 내 귓가에 속삭인다.

"저도요."

나는 코트를 벗고 바 아래쪽에 부착된 가방걸이를 찾는다. 자리를 잡고 앉자 둘 사이에 어색한 침묵이 잠깐 흐른다. 전에는 한 번도 없었던 불편한 정적이다.

"술 마실래요?" 그가 묻는다.

"그냥 물 마실게요. 저녁 먹을 때 와인 마시고 싶어서요."

브래드가 고개를 끄덕이더니 마티니 잔을 들어 한 모금 마신다. 나는 맞은편 벽에 걸린 텔레비전에 CNN 뉴스가 소리 없이 흘러나오는 것을 바라본다. 내가 모든 걸 망친 걸까? 그날의 당황스러운 애무가 우리의 우정을 회복 불가능하게 손상시킨 걸까?

"제나는 잘 지내나요?" 내가 침묵을 깨기 위해 묻는다.

그가 마티니 잔에 담긴, 이쑤시개에 꽂힌 올리브를 천천히 집어 올리더니 그것을 빤히 쳐다본다. "잘 지내고 있어요. 우리 사이도 예전으로 돌아갔고요."

심장을 포크로 찔린 기분이다. "잘됐네요."

그의 눈동자가 코알라의 그것처럼 순하다. "만약 우리가 다른 때 만났다면, 내 생각에 당신과 나는 정말 놀라운 사이로 발전했을 거예요."

나는 억지로 웃어 보인다. "하지만 사람들 말처럼 타이밍이 모든 걸 좌우하죠."

다시 침묵이 흐른다. 브래드도 우리 둘 사이가 예전 같지 않다는 걸 느낀 것 같다. 확실히 그런 느낌이 든다. 그가 이쑤시개로 장난을 친다. 올리브를 유리잔에 빠뜨리고는 다시 건져 올린다. 빠뜨리고, 건져 올리고. 빠뜨리고, 건져 올리고. 계속 이렇게 방치할 수는 없다. 방치하지 않을 것이다! 20분 동안의 실수로 잃어버리기에는 우리의 우정이 내게는 너무도 소중하다.

"마이더, 그날 밤 내가 좀 간절해서 그런 일이 일어났다고 생각해주세요."

그가 나를 쳐다보며 웃는다. "간절했다고요?"

내가 그의 팔꿈치를 살짝 꼬집는다. "1년의 마지막 날 밤이었잖아요. 좀 봐줘요."

그의 눈에 웃음이 번진다. "아, 그러니까 하룻밤 즐기고 싶었던 거로군요?"

"바로 맞혔어요."

그가 활짝 웃는다. "정말 멋져요, 비비. 진작 알았으면 좋았을걸."

내 얼굴에서 웃음이 사라지고 나는 유리잔을 손가락으로 쓰윽 문지른다. "솔직히 말할까요? 당신과 나의 만남 자체도 엄마의 계획일 거라는 생각이 들었던 게 사실이에요. 일이 벌어진 후에 이유를 깨닫게 되는 경우 있잖아요. 지금 엄마가 내게 하시는 모든 일도 같은 맥락이고요."

그가 의자를 내 쪽으로 돌려 앉는다. "당신 어머니는 내가 다른 사람과 만나고 있다는 사실을 이미 알고 있었어요, 브렛. 나를 처음 만나던 날 제나를 봤고요. 어머니는 나나 당신에게 그런 일을 할 사람이 아니에요."

뭔가 세게 두드려 맞은 기분이다. "그러면 왜 당신이었을까요? 왜 엄마가 당신을 고용했느냐고요? 왜 엄마가 당신에게 직접 편지를 읽어주라고 했을까요? 당신에게 만나는 사람이 있다는 걸 알았는데 왜 서로 자주 연락하며 지내라고 하셨죠?"

그가 어깨를 으쓱해 보인다. "내가 그걸 무슨 수로 알겠어요? 혹시, 잘은 모르겠지만 아마 어머니가 나를 좋아하셨으니 당신도 나를 좋아할 거라 여기셨겠죠." 그가 턱을 문지르며 생각에 잠긴다. "아니다, 이건 너무 억지스럽네요."

"엄청요!" 내가 웃으며 말을 잇는다. "솔직히 엄마가 우리 둘의 관계를 지휘한다고 생각했어요. 그렇지 않았다면 그럴 용기가 어디에서……." 얼굴이 화끈거리고 나는 눈을 어디에 둘지 몰라 두리번거린다. "그렇게 할 용기가 안 났을 거예요."

"날 유혹한 거요?"

내가 그를 장난스러운 눈길로 쳐다본다. "아, 내가 기억하기로는 당신이 나를 유혹했거든요, 일주일 먼저."

그가 키득거린다. "복수전으로 가지 맙시다. 게다가 연말이었잖아요. 좀 봐줘요."

우리는 단박에 예전의 브래드와 비비로 돌아간 느낌이다.

"제나가 2주 후에 여길 온다는데 당신과 함께 한번 만나면 좋겠어요. 싫지 않다면요."

나는 진심으로 미소를 짓는다. "정말 만나고 싶어요."

그가 내 어깨 너머를 보더니 고개를 끄덕인다. "우리 자리가 준비됐나 봐요."

우리는 창가 쪽으로 자리를 잡고 나는 그동안 피터와 일어났던 일과, 산퀴타와 다른 학생들의 이야기를 들려준다. "의사가 테르부탈린을 처방해서 분만을 늦추나 본데, 걱정이에요."

브래드가 나를 보며 웃는다.

"왜 그러세요?"

"아무것도 아니에요. 사실 전부 다 놀라워요." 그가 머리를 흔든다. "지난 9월 내 사무실에 찾아왔던 때의 당신과 너무 달라서요. 지금 하는 일을 정말 좋아하는 것 같아요. 맞죠?"

"맞아요. 정말 잘 맞는 일 같아요. 믿을 수 있겠어요?"

"그렇게 부정하고 푸념하더니, 결국 어머니 말이 맞은 거네요."

내가 눈을 가늘게 뜨고 그를 바라보자 그가 참지 못하고 웃음을 터뜨린다.

"이봐요, 진실은 아픈 거예요."

"그럴지도 모르죠. 그런데 방문 수업이 아니었다면 어땠을까요? 교실에서 하는 수업이라면요? 난 완전히 포기했을 거예요. 솔직히 엄마가 운이 좋은 거예요."

그가 주머니에서 분홍색 봉투를 꺼낸다. 20번 목표.

"학생들 가르친 지 거의 3개월이 되었으니 목표를 이룬 거예요." 그가 봉투를 연다.

"축하한다, 내 딸! 새로 시작한 교사 일에 대해 듣고 싶은 얘기가 무척 많구나. 어디서 가르치는지도 궁금하고. 엄격한 교사는 못 되는 성품이니, 엄밀한 학교에서 가르치는 일은 아닐 거라는 생각이 든다.'"

숨이 턱 멎는 기분이다.

"'놀리려고 하는 말은 아니야, 내 딸. 마리아가 폰 트라프가(家)

326

의 장난꾸러기 아이들을 돌보던 모습을 우리는 좋아했잖아.'"

나는 엄마와 소파에 기분 좋게 누워 팝콘을 먹으며 우리가 가장 좋아했던 영화 〈사운드 오브 뮤직〉을 보던 일을 떠올린다.

"마리아처럼, 너도 이상주의자지. 그래서 멋져. 네가 친절하게 대하면 그들도 너를 친절로 대할 거라고 생각해. 그런데 아이들은 섬세한 사람들, 특히 자기 또래가 지켜보는 앞에서 약하게 행동하는 아이를 공격 대상으로 삼지.'"

나는 피터와, 메도데일고등학교와 더글러스키스초등학교를 떠올린다. "네, 그랬어요."

"나는 네가 아주 적은 수의 학생들을 가르치고 있을 모습을 상상해본다. 아니면 방문 교사라든지. 혹시 그런 일을 하고 있는 건 아니니? 정말 궁금하구나! 어떤 형태든지 네가 잘해나가리라 믿어. 인내심과 용기를 북돋아주는 너의 마음을 학생들이 골고루 나눠 가질 거야. 나는 그런 네 모습을 상상하는 것만으로도 자랑스럽다. 넌 실력 있는 홍보실장이었지만 가르치는 일에 더 뛰어난 사람이야.

나는 네 인생을 거기다 걸었어.'"

나는 편지의 마지막 구절을 다시 보며 눈물을 쏟고 만다. 엄마는 정말 그랬다. 내 삶의 끊어진 부분을 회복시키기 위해 엄청난 도박을 한 것이다. 엄마는 결국 내가 평범하고 수수하게 행복한 삶을 이끌기를 진심으로 원한 것이다. 엄마가 내기에서 지지 않기를 바랄 뿐이다.

다음 주, 사무실로 가는 길에 전화가 울린다. 발신자가 누구인지 보니 아버지다. 이번엔 또 무슨 일로? 공주님이 아직 코를 훌쩍인다는 소식이라도 전하려고 그러시나? 나는 도로 가장자리에 차를 세우며 시애틀은 아직 깜깜한 새벽이라는 사실을 깨닫는다. 갑자기 긴장되면서 가슴이 내려앉는다.

"브렛." 피곤에 전 듯 목소리가 거칠다. "조이가 지금 막 병원에 입원했어."

숨이 턱 막힌다. '안 돼요. 조이는 감기라고 하셨잖아요. 감기로 입원까지 하지는 않잖아요!' 나는 전화기를 귀에 바짝 댄다. "왜요? 무슨 일이에요?"

"급성폐렴이래. 내가 걱정했던 일이 일어났어. 이 가여운 아이는 태어날 때부터 호흡기에 문제가 있어 고통을 받았어."

나는 너무도 부끄러워 고개를 떨군다. 동생이 아프다. 그것도 심각하게. 그런데 나는 내 생각만 하고 있었다. 나는 손으로 입을 가린다. "아, 정말 안됐어요. 괜찮아지겠죠?"

"잘 이겨내고 있다. 이번에도 이겨낼 거야. 늘 그랬거든."

"제가 뭘 할 수 있을까요? 어떻게 도울까요?"

"기다리는 것 말고는 할 게 없어. 조이가 회복되기를 빌어줘, 그럴 수 있지?"

"늘 기도할게요. 내가 빌인터. "세 내신 인이주세요. 용기 잃지 말라고, 기도하고 있다고 전해주시고요."

"그리고 브렛, 할 수 있다면 계속 카드를 보내주려무나. 조이가 네가 보내준 카드를 병원에 다 가져오고 싶다고 고집을 부리더라. 자기 침대 머리맡 스탠드 옆에 네가 보낸 카드를 쭉 진열해 놓았어."

　나는 두 눈을 감는다. 나는 아버지가 그 카드들을 조이에게 전해주기는 하는 건지 의심하기 시작한 참이었다. 부끄러움과 슬픔이 눈물로 쏟아져 내리며 얼굴을 적신다. 동생이 심하게 아픈데, 난 지금까지 동생과 아빠를 믿지 못했다니.

22장

1년 중 가장 짧은 달임에도, 짙은 회색 하늘을 이고 바람이 몰아치는 2월이 끝날 것 같지 않다. 나는 매일 카드와 풍선을 보내고 조이의 상태를 확인하기 위해 전화를 건다. 조이는 지난주 금요일에 퇴원했지만 월요일에 또 입원해야 하는 상태가 되었다. 가엾게도 병을 털고 일어나지 못하는 듯하고, 나는 3,200킬로미터 떨어진 곳에서 무력감을 느낀다.

나의 규칙에 따르면 여호수아의 집에 머물 때마다 날짜를 다시 세면 되기 때문에 오늘로써 연속 13일째 엄마 집에 머물고 있다. 하지만 "나른 사람신 툴비드 | 기민킄♀ 어마이 규칙을 따르고 싶어 할 줄 알았어"라는 조드 오빠의 말을 떠올릴 때마다 배 속이 요동친다. 오빠 말이 맞는 걸까? 엄마가 정말 내가 이 집에서 나가길 바랄까? 내가 모든 걸 다 잃었다는 걸 생각하면 그건 너

무 잔인해 보인다. 엄마는 내게 잔인한 적이 한 번도, 절대로 없었는데.

토요일 아침 필슨 지역으로 운전해 가는 동안에도 조드 오빠의 말이 계속 내 귓가에 머문다. 그 자그마한 동네를 빨리 살펴보고 집에 가서 오빠와 브래드에게 이메일을 보낼 것이다. 찾아봤지만 헛수고였다고. 그러면 모두의 기분이 좀 나아질 것이다.

아침이라 동네가 활기를 띤다. 필슨에는 이 도시에서 손꼽히는 멕시코 음식점들이 있다고 들었다. 상점들이 늘어선 거리를 운전하면서 모든 곳에서 멕시코 분위기를 느낄 수 있다. 눈길 두는 곳마다 멕시코 공예품으로 장식된 곳이 쉽게 눈에 띈다. 마치 나처럼 더 나은 삶을 찾아온 사람들이 사는 곳처럼 느껴진다. 멕시코 특유의 에너지 넘치는 분위기가 마음에 든다.

웨스트 17번가에서 우회전을 해서 웅덩이가 있는 도로를 조심스럽게 운전해간다. 필슨 지역의 다른 곳들처럼 이곳의 집들도 외벽이 나무로 되어 있고 2차대전 이전에 지어져 정도만 다를 뿐 하나같이 황폐하다. 탄산음료 캔과 술병들이 산더미처럼 쌓여 있는 공터를 지나면서 나는 이 동네를 둘러볼 만큼 봤다고 결론 내린다.

나는 한숨을 내쉰다. 좋아. 이제 이번에도 노력했다고 솔직하게 말할 수 있어. 그렇게 마음먹자 환호라도 지를 기분이다. 막 골목을 빠져나가려는데 '임대' 푯말이 눈에 들어온다. 나는 차를 천천히 움직여 빨간 벽돌로 지은 예쁜 집을 눈여겨본다. 아, 6주 전에 인터넷에서 본 그 집이다! 아직도 임차인을 못 구했다니 믿을 수 없다. 그 사실이 의미하는 것은 한 가지뿐이다. 안이 엉망이라는 것. 하지만 겉에서 보기에는 아름답다.

나는 차를 천천히 멈춘다. 다섯 개의 창 위에 연노란색으로 칠한 처마 장식이 있고 연철로 만든 울타리가 집 주변을 안전하게 감싸고 있다. 열두 개의 콘크리트 계단이 쌍여닫이 현관문으로 이어져 있고, 포인세티아 조화가 가득 든 꽃병이 문에 하나씩 걸려 있다. 저절로 웃음이 나온다. 정말? 조화를? 하지만 이것만은 확실하다. 주인이 누군지는 모르지만 집에 대한 자긍심이 대단한 사람이라는 생각이 든다.

나는 집을 살펴보며 손가락으로 운전대를 두드린다. 물론 예쁜 집이지만 고즈넉한 엄마의 집 대신 정말 이곳으로 오고 싶은가? 애스터가는 정말 편안한 동네다. 안전하고 안정감이 있다. 엄마가 바라는 게 그런 거 아니었나?

막 출발하려는데, 왼쪽 현관문이 열리면서 젊은 여자가 나오더니 등을 돌려 문을 닫는다. 나는 차를 멈추고 그녀를 바라본다. 족히 10센티미터는 돼 보이는 빨간색 하이힐을 신은 여자가 계단을 밟고 내려서고 있다. 발목이라도 삐어 넘어질까 봐 아슬아슬한 심정으로 그녀를 지켜본다. 육중한 몸은 검은색 스키니진에 터질 듯 감싸여 있고 반짝이는 금색 재킷은 추운 날씨에 걸치기엔 얇아 보인다.

그녀가 아무 탈 없이 계단을 내려온다. 차에 앉아 그녀를 지켜보다가 그녀와 눈이 마주친다. 차에서 불과 몇 발자국 떨어진 곳이다. 내가 자연스럽게 고개를 돌리기도 전에 그녀가 먼저 손을 흔드는 모습은 개방적이고 거부감이 없다. 나도 화답하는 뜻으로 차창을 조금 연다.

재킷 왼쪽에 쓰인 글씨를 읽는다. BJHS 마칭밴드. 베니토후아레스고등학교군.

"안녕." 내가 인사를 건넨다. "미안한데, 여기 아직 세를 놓는지 알고 싶어서."

그녀가 입안에 있는 껌을 오물오물 씹더니 눈이 쌓인 곳에 버리면서 열린 창문 쪽으로 다가와 차에 팔을 기댄다. 두꺼운 링 금 귀고리가 적어도 여섯 개는 돼 보이는 각양각색의 귀고리 옆에서 출렁거린다. "네, 세 놓을 거예요. 그런데 왜 '아직'이라고 묻죠?"

"매물 소개하는 신문에서 몇 주 전에 봤던 집이라."

그녀가 아니라며 고개를 젓는다. "이 집이 아니겠죠. 두 시간 전에 임대 푯말 내다 꽂았는데요. 그리고 우리 엄마는 혼자 신문에 광고 낼 줄 모르고요."

고의로 그런 건 아니겠지만 그녀의 긴 머리가 내 팔 위로 내려와 닿는다. "어머니가 주인이시니?"

"네, 물론이죠!" 그녀가 환하게 웃는다. "은행 융자 다 갚으면 엄마 집이죠. 곧 다 갚을 거니까 완전한 주인이 되는 거죠. 지난주에 2층 수리를 완벽하게 끝냈고, 세를 준 적은 한 번도 없어요."

나는 그녀의 기분 좋은 에너지 덕에 함께 웃는다. "정말 예쁜 집이네. 세주는 데 문제없겠어."

"집 찾으세요?"

"아, 그런 셈이지. 그런데 개가 있어." 나는 재빨리 덧붙인다.

그녀가 놀라울 정도로 기뻐하며 손뼉까지 친다. 나는 그녀의 뾰족한 주황색 손톱이 부러지지는 않을까 움찔한다. "우리 개 엄청 좋아해요, 사납지만 않으면요. 우리도 요키라는 개 키워요. 수컷인데 정말 앙증맞죠. 내 가방에 쏙 들어가요. 패리스 힐튼의 치와와처럼요. 들어오세요. 엄마가 집에 계시니 보고 가세요. 집 정말 좋아요. 안 보고는 못 배길 정도로."

그녀의 말이 어찌나 빠른지 다 듣고 잠시 후에야 이해된다. 나는 시계를 힐끗 본다. 정오도 안 된 시간이다. 특별히 할 일도 없다.

"좋아, 보고 갈게. 어머니가 싫어하시지만 않는다면."

"싫어하신다고요? 아주 좋아하실걸요. 그런데 한 가지…… 엄마가 영어를 잘 못해요."

블랑카와 셀리나는 모녀지간이라기보다는 자매처럼 보인다. 블랑카가 부드러운 갈색 손을 내밀어 내게 악수를 청하더니 나를 데리고 호두나무 재질의 계단을 오른다. 2층에 이르러 그녀가 문을 열고 옆으로 비켜서더니 한쪽 손을 뻗어 보인다.

아담한 실내가 인형의 집을 연상시킨다. 답답하기보다는 아늑함을 느끼게 하는 집이다. 춥고 짙은 회색빛 하늘이 내려앉을 듯 무거운 날의 기분을 날려줄 만큼. 방은 텅 비어 있고 크기는 적당하다. 오래된 대리석 벽난로가 작은 거실에 놓여 있고 뒤에는 깔끔한 주방이 자리 잡고 있다. 주방 옆에 방이 하나 있는데, 엄마 집의 옷방 크기만 하다. 방을 지나니 분홍색과 검은색 타일이 조화를 이룬 화장실에 세면대가 있고 갈고리 모양의 발이 달린 욕조도 있다. 집 전체가 엄마 집의 거실이나 엄마의 침실 정도 크기다. 바닥은 단단한 나무로 되어 있고 벽 둘레에는 몰딩이 부착되어 있어 고급스럽다. 셀리나가 자세하게 설명하는 동안 블랑카가 흐뭇한 미소를 띠며 바라본다.

"화장실 수납장은 내가 골랐어요. 이케아 거예요. 거기 물건 정말 좋잖아요."

나는 마치 수납장의 품질이 마지막 결정을 내리는 데 최대 요인이라고 생각하는 사람처럼 수납장 문을 열고 안을 들여다본다. 나는 이미 마음을 굳혔다.

"전등 장식은 마음에 드세요? 엄마에게 놋쇠로 만든 건 촌스럽다고 했는데."

"마음에 들어." 나는 감격한 것처럼 말한다.

블랑카가 내 말을 이해한 것처럼 손뼉을 치더니 딸을 보며 에스파냐어로 무슨 말을 한다. 셀리나가 나를 돌아본다.

"엄마가 당신이 마음에 드신대요. 여기 살고 싶은지 알고 싶대요."

내가 웃으며 말하다. "네, 살고 싶어요, 시(네)! 시!"

임대차계약을 하는 동안 셀리나가 자신이 가족 가운데 처음으로 미국에서 태어났다고 말한다. 그녀의 어머니는 멕시코 시골에서 자랐고, 열일곱 살 때 부모와 세 명의 동생과 함께 미국으로 건너왔다고 한다.

"고등학교에 입학하기 전에 엄마가 나를 임신했다는 걸 알았대요. 우린 이모들과 삼촌, 그리고 할머니, 할아버지와 저기 모퉁이에 있는 작은 집에서 함께 살았어요. 우리 조부모님은 지금도 거기 살고 계세요."

"언제 여기로 이사 왔어?" 내가 묻는다.

"1년 전쯤에요. 엄마는 여기서 한 블록 떨어진 엘타파티오라는 식당에서 요리를 했거든요. 엄마는 늘 언젠가 우리 집을 갖고 싶다고 말했어요. 1년 전에 이 집이 경매로 나왔을 때, 엄마는 그동안 모은 돈으로 이 집의 계약금을 치르기에 충분하다는 사실이 믿기지 않는다고 했어요. 2층을 수리하는 데 일곱 달이나 걸렸지만 결국 우리가 해냈어요. 그렇죠, 엄마?"

그녀가 팔을 둘러 엄마의 어깨를 감싼다. 블랑카의 얼굴이 우리가 나눈 말들을 다 이해했다는 듯 뿌듯해 보인다.

두 사람의 이야기가 우리 엄마의 이야기와도 정말 비슷해서 말을 하려다가 나는 그냥 멈춘다. 솔직히 너무 다른 이야기일 수도 있기 때문이다. 나는 다시 한 번 내가 정말 운이 좋은 사람이라는 사실을 겸손한 마음으로 받아들인다.

나는 주말 내내 옷을 정리한 상자들을 필슨으로 옮긴다. 월요일 오후, 지난해 11월 말에 앤드루의 집에서 이사 나올 때 고용했던 이사업체 직원을 불러 빈약한 살림도구들을 싣고 애스터가

336

에서 새집으로 옮긴다. 엄마의 철제 침대를 갖고 싶은 마음은 굴뚝같지만, 작은 집에는 어울리지 않는다. 어쨌든 그 침대는 애스터가에 있어야 한다. 그래야 내가 엄마 집에 갈 때면 엄마가 항상 그랬듯 나를 반겨줄 테니까.

대신 오래된 더블 침대와 벚나무로 만든 서랍장을 가져간다. 아서가에서 가져온 작은 소파는 벽난로 앞에 놓으라고 당부한다. 짝이 맞지 않는 작은 탁자와 함께. 엄마의 다락방에 있던 여기저기 긁힌 자국이 있는 탁자가 소파와 잘 어울리고 중고품가게에서 산 1970년대풍의 테라코타 램프가 오히려 세련된 분위기를 자아낸다.

상자에서 네 벌의 그릇과 접시 세트를 꺼낸다. 모두 엄마의 찬장에서 가져온 것들이다. 나는 그것들을 새 찬장에 넣는다. 자질구레한 주방용품과 냄비, 프라이팬도 함께. 화장품과 수건들은 화장실에 있는 멋진 이케아 수납장에 넣는다.

이사업체 직원들이 떠나고 마지막 상자까지 정리가 끝난다. 나는 여섯 개의 초에 불을 밝히고 와인 한 병을 딴다. 거실이 은은한 촛불과 하얀 갓을 씌운 램프에서 흘러나오는 은은한 빛으로 채워진다. 나는 필슨에 있는 작고 아늑한 집에서 그대로 잠에 떨어진다.

3월이 코앞에 다가왔고 패닉이 시작된다. 9월 마감 시한까지 거의 절반의 시간이 지났는데 열 개의 목표 가운데 다섯 개밖에 이루지 못했다. 아버지와 잘 지내는 건 희망적이지만 다른 네 가지 목표는 불가능해 보인다. 이제 남은 6개월 반 동안 나는 사랑에 빠져야 하고, 아기를 가져야 하고, 말을 사야 하고, 아름다운 집을 사야 한다. 말 키우기 말고는 모두 내 힘으로 어쩔 수 없는 것들이다.

기분 전환이라도 할 겸, 토요일에 에번스턴으로 드라이브를 간다. 여전히 영하로 떨어진 토요일이지만, 눈부신 햇살 속에 봄이 숨어 있다. 차창을 열어놓고, 신선하고 따뜻한 공기를 맘껏 들이마시자 엄마가 몹시도 그립다. 봄은 엄마가 좋아하는 계절이다. 희망과 사랑의 계절이라고 엄마가 늘 말하곤 했다.

셸리가 하늘하늘한 하얀색 블라우스에 레깅스를 받쳐 입고 문 앞에서 나를 반긴다. 나는 반짝이는 그녀의 입술과 부드럽게 웨이브 진 단발머리를 본다.

"오늘 귀여운데." 내가 잠이 든 조카를 건네받으며 말한다.

"정말 귀여운 거 보여줄까?" 그녀가 나를 햇살이 가득한 주방으로 이끌면서 내게 묻는다. "트레버가 낮잠에서 깨어나면 우리가 배운 노래 해보라고 할게. 〈다섯 마리의 작은 토끼〉라는 곡인데, 정말 귀여워." 그녀가 키득거리며 말한다. "물론 여전히 '래빗'을 '왜빗'이라고 하지만 말이야."

나는 셸리가 전에 트레버에게 면박을 주었던 일에 대해 가볍게 농담을 하는 것에 그녀가 놀라며 기는 그 말에 용기를 얻어 한 발 더 나간다. "그 노래 중국어로도 할 수 있어?"

그녀가 환하게 웃는다. "이제 중국어나 경쟁적인 엄마들 얘기는 안 해도 돼." 그녀가 찻주전자에 물을 부으며 말한다. "어제 상사에게 전화했어. 5월부터 다시 출근하기로 했어."

"오, 셸리. 정말 잘됐다. 어떻게 그런 결정을 하게 된 거야?"

그녀가 찬장에서 컵을 두 개 꺼낸다. "내 생각엔 네 말대로 뉴올리언스에서 보낸 주말 덕이었던 것 같아. 제이하고 나, 그냥 엄마 아빠가 아니라 진짜 부부로 돌아갈 수 있었어. 집으로 돌아오는 길에 펑펑 울었어." 그녀가 나를 본다. "너와 제이가 아니면 이런 말 절대 못 꺼낼 거야. 난 아이들을 정말 사랑해. 하지만 한정 없이 『도라의 모험 이야기』나 『모자 쓴 고양이』 같은 책만 읽는 생활로 돌아가는 건 생각만으로도 힘들어. 제이에게 난 전업주부가 맞지 않는다고 고백했어. 그랬더니 오빠가 뭐라는 줄 알아? '다시 직장에 나가'라고 하더라고. 비판도, 죄의식을 갖게 하는 말도 하지 않더라고. 제이가 지난주에 부서 상사를 만나 휴직을 허가받았어. 이번 학기만 끝내고 1년간 휴직할 거야. 이 결단이 우리에게 어떤 영향을 미칠지 두고 봐야지."

"그러니까 오빠가 집에서 아이들을 돌볼 거란 말이지?"

그녀가 어깨를 으쓱한다. "한번 해보겠대. 그런데 제이에게 딱 맞을 것 같아. 제이가 나보다 인내심이 강할지 누가 알겠어."

우리가 식탁에 앉아 예전처럼 홍차를 마시며 웃고 있을 때 제이 오빠가 트레이닝복 차림으로 들어선다. 조깅을 하고 와서 얼굴이 붉다. 오빠가 나를 보자 활짝 웃는다.

"오, 사랑하는 내 동생, 잘 있었어?" 그가 아이팟을 조리대에 내려놓고 싱크대로 향한다. "자기야, 브렛에게 다음 주 토요일에 대해 얘기했어?"

"지금 막 하려던 참이야." 셸리가 나에게 고개를 돌린다. "우리가 너 소개팅 자리 마련했어. 제이 학과에 허버트 모이어 박사라는 남자가 새로 왔대. 펜실베이니아대학에서 데려온 잘나가는 역사학 교수라네."

오빠가 물을 한 컵 들이켜더니 입을 닦는다. "불가리아를 점령한 비잔티움(미로처럼 복잡한, 권모술수에 능한 사람을 지칭하는 의미도 있음—옮긴이)에 관해서는 세계적인 전문가야."

나는 셸리를 보며 제기랄, 뭐 그따위 전문가가 있냐는 표정으로 쏘아봤다. 셸리가 어깨를 으쓱하며 웃었다. "시카고에 아직 친구가 많지 않대."

"놀라운 일이네." 내가 말한다.

제이 오빠는 내가 비꼬는 투로 말한 것을 못 알아듣는 것 같았다. "우리 생각에 너한테 소개해주면 좋을 것 같아. 우리랑 넷이 저녁 먹으면 어떨까 하는데."

나에게 역사학 교수와의 소개팅은 셸리가 젊은 엄마들에 대해 생각하는 것과 다를 게 없다. "고맙지만 사양할게."

셸리가 곁눈질을 한다. "그럼 데이트하는 사람이 있는 거야?"

나는 에마의 머리를 쓰다듬으면서 앤드루와 헤어진 이후 나의 연애사를 더듬어본다. 일이 벌어지려다 끝나버린 브래드와의 창피한 사건…… 그리고 그게 다야. 데이트 한 번도 못 했다. 더 이상 불행해질 수 있을까! 나는 남은 자존심을 다 끌어모아 의자에서 몸을 곧추세운다. 그때 테일러 박사가 마음속에 떠오른다.

"그동안 전화로만 이야기를 나눈 사람이 있어. 내가 맡고 있는 학생의 의사야. 몇 번 만나기로 했는데, 일이 자꾸 어긋났어."

셸리가 얼굴을 살짝 찌푸린다. "전에 내게 말했던 그 홀아비? 농담이지?"

내가 고개를 약간 들고 말한다. "정말 좋은 사람이더라고."

오빠가 내 머리를 헝클어뜨린다. "그건 레지스 필빈(1960년대부터 활동한 미국의 배우이자 방송 진행자―옮긴이)도 마찬가지지." 오빠가 웃으며 내 곁으로 의자를 가져와 앉는다. "그냥 허버트 만나봐, 손해 보는 일은 없을 테니. 그리고 라이프 리스트 마감 시한도 얼마 안 남았잖아?"

"자꾸 떠올리게 하지 마." 나는 한숨을 푹 내쉰다. "나머지 다섯 가지 목표 때문에 죽겠어. 사랑에 빠지는 거하고 아기 낳는 거. 인생에서 가장 중요한 일들이야. 그냥 하고 싶다고 '짠!' 하고 되는 게 아니잖아. 마음이 움직여야 되는 일이라고. 쇼핑 목록에 있는 달걀이나 치즈처럼 사고 나서 쓱 지울 수는 없어."

"그러니까 하는 말이지." 셸리가 말한다. "적극적으로 하는 게 중요해. 확률 게임이거든. 남자들을 더 만나면, 네가 정말 사랑하는 남자를 만날 확률도 커지는 거지."

"참 그거 로맨틱하네." 나는 에마의 이마에 키스를 하며 말한다. "그리고 그 남자 이름이 뭐라고, 허버트? 대체 누가 아이 이름을 허버트라고 지어?"

"부자들은 그러나 봐." 제이 오빠가 말한다. "그 사람 아버지가 무려 서른 개가 넘는 특허를 가지고 있대. 다른 주에도 집이 있고, 카리브해에 섬도 가지고 있고 자식은 허버트뿐이래."

"나 같은 사람에게 흥미 없을 거야. 교사에다 필슨 같은 동네에 살고 있는데."

셸리가 그만하라는 듯이 손을 젓는다. "그건 당분간이잖아. 유산 상속이 미뤄졌다는 얘기는 제이가 벌써 했대."

입이 벌어질 일이다. "뭐?" 나는 오빠를 본다. "왜 그런 말을 했어?"

"그 사람과 수준이 맞는 사람이란 걸 알리고 싶을 거 아냐?"

오빠의 말에 불편한 감정이 밀려온다. 내가 그런 사람이었나? 어떤 곳에 사는지, 얼마나 돈을 버는지 같은 것에 따라 사람을 판단하는 사람? 내가 앤드루하고 만났던 친구들이 모두 부유하고 매력적이었던 게 그냥 우연이었나? 전율이 인다. 엄마가 내게 앞만 보고 질주하는 삶과 깊이 없는 만남들로부터 벗어나 새로운 길을 가라고 떠밀었던 데에는 이유가 있었다. 내가 지금 가고 있는 길이 더디고 화려하지 않게 보일지 몰라도, 난 처음으로 살아가는 일을 즐기며 가고 있다.

"만약 지금 상황의 내가 꺼려진다면, 나도 데이트할 마음 없다고 전해줘."

셸리가 고개를 젓는다. "이제 '네가' 함부로 평가를 내리는구나. 심각하게 생각하지 마. 한번 만나보라는 거잖아. 내 생각에 다음 주 토요일이넌—"

운 좋게도 휴대전화가 울리며 대화가 끊긴다. 나는 발신자를 확인한다.

"받아야 해. 아버지 전화야."

오빠가 에마를 내게서 데려가고 셸리는 찻주전자에 물을 채운다.

"안녕하세요. 조이는 어때요?"

"브렛, 잘 있었니? 좋은 소식이 있다. 더 이상 입원을 반복하지 않아도 될 것 같구나. 조이가 퇴원해서 집에 갈 거야. 완전히 회복되었어."

"정말 잘됐어요!" 내가 말한다. 나는 돌아서서 셸리를 보며 엄지손가락을 높이 쳐든다. "이제 마음이 좀 편하시겠어요."

"그렇단다. 그리고 우릴 보러 한번 와주면 좋겠구나."

가슴이 뛴다. "정말요?"

"만약 괜찮다면 말이다. 네가 오는 게 더 쉬울 것 같아서. 비행기표를 보내주마."

"아뇨, 괜찮아요. 그런 걱정은 마세요."

"있잖니, 꼭 그렇게 하고 싶구나. 휴가는 낼 수 있겠니?"

온통 얼굴에 웃음이 번지는 걸 입술을 깨물어가며 참는다. "며칠 쓸 수 있어요. 3월 중에 갈까요? 조이에게도 적응할 시간이 필요할 테니."

"그러면 좋을 것 같구나. 정말 보고 싶다. 이제 조이에게 가봐야 할 것 같아. 의사가 퇴원 서류 갖고 곧 오기로 했거든. 비행기편 알아보고 연락 다오."

전화를 끊는다. 기절이라도 할 것처럼 머리가 텅 빈다.

"괜찮아?" 제이 오빠가 묻는다.

내가 고개를 끄덕인다. "드디어 아버지를 만나게 됐어! 여동생도!"

셸리가 내게 달려든다. "오, 브렛. 정말 잘됐다."

"일이 잘 풀리네." 오빠가 말한다. "이제 허버트를 만나서 3연승을 올리는 거야."

23장

    토요일, 제이 오빠, 셸리⋯⋯, 그리고 허버트와 저녁때 마실 와인을 사러 간다. 버스와 기차를 타고 45분 걸리는 곳으로. 이런 어색한 데이트라니, 생각만으로도 속이 불편하다. 첫 번째 데이트만 하고 있기에 내 나이는 너무 많다. 사람들을 많이 많나던 때도, 소개팅은 고통스러운 경험이었다. 데이트라는 사다리에서 가장 낮은 곳에 위치한 것이 소개팅이다. 소개팅은 사람들이 자신의 잣대로 나에게 어울릴 법한 사람을 소개하면서 나를 어떻게 평가하는지 보여주는 것과 다르지 않다.

    멀리까지 나와 번거로웠지만 마음에 드는 와인을 고른다. 나는 한시 무렵 2007년산 아르헨티나 말벡 와인을 사서 폭스오벨 가게를 나선다. 와인이 든 무거운 갈색 종이봉투를 가슴에 꽉 움켜쥔 채 역을 향해 터벅터벅 걷는다.

역은 많은 사람으로 북적인다. 나는 사람들에게 떠밀리듯 걸음을 옮겨 회전문 앞에 이른다. 그때 낯익은 남자가 눈에 들어온다. 버버리맨! 내 옷에 커피를 쏟았던 남자. 추수감사절 아침, 검은색 트레이닝복을 입고 미시간 호숫가에서 조깅하던 그와 맞닥뜨린 이후로 처음이다. 그가 벌써 회전문을 통과해 승강장으로 이어지는 아래쪽 계단으로 사라지고 있다.

사람들을 밀치며 회전문을 빠져나가는 시간이 길게만 느껴진다. 나는 계단을 향해 왁자지껄한 관광객들 사이를 지그재그로 지나, 목을 길게 빼고 눈을 바쁘게 움직여 버버리맨을 찾는다. 어찌나 가슴이 뛰는지 관자놀이까지 팔딱인다. 어디로 간 거지? 나는 한 무리의 사람들 틈에 섞여 에스컬레이터를 탄다. 나는 왼쪽 줄에 서 있는 한가한 사람들을 밀치고 걸어 내려가면서 눈으로는 버버리맨을 찾아 헤맨다. 에스컬레이터가 반쯤 내려섰을 때 열차의 진입을 알리는 신호음이 들린다. 승강장 왼쪽에서 열차를 기다리던 사람들이 분주하게 움직인다. 옆에 두었던 가방을 들고, 전화를 끊고, 다가오는 열차를 향해 다가간다.

저기 있다! 그가 승강장에 서서 북쪽으로 가는 기차를 기다리고 있다. 휴대전화를 귀에 대고 웃고 있다. 작은 바퀴라도 단 것처럼 심장의 움직임이 빨라진다. 이 기차를 타면 돼. 반대 방향으로 가면 어때? 느니어 이 님사를 민니는 거시!

"잠깐만요." 내 앞에 서 있는 여자를 부른다. 뒤도 돌아보지 않는다. 아이팟을 듣느라 내 말이 들리지 않나 보다. 내가 어깨를 살짝 치며 끼어들자 여자가 험한 말을 중얼거린다. 나는 게으른 승객들 틈을 비집고 에스컬레이터를 급히 내려간다. 열차가 멈추고 문이 열렸을 때 에스컬레이터를 거의 다 내려간다. 에스컬레이터에서 내린 사람들이 기차를 향해 황급히 뛰어가고, 눈 깜짝할 사이에 버버리맨이 보이지 않는다. 허탈감이 나를 감싼다. 다시 그가 내 눈에 들어온다. 사람들 가운데 가장 키가 크고, 웨이브 진 머리는 짙은 갈색이다. 그는 할머니 한 분이 먼저 승차하도록 옆으로 비켜서 있다. 나는 나머지 계단을 급히 내려간다. 마지막 승객이 열차에 오른다. 나는 에스컬레이터에서 내려서 좁은 승강장을 잽싸게 달려 버버리맨이 탄 열차 칸으로 향한다.

출발을 알리는 두 번의 종소리와 함께 녹음된 안내 방송이 흘러나온다. "문이 닫힙니다." 나는 속력을 더 높여 거의 전속력으로 달린다.

내가 막 문 앞에 도착했을 때 야속하게 문이 쾅 닫힌다. 손으로 열차 창문을 두드린다.

"기다려요!" 나는 있는 힘껏 소리친다.

열차가 출발하고, 나는 유리창 너머로 버버리맨을 본다. 내 생각엔 그도 나를 보고 있는 것 같다. 정말 보고 있다! 그가 손을 들어 나를 향해 흔든다.

나는 우리가 반갑다고 손을 흔드는 건지 잘 가라고 흔드는 건지 궁금해하며 마주 손을 흔든다.

셸리와 제이 오빠의 집으로 차를 몰고 가는 동안 내 머릿속은 계속 미스터리한 버버리맨에 대한 생각으로 꽉 차 있다. 오빠 집에 도착했는데 그 멋진 버버리맨이 다름 아닌 허버트 모이어였다면 어쩌지? 몇 주 있으면 아버지와 동생까지 만날 판인데 무엇이든 가능하지 않을까? 나의 어리석음에 웃음이 절로 난다. 하지만 오빠 집에 도착하니 속이 다시 불편해진다. 데이트를 해본 게 언제였던가? 만나면 무슨 얘기를 나누지? 나를 보고 실망하면 어쩌지?

현관을 향해 걸어가는 동안 검정 트렌치코트 안에 있는 심장이 뛴다. 왜 이런 일을 허락한 거지? 거절할 수도 있었잖아. 하지만 답은 나도 안다. 6개월 안에 사랑에 빠지고 아기도 가져야 하기 때문이다. 나는 답답함을 날려보내고 벨을 누른다.

"아무도 없어요?" 내가 문을 열고 들어가며 말한다.

"어서 와." 오빠가 현관 쪽으로 다가오더니 나를 다시 본다. "와! 내 동생이 아니었다면 반할 정도로 멋진데."

나는 검은 치마에 스타킹, 그리고 몸매가 드러나는 스웨터와 검은 구두 차림이다. 나는 오빠의 볼에 키스를 하고 속삭인다. "허버트라는 남자 때문에 이 모든 수고를 한 거야. 저녁이 맛있지 않으면 실망할 거야."

현관 쪽을 향해 걸어오는 발자국 소리에 고개를 돌린다. 완벽한 신의 외모를 한 남자가 버티고 서 있다.

"모이어 박사님, 동생 브렛이에요." 페이 오빠가 나를 소개한다.

그가 나를 향해 몸을 돌리며 손을 내민다. 크고 부드럽고 남자다운 손이다. 둘이 손을 잡고 악수를 나눴을 때 그의 맑고 투명한 푸른 눈동자와 나의 눈동자도 서로 인사를 나눈다. 버버리맨에 대한 상념은 어디론가 날아가버린다.

"만나서 반가워요, 브렛." 그의 얼굴에 미소가 번지자 조각칼로 깎아놓은 듯한 이목구비가 따뜻하고 친근하게 보인다.

"반가워요, 허버트." 나는 멍청하게 서서 그를 바라본다. 그러니까 오빠는 내가 이런 남자와 어울릴 거라고 평가했단 말이지? 크게 칭찬받은 기분이다.

모이어 박사의 매너는 그가 입고 있는 아르마니 스포츠코트처럼 완벽하다. 나는 그가 검지와 중지로 크리스털 술잔을 편하게 쥐고 식후주인 브랜디를 살짝 흔드는 모습을 훔쳐본다. 통밀 빵이 아니라 정제된 밀가루로 만든 흰 빵을 연상시킨다.

머나먼 고대 그리스 이야기로 시작된 대화를 들으며 나는 브랜디를 홀짝인다. 저토록 멋진 외모에 그의 이름은 전혀 어울리지 않는다.

"허버트." 내가 웅얼거린다.

세 명의 눈동자가 일순 나를 향한다.

두 잔의 와인과 브랜디의 힘을 빌려 솔직하게 묻는다. "허버트라는 이름은 어디서 따왔나요?"

내 뜬금없는 질문에 탁자 끝에 앉은 제이 오빠의 눈동자가 커진다. 셸리는 브랜디병에 있는 라벨 읽는 시늉을 하지만 귀는 허버트를 향해 열려 있을 것이다. 뜻밖에도 허버트가 가볍게 웃는다.

"가족 이름에서요. 할아버지 이름을 따서 지은 거예요. 가끔 별칭을 써볼까 했지만, '허브'는 너무 식물 같아 보이고, 버트는 쓸 수가 없잖아요. 학교 다닐 때 가장 친했던 친구 이름이 어니스트 워커예요. 그 친구나 나나 멋진 이름은 아니죠. 제가 버트라는 별칭을 고집했다면 우리가 버트와 어니(미국의 어린이 교육 프로그램 〈세서미 스트리트〉에 나오는 두 단짝—옮긴이) 농담을 얼마나 견뎌야 했을지 상상도 못 할 거예요."

내가 웃는다. 멋진 데다 재미있기까지.

"성까지 붙여 말하면 그 멍청이들이 절대 〈세서미 스트리트〉랑 연결시키지 않았고요?" 제이 오빠가 묻는다.

"그렇죠." 그가 몸을 탁자 쪽으로 기울이며 마치 강단에 서 있는 것처럼 집게손가락을 치켜든다. "하지만 엄밀히 말해 그들은 멍청이가 아니라 얼간이였어요. 멍청이는 바보 같되 정신연령이 세 살 이하인 사람들이고, 얼간이는 바보 같되 정신연령이 일곱 살에서 열두 살 사이인 사람을 말하거든요."

우리 셋은 아무 말 없이 허버트를 바라본다. 드디어 제이 오빠가 허버트의 팔을 툭툭 치며 참을 수 없다는 듯이 웃음을 터뜨린다. "정신 좀 차려요, 이 유쾌한 현학자!" 오빠가 고개를 저으며 브랜디병을 집어 든다. "한잔 더 할래요?"

자정이 넘어서야 오빠가 셋에게 인사를 하고 집을 나선다, 허버트가 나를 차가 있는 곳까지 데려다준다. 우리는 별들이 흩뿌리는 하늘 아래 서 있다. 나는 두 손을 주머니에 넣고 허버트에게 인사를 한다.

"정말 유쾌한 시간이었어요."

"저도요. 다시 만나고 싶어요. 다음 주에 언제 시간이 괜찮아요?"

나는 심장이 쿵쾅거리기를 기다리는데, 평소와 다름없는 규칙적인 리듬으로 뛴다. "수요일 저녁에 괜찮아요."

"일곱시쯤 저녁 같이해요."

"좋아요."

그가 약간 고개를 숙여 내 뺨에 가볍게 키스를 하고는 차 문을 열어준다. "월요일에 확인 전화 할게요. 조심히 운전해요."

나는 운전을 하면서 엄마라면 허버트를 어떻게 생각할까 궁금하다. 저 정도 남자라면 엄마가 내 남편이나 아이들 아빠로 어울린다고 생각할까? 그럴 것 같다. 혹시 그와의 만남도 엄마가 미리 예상한 걸까? 어쩌면 그랬을지도 모르겠다는 생각이 든다.

나는 건널목에서 차가 오는지 살피다가 문득 조수석을 바라본다. 멀리까지 가서 사온 와인이 그대로 놓여 있다. 가지고 들어가는 걸 깜빡한 것이다. 그 먼 곳까지 왜 갔다 왔담. 버버리맨을 멀리서 보기는 했지만.

3주의 시간이 마치 쌓인 눈이 녹아내리듯 순식간에 지나가버린다. 계획대로 허버트와 나는 수요일 저녁을 함께했고, 그 후로 수십 번 통화하고 데이트를 여섯 번 더 했다. 만날 때마다 그에게 조금씩 더 관심이 간다. 그에게는 내가 진심으로 좋아하는 특징이 많다. 예를 들어 내가 뭔가 재미있는 이야기를 할 때면 웃긴 대목에 이르기도 전에 그는 이미 입꼬리를 올리며 웃어준다. 그리고 잠들기 전에 마지막으로 이야기 나누는 사람이 나였으면 좋겠다며 그날 마지막 통화는 꼭 나와 한다.

그런데 다른 것들—작고, 사소하고, 좀 특이한 점들—이 그에게 완전히 몰입하는 걸 방해한다. 가령 그는 다른 사람들을 만나 자신을 소개할 때마다 '모이어 박사'라고 말한다. 식당 종업원들이 그가 박사라는 걸 꼭 알아야 하는 것처럼. 그리고 사람들은 박사라고 하면 그를 의학박사로 아는데, 그는 자신이 역사학 박사라고 정정하지도 않는다.

하지만 메건과 셸리에게 인생은 완벽하지 않다고 말한 사람이 나 아니었던가? 우리는 모두 최선을 다해 인생이라는 여행을 통과할 뿐이고, 적당히 타협도 필요한 거라고? 그리고 허버트를 타협이라고 부르는 건 너무 불공평한 일이다. 모든 걸 객관적으로 생각했을 때 그는 매력적인 결혼 상대가 되고도 남는다.

어제는 시카고 사람들이 가장 좋아하고 가장 시끌벅적하게 지내는 명절인 세인트패트릭데이였다. 예전에 앤드루와 내가 친구들과 어울려 에메랄드색으로 물든 강가에서 녹색 맥주를 걸신들린 것처럼 마시던 것과 달리, 허버트는 촛불을 밝혀놓고 내게 퐁뒤를 대접했다. 이는 그럽고 품위 있는 분위기였다. 그리고 그는 더블린이 배경인 로맨틱한 음악 영화 〈원스〉를 골랐다. 나는 그의 팔에 안긴 채 소파에 누워 그의 깊은 배려에 감탄하며 영화를 봤다. 영화가 끝나고 난 뒤, 우리는 테라스에 서서 달빛이 비치는 미시간 호수를 바라보았다. 바람이 부드럽게 불어왔고, 그가 자신의 코트로 나를 감쌌다. 그가 나를 부드럽게 가슴에 안고 별자리들을 가리켰다.

"대부분의 사람이 북두칠성을 별자리라고 부르지만, 실은 그 별들은 큰곰자리의 일부인 성군이에요."

"아, 그래요?" 나는 하늘에 펼쳐진 별밭을 바라보며 말했다. "생각해보니, 다음 주 목요일이면 나는 시애틀로 가느라 저 하늘 어디에 있겠네요."

"보고 싶을 거예요." 그가 턱을 가볍게 내 머리에 비비며 말했다. "당신을 좋아하는 마음이 점점 커지고 있어요, 알아요?"

참으려고 했는데 가슴에서 웃음이 쿡 삐져나왔다. "너무 웃겨요, 허버트, 좋아하는 마음이 점점 커지고 있다고요? 도대체 누가 그런 표현을 써요? 좋아하는 마음이 점점 커지고 있다니?"

그가 나를 물끄러미 쳐다봤을 때 나는 농담이 너무 지나쳤나 염려스러웠다. 그러나 그의 얼굴이 순식간에 유머로 넘치더니 환하게 웃어 다행이었다. "알았어요, 눈치챘군요. 그래요, 나는 유행에 밝은 사람은 못 돼요. 범생이 데이트 세계에 오신 걸 환영합니다."

내가 웃었다. "범생이 데이트?"

"맞아요. 혹시 못 들어봤을지 모르니까 설명할게요. 우리 범생이들은 공교롭게도 데이트 세계에서 일급비밀이에요. 우리는 똑똑하고 성공한 사람들이고 바람도 안 피우죠. 솔직히 우리는 누군가 진짜로 좋아해주기만 해도 행복해하죠." 그가 시선을 호수

쪽으로 돌린다. "그리고 우리는 결혼 상대로 최상의 조건을 갖춘 사람들이죠."

지난 4년간 나는 앤드루에게 결혼의 'ㄱ'조차 못 들어봤다. 그런데 허버트는 겨우 여섯 번 데이트한 후에 넌지시 결혼 얘기를 꺼냈다.

나는 그에게 좀 더 가까이 다가가서 말했다. "나도 범생이 데이트를 좋아할 것 같은데요." 그리고 그 말은 진심이었다.

환한 아침 햇살이 사무실 창을 통해 들어오고 나는 하루 일정을 챙기며 콧노래를 흥얼거린다. 내가 새로 맡게 된 유치원생을 위해 수채화 물감을 찾고 있을 때 전화벨이 울린다. 개릿에게 걸려온 전화다.

"사무실에서 나가시기 전에 연결돼서 다행이에요. 피터가 어젯밤에 폭력적인 행동을 했어요. 어텀이 그를 제지할 수 없을 정도로. 운 좋게 이웃 사람들이 와서 도와줬대요. 이웃들이 아니었다면 피터가 어떤 일을 벌였을지 생각만 해도 아찔해요."

"아, 큰일 날 뻔했네요! 어텀이 아찔했겠어요." 나는 끔찍한 순간들을 상상하며 팔을 쓸어내린다.

"방금 뉴패스웨이 쪽 사람들과 통화를 마쳤어요. 피터를 위해 특별반을 하나 만들어주기로 했이요. 이번 주 후반에 시작할 것 같아요. 그러니 오늘부터 피터네 집은 더 이상 방문하지 않아도 됩니다."

놀랍게도 우울한 감정이 밀려온다. 온갖 어려움에도 불구하고

나는 여전히 피터의 상태가 호전돼서 하루에 두 번씩 상담받지
않아도 되는 보통 아이들이 다니는 예전의 학교로 돌아가는 해
피엔드를 꿈꾼다.

"작별 인사도 못 했네요."

"피터에게 꼭 전해줄게요."

"피터가 정말 똑똑한 아이라는 말도 해주시고요, 행운을 빈다
고 전해주세요."

"꼭 전할게요." 그가 잠시 말을 멈춘다. 그리고 다시 말을 시작
할 때는 예전의 부드러운 어조로 돌아간다. "이번 일로 모든 학
생을 구할 수 없다는 걸 알게 되셨겠죠. 엄한 가르침이죠. 당신같
이 젊고 이상주의적인 사람에게는 특히 더요. 처음 의사 생활을
할 때 나도 그랬어요."

"피터를 방치한 기분이에요." 내가 말한다. "내게 시간이 더 있
었더라면……."

"아뇨." 그가 단호하게 말한다. "미안해요, 브렛. 이미 일어난
일로 스스로를 괴롭히지 마요. 당신이 피터를 위해 할 수 있는 건
다 했어요. 그리고 내게도 많은 도움이 됐고요. 당신과 함께 일해
서 정말 즐거웠어요."

"저도 함께 일하는 동안 참 좋았어요." 내 목소리가 갈라진다.
내가 좋아하고 믿었던 이 남자와 이제 연락할 일이 없다는 생각
에 목이 멘다는 사실이 스스로도 놀랍다. 나는 목청을 가다듬고
말을 잇는다. "고맙다는 말을 꼭 하고 싶어요. 늘 제 이야기를 들
어주시고, 꼭 피터 얘기뿐만 아니라, 제가 겪은 그 많은 이야기를

다 들어줬잖아요."

"제가 감사하죠. 진심이에요." 그가 잠깐 망설이더니 좀 더 가벼운 목소리로 묻는다. "혹시 잊지는 않았겠죠? 술 한잔 하자는 약속?"

방심하고 있다가 허를 찔린다. 술 한잔 하자는 말을 나눈 지 벌써 몇 주가 흘렀다. 지난 1월 이후, 나는 남자를 만나 사랑에 빠지기 위해 필사적이었다. 지금은, 논란의 여지는 있지만 시카고 최고의 신랑감이라고 여겨지는 남자와 데이트 중이다. 그래도 여전히, 나는 테일러 박사에 대한 호기심도 버릴 수 없다. 나는 관자놀이를 가볍게 문지른다.

"아, 물론이죠."

"정말 괜찮아요? 좀 망설이는 목소린데요?" 개릿이 묻는다.

나는 한숨을 길게 내뱉는다. 어차피 이 남자에게 모든 걸 얘기했는데 지금에 와서 솔직해지지 못할 건 없지. "만나는 건 좋아요. 그런데 요즘 만나는 사람이 있어서……."

"걱정 마세요." 개릿이 말한다. 그가 너무 너그럽게 나오는 바람에 더 무안해진다. 아마 그는 나를 연애 대상으로 여기고 있지 않은 것 같다. 바보같이 나 혼자 그런 상상을 한 꼴이다. "일이 잘 진행되길 바라요, 브렛."

"네, 고마워요."

"그래요, 그만 일 보세요. 다음에 또 연락해요."

"네, 연락해요." 나는 그가 다시는 연락하지 않을 것을 안다.

테일러 박사와의 마지막 통화를 끝낸다. 마지막 책장을 덮는 기분처럼 씁쓸하다. 개릿에게 더 이상의 도움은 받지 못할 것이다. 그리고 확실한 건 그는 내게 연애 감정이 없다는 것이다. 깊이 생각해보니, 차라리 잘됐다는 생각이 든다. 이제 내게는 허버트도 있고, 곧 만나게 될 새 가족도 있다. 아마 테일러 박사는 엄마가 연출한 무대에 예정대로 나타난 배우인지도 모른다. 내가 필요할 때 등장해서 극본의 의도대로 바로 퇴장하는.

나는 찾고 있던 수채화 물감과 코트를 집어 든다. 사무실 불을 끄고 문을 닫고 확실히 잠겼는지 확인한다.

24장

나는 보잉 757기의 창밖으로 시애틀을 내려다본다. 구름이 잔뜩 낀 오후다. 비행기가 하강을 시작하면서 워싱턴 호수의 끝부분이 눈에 들어온다. 파란색 물줄기가 퍼즐 조각 같은 대지를 둘러싼 모습이 아름답다. 도시 풍광을 황홀한 마음으로 훑는다. 시애틀의 상징인 스페이스니들이 눈에 들어오자 눈물이 날 것 같다. 비행기가 점점 하강할수록 장난감처럼 보이는 집들이 나타난다. 나는 저 하늘 아래, 콘크리트와 나무로 만든 작은 장난감 집에 한 남자와 그의 딸이, 내 아버지와 이복 여동생이 살고 있을 것이란 생각에 황홀한 심정으로 내려다본다.

다른 승객들과 함께, 많은 사람들이 마중 나와 있는 수화물 찾는 곳을 향해 걸어간다. 나는 사람들의 얼굴을 하나하나 본다. 어떤 사람은 조바심을 내고 있고, 어떤 사람은 누군가의 이름을 쓴 종이를 들고 서 있다. 어떤 이들은 고개를 길게 빼고 기다리는 사람의 얼굴을 살피느라 흥분을 감추지 못한다. 한 명 한 명, 내 곁에 있는 승객들이 모두 누군가의 친구이거나 친척들인 것처럼 그들을 보며 아는 체를 한다. 나만 혼자 서 있다. 땀이 나고 속이 메스껍다.

나는 마중 나온 사람들 속에서 열두 살짜리 소녀와 머리색이 검은 남자를 찾고 있다. 아버지와 조이는 어디 있지? 내가 오늘 온다는 걸 잊지는 않았겠지? 조이가 다시 아픈 건 아니겠지? 나는 가방에서 휴대전화를 찾아 집어 든다. 메시지를 확인한다.

"브렛?"

누가 나를 부른다. 나는 몸을 돌린다. 내 앞에 은발의 키 큰 남자가 서 있다. 수염을 깔끔하게 깎고, 고급스러워 보이는 옷을 편하게 받쳐 입은 모습이다. 그의 눈동자와 나의 눈동자가 마주치고, 그가 빙그레 웃자 나는 34년 전의 모습을 담은 디브이디에서 본 남자를 만난다. 나는 턱이 떨리는 것을 참으며 고개를 끄덕인다.

그 역시 목소리가 제대로 나올지 자신이 없는 듯 그저 나를 향해 두 팔을 벌린다. 나는 그에게 한 발짝 다가가며 눈을 감고 그의 가죽 재킷 냄새를 깊게 들이마신다. 차가운 재킷에 내 머리를 떨구자 그가 나를 안고 앞뒤로 가볍게 흔든다. 처음으로, 아버지의 품에 안기는 것이 어떤 것인지 알 것 같다.

"정말 아름답게 컸구나." 그가 말하며 나를 재킷에서 떼어내더니 두 팔을 쭉 뻗으며 나를 본다. "정말 네 엄마를 그대로 빼다 박왔어."

"이제 보니 키는 아버지를 닮은 것 같은데요."

"눈동자도." 그가 나의 얼굴을 두 손으로 쥐고 바라본다. "네가 나를 찾다니, 정말 기쁘구나."

내 영혼에 환희가 차오른다. "저도 그래요."

그가 내 작은 가방을 훌쩍 어깨에 메더니 다른 팔을 내 어깨에 두른다. "일단 여기서 나가자. 조이를 학교에서 데려와야 해. 네가 온다니까 흥분해서 학교도 안 가고 같이 올 뻔했다."

조이가 다니는 사립학교, 프랭클린 L 넬슨 센터로 가는 길에 우리는 멈추지 않고 이야기를 나눈다. 그가 전화로는 묻지 않았던 많은 질문을 한다. 나는 웃음을 멈출 수 없다. 아버지는 놀랍게도 내게 많은 관심을 갖고 있었고, 더 중요한 것은 내가 감히 꿈도 못 꿨는데 둘의 성향이 비슷하고 잘 통한다는 것이다. 그럼에도 나무가 양옆으로 늘어선 학교 입구를 향해 갈 때, 흉측한 질투의 화신이 내 안에서 다시 꿈틀거리며 고개를 쳐든다. 조이를 만난다는 기대와 아버지와 둘이 더 시간을 보내고 싶다는 열망이 충돌한다. 조이가 차에 올라타면 나는 다시 소외당하는 기분이 들 것이다. 그런 역할에는 이제 진저리난다.

넬슨 센터에는 난층 건물이 서고 머끼고 겹쳐지며 길게 펼쳐져 있고, 캠퍼스가 아름답게 손질되어 있다. 학비가 만만치 않을 것이다.

"학교는 10분 후에 끝나는데, 조이가 제 언니를 반 아이들에게 소개한다는구나. 그래도 괜찮지?"

"물론 괜찮죠."

그가 열어준 철문으로 들어서자 앞이 확 트인 공간과 마주친다. 정면에 놓인 벤치에 어린 여자아이가 남색 교복을 입고 앉아 두 발을 앞으로 모은 채 흔들고 있다. 그 애는 나를 보고 벤치에서 벌떡 일어설 뿐 다가오지 않는다. 아버지가 문을 닫고 뒤돌아서자 그제야 여자아이가 소리친다.

"아빠!" 여자아이의 둥근 얼굴이 기쁨으로 가득 찬다. 그녀가 뒤뚱거리며 있는 힘껏 우리를 향해 달려오더니 짧고 뭉툭한 팔로 내 엉덩이를 감싼다. 나도 그 애를 안지만 그 애의 머리가 겨우 내 갈비뼈에 닿는다. 아버지가 웃으며 우리 둘을 본다.

"그만해, 조이." 아버지가 조이의 머리를 토닥이며 말한다. "언니 숨 좀 쉬게 해줘야지."

조이가 내 엉덩이에 두른 팔을 푼다. "당신 내 언니." 조이가 선언한다.

이 천사 같은 아이를 어떻게 싫어할 수 있을까? 나는 조이 옆에 웅크리고 앉아 희고 부드러운 그 애의 얼굴을 바라본다. 머리칼은 반짝거리고 아버지와 나처럼 검은색이다. 초록색의 눈동자가 깊게 접인 눈꺼풀 안에 담겨 있다.

"응. 내가 네 언니야. 너와 나, 우리는 자매지."

조이가 나를 보며 환하게 웃자 그 애의 초록색 눈동자가 반달모양이 된다. 그 애의 분홍빛 두꺼운 혀가 툭 튀어나온 윗니 아래로 삐져나온다. 나는 다운증후군을 앓는 작은 여자아이…… 내 여동생에게 금방 걷잡을 수 없는 애정을 느낀다.

조이가 한 손으로 내 손을, 다른 손으로는 아버지 손을 잡고 교실을 향해 걸어간다. 복도를 지나며 아버지가 학교의 특별한 내부에 대해 설명한다. 어느 복도는 거리의 모양을 그대로 옮겨놓은 듯하다. 거리의 상점들이 늘어서 있고 신호등과 건널목에 설치된 정지 표지판이 보인다.

"이곳에서 안전하게 길을 건너는 법과 가게 점원들과 대화하는 법, 물건 살 때 계산하는 법을 아이들에게 가르쳐주지."

시끌시끌한 조이의 교실에 막 발을 들여놓았을 때, 조이가 눈을 환하게 뜨며 신디 선생님과 보조 교사 코펙 선생님이 지적 장애아 여덟 명의 하교를 준비하는 모습을 바라본다. 코펙 선생님이 보행 보조기를 짚고 있는 남자아이의 코트 지퍼를 올려준다. "하비, 코트 지퍼를 단단히 올려야지, 알겠어? 오늘은 날이 추워."

"이 목도리는 누구 거지?" 신디 선생님이 열린 옷장에서 빨간색 니트 목도리를 찾아 손에 들고 소리친다.

"여기 봐." 조이가 안달이 난 목소리로 말한다. "이 사람 내 언니." 조이의 얼굴에 기쁨이 넘치고 그 애가 마치 불이라도 피우는 사람처럼 두 손바닥을 비비며 좋아한다. 내 생애를 통틀어 이토록 숭배를 받아본 적은 없다. 조이가 내 손을 잡고 선생님들을 소개하고, 벽에 걸린 그림을 설명하고, 친구들의 이름을 호명하며 교실을 한 바퀴 돈다.

학교를 떠나기 전, 아버지가 우리를 차에 태우고 121,400제곱

미터가량의 넬슨 센터를 한 바퀴 둘러본다. 조이가 놀이터를 가리킨다.

"얘가 제일 좋아하는 곳이야." 아버지가 뒤로 손을 뻗어 조이의 다리를 만지며 말한다. "저건 온실이야. 아이들이 식물 키우는 걸 배우는 곳이지."

우리는 바닥에 흙이 깔린 테니스 코트를 지나 아스팔트를 새로 깐 길을 지난다. 빨간색 페인트칠을 한 창고 같은 건물을 지날때, 나무 간판에 새겨진 글씨가 눈에 들어온다. 승마 치료 프로그램.

"저건 뭐예요?"

"말 키우는 곳이었어. 아이들이 승마를 배웠지. 원래 목적은 아이들이 말을 타면서 몸의 균형을 익히고 근육 운동을 하도록 돕는 거였어. 자신감을 얻는 데 얼마나 도움이 됐는지 아마 상상도 못 할 거다."

"플루토!" 뒷좌석에 앉아 있던 조이가 소리친다.

아버지가 백미러를 보며 웃는다. "그래, 네가 그 늙은 말 플루토를 좋아했지." 그리고 나를 쳐다본다. "정말 돈이 많이 드는 프로그램이야. 예산이 삭감돼서, 지난가을에 폐쇄했단다."

내 마음속에 전등불 하나가 환하게 켜진다.

시애틀 여행 정보 사이트에서 예보한 것과 달리 내가 도착한 이후로 가랑비가 그치지 않는다. 그래도 개의치 않는다. 금요일 하루를 아버지와 조이와 함께 붉은 벽돌로 지은 아늑한 집에서 보내는 것도 좋다. 오크나무 바닥에 밝은색의 러그가 깔려 있고, 나무 책꽂이가 벽을 두르고 있다. 모든 공간과 틈새에서 재미있는 그림과 소품들을 발견한다. 모두 아버지가 가수로 살았을 때 여기저기 여행하며 모은 것들이라고 한다. 우리 셋은 나바호족 인디언이 만든 러그 위에 앉아 카드 게임을 하고 있고, 오디오에서는 잘 알려지지 않은 인디 뮤지션들의 음악이 나를 유혹한다.

여섯시가 되자 아버지는 파르메산 치즈를 뿌린 가지 요리를 선보인다며 분주하다. 조이와 나는 샐러드를 만들기 위해 아버지를 따라 주방으로 간다.

"그래, 조이. 이제 이걸 흔드는 거야. 날 봐, 이렇게." 나는 샐러드드레싱병을 들고 위아래로 마구 흔들다 조이에게 건넨다. "이제 네가 해봐."

"나 드레싱 만들어." 조이가 유리병을 두 손으로 잡고 흔들며 말한다. 갑자기 플라스틱 뚜껑이 열리며 랜치 드레싱이 뿜어져 나와 찬장 문짝을 타고 흘러내리더니 바닥에 떨어진다.

"아, 미안해." 나도 모르게 소리친다. "뚜껑을 꼭 안 닫았어." 나는 얼른 행주를 집어 들고 드레싱이 흘러내린 자리를 급히 닦는다. 등 뒤에서 웃음소리가 들린다.

"조이, 이리 와서 네 모습 좀 봐라."

아버지가 조이를 오븐 쪽으로 비끼고 간다. 오븐 문 위에 조이의 모습이 어린다. 흰색의 드레싱 방울들이 머리와 얼굴 여기저기에 튀어 있다. 아버지와 조이가 웃음을 참지 못하고 자지러진다. 조이가 손가락으로 턱에 묻은 소스를 찍어 먹는다.

"맛있다, 맛있어!"

아버지가 조이의 머리 위에서 뱀 흉내를 내며 핥아 먹으려고 하자 조이가 참지 못하고 웃음을 터뜨린다. 나는 내 기억 속에는 존재하지 않는 아버지와 딸의 모습을 눈앞에서 보며 영원히 간직하기 위해 기억에 새긴다.

마침내 식사를 하기 위해 식탁에 앉았을 때 아버지가 와인잔을 높이 쳐들며 말한다. "나의 아름다운 딸들을 위하여." 그리고 덧붙인다. "난 운이 좋은 사람이야."

조이가 우유가 든 잔을 높이 쳐들자 셋은 기분 좋게 서로 잔을 부딪친다.

식사 중에 나누던 가벼운 이야기를 끝내고, 우리는 식탁에 둘러앉아 아버지가 시카고를 떠날 때의 이야기를 듣고 있다. 조이가 눈을 비비는 것을 보자 아버지가 이야기를 잠시 멈춘다.

"우리 잠꾸러기, 가서 잠옷 입고 자자. 잠잘 시간이야."

"아냐. 나 언니랑 있어."

"조, 오늘 밤엔 내가 재워줄까?" 내가 묻는다.

조이가 환하게 웃더니 의자에서 내려서며 내 손을 잡는다. 우리가 거의 주방에서 벗어났을 때 조이가 아버지를 돌아보며 말한다. "아빠 있어. 언니가 나 재워줘."

"좋겠구나." 아버지가 웃는다.

조이가 나를 보라색과 분홍색 솜사탕이 그려진 자신의 방으로 안내한다. 창가에 레이스 커튼이 묶여 있고, 작은 침대 위에는 정글에 사는 온갖 동물 인형이 놓여 있다.

"방 정말 예쁘다." 내가 침대맡에 놓인 전등을 켜면서 말한다.

조이가 팅커벨이 그려진 잠옷으로 갈아입는다. 나는 그 애가 양치하는 걸 도와준다. 그러고는 침대로 올라간 그 애 곁에 앉는다. "이제 언니 가고 자."

"책 읽어줄까?"

"리브야!" 그 애가 말한다. "리브야!"

나는 허리를 굽혀 책장에서 리브야에 대한 이야기가 있는지 제목들을 살피지만 찾지 못한다. 마침내 나는 올리비아라는 이름의 돼지 이야기를 발견한다.

내가 책을 들고 묻는다. "이거?"

조이가 환하게 웃는다. "리브야!" 나는 그 애의 베개를 같이 베고 침대 속으로 파고든다. 조이가 나를 향해 고개를 돌린다. 페퍼민트 치약 냄새와 바닐라 샴푸 냄새를 풍기며 내게 키스한다. "읽어." 조이가 책을 가리키며 말한다.

책을 중간쯤 읽을 무렵 조이의 숨결이 어느새 고요해지고 눈은 감겨 있다. 나는 조심스럽게 그 애의 가슴에 얹어놓은 팔을 빼고 머리맡에 있는 램프를 끈다. 그러자 인어공주 모양의 취침등에서 흘러나오는 빛으로 방이 분홍색으로 변한다.

"사랑해, 조이." 나는 몸을 숙여 조이의 볼에 키스한다. "네가 내게 많은 걸 가르치는구나."

주방으로 돌아가니 식탁은 이미 말끔하게 정리되어 있고, 식기세척기가 돌아가고 있다. 나는 와인 한 잔을 더 따라 거실에서 기타를 아기 안듯 무릎에 놓고 치고 있는 아버지 곁으로 간다. 아버지가 나를 보고 웃는다.

"앉아라. 뭘 좀 더 줄까? 와인? 커피?"

나는 와인잔을 들어 보인다. "다 준비됐어요." 나는 의자를 끌어당기며 기타를 보고 감탄한다. 반짝이는 검은색 나무 재질에 상아 무늬가 있는 기타다. "정말 아름답네요."

"고맙구나. 내가 아끼는 오래된 깁슨 기타지." 어깨에 두른 가죽 줄을 풀기 전에 그는 몇 소절을 튕겨본다. "내가 물을 퍼내는 속도보다 물이 더 빨리 차오르던 때, 인생이 힘들 때 내게 큰 위로를 준 기타지." 그가 정말 기타를 아끼는 사람처럼 조심스럽게 금속 기타집에 기타를 넣는다. "기타 치니?"

"불행하게도 그 유전자는 받지 못했어요."

아버지가 웃는다. "아이였을 때는 어땠니, 브렛?"

우리는 의자에 등을 기대고 앉아 두 시간 동안 서로 궁금한 걸 묻고 이야기를 풀어놓으며 34년간 놓친 퍼즐 조각들을 메꿔보려 한다.

"엄마를 그대로 닮았구나."

"그건 과한 칭찬이에요. 엄마가 보고 싶어요."

아버지의 눈이 무겁게 가라앉고 그는 고개를 숙여 손을 멍하니 바라본다. "나도 보고 싶다."

"엄마와 연락을 시도해본 적은 없었나요?"

아버지의 턱 주변에 가벼운 경련이 인다. 불가사의한 힘을 거부할 수 없는 사람처럼, 그는 기타집에서 다시 기타를 꺼내 무릎 위에 놓는다. 눈을 여전히 내리뜬 채 기타 줄을 뜯는다. 특정한 곡이 아니라 손가락이 가는 대로 음울한 선율이 흘러나온다. 그가 드디어 고개를 들고 나를 본다.

"찰스 볼링거는 만만한 사람이 아니었지." 그가 30년간 참아온 얘기를 꺼내는 사람처럼 깊은 한숨을 토하며 말한다. "난 진심으로 네 엄마와 결혼하고 싶었어. 그녀를 떠나는 일이 내게는 살면서 가장 힘든 일이었다. 네 엄마처럼 사랑했던 여자는 없었지. 한 번도."

나는 고개를 세차게 젓는다. "하지만 엄마에게 상처를 주셨잖아요. 엄마 일기장을 보면 엄마가 남편을 떠나 아버지에게 갔는데 아버지가 정착하고 싶지 않다고 하셨다면서요."

그가 갑자기 주춤한다. "그건 사실이 아니야. 실은 우리 일을 네 아버지—"

"그는 내 아버지가 아니에요." 내가 아버지의 말을 끊고 단호하게 말한다. "결코 내게 아버지였던 적이 없었어요."

아버지가 나를 보며 고개를 끄덕인다. "찰스는 네 엄마와 내가 사랑에 빠졌다는 걸 알았을 때 무섭게 변했다. 엄마에게 자신과 나 가운데 한 명을 택하라고 강요했어. 그때 엄마가 찰스의 눈을 똑바로 보며 나를 사랑한다고 했어." 그 기억이 떠올랐는지 아버지는 슬며시 미소를 짓는다. "엄마가 주방을 뚜벅뚜벅 걸어 나갔지. 내가 뒤따라 가려는데 찰스가 내 팔을 잡더구나. 만약에 엘리자베스가 떠나면 다시는 두 아들을 못 보게 할 거라고 말했어."

"네? 그럴 수는 없잖아요."

"그때는 70년대였잖아. 지금이랑 많이 달랐지. 찰스는 법정에서 엄마가 얼마나 행실이 부정한 여자고, 엄마 자격이 없는 사람인지 낱낱이 밝힐 거라고 했어. 그때는 내가 대마초를 피웠는데, 그가 마약중독자 남자친구라는 소문을 내겠다고 협박을 하더구나. 법정에서 누가 승리할지 예측하는 건 전혀 어려운 일이 아니었어. 나는 아무것도 아닌 사람이었지만 엄마를 무책임한 사람으로 만들 수는 없었다."

"아, 끔찍하네요."

"조드하고 제이를 못 보게 되면 엄마는 견딜 수 없었을 거다. 결국 엄마가 선택하지 않아도 되도록 내가 거짓말을 했지. 결혼은 하고 싶지 않다고 말했어." 그는 마치 악몽이라도 떨쳐내려는 사람처럼 고개를 세차게 흔든다. "그 일로 나는 죽을 만큼 힘들었다. 그러나 난 네 엄마를 안다. 만약 아들들을 더 이상 못 보게 됐다면 온전하게 살지 못했을 거야.

우리는 현관 입구에 서 있었다. 찌는 듯이 더운 오후였지. 집의 창문이란 창문은 모두 활짝 열려 있었지. 찰스도 아마 우리의 얘기를 엿들었을 거다. 나는 전혀 신경 쓰지 않았어. 엄마에게 말했다. 정말 사랑했고, 변함없이 사랑할 거라고. 그렇지만 한곳에 머무르며 가정을 꾸리고 사는 사람은 못 된다고 했어. 엄마는 내가 왜 그런 말을 하는지 속을 꿰뚫어 보는 것 같았어. 마지막으로 내 볼에 키스할 때 엄마가 속삭이더구나, '내가 어디 사는지 아니까 날 찾을 수 있겠죠?'"

남색의 롱코트를 입고 아이들을 차에 태웠을 불쌍한 엄마의 모습이 떠올라 가슴이 아프다. "엄마는 아버지가 다시 돌아올 거라 믿었군요."

아버지가 다시 말을 잇기 전에 고개를 끄덕이며 마음을 가다듬는다. "아, 정말 그때의 엄마 눈동자를 잊을 수가 없구나. 나에 대한 확고한 믿음으로 꽉 차 있던, 아일랜드 언덕처럼 푸른 눈동자를."

나는 울음을 삼킨다. "하지만 두 분은 나중에 이혼했어요. 그때 엄마에게 돌아올 수는 없었나요?"

"네 엄마 소식은 못 듣고 살았다. 그렇게 떠나고 나서 나는 옳은 일을 했다고 스스로를 확신시켰어. 떠나지 않았다면 어땠을까 하는 생각으로 스스로를 힘들게 하지 말자고 최대한 위로하면서. 오랫동안 이 기타만이 내게 기쁨을 줬어.

그리고 15년 있다가 조이의 엄마를 만났지. 결혼은 안 했지만 6년 동안 함께 살았다."

"그분은 지금 어디에 계세요?"

"멀린다는 애스펀으로 이사 갔어. 그녀의 가족이 살고 있는 곳으로. 모정은 그녀의 길이 아닌 것 같았어."

난 더 알고 싶지만, 묻지 않는다. 다운증후군 아이가 있다는 것도 그녀를 막지 못한 것만 같다.

"정말 안됐어요." 내가 말한다. "아버지가 잃어버린 그 모든 것이."

그가 고개를 젓는다. "나는 동정받고 싶지 않다. 사람들 말처럼 산다는 건 좋은 거야." 그가 손을 들어 내 손을 꼭 쥔다. "그리고 점점 더 좋아지지."

내가 그를 보며 웃는다. "왜 엄마는 이혼하고, 아니면 그가 죽고 나서 아버지를 찾을 생각을 하지 않았을까요?"

"내 생각엔 나랑 헤어지고 얼마 안 돼서는 내 소식을 기다렸을 거야. 편지나 전화 같은 거. 그러나 시간이 흘러도 편지 한 장 없으니 내가 정말 자신을 사랑한 게 아니었다고 여겼겠지."

한기가 온몸을 타고 흐른다. 엄마는 사랑이 자신을 속였다고 여기면서 돌아가셨을까? 나는 몇 주간 나를 괴롭히던 질문을 불쑥 뱉는다.

"왜 유전자 검사를 하자는 말을 안 하세요? 지금이라도 하고 싶으시면 저는 괜찮아요."

"아니. 아니, 하고 싶지 않다. 네가 내 딸이라는 데 한순간도 의심을 품지 않았다."

"왜죠? 그런 의심은 다들 하잖아요. 아버지 딸일 확률도 있지만 그의 딸일 수도 있잖아요?"

그가 잠시 말을 멈추더니 기타 줄을 튕긴다. "찰스는 제이가 태어나고 나서 정관수술을 했다. 우리가 가까워졌을 때 네 엄마가 그렇게 얘기했어."

나는 눈을 깜박거리며 놀란다. "내가 자신의 딸이 아니라는 사실을 알았군요. 그래서 나를 그렇게 미워했구나."

"너를 보고 금방 알았을 거야. 다른 증거가 뭐 필요했겠니?"

"나를 원해서 임신한 건 아니었네요. 그 사실은 전혀 몰랐어요."

371

"그건 네가 정말 잘못 생각한 거야. 찰스가 정관수술을 했다는 사실을 알고 네 엄마가 얼마나 충격을 받았는데. 내게 그렇게 말하더구나. 계속 아이를 한 명 더 갖고 싶었다고. 실은 항상 딸을 한 명 갖고 싶었다고 말했어."

"엄마가 그랬어요?"

"물론이지. 포흘론스키 씨가 내게 딸이 있다고 연락했을 때 나는 네 엄마에게 값을 따질 수 없이 귀한 선물을 줬다는 생각에 얼마나 흥분했는지 모른다."

나는 손으로 입을 틀어막는다. "엄마가 나에게 그 일기장을 남기면서 우리에게 그 선물을 되돌려준 셈이네요."

그가 눈으로 웃으며 손을 뻗어 내 손을 그러쥔다. "넌 두고두고 기쁨을 주는 선물이야."

겨우 사흘이었는데 이곳에 와서 처음 만난 두 명의 낯선 사람들이 아니라 가족을 떠나는 기분이다. 나는 공항 로비에서 조이 옆에 쪼그리고 앉아 그 애의 머리를 내 가슴께로 끌어당긴다. 조이가 나에게 매달리며 스웨터를 꼭 잡는다. 조이가 내게서 몸을 떼더니 엄지손가락을 높이 쳐든다.

"내 언니."

나는 엄지손가락으로 그 애의 엄지손가락을 꾹 누른다. "사랑해, 내 동생. 오늘 밤에 전화할게, 알았지?"

아버지가 다가와 우리 둘을 큰 곰처럼 넓은 품으로 안는다. 강한 그의 팔에 감싸여 보호받고 있다는 느낌이 든다. 늘 상상했던 아버지의 품, 바로 그 느낌이다. 나는 눈을 감고 숨을 깊게 들이마신다. 가죽 재킷과 은은한 향수가 뒤섞인 냄새가 난다. 영원이 기억될 아버지의 냄새다. 그가 팔을 풀더니 두 팔 가득 나를 끌어안는다.

"우리 언제 다시 볼 수 있을까?"

"시카고로 오세요." 내가 말한다. "다들 아버지랑 조이를 보고 싶어 해요."

"그럴게." 아버지가 내게 키스하며 등을 가볍게 두드린다. "빨리 가라, 비행기 놓칠라."

"잠깐만요. 드릴 게 있어요." 나는 가방을 뒤져 엄마의 가죽 표지 일기장을 꺼낸다. "아버지가 갖고 계세요."

아버지는 마치 성당에서 밀떡을 받는 신자처럼 경건하게 그것을 받아 든다. 턱 근처에 미세한 경련이 이는 것을 본다. 나는 그의 볼에 키스를 한다.

"엄마의 사랑에 대해 한 치의 의심이 있었다 해도, 엄마의 일기를 다 읽고 나면 의심이 말끔하게 사라질 거예요. 엄마의 모든 감정이 자세하게 적혀 있으니까요."

"다른 일기장도 있니? 내가 떠나고 나서도 계속 썼어?"

"아뇨. 저도 그게 궁금해서 집을 다 뒤졌는데 다른 건 없었어요. 엄마의 일기는 아버지와 함께 끝났어요."

다섯 시간 후에 비행기가 오헤어 공항에 착륙한다. 시계를 본다. 열시 삼십오분. 12분 일찍 도착했다. 휴대전화를 켜자 허버

트에게 온 메시지가 뜬다. '수화물 찾는 곳에서 만나요.'

그보다 친절한 남자와 데이트해본 적이 없다. 소리쳐 택시를 부르고 무거운 가방을 옮기지 않아도 된다. 이제 허버트를 만날 것이다. 그런데도 흥분되지 않는다. 아마 너무 피곤해서 그런가 보다. 필슨에 있는 내 작은 집으로 가서 침대에 누워 조이에게 전화하고 싶은 마음만 간절하다.

약속한 대로 나는 수화물 찾는 곳에서, 철제 의자에 앉아 교재처럼 보이는 책을 읽고 있는 허버트를 만난다. 내가 그를 향해 걸어가는 모습을 발견하고 그의 얼굴이 일순 환해진다. 그가 팔을 뻗어 위아래로 마구 흔든다. 나는 공항에서 가장 매력적인 남자의 품에 안긴다.

"환영해요. 잘 왔어요." 그가 내 귀에 속삭인다. "보고 싶었어요."

나는 몸을 떼며 그의 푸른 눈동자를 본다. 아름다운 남자. 두말할 것도 없이 아름답다. "고마워요. 나도 보고 싶었어요."

우리는 손을 잡고 서서 컨베이어가 쏟아내는 가방들을 보고 있다. 우리 앞에 한 여자가 가슴에 띠를 두르고 아기를 안고 있다. 연두색 데이지가 부착된 분홍색 머리띠를 한 아기가 어깨 너머로 우리를 보고 있다. 커다란 푸른 눈동자로 허버트를 감상하듯 바라보고 있다. 허버트가 가끼비 아기끼머 함하게 우어 보인다.

"안녕, 귀염둥이." 그가 말한다. "예쁘게 생겼네."

말을 알아들은 것처럼 아기가 보조개가 생길 정도로 활짝 웃는다. 허버트도 따라 웃으며 나를 본다. "아이 웃음보다 초월적인 것이 뭐가 있을까?"

나는 '초월적인'이라는 단어를 해석하느라 몇 초를 보낸다. 놀랍다는 의미 같다. 이 순간 그도 나에게 초월적인 사람으로 다가온다. 나는 충동적으로 그에게 몸을 기대며 볼에 키스한다. "고마워요."

그가 고개를 갸웃한다. "뭐가요?"

"공항으로 데리러 오고, 아기의 미소가 예쁘다는 걸 알아줘서요."

얼굴이 붉어지더니 그가 이내 수화물이 나오는 곳으로 시선을 돌리며 말한다. "오빠에게 당신이 라이프 리스트를 완수해야 한다는 얘기 들었어요."

나는 신음 소리를 낸다. "오빠가 정말 쓸데없는 얘기를 했군요."

그가 키득거린다. "아기를 갖는 것도 목표 가운데 하나죠?"

"네." 나는 최대한 아무렇지 않은 말투로 대답하지만 가슴속에서는 스테로이드 호르몬이 자극되는 것 같다. "당신은요? 나중에 아이를 가질 생각인가요?"

"두말할 것도 없죠. 난 아이들을 좋아해요."

내 가방이 우리가 서 있는 쪽으로 다가온다. 가방을 잡으려고 손을 뻗는데 허버트가 내 팔을 잡는다. "내가 할게요."

그가 가방을 번쩍 들어 올릴 동안 내 눈이 아기의 눈과 마주친다. 아기는 마치 내가 좋은 엄마가 될 수 있을지 가늠하는 것처럼 내게서 눈을 돌리지 않는다. 나는 엄마와 자연이 내게 부여한 시간을 생각하며 익숙한 조급함이 밀려오기를 기다린다. 하지만 이번에는 괜찮다.

허버트가 내 가방을 들고 다가온다.

"이제 갈까요?" 그가 묻는다. "필요한 거 다 챙겼죠?"

나는 뭔가 확인이라도 하려는 사람처럼 아기를 본다. 아기의 얼굴이 미소로 환하다. 나는 허버트의 팔짱을 낀다. "다 챙긴 것 같아요."

새벽 네시에 루디를 데리고 나가 오줌을 누이고 다시 침대에 눕는다. 토요일이라 느긋하게 아홉시까지 잔다. 나는 아직 시차에 적응하지 못했다고 스스로에게 변명한다. 일어나서 커피 한 잔을 들고 햇살이 쏟아지는 거실에 앉아 『트리뷴』지의 십자말풀이를 푼다. 느긋하고 행복한 기분이 든다. 루디가 카펫 위에서 빈 네모 칸들을 단어로 채워가는 내 모습을 바라보며 누워 있다. 나는 소파에서 일어나 옷장으로 가서 편한 바지와 스웨트셔츠를 꺼내 갈아입는다. 루디에게 목줄을 채우자 나가는 것을 알아차리고 루디가 빙빙 돈다. 아이팟을 챙기고 선글라스를 쓰고 현관문을 박차고 나가 계단을 빠르게 밟아 내려간다.

루디와 나는 여유롭게 걷는다. 고개를 들고 무더기로 쏟아지는 햇살을 받는다. 구름 한 점 없는 파란 하늘과 따뜻한 대기가 봄이 오고 있음을 느끼게 한다. 시카고의 차가운 바람이 내 뺨을 스친다. 하지만 지긋지긋하고 심술궂은 2월의 바람과 달리 늦은 3월의 바람은 더 친절하고 관대하며, 거의 부드럽게 느껴진다.

루디가 나를 앞서가기 시작하자 나는 끌려가지 않기 위해 줄을 단단히 잡는다. 18번가에 들어서며 시계를 본다. 이어폰을 다시 잘 끼우고 뛰기 시작한다.

18번가에는 양쪽으로 멕시코 빵집, 식당, 채소가게 들이 즐비하게 늘어서 있다. 인도를 걸으며 생각해보니 엄마가 나를 부유한 동네에서 서민층이 사는 곳으로 오게 한 데는 이유가 있다는 생각이 든다. 나는 소박하고 수수한 곳을 '내 집'이라고 부르며 살리라고는 생각도 하지 않았었다. 엄마가 천국에서 나를 내려다보며 감독 의자에 앉아 확성기를 들고 내 인생의 한장 한장을 연출하고 촬영하고 있다는 상상을 해본다. 이제 내 인생 무대에 허버트가 등장했다. 그와 사랑에 빠지고 아기를 갖는, 몇 달 안에는 고사하고 평생 결코 실천하지 못할 거라고 예상한 두 가지 목표를 이루는 상상도 해본다.

해리슨 공원까지 가서야 루디가 마침내 똥을 쌌다. 우리는 잠시 숨을 돌리고 나서 다시 집으로 걸어간다. 집으로 가는 내내 나는 허버트 모이어에 대한 생각을 멈추지 못한다.

그는 흠잡을 데가 없다. 어제 공항을 떠날 때, 그는 분명 나와 함께 밤을 보내고 싶어 했다. 내가 루디를 돌봐야 한다고 말하자 그는 실은 피곤하고 내 침대에서 오랜만에 잠들고 싶은 나의 뜻을 이해했다. 나는 '신사'라는 단어를 허버트 모이어에게 걸어주고 싶다. 그것뿐 아니라 그는 내가 이제껏 데이트해본 사람들 가운데 가장 나를 아끼는 것 같다. 문을 열어주고, 의자를 빼주고…… 단언컨대 내가 부탁만 하면 가방도 들어줄 것이다. 이렇게 집중적인 사랑을 받아본 적은 없다. 그건 분명하다.

그런데 왜 나는 이 남자와 함께 밤을 보내지 않은 걸까? 앤드루였다면 내가 떨어져 있으려고 하지 않았을 것이다. 그리고 이건 허버트의 잠자리 능력과는 전혀 상관이 없다. 그는 아주 훌륭하다. 앤드루와는 비교가 안 되게 나를 많이 배려해준다. 허버트는 정확히 내가 찾고자 했던 남자일 뿐 아니라 딱 엄마가 바랐을 법한 남자다.

그런데도 마음 한편에서는 여전히 그의 사랑을 거부한다. 가끔은 내가 '정상적인' 관계를 유지할 수 있는 사람인지조차 걱정스럽다. 정말 솔직히 말하면 때로는 허버트의 친절과 호의에 질식할 것 같은 기분이 들기 때문이다. 찰스 볼링거나 앤드루 벤슨 같은 무심한 남자들에게 익숙해지고 그것이 정상이라고 느끼는 것은 아닌지 걱정되는. 나는 더 현명해졌고, 더 깨어 있는 사람이 되었으니 과거의 경험이 내 미래를 망치게 내버려두지는 않을 것이다. 허버트 모이어는 진짜 루이비통 가방만큼이나 보기 드문 남자다. 그리고 내가 진짜를 만났으니, 행운의 별에게 감사해야 한다.

멀리 집이 보인다. 나는 루디의 목줄을 풀고 현관을 향해 뛰어간다. 작은 탁자 위에 놓고 간 휴대전화에서 빨간 불이 깜박인다. 오늘 허버트가 주방에 봉을 끼가 시는 걸 도와달라고 했는데 빨리 가고 싶은가 보다. 나는 음성 메시지를 누른다.

"브렛, 진 앤더슨이에요. 산퀴타가 진통이 와요. 쿡카운티메모리얼병원으로 데리고 가는 길이에요. 산퀴타가 당신을 찾아요."

25장

　머리로 피가 솟구치는 것만 같다. 계단을 뛰어 내려가 셀리나와 블랑카네 문을 두드린다. 숨을 쉴 수 없을 정도다. 루디를 돌봐달라고 부탁한다. 병원으로 가는 길에 허버트에게 전화를 건다.

　"어, 내가 지금 막 전화하려고 했어요. 한 시간 안에 외출 준비 가능해요?" 그가 묻는다.

　"일이 생겨 난 못 가요. 혼자 쇼핑해야 할 것 같아요. 산퀴타한 테 진통이 와서 병원으로 가는 길이에요."

　"아, 그렇군요. 내가 도울 일 없을까요?"

　"기도해줘요. 예정일보다 7주나 빠른 진통이에요. 아기가 걱정돼요."

　"당연하죠. 내가 도와줄 일 있으면 연락 줘요."

　앞에 병원 입구가 어렴풋이 보이자 나는 속력을 줄인다. "고마

379

워요." 방문객 주차장 쪽으로 차를 돌린다. "상황 좀 보고 곧 연락할게요."

나는 전화를 끊고 허버트의 친절에 대해 또 한번 감탄한다. 앤드루였다면 내가 쇼핑 약속을 어기면서까지 산퀴타에게 가는 것을 절대 이해하지 못했을 것이다. 그것도 모자라 그의 계획을 망쳤다는 죄책감을 잔뜩 지웠을 것이다. 그러니 내가 허버트를 왕자님이라고 여기는 것은 너무도 당연하다.

작은 대기실 문을 밀치고 들어서자 진 소장이 검은색 의자에서 벌떡 일어나 내게 다가온다. 그녀가 내 팔을 꽉 잡고 복도로 나를 끌고 간다.

"상황이 좋지 않아요." 그녀가 말한다. 눈꺼풀이 무거워 보인다. "지금 급하게 제왕절개수술을 하고 있어요. 칼륨 수치가 너무 높아서 심장마비가 올 수도 있다고 걱정하더라고요."

챈 박사가 경고한 것과 같은 상황이 벌어지고 있다. "아기는요?"

"태어나도 걱정이에요." 그녀가 고개를 저으며 화장지를 뽑아 코에 가져다댄다. "어떻게 이런 일이 생겼는지. 앞길이 창창한 아이잖아요. 그리고 아기는 지금까지 잘 버텼는데 지금 와서 죽으면 안 돼요."

"둘 다 죽지 않을 거예요." 내가 느끼는 것보다 더 확신에 찬 어조로 말한다. "믿음을 버리지 마세요. 다 좋아질 거예요."

그녀가 눈살을 찌푸리며 나를 보는 시선이 날카롭다. "당신네

들은 모든 폭풍우 뒤에 무지개가 반드시 뜰 거라고 생각하지만, 우리 같은 흑인은 그렇게 생각하지 않아요. 지금 우리가 처한 이 상황은 절대 해피엔드로 끝나지 않을 거예요. 불행한 상황으로 끝날 수도 있다는 걸 알아야 해요."

나는 날 선 말에 찔려 한 걸음 뒤로 물러선다.

20분이 지난 후 의사가 대기실 안으로 들어오면서 수술용 마스크를 벗는다. 산부인과 수술실보다 고등학교 미식축구 경기에서 치어리더로 뛰고 있는 게 더 어울릴 것 같은 금발의 미녀다. "산퀴타 벨?" 그녀가 대기실을 훑어보면서 묻는다.

나와 진 소장은 의자에서 튕기듯이 벌떡 일어나 의사에게 다가간다.

"환자는 어때요?" 내가 묻는다. 대답을 듣기도 전에 기절할 것처럼 심장이 빨리 뛴다.

"저는 오코너 박사입니다." 의사가 말한다. "벨 씨는 1킬로그램의 여자아이를 지금 막 출산했어요."

"건강한가요?" 내가 울음 섞인 목소리로 묻는다.

오코너 의사가 깊게 숨을 들이마신다. "심각한 영양부족이고 폐 기능이 아직 완전하지 못해요. 스스로 숨을 쉴 수 있을 때까지 양압기를 사용하라고 처방했어요. 지금 신생아 중환자 병동으로 옮겼어요." 그녀가 갑자기 고개를 젓는다. "모든 것을 충분히 고려한 조치예요. 땅콩같이 작은데, 살아 있는 게 기적이라고 봐야죠."

나는 입을 막고 결국 울음을 터뜨린다. 기적은 일어난다고 진 소장에게 말해주고 싶다. 그러나 방심할 때가 아니다. "산퀴타를 볼 수 있을까요?"

"중환자실로 이동할 거예요. 두 분이 그곳에 도착할 때쯤이면 환자를 바로 보실 수 있겠네요."

"중환자실이요?" 내가 급히 의사를 다시 찾는다. "괜찮아지겠죠, 곧?"

오코너 박사가 입을 꾹 다문 채 웃는다. "오늘 한 번의 기적을 봤으니, 기적이 한 번 더 일어나길 바랄 수 있겠죠."

5층까지 오르는 엘리베이터가 무척 더디게 느껴진다.

"빨리." 나는 버튼을 계속 누르며 다급하게 소리친다.

"브렛 선생님이 알아야 할 일이 있어요."

진 소장의 목소리에 내 몸이 빨려들 것 같다. 나는 깜짝 놀라며 그녀를 본다. 엘리베이터 안의 형광등 불빛이 그녀의 얼굴의 미세한 주름까지 선명하게 드러낸다. 그녀의 검은 눈동자가 조금도 움츠러들지 않고 나를 직시한다.

"산퀴타는 죽어가고 있어요. 아기도 죽을지 모르고요."

나는 고개를 들고 엘리베이터 문 위 나타나는 숫자만 쳐다본다. "그러시 않을 거고 있대요." 내가 작은 목소리로 말한다.

"오늘 산퀴타가 그러더군요. 만약 자기가 죽으면 아기를 브렛 선생님에게 맡겨달라고."

나는 벽에 기대며 손으로 머리를 감싼다. "못 해요……. 내가 어떻게……." 눈물이 그대로 흘러 얼굴을 적신다.

그녀가 고개를 들고 엘리베이터 천장에 있는 타일을 응시한다. "나는 산퀴타에게 당신이 혼혈아를 꺼릴지도 모른다고 말했어요."

감전된 것처럼 화가 치민다. 갑자기 내 몸속의 모든 섬유질과 신경이 동시에 불타오르는 느낌이다. "그 아이의 인종은 아무 상관 없어요. 알아요? 아무 상관 없다고요! 그 애가 자기 아이를 맡길 사람으로 날 고려했다는 것만도 나에게는 믿을 수 없이 영광스러운 일이라고요." 나는 숨을 깊게 들이마시며 목에 응어리진 감정을 쏟아내린다. "하지만 산퀴타는 살 거예요. 둘 다 살 거라고요."

산퀴타 침대 주변에 긴 커튼이 쳐져 있고, 블라인드도 내려져 있다. 여러 개의 전선과 튜브, 그리고 깜박이는 불빛이 어두침침한 병실을 채우고 있다. 그녀는 잠들어 있다. 다 터진 입술 사이로 경련이 일듯 불규칙한 숨소리가 흘러나온다. 얼굴은 터지기 일보 직전의 물집처럼 심하게 붓고 팽팽하게 당겨져 있다. 눈은 감겨 있지만 심하게 부풀어 오른 눈두덩이는 숯으로 검게 칠한 것 같다. 나는 힘없이 늘어진 그녀의 팔을 잡으며 핏기 없는 그녀의 얼굴에 덮인 머리칼을 뒤로 쓸어 넘긴다.

"우리 여기 있으니까 아무 걱정 말고 편히 쉬렴."

희미한 암모니아 냄새가 콧속을 채운다. 전에 책에서 본, 피에 노폐물이 쌓이는 요독증이다. 두려움이 나를 짓누른다.

진 소장이 산퀴타의 침대맡에 서서 이불을 단단히 덮고 베개를 다시 편하게 고정시켜준다. 그러고는 더 이상 아무것도 할 게 없다는 사실을 안 사람처럼 가만히 산퀴타의 얼굴을 들여다본다.

"이제 그만 가세요." 내가 말한다. "우리가 할 일은 없네요. 산퀴타가 의식을 회복하면 연락드릴게요."

그녀가 손목시계를 본다. "쉼터로 돌아가봐야 해요. 내가 가기 전에 가서 아이를 한번 보고 와요. 병실로 오실 때까지 내가 산퀴타 곁에 있을게요."

신생아 중환자실의 굳게 잠긴 두 개의 문이 나를 가로막는다. 문 옆 벽 쪽에 붉은빛이 도는 금발의 간호사가 안내 데스크에 앉아 있다. 내가 다가가자 그녀가 환하게 미소 짓는다.

"무얼 도와드릴까요?"

"네, 아기를 보러……." 아기에게 아직 이름도 없다는 사실이 갑자기 떠오른다. "산퀴타 벨의 아기를 보러 왔어요."

그녀가 산퀴타 벨이라는 이름은 들어본 적도 없다는 듯이 빤히 쳐다보더니 천천히 고개를 끄덕인다. "방금 입원한 아기 말하는 거죠? 집 없는 아기요?"

태어난 지 한 시간도 안 된 아기에게 그런 딱지를 붙여 말한다는 사실에 가슴이 아프다.

"네, 산퀴타의 아기요."

그녀가 수화기를 집어 들자 그와 거의 동시에 키가 작은 검은 머리의 여자가 손에 환자 차트를 들고 나타난다. 보라색 의료용

라텍스 장갑에 디즈니 캐릭터들이 그려져 있다. "안녕하세요, 모린 마블입니다. 성함이 어떻게 되세요?" 그녀가 차트를 뒤적이며 묻는다.

"브렛 볼링거입니다. 산퀴타의 선생이에요."

그녀가 차트를 훑는다. "아, 네. 여기 있네요. 산퀴타가 적은 보호자 명단에 당신 이름이 있네요. 안으로 들어오세요."

삐 소리가 나더니 문이 찰칵하며 열린다. 나는 불빛이 환한 중앙 복도로 들어선다. 모린 간호사가 나를 데리고 한쪽 복도로 들어선다.

"신생아 중환자 병동에는 아홉 개의 병실이 있어요. 한 병실에 여덟 개의 미숙아 보육기가 있지요. 산퀴타의 아기는 7호실에 있어요."

나는 간호사를 따라 7호실로 들어간다. 어느 노부부가 손주로 보이는 아기를 보며 서 있다. 여덟 개의 인큐베이터, 그러니까 '미숙아 보육기'가 넓은 방에 일렬로 있다. 벽에는 아기들의 이름을 아기자기한 글씨로 쓴 밝은 색의 현수막이 붙어 있다. 아이제이어, 캐서린, 테일러. 미숙아 보육기 안에는 가족처럼 보이는 사람들의 사진들과 병원에서 준 건 절대 아닌 듯 보이는, 부드러운 유아용 손뜨개 담요들도 눈에 띈다.

모린이 뒤편에 있는, 아무도 관심을 주지 않고 이름도 그 어떤 장식품도 없는 미숙아 보육기를 가리킨다.

"이 아이예요."

보육기 앞의 이름표에 '여자 아기'라고 쓰여 있다. 나는 눈을 감는다. 이름 없는 아기라는 말과 다를 게 없다.

플라스틱 보육기 안을 들여다본다. 아주 작은 기저귀에 병원에서 준 연분홍색 털모자만 달랑 쓴 초소형 아기가 누워 있다. 가슴과 배에 붙어 있는 세 개의 패치가 여러 모니터에 연결되어 있다. 링거주사 바늘이 발등에 꽂혀 있고, 가느다란 튜브가 코에 연결된 채 흰색의 액체를 공급하고 있다. 사과 크기만 한 머리에 감긴 두 개의 고무 끈이 코와 입을 덮고 있는 투명한 플라스틱 기구를 고정하고 있다.

나는 손으로 가슴을 쓸어내리며 모린을 본다. "괜찮아지겠죠?"

"괜찮아질 거예요. 저 마스크를 양압기라고 불러요." 모린이 말한다. "저게 양압을 지속적으로 제공해 호흡을 돕죠. 폐 기능이 아직 완전하지 못해서요. 혼자 호흡할 수 있을 때까지 양압기가 도와줄 거예요." 그녀가 나를 돌아보며 묻는다. "안아보실래요?"

"안아보라고요? 아, 아니에요. 괜찮아요. 제가 잘못해서 기계를 건드려도 그렇고……." 나는 목을 가다듬으며 긴장감을 애써 숨긴 채 웃는다. "산퀴타가 먼저 아기를 안아봐야죠."

그녀가 나를 곁눈질한다. "여자 아기와 친해질 시간을 드릴게요. 조금 있다 다시 올게요."

바늘과 튜브가 여기저기 연결된 주름투성이 신생아와 단둘이 남겨진다. 동그란 얼굴이 엄마와 떨어져 애가 타는 것처럼 잔뜩 쪼그라들어 있다. 솜털로 덮인 캐러멜색의 피부는 작은 몸에 비해 몇 사이즈는 큰 것처럼 보인다. 손을 꼼지락거리며 손가락을 펴는 모습이 다섯 개의 작은 성냥개비를 보는 것 같다. 목이 잠기며 울컥해진다.

"여자 아기야." 아무 감정도 실리지 않은 작은 목소리로 아기를 부른다. 산퀴타가 들려준 남동생의 가슴 아픈 이야기를 떠올린다. 이 세상을 살아가기에는 너무도 감수성이 예민했던 소년. 나는 손가락에 키스해서 아기가 잠들어 있는 보육기 유리에 대본다. "오스틴." 조용하게 이름을 불러본다. "이 세상에 온 걸 환영한다, 아름다운 오스틴."

한 소년의 과거와 새로 태어난 한 아기의 미래를 위해, 이미 알고 있는 이유와 아직 알지 못하는 이유 때문에 나는 눈을 감고 눈물을 흘린다.

산퀴타의 병실로 들어서자 의자에 앉아 있던 진 소장이 벌떡 일어선다. "아기는 어때요?"

"좋아요." 내가 느끼는 것보다 훨씬 긍정적인 감정을 실어 답한다. "가서 한번 보세요."

진이 머리를 흔든다. "산퀴타가 보호자를 한 명 정해야 했는데, 당신 이름을 적더군요."

나는 그녀의 얼굴에서 실망감과 더 나아가 허락할 수 없다는 표정을 각오했는데, 뜻밖에도 그런 표정은 찾아볼 수 없다. 나는 산퀴타의 침대 곁으로 걸어간다. 내가 병실을 떠날 때와 마찬가지로 그녀는 똑바로 누워 잠들어 있고 퉁퉁 부은 얼굴 위에 건강했던 사랑스러운 얼굴이 캐리커처처럼 겹쳐 보인다. "아기 정말 예쁘더라, 산퀴타."

진 소장이 가방을 찾아 들며 일어선다. "혼자서 괜찮겠어요?"

"괜찮아요."

그녀가 손수건으로 눈가를 훔친다. "깨어나면 바로 전화 줘요."

"그럴게요. 약속해요."

그녀가 산퀴타 쪽으로 몸을 수그리며 뺨을 어루만진다. "다시 올게, 불쌍한 것." 목소리 끝이 갈라진다. "잘 이겨내야 한다. 듣고 있지?"

나는 창가 쪽으로 몸을 돌리며 손으로 입을 막고 눈물을 삼킨다. 진 소장이 내 곁에 와서 선다. 손을 뻗어 내 어깨를 살며시 그러쥐고 돌아서며 작은 목소리로 말한다.

"선생도 강건해야 해요. 아기가 당신을 필요로 하게 될지도 모르니까요."

30분마다 간호사가 들어와 산퀴타의 혈압과 맥박을 살펴보지만 상태는 그대로다. 시간이 마치 당밀에 모래가 빠지듯 천천히 지나간다. 나는 산퀴타 침대 곁으로 의자를 바짝 끌어당기고 그녀의 힘겨운 호흡을 지켜본다. 한 손으로 침대의 철 난간을 쥐고 다른 한 손으로 그녀의 손을 잡는다. 누워 있는 산퀴타를 보며 나는 그녀의 소중한 아기에 대해 들려주고 그녀가 멋진 엄마가 될 거라고 말해준다.

늦은 오후, 어두운 병실에 젊은 여자가 들어온다. 하얀색 작업복을 입고 파란색 주방용 모자 밑으로 실처럼 길게 땋아 내린 금발이 흔들린다. 그녀가 산퀴타 침대 주변을 두리번거리더니 반대편에 앉아 있는 나를 보고 깜짝 놀란다.

"아, 사람이 있는지 몰랐어요. 환자 메뉴를 찾고 있는데, 그녀가 뭘 먹을지 정했나요?"

"오늘 밤은 아무것도 못 먹을 것 같아요, 고마워요."

그녀의 눈동자가 아무것도 적혀 있지 않은 산퀴타의 메뉴를 본다. "앞으로 메뉴가 더 필요한가요? 내 말은, 매일 메뉴를 갖고 올지, 아니면 부를 때까지 기다릴지……."

관자놀이 근처의 혈관이 뛰는 것처럼 화가 난다. 나는 일어서서 그녀가 손에 들고 있는 메뉴를 낚아채듯 빼앗는다. "네, 내일 메뉴가 필요해요. 매일 새로운 메뉴판을 가져다주세요. 아시겠어요? 매일이요."

다섯시에 나는 다시 오스틴을 보러 신생아 중환자 병동으로 내려간다. 병동 입구에서 버튼을 누르고 7호실로 직행한다. 뒤쪽으로 곧장 들어가 태닝 기계처럼 생긴 오스틴의 보육기가 눈에 들어오자 숨이 막힌다. 여전히 양압기 선이 아기의 코와 입에 연결되어 있고 두 눈은 눈가리개로 덮여 있다. 저건 또 뭐지? 가슴에서 심장이 요동친다.

나는 주위를 둘러본다. "모린." 모린 간호사는 병실 저쪽에서 전에 보았던 노부부와 이야기를 나누고 있다.

병실을 지나가는 흰 가운을 입은 여자에게 다가가 묻는다. "실례합니다." 나는 그녀를 병실 문까지 쫓아가며 부른다. "오스틴, 여자 아기 상태가 어떤지 궁금해서요. 보육기에—"

그녀가 손을 휘저으며 황급히 지나간다. "응급 환자가 생겨서요. 간호사에게 물어보세요."

다시 병실 안쪽으로 들어간다. 손주 사랑이 넘치는 노부부와 오랜 얘기를 마치고 드디어 모린 간호사가 내게 다가온다. "무슨 일이시죠, 브렛?"

"산퀴타의 아기에게 무슨 일이 있는 건가요? 보육기 전구에 불이 다 들어와 있고 눈가리개를 하고 있어서요."

옆 병실에 있는 기계에서 지속적인 경고음이 울리자 모린이 깜짝 놀란다. "광선치료 중이에요." 그녀가 황급히 옆 병실로 가며 말한다.

무슨 치료법인지도 정확히 모른 채, 나는 다시 오스틴의 보육기로 다가간다. 아까 본 노인이 내 곁으로 다가와 오스틴을 본다. "이 아이 엄마요?"

"아뇨. 애 엄마가 제가 가르치는 학생이에요."

그가 인상을 찌푸린다. "학생이라고요? 도대체 애 엄마가 몇 살인데?"

"열여덟 살이요."

그가 고개를 절레절레 흔든다. "어떻게 그런 일이." 노인이 발을 끌며 부인 쪽으로 다가가 뭐라고 말하는데, 내 귀에는 전혀 들리지 않는다.

이 아기가 앞으로 이런 대접을 받을 것이란 말인가? 실수로 생긴 목숨, 방종한 십대들의 불행의 산물? 집도 없고 가난하다고 무시당하고? 무서운 생각이 나를 덮친다.

건너편 보육기에서 피부가 검고 예쁘게 생긴 빨간 머리 간호사가 아기를 돌보고 있다. 명찰을 보니 라도나 간호사라고 쓰여 있다. "실례합니다." 나는 목소리에 누군가의 보호자라는 권위를 담아 말한다.

그녀가 고개를 들고 나를 본다. "무얼 도와드릴까요?"

"산퀴타 벨의 아기에 대해 묻고 싶은데요." 나는 말하면서 보육기를 가리킨다. "왜 태닝 기계 같은 곳에 있는 거죠?"

라도나 간호사가 내 말에 웃는다. 치아 틈새가 벌어진, 아주 친근한 미소다. "고빌리루빈혈증 때문에 광선치료 중이에요."

"고빌리루......." 낯선 이름을 따라 발음하기조차 어렵다. 목을 가다듬고 묻는다. "저기, 그게 고빌리루 뭔지는 상관없고요, 오스틴에게 무슨 문제가 있는 건지 알고 싶어요. 제발 쉬운 말로 설명해주세요."

라도나가 재미있다는 표정을 지으며 고개를 끄덕인다. "그러죠. 고빌리루 뭐는." 그녀가 살짝 윙크를 한다. "일반적으로 황달이라고 일컬어져요. 조산아에게 흔히 일어나는 현상이죠. 특수 제작된 푸른빛 전등 불빛을 이용해 황달을 제거하는 거예요. 그 불빛은 한마디로 해가 없는 거예요. 치료 불빛이라고 보면 되죠. 여자 아기에게 어떤 불편함도 주지 않고요. 황달 수치는 이삼 일 안에 안정을 찾을 거예요."

나는 겨우 안도의 한숨을 내쉰다. "하느님, 감사합니다." 간호사를 본다. "당신에게도 감사해요."

"별말씀을요. 더 궁금한 건 없으세요?"

"아뇨. 지금은 괜찮아요." 나는 다시 오스틴 곁으로 돌아가려다 몸을 돌린다. "한 가지 더요." 내가 라도나를 바라보며 말한다.

"무슨 일이죠?"

"여자 아기라고 부르지 마시고, 오스틴이라고 불러주실래요?"

그녀가 웃는다. "그렇게 부를게요."

저녁 하늘이 어두워진다. 나는 창가로 다가가 허버트에게 전화를 건다. 그가 전화를 받기를 기다리는 동안, 나는 바삐 돌아가는 시내를 내려다본다. 창밖은 사람들이 살아가는 모습으로 가득하다. 마트에 가는 사람, 개를 산책시키는 사람, 저녁을 준비하는 사람. 갑자기 매일의 일상이 기적처럼 느껴진다. 저 사람들은 자신들이 얼마나 운이 좋은 줄 알고 있을까? 허버트와 같이 쇼핑하기로 한 일이 문득 시시하고 탐욕스러운 일처럼 느껴진다.

"아, 브렛." 그가 전화를 받는다. "어디 있어요?"

"병원이에요. 산퀴타가 중환자실에 있어요. 심장 기능이 떨어지고 있대요."

"오, 비보운 소식이네요."

"내가 할 수 있는 일이 아무것도 없어요." 내가 화장지를 뽑아 콧물을 닦으며 말한다. "아기도 심각한 상태고."

"내가 갈게요, 저녁 같이 먹든지 아니면 호숫가를 산책하기로 해요. 내일 아침 일찍 병원으로 다시 데려다줄게요."

나는 고개를 젓는다. "산퀴타를 혼자 내버려둘 수 없어요. 그 애에게는 내가 필요해요. 이해하죠, 그렇죠?"

"물론이죠. 다만 당신이 보고 싶을 뿐이에요."

"다시 전화할게요." 막 전화를 끊으려는데 그가 말을 계속한다. "브렛?"

"네?" 내가 말한다.

"사랑해요."

나는 깜짝 놀란다. 이 순간에 사랑을 고백하다니. 심장이 뛰고 뻔한 말 말고는 적당한 대답이 떠오르지 않는다.

"나도 사랑해요." 내가 마침내 말한다. 진짜 사랑인지 아닌지 결정하지도 못한 채.

다시 산퀴타에게 돌아갔을 때 비록 얼굴이 일그러진 상태지만 산퀴타가 맑고 큰 눈을 뜨고 나를 보고 있다. 나는 너무도 놀라 갑자기 온몸이 얼어붙는 느낌이다. 엄마가 돌아가실 때도 눈을 크게 뜨고 날 바라봤다. 그런데 산퀴타가 숨을 쉴 때마다 이불이 조금씩 움직인다. 감사합니다, 하느님. 나는 침대 쪽으로 몸을 기울인다.

"축하해, 산퀴타. 예쁜 딸아이를 낳았어."

더 들려달라는 듯 그녀의 눈이 내 눈에 고정된다.

"아기는 아주 잘하고 있어. 완벽해." 나는 거짓말을 한다.

그녀의 부르튼 입술이 떨리더니 급기야 몸도 떨린다. 그녀가

운다. 나는 이마에 흘러내린 그녀의 머리칼을 쓸어 올린다. 그녀의 피부가 얼음처럼 차다.

"몸이 꽁꽁 얼었구나."

산퀴타가 입술을 달싹거리며 고개를 약간 끄덕여 보인다. 덮어줄 것을 찾아 주위를 살펴본다. 이 아이가 얼마나 더 고통을 느껴야 하는 걸까? 산퀴타의 엄마는 도대체 어디 있는 걸까? 수년 동안 병과 싸워온 이 아이에게 안락함을 준 사람이 있을까? 엄마에게 사랑을 받아본 적이 있을까? 나는 그녀를 보듬어 안고 그녀가 온기와 안정, 사랑을 느끼게 해주고 싶은 마음뿐이다. 그래서 그렇게 한다.

나는 침대를 낮추고 그녀의 가슴과 손에 연결된 코드와 튜브를 조심스럽게 한쪽으로 정리한다. 그녀는 어떤 무게도 못 느끼는지 아무런 반응이 없다. 나는 천천히 몸을 움직여 그녀 옆으로 올라간다.

크리스털 조각품을 다루듯 조심스럽게 내 팔로 그녀를 보듬는다. 아까보다 더 강한 암모니아 냄새가 코를 찌른다. 산퀴타는 이렇게 생을 마감하는 것일까? 하느님, 지금은 데려가지 마세요.

나는 그녀의 몸을 조심스럽게 담요로 감싼다. 그녀가 전기에 감전된 사람처럼 심하게 몸을 떤다. 나는 그녀를 가슴께로 바짝 끌어당긴다. 그녀의 머리를 만져보고 꼭 껴안은 다음 내가 좋아하는 자장가를 그녀의 귓가에 흥얼거린다.

"어딘가…… 무지개 너머에……."

나는 그녀가 내 목소리에 가득한 울음을 알아채지 못했으면 싶다. 목이 잠겨 건너뛰는 가사가 많다는 사실도. 노래의 중간 부분에 이르러 떨리던 그녀의 몸이 아무런 움직임 없이 고요하다. 가슴이 덜컥 내려앉는다. 그때 그녀의 잦아드는 목소리가 귀에 들린다. 숨소리조차 멈추고 귀 기울여야 겨우 알아들을 수 있는 쉰 목소리다.

"아기."

그녀를 바라보며 입가에 억지로 미소를 짓는다.

"아기를 볼 수 있을 때까지만이라도 견뎌줘. 내 손보다도 그리 크지 않은 아주 작은 아기야. 그런데 엄마처럼 의지가 강한 것 같아. 지금이라도 볼 수 있어. 네 긴 손가락을 그대로 닮았더라."

퉁퉁 부은 그녀의 얼굴 위로 한 줄기 눈물이 흐른다. 가슴이 죄어온다.

나는 면 시트로 그녀의 얼굴 위에 흐르는 눈물을 닦아준다. "네가 회복할 때까지 간호사들이 정성껏 돌볼 거야."

"회복…… 못 할…… 거예요." 그녀가 겨우 말한다.

"그렇게 생각하지 마!" 입술을 질끈 깨물며 말하느라 입안에 피비린내가 가득하다. 내가 지금 얼마나 두려움에 떨고 있는지 그녀에게 말할 수 없다. "이겨내야 해. 아기는 너한테 의지하고 있어."

"내 아기를…… 키워주세요…… 제발."

나는 마른 침을 삼킨다. "내가 그럴 필요는 없을 거야. 네가 회복할 테니까."

그녀가 절박한 눈빛으로 나를 바라본다. "제발요!"

나는 몸을 떨며 흐느낀다. 더 이상 그녀에게 숨길 수가 없다. 그녀는 자신의 운명을 알고 있다. 아기에 대한 걱정만 남았을 뿐이다. 나는 아주 조심스럽게 그녀의 힘없는 몸을 두 팔로 안는다.

"아기는 내가 돌볼게." 내가 흐느끼며 간신히 말한다. "아주 멋진 인생을 살아갈 수 있도록 최선을 다할게. 매일 네 이야기를 들려줄게." 입을 틀어막아도 흐느낌이 새어 나온다. "네가 얼마나 똑똑한 엄마인지…… 얼마나 열심히 노력하며 살았는지 말해줄게."

"내 아기를…… 사랑했어요."

나는 눈을 감고 다시 말할 수 있을 때까지 고개를 끄덕인다. "내가 아기에게 꼭 말해줄게. 네가 목숨보다 더 사랑했다고."

26장

    산퀴타의 장례식은 용기 있는 청춘의 삶을 반추하기에 초라하기만 하다. 산퀴타는 아기를 낳은 지 3일 만에, 여호수아의 집에서 온 친구들과 진 앤더슨, 두 명의 교사, 그리고 나와 허버트가 지켜보는 가운데 오크우드 공동묘지에 금색의 가운과 모자를 쓰고 묻혔다. 진 소장이 모셔온 목사는 한 번도 만난 적 없는 소녀의 삶과는 아무 관계도 없는 상투적인 칭송을 늘어놓고 기도를 한다. 장례식 후에 사람들은 뿔뿔이 흩어진다. 진 소장은 서둘러 여호수아의 집으로 돌아가고, 교사들은 다시 일을 하러 간다. 나는 타냐와 줄로니아를 비롯한 여자들이 버스를 타기 위해 푸른 잔디가 깔린 언덕을 지나 이스트 67번가를 향해 가는 걸 바라본다. 타냐가 담배에 불을 붙이고 한 모금 길게 빨더니 줄로니아에게 건넨다.

이게 전부다. 끝이 났다. 산퀴타 벨의 열여덟 해의 생은 이제 기억 속에만 있고, 그 기억은 매일매일 희미해질 것이다. 그렇게 생각하자 슬픔이 밀려오며 몸이 떨린다.

허버트가 나를 바라본다. "괜찮아요?"

"병원에 가봐야겠어요." 안전벨트를 매느라 손을 뻗는데 그가 내 손목을 잡는다.

"일도 하고 병원을 왔다 갔다 하느라 너무 지쳤잖아요. 이번 주에는 당신 얼굴도 거의 못 봤어."

"오스틴에게 내가 필요해요."

그가 내 손을 들어 입술에 가져다 대더니 손등에 키스를 한다. "오스틴은 유능한 간호사에게 간호받고 있어요. 오늘 하루만 쉬어요. 내가 멋진 저녁을 먹을 수 있는 곳으로 안내할게요."

그의 말이 옳다. 오스틴은 나를 기다리고 있지 않을지도 모른다. 오스틴을 보고 싶어 하는 사람은 사실 나다. 허버트가 이해하기를 바라며 그의 눈동자를 바라본다. "병원에 가고 싶어요."

물론 그는 이해한다. 실망에 찬 한숨도 없이 그는 병원을 향해 미끄러지듯 차를 몬다.

오스틴이 누워 있는 보육기가 있는 곳으로 서둘러 간다. 이제 익숙해진 푸른 불빛이 여전히 보육기 안을 밝히고 있을 것이라 예상했는데 눈가리개가 떼어져 있고 불빛도 보이지 않는다. 아기는 몸을 웅크린 채 옆으로 누워 있다. 아기가 눈을 뜬다. 나는 쭈그리고 앉아 눈동자를 바라본다.

"작은 천사, 잘 있었어? 오늘 정말 예쁘구나." 내가 말한다.

라도나 간호사가 내 곁으로 다가온다. "혈액 수치가 정상으로 돌아왔어요. 광선치료는 더 이상 필요 없게 됐어요! 한번 안아보실래요?"

지난 이틀간 오스틴이 푸른빛이 쏟아지는 보육기 안에 들어 있을 때 손을 그 안에 넣어 아기의 살갗을 만져보기는 했지만 안아보지는 못했다.

"음, 좋아요." 내가 말한다. "그래도 괜찮다면요. 아기가 힘들까 봐 걱정돼요."

라도나가 내 말에 키득거린다. "괜찮을 테니 걱정 마세요. 생각하시는 것보다 아기 상태가 많이 좋아졌어요. 지금 필요한 건 다른 사람의 체온이에요."

산퀴타가 죽고 나서 라도나는 내게 더욱 친절하다. 내가 오스틴을 입양할 것이란 사실을 알고 나를 단순한 방문자가 아니라 아기를 낳은 지 얼마 안 되는 엄마로 대접하는 느낌이다. 나는 자연스럽게 자신의 아기를 보듬는 다른 엄마들을 둘러보며 괜스레 어색하고 자신감이 없어진다. 산퀴타는 자신의 하나뿐인 아기를 나를 믿고 맡겼다. 주름투성이인 작은 외계인의 앞날이 내 어깨에 온전히 올려질 것이다. 나의 노력에도 불구하고 피터 매디슨에게 도움을 주지 못한 것처럼 이 아이에게도 도움이 안 되면 어쩌지?

라도나가 보육기를 열어 손을 넣더니 오스틴을 살며시 잡고 아기의 몸에 연결된 모든 줄과 코에 부착된 영양 공급 튜브, 그리고 양압기까지 한쪽으로 잘 정리한다. 그녀가 내가 보육기에 넣어둔 산퀴타의 고등학교 학생증 사진을 한 손으로 다시 고정시키고 담요를 집어 들어 오스틴의 작은 몸을 감싼다. "아기들은 폭 감싸는 걸 좋아해요." 그녀가 내게 아기를 건네주며 말한다.

오스틴은 무게를 거의 느낄 수 없을 정도로 가볍다. 팔을 한쪽으로 오므려 안았는데도 불구하고 뭔가 불안정하다. 아기가 이마를 찡그리며 울어대는데, 양압기가 입과 코를 가리고 있어 울음소리는 들리지 않는다.

"아기가 울어요." 나는 라도나가 다시 오스틴을 데려가길 바라며 아기를 건네지만 그녀는 멀뚱히 바라만 본다. 바보가 된 느낌이다. 나는 아기를 어르며 더 가까이 보듬어본다. 울음소리는 들리지 않지만 울음을 터뜨리는 아기를 바라보자니 가슴이 찢어지는 것 같다. "내가 뭘 잘못한 거죠?"

"오늘 종일 좀 보채네요." 라도나가 검지로 오스틴의 턱을 살짝 건드리며 말한다. "지금 무슨 생각이 떠올랐는지 아세요?"

"음, 내가 엄마 노릇을 형편없이 못한다는 생각이요?"

그녀가 내 팔을 살며시 그러쥐며 고개를 젓는다. "아뇨! 그건 절대 아니에요. 처음이라 그럴 거예요. 내 생각엔 오스틴에게는 캥거루 케어가 필요한 것 같아요."

"그럼 즉 인있네요!" 나는 고개를 흔들며 그녀에게 말한다. "라도나, 당신 앞에 있는 사람은 초보 엄마라고요. 캥거루 케어가 도대체 뭐예요?"

그녀가 내 말에 웃는다. "캥거루 케어는 엄마와 미숙아가 살을 맞대는 거예요. 엄마 캥거루가 아기 캥거루를 주머니에 품는 것처럼요. 아기들은 신체적 접촉을 통해 유대감을 형성해요. 미숙아들이 엄마의 가슴에 안겨 있을 때 호흡과 심장 박동이 안정된다는 연구 결과가 있어요. 열량 소모를 줄임으로써 체중도 늘리고 체온도 유지한대요. 엄마의 몸이 인큐베이터 역할을 한다고 생각하면 돼요."

"정말요?"

"네. 엄마의 가슴 체온은 실제로 아기의 체온에 따라 바뀌지요. 아기는 더 안정을 얻을 수 있고, 질식 예방에도 좋고 좋은 점이 많아요. 한번 해보실래요?"

"하지만 난 엄마가…… 친엄마가 아닌데요."

"그러니까 더 유대감을 강화해야죠. 주변을 칸막이로 막아줄게요. 칸막이 준비할 동안, 오스틴 담요를 좀 풀어주세요. 기저귀만 빼고 다 벗기시고요. 병원 가운 하나 드릴까요, 아니면 블라우스 단추를 그냥 풀고 하실래요?"

"음…… 그냥 블라우스 단추를 풀게요. 친엄마가 아니라도 그런 효과가 있는 건 확실한가요? 내가 캥거루 케어를 잘못해서 아기가 감기 드는 건 싫어요."

라도나가 내 말에 재미있다는 듯이 환하게 웃는다. "효과 있어요." 그녀가 약간 심각한 표정을 지으며 묻는다. "브렛, 내게 오스틴이라는 이름이 있으니 더 이상 '여자 아기'라고 부르지 말라고 했던 거 기억해요?"

"네, 기억하죠."

"이제부터는 당신이 친엄마가 아니라는 말은 그만해주실래요?"

나는 숨을 들이쉬며 고개를 끄덕인다. "좋아요."

나는 칸막이가 둘러쳐진 곳에서 안락의자에 편하게 기대앉는다. 블라우스 단추를 풀고 브래지어를 벗는다. 라도나가 내 왼쪽 가슴이 오스틴의 작은 머리를 받치는 쿠션이 되도록 오스틴을 가슴 위에 올려준다. 아기의 솜털이 내 피부를 간질이자 나는 움찔한다. 라도나가 담요를 가져와 오스틴의 몸을 덮어준다.

"즐거운 시간 보내세요." 그녀가 칸막이 뒤로 사라지며 말한다.

잠깐만요, 그녀를 불러 세우고 싶다. 얼마나 이렇게 하고 있어야 하죠? 책이나 잡지라도 좀 갖다 주실래요?

나는 길게 한숨을 내쉰다. 오스틴의 맨살을 조심스럽게 손으로 만져본다. 버터처럼 부드럽다. 오스틴의 가쁜 호흡이 느껴진다. 오스틴의 부드러운 검은색 머리카락을 내려다본다. 더 이상 얼굴을 찡그리지 않고 고요한 표정이다. 눈을 깜박이는 모습이 잠들지 않았다고 말하는 것만 같다.

"안녕, 오스틴." 내가 말한다. "내 예쁜 아기, 오늘 슬프지? 엄마가 돌아가셔서 정말 유감이구나. 우리 둘 다 네 엄마를 진심으로 사랑했는데, 그렇지?"

아기가 내 말을 듣고 있는 것처럼 눈을 깜박인다.

"이제 내가 네 엄마야." 내가 속삭인다. "처음 해보는 일이니까 실수투성이일 거야. 너그럽게 이해해줘, 알았지?"

오스틴이 눈을 뜬 채 앞을 본다.

"이미 눈치챘겠지만 실수도 많이 할 거야. 하지만 약속할게. 네가 안전하고 예쁘게, 그리고 행복하게, 잘 클 수 있게 내 모든 힘을 다할게."

오스틴이 꼬물거리며 내 목 쪽으로 바짝 붙는다. 나도 모르게 부드러운 미소가 입가에 번진다. 어느새 숨소리가 느려지더니 오스틴의 눈이 감긴다. 놀라운 선물을 받은 기분이 들자 목젖이 뜨거워진다. 내 뺨을 솜털이 덮여 있는 오스틴의 머리에 비벼본다. "네가 내 딸이라서 정말 행복해."

라도나가 칸막이를 제치며 들어선다. "방문 시간이 거의 끝나가네요." 그녀가 작은 목소리로 말한다.

나는 시계를 본다. "벌써요?"

"거의 세 시간이나 있었어요."

"농담이겠죠."

"정말이에요. 오스틴이 만족스러워 보이네요……. 그리고 당신도요. 어땠어요?"

"기분이……." 나는 오스틴의 머리에 키스를 하며 적당한 단어를 떠올려본다. "마법 같아요."

오스틴을 다시 보육기에 넣으며 잘 자라고 키스를 한다. 진이 찾은 산퀴타의 유일한 사진인 학생증이 한쪽에 놓여 있다. 나는 오스틴이 볼 수 있게 그 사진을 머리 쪽으로 옮겨놓는다. 내일 사진 하나를 더 가져와야겠다고 머릿속에 새긴다.

내 사진 한 장.

이성적으로는 따뜻한 체온을 가진 사람이라면 누구라도 같은 결과를 낳는다는 걸 알지만, 오스틴의 변화를 지켜보는 건 거의 종교적인 체험이다. 5일간 살을 맞대고 캥거루 케어를 한 후 오스틴은 코에 연결된 양압기 튜브를 뺄 수 있었다. 드디어 활처럼 휘어진 예쁜 입술을 보고 거추장스러운 플라스틱 마스크 없이 얼굴에 코를 비빌 수 있다. 태어난 지 9일이 지나자 몸무게가 50그램 늘고 이제 덜 외계인처럼 보인다.

오후 세시, 나는 귀에 휴대전화 이어폰을 꽂은 채 병원 주차장으로 빠르게 진입한다. 오스틴이 태어난 날부터 나는 매일 해가 뜨기 전에 일어나 일곱시 전에 사무실에 도착했다. 점심시간에도 쉬지 않고 일을 하고, 두시 삼십분까지 마지막 수업을 끝낸다. 이렇게 하면 오스틴과 함께할 수 있는 귀한 네 시간이 허락된다.

"캥거루 케어라는 건 기적이야." 내가 셸리에게 전화를 걸어 말한다. "오스틴은 이제 거의 혼자 숨을 쉴 수 있게 됐어. 거의 다 회복됐다고. 링거주사 바늘과 영양 공급 튜브도 다 제거한대. 정말 귀여워. 셸리, 내 아기를 어서 보여주고 싶어, 기다릴 수 없을 정도야. 내가 보낸 사진 봤지?"

셸리가 웃는다. "그래, 정말 귀엽더라. 세상에, 브렛! 정말 엄마 닮은 딸만 아네."

병원 현관문을 열고 실내로 들어선다. "그래, 내 두려움과 불안과 신경증이 이 가여운 아이의 인생을 망치지 않기를 바라자고."

"좋은 지적이야. 나도 바랄게."

우리는 같이 웃는다. "나 지금 병원이야. 아이들에게 나 대신 뽀뽀 좀 해줘. 오빠에게도 안부 전해주고."

나는 주머니에 전화를 찔러 넣고 엘리베이터로 간다. 오늘 우리에게 어떤 깜짝 선물이 기다리고 있을까 생각하니 벌써부터 궁금해 미소가 번진다. 지금까지 허버트는 하루도 건너지 않고 왔다. 정식 방문이 허락되지 않자, 그는 간호사실로 오스틴과 나를 위한 선물 꾸러미를 놓고 갔다. 간호사들을 비롯해 젊은 아기 엄마들까지, 허버트가 보내온 선물을 푸는 내 모습을 지켜보려고 모여들었다. 나보다 더 호기심을 갖고 기대하는 것 같았다. 라도나는 오스틴이 태어난 날짜를 손으로 새겨 넣은 은으로 만든 열쇠고리를 보고 예쁘다며 좋아했다. 나도 그 선물이 맘에 들었지만 정작 좋아하는 것은 어제 찍은 나와 오스틴의 사진이었다. 그는 내가 전송한 사진을 두 장 인화해서 액자에 넣어왔다. '엄마와 아기'라고 쓴 은색 액자는 나를 위한 것이고, 분홍색과 흰색으로 된 액자에 '엄마와 나'라고 쓰여진 것은 오스틴을 위한 것이다.

5층에 도착했을 때, 복도 끝에 한 여자가 라도나와 모린, 경비원에게 둘러싸여 있는 모습이 눈에 들어온다. 그들은 신생아 중환자 병동 입구에 있는 유리문 앞에서 실랑이를 벌이고 있다. 여자의 금발은 빛바랜 8월의 건초 같고, 두툼한 인조털 코트 안의 몸은 거의 해골 수준이다.

"아무 데도 안 가." 발음이 불분명한 그녀가 빨간색 하이힐을 신고 뒤뚱거린다. "내게도 손주를 볼 권리가 있다고."

불쌍한 여자 같으니, 술에 취한 게 분명해. 저런 여자를 엄마로 가진 딸과 손주가 가엾을 정도다. 라도나가 나를 발견하더니 경고의 눈빛을 보낸다. 속도를 줄이고 몸을 돌리다가 어떤 말에 발목이 잡힌 것처럼 주춤한다.

"이제 그만 가세요." 경비원이 그 여자에게 말한다. "아니면 경찰을 부르겠어요."

"경찰? 흥! 내가 뭘 잘못했다고? 디트로이트에서 여기까지 기어왔는데. 내 손녀를 보기 전엔 못 가! 알았어?"

디트로이트? 세상에! 나는 모퉁이를 돌자마자 한숨을 토하며 벽에 몸을 기댄다. 산퀴타의 엄마가 분명하다. 발소리와 사람들의 목소리가 가까워진다. "그 더러운 손 치워. 고소해버릴까 보다, 젠장!"

그들이 모퉁이를 돌고 나와 가까워지자 지독한 담배 냄새가 코끝에 확 끼친다. 여자의 얼굴에는 생기가 없고 분을 참지 못한 목소리는 으르렁거린다. 검게 썩은 이를 보니 필로폰중독자라는 생각이 먼저 떠오른다. 산퀴타의 엄마인가? 맞나? 산퀴타가 한 말이 다시 떠오른다. "동생들이 소리치는데도 엄마가 잠에서 깨어나지 않은 이유를 나는 알았어요. 내가 학교에서 돌아오자마자 화장실 변기에 그것들을 다 버렸으니까요."

경비원이 험한 말을 쏟아놓는 여자의 행동에 아랑곳하지 않고 여자의 팔뚝을 잡고 거의 끌다시피 하며 엘리베이터 쪽으로 데려간다. 내 앞을 지나갈 때 그녀가 옆으로 눈을 흘기며 나를 뚫어져라 본다. 나는 숨을 멈추고 뒤로 물러선다. 내가 누군지 아는 걸까? 오스틴의 엄마가 될 사람인 줄 아는 걸까? 본능적인 두려움이 나를 관통한다.

경비원이 앞으로 끌고 가는데도 불구하고 그녀가 목을 길게 빼고 뒤돌아 나를 보더니 험한 표정을 짓는다.

"뭘 쳐다봐, 여우 같은 년."

그녀에 대한 동정심이 사라진다. 동정심이 사라진 자리에서 엄마의 보호 본능이 발휘되기 시작한다. 나는 오스틴의 생명과 안전을 위해서라면 내가 죽을 수도, 누군가를 죽일 수도 있다는 걸 깨닫는다. 이런 생각을 하는 나 자신이 두렵고 놀랍지만 동시에 강한 자긍심이 내 안에 차오른다.

27장

신생아실이 일순 왁자지껄한 소리로 가득하다. 라도나가 나를 보자마자 내 팔을 잡아끌고 작은 방으로 데려간다. "문제가 생겼어요." 그녀가 작은 목소리로 말한다.

"산퀴타의 엄마였죠?" 나는 답을 이미 알지만 그래도 묻는다.

그녀가 고개를 끄덕이며 주위를 둘러보며 주변에 아무도 없는지 확인한다. "티아 로빈슨이에요. 약에 취한 건지, 술에 취한 건지, 아니면⋯⋯. 뭔지는 모르겠지만 아무튼 걸음도 제대로 못 걷더라고요."

다시금 ⋯토심이 밀려온다.

"손녀를 보러 왔대요." 그녀의 행동을 도저히 이해할 수 없다는 듯이 라도나가 고개를 저으며 말한다.

나는 쓸쓸하고 언짢은 기분을 억지로 가라앉힌다. "그럼 그녀가 아기를 데려갈 수도 있나요? 그럴 수 있어요?"

그녀도 장담할 수 없다는 듯이 어깨를 으쓱한다. "그런 이상한 일을 본 적이 있어요. 친척이 와서 아이를 데려가겠다고 하면 어쩔 수 없이 그렇게 결정되는 경우요. 주 정부에서 책임질 일이 그만큼 줄어드니까요."

"안 돼요, 오스틴은 안 돼요. 절대 그런 일이 일어나게 놔두지 않을 거예요. 저 아기는 내가 데려가요. 산퀴타의 유언이었어요."

라도나가 얼굴을 잔뜩 찌푸린다. "나도 당신 생각에 동의해요. 그런데 그게 당신이 결정할 사항이 아니라는 말이에요. 병원 사회복지사인 커스틴 셔칭하고 얘기해봤어요?"

"아니요." 대답하는데 스스로가 갑자기 바보같이 느껴진다. 왜 내가 엄마도 없고 집도 없는 아이 하나를 입양하는 일이 쉬우리라는 생각을 했을까? "사회복지과에서 나온 여자에게 전화번호를 받아놓은 건 있어요. 병원 사회복지사와도 의논하려고 했는데, 오스틴을 돌보느라 시간이 어떻게 갔는지 모르겠어요."

"지금 커스틴에게 전화할게요. 그녀가 자리에 있으면 오늘 의논해봐요."

그녀가 간호실 뒤로 가더니 잠시 후 포스트잇 한 장을 들고 온다. "지금 막 회의 들어가는 길이래요. 내일 네시에 볼 수 있대요. 2층 214호예요." 내게 메모를 건넨다. "여기 적어놨어요."

건네받은 메모지를 보자 현기증이 인다.

"아마 싸워야 할 거예요. 로빈슨 씨는 아기가 자기 손녀니 데려가겠다고 작정한 것 같아요."

"왜요?" 내가 묻는다. "자기 친딸도 키우지 못한 여자예요."

라도나가 화가 난다는 듯이 말한다. "인간도 아니죠. 정부에서 주는 양육비를 가로챌 생각인 거겠죠. 오스틴에게 앞으로 18년 동안 매달 1,000달러가량의 저소득층 생계 보조비가 지급된다는 걸 아는 거예요."

아기를 데려가겠다는 동기가 이토록 사악하다니. 젊었을 때나 나이 들어서나 변함이 없는 여자다. 그런데 그녀는 오스틴의 외할머니고, 나는 단지 산퀴타의 선생이며 5개월이라는 짧은 시간 동안 알았던 사람에 불과하다.

오늘 허버트가 선물한 아이팟에 담긴 음악을 들으며 칸막이가 둘러쳐진 조용한 곳에서 두 시간 동안 오스틴을 가슴에 품고 있다. 〈네가 춤추면 좋겠어〉, 〈엄마가 된 기쁨을 주네〉 같은 곡은 엄마가 된 내게 완벽하게 맞는 노래들이다. 감동이 밀려온다. 그는 음악 파일을 내려받느라 몇 시간 동안 고생했을 것이다. 언제쯤 나도 아기를 낳을 수 있을까? 가슴이 미어져온다. 오스틴을 내려다보며 앨리슨 크라우스의 노래를 흥얼대본다.

"당신은 어떻게 내 심장과 직접 얘기할 수 있는지 놀라워요."

오스틴이 작은 주먹을 꽉 쥔 채 담요 밖으로 눈을 쑥 내밀더니 하품을 길게 하며 다시 눈을 감는다. 나는 눈물이 나는데도 웃으며 아기의 등을 쓰다듬는다. 갑자기 누군가 내 등을 건드려 깜짝 놀란다. "브렛 씨, 누가 찾아왔어요. 대기실에서 기다리겠답니다.”

허버트를 기대했는데, 뜻밖에도 신생아 중환자 병동 밖에 조드 오빠가 와 있다. 양복에 넥타이를 맨 단정한 모습인 걸 보니 직장에서 곧장 온 것 같다.

“오빠.” 내가 말한다. “여긴 웬일이야?”

“지난 몇 주간 너랑 연락하기 너무 힘들어서.” 그가 몸을 약간 내 쪽으로 숙이며 뺨을 살짝 꼬집는다. “어린 새 친구가 생겼다는 소식 들었어. 캐서린이 네가 보내준 사진을 보면서 까꿍 하고 아기를 어르고 있더라고.”

“정말 생각지도 못했던 무서운 일이 일어났어. 오늘 산퀴타의 엄마가 나타났어. 내 아기를 데려가겠다고.” 아까 보았던 살풍경들을 떠올리자 다시 흥분이 인다. “오빠, 그렇게는 안 될 거야! 아기는 절대 못 줘.”

오빠가 걱정스럽다는 듯이 고개를 외로 꼬자 이마에 굵은 주름 하나가 꿈틀댄다. “어떻게 그 여자를 막을 건데?”

“입양할 거야.”

“자, 가서 커피 한잔 마시자.” 그가 나를 다시 쳐다본다. “아니면 저녁이 더 낫겠다. 밥은 제대로 먹는 거니?”

“배 안 고파.”

그가 고개를 젓는다. “가자. 뭐라도 먹으면서 무슨 일인지 자세히 말해봐.” 그가 팔로 내 어깨를 감싸고 나는 바로 그의 팔을 푼다.

“아니! 그 애 혼자 놔두고 갈 수 없어. 그 여자가 와서 데려갈지

411

도 몰라."

그가 놀라서 눈을 크게 뜨고 나를 쳐다본다. "정신 차려. 너 지금 상태가 엉망이야. 네 몰골 좀 봐. 지난 2주간 잠도 못 잤지? 아기는 아무 데도 안 가." 그가 간호실에 있는 캐시 간호사에게 손짓을 한다. "우리 금방 다녀올게요."

"라도나에게 오스틴 좀 잘 지켜봐달라고 말해줘요." 조드 오빠가 나를 엘리베이터 쪽으로 데려가자 내가 큰 소리로 말한다.

나는 병원 식당에 있는 움푹 파인 플라스틱 의자에 앉아 있고, 조드 오빠가 오렌지색 쟁반에서 스파게티가 담긴 접시를 들어 내 앞에 놓는다. "먹어." 그가 말한다. "먹으면서 산퀴타의 아기를 앞으로 어쩔 건지 말해봐."

조드 오빠가 오스틴을 산퀴타의 아기라고 부르는 것이 오스틴의 운명을 아직 예측할 수 없다는 것처럼 들려 못마땅하다. 나는 냅킨을 풀어 포크와 나이프를 찾는다. 내 위장이 스파게티를 빨리 달라고 아우성치지만 나는 천천히 포크로 면을 감아 입에 가져간다. 있는 힘껏 그것을 씹어 삼킨다. 냅킨으로 입을 닦은 다음 포크를 내려놓는다.

"오스틴은 내 아기야. 입양할 거야."

내가 산퀴타와 그녀의 유언, 그리고 로빈슨 씨와 아까 일어난 일에 대해 들려주자 가만히 듣고 있다. "내일 사회복지사와 면담 약속이 잡혔어. 오스틴을 구할 거야. 그 애에게는 내가 필요해. 그리고 산퀴타에게 약속했어."

그가 커피를 홀짝이며 나를 바라본다. 커피 잔을 내려놓으며 고개를 젓는다. "엄마가 그 목표들로 너한테 못할 짓을 하신 것 같아, 안 그래?"

"무슨 말이야?"

"이 애를 입양할 필요는 없어. 결국 네 아기를 가질 거라는 뜻이야. 시간이 좀 더 걸리겠지만, 꼭 그렇게 될 거야. 인내심을 좀 가져봐."

나는 고개를 젓는다. "난 '이 애'를 원해, 오빠. 이 일은 엄마의 요구와는 아무 상관 없어. 나에게는 이 애가 필요하고 이 애에게도 내가 필요해."

그는 내 말을 듣고 있지 않는 것 같다. "내 말 들어봐. 이제 돈도 얼마 남지 않았겠구나. 필요하면 내가 빌려줄—"

나는 충격에 휩싸여 그를 빤히 쳐다본다. "내가 지금 유산 때문에 이러고 있다고 생각하는 거야?" 나는 천장을 향해 고개를 번쩍 쳐든다. "맙소사! 내가 산퀴타의 엄마처럼 욕심 때문에 이러고 있다고 여기는 거야?" 나는 스파게티 접시를 한쪽으로 밀며 탁자 쪽으로 몸을 기울인다. "유산 문제는 생각할 틈도 없어. 이 애를 위해서라면 모든 걸 포기할 수 있다고. 알았어? 마지막, 1센트, 까지, 전부!"

그가 나에게 놀란 듯 의자에 몸을 기댄다. "알았어, 그러니까 돈 문제는 아니라는 말이네. 그래도 내 눈엔 여전히 네가 근시안적인 걸로 보여. 이 일을 시작한 사람은 엄마지만 넌 지금 거기에 완전히 사로잡혀 집착하고 있어. 그 아기는 우리랑 비슷하게 생기지도 않았어, 브렛. 히스패닉이야? 아니면 중동 사람?"

이 순간 내 앞에 앉아 있는 사람이 오빠로 보이지 않는다. 내가 왜 테럴 존스와 졸업 무도회에 가야 하는지 이해할 수 없다며 고개를 젓던 그의 아버지로 보인다. 혈압이 오른다. "아기 엄마는 두 인종 혼혈이고, 가난하고, 디트로이트 저소득층 공공주택단지 출신의 집도 없는 아이였어. 아이 아빠는 어떤 인종인지 몰라. 하룻밤 상대였으니까. 이게 내가 아는 전부야. 이 정도면 호기심이 충족됐어?"

그가 콧등을 잡는다. "세상에, 완전히 유전자 총집합이네. 허버트는 이 일에 대해 어떻게 생각해?"

내가 몸을 숙이며 말한다. "오빠 정말 이상한 사람이야. 난 이 아이를 정말 사랑해. 그리고 그 애도 이제 나와 긴밀한 유대감을 느껴. 내 품에 안으면 얼마나 내게 파고 드는지 오빠가 봤어야 해. 궁금해하니까 알려주는데, 허버트는 나의 결정을 지지해. 그게 무슨 상관인지는 모르겠지만."

그가 눈을 몇 번 깜빡인다. "정말이야? 그 남자는 널 사랑해. 미래까지 생각하고 있는 게 분명해."

나는 그럴 리 없다며 손사래를 친다. "너무 앞서가는 거라고 생각하지 않아? 날 만난 지 겨우 두 달밖에 안 됐잖아."

"지난주에 제이 집에서 만났는데 그가 할 얘기가 있다며 한쪽으로 데려가더라. 내가 큰오빠니까 아버지 대신이라고 여겼는지 모르겠어. 어쨌든 너랑 미래를 생각하고 싶다고 말했어. 네게 청혼할 거라는 느낌이었어."

414

내가 인상을 찌푸린다. "글쎄, 내가 결정할 일이지, 오빠도 아니고 허버트도 아니고 다른 그 누구도 아니고."

"정말 좋은 남자 같더라, 브렛. 이번엔 망치지 마. 그러면 후회할 거야. 내 말 명심해."

내가 그의 눈을 똑바로 쳐다보며 말한다. "내 말 명심해. 그런 일 없을 거야." 나는 허버트와의 일을 망치지 않겠다는 말인지, 후회하지 않겠다는 말인지 오빠의 상상에 맡긴 채 냅킨을 테이블에 던지고 일어선다.

저녁에 집에 도착하니 현관 앞에 내게 온 소포가 놓여 있다. 캐리에게 온 것이다. 나는 상자를 집까지 끌고 올라가 칼로 테이프를 끊고 열어본다. 안에는 여러 가지 동물 인형과 동화책, 실내용 슬리퍼, 턱받이, 이불, 옷 들이 한가득 들어 있다. 나는 그것들을 하나하나 꺼낸다. 지금은 오스틴의 몸이 폭 싸일 정도로 큰 옷들이지만 좀 더 자라면 곧 입을 수 있을 거라는 상상을 한다. 갑자기 썩은 이를 드러내며 오스틴의 미래를 파괴할 것처럼 길길이 날뛰며 소리치던 천박한 여자의 모습이 떠오른다. 나는 수화기를 들고 캐리에게 전화한다.

"방금 네가 보내준 황홀한 선물 상자를 열었어." 내가 최대한 즐거운 기분을 담아 말한다. "친절한 선물 고마워."

"내가 고맙지. 우리가 애들을 처음 입양했을 때, 새미가 겨우 1개월이었거든. 그때는 뭐가 필요한지 전혀 몰랐어. 아마 모비랩 아기띠 정말 마음에 들걸. 나중에 써보면 알아. 그리고—"

"산퀴타의 엄마가 오스틴을 원해."

수화기 건너편에서 잠시 침묵이 흐른다. "오, 브렛, 어떡해?"

"그렇게 끔찍한 사람만 아니었어도 연민을 느꼈을 텐데." 나는 캐리에게 디온테와 오스틴에 관해 들려준다. "디온테가 죽었을 때 약에 취해 있었는데 그것도 모자라 모든 걸 오스틴 탓으로 돌렸어." 걷잡을 수 없이 눈물이 흐른다. "정말 두려워, 캐리. 오스틴을 못 키우게 되면 어쩌지? 오스틴의 인생은 완전히 지옥이 될 거야."

"기도해." 그녀가 내게 말한다. "그냥 기도해."

나는 진심으로 기도한다. 엄마를 살려달라고 기도했던 것처럼. 산퀴타를 회복시켜달라고 기도했던 것처럼.

검소해 보이는 커스틴 셔칭의 사무실 벽에 사진들이 빼곡하게 걸려 있다. 가족들과 함께 웃는 아이들과 휠체어에 앉아 환하게 웃는 노인들, 카메라를 향해 행복하게 손짓하는 절단 장애인들의 모습이다. 사회복지사는 모든 것을 이해한다는 듯한 호의적인 눈빛을 가지고 있다. 겪어보지 않아도 좋은 사람이라는 것을 단박에 느낄 수 있다.

"방문해주셔서 감사합니다." 그녀가 문을 닫으며 말한다. "앉으세요."

브래드와 나는 소파에 나란히 앉고, 그녀는 플라스틱 서류 받침을 무릎에 얹고 우리 맞은편에 놓인 나무 의자에 앉는다. 내가 산퀴타와의 관계를 설명하고 내가 아기를 키우는 것이 그녀의 유언이었다는 얘기를 하는 동안 그녀는 꼼꼼하게 메모한다.

그녀는 자신이 적어 내려가던 종이를 들춰 미리 준비한 서류들을 훑어본다. "환자 차트에는 산퀴타가 제왕절개수술을 하고 나서 바로 의식불명 상태에 빠졌다고 되어 있어요. 죽음까지 열세 시간 동안 아무도…… 당신 말고는 누구도 환자의 의식이 돌아왔다고 보고하지 않았고요."

갑자기 심문받는 기분이 든다. "내가 아는 건 그날 저녁뿐이에요. 아기를 낳은 날 그 애가 깨어났어요."

그녀가 내 말을 받아 적는다. "당신에게 아기를 맡아달라고 말할 동안만요?"

맥박이 심하게 뛴다. "네, 맞습니다."

그녀가 한쪽 눈썹을 조금 치켜세우며 내 대답을 적는다. "다른 사람이 그걸 봤나요?"

"병원에서는 본 사람이 없어요. 그런데 그날 아침, 병원으로 오는 길에 그 애가 쉼터의 진 소장님에게 그렇게 말했대요." 나는 눈길을 돌린다. "법정에서 증언을 해줄지는 모르겠어요." 나는 축축한 두 손을 깍지 낀다. "산퀴타가 내게 말했어요. 믿기지 않겠지만 사실이에요. 내게 자신의 아기를 키워달라고 애원했어요."

그녀가 펜을 내려놓고 고개를 들어 나를 본다. "의식불명 환자가 갑자기 의식을 되찾아 작별 인사를 하거나 마지막 소원을 말한 적이 이번이 처음은 아니에요."

"그럼 내 말을 믿는다는 건가요?"

"내가 무얼 믿느냐는 상관없어요. 중요한 건 법원에서 무얼 믿느냐죠." 그녀가 일어서더니 자신의 책상으로 간다. "오늘 아침 로빈슨 씨가 나를 만나기 위해 왔더라고요. 시종일관 명확하게 의사 표시를 하고 지극히 정상적이고 예의 바른 태도를 보였어요."

한숨이 저절로 새어 나온다. "뭐라고 그러던가요?"

"말씀드릴 수 없어요. 그러나 대부분의 양육권 분쟁에서 법원은 가족의 손을 들어준다는 걸 아시는 게 중요해요. 법정 다툼까지 가져가실지는 모르겠지만요."

브래드가 목청을 가다듬고 말한다. "티아 로빈슨의 신상에 대해 조사해봤어요. 정신 병력으로 인해 장애인 연금을 수령하고 있어요. 술과 마약 중독으로 재활원도 여러 번 들락날락했고요. 현재 디트로이트에서 가장 범죄율이 높은 저소득층 공공주택단지에 살고 있습니다. 산퀴타에게는 세 명의 동생이 있는데, 모두 아버지가 다릅—"

커스틴이 브래드의 말을 자른다. "마이더 씨의 말씀은 충분히 존중하지만, 주 정부에서는 이 아이의 할머니인 여자분이 중범죄로 처벌받은 전과 기록이 있느냐 없느냐만 따집니다. 그녀가 경범죄는 여러 번 저질렀지만 중범죄 전과는 없습니다."

"쾌게 ㅣ고로 죽은 다옴테는요?" 내가 묻는다, "무슨 엄마가 아이가 도와달라고 소리치는데 잠만 잡니까?"

"그것도 조사해봤어요. 그 일로 체포당한 사람은 없더군요. 기록을 보니 그때 그녀는 잠깐 샤워를 하느라 몰랐다더군요. 불행히도 사고는 눈 깜짝할 사이에 벌어지니까요."

"아니에요. 그녀는 약에 취해 있었다고요. 산퀴타가 제게 그렇게 말했어요."

"전해 들은 말이잖아요." 커스틴과 브래드가 동시에 말한다.

나는 배반자를 보듯 브래드를 쳐다본다. 물론 그의 말이 옳다. 내 진술은 법정에서 효력이 없을 것이다. "그렇지만 다른 것들." 내가 말한다. "중독과 정신 병력 같은 건 상관없나요?"

"지금은 검사 결과가 깨끗합니다. 만약에 부모가 약물중독 기록이 있거나 우울증이 있는 아이들을 모두 데려오면 아마 도시의 반이 위탁 시설로 채워질 거예요. 주 정부에서는 가능한 경우에는 언제나 아이들이 가족과 머물기를 바라죠."

브래드가 고개를 젓는다. "그건 옳지 않아요"

커스틴이 어깨를 으쓱한다. "만약 누가 좋은 집에 사는지, 누가 더 행복한지 같은 기준으로 아이의 양육권을 결정한다면 우리 사회가 어떻게 될까요?"

마음이 다급해진다. 이 아이를 결코 로빈슨 씨에게 보낼 수 없어. 그럴 수는 없다고! 산퀴타와 약속했어. 그리고 난 이 아이를 정말 사랑해.

"산퀴타는 이 아이를 절대 그 여자 근처에도 데려가고 싶어 하지 않았어요." 내가 말한다. "만약 반드시 가족이어야 한다면, 다른 사람을 찾아봐요. 이런 문제가 없는 사람으로요."

"좋은 생각이지만 아무도 안 나타났어요. 산퀴타는 자매도 없고, 할머니가 가장 가까운 친척이에요. 그녀는 말이 할머니지, 겨우 서른여섯 살이에요. 그러니 이런 조건의 여자가 아이를 키우는 게 무척 자연스러워 보이죠."

서른여섯 살이라고? 내가 복도에서 본 여자는 쉰이 다 돼 보였어! 고개를 들고 보니 커스틴이 내게 연민 어린 미소를 짓는다. 이번 소송에서 지고 말 것이다. 산퀴타를 실망시킬 것이다.

"내가 뭘 할 수 있죠?"

그녀가 입술을 꾹 다문다. "솔직하게 말할까요? 하루라도 빨리 마음을 접으세요. 모든 상황을 종합해볼 때 이 건은 법정에 가자마자 금방 결정 날 거예요. 로빈슨 씨가 아이의 양육권을 갖게 될 거예요."

나는 손에 얼굴을 파묻고 기어이 울음을 터뜨린다. 내가 오스틴을 다독이던 것처럼 나를 다독이는 브래드의 손길이 등 뒤로 느껴진다.

"괜찮아질 거예요, 비비." 그가 낮게 속삭인다. "다른 아이가 생길 거예요."

나는 하도 심하게 우느라 나를 위해 우는 게 아니라고 그에게 말할 수가 없다. 나는 다른 아이를 갖게 될 수도 있다. 그러나 오스틴은 엄마를 한 명밖에 가질 수 없다.

28장

나는 다음 주 내내 마지막 수업을 마치기 무섭게 곧장 병원으로 달려간다. 사회복지사가 뭐라고 말했든 상관없이, 마지막 순간까지 오스틴과 시간을 보낼 것이다. 아기의 부드러운 검은색 곱슬머리를 만지거나 보드라운 피부를 쓰다듬을 때마다 우리가 함께 나눈 애틋한 순간들이 아기의 기억 속에 깊이 각인되어 영원하길 기도한다.

라도나가 의자에서 몸을 일으키며 아기를 받아 안는다. "커스틴 셔칭이 방금 전화했어요. 다섯시 전에 전화해달라고 그러던데요."

뜻밖의 좋은 소식일 수도 있다. 로빈슨 씨가 마음을 바꿨다거나 법원에서 양육권 신청을 기각했다거나!

나는 다급한 심정으로 복도 끝의 시내가 내다보이는 창가 앞에 있는 의자로 향한다. 병원에서 유일하게 휴대전화가 잘 터지는 곳이다. 오스틴은 이제 내가 키우게 될 거야. 강렬한 확신이 차오른다. 그런데 예전에 임신이라고 생각했을 때도 이렇게 확신했잖아? 브래드도 내가 꿈꾸던 남자라고 확신했었고.

"커스틴." 내가 전화를 손에 꼭 쥐고 말한다. "브렛 볼링거예요. 무슨 일이시죠? 지금 병원에 있어요, 사무실로 내려갈 수─"

"아뇨. 그러실 필요 없어요. 양육권 공판 관련 소식을 들었어요. 내일 아침 여덟시로 잡혔어요. 쿡카운티법원 가르시아 판사가 주재해요."

나는 길게 한숨을 내쉰다. "변동 사항은 없나요?"

"없어요. 티아 로빈슨 씨는 지금 이곳에 와 있어요. 기적이 일어나지 않는 한 그녀가 내일 손녀딸의 양육권을 가지고 법정을 떠날 거예요."

나는 비명이라도 지를 것 같아 손으로 입을 틀어막지만 흐르는 눈물은 멈추지 않는다.

"미안해요, 브렛. 법정에 갈 생각이 있으신 것 같아 일정을 알려드리고 싶었어요."

나는 겨우 고맙다고 말하고 전화를 부숴버릴 듯 끊는다. 팔에 링거를 꽂은 한 노인이 링거액 걸이를 끌고 비틀거리며 복도를 내려온다.

"검사 결과가 안 좋대요?" 노인이 내 앞을 지나며 턱까지 흘러내리는 눈물을 본다.

나는 '끝났대요'라는 말조차 뱉기가 어려워 고개만 끄덕인다.

신생아 중환자 병동으로 돌아가니 진 앤더슨이 연분홍색으로 포장한 선물 상자를 무릎 위에 놓고 대기실 소파에 앉아 있다. 나를 보자 반가운 표정을 짓는다.

"이것 좀 봐요." 그녀가 의자에서 일어서며 말한다. "여호수아의 집 여자들이 글쎄 이렇게 귀한 걸 보냈어요." 그녀가 선물 상자를 내게 내민다.

선물을 받아 들면서도 아무 말이 나오지 않는다.

그녀가 눈을 가느다랗게 뜨며 나를 바라본다. "괜찮아요?"

"산퀴타의 엄마가 아기를 데려간대요."

그녀가 얼굴을 험하게 구긴다. "하지만 산퀴타가 당신에게 아기를 맡기고 싶어 했잖아요. 내게 그렇게 말했어요."

"가르시아 판사가 주재하는 양육권 공판이 내일 아침으로 잡혔어요. 진, 그 여자 완전히 미쳤어요. 오스틴의 앞날을 생각하면 무서워요. 내일 와줄 수 있어요? 산퀴타가 한 말을 판사에게 해줄 수 있어요?"

그녀가 곤란한 표정을 짓는다. "나보고 시간 낭비하라고요?" 그녀가 속상한 나머지 생트집을 잡는 사람처럼 투덜댄다. "산퀴타가 내게 무슨 말을 했든 상관없어요. 그건 전해 들은 말일 뿐이니까. 우리에겐 아무 증거도 없다는 말이에요. 그렇기 때문에 할머니라는 사람이 학교 선생을 이기는 거라고요, 미친 거랑 상관없이."

나는 그녀를 바라본다. "그럼 우리가 내가 그 애를 입양하는

423

게 오스틴의 장래를 위해 낫다고 설득해야죠. 산퀴타는 디트로이트에서 아기를 키우고 싶어 하지 않았다고. 그리고 얼마나……." 진이 고개를 절레절레 젓는 것을 보자 기어코 눈물이 쏟아진다.

"모든 사람이 원칙대로 움직인다고 생각하죠? 정말 예쁘게 웃으면서 판사에게 진실을 말하면, 판사가 당신 방식으로 상황을 봐줄 거라 생각해요?" 그녀가 무겁게 한숨을 내쉬며 눈썹 언저리에 힘을 잔뜩 준다. "아뇨. 애석하게도 이번에는 진실이 통하지 않을 거예요."

다시 눈물이 걷잡을 수 없이 흘러내린다.

"날 봐요." 진이 내 팔을 아프도록 꽉 쥔다. "지금까지 거짓 눈물이라도 뭐든 다 통했을 테지만 이 아이를 얻는 데는 도움이 안 돼요. 만약에 정말 이 아이를 원한다면, 그 애를 위해 싸우세요. 힘들게, 악착같이, 내 말 알아듣겠어요?"

나는 코를 훌쩍거리며 눈물을 닦는다. "그럴게요. 물론 그럴 거예요."

악착같이 싸우고 싶다. 그런데 내가 가진 것이라곤 플라스틱 방망이와 고무공뿐이다.

끝까지 빗깐르 칠해진 퀴퀴한 냄새가 나는 오래된 쿡카운티법원은 내게 쓸쓸하고 버려진 곳 같다는 느낌을 준다. 아무도 앉지 않은 여섯 줄의 긴 나무 의자가 가운데 통로로 나뉜 채 판사석과 증인석을 향해 있다. 증인석 오른쪽의 배심원석도 오늘은 비어 있다. 이번은 배심원 없이 판사가 직접 판결하는 재판이다.

브래드가 자신이 준비한 메모를 읽어 내려갈 동안 나는 우리 오른쪽에 있는 책상을 본다. 티아 로빈슨과 법정 선임 변호사 크로프트 씨가 머리를 맞대고 작은 목소리로 뭔가를 의논하고 있다. 나는 내 뒤의 텅 빈 좌석들을 바라본다. 이번 재판에 관심이 있는 사람은 아무도 없다. 진조차 보이지 않는다.

정확히 여덟시가 되자 가르시아 판사가 판사석에 착석하고 재판을 시작하라고 명령한다. 로빈슨 씨는 오늘 증언하지 않는다고 들었다. 내가 변호사는 아니지만 그녀를 증인석에 앉히면 그녀에게 상황이 불리해질 수 있다는 건 짐작하고도 남는다. 그리고 이것은 간단한 사건이다. 증언을 한다고 그녀가 얻을 게 아무것도 없다.

갑자기 내가 증인석에 불려 나간다. 내가 손을 들고 선서를 마치자 브래드가 내게 이름과 산퀴타 벨과의 관계에 대해 말하라고 한다. 나는 숨을 깊게 들이마시고 모든 것이 내 증언에 달려 있다고, 이 사건은 아직 결정 나지 않았다고 믿는 척한다.

"브렛 볼링거입니다." 호흡을 안정시키며 내가 말한다. "저는 산퀴타 벨이 죽기 전까지 5개월간 그녀의 방문 교사이자 친구였습니다."

"산퀴타와 각별한 사이였다고 말할 수 있나요?" 브래드가 묻는다.

"네. 저는 그 애를 많이 아꼈어요."

"산퀴타가 자신의 어머니에 대해 들려준 적이 있나요?"

425

나는 3미터 남짓 떨어져 앉아 있는 티아 로빈슨을 쳐다보지 않고 말한다.

"네. 산퀴타는 엄마가 디트로이트로 이사 갔지만 그곳으로 가길 거부했다고 말했어요. 아기에게 그런 삶을 살게 하고 싶지 않다고도 말했어요."

브래드가 한 손으로 증인석 탁자를 짚고 마치 우리가 가끔 갔던 식당에서 대화를 나누는 것처럼 편안하게 나를 바라본다. "병원에서 있었던 일을 얘기해주시겠어요?"

"네." 등줄기에 땀이 흐르는 게 느껴진다. "제왕절개수술 후, 오후 여섯시쯤 산퀴타와 단둘이 병실에 있었어요. 갑자기 산퀴타가 의식을 회복하며 기적처럼 눈을 떴어요. 내가 침대 가까이 다가갔고 산퀴타가 내게 자신의 아이를 키워달라고 부탁했어요." 나는 몹시도 긴장되어 입술을 잘근잘근 씹으며 말한다. "죽지 않을 테니 걱정하지 말라고 말했는데도 계속 자신의 아이를 맡아달라고 부탁했어요." 목이 잠기더니 목소리가 기어든다. "죽어가고 있다는 걸 아는 것 같았어요. 내게 약속을 해달라고 간절하게 말했어요."

브래드가 건넨 손수건으로 눈물을 닦는다. 손수건을 막 내려놓는데 로빈슨의 눈과 정면으로 마주친다. 딸의 마지막 순간에 관한 이야기임에도 그녀는 아무런 감정의 동요도 내비치지 않고 팔짱을 낀 채 앉아 있다.

"그 약속을 지킬 겁니다."

"감사합니다, 볼링거 씨. 더 이상 질문 없습니다."

크로프트 씨가 증인석에 앉은 내 앞에 서기 10초 전부터 달콤하고 끈적끈적한 스킨 냄새가 먼저 코를 자극한다. 그는 내게 다가오기 전에 갈색 양복 재킷의 매무새를 다듬으며, 임신했던 산퀴타보다 훨씬 부른 배를 앞으로 내밀며 걸어온다.

"볼링거 씨, 산퀴타가 당신에게 아기를 맡아달라고 말하는 걸 들은 사람이 있나요?"

"아니요, 우리 단둘이 병실에 있었어요. 하지만 내게 그런 말을 하기 전에 여호수아의 집 소장인 진 앤더슨에게 먼저 말했다더군요."

그가 손가락을 까딱거리며 말한다. "네, 아니요로 대답해주세요. 당신이 말한 그 기적 같은 순간, 산퀴타가 갑자기 의식을 회복하고 당신에게 자신의 아이를 맡아달라고 말한 바로 그 순간을 직접 목격한 사람이 있었나요?"

그는 내가 거짓 증언을 하고 있다고 생각한다! 나는 황급히 브래드를 향해 눈을 돌리지만 그는 아무 말 없이 고개를 끄덕이며 계속 말하라는 눈빛이다.

나는 금속테 안경 너머 크로프트 씨의 번들거리는 회색빛 눈동자를 마주하라고 스스로를 밀어붙인다. "아니요."

"산퀴타가 자신이 죽어가는 걸 알고 있었나요?"

"네."

그가 고개를 끄덕인다. "그래서 마지막으로 주변 정리를 했군요."

"네, 그래요."

"산퀴티가 똑똑한 학생이라고 느끼셨나요?"

"네. 아주 총명한 학생이었어요."

"그렇다면 자신의 유언을 문서로 남겨놓았겠죠, 그렇죠?"

질식할 정도로 숨이 막힌다. "아뇨. 모릅니다."

그가 머리를 긁적인다. "정말 이해할 수 없는 일이네요, 그렇게 생각하지 않습니까?"

"잘, 잘 모르겠습니다."

"잘 모르겠다고요?" 그가 바로 내 앞으로 다가온다. "곧 죽을 거라는 걸 아는 똑똑하고 총명한 소녀가 자기 아기의 미래에 대해 아무 계획도 없었다? 참 납득하기 어려운 상황이네요. 당신이 증언한 대로 그녀의 가정 형편은 비참한 상태였는데도 말이죠, 그렇지 않나요?"

"왜…… 왜 그랬는지 이유는 모릅니다."

"산퀴타가 말한 '그런 삶'이라는 것이…… 디트로이트에서 엄마와 함께 사는 삶을 의미하나요? 혹시 산퀴타가 디트로이트에 있을 때 임신했다고 말한 적이 있었나요?"

"네."

"그러니까 당신은 산퀴타가 엄마의 의사를 무시하고 인사도 없이 아파트를 빠져나와 피임하지 않고 성관계를 했다는 걸 알고 있었다!"

나는 눈을 깜박거린다. "아뇨. 그런 말은 한 적이 없어요. 당신이 말한 것처럼 아파트를 몰래 빠져나왔다고는 생각하지 않아요."

콧대를 높이고 고개를 약간 갸우뚱하며 나를 내려다보는 그의 표정이 득의에 차 있다. "디트로이트재즈페스티벌이 있던 날 밤 낯선 사람과 성관계를 했다는 말을 했나요? 이름도 기억 못 하는 낯선 남자와?"

"그…… 그게 아니에요. 산퀴타는 외롭고…… 너무 속상해서……."

그가 한쪽 눈썹을 치켜세운다. "산퀴타가 지난여름, 6주간 그곳에 머물렀다는 말을 했나요? 자신이 임신했다는 사실을 알고 디토로이트를 떠났다는 말은요?"

"거기서 6주간 머물렀다는 사실은 모, 몰랐어요. 중요한 건 거기를 떠났다는 거죠. 제가 말한 것처럼 그런 환경에서 애를 키우고 싶지 않았기 때문이에요."

"그리고 그녀 자신도 그런 환경에서 빠져나오고 싶었고요, 맞죠?"

"네, 그랬어요."

"혹시 산퀴타의 어머니가 딸에게 중절수술을 권했다는 말을 하던가요?"

정신이 번쩍 든다. "아니요."

"산퀴타는 신장병이 심해서, 목숨을 구하려면 중절해야 한다는 의사의 소견이 있었어요."

마음이 동요하기 시작한다. "챈 박사도 산퀴타에게 그렇게 말했어요."

"그녀가 챈 박사의 말을 들었나요?"

"아뇨. 산퀴타는 자신의 목숨보다 아기의 생명을 더 소중히 여겼어요."

그가 꼬집어주고 싶을 정도로 능글맞게 웃는다. "진실은 산퀴타가 고집스러운 소녀였다는 것입니다. 엄마가 자신을 가장 염려하고 있다는 사실을 믿는 것조차도 거부했습니다."

"이의 있습니다!" 브래드가 소리쳤다.

"인정합니다."

크로프트 씨가 말을 잇는다. "산퀴타는 중절수술을 하라는 엄마의 말에 불만을 제기하며 싸우다 집을 나갔습니다."

나는 깜짝 놀란다. 이게 사실일 수 있을까?

크로프트 씨가 판사를 향해 몸을 돌린다. "존경하는 재판장님, 이 일은 로빈슨 씨의 환경과는 아무 상관 없는 일입니다. 로빈슨 씨는 자식의 생명을 위해 최선을 다했을 뿐입니다." 그가 고개를 똑바로 쳐든다. "제 질문은 이것으로 마칩니다."

손이 너무 떨려 가까스로 내려놓는다. 그들이 로빈슨 씨를 산퀴타의 구원자로 만들고 있다. 그것도 모자라 산퀴타를 엄마 말도 듣지 않는 문제 청소년으로 몰고 간다.

"감사합니다, 크로프트 씨." 가르시아 판사가 말한다. 그가 나를 향해 증인석에서 내려가도 좋다며 고개를 끄덕인다. "감사합니다, 로빈슨 씨."

"다른 증인을 부르시겠습니까?" 그가 브래드에게 묻는다.

"재판장님, 잠시 휴정을 요청합니다." 브래드가 말한다. "제 의뢰인에게 잠시 쉴 시간이 필요합니다."

가르시아 판사가 시계를 보더니 의사봉을 두드린다. "15분 휴정 후에 재판을 속개하겠습니다."

브래드가 거의 나를 부축하다시피 해서 복도로 데려간다. 내 몸은 그가 이끄는 대로 끌려가고 나는 아무 생각도 할 수 없다. 종신형을 언도받은 죄수 같다. 산퀴타의 아기를 구해야 하는데 내겐 힘이 없다. 산퀴타가 믿은 하나뿐인 사람이 나인데, 이렇게 믿음을 저버리게 되다니. 브래드가 나를 벽 쪽에 세우며 팔을 잡는다.

"비비, 이렇게 절망하면 안 돼요. 우리가 할 수 있는 최선을 다했어요. 이미 우리 손을 떠난 일이에요."

불규칙적인 호흡이 나오면서 머리가 텅 빈 것 같다. "변호사가 산퀴타를 문제아로 만들어버렸어요."

"정말 그랬을까요?" 그가 묻는다. "아이 문제로 엄마랑 싸워서 디트로이트를 떠난 걸까요?"

나는 손을 휙 잡아 뺀다. "모르겠어요. 어쨌든 그건 중요하지 않아요. 지금 중요한 건 오스틴이에요. 산퀴타의 마지막 순간을 이야기할 때도 그 여자는 눈 하나 깜짝하지 않았고 눈물조차 흘리지 않았다고요. 자기 아들에게 어떻게 했는지 알아요? 인정이라고는 없는 여자라고요, 브래드." 내가 그의 양복 깃을 잡으며 그의 눈을 응시한다. "당신이 지난주에 그 여자를 직접 봤어야 했어요. 이건 말도 안 돼요. 오스틴에게 이런 짓을 할 수는 없어요. 우리가 뭔가 해야 한다고요."

"우리가 할 수 있는 건 다 했어요."

내가 울기 시작하자 브래드가 나를 흔든다. "정신 차려요. 나중에 얼마든지 울 시간 많으니까. 우선 이 재판을 끝내야 해요."

15분 후에 우리는 법정으로 다시 터덜터덜 들어간다. 나는 브래드 옆에 있는 의자에 앉는다. 스스로가 이토록 무기력하게 느껴진 적은 없었다. 내 아기의 목숨이 무서운 곳으로 빠져드는데, 나는 할 수 있는 게 아무것도 없다. 나는 관자놀이 주변을 문지르며 호흡을 조절하지만 가슴에 단단한 웅어리가 있는 것처럼 답답하다. 쓰러질 것만 같다. 이렇게 가만히 지켜볼 수는 없다. 또 한 번 상실감을 겪는다면 나는 다시 살아가지 못할 것이다.

개릿이 내게 했던 말이 떠오른다. '당신이 모든 학생을 구할 수는 없어요.' 나는 오직 이 아이만이라도 구하게 해달라고 진심으로 기도한다.

판사가 문을 열고 법정에 들어섰을 때 그녀의 목소리가 들린다. 나는 혹시나 하는 마음에 몸을 돌린다. 진 앤더슨이 모직 정장 차림으로 법정 가운데를 향해 뚜벅뚜벅 걸어 들어온다. 그녀의 뒷머리는 부스스하고 늘 신는 굽 낮은 신발 대신 운동화를 신었다.

"진?" 내가 큰 소리로 말하며 브래드를 본다.

"내가 있어요." 브래드가 속삭인다.

진은 긴 의자에 앉는 대신 뚜벅뚜벅 걸어가 재판장 앞에 선다. 그녀가 작은 목소리로 가르시아 판사와 얘기를 주고받는다. 그녀는 가방에서 종이를 꺼내 판사에게 내민다. 그가 돋보기를 쓰

432

고 읽어 내려간다. 드디어 그가 고개를 든다.

"변호인들은 이리 나오세요."

네 명이 의논하는 몇 분의 시간이 내게는 몇 시간처럼 느껴진다. 크로프트의 목소리가 가장 크게 들리고, 판사가 그에게 목소리를 낮추라고 제지한다. 마침내 그들이 자리로 돌아올 때 브래드와 진이 웃고 있다. 나는 미리 흥분하지 말자고 스스로를 타이른다.

가르시아 판사가 모두가 볼 수 있도록 종이를 높이 쳐든다. "이 종이는 벨 씨가 자신의 요구 사항을 직접 적어, 죽기 한 달 전, 정확히 3월 5일에 공증을 받은 것입니다." 그가 목을 가다듬더니 아무 감정도 실리지 않은 목소리로 읽어 내려간다. "나 산퀴타 자즈먼 벨은 의식이 명료한 상태에서 이 글을 작성한다. 아직 태어나지 않은, 나보다 더 오래 살 내 아기, 딸인지 아들인지 모르지만, 그 애를 진심으로 바라건대, 나의 방문 교사이며 친구인 브렛 볼링거가 키워주기를 원하며 그녀에게 모든 양육권을 일임한다." 판사가 안경을 벗는다. "그리고 산퀴타 자즈먼 벨이라고 서명되어 있습니다." 그가 다시 목을 가다듬는다.

"공증된 이 내용에 의해, 나는 볼링거 씨에게 정식 입양 절차가 끝날 때까지 임시 양육권을 주는 바입니다." 그가 의사봉을 가볍게 두드린다. "오늘 재판을 마칩니다."

나는 두 손으로 얼굴을 감싸고 흐느낀다.

나는 진에게 공증된 유언장에 대해서는 묻지 않는다. 그녀가 언제, 어떻게 그 편지를 손에 쥐게 되었는지 알고 싶지 않다. 우리는 산퀴타와 그녀의 아기를 위해 옳은 일을 했다. 그것만이 중요하다. 브래드가 판결을 듣고 셋이 축하나 하자고 제안했지만 나는 그럴 수 없다. 나는 내 아기를 보러 곧장 병원으로 향한다. '내 아기!' 나는 모퉁이를 돌아 복도 끝까지 단숨에 뛰듯이 걷는다. 신생아 병동으로 통하는 문이 열려 있고 나는 곧장 7호실로 달려간다. 병실에 들어서며 어찌나 깜짝 놀랐는지 심장이 마구 뛴다. 카키색에 남색 재킷을 입은 허버트가 오스틴을 팔에 안고 흔들의자에 앉아 있다. 그가 오스틴을 보며 자장가를 흥얼거리며 웃고 있다. 나는 그의 등 뒤로 다가가 목에 키스한다.

"어쩐 일이에요?" 내가 묻는다.

"안녕!" 그가 말한다. "축하해요, 자기. 당신 메시지 받자마자 여기로 달려왔어요. 자기가 바로 여기로 올 줄 알았어요."

"그런데 누가 들여보냈어요?"

"라도나 간호사요."

물론 그녀가 그랬겠지. 병실의 모든 간호사는 선물을 잔뜩 보내 오는 멋진 남자, 허버트와 반쯤 사랑에 빠져 있다. 이제 그를 직접 봤으니 눈 돌리기 힘들걸.

"이제 당신이 오스틴의 양육권자니까, 방문객을 한 명 더 늘릴 수 있대요. 그래서 내 이름을 올렸어요, 괜찮죠?"

나는 셸리나 캐리, 브래드에 대한 모든 생각을 밀어내고 예쁘게 잠들어 있는 내 딸을 바라본다. 두 팔로 내 몸을 감싼다. "못 믿겠어요, 허버트. 내가 엄마라니!"

"당신은 아주 좋은 엄마가 될 거예요." 그가 일어서며 잠들어 있는 아기를 내게 건넨다. "여기 앉아요. 이 아이에게 정식으로 자신을 소개해야죠."

오스틴은 내 가슴에 안겨 다시 잠들기 전에 주먹을 꼭 쥔 손을 허공에 한 번 쭉 내민다. 반쯤 감긴 눈을 보며 오스틴의 코, 산소와 영양을 공급하던 튜브가 제거된 코에 키스한다. "안녕, 예쁜 아기야. 내게 무슨 일이 일어났는지 아니? 내가 이제 네 엄마가 될 거란다. 이번엔 약속할게." 오스틴의 눈썹이 꿈틀대고 나는 눈물 어린 미소를 짓는다. "나는 세상에서 가장 운 좋은 사람이야."

허버트의 카메라 앞에 나와 오스틴이 앉아 있다. 그가 더 가까이 다가온다. 카메라가 아기와의 친밀한 순간을 방해하는 것처럼 느껴진다. 하지만 그는 몹시 들떠 있고, 격려와 열정을 보여준 그에게 더 이상 무얼 바랄 수 있을까?

그가 식당에서 커피와 샌드위치를 사오고 우리는 방문 시간이 끝날 때까지 오스틴과 함께 있다. 이상하게도, 이제 내 아기라는 생각이 들어 오늘은 조금 마음을 놓고 병실을 나선다. 이제 아기를 잃지 않을 것이다. 지금도, 미래에도. 엘리베이터를 향해 걷다 허버트가 갑자기 걸음을 멈추더니 손가락으로 딱 소리를 낸다. "코트를 두고 왔네. 금방 다녀올게요."

그가 카키색 버버리 코트를 팔에 걸고 걸어온다.

나는 숨이 턱 막힌다. "그 코트!" 나는 허버트의 코트가 마치 마술사의 망토처럼 느껴져 멍하니 쳐다본다.

그가 당황한 듯 보인다. "아, 저기, 아침에 얼마나 쌀쌀하던지."

내가 웃으며 고개를 젓는다. 허버트는 앤드루의 로프트에나 살던, 열차와 조깅 코스에서 본 그 남자가 아니다. 하지만 허버트는 어쩌면 나의 버버리맨이 될 수도 있다.

4월의 저녁은 포근하다. 공기에 달짝지근한 라일락 향기가 스며 있다. 동쪽에는 손톱깎이로 잘라놓은 듯 가냘픈 초승달이 회색빛 하늘에 낮게 걸려 있다. 허버트는 어깨에 코트를 걸치고 나와 함께 내 차를 향해 걷는다.

"오스틴의 상태가 계속 좋으면, 2주 안에는 집에 올 수 있대요. 준비해야 할 일이 너무 많아요. 사무실에도 며칠 쉬어도 괜찮은지 물어봤어요. 학기가 몇 주 후면 끝나고 이브 선생님이 나 대신 수업을 맡아주기로 했어요. 방도 꾸며야 하고 카펫과 유아용 가구도 사야 해요. 일단 아기 침대하고 기저귀 가는 탁자만 살 생각이에요. 그것만 넣어도 우리의 작은 방이 꽉 찰 것 같아요." 내가 웃으며 말한다. "그리고 내 생각엔—"

그가 돌아서며 내 입술에 손가락을 갖다 댄다. "그만해요. 너무 당신이 해야 할 일들만 말하네요. 당신과 나는 파트너예요. 나도 도울게요."

"알았어요. 고마워요."

"고마워할 필요 없어요. 내가 원하는 거니까." 그가 내 얼굴을 손으로 감싸더니 내 눈을 가만히 응시한다. "사랑해요. 알고 있죠?"

내가 그를 올려다본다. "알아요."

"그리고 당신이 그동안 한 말을 믿는다면 당신도 나를 사랑하고요."

나는 한 발자국 뒤로 물러선다. "네."

"당신이 완수해야 할 라이프 리스트에 관한 얘기를 다시 해봐요."

내가 고개를 저으며 그를 외면하지만 그가 내게 더 가까이 다가온다. "들어봐요, 난 그게 두렵지 않아요. 당신을 돕고 싶어요. 모든 목표를 하나도 빠짐없이 이룬 거라고 생각하면 돼요. 내 말 알아듣겠어요?"

내가 뭐라고 말하기 전에 그는 내 손을 잡는다. "우리가 서로를 알 게 된 지 얼마 안 됐다는 거 알아요. 그런데 아이도 생겼고, 나는 머리부터 발끝까지 온전하게 당신을 사랑해요. 내 생각엔 우리가 결혼을 생각해봐야 할 것 같아요."

나는 숨이 막힌다. "그러니까…… 나랑……."

그가 키득거리더니 주차장을 가리킨다. "걱정 마요. 난 절대 이런 곳을 정식 프러포즈 장소로 택하지 않아요. 나는 그냥 씨앗을 심고 싶었어요. 당신이 잘 생각해보면, 우리가 함께 가다 언젠가는 부부가 될 거라고 생각하게 되면 좋겠어요." 그가 웃는다. "그리고 우리가 가는 길이 울퉁불퉁한 시골길이 아니라 고속도로면 좋겠고요."

나는 무슨 말이라도 하려고 입을 열지만 아무 말도 나오지 않는다.

그가 손을 뻗어 내 뺨을 어루만진다. "좀 이상하게 들릴지 모르지만 제이네서 처음 만났을 때부터 언젠가 당신이 내 아내가 될 거라고 느꼈어요."

"그랬다고요?" 그 말에 곧바로 엄마가 떠오른다. 이 남자가 내게 사랑에 빠진 데 대해 엄마가 어떤 식으로든 책임이 있을까?

"그랬어요." 그가 웃으며 내 코끝에 키스한다. "마지막으로 내가 원하는 건 당신을 조금 압박하는 거죠. 생각해보겠다고 약속해줘요, 그럴 거죠?"

그의 굵은 머리카락이 휘날리고 두 눈은 사파이어처럼 빛난다. 그가 웃을 때면 마치 백합이 핀 것 같다. 내 앞에 있는 남자는 내가 만날 수 있는 가장 완벽한 남자다. 똑똑하고 친절하고, 야망이 있고 정이 많다. 세상에, 바이올린도 켤 줄 안다! 게다가 납득할 수 없는 이유로 나를 사랑한다. 그리고 무엇보다 내 딸을 사랑한다.

"그럼요." 내가 대답한다. "당연히 진지하게 생각해볼게요."

29장

5월 첫째 주 토요일이다. 회색빛 구름 사이로 안개비가 따뜻하게 공기 속에 풀어지고 있다. 나는 빨간 우산을 들고 루디에게 목줄을 채워 빠른 걸음으로 계단을 내려간다. 루디는 지난 6주 동안 이혼한 부모 밑에서 자라는 아이처럼 내 집과 블랑카 집을 왔다 갔다 하며 지냈다. 다행스럽게도 내가 루디를 좋아하는 만큼 셀리나와 블랑카도 잡종개 루디를 무척 아낀다. 셀리나가 이번 주말에 스프링필드에서 열리는 마칭밴드 대회에 참석하는 바람에 나는 루디를 차에 태워 브래드 집으로 향한다.

"남의 집에 보내는 건 이번이 마지막이야, 루디." 내가 벅타운을 향해 북쪽으로 가는 차 안에서 루디에게 속삭인다. "내일 우리 아기가 집에 온다."

브래드의 집에 도착하니 그가 따뜻한 커피와 양귀비씨 머핀을 준비해놓고 기다리고 있다. 나는 식탁 의자에 앉아 딸기가 담긴 그릇 아래 있는 두 개의 분홍색 봉투를 본다. 가르시아 판사의 판결이 있었으니, 1번 편지를 받으리라는 것은 예상했지만, 17번, 사랑에 빠지기 봉투를 보자 호흡이 약간 가빠온다.

브래드가 나와 마주 앉는다. "편지 지금 읽을까요, 아니면 아침 먹은 후에?"

"지금이요." 내가 머그잔 뒤로 얼굴을 슬쩍 감춘다. "오늘은 첫 번째 편지만요."

그가 내 말에 키득거린다. "결혼 얘기 오간다면서요. 사랑에 빠진 거 맞죠, 아니에요?"

나는 딸기를 하나 집어 꼭지를 따서 입에 넣는다. "조금 더 생각해보고요. 생각할 게 그리 많은 건 아니지만요."

그가 나를 곁눈질한다.

내가 그에게 첫 번째 봉투를 내민다. "어서요, 열어봐요."

그가 조금 망설이더니 손으로 편지를 뜯는다. 그가 돋보기를 찾기도 전에 나는 식탁 끝에 있는 돋보기를 집어 그에게 건넨다. 그가 나를 보고 미소 짓는다.

"우리 팀워크는 단연 최고죠?"

"최고의 팀이죠." 하고 나니, 내 가슴 한쪽이 찡하다. 만약 우리가 다른 때 만났더라면 연인으로 발전했을까? 세상에, 만약이라는 생각만으로도 나는 정말 끔찍한 사람이다. 허버트와 약혼한 거나 마찬가지잖아!

"내 딸 브렛.

어떤 사람이 미켈란젤로에게 놀라운 다비드상을 어떻게 만들었느냐고 물었단다. 그가 대답했어. "나는 다비드를 만들지 않았다네. 그는 육중한 대리석 조각으로 거기에 줄곧 있어왔어. 나는 그를 발견하기 위해 돌을 깼을 뿐이라네."

미켈란젤로처럼, 나도 네가 지난 몇 개월 동안 너 자신을 찾는 데 도움이 됐길, 진정한 네가 나타날 수 있도록 내가 너의 딱딱한 외피를 조금씩 깨뜨렸길 바란다. 내 딸, 이제 엄마가 되었구나! 아기를 양육하고 돌보는 과정에서 네 안에 숨겨진 모성애를 발견하리라고 믿는다.

엄마 노릇이 네 인생에서 좋은 공부가 될 것이라 믿는다. 네게 즐거움과 짜증, 놀라움, 그리고 감동을 안겨줄 거야. 엄마라는 역할은 네 삶에 가장 불가사의하고 도전적인 활력을 불어넣을 거야.

누군가 내게 말했어. "어머니의 역할은 아이들을 키우는 것이 아니라, 어른으로 키우는 것이다." 너의 섬세한 조각술로 아이를 훌륭한 어른으로 키울 거라고 장담한단다. 그리고 가끔 아이들을 강하게 키우는 대신 온화하게 키우는 세상을 상상해보렴.

이제 눈물을 거두고 웃어봐. 네 아이는 정말 운이 좋은 거야. 내가 천국에 가게 된다면 천사의 두 날개를 펼쳐 네 딸을 안전하게 지켜줄게.

너희 둘을 말로 표현할 수 없을 정도로 사랑한다.

엄마.'"

브래드가 내 눈물로 젖은 냅킨을 버리고 새 화장지를 건넨다.

내가 우는 동안 그가 내 등에 손을 얹고 있다.

"오스틴이 친엄마를 알 수 있으면 좋겠어요."

"알게 될 거예요." 브래드가 말한다. 그의 말이 맞는다. 오스틴은 내 엄마와 자신의 친엄마가 어떤 사람인지 크면서 알게 될 것이다. 꼭 그렇게 키울 것이다.

나는 코를 풀고 그를 올려다본다. "엄마는 내가 딸을 갖게 될 줄 알고 있었어요. 편지 읽을 때 눈치챘죠?" 내가 그의 손에 들려 있는 편지를 보며 그 부분을 가리킨다. "바로 여기요. '네 딸을 안전하게 지켜줄게.' 어떻게 아들이 아니라 딸이라는 사실을 알았을까요?"

그가 편지를 유심히 본다. "내 생각엔 실수로 그렇게 쓴 것 같아요. 성별을 명시하려고 했던 게 아니라."

내가 고개를 세차게 젓는다. "아니요. 엄마는 알았어요. 그리고 엄마가 오스틴 엘리자베스를 내가 키울 수 있게 도와주신 것 같아요. 진의 마음을 움직여준 거죠."

"그렇게 느낄 수도 있죠." 그가 편지를 한쪽에 밀어놓고 머그잔을 움켜쥔다. "어머니가 허버트를 만나는 걸 좋아하실 거라고 생각해요?"

브래드의 질문을 받고 이상하게 긴장된다. "물론이죠." 루디가 옆으로 다가오고 ⋯⋯는 루디의 털을 긁어준다. "엄마는 허버트 같은 사람이 내 짝이 되어야 한다고 생각하는 사람이에요. 왜 그런 걸 묻죠?"

그가 어깨를 으쓱한다. "난 단지…… 그러니까…….." 그가 고개를 젓는다. "나는 모이어 박사를 한 번밖에 못 봤어요. 당연히 당신이 나보다 그에 대해 훨씬 잘 알 거예요."

"맞아요. 그는 정말 멋진 남자죠."

"나도 그 점은 인정해요. 난 단지……." 그의 목소리에 힘이 없다.

"마이더, 내게 뭔가 할 말이 있으면 그냥 해요."

그가 내 눈을 응시한다. "난 단지 멋진 걸로 충분한지 모르겠어요."

아, 그는 내 속을 꿰뚫고 있는 게 분명하다. 허버트와의 아름다운 연애 감정 밑바닥에 깔려 있는 의혹, 내가 오랫동안 회피하고 시간이 지나면 좋아지리라 바라던 감정을 그가 건드렸다. 내 속내를 누구에게 드러낸 적은 없다. 셸리나 캐리에게조차. 허버트에 대한 내 감정에 확신이 없다는 이야기를 구태여 하고 싶지 않았다. 그런 감정은 시간이 지나면 사라질 테니까. 나는 허버트를 사랑할 수 있고, 사랑할 것이다.

"무슨 뜻이에요?" 나는 아무렇지도 않은 목소리로 묻는다.

그가 딸기가 담긴 그릇을 밀어내며 내 쪽으로 몸을 조금 숙인다. "행복해요, 비비? 내 말은 달나라로 여행 간 사람처럼 황홀경에 빠질 만큼, 정말 미칠 만큼 행복하냐고요?"

나는 일어나서 싱크대 쪽으로 걸어가 머그잔을 닦는다. 허버트를 비롯해 내 삶에서 행복한 것들을 떠올려본다. 오스틴, 일, 새로운 친구들, 가족…….

나는 고개를 돌리며 그를 보고 웃는다. "내가 얼마나 행복한지 상상도 못 할 거예요."

그가 나를 잠시 뚫어지게 보더니 이내 더 이상 얘기하지 않겠다는 듯이 말한다. "그렇다면 좋아요. 이제 확실해요. 의심을 품어서 미안해요. 허버트가 바로 당신이 찾는 남자예요."

다음 날, 그러니까 5월 6일 일요일 아침 2.2킬로그램의, 캐서린 외숙모가 선물한 분홍색 옷을 입은 오스틴이 집으로 온다. 허버트는 오스틴과 내가 애스터가로 다시 이사 가야 한다고 고집을 피웠지만 나는 그의 말을 따르지 않았다. 이제 필슨이 우리 집이고, 내가 이사 나간다고 하면 셀리나와 블랑카도 서운해할 것이다. 그들은 지난달 오스틴의 사진을 보고 몹시 기뻐하며 아기 운동화와 동물 인형들을 사왔다. 그런 그들을 두고 이사 간다는 것은 생각도 할 수 없다.

허버트가 병원 복도에서부터 차를 탈 때까지 모든 순간을 놓치지 않고 사진을 찍는다. 우리는 인형처럼 작은 오스틴을 유아용 시트에 앉히고 안전벨트를 매주면서 킥킥거린다. 카시트에 앉은 오스틴은 몸이 잠긴 것처럼 작아 보이고, 나는 혹시나 몸이 쏠릴까 싶어 오스틴 주위를 담요로 받친다.

"이 시트 오스틴에게 맞는 사이즈인 거 확실해요?" 허버트가 묻는다.

"네. 병원에서 점검해줬어요. 믿기 어려워도 맞는 사이즈예요."

그는 여전히 믿기지 않는다는 표정이지만 차 문을 닫고 내가 아기 옆에 앉는 걸 도와주기 위해 내 쪽으로 온다. 그가 안전벨트를 길게 끌어와 내가 안전하게 앉을 수 있도록 채워준다. 꼭 둘째 아이를 차에 태우는 것처럼 보인다.

"허버트, 제발 부탁이에요. 오스틴은 보살펴도 나까지 아기 취급 하는 건 싫어요."

"찬성할 수 없어요. 나의 두 여자를 다 잘 보살필 거예요."

갑자기 불편하고 새장에 갇힌 기분이 들어 안전벨트를 조금 헐겁게 한다. 오스틴을 대하는 그의 행동은 물론 감동적이지만 나에 대한 지나친 보호 본능은 부담스럽다. 문을 닫으려고 팔을 뻗으려는데 그가 벌써 차 문을 닫아주고 돌아선다. 나는 혈압이 오르는 걸 느끼며 조용히 나를 책망한다. 문제는 나한테 있는 거지, 그는 정상이야.

오스틴을 팔에 안고 나의 작은 집으로 들어서며 나는 엄마가 바로 옆에 있는 것처럼 느껴져 엄마를 부르고 싶어진다. 엄마가 있었다면 아기를 보고 얼마나 좋아했을까. 엄마가 된 나를 보고 무척 행복해했을 텐데. 내게 키스해주며 아기를 보기 위해 몸을 숙이고, 그것도 성에 차지 않아 내게서 아이를 받아 안을 텐데.

"이거 어디다 놓을까요?"

나는 고개를 돌려 병원에서 가져온 것들을 가지고 서 있는 허버트를 본다. 그는 여기 있으면 안 돼. 이 장면은 엄마와 오스틴, 그리고 나의 것이야. 그가 우리의 특별한 순간을 침해했어.

그러나 내가 이런 생각을 하는지 모르는 채, 분홍색과 갈색의 물방울무늬 쇼핑백을 들고 서 있는 그는 여전히 매력적으로 보인다. 나는 그를 보며 미소를 짓는다.

"주방 조리대에 놔주세요. 이따 정리할게요."

그가 금세 물건들을 내려놓고 돌아와 손을 비빈다. "점심 먹을까요? 맛있는 오믈렛 만들 수 있어요. 다른 걸 먹고 싶으면—."

"아니요!" 내가 날카롭게 말한다. 금세 미안한 마음이 솟구친다. 내가 이토록 냉정하고 고마움도 모르는 사람이었다니? 내가 그의 팔을 살며시 잡는다. "내 말은…… 좋다고요. 오믈렛이 좋아요. 고마워요."

영화 〈애정의 조건〉의 대사 하나가 떠오른다. "내게 자격이 생길 때까지 나를 숭배하지 마세요." 사랑받고 있다는 뿌듯함과 감상적인 독립심이 내 안에서 늘 반항을 일으킨다. 왜 그러는 걸까? 혹시 나를 키워준 사람이 남긴 상처가 너무도 깊어 어른이 된 후에도 진정한 사랑을 받아들이지 못하는 건 아닌지 모르겠다. 나는 절박할 정도로 찰스 볼링거에게 인정받기를 바랐다. 앤드루에게도 마찬가지였다. 진정한 내 정체성을 희생할 정도로. 그때는 스스로가 너무 작게 느껴졌다. 그런데 허버트와의 관계는 다르다. 나는 있는 그대로의 모습으로 그를 대할 수 있고 그는 그런 나를 사랑한다, 진정한 나를. 엄마가 바라던 대로, 일생에 처음으로 건강한 관계를 맺고 있는 것이다.

허버트가 내 손에 다가온다. 다른 손에는 버터를 쥐고 주방 벽 너머를 기웃거린다. 그가 나를 보며 웃는다. 겸손하고 착한 학생 같은 웃음이다. 나는 그에게 한 발짝 다가가 손으로 그의 얼굴을 감싸쥐고 그가 얼굴을 붉힐 정도로 강렬한 시선으로 그의 눈동자를 쳐다본다. 그에게 몸을 기대고 오랫동안, 깊고 격렬하게 키스한다. 내 정신과 영혼, 그리고 혈관을 타고 흐르는 피 한 방울까지 소리친다. '그를 사랑하란 말이야!'

그리고 내 존재를 다해, 그 말대로 해달라고 속으로 간청한다.

봄 수선화가 진 자리에 데이지가 무리를 지어 활짝 핀다. 여름이 천천히 다가오고 나는 매 순간 오스틴과 함께 계절의 변화를 호흡하려고 애쓴다. 미니스커트와 힐을 벗어 던지고 단화에 편한 원피스를 입고, 5킬로미터 달리기는 한가롭게 유모차를 끄는 산책으로 바뀐다. 다행스럽게도 아기는 행복해 보인다. 몇 번 재채기를 한 것 빼고는 건강하다. 내가 책을 읽어주거나 노래를 하거나 이야기를 해주면 눈을 동그랗게 뜨고 내게 집중한 채 듣는다. 호기심으로 가득한 아기의 얼굴에서 놀랍게도 산퀴타를 본다. 아기가 산퀴타와 닮은 점들과, 오스틴과 내게 삶을 선사한 용감하고 아름다운 그녀에 대해 내가 기억하는 모든 것을 기록하며 오스틴을 위한 일기를 쓰기 시작했다.

오스틴이 태어난 지 3개월 되는 날을 기념하기 위해 병원을 방문한다. 낯익은 복도를 가로질러 신생아 병동으로 향한다. 오스틴은 내 어깨에 고정된 아기띠에 편안하게 안겨 있다. 라도나가 멀리서 우리를 발견하고 의자에서 튕기듯이 일어선다.

"브렛." 그녀는 내게 다가와 팔로 안으며 아기띠 안에 있는 오스틴을 본다. "어머나, 오스틴 엘리자베스! 얼마나 네가 보고 싶었는 줄 알아?"

나는 아이의 이마에 가볍게 키스한다. "우리도 보고 싶었어요." 나는 아기띠를 풀고 오스틴을 라도나에게 안겨준다.

"안녕, 귀염둥이 공주님." 그녀가 오스틴을 앞으로 안으며 말한다. 오스틴이 발을 흔들며 생글거린다. "와, 많이 컸구나!"

"3.7킬로그램이에요." 내가 웃으며 말한다. "맥글루 박사에게 다녀오는 길이에요. 아기가 건강 그 자체래요."

라도나가 오스틴의 이마에 키스한다. "아, 잘됐네요."

나는 쿠키가 담긴 접시와 오스틴의 작은 발에 보라색 잉크를 묻혀 찍은 카드를 내놓는다. "간식을 좀 만들어 왔어요. 그동안 돌봐주셔서 고마워요."

"와, 브렛, 고마워요. 접수대에 놔줘요. 오늘 안에 다 없어지겠네요." 그녀가 내가 쿠키 접시를 접수대에 놓는 걸 가만히 쳐다본다. "아, 정말 타고난 엄마 같아요."

"정말이에요? 내 눈 밑의 다크서클이 좋아 보인다는 말이죠?" 내가 웃는다. "라도나, 솔직히 고백하건대, 내 평생 이렇게 피곤한 적은 없었어요. 더 감사해본 적도 없었고요." 나는 내 아이라 부르는 경이로운 존재를 내려다본다. 아기가 나를 보자 얼굴에 눈부신 햇살처럼 환한 웃음을 터뜨린다. 마음이 다 녹아내린다. "산퀴타에게 매일 감사 기도를 해요. 오스틴은 내 일생에서 최고의 선물이에요." 내 무거가 가져에 겨워 잠기다 "영원히."

라도나가 내게 윙크한다. "잘됐어요. 이리 와 앉아요. 모린과 캐티가 방금 쉬러 나갔어요. 다들 오스틴 보고 싶다고 야단이에요."

"더 못 있어요." 시간을 보며 내가 말한다. "오늘 우리가 여호수아의 집 저녁을 책임지기로 했거든요. 다음에 또 올게요."

"아, 그럼 가기 전에 어떻게 지내는지 얘기해줘요. 모이어 박사와 약혼했나요?" 그녀가 한쪽 눈썹을 치켜세우며 장난스럽게 묻는다. "여기 간호사들이 모두 하버트에게 좀 빠져 있거든요."

"허버트예요." 내가 이름을 바로잡아준다. "그가 8월 7일, 돌아가신 엄마 생신 때 소박하게 식을 올리자고 했는데, 그건 너무 촉박해요. 지금은 우리 귀여운 공주님에게 집중하고 싶어요."

"멋진 생각이에요." 라도나가 말한다.

나는 아기를 쳐다본다. "물론 언젠가 할 거예요. 허버트는 오스틴과 놀라울 정도로 잘 지내요. 둘이 노는 모습을 보면 놀랄걸요."

그녀가 웃으며 내 손등을 토닥인다. "오, 브렛, 모든 일이 잘돼서 정말 기뻐요. 이 아기랑…… 멋진 애인. 수호천사가 당신을 늘지켜줄 거예요."

나는 엄마와 산퀴타를 생각하며 내 꿈이 실현된 건 그들 덕임을 새삼스레 깨닫는다. 그런데 아직 내게 남은…….

"맞아요. 나는 정말 행운아예요. 하지만 수호천사가 해줄 수있는 건 거기까지겠죠. 소망을 이룰 의지는 각자의 몫이니까요. 우리에게 필요한 건 용기 같아요."

그녀가 웃는다. "당신은 다 이루었잖아요. 정말 잘됐어요!"

갑자기 기분이 가라앉는다. 엄마도 라도나와 같은 생각일까? 아니면 엄마가 결코 타협하지 말라고 한 한 가지를 내가 아예 포기하는 걸까? 막바지에 다다른 이 게임에서 모범적인 답안지 같은 '좋은 남자'를 내던지고 '꼭 맞는 남자'를 찾을 용기가 내게 있을까? 아니면 이것을 용기라고 할 수 있을까? 아마도 어리석거나 치기 어린 생각인지도 모른다. 용기와 오만함의 중간쯤, 맞는 것을 원하는 것과 과분한 것을 바라는 것의 중간쯤?

30분 동안 필요한 물건들을 챙기고, 기저귀를 갈고, 오스틴을 유모차에 태우고 드디어 현관문을 나선다. 엄마가 되기 전 한가한 시간에 나는 무얼 하며 지냈을까?

찌는 듯한 7월의 보통 날씨와 다르게 오늘은 구름이 끼고 부드러운 바람이 민소매 옷을 입은 내 팔뚝을 스친다. 우리가 에페비나 카페 근처에 이르렀을 때, 브래드가 파라솔 밑에 앉아 있는 모습이 눈에 들어온다. 그가 우리를 반기며 일어서더니 카페오레를 건네며 포옹한다.

"예쁜 공주님은 어떠신가?" 그가 오스틴을 유모차에서 안으며 말한다.

"브래드 아저씨에게 얼마나 잘 지내는지 말해보렴, 오스틴. 엄마에게 어떻게 미소 짓는지 말해봐."

"행복하니?" 그가 정답게 말하며 오스틴에게 코를 비빈다. 그가 한 손으로 주머니에서 편지를 꺼낸다. 17번 타프.

"사랑에 빠지기." 내가 중얼거린다.

"축하해요, 비비. 9월까지 두 달 남았는데 잘해나가고 있네요. 집 사는 거랑 말 키우기로 넘어가야죠. 허버트도 찬성한다고 했죠?"

"네."

브래드가 내게 가까이 다가와 묻는다. "뭐 잘못됐나요?"

"아니에요. 아무것도 아니에요." 나는 그의 팔에 안겨 졸려하는 오스틴을 받아 유모차에 앉힌다. "어서 편지를 읽어주세요."

그가 나를 뚫어져라 쳐다본다. "왜 그래요? 예전엔 내가 봉투를 보여주면 내용을 알고 싶어 조바심을 내더니. 내가 지난번에 이 편지를 읽으려고 했을 때도 말렸잖아요. 무슨 일이에요?"

"아무 일도 아니에요. 읽어주세요."

그가 이해할 수 없다는 듯이 고개를 갸웃하면서도 결국 편지 봉투를 뜯는다. 그가 접힌 편지지를 꺼내 그대로 탁자 위에 놓더니 내 눈을 똑바로 보고 묻는다.

"마지막 기회예요, 비비." 그가 내 팔을 잡고 말한다. "만약 허버트와 사랑에 빠진 게 아니라면 내게 말해줘요."

심장이 요동친다. 더 이상 그의 시선을 견딜 수 없을 때까지 그를 마주 바라본다. 지난 넉 달 동안 누르고 있던 의혹과 혼란이 더 이상 견디지 못하고 튀어나온다. 나는 탁자에 팔꿈치를 기대고 두 손에 얼굴을 묻는다. "모든 게 혼란스럽고 엉망이에요, 브래드. 내가 만난 사람 중에 가장 이기적인 앤드루마저도 사랑한다고 느꼈었는데, 무슨 이유 때문인지 나를 위해 모든 걸 해주려하는 이 멋진 남자에게는 내 모든 감정을 끌어모아도 사랑하는 감정이 일지 않아요." 나는 두 손 가득 머리카락을 움켜쥔다. "뭐가 잘못된 걸까요, 마이더? 나는 아직 찰스 볼링거처럼 힘겹게 사랑을 얻어야 하는 대상을 찾는 걸까요?"

그가 내 머리를 쓸어내린다. "사랑은 늘 변하는 변덕스러운 감정이에요. 우리가 사랑할 대상을 고를 수 있다면, 내가 3,220킬로미터나 떨어진 데 사는 여자를 고를 것 같아요?"

"그렇지만 허버트는 좋은 사람이에요. 그는 나를 사랑해요. 내 아기도 사랑하고, 나랑 결혼하고 싶어 해요. 이 남자를 놓치면 어쩌죠? 만약 허버트처럼 나를 아껴줄 남자를 앞으로 못 만나면 어쩌죠? 난 영원히 혼자고 오스틴은 아빠 없이 크겠죠."

"그런 일은 일어나지 않을 거예요."

"그건 모르는 일이죠."

"난 알아요. 당신이 이룰 수 없는 목표였다면 어머니께서 그 목표를 남겨두지도 않았을 거고요. 어머니는 당신이 좋은 사람을 만나리라는 걸 아시는 거예요."

내가 신음 소리를 낸다. "말도 안 돼요."

"진심으로 하는 말이에요. 어떤 일들은 어머니께서 뭔가 미리 알고 조종한 것 같다는 느낌을 받았거든요."

"만약 그렇다면 허버트와의 관계도 엄마가 계획한 건지 모르잖아요. 허버트가 이곳 시카고로, 오빠랑 같은 학과로 오도록 이끌었을지도 모르잖아요? 우리가 만나서 사랑에 빠질 수 있도록요."

"그런 느낌은 안 들어요."

"왜죠?"

그가 나를 보고 힘없이 웃는다. "당신은 그와 사랑에 빠진 게 아니니까요."

나는 시선을 피한다. "하지만 사랑이어야 해요. 내가 좀 더 노력하고, 시간을 좀 더 가지면……."

"사랑은 지구력 테스트가 아니에요."

"허버트는 우리가 함께할 운명이라고 말해요. 그리고 아마 그럴 거예요." 나는 한숨을 내쉬며 관자놀이를 문지른다. "엄마가 내게 신호를 보내주면 좋겠어요. 엄마가 내게 분명하고 의심의 여지가 없는 신호를 보내 이 남자가 내 운명의 남자인지 아닌지 말해주면 좋겠어요."

브래드가 탁자 위에 있는 편지를 바라본다. "읽어볼까요?"

편지를 보니 심장이 뛴다. "모르겠어요. 이런 기분으로 편지를 봐도 될까요?"

"슬쩍 보죠. 누가 알겠어요? 당신 기분을 풀어줄 말이라도 있을지 모르잖아요."

나는 숨을 참고 있었다는 사실도 모른 채 숨을 길게 내쉰다. "좋아요, 읽어주세요."

브래드가 편지를 펼치더니 목소리를 가다듬는다.

"'사랑하는 브렛.

미안하다, 얘야. 이 남자는 너와 인연이 아니란다. 너는 사랑에 빠진 게 아니야. 더 노력해보렴, 사랑하는 내 딸.'"

나는 입을 떡 벌리며 안도의 한숨을 내쉰다. "아, 하느님, 감사합니다." 나는 고개를 뒤로 젖히며 웃는다. "엄마가 내게 신호를 보냈어요, 브래드! 엄마가 말해줬다고요. 이제 홀가분해요!"

브래드의 눈길이 느껴진다. 그는 편지를 더 이상 읽지 않는다. 그가 편지를 다시 접어 봉투에 넣는다. 어, 돋보기는 어딨지? 안경도 안 끼고 엄마 편지를 읽었다고? 나는 고개를 떨군다.

"세상에. 당신이 꾸며낸 거군요?" 내가 그에게서 편지를 빼앗으려 하자 그가 손을 높이 쳐든다.

"그건 이제 중요하지 않아요. 답을 얻었으니까요."

"하지만 그는 오스틴을 정말 사랑해요. 허버트는 우리가 가족이 될 거라고 믿고 있어요. 그가 크게 실망할 거예요."

"그가 무릎 꿇고 다이아몬드 반지를 줄 때까지 기다리겠다는 거예요?"

위경련 같은 통증이 일고 나는 콧등을 잡는다. "물론 그건 아니에요." 나는 그를 잠시 바라보다 천천히 눈길을 거둔다. "내가 허버트에게 상처를 줘야 하는 거죠?"

"사랑이 쉽다고 말한 사람은 아무도 없어요, 아가씨." 그가 분홍색 편지봉투를 셔츠 주머니에 다시 넣는다. "이건 다음에 읽도록 해요."

허버트가 오기로 한 일곱시가 되기를 기다리는 동안 배가 꼬이는 느낌이다. 오스틴에게 분유를 먹이고 나자 전화벨이 울린다. 못 오겠다는 허버트의 전화이기를 바라며 받았더니 새언니의 차분한 목소리가 흘러나온다. 오빠와 함께 세인트바트로 여행 갔다 이제 돌아왔나 보다. 나는 전화를 스피커폰으로 돌리고 오스틴을 내 어깨에 편하게 누인다.

"잘 다녀왔어요?" 내가 오스틴의 등을 다독거리며 묻는다. "여행 어땠어요?"

"더할 나위 없이 완벽했어요." 그녀가 말한다. "모든 것을 다 갖춘 리조트였어요. 내가 얘기했죠?"

"얘기한 것 같아—"

"있잖아요, 아가씨, 이렇게 편한 여행은 처음이었어요. 별 다섯 개짜리 식당 세 곳 중에서 마음대로 고를 수 있었는데, 음식이 천상의 맛이었어요. 거의 예술인 운동 시설이 없었다면 아마 5킬로그램은 쪘을 거예요." 그녀가 웃는다. "뭐든 필요한 게 있으면 30분 안에 다 해결되더라고요."

"정말 근사했겠어요." 즐거운 목소리로 말하지만, 나는 내심 모든 것을 다 갖췄다는 리조트와 허버트를 같이 떠올린다. 내게 필요한 게 뭔지, 내게 무엇을 해줄 수 있는지 늘 골몰하는 허버트 호텔.

"근사했어요. 사실 우리가 가본 리조트 중에 단연 최고였고, 정말 멋진 방에 묵었어요. 언제 한번 허버트와 같이 가봐요. 제정신인 사람은 그 리조트에 빠지지 않고는 못 배길 거예요."

다시 미세한 경련이 인다. 허버트와 헤어지려고 하다니 나는 미친 것이다! 제정신인 사람이라면 누구라도 그와 사랑에 빠질 것이다.

갑자기 13년 전, 엄마와 함께 푸에르토바야르타에 갔던 기억 속으로 빨려 들어간다. 엄마는 내가 노스웨스턴대학을 졸업한 기념으로 나를 그 멕시코 항구도시로 데려갔다. 모든 것을 갖춘 리조트에 간 것은 엄마도 나도 처음이었다. 새언니가 경험한 것처럼, 그랜드 팔라디움 바야르타는 천국 같은 곳이었다. 풀서비스 스파, 세 개의 고급 수영장, 우리가 다 먹고 마실 수 없을 정도로 넘쳐나는 고급 요리와 파라솔 아래 널린 음료. 그런데 3일이 지나자 나는 그 천국을 탈출하고 싶었다. 내가 완벽한 천국을 지겨워한다는 생각에 겁이 날 정도였다. 엄마가 엄청난 비용을 치른 게 분명해 더욱 그랬다. 엄마가 고마움도 모르는 딸을 키웠다는 사실을 알고 절망할까 봐 걱정스러웠다.

그런데 그날 오후, 수영장에서 서빙하는 남자가 우리에게 열 번이나 음료수나 마른 수건 등을 원하는지 물어왔을 때 엄마는 고개를 저었다. 직관적으로 엄마가 내 마음을 읽었다는 생각이 들었다.

"고마워요, 페르난도, 그런데 우린 아무것도 필요한 게 없어요. 우리에게 더 이상 물어보지 마세요."

엄마는 그가 어느 정도 멀어질 때까지 우아하게 웃어 보이더니 내게 고개를 돌렸다. "미안해, 내 딸, 하지만 이 천국에 더 있다간 미쳐버릴 거야."

지금도 엄마가 나를 위해 그런 건지, 자신도 나처럼 천국 같은 그곳에서 숨이 막혀 그랬는지 모르겠다. 어쨌든 나는 너무 신이 나서 웃음을 터주기 못했다.

우리는 곧 방으로 뛰어 들어가 편한 원피스와 슬리퍼를 신으며 키득거렸다. 우리는 덜컹거리는 낡은 버스를 타고 구시가지인 비에호발라르타로 가서 시장에서 지역 상인들과 흥정을 하며 물건을 샀다. 그리고 그곳 사람들과 신나게 놀았다. 은으로 장식한 옷에 솜브레로를 쓴 마리아치 밴드가 먼지 쌓인 나무 무대에서 공연을 했다. 엄마와 나는 바에 앉아 맥주를 마시며 그 지역 손님들과 함께 밴드를 향해 소리치며 환호했다. 그날 밤이 여행 중에 가장 행복한 시간이었다.

초인종이 울리자 가슴이 쿵 내려앉는다. "미안해요, 언니, 허버트가 왔어요. 무사히 돌아와서 기뻐요. 오빠에게 안부 전해주세요."

나는 오스틴을 팔에 안고 현관으로 다가간다. 새언니의 전화를 받고 떠올린 엄마와의 아름다운 추억에 감사하는 마음이 든다. 세상엔 모든 것을 갖춘 리조트를 좋아하는 사람들과 그런 곳에서 경직되는 사람들, 두 종류의 사람이 있다고 말할 수도 있지 않을까? 그리고 어쩌면, 정말 어쩌면, 24시간 내내 챙겨주는 것을 갑갑해하는 우리 같은 사람도 고마움을 모르는 바보가 아닐지도 모른다.

나는 오스틴이 잠들기를 기다린다. 발꿈치를 들고 방을 조용히 빠져나와 거실로 들어서니 허버트는 소파에 앉아 샤르도네를 마시며 내 소설책을 열심히 읽고 있다. 다시 위장이 꼬이는 듯하다. 그가 나를 보며 웃는다.

"임무 완수?"

내가 손가락으로 브이를 만든다. "지금까지는요."

나는 그의 옆에 앉아 그가 무슨 책을 읽는지 살펴본다. 내가 가진 재미있는 책들 가운데, 그가 고른 것은 제임스 조이스의 『율리시스』, 논란의 여지는 있지만 가장 읽기 어려운 영미 소설이다. "로욜라아카데미 다닐 때 필수 독서 목록 가운데 하나였어요." 내가 말한다. "정말 지루했ㅡ"

"오래전에 읽은 책인데." 그가 내 말을 끊고 말한다. "다시 읽고 싶어요. 빌려줄래요?"

"그냥 가져요." 내가 말한다.

나는 그의 손에서 책을 뺏어 탁자 위에 놓는다. 내 행동이 무슨 신호라도 되는 것처럼 그가 나에게 몸을 숙여 키스한다. 나는 이번에는 숨이 멎을 것 같은 느낌이 들고 가슴이 두근거리기를 간절히 바라며 그가 하는 대로 가만히 내버려둔다.

그런 느낌이 들지 않는다. 가슴이 두근거리지도 않는다.

나는 그에게서 몸을 뺀다. 몸에 붙은 반창고를 떼어내듯, 그 말을 빠르게 쏟아낸다. "허버트, 더 이상 당신과 만날 수 없어요."

그가 고개를 숙이며 내 얼굴을 본다. "뭐라고요?"

눈에 눈물이 고이고 나는 떨리는 입을 손으로 막는다. "미안해요. 도대체 나도 왜 이러는지 모르겠어요. 당신은 정말 멋진 남자예요. 내가 데이트한 남자 가운데 최고의 남자. 그런데……."

"날 사랑하지 않는군요." 의문문이 아니라 평서문이다.

"전 그 그랬어요." 내가 작은 목소리로 말한다. "그리고 당신의 행복, 혹은 나의 행복을 담보로 답을 찾을 때까지 기다릴 수는 없어요."

"담보로 하는 게 아니라……." 그가 말을 멈추더니 입술을 깨물며 고개를 들어 천장을 본다.

나는 고개를 돌리며 눈을 감는다. 내가 지금 무슨 짓을 한 거지? 이 남자는 나를 사랑해. 지금이라도 펄쩍 뛰어가 깔깔대면서 다 농담이라고 말해야 한다. 하지만 나는 입을 꼭 다문 채 소파에서 꼼짝하지 않는다.

결국 그가 일어선다. 소파에 앉아 있는 나를 내려다본다. 그의 얼굴에 어린 슬픔이 분노로 바뀌는 것을 볼 수 있다. 그가 갑자기 그 어느 때보다도 강하게 나온다.

"젠장, 뭘 원하는 거예요, 브렛? 또다시 나쁜 놈을 만나고 싶은 거예요? 전 남자친구 같은? 그래요? 원하는 게 도대체 뭐예요?"

가슴이 빠르게 뛴다. 세상에, 허버트에게도 결국 남자다운 면이 있었다. 그동안 그가 험한 말을 내뱉는 건 본 적도 없는데⋯⋯ 오히려 이런 모습이 싫지 않다. 내가 너무 성급한 걸까⋯⋯. 만약에 잘만 하면 서로 다시⋯⋯.

아니야. 나는 이미 결정했어. 되돌릴 수 없어.

"난⋯⋯ 난 잘 모르겠어요." 어떻게 내 입으로 시간이 걸리더라도 정말 특별한 사람을 만나고 싶다고 말할 수 있을까? 그런 사람을 만난 건지 아닌지 궁금해할 필요도 없는 사람을 기다린다고.

"잘 생각해봐요, 브렛. 지금 큰 실수 하는 거예요. 내가 영원히 당신을 바라보고 있을 거라곤 생각하지 마요. 너무 늦기 전에 잘 생각해봐요."

그의 말이 내 기도를 꽉 막는 것 같다. 만약 허버트가 정말 내가 찾는 '특별한 사람'이면 어쩌지? 헤어지고 나서 그걸 깨닫게 된다면? 나는 멍하니 서서 그가 현관으로 걸어가 버버리 코트를 꺼내는 모습을 지켜본다. 그가 한 손으로 손잡이를 잡은 채 돌아서서 눈물로 범벅된 내 얼굴을 본다.

"당신을 진심으로 사랑했어요, 브렛. 그리고 오스틴도요. 내 대신 작별 인사 전해줘요. 해줄 거죠?" 그가 그 말을 남기고 문밖으로 나가 문을 닫는다.

걷잡을 수 없이 눈물이 쏟아진다. 내가 도대체 무슨 짓을 한 거야? 내가 동경하는, 나의 아름다운 버버리맨을 놓쳐버린 거야? 나는 창가에 놓인 의자에 앉아 몸을 둥글게 말고 어두운 심연 어딘가에 숨겨진 대답을 구하는 사람처럼 흐릿한 하늘을 올려다본다. 엄마가 지금 나를 보고 있을까? 내게 무슨 말을 하고 싶을까? 나는 새벽 두시까지 그곳에 앉아 내 결정을 곱씹으며, "사랑하는 내 딸, 곧 새날이 밝을 거야"라는 엄마의 말을 기다린다.

그 말은 결코 들려오지 않는다.

30장

나는 허버트가 제안했던 8월 7일의 결혼식을 준비하는 대신, 살아 있었다면 예순세 살이 되었을 엄마의 생일 파티를 계획한다. 금요일 아침, 조이와 아버지가 오헤어 공항에 도착하고, 우리의 상봉 장면은 시애틀 공항에서 어색하게 만났던 모습과는 많이 다르다. 몇 개월 동안 거의 매일 전화로 서로의 소식을 전한 우리는 오랜만에 만난 가족답게 서로에게 키스하고 눈물을 글썽이며 뼈가 으스러질 듯이 포옹한다. 조이가 뒷좌석에 앉아 오스틴 엘리자베스에게 조잘거리는 동안 나는 브래드의 사무실로 가면서 아버지와 끝도 없이 이야기를 나눈다.

"너 내 조크야." 오스틴의 손을 잡으며 조이가 말한다.

"조카." 아버지가 조이의 발음을 바로잡아주고 우리 둘은 참지 못하고 웃음을 터뜨린다. 그러고는 아버지가 나를 보며 심각한 표정을 짓는다. "만약 오스틴이 나를 할아버지라고 부르면 네 기분이 어떨까?"

나는 웃으며 대답한다. "좋을 거예요."

"그리고 브렛, 나를 아빠라고 불러도 돼. 알지?"

오, 내 잔이 넘치나이다.

아빠가 브래드와 악수를 나눈다. 내 인생에서 중요한 두 남자가 드디어 만난 것이다. 조이는 브래드를 만난 것보다 창밖의 도시 풍광을 보는 데 더 관심이 큰 모양이다. 조이는 바닥에서 천장 높이까지 덮고 있는 창문 앞에서 완전히 넋이 나간 사람처럼 서 있고, 나는 마호가니 탁자 앞에 앉는다. 1년 전, 씁쓸하고 비탄에 잠긴 채 앉아 있던 바로 그 탁자다. 나는 그날 내 삶이 끊어졌다고 생각했다. 그리고 정말로 그렇게 되었다. 하지만 부러진 팔다리처럼, 시간이 흐름에 따라 상처가 아물었고 예전보다 더 튼튼해진 느낌이 든다.

아빠가 내 곁으로 와 앉고 브래드는 창가로 다가가 조이 옆에 쪼그리고 앉는다.

"안녕, 조이! 나랑 엘리베이터 탈래? 더 멋있는 창문을 보여줄게."

조이의 얼굴이 기쁨으로 환해지더니 아빠에게 가도 되느냐고 눈으로 묻는다.

"되고말고, 아가. 그런데 잠깐만 기다려주겠니? 마이더 씨가 지금 브렛 언니의 엄마가 준 편지를 읽으려고 하거든."

브레드가 일어서며 고개를 젓는다. "이번에는 아니에요. 이 편지는 두 분끼리 읽으세요. 내 생각엔 엘리자베스도 그렇게 하길 원할 거예요." 그가 조이의 손을 잡고 사무실을 나가 우리만 남겨둔 채 문을 닫는다.

나는 봉투에서 편지를 꺼내 우리 앞에 놓는다. 아빠가 내 손을 잡고, 우리는 말없이 편지를 읽어 내려간다.

사랑하는 내 딸, 브렛.

34년 전에 나는 약속을 했다. 내가 영원히 후회할 약속을. 나는 찰스 볼링거에게 너의 아버지와 관련된 비밀을 누구에게도 절대 밝히지 않겠다고 약속했다. 대신 그는 너를 자기 자식으로 키워주기로 약속했지. 그가 그 약속을 지켰는지에 대해서는 논란의 여지가 있어. 그러나 나는 그 약속을 지켰고, 편지를 쓰는 이 순간에도 지키고 있다고 믿는다.

실은 나는 여러 번 진실을 털어놓고 싶었어. 네가 찰스 볼링거와의 관계 때문에 많이 힘들어했으니까. 나는 그에게 진실을 털어놓게 해달라고 애원했지만 그는 완강했다. 어리석음 때문인지 부끄러워서 그랬는지, 나는 그의 자존감을 지켜줘야 한다고 생각했어. 네 아버지가 어디 사는지도 모르는 채 네게 진실을 고백하면 혹시라도 네가 아버지에게 버림받았다고 여길까 두려웠던 것도 사실이야.

네가 나를, 그리고 찰스를 진심으로 용서해주었으면 해. 그도 힘들었다는 걸 이해하기 바란다. 너를 볼 때마다 나의 부정을 떠올리느라 네가 지닌 아름다움과 좋은 점을 발견하지 못했을 거야. 그러나 너는 내게 축복 같은 선물이고, 기쁨이고, 거대한 폭풍이 끝나고 떠오른 무지개 같아. 정말 과분하게도, 내가 사랑한 남자의 일부가 나에게 돌아왔고, 다시 한 번 내 영혼에 음악이 스며들었지.

네 아버지가 떠나고 난 뒤 나는 몇 주 동안 침묵 속에 있었단다. 나는 오랜 세월이 흐른 뒤에야 네 아버지가 나를 진심으로 위하는 마음으로 정중하게 떠났다는 걸 이해하게 되었지. 나는 너무도 절박한 심정으로 그를 사랑했기에 심지어 내 영혼이 파괴되는 한이 있어도 그와 함께할 수 있다면 뭐든 할 수 있었어. 그러나 그는 내 영혼을 지켜주는 길을 택했어. 영원히 감사할 일이야.

그를 찾으려고 부단히 애썼지만 그를 다시 만나지 못했다. 찰스와 이혼한 뒤에 사람을 고용해서 수소문도 해봤지만 결국 아무런 결실도 얻지 못했어. 어찌 된 일인지 이 편지를 쓰는 지금 네가 아버지를 찾을 거라는 확신이 든다. 그 순간이 온다면 맘껏 기쁨을 누리려무나. 네 아버지는 특별한 사람이야. 불륜은 이기적이고 비겁한 행동이라는 것을 알지만, 오늘 이 시간까지 나는 여전히 네 아버지를 초원에 부는 바람처럼 순수하고 진실하게 쓴 마음으로 사랑했다고 생각한다.

너는 왜 내가 찰스와 이혼한 후에 아무도 만나지 않느냐고 자주 묻더구나. 나는 그럴 필요가 없다고 웃으면서 말하곤 했지. 그 말은 사실이었어.

두 사람의 삶을 연결해줘서 고맙구나, 아름다운 내 딸. 너의 영혼, 따뜻함, 그리고 모든 좋은 점들은 네 아버지에게 물려받은 것이다. 매일 내게 사랑이 무엇인지 일깨워준 네 아버지와 네게 진심으로 감사한단다.

영원히 너를 사랑하는
엄마로부터

애스터가에서 맞이하는 분주한 토요일 오후다. 엄마도 이날을 아마 무척이나 좋아했을 것이다. 과거와 현재, 그리고 옛 우정과 새로운 우정이 넘쳐나고, 잃어버린 가족들을 다시 찾은 사랑의 날. 캐리의 가족이 정오에 도착하고, 그녀의 부모인 메리 아줌마와 데이비드 아저씨가 곧 뒤이어 도착한다. 캐리와 스텔라, 내가 열네 명이 먹을 라자냐를 준비하는 동안, 아줌마와 아저씨는 아빠와 함께 일광욕실에서 칵테일을 홀짝이며 로저스파크에서 있었던 일들에 대해 이야기를 나누고 있다. 오스틴은 창가에 있는 그네에 앉아 물고기 모양의 치발기를 물어뜯으며 뒤뜰에서 조이와 캐리네 아이들이 노는 것을 지켜본다.

네시 반, 캐리가 밀가루가 들어가지 않은 초콜릿 케이크를 만들겠다고 한다. "타이밍이 잘 맞으면 따뜻할 때 먹을 수 있겠는데."

"와, 벌써 군침이 돈다." 내가 말한다. "믹싱볼은 저쪽 선반에 있어."

"그럼 난 식탁을 준비할게." 스텔라가 말한다. 식당으로 들어간 그녀가 나를 부른다. "식탁보 어디 있어, 브렛?"

"아, 이런!" 나는 이마를 탁 친다. "세탁소에 맡겼는데 찾아오는 걸 깜박했네."

스텔라가 접시 받침과 냅킨을 모아 주방으로 가져온다. "괜찮아, 쓸 만한 걸 찾았어."

"아니야. 오늘은 반드시 손으로 직접 수놓은 리넨 식탁보를 써야 해. 엄마는 늘 특별한 날이면 그걸 사용했는데, 엄마의 생일보다 더 특별한 날이 어디 있겠어?" 나는 시계를 본다. "30분 안에 갔다 올게."

8월이면 그렇듯이, 오늘도 화창하고 엄청난 크기의 솜사탕 같은 구름이 푸른 하늘에 걸려 있다. 오늘 기온이 조금 떨어지며 한때 천둥을 동반한 폭풍우가 예상된다는 예보가 있었지만 지금은 거짓말처럼 맑다. 나는 〈왓 어 원더풀 월드〉를 흥얼거리며 루디를 앞장세우고 오스틴은 아기띠로 가슴에 안은 채 인도를 걷는다.

마우어 세탁소 앞에 있는 벤치에 매력적인 금발의 여자가 검은색 래브라도의 목줄을 단단히 움켜쥐고 앉아 있다. 루디가 얌전하게 앉아 있는 개의 냄새를 맡으며 끙끙대더니 머리로 툭툭 받으며 반응하긴 기다린다.

"얌전히 있어, 루디." 내가 벤치 모서리에 줄을 걸며 말한다. 나는 여자를 향해 웃어 보이지만 그녀는 휴대전화에 대고 수다를 떠느라 보지 못한 것 같다.

마우어 세탁소에 들어서자 종이 울리며 손님이 온 것을 알린다. 다섯시가 거의 다 됐고, 곧 문을 닫을 것이다. 나는 순서를 기다리는 어느 손님 뒤에 선다. 키가 크고 검은 머리가 굵게 웨이브 진 남자다. 그가 계산대에 있는 거의 백발인 여자의 이야기를 듣고 서 있다. 나는 남자의 뒤통수를 뚫어져라 쳐다본다. '제발, 빨리 좀!' 남자가 여자의 말에 웃더니 드디어 그가 들고 있던 번호표를 건넨다. 번호표를 받아 든 여자가 전동 옷걸이에 걸린 옷들을 살피며 번호를 대조하더니 투명 비닐로 포장된 옷을 들고 온다.

"여기 있어요." 그녀가 말한다. 그녀가 그 옷을 금속 막대기에 걸어 들고 있다.

나는 그것을 바라보…… 그 남자를 보다가…… 다시 옷을 본다.

버버리 트렌치코트다.

"깨끗하네요." 그가 말한다.

갑자기 머리가 텅 빈다. 그 버버리맨인가? 아냐, 내가 지금 무슨 망상이야?

그가 현금을 건네고 자신의 코트를 받아 든다.

"고마워요, 메릴린. 주말 잘 보내세요."

그가 돌아선다. 그의 갈색 눈동자가 반짝 빛나더니 먼저 오스틴에게 닿는다. "안녕, 귀염둥이." 그가 오스틴을 보며 말한다. 오스틴이 환하게 웃는 그를 뚫어지게 쳐다본다. 그의 눈가에 활처럼 휘어진 주름이 불꽃놀이처럼 번지더니 그가 시선을 내게 돌린다. 나는 설마 하는 눈빛으로 그를 보다, 확실하게 그를 알아본다.

"안녕하세요!" 그가 손가락으로 나를 가리키며 말한다. "아, 제가 예전에 아파트 건물 앞에서 옷에 커피를 쏟았던, 그리고 어느 날 아침엔가 조깅하다 우연히 마주친 그 여자분이시네요." 그의 굵고 낮은 목소리에 깔린 부드러움이, 그에 대해 거의 아는 게 없는데도 오래된 친구와 만난 기분을 느끼게 한다. "마지막으로 본 게 시카고역에서였는데. 열차를 놓쳐서 몹시 속상해하셨죠……." 그가 당황스러운 듯 고개를 젓는다. "아마 기억 못 하실 거예요"

관자놀이 근처가 펄떡펄떡 뛴다. 나는 내가 놓친 건 그가 탄 열차였다고 고백하고 싶지만 "기억해요"라고만 말한다.

그가 내게 한 발짝 다가선다. "기억한다고요?"

"네."

그의 얼굴에 부드러운 미소가 나타나더니 그가 내게 악수를 청한다. "저는 개릿이라고 해요. 개릿 테일러."

나는 그를 보며 어이가 없어 입을 딱 벌린다. "당신이…… 당신이 테일러 박사라고요? 그 정신과 의사?"

그가 고개를 갸우뚱한다. "그런데요?"

두 사람이 하나로 겹쳐진다. 그 목소리, 의심의 여지가 없다! 개릿 테일러가 바로 버버리맨이다! 그는 나이 많은 남자가 아니셨다. 왼쪽 에부리교에 턱뼈 근처에 면도를 하다 베인 듯한 흉터가 있는, 내가 만난 사람 가운데 가장 완벽한 얼굴을 가진 매력적인 사십대다. 가슴속에서 수십 마리의 벌새가 파닥거리는 것만 같다. 나는 고개를 뒤로 젖히고 웃으며 그가 내민 손을 잡는다.

"개릿, 저예요, 브렛 볼링거."

그가 눈을 크게 뜬다. "하느님 맙소사! 믿을 수가 없어요, 브렛. 당신에 대해 정말 자주 생각했어요. 전화를 하고 싶었는데 이상하게……." 그가 끝내지 못한 말이 허공을 맴돈다.

"그런데 당신이 나이 많은 분인 줄 알았어요." 내가 말한다. "어머니가 교실이 하나뿐인 학교에서 가르치셨고, 누님은 퇴직한 교사라고 말씀하셔서……."

그가 웃는다. "누나와 열아홉 살 차이예요. 예상치 못한 아이라고나 할까요."

정말 예상치 못했다.

"이 근처에 사세요?" 내가 묻는다.

"괴테가에 살아요."

"저는 애스터가요."

그가 웃는다. "몇 블록 떨어진 곳에 살고 있었군요."

"사실 우리 엄마 집이에요. 지난겨울에 필슨으로 이사했어요."

그가 새끼손가락을 오스틴에게 내밀자 오스틴이 손가락을 꼭 쥔다. "그리고 아기도 낳고요." 그의 목소리에 슬픔의 흔적이 묻어 있다. "축하해요."

"오스틴 엘리자베스예요."

그가 아기의 부드러운 곱슬머리를 쓸어준다. 그가 기쁨을 잃은 눈빛으로 웃어 보인다.

"정말 사랑스러운 아기네요." 그가 나를 본다. "이제 행복하군요. 내 눈에 보여요."

"네, 정말 행복해요."

"라이프 리스트에 진전이 있었군요. 축하해요, 브렛." 그가 무뚝뚝하게 고개를 끄덕이며 내 팔을 잡는다. "이렇게 마침내 직접 만나다니 정말 기뻐요. 새로운 가족과 정말 행복하길 빌게요."

그가 문을 향해 걸어간다. 그는 내가 결혼했다고 여기고 있다. 그냥 떠나게 할 수 없다! 다시 그를 보지 못한다면 어쩌지? 그의 손이 손잡이를 잡는다.

"산퀴타 기억하죠?" 나는 거의 소리를 지른다. "신장병을 앓던 제 학생이요."

그가 돌아선다. "쉼터에 있다는 소녀요?"

내가 고개를 끄덕인다. "지난봄에 죽었어요. 이 아기가 그 애 딸이에요."

"아, 정말 안됐어요." 그가 내 쪽으로 걸어온다. "그러니까 오스틴을 입양했나요?"

"네, 몇 주에 걸친 서류 절차를 바로 지난주에 매듭지었어요."

그가 내게 미소를 건넨다. "운이 좋은 아기네요."

우리는 메릴린이 계산대에서 우리를 부를 때까지 서로를 바라본다. "다시 만난 사람들에게 미안하지만 가게 문을 곧 닫아야 해서요."

"아, 죄송해요." 니는 세인네 쪽으로 미두끼를 달려가며 주머니에서 번호표를 찾아 그녀에게 건네고 개릿에게 고개를 돌린다.

"있잖아요." 나는 얇은 티셔츠 위로 미칠 듯이 환호하는 마음을 들키지 않기를 바라며 말한다. "오늘 밤 선약이 없으시면 우리 집에서 조촐한 파티가 있는데, 대부분 친구와 가족들이에요. 오늘이 엄마 생신이거든요. 오실 수 있으면 참 좋겠어요. 노스애스터가 113번지예요."

그가 진심으로 실망한 표정을 짓는다. "오늘 밤 이미 약속이 있어서요." 그의 눈동자가 0.001초 동안 창 쪽을 향하자 나의 시선이 따라간다. 검정 래브라도와 함께 있는, 휴대전화 수다를 끝낸 금발의 여자. 그녀가 우리를 보며 창가에 서 있다. 그녀의 남자친구…… 아니면 남편이 왜 이렇게 늦게 나오는지 궁금할 것이다.

"아, 괜찮아요." 내가 말한다. 얼굴이 화끈거린다.

"가봐야겠어요." 개릿이 말한다. "개가 가만히 못 있네요."

수십 가지 생각이 떠오른다. 여자를 보니 개를 좋아하는 사람과는 거리가 멀어 보이지만, 만약 내가 여기서 개릿과 수다를 떨지 않았다면 그들은 더 유쾌했을 것 같다.

메릴린이 계산대로 돌아와 내게 식탁보를 건넨다. "17달러 50센트입니다." 그녀가 내게 말한다.

나는 더듬거리며 돈을 찾다 다시 개릿을 본다. "만나서 정말 반가웠어요." 나는 애써 최대한 가벼운 말투로 말한다. "잘 지내세요."

"당신도 잘 지내요." 그가 아주 짧은 순간 멈칫하더니 문을 열고 나간다.

구름이 짙어져 있고 하늘은 회색과 진보라색으로 어지럽게 물들어 있다. 물기가 가득 묻어 있는 먹장구름이 금방이라도 비를 맹렬하게 퍼부을 것만 같다. 폭풍우가 몰려올 것처럼 퀴퀴한 냄새가 난다. 집에 도착하기 전에 비가 쏟아지지 않기를 바라며 잰걸음을 옮긴다.

나는 집으로 가는 내내 스스로를 책망한다. 왜, 아, 도대체 왜 수다를 떨었지? 그를 잘 알지도 못하면서 엄마 생일 파티에 초대한다고 말했으니 그가 분명히 날 이상한 여자로 봤을 것이다. 난 왜 이렇게 바보 같지? 개릿 같은 남자가 싱글일 거라고 생각했다니. 그는 매력적인 의사에, 친절하기까지 하다. 여러 번 만나려 했지만 만나지 못한 것도 이상하지 않다. 아마도 엄마가 그가 싱글이 아니라는 것을 알고 내게서 떨어뜨려놓으려고 장애물을 설치한 게 분명하다. 내가 죽기 전에 좋은 남자를 만날 수 있을까? 싱글인 좋은 남자를? 나와 오스틴을 사랑해줄 남자를?

허버트 모이어의 모습이 불쑥 떠오르더니 머릿속에서 떠나지 않는다.

집 안은 온통 마늘 냄새로 가득하고, 웃음과 농담이 주방에서 흘러나온다. 나는 루디의 목줄을 풀어주며 개릿 테일러와 마주친 굴욕적인 순간을 털어버린다. 엄마의 생일 파티를 망칠 그 어떤 생각도 놓아버리기로 한다.

브래드가 거실에서 황급히 뛰어나와 내 손에 들려 있는 식탁보를 받는다. "금방 제나에게 전화가 왔었어요. 비행기가 정시에 도착해서 오고 있대요."

"잘됐네요! 우리 모두 여기에 모였으니." 나는 오스틴을 꺼내 안고 아기띠를 풀어달라고 브래드를 향해 몸을 돌린다.

"조이가 방금 자기 말인 플루토에 대해 얘기해줬어요." 그가 나를 어깨 너머로 쳐다본다. "당신 아버지 말에 따르면, 익명의 기부자가 말타기 치료를 부활시켜달라며 넬슨 센터에 엄청난 금액을 기부했대요." 그가 내 쪽으로 몸을 약간 기울이며 속삭인다. "이번엔 뭘 팔았죠, 비비? 롤렉스 시계가 하나 더 있었어요?"

"실은 퇴직 연금에서 돈을 좀 뺐어요. 조이를 위해 쓰는 건데 세금 좀 더 내면 어때요."

"그렇군요, 축하해요. 14번 봉투는 말 구유에 있어요!" 그가 웃음을 터뜨리자 나도 웃음을 참지 못한다.

"어휴, 이 불쌍한 양반."

"아뇨, 실은 이 이야기에서 가장 불쌍한 건 루루죠. 루루 기억하죠? 동물보호소에서 만났던 길리언이 우리에게 구해달라고 부탁했던 말?" 그가 고개를 저으며 눈물 닦는 시늉을 한다. "불쌍한 루루, 우리가 말한 것처럼 고무 공장으로 가고 있을 거예요."

"안 갔어요. 몇 달 전에 좋은 집으로 입양됐어요."

"잠깐만요. 루루 소식을 정말 알아보고 있었어요?"

내가 어깨를 으쓱한다. "너무 후한 점수는 주지 마요. 입양됐다는 얘기를 들었을 때 내가 얼마나 안심했는지 아마 상상도 못할 거예요."

그가 웃으며 하이파이브를 하기 위해 손을 높이 쳐든다. "정말 감동했어요, 아가씨. 이로써 목표를 하나 더 해치웠네요. 이제 거의 끝나가요."

"네, 가장 어려운 것만 남았죠." 상처 입은 자존심이 불쑥 치밀어 올라 나는 고개를 젓는다. "시간이 얼마 안 남았어요, 브래드. 사랑에 빠질 시간이 한 달밖에 없어요."

"생각해봤는데, 오스틴과 사랑에 빠져 있잖아요, 맞죠? 내 말은 어머니께서 말씀하신 '심장이 멈출 듯한 사랑, 목숨도 바칠 수 있는 사랑'과 다를 게 없잖아요?"

나는 내 목숨을 바쳐도 아깝지 않은 아기의 얼굴을 가만히 들여다본다. 만약 내가 '네'라고 대답하면 17번 봉투를 받을 것이다. 엄마의 집을 사면 마지막 목표까지 시간에 맞춰 다 이루게 된다. 오스틴과 내가 유산을 물려받고 우리는 안전한 미래를 보장받을 것이다.

나는 입을 열어 브래드에게 '네'라고 말하려다가 멈칫한다. 어린 날의 나, 열네 살 소녀가 자신의 꿈을 버리지 말아달라고 간곡히 애원하는 모습이 마음속에 떠오른다. 엄마의 목소리가 되살아난다. '사랑에 대해서는 절대 타협해선 안 돼.'

나는 브래드의 팔을 한 대 친다. "이런, 나한테 믿음을 가져줘서 고마워요, 마이더."

"아니, 난 그냥—"

내게 윣으 니. "알아요. 날 소개주비는 거요. 그리고 고미 워요. 그런데 이 목표를 꼭 실천하고 싶어요. 시간이 얼마가 걸리든 상관없어요. 유산과는 상관없는 일이에요. 엄마를 실망시키고 싶지 않아요. 그리고 어린 날의 나도 실망시키고 싶지 않고요." 나는 오스틴의 부드러운 머리에 키스를 한다. "수백만 달러가 있든 없든, 우린 잘 지낼 거예요."

라자냐가 노릇한 갈색으로 익어가며 보글거린다. 메리 아줌마가 수국이 수북하게 꽂힌 은으로 만든 꽃병을 가져와 엄마가 아끼던 식탁보를 깐 식탁 중앙에 놓는다. 새언니가 초를 밝히고 나는 조명을 조금 어둡게 한다. 실내가 폭풍 직전의 보랏빛으로 물든다. 엄마가 계셨다면 아마 손뼉을 치며 말했을 것이다. "오, 얘야, 정말 아름답구나!" 내 마음이 뿌듯해지더니, 갑자기 내가 잃은 한 여인, 엄마가 몹시 그립다.

번개가 치자 나는 화들짝 몽상에서 깨어난다. 금세 창문을 후려치는 빗소리가 들려온다. 창밖에 있는 엄마의 떡갈나무가 심하게 몸을 흔든다. 나는 팔에 돋은 소름을 문지른다.

"저녁 준비됐어요." 내가 사람들에게 알린다.

나는 내가 사랑하는 사람들, 나를 사랑하고 엄마를 사랑하는 사람들과 아름다운 마호가니 식탁에 모여 앉아 있다. 제이 오빠가 셸리를 위해 의자를 빼주고 그녀를 앉히더니 그녀의 목덜미에 키스를 한다. 내가 그들을 지켜보고 있는 걸 본 셸리의 얼굴이 붉어진다. 나는 그녀에게 괜찮다며 눈을 찡긋해 보인다. 캐리와 그녀의 가족도 식탁 한쪽을 차지하고 아이들은 조이 옆에 앉기 위해 가벼운 실랑이를 벌인다. 브래드와 제나는 셸리 옆에 앉아 얘기를 나눈다. 나는 아빠의 손을 잡고, 그가 앉아야 할 자리인 상석으로 데려간다. 그 옆에 예쁜 내 딸이 새언니의 품에 안겨 잠들어 있다. 조드 오빠가 식사할 동안 오스틴을 자리에 눕히라고 하지만 그녀는 그 말을 듣지 않는다. 나와 그녀의 눈이 마주치고 우리는 미소를 짓는다. 같은 사랑을 지닌 매우 다른 두 여자의 미소를.

모든 사람이 자리에 앉자 내가 마지막으로 아빠와 마주 보는 반대편 상석에 앉는다.

"건배를 할까요?" 내가 와인잔을 들며 말한다. "엘리자베스 볼링거, 정말 멋진 여인, 우리 가운데 몇 명은 어머니라고 불렀고……." 목이 잠겨 더 이상 말이 나오지 않는다.

"누군가는 친구라고 불렀고." 데이비드 아저씨가 나를 보며 고개를 끄덕이더니 잔을 들고 말을 잇는다.

"누군가는 연인이라고 불렀고." 아빠가 감정에 겨워 잠긴 목소리로 말한다.

"누군가는 사장님이라고 불렀고." 새언니도 잔을 든다. 그녀의 말에 모두가 웃는다.

"세 명은 영원히 할머니라고 부를." 제이 오빠가 마지막으로 말한다.

내 눈이 트레버, 에마, 그리고 오스틴으로 옮겨 간다.

내가 말한다. "우리 모두를 깊이 어루만져준 잊을 수 없는 여인 엘리자베스를 위하여."

우리가 서로 잔을 부딪치는데 초인종이 울린다. 트레버가 의자에서 튕기듯이 일어서고 루디가 현관을 향해 쏜살같이 달려간다.

"누군지 몰라도 우리 지금 식사 중이라고 말해." 조드 오빠가 소리친다.

"맞아요." 새언니가 품 안에서 잠든 오스틴을 바라보며 말한다. "어린 오스틴이 저녁 식사 시간에는 방해받고 싶지 않대요."

우리가 음식 접시를 돌려가며 각자 먹을 음식을 담고 있을 때 트레버가 자리로 돌아온다. 내가 조이의 접시에 샐러드를 담으며 조카를 본다. "누가 왔어?"

"무슨 박사래요." 트레버가 말한다. "가라고 했어요."

"모이어 박사?" 제이 오빠가 묻는다.

"네." 트레버가 막대빵을 자르며 말한다.

제이 오빠가 목을 길게 빼고 빗물에 흠뻑 젖은 창밖을 내다본다. "아니, 이게 누구야, 허버트가 왔나 봐!" 제이 오빠가 의자가 거의 뒤집힐 정도로 벌떡 일어서다가 멈칫하더니 나를 향해 고개를 돌린다. "초대했어?"

"아니." 내가 의자를 뒤로 빼고 냅킨을 한쪽에 던져놓으며 말한다. "그래도 음식 많은데, 뭐. 오빠는 앉아, 내가 데리고 들어올게."

현관까지 가는 20초 동안, 마음이 제멋대로 이리 뛰고 저리 뛴다. 세상에, 허버트가 우리가 결혼할 뻔했던 날 다시 내게 돌아오다니. 엄마가 신호를 보내는 건가? 아마도 엄마는 오스틴과 내가 단둘이 사는 걸 지켜보고 싶지 않으신가 보다. 허버트에게 다시 기회를 주려는 걸까? 아마 이번에는 엄마의 마법이 확실히 작동하겠지.

문을 열자 숨을 쉴 수 없을 정도의 돌풍이 몰아친다. 엄마가 뒤뜰에 걸어놓은 풍경이 짤랑거린다. 나는 목을 길게 빼고 빈 현관을 기웃거린다. 바람이 부는 대로 머리가 휘날려 손으로 머리를 움켜쥔다. 어디로 간 거야? 맹렬한 빗줄기가 전기가 오는 것처럼 따갑게 내 얼굴을 내리쳐 나는 폭우 속에서 겨우 눈을 뜨고 살핀다. 마침내 나는 천천히 걸음을 옮겨 집 안으로 들어간다. 막 문을 닫으려고 하는데 그가 보인다. 그가 커다란 검은 우산을 쓰고 막 길을 건너고 있다.

"허버트!"

그가 몸을 빙그르 돌린다. 손에는 야생화 다발을 단단히 들고 버버리 코트를 입고 있다. 나는 손으로 급히 입을 막고 폭우가 쏟아지는 밖으로 나간다. 폭우 사이로 그의 아름다운 미소가 보인다.

나는 1초도 낭비하지 않고 곧장 현관 계단을 밟고 내려간다. 빗물이 내 실크 블라우스를 적셔도 상관하지 않는다.

그가 나를 보며 웃는다. 그에게 가까이 다가가자 그가 내가 들어갈 수 있도록 우산을 치켜들며 나를 바짝 끌어당긴다. 그의 턱에 난 흉터가 보일 정도다.

"여기서 뭐 하세요?" 내가 묻는다.

개럿이 웃으며 빗물에 젖은 꽃다발을 내게 건넨다. "약속을 취소했어요. 연기하지 않고, 다음에 보자고도 안 했어요. 그냥 취소했어요. 영원히."

그의 말에 내 심장이 춤을 추고 나는 밝은 주황색의 양귀비꽃에 코를 대고 향기를 맡는다. "그러지 않으셔도 되는데."

"아뇨. 그래야 했어요." 그가 나를 부드러운 눈길로 쳐다보더니 젖은 내 머리를 귀 뒤로 넘겨준다. "우리의 만남이 또다시 그냥 지나가게 하고 싶지 않아요. 전화로 서로를 알고 함께 웃었던 재미있는 교사가 몹시도 그리웠다고 말하고 싶어서 단 하루도 더 못 기다리겠더라고요. 아니, 한 시간, 1분도요. 지금 기회가 있을 때 말해야겠어요. 고가 열차에서 만났던 그 아름다운 여자, 아파트 건물에서 마주치고, 조깅 코스에서 마주친 그 여자에게 홀딱 반했다고."

그가 웃으며 엄지손가락으로 내 볼을 만진다. "오늘 당신을 만났을 때, 두 명의 당신이 하나로 포개졌을 때, 나는 오늘 밤 여기로 올 수밖에 없었어요." 그의 목소리가 잠기고 그가 나의 눈동자에 시선을 고정한다. "어느 날 잠에서 깨어 내가 탄 열차가 역을 떠나고 내가 꿈꾸던 여자는 승강장에 서서 손을 흔들며 작별 인사를 하고 있었다는 걸 깨닫는 건 상상만으로도 견딜 수 없었기 때문이에요."

나는 그의 품에 안긴다. 내가 평생 그리워하던 곳으로 돌아온 기분이다. "내가 잡고 싶었던 건 당신이었어요." 그의 가슴에 대고 속삭인다. "기차가 아니라."

그가 내게서 몸을 떼고 손으로 내 턱을 가볍게 들어 올리더니 고개를 숙이고 오래도록, 느리고 애가 탈 만큼 달콤한 키스를 한다.

"나를 놓쳤다고 생각하지 마세요." 나를 내려다보며 그가 웃는다.

한 손에는 꽃다발을, 다른 한 손에는 개릿의 손을 잡고, 우리는 그의 검정 우산을 받쳐 쓰고 엄마의 집을 향해 걸어간다.

나는 문을 닫으며 하늘을 올려다본다. 컴컴한 하늘에 번개가 번쩍이며 길을 낸다. 만약 엄마가 곁에 있었다면 내 손을 두드리며 저 위에 맑은 하늘이 기다리고 있다고 말해줬을 것이다.

나는 엄마에게 이렇게 말했을 것이다. 나는 이 하늘이 좋아요, 폭우를 머금은 구름까지 전부요.

에필로그

나는 엄마가 예전에 자신의 방이라고 말하던 바로 그 방의 화장대 거울 앞에 서 있다. 여전히 엄마의 체취가 묻어 있지만 나의 새로운 삶의 향기도 묻어 있는 다른 거울이다. 거울을 볼 때마다 엄마가 내게 인사를 건넨다. 어떻게 공간이 사람처럼 느껴지는지, 이 집과 엄마의 오래된 철제 침대가 어떻게 여전히 나를 끌어당기고 내가 필요할 때면 안락함을 안겨주는지 놀랍다. 쓸쓸했던 지난날, 거의 2년 전과 달리, 안락함을 찾아 이 침대로 오는 날이 이제 많지 않다.

나는 진주 목걸이를 목에 건다. 복도 끝에 있는 오스틴 방, 예전에 나의 방이었던 곳에서 딸아이의 웃음소리가 들린다. 나는 웃으며 다시 한 번 거울을 보고 얼굴을 점검한다. 갑자기 거울에 비친 내 삶을 본다. 나는 몸을 빙글 돌려 천국의 문이 활짝 열려 있는 걸 본다.

"내 예쁜 딸은 누구랑 있어?" 오스틴에게 묻는다.

"아빠." 오스틴이 말한다. 주름 장식 드레스에 물방울 무늬 머리띠를 한 모습이 사랑스럽다.

개릿이 오스틴의 뺨에 키스를 하며 나를 가리킨다. "엄마 좀 봐. 예쁜 흰 드레스를 입고 있네. 정말 아름답지?"

오스틴이 까르르 웃으며 그의 목에 코를 비빈다. 똑똑한 아이다. 나라도 빳빳한 흰 셔츠와 검은색 양복 위로 드러난 깨끗하게 면도한 구릿빛 목에 코를 비볐을 것이다.

그가 내 손을 잡는다. "드디어 그날이네. 긴장돼?"

"전혀요. 기쁠 뿐이에요."

"나도 그래." 그가 몸을 숙여 입술로 내 귀를 가볍게 문다. "아무도 나처럼 행복할 순 없어. 아무도."

내 몸에 잔잔한 소름이 돋는다.

우리가 차에 이르렀을 때 나는 오늘 행사의 팸플릿을 놓고 왔다는 걸 깨닫는다. 개릿이 오스틴을 카시트에 앉힐 동안 나는 다시 안으로 들어간다.

집이 조용하다. 오스틴이 재잘거리는 소리도 없고 개릿의 다정한 웃음소리도 없다. 내가 놓은 그대로 탁자에 놓여 있는 팸플릿 뭉치를 발견한다. 냄새를 들며 나가려니 엄마의 사진을 본다. 눈동자가 반짝이는 것만 같다. 내가 지금 하는 일 때문에 몹시 기쁜 듯한 눈빛이다. 엄마라면 기뻐할 것이다.

"행운을 빌어줘요, 엄마." 내가 속삭인다.

나는 분홍색 팸플릿 한 장을 집어 엄마 사진 옆에 놓는다.

8월 17일 일요일

오후 1시

리본 커팅식

산퀴타의 집

율리시스가 749번지

시카고에 새로 지은

아이가 있는 여성을 위한 쉼터

나는 문을 닫고 내 행운, 심장이 멈출 듯한 사랑, 목숨도 바칠 수 있는 나의 두 사랑, 남편과 우리의 예쁜 딸아이가 기다리고 있는 차로 달려간다.

작가의 말

'감사하다'라는 말이 이토록 부적절하다고 느껴본 적은 처음이다. 그러나 누군가 더 좋은 단어를 떠올릴 때까지는 이 간단한 상투어로 만족해야 할 것 같다.

먼저 나의 유능한 에이전트 제니에게 말할 수 없이 감사한다. 그녀는 미국 중서부 출신의 알려지지 않은 작가에게 기회를 주고 내가 꿈을 실현시킬 수 있게 해주었다. 니콜 스틴에게도 찬사를 보내지 않을 수 없다. 세세한 일까지 챙겨준 그녀에게 감사한다. 『라이프 리스트』에 믿음을 가져준 캐리 해니건과 앤드리아 바즈비에게도 많은 감사를 보낸다. 거시 에이전시의 브랜디 리버즈와 내가 상상도 하지 못한 언어로 책이 번역되어 나오게 도와준 많은 외국 판권 에이전트와 편집자들에게도 많은 감사를 빚졌다.

　훌륭한 편집자 셔나 서머즈와 그녀의 최고로 유능한 어시스턴트 세라 머피, 그리고 랜덤하우스출판그룹의 모든 분에게 깊은 감사와 존경을 보낸다. 그들은 전문성은 물론 친절까지 보여주었다.

　내 책의 첫 번째 독자인 어머니에게 특별한 감사의 마음을 전한다. 어머니는 내 책을 읽고 열정적인 음성 메시지를 남겨주었고, 나는 그것을 6개월간 삭제하지 않고 간직했다. 확고한 긍지와 변함없는 믿음으로 나로 하여금 포기하지 않고 계속 글을 쓸 수 있게 용기를 준 아버지에게도 무한한 감사를 보낸다. 내 초고를 가장 열성적으로 읽고 최고의 피드백을 해주신 재키 모이어 이모에게도 감사한다.

　프리드리히 니체가 말했다. 좋은 작가는 자신의 정신뿐만 아니라 친구의 정신까지도 소유한다고. 이 소설은 내 주변 친구들과 교감하며 구체화되었고, 내가 작가가 되기 전인데도 나의 긴 원고를 읽어준 그들에게 특별히 무한한 감사를 보낸다. 적확한 단어나 문장으로 소설을 더 잘 쓰는 방법을 늘 알고 있는, 나의 친한 친구이며 동료 작가인 에이미 베일리 올레, 이 책에 대한 기대감을 품게 해준 내 멋진 친구들—셰리 브라이언 베이커와 신디 웨더비 투지너트, 이 책이 나올 때까지 진솔한 조언과 방 ⸻⸻⸻⸻⸻⸻⸻⸻⸻⸻⸻⸻⸻⸻⸻⸻ 가 켈리 오코너 맥니스, 다른 누구와 비교할 수 없이 열정적이고 특별한 친구 팻 코샤, 영적으로 충만하고 내게 영감을 준, 나의 가장 나이 많은 독자 90세의 리 버나스코, 똑똑하고 예쁜 딸을 내 독자로 만들어준 친절한 낸시 셔칭, 꼼꼼한 편집 노트를 메모해 지적해준 클레어와 캐서린, 모두에게 무한한 감사의 마음을 전한다.

특별히 내 원고를 돌려가며 읽어준, 그래서 나로 하여금 작가라고 느끼게 해준 머리디언 살롱의 조니와 칼리나, 메건에게, 그리고 빌에게, 어서 집에 가서 원고를 읽어야 한다고 말한 미셸 버넷과 내 생애 가장 현명한 투자였다고 여겨질 만큼 놀라운 편집 능력을 보여준 에린 브라운에게 인사를 전하고 싶다. 내 삶의 뛰어난 글쓰기 스승인 린다 펙햄과 데니스 힌리슨이 없었다면 이 소설도 탄생하지 못했을 것이다. 글쓰기 모임의 나보다 재능이 뛰어난 리 리브즈와 스티브 럴에게도 감사의 마음을 전한다. 먼저 세상을 떠나 천국에 있는 문우 에드 누넌에게 윙크를 보낸다. 그가 있었다면 이 순간을 몹시 기뻐해줬을 것이다. 응급실에서 인내를 갖고 내게 신생아 안는 법을 가르쳐준 고마운 친구들인 모린과 딜런, 캐시 마블에게도 특별한 감사의 마음을 전한다. 나의 멋진 남편 빌에게 진심으로 깊은 감사를 전한다. 그의 사랑과 나에 대한 자부심, 그리고 격려가 내 심장을 춤추게 한다. 남편이 없었다면 이 여정이 아무런 의미가 없었을 것이다.

하느님과 천사, 그리고 내 기도에 응답해준 모든 성인들께도 겸허한 감사의 기도를 올린다. 그리고 내 책에 관심을 보여준 모든 분―다 열거하면 좋으련만 혹시라도 빼먹는 사람이 있을까 두렵다―에게 감사드린다. 하루나 또는 일주일, 혹은 한 달 동안 나를 자신의 삶 속에 기꺼이 초대한 독자들에게 무한한 감사를 드린다. 나의 언어와 세계를 그들과 나눌 수 있어 영광이다.

마지막으로 이 책은 'dream(꿈, 꿈꾸다)'이란 단어를 명사가 아닌 동사로 보는 모든 소녀와 여성들의 것이다.

작가와의 대화

인터뷰어인 멕 웨이트 클레이턴은 유명한 베스트셀러 작가로, 미국의 모든 북클럽이 선정한 『네 명의 미즈 브래드웰스(The Four Ms. Bradwells)』『수요일의 딸들(The Wednesday Daughters)』『빛의 언어(The Language of Light)』를 집필했다. 그녀의 최근작인 『수요일의 딸들』은 밸런타인북스에서 출판되었다.

멕 웨이트 클레이턴(이하 '클레이턴'): 『라이프 리스트』에 대한 번뜩이는 아이디어는 어떻게 떠올랐는지 간단히 말해주시겠어요?
로리 넬슨 스필먼(이하 '스필먼'): 어느 날 우연히 향나무로 만든 나무 상자를 열어보게 되었는데, 그 안에 내가 약 30년 전에 쓴 라이프 리스트가 있었어요. 그중 많은 것들은 이미 이뤘더라고요. 고등학교 치어리더 팀에 들어가기랑 대학 졸업, 스키 배우기, 유럽 여행, 행복한 결혼을 이루었고, 고양이도 키우고 있었죠. 그런데 호숫가에서 살기와 살 집을 직접 설계하기, 아이 둘 갖기와 말이나 개를 키우는 것은 실천을 못 했더라고요. 라이프 리스트를 보면서 문득 내가 열네 살 때 적어놓은 모든 목표를 이룬다면 내 삶이 얼마나 달라졌을까 하는 생각이 들었어요. 나는 누군가 생을 마감하면서 사랑하는 사람들에게 메시지를 남겨놓는 이야기를 좋아해요. 예를 들어 세실리아 아헌의 『PS, 아이 러브 유』, 니콜라스 스파크스의 『병 속에 담긴 편지』 같은 거요. 그러다 문득 이런 생각이 떠오른 거죠, 누군가 죽어가면서 사랑하는 사람에게 라이프 리스트를 완수해달라고 당부한다면?

이 이야기가 며칠 동안 내 안에서 진화했어요. 처음에는 죽어가는 엄마가 딸에게 수수께끼를 남기고 알쏭달쏭한 힌트를 따라 딸이 진정한 자아를 찾게 되는 이야기가 떠올랐지요. 그런데 그게 좀 싱겁더라고요. 왜 수수께끼를 남겨야 하지? 엄마가 딸에게 리스트를 실천하면 좋겠다고 직접 말하면 안 될까? 엄마가 딸에게 꿈을 이루라고 강요하거나 지배적이면 안 된다는 점이 중요했어요, 엄마가 딸을 사랑하는 진솔한 마음에서 그러한 일을 의도해야 감동적일 것 같았어요. 결말을 예상할 수 있는 전개도 피해야 했고요. 물론 결말 부분에 이르러 브렛이 일생의 사랑을 만나고 아이도 낳고, 개와 말을 키우게 된다는 건 충분히 예측할 수 있을 거라 생각했지요. 하지만 브렛이 쉬운 방법이나 독자들이 예상할 수 있는 지극히 평범한 방식으로 목표들을 이루길 바라지는 않았어요. 어떤 목표가 돌고 돌아, 우연한 방식으로 자연스럽게 다른 것들로 연결되기를 바랐어요.

클레이턴: 소설 쓰기도 라이프 리스트에 있었나요?

스필먼: 그렇다고 대답할 수 있었으면 좋겠네요. 브렛의 라이프 리스트와 달리 내 것은 아주 소박했어요. 유년기나 십대에는 작가가 되겠다는 생각을 해본 적이 없었어요. 중산층 지역의 중산층 동네에 살았던 나는 작가라는 사람을 한 번도 직접 만나본 적이 없었어요. 작가들은 뉴욕에 살거나 태평양이 바라다보이는 높은 유리벽으로 둘러싸인 집에서 살았죠. 대학을 졸업했을 때, 어머니는 내가 인형과 아이를 좋아하는 딸이니 당연히 결혼해 집에서 아이를 여럿 낳고 살 거라 예상했는지 '교사나 간호사'가 되라고 하셨어요. "두 가지 다 애 키우면서 하기에 좋아"라고 하셨죠. 싫었지만 난 결국 언어치료사가 되기로 결심했어요. 그 과정을 이수하면서 교원자격증도 받았어요. 난 언어치료사라는 전문직을 좋아하지만, 나의 창의력을 다 발휘했다는 생각은 들지 않았어요.

클레이턴: 글을 쓰겠다는 열정을 어떻게 키워왔는지 말씀해주세요.

스필먼: 바비 인형을 갖고 놀던 어린 시절부터 내가 이야기하는 걸 무척 좋아한다는 걸 확실히 알았어요. 매주 한 권씩 읽는 읽기 교재나 갈색 표지의 백과사전보다 좋아하는 건 바비 인형밖에 없었어요. 동생 내털리와 캐시나 미셸 같은 다른 친구들과 함

께 내 방에 앉아서 인형들을 골랐죠. 이야기를 짜고 배역과 대사를 정했어요. 그것이 스토리텔링의 출발이었다는 것도 의식하지 못한 채 그렇게 했죠. 한 단락씩 갈등과 극적인 요소를 넣어 만들었어요. 무대도 바닷가나 놀이동산, 어떨 땐 고급 백화점으로 바뀌가면서요. 이야기가 지루하거나 엉키면 플라스틱 가방들을 다 챙겨 중단했다가 배우들을 위한 새로운 이야기를 생각해내서 다음 날 다시 모였지요.

크면서 점점 바비 인형을 갖고 노는 시간이 줄어들었지만 들려줄 이야기는 여전히 많았어요. 베이비시터를 하면서 지옥에서 온 못된 베이비시터 이야기를 지어내 아이들에게 들려줬어요. 내가 어릴 때 나를 돌보던 못된 베이비시터를 보고 느끼고 경험했던 것들을 부풀려 이야기를 지어냈죠. 그런 이야기들을 재닛 이야기나 에드거 이야기, 앨리스 이야기로 불렀어요. 아이들이 계속 들려달라고 졸랐어요. 즉석에서 이야기를 꾸며내야 했으니 작가로서 굉장히 좋은 연습 과정이라고 할 수 있겠죠.

학창 시절에 좋아하는 과목은 영어였어요. 읽기와 쓰기, 시를 좋아했지요. 창작을 가르치던 채프먼 선생님의 수업에서 처음으로 호평을 들었어요. 젊은 여자에 대한 단편소설이었는데, 쓰레기 같은 약혼자가 바람을 피워 헤어지고 나서 그녀가 완벽한 기관을 만나 다시 사랑이 싹튼다는 이야기를 글쎄 이틀 안에 써냈어요. (어쩌겠어요? 그때도 빠르게 전개되는 이야기를 좋아했답니다.) 원고 맨 앞장에 채프먼 선생님이 이렇게 썼더군요. '대사 처리를 잘함.' 딱 그렇게만 적혀 있더라고요. 선생님이 그렇게 열광하지는 않았지만 나는 실망하지 않았어요. 내 친구들은—사실 내게는 친구들 평이 더 중요했어요—예상 가능한 이야기 전개와 상투적인 표현을 정말 좋아했으니까요. 캐럴이 먼저 읽고 셰리에게 건네주고, 셰리는 린다와 신디에게 줬지요. 내 원고는 화학 시험 커닝 페이퍼보다 빠른 속도로 돌고 돌았어요. 난 붕 뜬 것 같은 기분이 들었어요.

클레이턴: 『라이프 리스트』에 등장하는 인물 가운데 좋아하는 인물이 있나요? 혹시 형상화하기 어려운 인물은 없었나요?
스필먼: 브렛을 좋아했어요. 브래드에 관해서 쓸 때도 참 좋았는데 그게 약간 놀라워요. 남자 주인공으로 소설을 써본 적이 있는데 내면에 깊이 들어가기가 쉽지 않았어요. 그런데 브래드는 내가 쉽게 접근할 수 있는 인물이었고 실재처럼 느껴졌어요. 또 놀라운 것은 브렛과 브래드에게 애정을 느낄수록 엘리자베스에 대해 쓰는 게 더 좋아졌어요. 그녀는 처음부터 소설에 죽은 사람으로 등장했고 한 번도 현재의 모습이 형상화된 적이 없었는데 이상한 일이죠. 그런데도 불구하고 나는 이 인물에 깊은 애정을 느껴요. 아주 생생하게 내게 다가온 인물이었어요. 나는 그냥 그녀가 하는 말을 '듣고' 옮겨 적고 있다는 느낌이 들었어요. 개릿은 좀 어려웠어요. 브렛이 느낀 것처럼 독자들도 그가 육십대라고 느껴야 하고 동시에 브렛이 매력을 느낄 만한 남자로도 만들어야 했으니까요. 앤드루를 쓸 때 가장 힘들었어요. 그를 좀 지독한 인물로 형상화해야 한다는 강박이 있었으니까요. 믿기 어렵

493

겠지만 수정 작업을 할 때 그를 조금 덜 못된 인물로 만들었어요. 브렛이 그런 인물과 네 시간이 아닌 4년을 같이했다는 설정을 독자가 납득하기 어려울까 봐서요.

클레이턴: 나는 브렛과 브래드의 관계가 참 마음에 들어서 그 둘이 잘될 거라 기대했어요. 왜 두 사람을 다른 방향으로 이끌고 갔는지 설명해주시겠어요?

스필먼: 정말 그런 결말을 이끌어내고 싶다는 유혹을 느꼈어요! 하지만 아까 말씀드린 대로 그러면 소설이 예상 가능한 결말로 갈 위험이 있지요. 브래드가 매력적이고 브렛과 잘 맞지만 그건 너무 쉬운 결말이잖아요. 우리가 다 아는 것처럼 사랑이란 결코 쉽지 않잖아요! 사실 초고에서는 브래드가 게이로 등장하고 브렛은 새해 전날 그의 현관 앞에 이르러서야 그 사실을 알게 돼요. 그녀가 용기를 내서 그에게 사랑을 고백하고요. 그가 그런 그녀를 포옹하는데 마치 형제끼리 포옹하는 듯한 느낌에 그녀는 좀 뜨악했지만 뭔가 더 있을 거라고 기대하죠. 그런데 현관문이 열리면서 남자가 나타나는 거예요. 두말할 것도 없이 브래드의 파트너죠. 브렛은 무안하고 몹시 실망해 서둘러 자리를 피해요. 그 장면은 완성 원고와도 비슷하죠. 그런데 제 에이전트가 그런 결말이 너무 충격적이라는 인상을 받았나 봐요. 두 사람이 그렇게 친근한 사이로 설정됐는데 브렛이 그가 게이라는 것을 눈치 못 챘다는 점이 설득력이 떨어진다는 거였어요. 생각해보니 그 말이 맞는 것 같더라고요.

클레이턴: 소설을 집필할 때 세밀하게 전체 틀을 미리 잡아놓나요, 아니면 그냥 쓰면서 글이 스스로 이야기를 풀어나가도록 놔두는 편인가요?

스필먼: 희미하게라도 이야기의 틀을 적어놓고 시작하지만 이야기의 대부분은 머리에 있어요. 어떻게 결말짓고 싶은지 결정하고 쓰기 시작하는데, 스토리텔링에서는 그 점이 중요하다고 생각해요. 그럼에도 불구하고 완성할 때까지 놀라울 정도로 변하죠. 결말 부분을 쓸 때, 결말을 처음 생각과 다르게 바꿀 뻔했어요. 브렛이 어려움을 잘 극복해서 엄청난 사랑에 빠지는 것만 제외하고 모든 목표를 이루는 것으로요. 나는 소설을 쓰는 내내 결말에 이르러 그녀가 진실한 사랑을 찾게 하기로 작정했었는데, 갑자기 그런 결말이 꼭 필요하지 않다는 생각이 들었어요. 사실 그렇게 하지 않는 것이 더 나을지도 모르겠다는 생각이 들었어요. 내 안의 글로리아 스타이넘이, 남자 없이도 얼마든지 행복하게 살 수 있다는 메시지를 소녀들과 여성들에게 띄울 수 있다는 점이 마음에 들었거든요. 실제로 그렇게 살고 있는, 싱글로 사는 여자들을 많이 알고 있어요. 브렛에게 심장이 멈출 듯하고, 목숨까지 바칠 수 있을 정도의 사랑은 결국 아기였고, 그녀는 그런 결과에 아주 만족해했어요. 그럼에도 내 머릿속에서 로맨틱한 생각이 떠나지 않았어요. '아냐. 혼자 사는 것도 좋지만 그건 다른 싱글 여성들에게 하라고 해. 브렛은 개릿과 맺어져야 해.'

클레이턴: 브렛과 그녀의 어머니, 엘리자베스의 관계가 아주 멋

져요. 혹시 자신의 모녀 관계를 그대로 보여준 것은 아닌지요?

스필먼: 고마워요, 멕. 아직 건강하게 살아 계신 엄마와의 사이가 좋아서 저는 정말 운이 좋다고 생각해요. 그리고 이 소설에 등장하는 어머니의 모습에 우리 엄마의 이미지가 투영되었고 우리 둘의 관계가 이야기에 반영된 건 사실이에요. 그렇지만 우리 엄마는 수백만 달러 가치의 화장품 회사 사장이 아니에요. 불행하게도 말이죠! 그리고 브렛을 키워준 남자와 달리 우리 아버지는 정말 사랑이 많은 멋진 아버지고요. 내게는 아이가 없지만 내가 엄마라면 엘리자베스처럼 하려고 했을 거예요.

클레이턴: 당신의 소설을 읽기 전에는 '방문 교사'에 대해 한 번도 들어본 적이 없어요. 그 일에 대해 좀 더 듣고 싶어요.

스필먼: 당신만 그런 게 아니에요, 멕. 그렇게 말하는 사람이 많아요. 실제로 방문 교사라는 직업은 내가 책에 보여준 것과 거의 비슷한 일을 해요. 정신적, 육체적으로 아픈 학생들을 위해 학교에서 과제를 가지고 학생들 집이나 병원으로 가죠. 일대일로 수업을 하고 가족과도 관계를 맺을 수 있는 집으로 직접 초대받아 간다는 것은 특권이기도 하죠. 소설에서와 같이 내가 평소에 접근할 수 없는 삶을 조금 엿볼 기회가 되는데, 어떨 때는 가슴이 따뜻해지고 어떨 때는 가슴이 아프기도 해요. 불치병을 앓는 학생을 맡은 적이 있었는데, 그 아이가 보여준 삶에 대한 환희와 열정이 나를 겸허하게 만들었어요. 많은 학생이 어린 나이에 엄마가 돼요. 어떤 학생은 겨우 7학년 때 엄마가 되었어요. 어떤 학생은

자기 아이를 나보고 입양해달라고 했고요. 학교에서 징계를 받아 내가 맡게 된 학생들도 있었는데, 소설에 등장하는 피터처럼 좀 힘든 학생도 있어요. 가끔 위험한 동네에 들어설 때, 처음에는 불안감을 갖고 집에 들어서는데 그곳에 사는 학생들은 놀라울 정도로 집에서 평안해 보이고 잘 지내고 있어요.

클레이턴: 엘리자베스는 브렛의 미래를 위해 어떤 노고도 마다하지 않는 엄마의 모습을 보였어요. 두 아들에게는 그렇게 하지 않은 이유라도 있나요?

스필먼: 대부분의 어머니처럼 엘리자베스와 브렛의 관계는 두 아들과의 관계와 비교해 많이 달라요. 조드와 제이는 꽤 안정적으로 보이죠. 배우자도 있고 직업도 있으니까요. 반면 브렛은 여전히 허둥대고 있어요. 엘리자베스는 그런 딸의 방향을 잡아주기 위해 애쓰죠. 만약에 엘리자베스가 셸리와 제이에게 '제이 그리고 셸리, 너희가 평생 쓰고도 남을 유산을 물려줬지. 제이, 대학교수를 포기하고 집에서 아이들과 지내거라. 그리고 셸리, 너는 계속 네가 하고 싶은 일을 해라'라는 유언을 남겼다고 생각해보세요. 참견하는 시어머니라는 말밖에 더 듣겠어요! 제이와 셸리에게 큰 자극을 줄 것 같지도 않고요. 엘리자베스는 언제 목소리를 낮추고 언제 감정을 넣어 말해야 하는지 잘 아는 현명한 여성이에요. 그녀는 제이와 셸리가 비록 시행착오를 거치더라도 그들 스스로 잘 해결해나갈 거라고 확신했어요. 그리고 캐서린과 조드가 아이 없이, 전통적인 가족과 동떨어진 모습으로 살아

가고 있지만 그들이 만족하고 있다는 걸 엘리자베스는 잘 알았어요. 브렛의 삶만 걱정스러울 뿐이었죠. 더 나은 삶을 누릴 수 있는 자격이 있음에도 헤매고 있었으니까요.

클레이턴: 브렛은 서른네 살이 돼서야 열네 살 때 작성한 라이프 리스트를 이루기 위해 애쓰죠. 특별히 나이를 이렇게 설정한 이유가 있나요?

스필먼: 내가 라이프 리스트를 작성했던 게 열네 살 때였던 것도 한 가지 이유고요, 내 생각엔 열 네살은 유년기에서 성숙한 여인으로 넘어가는 중간에 있는 짧은 시기란 생각이 들어요. 안타깝게도 우리가 '성숙'이라고 부르는 지점은 사실 '자신감'이 빠져나가고 채워진 자리니까요. 내가 8년 정도 고등학교 지도교사로 일한 적이 있었는데, 학생들, 특히나 여학생들이 자신의 꿈을 잃어버리는 것을 목도하는 경우가 많았어요. 1학년 때는 희망과 자신감에 찬 여학생들이 많아요. 그들은 커서 의사나 변호사, 우주인이 되겠다고 말하죠. 그런데 대부분이 4년 동안 많은 변화를 겪죠. 힘을 잃어요. 이렇게 말하는 게 싫지만, 그들은 대개 남자친구들 때문에 변하더군요. 자신의 꿈을 내던지고 남자친구가 원하는 모습으로 자신을 탈바꿈시키는 여학생들을 많이 봤어요. 요즘도 예전에 지도했던 큰 꿈을 간직했던 학생들이 소녀 때 품었던 꿈을 잊고 사는 모습을 보곤 해요. 서른네 살이 되어 놓치는 것들을 열네 살 때는 과감하게 꿈꾸죠.

브렛도 그와 크게 다르지 않은 경우예요. 나이를 먹어가면서 그녀는 앤드루를 위해 자신의 꿈을 바꿔요. 괜찮다고 자신을 설득하면서. 누군가 이렇게 말하더군요. "여자가 서른이 되면, 이십대 때 저질렀던 실수를 만회하려고 한다"고요. 잘못을 바로잡으려는 혼란과 더불어 여성들은 마흔을 향해 가면서 신체의 변화가 점점 빨라진다는 것을 느끼게 돼요. 삼십대는 뭔가 다급한 마음이 드는 시기예요. 브렛도 평생 혼자 살지도 모른다는 심한 두려움에 다급한 심정이 되었고요. 슬프게도, 이런 두려움이 많은 여성들에게 그리 낯설지 않은 감정이죠.

클레이턴: 어떤 종류의 책에 끌리나요?

스필먼: 음식이나 음악과 마찬가지로 나는 책을 다양하게 봅니다. 어떨 땐 감정의 흐름에 맡기고 책을 골라요. 보통 가족 간의 갈등이나 고군분투하는 개인을 다룬 극적인 이야기를 좋아해요. 좋아하는 것들을 특별한 순서 없이 말해볼게요. 존 스타인벡의 『에덴의 동쪽』, 펄 벅의 『대지』, 베티 스미스의 『나를 있게 한 모든 것들』, 어윈 쇼의 『야망의 계절』, 켄트 하루프의 『플레인송』, 켄 폴릿의 『대지의 기둥』, 캐스린 스토킷의 『헬프』, 이디스 워튼의 『이선 프롬』, 팻 콘로이 『사랑과 추억』, 그리고 우정을 다룬 이야기와 멕, 당신이 쓴 소설이나 미브 빈치의 것도 좋아해요.

클레이턴: 만약 브렛에게 엄마와의 마지막 대화 기회가 주어졌다면 어땠을까요?

스필먼: 그랬다면 브렛이 얼마나 좋아했을까요! 엘리자베스도

물론이고요. 두말할 것 없이 어떤 시기에 이루어지느냐에 따라 많이 달랐겠지요. 소설에는 브렛이 17번 목표 사랑에 빠지기를 실천하고 나서 엘리자베스의 편지를 읽는 장면을 넣지 못했어요. 아마 이런 편지를 쓰지 않았을까요?

사랑하는 브렛에게.

네가 사랑으로 충만한, 진심에서 우러나오는 미소를 짓고 있다는 사실을 아는 것만으로도 내 마음이 얼마나 놓이는지 글로 설명하기 어렵구나. 너는 앤드루를 사랑한다고 믿었어. 그래, 사랑이었겠지, 그렇게 믿고 싶었겠지. 그런데 사랑이라고 믿었던 그 감정이 지금 네가 가슴에 품고 있는 그 감정과는 다르다는 걸 이제 알았을 거야. 삶의 동반자를 고르는 건 우리 인생에서 가장 큰 결정 가운데 하나야. 네가 잘못된 선택을 한 걸 보고 나는 그냥 손 놓고 지켜보고 있을 수가 없었다.

이런 실수를 저지르는 사람이 비단 너 혼자만은 아니겠지. 삶의 초석이 되는 중요한 것들이 때로는 너무 경솔하게 다뤄진단다. 아마도 우리는 스스로 지치거나 인내심을 잃고 불가능하다거나 의미가 없다고 치부하는 걸지도 몰라. 어떤 이유든, 우리는 사랑이 기쁨의 원천이라고 믿으려 하지 않지. 나는 많은 여자들이―남자들도 마찬가지지―그들의 일이나 생활, 심지어 아이들이 사랑하는 이와의 관계에서 결여된 것들을 채워준다고 합리화하며 믿고 사는 걸 봐왔어. 나도 그 가운데 하나였으니 뭐라고 할 말은 없구나, 얘야. 이제 내 말 알아들었겠지. 네가 마침내 그 어떤 것과도 타협하지 않는 고유한 사랑 자체를 찾았다는 사실에 내가 얼마나 흥분되는지.

사랑을 보물처럼 생각하렴. 사랑을 당연한 것으로 생각하지 마. 감사해하는 것도 잊지 말고. 그리고 네가 보물을 찾았다는 걸 난 조금도 의심하지 않는다는 걸 알아다오. 사랑하는 내 딸, 사랑 없이 살기에 너는 사랑이 너무 많은 아이야.

너와 네가 사랑하는 사람에게 사랑이 가득하길 바라는
엄마가

『라이프 리스트』는 로리 넬슨 스필먼의 첫 소설이다. 아직은
한국 독자에게 생소한 작가지만 번역가인 나로서는 누군가의
'첫 작품'을 번역하는 행운에 반가웠다. 첫 독자가 되는 행운도
같이 왔으니 즐거운 독서라고 부를 만하다.

번역하는 내내, 나는 주인공 브렛과 함께 서울이 아닌 시카고
의 사계절을 보내는 느낌이 들었다. 솔직하고 여린 그녀가 마치
내 어린 피붙이처럼 느껴져 응원해주고 싶은 마음마저 들었는
데, 이 책을 읽는 독자들도 그 마음에 공감하리라고 본다.

세상 대부분의 부모가 자식보다 먼저 죽음의 길을 걷지만, 부
모의 죽음 뒤에 남는 정서는 모두에게 다를 것이다. 브렛은 엄마

의 죽음을 통해 잃어버린 유년 시절의 꿈을 실현하는, 값으로 따질 수 없는 귀한 유산을 물려받게 된다. 한 사람의 죽음이 세상에 남겨진 다른 한 사람의 생을 이끌어간다는 점에서 죽음에는 상실이라고만 여기기에는 신비한 그 무엇이 존재한다는 것을 또 한 번 깨닫는다.

　소설을 번역하는 내내 한 편의 영화를 보고 있는 느낌이 들었다. 우리가 살면서 무언가 놓쳐버렸다고 느끼는 지점에서 삶은 다시 눈부시게 시작된다는 놀라운 복원력을 새삼 일깨워준 시간이었다.
　스필먼의 또 다른 소설이 기다려진다.

2015년 여름
임재희

옮긴이 임재희

미국 하와이주립대학교 사회복지학과와 중앙대학교 대학원 문예창작학과를 졸업했다. 『라이프 리스트』, 『블라인드 라이터』, 『예루살렘 해변』을 옮겼으며 다수의 번역 단편소설을 계간 『아시아』에 발표했다. 2013년 세계문학상 수상작 『당신의 파라다이스』를 발표하며 창작 활동을 시작했다. 장편소설 『비늘』, 소설집 『어디에도 속하지 않은 폴의 하루』가 있다.

라이프 리스트

초판 1쇄 발행 2015년 6월 30일
2판 1쇄 발행 2021년 11월 15일

지은이 로리 넬슨 스필먼
옮긴이 임재희
펴낸이 이수철
주 간 하지순
디자인 권석중
마케팅 안치환
관 리 전수연

펴낸곳 나무옆의자
출판등록 제396-2013-000037호
주소 (10449) 경기도 고양시 일산동구 호수로 358-39 동문타워1차 202호
페이스북 www.facebook.com/namubench9

ISBN 979-11-6157-127-0 03840